I0761435

EL CÍRCULO DE LOS DÍAS

KEN FOLLETT

EL CÍRCULO DE LOS DÍAS

Traducción de ANUVELA

PLAZA JANÉS

Título original: *Circle of Days*

Primera edición: noviembre de 2025

Impreso en Colombia / *Printed in Colombia*

ISBN: 978-84-01-03681-1
ISBN: 979-88-90-98514-9

25 26 27 28 29 10 9 8 7 6 5 4 3 2 1

Esta historia empieza sobre el año 2500
antes de nuestra era

1

Seft avanzaba con dificultad por la Gran Llanura cargando a la espalda un cesto de mimbre lleno de sílex para intercambiar. Iba con su padre y sus dos hermanos mayores. Los detestaba a los tres.

La llanura se extendía en todas direcciones hasta el horizonte. La hierba verde del verano estaba salpicada de ranúnculos amarillos y florecillas de trébol rojo que, a lo lejos, se fundían en una bruma anaranjada y verdosa. Grandes manadas de ganado y numerosas ovejas, muchas más de las que era capaz de contar, pastaban contentas. No había ningún camino, pero ellos conocían el trayecto y sabían que tenían tiempo de sobra para llegar antes de que acabara el largo día estival.

El sol caía con fuerza sobre la cabeza de Seft. Casi toda la llanura era plana, aunque también había suaves subidas y bajadas, que no resultaban tan moderadas cuando llevabas una carga pesada a cuestas. Su padre, Cog, mantenía el mismo ritmo a pesar de los cambios en el terreno. «Cuanto antes lleguemos, antes podremos descansar», solía decir. Una obviedad muy idiota que molestaba a Seft. El sílex era la más dura de todas las piedras, y su padre tenía el corazón de sílex. Cog, de pelo canoso y tez cenicienta, no era muy alto pero sí fuerte y, cuando sus hijos lo contrariaban, los castigaba con unos puños como rocas.

Cualquier herramienta que tuviera un filo cortante estaba hecha de sílex, desde las hojas de hacha hasta los cuchillos o las puntas de flecha. Todo el mundo necesitaba sílex, así que siempre podían intercambiarlo por otra cosa que quisieran, como comida, ropa o animales. Algunas personas hacían acopio de él porque sabían que no perdía valor y no se deterioraba nunca.

Seft tenía muchas ganas de ver a Neen. Había pensado en ella todos los días desde la Ceremonia de Primavera. Se habían conocido su última tarde allí, y estuvieron hablando hasta que se hizo de noche. Neen fue tan agradable y simpática con él que estaba seguro de que le había gustado. Durante las semanas siguientes, mientras se deslomaba trabajando en el pozo de sílex, a menudo había recordado su rostro. En sus fantasías, Neen siempre le sonreía y se inclinaba hacia él para decirle algo. Algo bonito. Estaba preciosa cuando sonreía.

Al despedirse, Neen le había dado un beso.

Como Seft trabajaba todo el día metido en un agujero en el suelo, no conocía a muchas chicas, pero las que se había cruzado hasta entonces no lo habían impresionado de esa forma.

Sus hermanos, que lo habían visto con ella, adivinaron que estaba enamorado. Ese día, mientras caminaban, se burlaban de él con comentarios vulgares.

—Esta vez vas a metérsela, ¿eh, Seft? —dijo Olf, grandullón y tonto.

Cam, que siempre le seguía la corriente a Olf, se puso a mover las caderas como si embistiera, y entonces los dos se echaron a reír; casi sonaban como un par de cuervos en un árbol. Se creían ocurrentes. Continuaron un rato con burlas por el estilo, pero no tardaron en quedarse sin pullas. No eran muy imaginativos.

Ellos llevaban los cestos cargándolos con los brazos, sobre los hombros o encima de la cabeza, pero Seft había ideado una forma de atarse el suyo a la espalda con unas correas de cuero. Era complicado ponérselo y quitárselo, pero resultaba muy cómodo una vez estaba fijo en su sitio. Sus hermanos se reían de él y lo llamaban enclenque, pero Seft ya estaba acostumbrado a ese trato. Era el pequeño de la familia y el más inteligente, y le tenían manía por ser tan listo. Su padre nunca intervenía. Incluso parecía disfrutar viendo cómo discutían y se peleaban sus hijos. Cuando sus hermanos se metían con él, el hombre le decía que se curtiera.

A medida que avanzaban, Seft empezó a notar cada vez más el peso de su cesto, por mucho que lo llevara sujeto con su artefacto. Miró a los demás y reparó en que no estaban demasiado cansados. Le pareció extraño, porque él era igual de fuerte que ellos y, en cambio, estaba empapado de sudor.

Por la posición del sol, parecía que ya era mediodía cuando Cog anunció un descanso y pararon debajo de un olmo. Dejaron los cestos y bebieron con sed de las vasijas con tapón que llevaban colgadas con cintas de cuero. La Gran Llanura limitaba con ríos al norte, al este y al sur, pero en su extensión había muy pocos arroyos o charcas, y muchos de ellos se secaban en verano; los viajeros sensatos llevaban su propia agua.

Cog repartió tajadas de cerdo frío y todos comieron. Seft se tumbó entonces boca arriba y contempló las frondosas ramas del olmo mientras disfrutaba del silencio.

Apenas un rato después, su padre anunció que debían seguir camino. Seft se volvió para cargar otra vez su cesto y, al verlo, se extrañó. Los sílex de las vetas subterráneas eran de un negro intenso y brillante, con una suave corteza blanquecina por encima. Al golpearlos con una piedra, se les desprendían lascas, y así se les podía dar forma. Las piedras de sílex del cesto de Seft estaban ya medio trabajadas por su padre, que las había dejado de un tamaño más o menos adecuado para acabar siendo cuchillos, hojas de hacha, raspadores, punzones y demás utensilios. Cuando estaban a medio formar, pesaban algo menos y se transportaban mejor. También tenían más valor para un experto tallador de sílex, que terminaría dándoles su configuración definitiva.

Parecía que en el cesto de Seft había más sílex que cuando habían partido esa mañana. ¿Eran imaginaciones suyas? No, estaba seguro. Miró a sus hermanos.

Olf sonrió de oreja a oreja y a Cam se le escapó una risilla.

Seft comprendió al instante lo que había ocurrido. Mientras caminaban, esos dos habían cogido piedras de sus propios cestos y las habían echado disimuladamente en el suyo. Se acordó entonces de cómo se le habían acercado por detrás para hacerle bromas groseras sobre su amada. Así lo habían distraído, y él no se había dado cuenta de lo que tramaban en realidad.

No era de extrañar que la caminata de esa mañana lo hubiera dejado exhausto.

Los señaló con un dedo.

—Vosotros… —dijo con enfado.

Los dos se echaron a reír, y Cog se les unió también. Era evidente que estaba al tanto de la jugarreta.

—Cerdos asquerosos —les soltó Seft con ira.

—¡Pero si solo era una broma! —repuso Cam.

—Muy gracioso. —Seft se volvió hacia su padre—. ¿Por qué no se lo has impedido?

—No te quejes tanto —contestó este—. A ver si te curtes de una vez.

—Ahora tendrás que llevarlas lo que queda de camino, porque has caído en la trampa —dijo Olf.

—¿Eso es lo que crees? —Seft se arrodilló y volcó el cesto para tirar unos cuantos sílex al suelo, hasta quedarse más o menos con la misma carga que al principio.

—No pienso recogerlos —advirtió Olf.

—Yo tampoco —dijo Cam.

Seft levantó su cesto, que ya pesaba menos, y se lo recolocó alrededor de los hombros antes de echar a andar.

—¡Vuelve aquí! —oyó que exclamaba Olf.

No hizo caso.

—Vale, pues voy a por ti.

Seft dio media vuelta, siguió andando hacia atrás y vio que Olf avanzaba hacia él.

Un año antes, se habría rendido y habría hecho lo que le decía su hermano, pero desde entonces había crecido y se había hecho más fuerte. Olf todavía le daba miedo, pero no pensaba ceder ante ese temor. Alargó una mano hacia atrás por encima del hombro y cogió un sílex del cesto.

—¿Quieres llevar otro más? —preguntó.

Olf soltó un gruñido furioso y arrancó a correr.

Seft le tiró la piedra. Tenía los brazos potentes de un joven que se pasaba todo el día cavando, así que la lanzó con fuerza.

El sílex alcanzó a Olf justo encima de la rodilla y lo dejó aullando de dolor. Aún dio otros dos pasos cojeando, pero cayó al suelo.

—La próxima te abrirá la cabeza, so animal —amenazó Seft, que se volvió hacia su padre y añadió—: ¿Así de curtido te vale?

—Basta de estupideces —advirtió Cog—. Olf y Cam, cargad con vuestros cestos y arreando.

—¿Y las piedras que Seft ha tirado al suelo? —preguntó Cam.

—Recógelas, pedazo de idiota.

Olf se puso de pie como buenamente pudo. Estaba claro que no tenía ninguna herida grave, aparte de la de su orgullo. Cam y él recogieron los sílex y los metieron en sus cestos, luego siguieron a Seft y a Cog, aunque Olf cojeaba.

Cam alcanzó a su hermano pequeño.

—No deberías haber hecho eso —dijo.

—Solo ha sido una broma —repuso Seft.

Su hermano aminoró el paso y él siguió adelante. El corazón le latía deprisa: había pasado miedo, pero la jugada le había salido bien..., de momento.

En el tiempo transcurrido desde la Ceremonia de Primavera, Seft había decidido que abandonaría su familia en cuanto tuviera ocasión, pero todavía no había encontrado la manera de ganarse la vida él solo. En las minas siempre se trabajaba en equipo, nadie excavaba en solitario. Debía planear bien su futuro. Sería demasiado humillante tener que regresar junto a su familia, abatido y hambriento, para suplicarles que le dejaran ocupar su antiguo lugar.

Lo único de lo que estaba seguro era que quería que Neen formara parte de ese plan.

El Monumento estaba rodeado por un alto terraplén. Al círculo se entraba por una abertura orientada hacia el nordeste y, a cierta distancia, había un grupo de casas que pertenecían a las sacerdotisas. Nadie podía pisar el Monumento todavía, ya que la Ceremonia del Solsticio de Verano no se celebraría hasta el día siguiente.

La gente acudía al Monumento para participar en los rituales estacionales, pero la reunión de todas esas personas, venidas tanto de cerca como de lejos, representaba una gran oportunidad, así que normalmente llevaban consigo cosas para intercambiar. Algunos ya estaban colocando sus mercancías allí fuera. Sabían que no debían invadir el círculo sagrado, pero la zona más buscada era alrededor de la entrada, a cierta distancia de las casas de las sacerdotisas.

Mientras Seft y su familia se aproximaban, oyeron el rumor de las conversaciones y notaron el entusiasmo en el ambiente. Llegaba gente desde todos los confines. Había un grupo que siempre se reunía en un poblado situado en lo alto de una colina a cuatro días de camino hacia el nordeste, y desde allí seguía un sendero muy hollado que decían que era un camino ancestral. Más peregrinos se sumaban a ellos en cada poblado por el que pasaban, hasta que, convertidos en una larga columna de personas y animales, llegaban al Monumento.

Cog se detuvo junto a Ev y Fee, una pareja que fabricaba

cuerda con tallos de madreselva. Los mineros vaciaron sus cestos y Cog empezó a amontonar los sílex en una pila.

Mientras estaba en ello, lo interrumpió Wun, otro minero, un hombre bajito y con los ojos amarillentos. Seft lo había visto muchas otras veces. Era un tipo sociable, amigo de todo el mundo, y le encantaba charlar, sobre todo con mineros como él. Siempre estaba enterado de lo que pasaba en todas partes. A Seft le parecía un poco entrometido.

Wun le estrechó la mano a Cog con el apretón informal: la mano izquierda con la derecha del otro. El saludo formal era derecha con derecha y transmitía más respeto que amistad. El gesto afectuoso, en cambio, consistía en unir la mano derecha con la izquierda del otro y, al mismo tiempo, la izquierda con la derecha.

Cog se mostró taciturno, como siempre, pero a Wun no parecía importarle.

—Veo que habéis venido los cuatro —comentó—. ¿No se ha quedado nadie a vigilar el pozo?

Cog lo miró con suspicacia.

—Cualquiera que intente quedárselo acabará con la cabeza abierta.

—Así se habla —opinó Wun, fingiendo que aprobaba esa belicosidad. En realidad, no le quitaba el ojo de encima al montón de sílex medio tallados, evaluando su calidad—. Por cierto —dijo entonces—, ha venido un hombre con un cargamento enorme de astas. Una maravilla.

Las astas de ciervo rojo, casi tan duras como la piedra y acabadas en punta, se contaban entre las herramientas más importantes para los mineros porque las usaban como picos.

—Tendremos que ir a ver eso —le dijo Olf a Cam.

Puesto que todos estaban pendientes de Wun, nadie le prestaba atención a Seft. Este, al ver su oportunidad, se alejó sin llamar la atención y desapareció enseguida entre el gentío.

Desde el Monumento había un camino recto que iba hasta el cercano poblado de Aguacurva, y a ambos lados de la pista hollada pastaba el ganado. A Seft no le gustaban las vacas. Cuando lo miraban, no sabía qué estaban pensando.

Salvo por eso, envidiaba al clan de los ganaderos. Lo único que hacían todo el día era sentarse a vigilar a los animales. No tenían que martillear el sílex sin pausa para romper la dura piedra y luego subirla hasta la superficie trepando por un poste. El ganado, las ovejas y los cerdos se reproducían a poco que los ayudaran, y los ganaderos no hacían más que enriquecerse.

Cuando llegó a Aguacurva, se quedó mirando las casas, que eran todas iguales. Consistían en una pared no muy alta, hecha de zarzo y barro —un entramado de ramas finas entretejidas y rebozadas luego con lodo—, y una cubierta consistente en un manto de hierba dispuesto sobre vigas. La entrada la formaban dos postes con un dintel encajado encima. En verano, todo el mundo cocinaba fuera, pero en invierno siempre había un fuego encendido en el hogar que ocupaba el centro de cada casa, y de las vigas colgaba carne, que así se ahumaba. En esos momentos, una pantalla de mimbre que alcanzaba hasta la mitad de la altura de la entrada dejaba pasar el aire fresco y al mismo tiempo mantenía fuera a los perros sin dueño y las alimañas que por las noches merodeaban en busca de alimento. En invierno, la entrada quedaba del todo cerrada con una pantalla más consistente, hecha para que encajara a la perfección.

Había muchos cerdos paseándose por el poblado y las tierras de alrededor. Rebuscaban con el morro cualquier cosa que fuera comestible.

Más o menos la mitad de las casas estaban vacías, ya que las destinaban a los visitantes que acudían cuatro veces al año. Los ganaderos atendían muy bien a los forasteros, pues les suponían una gran riqueza al ir allí a comerciar.

Se celebraban ceremonias en el equinoccio de otoño, el solsticio de invierno, el equinoccio de primavera y, por último, el solsticio de verano, que sería al día siguiente. La labor fundamental de las sacerdotisas consistía en llevar la cuenta de los días del año para poder anunciar, por ejemplo, que faltaban seis días para el equinoccio de otoño.

Seft detuvo a una ganadera y le preguntó cómo se iba a la casa de Neen. Casi todo el mundo la conocía porque su madre era una persona importante, una sabia, así que la mujer le indicó cómo llegar. La encontró enseguida. Estaba limpia, ordenada y vacía. «Aquí viven cuatro personas —pensó—, ¡y todas están fuera de casa!». Aunque, sin duda, tendrían mucho trabajo a causa de la ceremonia.

Seft, impaciente, empezó a buscar a Neen. Se paseó por las demás casas para ver si encontraba su rostro dulce y sonriente y su exuberante melena oscura. Reparó en que muchos visitantes se habían instalado ya en las edificaciones vacías: había personas que viajaban solas, pero también familias con niños, algunos con los ojos muy abiertos a causa de la curiosidad al encontrarse por primera vez en un lugar desconocido.

Nervioso, se preguntó cómo reaccionaría Neen cuando lo viera. Había pasado una estación entera desde aquella noche en que estuvieron hablando. Ella había sido muy acogedora entonces, pero tal vez sus sentimientos se hubieran enfriado. Era tan atractiva y agradable que sin duda habría muchos jóvenes interesados en ella. «Yo no tengo nada de especial», se dijo Seft. Además, Neen le sacaba un par de años. A ella no había parecido importarle, pero él tenía la sensación de que era una joven distinguida.

Llegó a la orilla del río, que siempre estaba muy concurrida. Había gente recogiendo agua fresca corriente arriba para luego ir más abajo a lavarse el cuerpo y la ropa. No vio a Neen, pero le alegró encontrar a su hermana, a quien también había conocido en la última Ceremonia de Primavera. Era una chica muy segura, con un montón de rizos y una barbilla que le otorgaba un gesto decidido. La otra vez debía de tener trece años, así que ahora ya serían catorce. Los habitantes de la Gran Llanura calculaban su edad con el solsticio de verano, de manera que todo el mundo cumpliría un año más al día siguiente.

¿Cómo se llamaba? Enseguida lo recordó: Joia.

Joia iba con dos amigas, y parecían estar lavando zapatos en el río. El calzado era como el de todos los demás: unas piezas planas de cuero duro cortadas a medida y perforadas con unos agujeros por los que se pasaban unos cordones hechos con tendones de vaca, que luego se apretaban hasta quedar tirantes y ajustar bien los zapatos.

Se acercó a ella.

—¿Te acuerdas de mí? —le dijo—. Me llamo Seft.

—Claro que me acuerdo. —Joia lo saludó con formalidad—: Que el dios Sol te sonría.

—Y a ti también. ¿Por qué laváis los zapatos?

Ella soltó una risa.

—Porque no queremos que nos huelan mal los pies.

Seft nunca lo había pensado. Él no lavaba el calzado. ¿Y si Neen le olía los pies? Le dio vergüenza y decidió que se lavaría los zapatos en cuanto tuviera ocasión.

Las dos amigas de Joia susurraron algo entre risitas, como hacían a veces las chicas, a saber por qué. Ella las miró, soltó un suspiro molesto y habló en voz bien alta:

—Supongo que buscas a mi hermana, Neen.

—Por supuesto.

Las dos chicas pusieron una cara que decía: «Ah, conque se trata de eso».

—En vuestra casa no hay nadie —dijo Seft—. ¿Sabes dónde está?

—Ayudando con la fiesta. ¿Quieres que te acompañe allí?

A Seft le pareció muy amable que se ofreciera a dejar a sus amigas para ayudarlo.

—Sí, por favor.

Joia cogió los zapatos mojados y se despidió de las dos chicas con alegría.

—La fiesta la preparan Chack y Melly y toda su familia: hijos, hijas, primos, primas y no sé qué más —explicó Joia, parlanchina—. Tienen muchos parientes, y menos mal, porque el banquete será enorme. En el centro del poblado hay una explanada y lo están montando allí.

Mientras caminaban los dos juntos, Seft pensó que quizá Joia pudiera decirle lo que Neen sentía por él.

—¿Puedo preguntarte una cosa?

—Claro.

Seft se detuvo, y ella también.

—Contéstame con sinceridad. ¿Tú crees que a Neen le gusto? —preguntó bajando la voz.

Joia tenía unos preciosos ojos color avellana que entonces lo miraron con franqueza.

—Creo que sí, aunque no sabría decirte cuánto.

Esa respuesta no le satisfizo del todo.

—Bueno, ¿alguna vez habla de mí?

La chica asintió, pensativa.

—Sí, te ha mencionado. Creo que en más de una ocasión.

Seft, frustrado, pensó que Joia se mostraba prudente para no desvelar demasiado. Aun así, siguió insistiendo.

—De verdad que me gustaría conocerla mejor. Creo que es… No sé cómo describirla. Adorable.

—Esas cosas deberías decírselas a ella, no a mí. —La joven sonrió para suavizar la reprimenda.

Él volvió a intentarlo.

—Pero ¿se alegrará de oírlas?

—Creo que se alegrará de verte, pero no puedo decirte más que eso. Es mejor que hable ella por sí misma.

Seft era dos solsticios de verano mayor que Joia, pero no logró convencerla para que confiara en él. Comprendió que era una chica de mucho carácter.

—Es que no sé si Neen siente lo mismo que yo —comentó con impotencia.

—Pregúntaselo y lo descubrirás —repuso ella.

Seft percibió un matiz de impaciencia en su tono.

—¿Qué tienes que perder?

—Solo una pregunta más —dijo él—. ¿Hay algún otro que le guste?

—Bueno…

—O sea, que sí.

—A él le gusta ella. Eso, seguro. Pero no sabría decir si a ella también le gusta él. —Joia olfateó el aire—. ¿Hueles eso?

—Carne asada. —A Seft se le hizo la boca agua.

—Sigue tu olfato y encontrarás a Neen.

—Muchas gracias por tus consejos.

—Buena suerte. —Joia dio media vuelta y regresó.

Mientras seguía andando, Seft pensó en lo diferentes que eran las dos hermanas. Joia resultaba enérgica y segura; Neen era dulce y sabia. Ambas eran muy atractivas, pero él amaba a Neen.

El olor a carne asada se hizo más intenso y entonces Seft llegó a la explanada, donde se estaban asando varios bueyes en espetones. El banquete no se celebraría hasta la tarde del día siguiente, pero supuso que se tardaba mucho en cocinar animales tan grandes. Los más pequeños, las ovejas y los cerdos, seguramente no los pondrían al fuego hasta un día después.

Una veintena de hombres, mujeres y niños andaban atareados ocupándose de las hogueras y dando vueltas a los espetones. Un momento después, Seft localizó a Neen, que estaba sentada en el suelo con las piernas cruzadas y la cabeza gacha, concentrada en alguna labor.

Le pareció diferente a como la recordaba, pero más guapa todavía. El sol del verano la había bronceado y su melena oscura tenía algunos mechones más claros. Observaba su trabajo frunciendo el ceño, un gesto con el que estaba encantadora a más no poder.

Neen utilizaba un raspador de sílex para limpiar la parte interior de una piel, sin duda de una de las bestias que se estaban asando. Seft recordó que su madre era curtidora. La intensidad de su concentración lo cautivó tanto que casi se le saltaron las lágrimas.

Daba igual, de todos modos pensaba interrumpirla.

Mientras cruzaba la explanada, notó que se ponía más nervioso a cada paso. «¿Por qué me preocupo tanto? —se dijo—. Debería estar contento, pero también estoy muerto de miedo».

Se detuvo ante ella sonriendo, y Neen tardó un momento en apartar los ojos de la piel. Entonces levantó la mirada y lo vio; su rostro se iluminó con una sonrisa tan adorable que Seft creyó que se le paraba el corazón.

—Eres tú... —dijo Neen un instante después.

—Sí —repuso él con alegría—. Soy yo.

Neen dejó el raspador y la piel para levantarse.

—Ya terminaré eso después —anunció. Lo agarró del brazo y, tras apartar a un cerdo de en medio, añadió—: Vamos a algún sitio más tranquilo.

Caminaron hacia el oeste, alejándose del río por un terreno que ascendía en pendiente, como solía ocurrir en las riberas. Seft quería hablar con ella, pero no sabía por dónde empezar.

—Me alegro mucho de volver a verte —dijo tras pensarlo un poco.

Neen sonrió.

—A mí me pasa igual.

A Seft le pareció un buen comienzo.

Llegaron a una construcción extraña: unos círculos concéntricos hechos con troncos de árboles. Era evidente que se trataba de un lugar sagrado. Lo rodearon.

—La gente viene aquí solo para estar en silencio y reflexionar —explicó Neen—. También para hablar, como nosotros. Y es donde se reúne el consejo de sabios.

—Recuerdo que me contaste que tu madre es una sabia.

—Sí. Se le dan muy bien las discusiones. Hace que la gente se calme y piense de una forma lógica.

—Mi madre también era así. Conseguía que mi padre fuera razonable, a veces.

—Me dijiste que murió cuando tú tenías diez solsticios de verano, ¿verdad?

—Sí. Concibió a un hijo siendo muy mayor, y murieron los dos.

—Debes de añorarla mucho.

—Ni te lo imaginas. Antes de que muriera, mi padre no se acercaba a sus tres hijos. Puede que le diera miedo coger en brazos a un niño tan pequeño o algo así. Nunca nos tocaba, ni siquiera hablaba con nosotros. Cuando mi madre murió, de repente tuvo que hacerse cargo de los tres. Creo que detestaba cuidar de unos niños, y nos detestó a nosotros por obligarlo a hacerlo.

—Qué horror… —dijo Neen en voz baja.

—Aun ahora, solo nos toca cuando quiere castigarnos.

—¿Te pega?

—Sí. Y a mis hermanos.

—¿Tu madre no tenía a nadie de su clan que pudiera protegeros?

Seft sabía que esa era una parte importante del problema. Se suponía que los padres, los hermanos y los primos de una mujer se encargaban de sus hijos cuando esta moría, pero a su madre no le quedaban parientes con vida.

—No —contestó—. Mi madre no tenía clan.

—¿Y por qué no abandonas a tu padre?

—Lo haré, un día, pronto. Pero antes tengo que encontrar la forma de ganarme la vida yo solo. Se tarda mucho en cavar un pozo, y me moriría de hambre antes de encontrar ni un solo sílex que intercambiar.

—¿Por qué no recoges sílex de los ríos o los campos?

—Es una clase de sílex diferente. Esas piedras tienen defectos ocultos que hacen que se rompan a menudo, ya sea cuando les das forma o cuando los usas como herramienta. Nosotros extraemos piedra del lecho de la veta, que no se rompe. Se puede usar incluso para fabricar las grandes hachas que se necesitan para talar árboles.

—¿Y cómo lo hacéis? ¿Cavando un hoyo?

Seft se sentó y Neen siguió su ejemplo. Entonces él dio unas palmadas en la hierba, a su lado.

—Aquí, la tierra no tiene mucha profundidad. Al excavar, enseguida se llega a una capa de piedra blanca que se llama caliza, y extraemos la caliza con picos hechos con astas de ciervo rojo.

—Parece un trabajo muy duro.

—Todo lo relacionado con el sílex es duro. Nos embadurnamos las palmas de las manos con arcilla para que no nos salgan ampollas. Seguimos cavando a través de la caliza. Pueden tardarse semanas hasta que al final, a veces, se alcanza el lecho de la veta de sílex.

—¿Y a veces no?

—Exacto.

—Entonces ¿todo ese trabajo no habrá servido de nada?

—No, y tenemos que volver a empezar en otro sitio y excavar un nuevo pozo.

—Nunca se me había ocurrido pensar cómo se consigue el sílex.

Seft podría haberle explicado mucho más, pero no quería hablar de minería.

—¿Cómo era tu padre? —preguntó.

Neen ya le había contado que su padre estaba muerto.

—Encantador. Guapo, cariñoso y listo. Pero no fue con cuidado y lo aplastó una vaca enloquecida.

—¿Las vacas son peligrosas? —Seft no le dijo que le daban miedo.

—Pueden serlo, sobre todo cuando tienen terneros. Lo mejor es ir con cuidado cuando están cerca, y mi padre no era nada cuidadoso.

Seft no sabía qué decir.

—Me quedé destrozada —continuó explicando Neen—. Estuve llorando una semana entera.

—Qué triste...

Ella asintió y Seft supo que había dicho lo correcto.

—Todavía me entristece —repuso Neen—. Aun después de tantos años.

—¿Y el resto de tu familia?

—Tienes que conocerlos. ¿Quieres venir a casa conmigo?

—Me encantaría.

Dejaron el lugar sagrado y regresaron al poblado. Seft había aceptado la invitación con entusiasmo porque era una señal de que a Neen le gustaba de verdad, pero le inquietaba no causar buena impresión en su familia. Eran distinguidos habitantes de un poblado... ¡Si hasta se lavaban los zapatos! Él, en cambio, llevaba una vida ruda con muy poco contacto social. Su familia nunca se quedaba mucho tiempo en un mismo sitio: construían una casa cerca del pozo que estuvieran excavando y la abandonaban cuando seguían camino. De pronto, tendría que hablar con la madre de Neen, que sin duda era una mujer elegante y, además, querría valorarlo como posible padre de sus nietos. ¿Qué iba a decirle?

Frente a la casa de la familia de Neen, en las brasas de un fuego había una olla que desprendía un delicioso aroma a carne de vaca y hierbas. La mujer que le daba vueltas al guiso era una versión mayor de la propia Neen, con arrugas alrededor de los ojos y algún cabello gris en la melena negra. La sonrisa con que saludó a Seft era igual que la de su hija, solo que más madura.

—Mamá, te presento a mi amigo Seft. Es minero de sílex.

—Que el dios Sol te sonría —dijo Seft.

—Y a ti también —contestó la mujer—. Yo soy Ani.

—Y este es mi hermano pequeño, Han —dijo Neen.

Seft vio a un niño rubio de ocho o nueve solsticios de verano, sentado en el suelo junto a un cachorro dormido.

—Que te sonría —dijo Seft, usando la forma abreviada del saludo.

—Y a ti también —repuso Han con educación.

Había otros dos niños: una niña y un niño pequeño. La niña estaba con Han, acariciando al cachorro.

—Esa es Pia, una amiga de mi hermano.

Seft no sabía qué decirle a la pequeña, pero, mientras se lo pensaba, ella se puso a hablar, y resultó tener un don de gentes propio de una persona adulta.

—Mi familia es agricultora —dijo—. Vivo en Los Cultivos, pero he venido para la ceremonia. —Calló un instante y luego, como en confidencia, añadió—: Mi padre no me deja jugar con niños ganaderos, pero hoy no está. —Era más bajita que su amigo Han, pero su seguridad hacía que pareciera mayor—. Estoy cuidando de mi primo Stam, que tiene casi cuatro solsticios de verano.

Stam, con cara de estar enfurruñado, no dijo nada.

—Oye, Pia, ¿cómo es que tu padre no ha venido a la ceremonia esta vez? —se interesó Ani—. No suele faltar.

—Ha tenido que quedarse en casa. Como todos los hombres.

—Me pregunto por qué... —comentó Ani, pensativa.

Era evidente que en ese detalle intuía algo relevante, pero a Seft se le escapaba el qué.

Entonces Han lo miró con una mezcla de asombro y curiosidad, y lo distrajo preguntándole por otra cosa.

—¿Cualquiera puede ser minero de sílex? —quiso saber.

—La verdad es que no —dijo Seft—. Suele ser cosa de familia. A los jóvenes les enseñan sus padres. Hay mucho que aprender.

Han se quedó abatido.

—O sea, que tendré que ser ganadero.

No parecía que le hiciera mucha ilusión. Seft supuso que querría marcharse de allí y ver un poco de mundo, pero seguramente se le pasaría con la edad.

—¿Cómo se llama tu cachorro? —le preguntó.

—Es una perrita. Todavía no tiene nombre.

—Creo que deberíamos llamarla Bonita —propuso Pia.

—Qué buen nombre —opinó Seft.

Sin despertarse, el animal lanzó una fuerte ventosidad. Han estalló en carcajadas y Pia soltó una risita.

—Pues parece que a ella no le gusta —dijo Ani sonriendo—. Ven, Seft, siéntate. Ponte cómodo.

Seft y Neen se sentaron en el suelo. Él pensó que el encuentro iba bastante bien. Había charlado con la madre de Neen y con su hermano pequeño, y todavía no se había puesto en ridículo. Tenía la sensación de haberles caído bien. Igual que ellos a él.

La hermana pequeña de Neen, Joia, apareció entonces con sus zapatos.

—Veo que has encontrado a Neen —le dijo a Seft.

Dejó el calzado cerca del fuego para que se secara.

—Sí. Gracias por ayudarme.

—¿Te gusta ser minero?

Era una pregunta directa, así que Seft decidió dar una respuesta directa.

—No, y tampoco trabajar para mi padre. Me marcharé en cuanto consiga encontrar la forma de ganarme la vida solo.

—Eso es interesante, Seft —opinó Ani—. ¿Qué te gustaría hacer, en lugar de excavar?

—Ahí está el problema, que no lo sé. Soy buen carpintero, así que podría fabricar palas, martillos o arcos. ¿Creéis que me los cambiarían por comida?

—Sin duda —repuso Ani—. Sobre todo si son mejores que los que se fabrica la gente en su casa.

—Huy, eso desde luego —dijo Seft.

—Estás muy seguro —señaló Joia.

Seft reparó en que era una joven desafiante, pero también sabía mostrarse amable. Las personas podían ser ambas cosas.

—¿No es importante saber lo que se te da bien y lo que se te da mal? —dijo, dando que pensar.

Joia reaccionó con picardía:

—¿Y a ti qué se te da mal, Seft?

—¡Es injusto preguntarle eso! —protestó Neen.

—Se me dan mal las conversaciones —reconoció él—. En el pozo, apenas decimos nada en todo el día.

—Pues hablas muy bien —aseguró Neen—. No le hagas caso a mi hermana pequeña. Está siendo mala.

—La cena ya está lista —anunció Ani, con lo que evitó una riña entre hermanas—. Joia, ve a por escudillas y cucharas.

La luz del día se fue apagando mientras comían. En el aire se notaba un frescor agradable y el cielo adoptó la suave tonalidad gris del crepúsculo. Sería una noche cálida.

La cena estaba buenísima. Habían hervido carne con raíces silvestres. Seft notó la argentina, la bardana y la castañuela, que se habían reblandecido y habían absorbido el sabor de la carne.

Entonces pensó en la enorme diferencia que había entre esa familia y la suya. En la de Neen, todos se trataban bien. Allí no había hostilidad. Joia era combativa, pero nada grave. Estaba seguro de que nunca se pegaban.

Se preguntó qué pasaría cuando anocheciera. ¿Tendría que regresar con su padre y sus hermanos? ¿O le permitirían dormir allí, quizá al lado de Neen? Esperaba que, de algún modo, Neen y él pudieran pasar la noche juntos.

Cuando acabaron de cenar, Ani le pidió a su hija mayor que se llevara las escudillas y las cucharas al río para lavarlas, y Seft la acompañó con naturalidad.

—Creo que Bonita es muy buen nombre para una perrita —dijo Neen mientras metían los cacharros en el agua.

—Yo nunca he tenido perro —repuso Seft—. Aunque de pequeño soñaba con uno, y quería llamarlo Trueno.

Neen rio entre dientes.

—La nuestra es demasiado adorable para llamarla así.

—Han podría decir que es por los pedos que se tira.

Neen rio otra vez.

—¡Es perfecto! Los pedos le parecen divertidísimos... Está en esa edad.

—Ya lo sé. Yo también fui como él, y aún me acuerdo.

En el camino de vuelta, Seft oyó una voz masculina detrás de ellos.

—Hola, Neen. —Su tono era afectuoso.

Seft se giró y vio a un hombre alto, de unos veinte solsticios de verano.

Ella se volvió y le sonrió. Seft se sintió obligado a detenerse también, aunque a regañadientes.

—Hola, Enwood —saludó Neen—. ¿Ya lo tienes todo listo para la ceremonia?

—Sí. Te veré allí.

Eso molestó a Seft. ¿Quién era ese tal Enwood para prometer que la vería?

—He pensado llegar temprano para buscar un buen sitio —siguió explicando Enwood—. Podrías hacer lo mismo.

El joven buscaba un encuentro con ella.

—Si me levanto con tiempo suficiente —repuso Neen.

Eso no era ni un sí ni un no. De todos modos, a Seft le molestó la intimidad que detectó en la voz de ambos.

Se produjo un silencio.

—Seft me ha ayudado a lavar los cacharros de la cena —explicó Neen entonces.

Enwood le dirigió una mirada fría a Seft.

—Qué bien —dijo—. Hasta mañana.

Y se alejó.

Seft se quedó inquieto.

—¿Quién era ese? —preguntó cuando echaron a andar de nuevo.

—Solo un amigo.

Él sospechaba que Enwood era el hombre al que se había referido Joia cuando le había dicho aquello de: «A él le gusta ella. Eso, seguro. Pero no sabría decir si a ella también le gusta él».

—Es apuesto —señaló.

—No tanto como tú.

Seft se sorprendió. No creía que fuera apuesto, aunque en realidad no lo sabía y le importaba más bien poco. No recordaba la última vez que había mirado su reflejo en una charca.

Ya estaba oscuro y habían salido las estrellas, pero Seft percibía que Enwood había estropeado el momento de intimidad con Neen.

—Bueno —dijo—, ¿y ahora qué hacemos? —Su pregunta sonó más brusca de lo que pretendía.

Ella fingió no darse cuenta.

—¿Qué te gustaría hacer?

Enseguida se le ocurrió algo.

—No hace frío. Querría sentarme contigo bajo las estrellas. Los dos solos. ¿Te apetece?

—Sí.

Seft sonrió. «Todo vuelve a ir bien», pensó.

Llegaron a la casa. Han estaba dentro, atando a la perra para la noche. Pia y Stam habían regresado con su familia y Joia ya dormía. Ani se estaba descalzando.

—Esta noche dormiremos fuera —le dijo Neen a su madre.

—Espero que no haga frío —señaló esta.

—Estaremos bien.

—Seguro que sí.

Neen tomó a Seft del brazo y se marcharon.

—¿Adónde vamos? —preguntó él.

—Conozco un sitio.

Bajaron al río, luego torcieron y recorrieron la orilla hasta dejar atrás las casas. Por fin llegaron a un bosquecillo protegido por árboles frondosos.

—¿Qué te parece? —dijo Neen.

—Fantástico.

Se sentaron cerca de un matorral.

—Tu vida es perfecta —comentó Seft—. Toda tu familia te quiere. Os sobra la comida. Los ganaderos tenéis tantos animales que nadie es capaz ni de contarlos. Vivís como los dioses.

—Tienes razón —repuso Neen—. El dios Sol nos sonríe.

Se tumbó. Parecía una invitación, así que Seft se inclinó sobre ella y le dio un beso.

No había besado mucho y no sabía muy bien cómo se hacía, pero ella lo guio. Le tomó la cabeza con las manos y lo besó en los labios y las mejillas, también en el cuello, mientras al mismo tiempo le acariciaba el pelo. Era lo más delicioso que le había ocurrido nunca.

Desesperado por tocar su cuerpo, Seft le puso una mano en la rodilla y la deslizó pierna arriba, despacio.

Había visto a mujeres desnudas, normalmente cuando se bañaban en el río. No les importaba que las vieran, pero se consideraba de mala educación quedarse mirando. Aun así, por mucho que él tuviera una idea bastante clara de cómo era una mujer sin túnica, nunca había tocado a ninguna. Era su primera vez.

—Suave —pidió Neen—. Acarícialo con suavidad.

Ella lo besó mientras él la tocaba y, al cabo de un rato, notó que empezaba a jadear.

—No puedo esperar más —anunció Neen entonces.

Lo tumbó boca arriba, le levantó los faldones de la túnica y se sentó a horcajadas sobre él.

—¡Oh! ¡Qué gusto! —dijo Seft cuando ella descendió deslizándose sobre él.

—Sí, cuando es con la persona adecuada —repuso Neen.

Y, después de eso, ninguno de los dos dijo nada coherente durante un buen rato.

Todavía estaba oscuro cuando Seft despertó. No se oía el canto de los pájaros porque aún era muy temprano, pero sí percibió el chapoteo del río cercano. Notó a Neen junto a él, su cuerpo suave y cálido apretado contra el suyo, con una pierna y un brazo echados por encima. Tenía frío, pero no le importaba. La abrazó.

Neen se movió un poco y abrió los ojos. Al ver a Seft, le acarició la mejilla.

—Mi hermana dice que eres como la diosa Luna —susurró.

Él sonrió.

—¿Y cómo es la diosa Luna?

—Pálida y bella, con una boca hecha para el amor. —Le dio un beso en los labios.

—Supongo que nos hemos emparejado, ¿no? —dijo Seft.

Ella se incorporó.

—¿Qué quieres decir?

—Que viviremos juntos y criaremos a nuestros hijos.

—Espera un momento —apuntó ella con una risita.

Él frunció el ceño, desconcertado.

—Pero, después de lo de anoche…

—Lo de anoche fue maravilloso —dijo Neen—. Me encantas y quiero que repitamos esta noche, pero no nos precipitemos pensando en el futuro.

Él no lo entendía.

—¡Podrías estar embarazada!

—No es muy probable, después de solo una vez. De todas formas, eso está en manos de la diosa Luna, que gobierna todo lo relacionado con las mujeres. Si quiere que tengamos hijos, que así sea.

—Pero… —Seft estaba confuso—. ¿Tiene algo que ver con ese Enwood?

Ella se levantó.

—Escucha. ¿Oyes lo mismo que yo?

Seft se quedó quieto y percibió el sonido lejano de una muchedumbre que charlaba y avanzaba.

—Ya se están levantando todos —dijo Neen—. Se dirigen al Monumento.

Seft estaba desconcertado, pero no sabía qué decir ni cómo conseguir que ella le resolviera el misterio. Siguió a Neen, que lo condujo hacia el río, donde bebieron agua fresca y se lavaron deprisa. Después regresaron al poblado y se unieron al gentío que se dirigía hacia el oeste. Todo el mundo conversaba con entusiasmo, impacientes por que empezara el gran acontecimiento.

La casa de Neen estaba vacía: su familia ya había partido. Ella entró y salió con dos trozos de carne de oveja fría. Le dio uno a Seft y los dos masticaron mientras caminaban.

Él se consoló pensando que Neen había afirmado que pasarían otra noche juntos. Eso significaba que iba en serio, y tal vez hablarían un poco más sobre lo de ser compañeros. Así, él empezaría a entender cómo pensaba.

Fuera del poblado, todos seguían el camino recto hacia el sudoeste. El ganado se apartaba a desgana cuando la muchedumbre se salía de los límites de la pista hollada. La gente hablaba en voz baja y pisaba con cuidado, como si temiera despertar a un dios dormido. Sin embargo, el sonido que producían al avanzar todos juntos era como el de un río precipitándose por una cascada rocosa.

El camino llevaba directo a la entrada del Monumento. Ya había gente dentro, sentada de cara a la abertura, la dirección desde la que habían llegado, que era el punto por donde salía el sol en esa época del año. Una sacerdotisa espantaba a los cerdos.

El círculo iba llenándose. Seft y Neen no lograron encontrar a Ani, Joia y Han entre la multitud, así que ella le propuso ir al lado contrario y sentarse en lo alto del terraplén, desde donde podrían verlo todo.

El Monumento tenía unos cien pasos de ancho. Justo en el borde interior del terraplén había un anillo de piedras dispuestas en vertical y separadas por distancias más o menos regulares, todas ellas algo más altas que un hombre de buena estatura. Había demasiadas para que Seft pudiera contarlas. No tenían la superficie tallada ni pulida. En el color de la roca se veían matices azulados, y Neen le dijo que por eso las llamaban piedras azules.

Dentro se levantaba un círculo de madera, y ese era muy diferente. Seft lo miró con atención y comprendió que era un anillo hecho con troncos de árboles más altos que las piedras azules. Los postes de madera estaban unidos en lo alto por dinteles, o travesaños, que formaban un círculo continuo perfectamente nivelado. A diferencia de las piedras azules, esas estructuras de madera estaban cortadas a la medida exacta y les habían frotado la superficie para dejarlas muy suaves. El carpintero que Seft llevaba dentro admiró el trabajo, pero se preguntó si serían lo bastante robustas. Si una vaca enloquecida cargaba contra uno de esos troncos, ¿cuánta parte del círculo caería? Aunque todo el mundo tenía mucho cuidado de que ninguna vaca entrara en el lugar sagrado, sin duda.

Dentro de ese segundo círculo, Seft distinguió otro más, un anillo más pequeño, un óvalo compuesto por parejas de postes diferenciadas. Cada par de troncos estaba unido por un travesaño pero separado de los demás. Estaban trabajados con la misma delicadeza que los del círculo exterior, pero eran aún más altos.

De inmediato supo que lo importante eran los anillos de madera. En comparación, el círculo de piedras resultaba irregular y tosco. Seft se preguntó si sería más antiguo y lo habría erigido un pueblo menos hábil.

La multitud, que sentía la santidad del lugar, guardaba un silencio sobrecogedor. Seft percibía la tensa expectación que flotaba en el ambiente. Ya había estado antes allí y había visto a las sacerdotisas oficiar la Ceremonia de Primavera, pero resultaba evidente que esta ocasión era más importante y contaba con mayor cantidad de asistentes. El solsticio de verano marcaba el final del año viejo y el comienzo del nuevo. Todo el mundo sería un solsticio mayor.

La gente sabía que todo lo que los mantenía con vida procedía del sol, así que lo veneraban.

Casi todos los reunidos eran ganaderos —la mayor parte de la población de la Gran Llanura lo era—, pero también había algunos agricultores que trabajaban el suelo fértil de los valles con ríos, y a esos se los identificaba por sus tatuajes. Las mujeres solían llevarlos en forma de brazalete en las muñecas y los hombres se tatuaban el cuello. Sin embargo, Seft no vio a ningún agricultor varón y recordó entonces la conversación de Ani con Pia de la noche anterior, y que Ani había parecido inquieta por la ausencia de agricultores.

Tampoco había ningún habitante de los bosques, pero Seft sabía por qué. Habían partido en su peregrinaje anual, siguiendo a los ciervos hacia las colinas del Noroeste, donde había hierba nueva en verano.

La gente seguía llegando cuando el amanecer se anunció por el cielo oriental. No había nubes y, a medida que la luz plateada ganaba intensidad, parecía bendecir las cabezas de la multitud.

Por fin aparecieron las sacerdotisas, una treintena de ellas, bailando de dos en dos y vestidas con sus túnicas de cuero, iguales a las de los demás pero más largas, hasta los tobillos. Iban descalzas.

Una llevaba un tambor, un tronco vaciado que golpeaba con un palo siguiendo un ritmo y que producía un sonido sorprendentemente fuerte y claro.

Todas realizaban los mismos movimientos, balanceándose hacia los lados y hacia atrás, como la hierba alta mecida por el viento. Seft estaba fascinado. Nunca había visto a nadie bailar así, moviéndose al unísono como un banco de peces.

Además de bailar, también cantaban. Una con el pelo blanco, quizá la suma sacerdotisa, entonaba un verso que sonaba a pregunta, y las demás respondían todas a la vez. Entraban y salían del círculo de madera exterior, serpenteando por entre los postes, tejiendo su camino como juncos en las manos de un cestero. Parecían interpelar a los postes de uno en uno, como si cada uno de ellos significara algo diferente. A Seft le dio la sensación de que, mientras cantaban, contaban, pero las palabras que usaban no le decían nada.

No era una danza seductora. Bueno, no demasiado. A Seft, las mujeres siempre le parecían atractivas, pero el propósito de aquel baile no era ese.

El círculo exterior de piedras azules, el que quedaba junto al borde interior del terraplén, no tenía ningún papel en la ceremonia, que se desarrollaba en torno a los dos anillos de madera: el círculo y, dentro de este, el óvalo discontinuo. Las sacerdotisas recorrieron todo el círculo y luego hicieron lo mismo con el óvalo, una de cuyas partes abiertas quedaba justo frente a la entrada, orientada también hacia el nordeste. Ahí fue donde terminó la danza, en esa abertura.

Las sacerdotisas se agacharon en el suelo y, todavía formando una larga hilera de dos en dos, empezaron a cantar a mayor volumen cuando el borde superior del sol asomó por el horizonte. Seft, que casi estaba alineado con el amanecer, vio que el orbe solar ascendía exactamente entre dos postes de madera del círculo. Era evidente que se había puesto muchísimo cuidado para diseñar el Monumento de esa forma. Los postes y el travesaño formaban un marco, y Seft, con una sensación de respeto reverencial, comprendió que se trataba del umbral por el que el dios Sol entraba en el mundo.

La muchedumbre se quedó más callada todavía mientras las sacerdotisas cantaban más y más alto a medida que el disco rojo ascendía por el cielo. Aunque salía todos los días, en esos momentos su aparición era recibida como un acontecimiento especial, y la multitud lo contemplaba en un trance sagrado.

El sol casi había salido por completo y el cántico de las sacerdotisas era ya ensordecedor. El borde inferior de la curva solar pareció aferrarse al horizonte, como si no quisiera perder el contacto con este, y entonces, por fin, se liberó y entre la tierra y el sol apareció un resquicio de luz. El cántico alcanzó su clímax, y luego las voces y el tambor callaron de repente. La muchedumbre estalló en un rugido triunfal, tan fuerte que podría haberse oído desde el borde del mundo.

Ya se había terminado. Las sacerdotisas salieron por la abertura del terraplén marchando de dos en dos y desaparecieron en dirección a sus casas. La gente empezó a levantarse, a estirar las piernas y a charlar mientras la tensión se diluía.

Seft y Neen siguieron sentados en la hierba. Él la miró.

—Me siento... como si me hubieran tumbado de un golpe —dijo.

Ella asintió.

—Impresiona mucho. Sobre todo la primera vez.

Seft miró a la gente que se arremolinaba en torno a la salida.

—Será mejor que regrese con mi familia. Pero nos veremos otra vez, ¿verdad?

—Eso espero —dijo ella sonriendo.

—¿Dónde nos encontraremos?

—¿Te gustaría cenar con nosotros?

—¿Hoy también? ¿Seguro que a tu madre no le importará?

—Seguro. A los ganaderos nos gusta compartir. Las comidas son más divertidas así.

—Entonces acepto. La cena de ayer fue maravillosa. Quiero decir que la comida estaba buenísima, pero lo que más me gustó fue que… —Vaciló, no sabía cómo expresar lo que sentía—. Me gustó que todos os queráis tanto.

—Es lo normal en las familias.

Él negó con la cabeza.

—No en todas.

—Lo siento. Escápate y ven otra vez con nosotros esta noche.

—Gracias.

Se levantaron.

—Será mejor que me dé prisa —dijo Seft con poco entusiasmo.

—Venga, vete ya.

Él dio media vuelta y se alejó.

No sabía si alegrarse o no. Había hecho el amor con la chica de sus sueños y había sido maravilloso, pero luego ella le había dicho que no estaba segura de querer pasar el resto de su vida con él. Peor aún, por lo visto tenía un rival, un hombre alto y decidido que se llamaba Enwood y que era mayor que Neen, mientras que él era más joven.

Al día siguiente, Seft tendría que partir de nuevo con su familia y no volvería a verla hasta el equinoccio de otoño. Enwood, en cambio, dispondría de toda una estación para cortejarla sin ningún competidor a la vista.

Aun así, esa noche Neen estaría con él, no con Enwood. Todavía tenía otra oportunidad de conseguir que fuera para siempre.

En el exterior del Monumento, la gente ya estaba comerciando. Cada cual ofrecía su mercancía y a cambio pedía algo que necesitara, discutía sobre el valor relativo de hachas y cuchillos de sílex, martillos de piedra, ollas, pieles, cuerdas, toros, carneros, arcos y flechas.

Seft encontró a su familia. Ya daba por sentado que Olf y Cam se reirían de él imaginando dónde había pasado la noche, haciendo insinuaciones obscenas e intentando convertir su encuentro amoroso en algo sórdido, pero sus hermanos estaban sentados en el suelo, el uno junto al otro, y lo miraron como si esperaran que pasara algo.

Eso era mala señal.

Su padre estaba vuelto de espaldas, hablando con Ev y Fee, los cordeleros, así que Seft aguardó a que acabara la conversación.

Unos instantes después, Cog dio media vuelta.

—¿Dónde estuviste anoche? —preguntó.

—Ya habíamos acabado todo el trabajo cuando me marché, ¿verdad?

—Sí, pero de todas formas podría haberte necesitado.

—Me alegro de que no fuera así.

—Da igual. Me preocupa haber dejado el pozo desatendido. No me fío de ese Wun.

Seft presintió que aquello eran malas noticias.

—¿Qué imaginas que va a hacer Wun? Si está aquí.

—Tiene una familia grande y seguramente ha dejado a gente en casa.

—¿Y qué van a hacer? ¿Robarnos las palas?

—No me vengas con chanzas o te arranco esa cabeza de bobo que tienes.

Cam soltó una carcajada, como si fuera lo más divertido que había oído nunca.

—Solo me pregunto qué peligro hay —dijo Seft.

—El peligro es que alguien del clan de Wun se pase tres días sacando sílex de un pozo que no ha tenido que excavar porque ya lo hicimos nosotros. —Señaló a Seft con un dedo—. Ahí lo tienes, listillo. Eso no se te había ocurrido, ¿verdad?

—Cierto. —Seft pensó que la idea de su padre era poco probable, pero de nada servía discutir con él.

—Por eso vas a volverte para vigilar el pozo —anunció el hombre, triunfal.

—¿Cuándo?

—Hoy. Ahora mismo. Y ya puedes limpiar bien antes de que regresemos. El suelo de ese pozo está hecho un asco.

Seft retrocedió un paso y luego se detuvo.

—No —dijo.

—No te atrevas a decirme que no, muchacho.

—He conocido a alguien…

Cam y Olf lo abuchearon.

—Esta noche iré a su casa y su madre nos preparará la cena. No pienso perdérmelo.

—Ya lo creo que sí.

—Envía a Olf. Él no tiene a nadie aquí, ni en ninguna otra parte, y se le dará mejor que a mí echar del pozo a los parientes de Wun.

—Te envío a ti.

—¿Por qué?

—Porque soy el cabeza de familia y tomo las decisiones.

—Y te niegas a recapacitar, aunque sea una decisión estúpida.

Su padre le dio un puñetazo en la cara.

Los puños de Cog eran duros y sus puñetazos dolían. Seft

se tambaleó hacia atrás con una mano en la mejilla. El golpe le había dado junto al ojo izquierdo. Tenía la visión borrosa.

Olf y Cam lo jalearon y aplaudieron.

Seft estaba conmocionado. Aunque ya le había ocurrido otras veces, siempre le sorprendía que su propio padre fuera tan cruel.

El hombre volvió a coger impulso con el puño, pero en esta ocasión Seft estaba preparado y esquivó el golpe. Se sintió alentado; su padre no era omnipotente. Seft contraatacó deprisa y con violencia, y consiguió darle a Cog en la nariz.

Era la primera vez que pegaba a su padre.

A Cog le sangraba la nariz.

—¿Cómo te atreves a atacarme, muchacho? —rugió con indignación, y se abalanzó sobre él.

Esta vez, Seft no consiguió esquivar el puñetazo, que le dio en un costado de la cabeza y lo tumbó en el suelo.

Estuvo aturdido unos momentos. Cuando volvió en sí, vio que se encontraba junto a un pequeño montón de sílex. Solo reparó a medias en el grupito de curiosos que se había reunido para contemplar la pelea.

Se levantó y agarró una piedra con la que defenderse.

—Quieres darme con un sílex, ¿eh, perro desobediente? —dijo Cog, y volvió a correr hacia Seft.

Este levantó la mano derecha con la piedra en ella…

Pero algo detuvo el golpe antes de que pudiera asestarlo. Seft notó que le habían agarrado la muñeca con fuerza desde atrás y dejó caer la piedra. Entonces lo soltaron y le aferraron ambos brazos de forma que no podía moverse, y comprendió que Olf lo había retenido. Intentó zafarse, pero no lo consiguió; su hermano era demasiado grande y fuerte.

Mientras se revolvía con impotencia, Cog siguió dándole puñetazos, lleno de rabia. Primero en la cara, después en el estómago, luego en la cara otra vez. Seft gritaba y le rogaba a su padre que parara, pero el rostro del hombre se le acercó con una sonrisa retorcida que delataba el placer que obtenía de esa salvajada.

—¿Volverás al pozo? —le dijo.

—¡Sí, sí, lo que sea!

Olf lo soltó y Seft cayó al suelo.

Oyó a Ev, el cordelero, que le advertía a su padre:

—Te estás buscando problemas.

Cog seguía furioso.

—¿Problemas? ¿Yo? —dijo con agresividad—. ¿Con quién? ¿Contigo?

Ev no se dejó intimidar.

—Con gente mucho más importante que yo.

Cog soltó un soplido de desdén.

Seft estaba llorando. Le dolía todo el cuerpo, pero consiguió ponerse a gatas y alejarse como pudo. La gente seguía mirando, lo cual le hizo sentirse peor.

Intentó levantarse. Un desconocido lo ayudó y él, que logró mantenerse erguido, se marchó tambaleándose.

2

Después de la ceremonia y antes de que empezara la fiesta de esa noche, la principal ocupación del día consistía en intercambiar animales. Los ganaderos conocían los peligros de la endogamia y siempre estaban dispuestos a introducir sangre nueva. En todas las ceremonias adquirían animales nuevos, sobre todo toros, carneros y verracos, que generalmente intercambiaban por algún otro que tuvieran ya. Los de más lejos regresarían a sus hogares con machos de la Gran Llanura para mejorar sus ganaderías.

Ani se paseaba por allí con otros dos sabios, Keff y Scagga, en busca de señales de discordia. Las negociaciones solían realizarse con ánimo amistoso, pero podían ponerse feas, y era cometido de los sabios mantener la paz.

El concepto de «sabio» tenía una definición muy amplia, y muchos se unían al grupo o lo dejaban sin demasiado ritual. A Keff lo consideraban el jefe, y ostentaba el título de Guardián del Sílex, pues estaba al cargo de la reserva de riqueza del clan de los ganaderos, un acopio de piedras de sílex a medio tallar que guardaban protegidas en un almacén en el centro de Aguacurva. Scagga pertenecía al grupo porque era el jefe de una gran familia y tenía un carácter muy fuerte. A veces demasiado, para el gusto de Ani. De la propia Ani solían decir que era una mujer de gran sabiduría, aunque ella lo habría descrito más bien como sensatez. Tenía hermanos, hermanas, primos y primas, todos más jóvenes, parientes que también podrían unirse a los sabios cuando ella muriera.

Los sabios gobernaban la comunidad de los ganaderos con delicadeza. No tenían forma de obligar a nada, pero sabían que, si una persona los desafiaba, se enfrentaría a la desaprobación generalizada de los demás, y eso podía hacer la vida muy difícil, así que sus decisiones solían aceptarse.

Ani creía que la felicidad de sus hijos, y de sus posibles nietos, dependía de la prosperidad y el buen funcionamiento de la comunidad, y por eso consideraba que su labor como sabia formaba parte de su deber para con su familia.

Ya estaba embarazada de Han cuando su marido, el intrépido Olin, fue arrollado por la vaca que lo mató, con lo que ella se quedó sola criando a tres hijos. Todos dieron por sentado que encontraría a otro hombre con quien compartir la carga y el lecho; todavía era joven y bastante atractiva, y tenía buenas relaciones por toda la Gran Llanura. Nunca faltaban hombres solos de mediana edad, porque muchas mujeres morían al dar a luz, pero Ani rechazó a todos sus pretendientes. Después de Olin, no fue capaz de volver a amar. Todavía lo veía en su recuerdo, recorriendo la llanura a grandes zancadas con su poblada barba rubia, y esa visión hacía que se le saltaran las lágrimas. «Soy mujer de un solo hombre —decía a veces—. Para mí, solo hay un amor verdadero».

La relación entre Neen y Seft la complacía. El chico parecía decente, de buen corazón, algo rudo pero lo bastante listo para aprender deprisa. Y era guapo a rabiar, con esos pómulos altos, los ojos oscuros y el pelo liso, casi negro. «Estaré encantada si estos dos me dan un nieto», pensó.

Con Joia no estaba tan tranquila. Por fuera, su hija parecía contenta con su familia y sus amigos, y siempre era amable con los demás, pero en su interior se debatían la inquietud y la insatisfacción. Parecía buscar algo, aunque no sabía el qué. Tal vez fuera solo la adolescencia.

Han era un niño alegre, y más aún desde que tenía a la perra. Pia le gustaba, pero todavía eran muy pequeños para que hubiera nada romántico entre ellos, claro. A veces las amistades de la infancia se convertían en amores adultos, pero no sucedía a menudo, y Ani esperaba que no fuera así en ese caso: Pia provenía de una familia agricultora, y las relaciones entre cultivadores y ganaderos solían ser fuente de problemas.

Al mirar alrededor, volvió a reparar en la ausencia de agricultores con el cuello tatuado. ¿Por qué se habían quedado en casa? ¿Qué estarían tramando? Había preguntado a varias agricultoras sin darle demasiada importancia, solo como por charlar de algo, pero ellas no parecían saber nada.

Aparte de animales, las mercancías que solían intercambiarse eran alimentos, herramientas de sílex, cuero, vasijas, cuerdas y arcos y flechas.

Los ganaderos contaban con la ventaja de ser los anfitriones. Todos los demás tenían que transportar sus artículos, a menudo en largos trayectos. En gratitud por ese privilegio, los ganaderos organizaban un banquete al final del día.

Ani vio a la pequeña Pia ofreciendo queso de cabra, tanto

del tierno como del más duro, el que se conservaba más tiempo. A su lado tenía a una mujer que debía de ser su madre. Saludó a la niña y luego habló con la mujer.

—Soy Ani, la madre de Han. Que el dios Sol te sonría.

—Y a ti también —respondió la mujer—. Yo me llamo Yana. Gracias por dar de comer a Pia y a Stam ayer.

—Han lo pasa muy bien jugando con Pia. —Ani no dijo nada de Stam, que había estado todo el rato de mal humor.

—Pia está enamorada de él.

La niña puso cara de vergüenza.

—¡Mamá! —exclamó—. No estoy enamorada de Han. Soy demasiado joven para amores.

—Por supuesto —repuso Yana.

Ani sonrió.

—Prueba mi queso —ofreció la mujer—. Sin compromiso.

Le acercó a Ani un trozo del más tierno sobre una hoja.

—Gracias.

La gente de la Gran Llanura no ordeñaba las vacas porque su leche los hacía enfermar. Los agricultores, sin embargo, sabían convertir la leche de las cabras en queso, y era una exquisitez. Ani lo probó.

—Está buenísimo —dijo—. ¿Querrías dos piezas de cuero lo bastante grandes para hacer zapatos?

—Sí. Y tú, a cambio, te llevas un queso de los grandes.

—Enviaré a alguien con el cuero.

—Muy bien.

Un pequeño recadero llegó buscando a los tres sabios para que mediaran en una disputa y los llevó hasta donde un alfarero ofrecía sus vasijas. Había un hombre descontento con un gran recipiente de cuyo fondo goteaba agua.

Cuando el alfarero vio a los tres sabios, reaccionó de inmediato:

—Hemos hecho un trueque. ¡Ahora no puede devolverlo!

—¡Pero esta vasija gotea! —protestó el hombre.

—Irá muy bien para guardar grano o nabos silvestres. Yo no he dicho que fuera para agua.

—¿Qué te ha dado a cambio de la vasija? —preguntó Ani.

—Tres flechas.

El alfarero le enseñó tres flechas con lascas cortantes de sílex aferradas en los extremos.

—Están perfectas —dijo el flechero.

Ani reparó en que el alfarero era un hombre bajo y orondo, y el flechero, alto y delgado. Se parecían a los objetos que fabricaban, y tuvo que reprimir una sonrisa.

Se volvió hacia el alfarero.

—¿Le has explicado que la vasija no servía para contener agua?

El hombre puso cara de culpabilidad.

—Puede. No lo recuerdo.

—No me lo has dicho —replicó el flechero—. De ser así, jamás te habría dado tres buenas flechas por ella.

Ani se llevó a Keff y a Scagga a un lado para consultar con ellos.

—Ese alfarero es un embaucador —opinó Scagga—. Intentaba quitarse de encima una pieza defectuosa. No es honrado.

—Nos da mala reputación que la gente intercambie artículos estropeados y se vaya sin ningún castigo —señaló Keff.

Ani estaba de acuerdo.

Se volvió hacia el alfarero y tomó la palabra.

—Tienes que devolverle las flechas, y él te devolverá la vasija.

—¿Y si me niego?

—Entonces, más vale que recojas tus cosas y te vuelvas a casa, porque nadie intercambiará nada contigo si desafías nuestra decisión. La gente pensará que no eres honrado.

—¡Y tendrá razón! —apuntilló Scagga.

—Está bien —cedió el alfarero, que entregó las flechas y aceptó la devolución.

—Si quieres hacer trueque con esa vasija —dijo Ani—, dile a la gente que no es para nada líquido y que, por tanto, la pueden conseguir más barata.

El hombre gruñó algo a regañadientes para darse por enterado.

A Ani le sorprendió ver llegar entonces a Joia, que parecía alterada.

—Mamá, tienes que venir —pidió—. Y también Keff y Scagga. Seguidme, por favor, es urgente.

Los tres fueron tras ella.

—¿Qué ha pasado? —preguntó Ani.

—Ha habido una pelea.

A menudo estallaban disputas en las ceremonias, pero los sabios hacían todo lo posible por evitar la violencia.

Joia los llevó a donde había una media docena de personas reunidas junto a un montón de sílex a medio tallar, como si esperaran a ver qué ocurría a continuación. Ani tuvo un mal presentimiento al pensar que podía estar relacionado con el joven Seft.

—Este es Cog, el padre de Seft —explicó Joia—. Hace un rato me he encontrado a Seft, que se volvía a su pozo. Tenía una herida en la cara, iba lleno de magulladuras y caminaba medio encorvado a causa de un puñetazo en la tripa. Me ha dicho que su padre le ha pegado una paliza.

—¿Dónde está ahora? —preguntó Ani.

—Se ha marchado. Le daba vergüenza hablar con la gente.

—¡No es asunto de nadie cómo decido disciplinar a un hijo desobediente! —exclamó Cog con indignación—. Además, el chico me ha pegado. Mira la nariz que llevo. —Le sangraba y la tenía torcida—. La pelea ha sido cosa de los dos —dijo, desafiante.

Unos cordeleros a quienes Ani conocía estaban por allí, y entonces la mujer, Fee, soltó una risa desdeñosa.

—¿Cosa de los dos? —espetó—. Ese grandullón estúpido ha sujetado al chico mientras el padre le daba una tunda. Estaba como un toro enloquecido. ¡El muchacho se ha alejado arrastrándose a cuatro patas!

Cog, furioso, avanzó hacia Fee con un puño levantado.

—¡Como vuelvas a llamarme toro enloquecido, te arranco esa fea cabeza que tienes!

Fee miró a Ani.

—Creo que esto me da la razón, ¿no? —dijo.

Ani se interpuso entre Cog y Fee y le habló al hombre.

—El espíritu del Monumento abomina de la violencia.

—A mí qué me importa el espíritu de nada...

—Eso ya se ve —señaló ella—. Pero no puedes venir aquí y no respetar a los espíritus del lugar.

—Pues yo digo que sí.

Ani negó con la cabeza.

—Tienes que irte a otra parte. Y no vuelvas nunca.

—No puedes obligarme —repuso Cog con desdén.

—Sí que puedo —insistió ella, y se volvió para hablar en voz baja con Keff y Scagga—. Si los dos os adelantáis y dais la voz, yo me quedaré aquí cerca para asegurarme de que se vaya.

Los dos hombres se marcharon y Ani se desplazó a un lugar cercano desde donde podía vigilar a Cog. Se sentó con Venn y Nomi, dos ancianos que fabricaban agujas y alfileres de hueso.

Nomi estaba disgustada.

—He visto la pelea —explicó—. Ha sido cruel. ¿Le has dicho a la gente que no intercambie nada con ese horrible minero?

—Keff y Scagga están en ello ahora mismo.

Charlaron un poco. Al cabo de un buen rato, un hombre con una túnica de cuero echada sobre el brazo se acercó a Cog.

—Pues ese no se ha enterado —dijo Nomi.

—Enseguida lo hará —repuso Ani.

En efecto, un fabricante de bolsas que había frente a Cog llamó al de la túnica, le dijo algo en un aparte y luego se alejó.

Nadie más se acercó a hacer trueque con Cog.

Tras una larga espera, sus dos hijos mayores y él empezaron a recoger los sílex y a meterlos en los cestos. Poco después, ya se habían marchado.

—Bien hecho —le dijo Nomi a Ani.

A Joia le encantaba la fiesta de la noche. Le gustaban los poetas, que cantaban sobre los albores del mundo, cuando los primeros hombres llegaron a la Gran Llanura, y lo que hacían los dioses cuando intervenían en asuntos humanos.

Esas historias la transportaban del mundo cotidiano al universo de los dioses y los espíritus, donde podía suceder cualquier cosa.

—En el principio —declamaba un poeta— no había sol.

Joia ya había oído ese relato antes, aunque contado por otro poeta. La historia siempre era la misma, pero cada cual la narraba de una forma algo diferente. Aun así, todos utilizaban ciertas frases que se repetían.

—La única luz era la de la pálida luna y las titilantes estrellas, así que las personas dormían durante el largo y oscuro día, buscaban comida durante la noche y veneraban a la pálida diosa Luna. La vida era dura porque no veían lo bastante para cazar animales ni recolectar frutos.

Joia se tumbó boca arriba y cerró los ojos, porque así podía imaginar mejor el mundo de antaño.

—Un día, la pálida diosa Luna le habló a un hombre valiente que se llamaba Resk.

Todo el mundo sabía que eso traería problemas. Los dioses podían ser benévolos, pero se ofendían con facilidad. Un poco como los habitantes de los bosques.

—El valiente Resk le contó a la pálida diosa Luna lo difícil que era la vida y le dijo que las personas necesitaban más luz. La pálida diosa Luna se ofendió y montó en cólera porque las personas decían que era demasiado débil.

»Cosas extrañas empezaron a ocurrir en el cielo.

»La pálida luna se hizo más y más pequeña cada noche, hasta que llegó a desaparecer y la única luz fue las de las titilantes estrellas. La gente se lamentó y lloró. Pero, entonces, la pálida luna regresó en forma de fina hoz y empezó a crecer más y más cada noche, hasta que volvió a ser redonda, y todos se alegraron. Sin embargo, a partir de ese día creció y decreció siempre así, como castigo hacia las personas, que habían dicho que la luz de la pálida diosa Luna era débil.

»El valiente Resk viajó por todo el mundo buscando una solución.

Ahí se introducía el largo relato de las aventuras de Resk en tres tierras extrañas: un lugar donde nunca llovía, un lugar donde nunca dejaba de llover y uno donde siempre había nieve.

—Entonces llegó al borde del mundo.

El público guardó silencio. El borde del mundo era una idea que daba mucho miedo.

—Sabía que era peligroso, pero no pensaba dar media vuelta.

»Como estaba oscuro, se cayó por él.

Se produjeron varios suspiros de asombro.

—¡Oh, no! —exclamó alguien.

—Pero un búho pasó volando por debajo y lo atrapó, y entonces el valiente Resk vio una luz brillante que resplandecía bajo el mundo. Al principio no sabía qué era esa luz tan brillante.

—¡El benévolo dios Sol! —señaló mucha gente.

—Sí, ahí era donde vivía el benévolo dios Sol.

»El benévolo dios Sol habló con el valiente Resk y le preguntó por qué había ido hasta el borde del mundo. El valiente Resk le contó que las personas estaban ciegas durante el largo y oscuro día, y le pidió al benévolo dios Sol que subiera a la tierra y brillara sobre ella.

»"Pero la pálida diosa Luna es mi hermana. No quiero eclipsarla", repuso el benévolo dios Sol.

»"Entonces, ven solo durante el día e ilumina nuestra oscuridad. Así, podremos cazar y recolectar frutos mientras estás con nosotros, y dormiremos cuando te vayas", pidió el valiente Resk.

»El benévolo dios Sol accedió a eso.

»"Pero vendrás todos los días, ¿verdad?", preguntó el valiente Resk.

»"Supongo que sí", contestó el benévolo dios Sol.

»Y las personas tuvieron que contentarse con eso.

Hasta que oyó esa historia, Joia se había preguntado por qué la luna crecía y decrecía, y por qué el sol se iba por la noche y regresaba por la mañana. Le fascinaba la idea de que el mundo se acabara en algún lugar. Porque en algún sitio tenía que acabarse, suponía...

La oscuridad había caído mientras el poeta declamaba su historia. Los niños ya se iban a dormir, y también algunos adultos, aunque no todos. Había llegado el momento del festejo.

Todo el mundo sabía que lo ideal era que a un niño lo criaran una madre y un padre, y las parejas que tenían descendencia solían evitar relaciones amorosas con otras personas. Sin embargo, la endogamia era tan peligrosa en los humanos como en el ganado. Incluso los agricultores, entre quienes la mujer estaba sometida al hombre, comprendían el beneficio que suponía la sangre nueva. Por eso, la noche del Solsticio de Verano muchas parejas se separaban, aunque fuera solo durante un rato. Resultaba especialmente bueno engendrar a un niño con alguien de muy lejos. Cuando sucedía algo así, tanto las parejas locales como las forasteras criaban a la descendencia resultante como si fuera de los suyos.

Por eso el festejo era una atracción mayúscula, y no tardó en empezar.

Joia suponía que algunas personas ya habían acordado de antemano con quién se irían, porque se emparejaron deprisa y salieron del poblado con entusiasmo. Otras paseaban por allí esperando despertar el interés de alguien. Los hombres mayores no se fijaban en ella y sus amigas; el sexo entre jóvenes y adultos era tabú.

Joia estaba con su prima Vee y su amiga Roni, que hablaban muy emocionadas sobre los chicos que les gustaban y se reían de los que no les parecían atractivos. Las dos estaban de acuerdo en que no querían engendrar hijos todavía, pero comentaban qué caricias sí les permitirían a los chicos, en cambio.

Joia pensaba que Roni atraería a cualquier chico sin ningún problema. Era la más guapa de las tres, con una piel suave y morena, y los ojos grandes. Vee podía resultar algo intimidante: su pose y su forma de andar tenían un aire desafiante, como si siempre estuviera dispuesta a pelear. Eso podía desanimar a los pretendientes.

Ella no estaba demasiado entusiasmada. Suponía que acabaría besándose con algún chico, pero no conseguía que la idea la emocionara. A veces era diferente de las demás.

A Joia le fascinaban el sol, la luna y las estrellas, así como las formas diferentes que tenían de moverse por el cielo. Pensaba mucho en los espíritus que vivían en los ríos, en las piedras y en las criaturas salvajes, espíritus que podían ser benévolos o traviesos, o directamente malignos. Le gustaban los números. «Tu primera palabra fue "mamá", pero la segunda fue "dos"», recordaba que le contó su madre una vez.

En ocasiones, Joia pensaba que le pasaba algo malo.

Las tres amigas se pasearon por las afueras del poblado en el cálido aire nocturno, con cuidado de no pisar a nadie que estuviera disfrutando de la libertad de esa noche especial, ya fuera en pareja, en trío o en cuarteto, algunos solo de hombres o solo de mujeres, otros mixtos. Estaba demasiado oscuro para ver exactamente qué hacía la gente, pero proferían sonidos apasionados, suspiros, gemidos y exclamaciones repentinas.

Joia buscaba a su hermana, Neen. Tenía curiosidad por saber si se habría ido con Enwood ahora que Seft se había marchado, pero no los vio ni a ella ni a él.

Vee y Roni estaban impacientes, aunque al mismo tiempo sentían cierta aprensión, y Joia notó que el tono de sus voces había subido un poco. No tardaron mucho en cruzarse con un grupo de chicos, entre ellos el hermano de Vee, Cass, que tenía dieciséis solsticios de verano. Hablaron un rato y estuvieron tomándose el pelo hasta que el más guapo de todos, Robbo, amigo de Cass, rodeó a Roni con un brazo.

«Qué fácil», pensó Joia.

La jugada de Robbo fue la señal para Moke, un chico más bien del montón que se acercó a Vee. Joia esperaba que ella lo rechazara; Vee había repetido hasta la saciedad que solo besaría a chicos guapos de verdad. Sin embargo, parecía haberlo olvidado todo, porque besó a Moke sin que nadie se lo pidiera.

Solo quedaba Joia.

Tras un momento de incertidumbre, Cass le sonrió. A ella le caía bien, era simpático e inteligente.

—Supongo que te ha gustado el poema sobre la diosa Luna y el dios Sol —le dijo él entonces, porque sabía que esas cosas le interesaban.

Aun así, y por mucho que pensara que debía besarlo, a Joia no le apetecía.

También Cass parecía vacilar, de modo que Joia se dijo: «Acabemos ya con esto». Le puso una mano en el hombro, inclinó la cabeza y le dio un beso.

Sin embargo, no sabía qué más hacer después, y por lo visto él tampoco. Se quedaron un buen rato así, con los labios del uno sobre los del otro. A Joia, la boca de Cass no la excitaba. No le decía nada. Ni le gustaba ni le desagradaba. Aquello parecía inútil y sin sentido, de modo que se apartó de él.

El chico lo notó.

—No te ha hecho sentir nada agradable, ¿verdad? —dijo. Su tono fue amable, no se había enfadado.

—No, la verdad es que no —repuso ella—. Lo siento.

—¿Qué te haría sentir algo? ¿Lo sabes?

—No tengo ni idea.

—Bueno... Espero que lo descubras pronto.

Le dio otro beso, muy corto, y se marchó.

Vee y Roni seguían besuqueándose con Moke y Robbo. Joia, sin embargo, estaba triste, se sentía algo perdida. Dejó al grupo y siguió andando por las afueras del poblado. Pero ¿qué le pasaba? Estaba rodeada de personas entregadas a toda clase de actos sexuales que parecían disfrutar muchísimo, y a ella le era indiferente.

Entonces vio a la madre de Vee, Kae, que venía de la dirección opuesta e iba del brazo con Inka, una de las sacerdotisas. Kae pertenecía a su clan: era la viuda del difunto hermano de Ani. A Joia le caía bien porque era una mujer cálida y generosa, con una sonrisa fácil. Siguiendo un impulso, se acercó a ella y la besó.

Aquello era otra cosa. Joia notó los labios de Kae, carnosos y cálidos, contra los suyos. La mujer le rodeó los hombros con un brazo y la estrechó. Sus labios se movieron un poco, como si exploraran los de Joia, que entonces notó la punta de la lengua de Kae.

Joia podría haber estado muchísimo tiempo así, pero la mujer interrumpió el abrazo con un suspiro.

—Eres un encanto, Joia —dijo—. Pero creo que deberías aprender todas estas cosas con alguien de tu edad.

Ella se sintió rechazada, y debió de notársele, porque Kae añadió:

—Lo siento. —Le acarició la melena rizada—. Pero no es bueno que alguien mayor enseñe a alguien joven.

—Los amantes deben ser iguales —dijo Inka, su compañera.

—Está bien —repuso Joia—. Aun así, el beso me ha gustado.

—Buena suerte —le deseó Kae, y se marchó con Inka.

Joia se sentía desbordada. Necesitaba paz y tranquilidad para reflexionar, así que se fue a casa.

Allí encontró a su madre y también a Neen. Se habían tumbado, pero seguían despiertas, hablando.

—¿No has ido al festejo? —le preguntó a su hermana.

—No.

—Pensaba que estarías con Enwood.

Neen suspiró.

—No consigo decidirme. Quería estar con Enwood esta noche. Luego apareció Seft, y no dejaba de pensar en él, pero ahora se ha marchado.

—Seft cree que eres una diosa.

—Mientras que Enwood tiene veinte solsticios y es demasiado mayor para venerar a una simple humana.

—Alguno de los dos te gustará más que el otro... —expuso Joia, a modo de argumentación.

—Seft es más agradable, pero Enwood está aquí.

Ani cambió de tema.

—Pareces alterada, Joia. Es evidente que no te lo has pasado bien en el festejo. ¿Qué ha ocurrido?

Ella se tumbó junto a las dos.

—Bueno —dijo—. Primero, Roni se ha ido con Robbo.

—Los dos más guapos —opinó Neen.

—Suele ser así —repuso Ani.

—Y Vee se ha ido con Moke. Parecía tener muchas ganas.

—Me alegro por ella. Pero ¿y tú?

—He besado a Cass, el hermano de Vee.

—¿Y...?

—Nada. —Joia se encogió de hombros—. No he sentido nada. Solo la boca de un chico.

—¿Se ha molestado?

—No, ha reaccionado muy bien, pero ha sido una pérdida de tiempo.

—¿Y entonces has venido a casa?

—No. —Joia dudó, pero decidió contarles la verdad—. Luego he besado a la madre de Vee.

—¡A una mujer! —exclamó Neen—. Menuda sorpresa. ¿Y qué tal ha sido?

—Muy agradable, pero me ha dicho que debería besar a alguien de mi edad.

—Y tiene razón —añadió Ani con vehemencia.

—Solo que ahora ya no sé lo que quiero… Si es que quiero algo.

—Bueno —dijo su madre—, has descubierto que te atraen las mujeres, no los hombres.

—No sé. No me imagino besando a Vee ni a Roni, ni a ninguna de las demás chicas.

—No te preocupes. Si no te atrae el sexo, acéptalo así. No es obligatorio, y tal vez cambies con el tiempo.

—¿Tú crees?

—A algunos les pasa. Cuando yo tenía tu edad, conocía a un chico que siempre iba con otros chicos y nunca se interesó por las chicas. Luego, de mayor, se enamoró de una mujer. Todavía están juntos y tienen hijos. Aunque me parece que, en el festejo, él sigue yéndose con hombres.

—No me gusta ser diferente de los demás —dijo Joia con tristeza—. Esta noche he sentido que soy una decepción.

—Eres diferente. Siempre lo he sabido. Pero no eres ninguna decepción… Más bien lo contrario. Eres especial. Créeme, vivirás una vida interesante.

—¿De verdad?

—Ya lo creo que sí —le dijo Ani en confidencia—. Espera y verás.

3

Seft despertó en la casa que había junto al pozo. Le dolía todo el cuerpo. El vientre, la cabeza... Cuando se tocó la cara, notó una hinchazón sensible al tacto cerca del ojo izquierdo.

No obstante, le escocía mucho más la vergüenza.

Toda esa gente había visto cómo lo apaleaban igual que a un perro y huía a cuatro patas. Tras ponerse en pie, había mantenido la cabeza gacha y se había escabullido entre la multitud tratando de no llamar la atención, pero no había tenido suerte y se había topado con Joia. A esas alturas, Neen estaría enterada de su humillación. ¿Cómo iba a respetarlo después de lo que había ocurrido?

Qué deprisa había pasado de la felicidad a la desdicha...

Se levantó y fue al manantial que había cerca de allí, donde bebió y sumergió la cabeza en el agua fresca. Cuando volvió a la casa, encontró algo de cerdo frío en una saca de cuero y comió una tajada para desayunar, lo que contribuyó a que se sintiera un poco mejor.

Luego fue a echarle un vistazo al pozo. Menudo desastre.

El suelo estaba repleto de fragmentos de caliza, esquirlas de sílex, restos de huesos de las comidas, picos de asta de ciervo que ya no servían, palas rotas y calzado desgastado. Su padre le había dicho que lo limpiara. «Deberíamos hacerlo a diario —pensó—. Así no nos pasaríamos la vida revolcándonos en la porquería».

Decidió que era mejor ponerse cuanto antes. Se trataba de una de esas tareas necesarias, tampoco tenía nada más que hacer y se metería en líos si desobedecía órdenes.

Volvió a la casa a buscar un cesto, pero, cuando la miró, vio que estaba a punto de venirse abajo. La entrada se componía de dos postes y un dintel atado a estos con correas de cuero. Mientras ellos estaban fuera, las correas se habían roto y el dintel se había desplazado. Un extremo se apoyaba aún en uno de los maderos, pero el otro colgaba en el aire. La noche anterior, Seft se encontraba en tal estado que ni se había fijado.

Las vigas que descansaban en el dintel habían perdido su soporte; tarde o temprano se desplomarían y se llevarían consigo parte de la cubierta, si no toda. Había que repararlo de inmediato.

La manera más sencilla era atando de nuevo el dintel a los postes con otras correas. Sin embargo, no tenía. Y, además, tampoco le parecía una solución satisfactoria, ya que al final volverían a pudrirse.

Quería examinar mejor el dintel, pero estaba muy alto. Reunió varios fragmentos de caliza que rescató del montón de escombros y los apiló en la entrada para formar una pequeña plataforma. Subido a ella, podría echarle un buen vistazo.

Era un tronco del grosor aproximado de su muslo y tan

largo como su brazo. Comprobó que también estaba podrido por la humedad y que no habría tardado en desplomarse si las correas no se hubieran descompuesto antes. En definitiva, había que cambiarlo.

En el interior de la casa tenían un escondite, un hoyo oculto bajo una tapa de madera y una capa de tierra sobre la que estaban dispuestas las pieles con las que cubrían el suelo. Lo retiró todo y extrajo un hacha de sílex. Luego volvió a disimular el agujero.

Buscó cerca del pozo y finalmente encontró un árbol joven que más o menos tenía el tamaño adecuado. Talarlo y cortarlo con el hacha de sílex para dejarlo de la longitud correcta le llevó el resto de la mañana y tuvo que afilar la herramienta varias veces.

A mediodía, comió un poco más de cerdo frío, bebió del manantial y se echó a descansar un rato. Seguía doliéndole todo, pero el trabajo había hecho que olvidara las molestias durante un rato.

Retiró el dintel antiguo y lo sustituyó por el nuevo, pero aún tenía que solucionar el problema de la estabilidad y no disponía de correas, de manera que se preguntó si habría otra manera de sujetarlo a los postes.

Tal vez podía usar un punzón hecho de sílex para abrir un agujero en cada extremo del dintel, luego practicar sendas entalladuras en la parte superior de los postes y hacer pasar una espiga larga por cada agujero del dintel para encajarla en la entalladura. La solución no le gustaba demasiado; era mucho trabajo para realizarlo con un punzón, y las espigas podían romperse.

Lo pensó un poco más y se le ocurrió algo mejor.

Podía adelgazar la parte superior de los postes con un cincel de sílex hasta dejar una punta en el medio, como una espiga. Después practicaría unos agujeros correspondientes en el dintel. Tendría que poner mucha atención en las medidas para que, al colocar el travesaño sobre los dos maderos verticales, las espigas encajaran a la perfección y con firmeza en las entalladuras del dintel.

No veía ningún motivo por el que no fuera a funcionar.

Destinó la tarde a poner su idea en práctica y a pensar en Neen.

Recordar los ratos que habían compartido lo animó. Durante la noche que habían pasado juntos, ella le había enseñado cosas con las que él ni siquiera había soñado. Sonrió evocándolas. En sus fantasías, Neen se convertía en una madre sabia y bondadosa como Ani. Neen y él serían unos padres atentos y cariñosos, y jamás harían daño a su hijos, que crecerían felices.

Sin embargo, ella se había negado a hablar de un futuro juntos, lo que significaba —y cuantas más vueltas le daba, más convencido estaba— que Neen seguía pensando en Enwood.

Cuánto deseaba volver a hablar con ella, pero ¿cuándo la vería? ¿Tenía suficientes agallas para desafiar a su padre una vez más y huir de allí? Era una posibilidad que ni siquiera podía plantearse mientras continuara doliéndole todo de esa manera. Además, ¿qué diría Neen cuando se presentara ante su casa?

Las espigas encajaron en los agujeros a la primera y Seft volvió a apoyar las vigas sueltas sobre el dintel. Su peso afianzaría cada ensamblaje de entalladura y espiga.

Oyó un ruido y, al volverse, vio que su familia había llegado a casa. Cog, Olf y Cam estaban en el borde del pozo y miraban abajo. Seft comprobó con secreta satisfacción que Cog tenía la nariz roja e hinchada.

—¡No lo has limpiado! —exclamó su padre.

—Está lleno de basura —dijo Olf.

—¡Maldito vago! —se lamentó Cam.

—Eso no importa, he impedido que la casa se cayera —se defendió Seft, bajando de la plataforma.

—A mí no me digas lo que importa o lo que no importa —repuso Cog de mal humor—. Te he ordenado que limpiaras el suelo del pozo y no lo has hecho.

A Seft se le cayó el alma a los pies. ¿De verdad insistía en que no había hecho nada útil? ¿Cómo podía ser tan cretino?

—El dintel estaba podrido y se había salido de un poste. La casa estaba a punto de caerse, pero he hecho uno nuevo.

Cog no estaba dispuesto a dar su brazo a torcer.

—Menudo desastre, si ni siquiera lo has atado a los maderos… Has estado escaqueándote de trabajar, muchacho. Tendrías que haber seguido mis órdenes. Ponte a limpiar de una vez.

—¿Ni siquiera vas a mirar cómo lo he hecho? —protestó Seft.

—Pues claro que no, lo que voy a hacer es cocinar la carne de vaca que traigo de Rioalto.

A Seft le sorprendió oír lo de Rioalto. Su padre y sus hermanos debían de haber dejado el Monumento muy temprano y haber ido hasta allí a intercambiar sus sílex, aunque ignoraba por qué. Tal vez se habían metido en líos por culpa de la pelea.

Eso esperaba.

—Y no cenarás hasta que el pozo esté limpio —añadió Cog.

Aquello era indignante.

—Tengo el mismo derecho que vosotros a esa carne. He extraído el sílex por el que la has cambiado. ¿Ahora vas a robármela, como un ladrón cualquiera?

—No, si acabas de limpiar el pozo.

Dicho eso, Cog se apartó del borde y sus hijos lo siguieron.

Seft sintió ganas de echarse a llorar, pero cogió el cesto y bajó por el tronco con muescas talladas a los lados a fin de que sirvieran de apoyo para las manos y los pies. Recogió basura hasta llenar el cesto, luego regresó a la superficie subiendo por el tronco y lo arrojó todo a la pila de escombros.

Cog, Olf y Cam se habían echado en el suelo a descansar, frente a la casa. Habían encendido un fuego y Seft olió a carne asada. Volvió a bajar al pozo y siguió recogiendo basura.

En el siguiente viaje, vio que Wun, el minero entrometido, estaba allí. Era un hombre menudo, de movimientos rápidos y mente despierta, y le preguntaba a Cog qué tal le había ido en Rioalto.

—Muy bien —se apresuró a contestar este—. No me ha quedado ni un sílex para intercambiar.

—Me alegro —dijo Wun.

—No volveré al Monumento, no vale la pena.

—De todas maneras, creo que tampoco te dejarían —repuso Wun—. Estaban bastante enfadados.

Seft vio que Cog torcía el gesto y supo que el comentario lo había contrariado, pero Wun no se dejó intimidar. No le tenía miedo a su padre, y le caía bien por eso.

—Esa carne parece que está a punto. Y huele de maravilla —dijo Wun.

—¿Ah, sí? —Cog no tenía la menor intención de invitarlo.

Seft vació el cesto y regresó al borde del pozo.

—Aquí está la causa de todos los problemas —bromeó Wun al reparar en él—. Supongo que te habrás pasado el día holgazaneando, muchacho.

Seft deseaba que alguien reconociera el mérito de sus esfuerzos.

—Si quieres saber en qué he empleado el día, Wun, échale un vistazo al dintel de la puerta. Se había caído y la casa estaba a punto de desmoronarse.

—Pero no lo has atado —repuso el hombre.

—Y aun así parece firme, ¿no crees? Dale un empujón, a ver si se mueve.

Wun lo hizo y el dintel aguantó.

—¿Cómo lo has hecho?

—Lo he encajado en los maderos con unas espigas.

El hombre estaba fascinado.

—¿Quién te lo ha enseñado?

—Nadie. Estaba pensando en el problema, aquí solo, y he probado una idea nueva.

Wun se lo quedó mirando con sus ojos amarillentos.

—¿De verdad?

Al joven le irritó su escepticismo.

—¡Nadie más sabe hacerlo! —protestó, indignado—. Es idea mía.

—Bien hecho.

La admiración que Seft descubrió en la expresión de Wun compensó en cierta medida el rechazo de su padre.

—Debes de estar satisfecho —dijo el hombre dirigiéndose a Cog.

El interpelado ni siquiera alzó la vista.

—Le había ordenado que limpiara el suelo del pozo.

Wun se echó a reír y sacudió la cabeza, incrédulo.

—El viejo Cog de siempre. —Se quedó pensativo y, al cabo, añadió—: Me cae bien tu chico y me gustaría darle trabajo. ¿Dejarías que se fuera?

—No, gracias.

—¿De verdad? —Wun lo miró sorprendido—. Por cómo lo tratas, creía que estarías encantado de deshacerte de él.

—Eso es asunto mío.

—Claro, Cog, por supuesto que es asunto tuyo, pero te lo compensaría con creces.

—La respuesta es no —insistió Cog con obstinación—. Y no voy a cambiar de opinión.

—Está bien. —Wun aceptó la decisión—. Enhorabuena de todas formas, Seft. —Paseó la mirada por el grupo—. Buen provecho. Que el dios Sol os sonría.

—Y a ti también —contestó Seft, aunque los demás permanecieron callados.

Lo siguió con la mirada mientras el hombre se alejaba.

—¿Qué haces ahí parado? Ese pozo aún no está limpio.

Seft bajó de nuevo por el tronco.

Seft prosiguió incluso después de que anocheciera, trabajando a la luz de las estrellas. Cuando por fin terminó, todos se habían retirado y habían ajustado la puerta de la casa, la típica pantalla hecha de mimbre. La levantó sin hacer ruido, entró y volvió a colocarla en su sitio.

Todos dormían y Olf roncaba.

Seft estaba muerto de hambre. Buscó su trozo de carne, pero solo habían dejado los huesos.

Hirvió de rabia. Aún empuñaba el hacha de sílex. La aferró con fuerza; podría matarlos a todos en ese mismo momento, pero relajó la mano y se tumbó. «No soy de esos, está claro», pensó, y cerró los ojos.

Estaba agotado, pero seguía dándole vueltas a la cabeza y no podía dormir. Wun lo había cambiado todo. Cog había rechazado su propuesta, pero Seft no. Llevaba ya un tiempo preguntándose cómo se ganaría la vida si huyera, y ese día Wun le había dado la respuesta.

Sintió que lo invadía un oleada de esperanza, aunque había algunas pegas. ¿Permitiría Wun que Seft se incorporara a su grupo en contra de la voluntad de Cog? Lo creía posible. Wun no se dejaba amilanar con facilidad y no parecía temer a Cog. Tenía hijos que lo protegerían, y también más parientes. No le costaba imaginarlo plantándole cara a su padre.

¿Cómo se las apañaría para irse sin alertar a la familia? Tenían el estómago lleno, estaban profundamente dormidos y él procuraría no hacer ruido, pero ¿y si alguno de ellos se despertaba? Murmuraría algo como que tenía que salir a mear.

Aun así, era muy probable que su padre fuera tras él; por lo tanto, lo más sensato sería desaparecer durante uno o dos días. Que perdieran el tiempo buscándolo hasta que se hartaran. Luego, iría al pozo de Wun.

En cualquier caso, después de haber visto la libertad al alcance de la mano, no podía renunciar a ella.

Se imaginó contándoselo a Neen. «Me levanté y me fui sin más», le diría.

«Se acabó lo de soñar, voy a hacerlo», pensó, y se puso de pie.

Olf gruñó, se dio la vuelta y dejó de roncar. Seft se quedó completamente inmóvil. Su hermano no abrió los ojos y, poco después, roncaba de nuevo.

Seft se dirigió a la salida y agarró la pantalla de la entrada.

—¿Qué haces? —preguntó su padre.

El joven se volvió y lo miró. Cog aún seguía medio dormido, pero había abierto los ojos.

—¿Dónde está mi cena? —preguntó Seft con voz airada, dejándose llevar por la inspiración.

—No ha quedado nada —contestó su padre, tras lo que cerró los ojos y se dio la vuelta.

Seft levantó la pantalla sin hacer ruido, salió y la colocó de nuevo en su sitio. Si era necesario, echaría a correr.

No oyó ni una palabra más.

Se alejó de la casa. Hacía una noche cálida y la luna brillaba en el firmamento. Se dirigió hacia el norte. Una vez se hubo alejado lo suficiente como para que no oyeran sus pasos desde la casa, se volvió y echó un vistazo.

Todo continuaba en silencio.

—Adiós, cerdos asquerosos —susurró.

Y emprendió la huida.

Continuó hacia el norte. Dejó la llanura, se adentró en las colinas y siguió caminando; no pensaba dejar nada al azar.

Conocía bien esa zona. Su padre observaba la semana de doce días, con dos de descanso, y a Seft le gustaba apartarse de su familia y explorar por su cuenta. Llegó a un valle que recordaba de una de esas aventuras en solitario. Se le había quedado grabado en la memoria porque allí había visto un uro, una especie de res de gran tamaño y cuernos amplios y puntiagudos. No abundaban; de hecho, no había visto ninguno ni antes ni después de ese. Seft se había asustado y trepó a un árbol hasta que el animal se marchó.

Esta vez se echó en el suelo con la esperanza de que el uro no siguiera merodeando por allí. Oyó ulular a una lechuza y se quedó dormido.

Despertó al alba. El lugar le resultaba familiar. Unas cuantas ovejas pacían entre los árboles. Miró en derredor y vio centenares de piedras planas que cubrían el terreno, como si los dioses las hubieran dispuesto de esa manera. Algunas eran enormes, tan largas como cuatro hombres tumbados uno a continuación de otro. Él lo llamaba el valle de las Piedras. Por allí cerca vivía un pastor, el único habitante de la zona.

Comió unas cuantas frambuesas y luego volvió al sur, a una colina desde la que se veían el pozo y la casa a lo lejos. Oculto bajo la sombra de un árbol, estuvo observando cómo su familia se levantaba y desayunaba. Cuando acabaron, los tres pusieron rumbo hacia el oeste, sin duda en dirección al pozo de Wun.

Seft permaneció todo el día en ese punto elevado, hasta que vio que Cog, Olf y Cam volvían con aspecto derrotado y cansados por la larga caminata. Habían encontrado el pozo de Wun y Seft no estaba allí.

Esa noche dormiría de nuevo en el valle de las Piedras. Quizá el pastor le diera algo de comer.

Y por la mañana iría al pozo de Wun.

4

Las mujeres y los hijos de los agricultores tardaron dos días en volver a casa tras la Ceremonia del Solsticio de Verano. Tenían que cruzar toda la llanura de este a oeste. Un adulto sano podía hacerlo en un día, pero no así los niños ni los adultos que se encargaban de ellos. No obstante, se trataba de un viaje agradable para hacerlo durante el verano y Pia, que iba de la mano de Mo, una niña de su misma edad, estaba contenta. Su primo Stam había cogido un berrinche y se había negado a seguir andando, por lo que su madre, Katch, se había visto obligada a llevarlo a cuestas todo el camino.

Pasaron por varios poblados de ganaderos. Casi todos bordeaban la llanura, próximos a los tres ríos principales, el río del Este, el del Norte y el del Sur; pero unos pocos se alzaban en mitad de esta, siempre cerca de un arroyo o un manantial. Se componían de solo dos o tres casas, habitadas generalmente por personas de la misma familia. La madre de Pia, Yana, le había explicado que los ganaderos debían vigilar el ganado para asegurarse de que estuviera a salvo o evitar que se descarriara, por lo que Pia se había fijado en que siempre había una o dos personas cerca de las manadas, hombres, mujeres y niños, cuidando las reses.

La niña y su amiga les tenían miedo a los animales, por lo que ninguna de las dos se apartaba de los adultos.

Pia le habló a Mo de Han, de su madre y sus hermanas.

—Es muy divertido jugar con él, y me dejó acariciar a su perra.

—¿Ahora eres su novia? —preguntó Mo.

—No, dice que eso son tonterías de mayores.

La madre de Han había sido muy amable y había invitado a Pia y a Stam a quedarse a comer. A la niña le había sorprendido darse cuenta de que no había ningún hombre en la casa, algo que no se permitía entre los agricultores. En su comunidad, todas las mujeres tenían un compañero, al que pertenecían.

A medida que se aproximaban a las tierras de cultivo, decidió preguntarle a su madre acerca de esa diferencia.

—¿Por qué las familias de los ganaderos no se parecen a las nuestras?

—¿En qué sentido? —quiso saber Yana.

—Comparten la comida con cualquiera que haya cerca. Nosotros no.

—Eso es porque los ganaderos no tienen ganado propio. Con tantas reses yendo de un lado a otro por la Gran Llanura, sería imposible saber de quién es cada una, así que los animales pertenecen a la comunidad y todo el mundo tiene derecho a lo que se cocine. Nosotros lo hacemos de otra manera. En nuestro caso, cada hombre es dueño de sus tierras y las cultiva con su mujer y sus hijos, y con nadie más. ¿Por qué deberíamos compartir lo que da la tierra con personas que no han ayudado a cultivarla?

—Pero la madre de Han no vive con ningún hombre.

—Para nosotros, eso no es posible. Nosotros creemos que las mujeres pertenecen a los hombres, ya sea a su padre o a su pareja.

—El padre de Han murió.

—Si su madre fuera agricultora, tendría un año para encontrar otro compañero. Esas son nuestras normas.

Pia lo encontró lógico, aunque le había parecido que la madre de Han vivía la mar de feliz sin un hombre.

—Los ganaderos les hablan de una manera rara a las mujeres. No como papá te habla a ti —insistió la niña.

—Nosotros pensamos que alguien tiene que estar al mando, y en nuestra comunidad es el hombre quien le dice a la mujer lo que debe hacer.

—¿Por qué? —preguntó Pia tras reflexionar un momento.

Yana desvió la mirada y su hija pensó que tal vez se tratara de una de esas cosas de las que los niños no debían hablar. Sin embargo, su madre contestó al cabo de poco.

—Los hombres son fuertes.

—Bueno, pero, si la mujer es lista, es ella la que debería decirle al hombre fuerte lo que hay que hacer.

Yana se echó a reír.

—Puede que sí, pero ni se te ocurra decir eso delante de nuestros hombres. Se enfadarían.

Esa respuesta le hizo pensar que su madre no aceptaba por completo las normas de los agricultores.

Al acercarse a las tierras de cultivo, llegaron a un paso entre dos bosques. Pia sabía que sus nombres eran bosque del

Este y bosque del Oeste, y que el espacio que se abría entre ellos se llamaba la Brecha. Sin embargo, se dio cuenta de que la Brecha no tenía el mismo aspecto que cuando habían partido de camino a la ceremonia. En aquel momento había hierba, y ahora la tierra estaba removida y lista para la siembra. Se preguntó el motivo.

Su madre se detuvo en seco, contemplando el campo de tierra.

—Así que esto era lo que se traían entre manos —dijo al cabo de un momento.

—¿Quiénes?

—Nuestros hombres. Mientras estábamos fuera.

Pia recordó que Ani se había interesado por la ausencia de los agricultores varones en la ceremonia. En aquel momento, ella no le había dado más vueltas. Ani lo había preguntado de manera natural, sin darle mucha importancia, aunque quizá sabía que la tenía.

—Querían hacerlo mientras estábamos en la Ceremonia del Solsticio de Verano para que no intentáramos convencerlos de lo contrario —masculló Yana para sí, con la voz llena de ira.

—¿Qué ha hecho papá?

—Ha labrado la Brecha. Seguramente han sido todos los hombres, siguiendo las órdenes de Troon, tanto si les gustaba como si no.

Lo dijo como si se tratara de un gran problema, aunque Pia no entendía el motivo. Los agricultores removían la tierra para plantar las semillas, ¿qué había de raro en eso?

—¿Por qué estás enfadada? —le preguntó a su madre.

—Porque la Brecha eran tierras de pasto para los ganaderos, y se van a enfadar con nosotros por convertirlas en tierras de cultivo.

—Entonces es como cuando Stam me quita un juguete y se va corriendo —dijo Pia tras pensarlo un momento.

—Exacto.

—Y luego yo corro detrás de él, lo tiro al suelo, se lo quito y él se pone a llorar.

—Sí —dijo Yana—. Eso es lo que me preocupa.

—Los hombres han debido de trabajar día y noche para labrar toda la Brecha tan deprisa —comentó una amiga de Yana, una mujer de espaldas anchas llamada Reen—. Qué ladinos son, nunca sabes qué se traen entre manos.

—Mi Alno no habría hecho esta insensatez de no haberse visto obligado —aseguró Yana—. Solo espero que no haya problemas con los ganaderos.

Se oyeron murmullos de aprobación entre algunas mujeres.

—No sé cómo van a impedirlo —repuso Reen con cara sombría.

Pia vio a lo lejos a dos personas que cruzaban la Brecha en dirección a ellas. Las reconoció en cuanto las tuvo algo más cerca: una era Troon, que ostentaba el título de Gran Hombre por ser el jefe de los agricultores, lo cual resultaba gracioso porque era bastante menudo, aunque lo compensaba gritando de manera autoritaria. El otro era su segundo, Shen.

Troon era el padre de Stam, que entonces corrió hacia él emocionado. El hombre le dio unas palmaditas en la cabeza y saludó a Katch, la madre del niño, con un gesto. Pia se preguntó si la timidez de Katch podía achacarse a la actitud dominante de su compañero.

La madre de Stam y el padre de Pia eran hermanos, de modo que Stam y Pia eran primos, una palabra cuyo significado la niña había aprendido hacía poco.

Casi todo el mundo temía a Troon, pero Yana no se contaba entre esas personas.

—¿Se puede saber qué habéis hecho? —preguntó.

Las demás mujeres se acercaron para oír la conversación. Yana estaba arriesgándose mucho al criticar a Troon. Las demás no se habrían atrevido, pero se alegraban de que alguien le plantara cara.

El tono pareció ofender al jefe, pero se mostró contenido al contestar:

—He conseguido más tierras de cultivo. Las necesitamos. —Recorrió el círculo con la mirada—. Las mujeres no dejáis de tener niños y cada año hay más bocas que alimentar.

A Yana no le satisfizo la respuesta.

—Eran tierras de pasto de los ganaderos, y el paso que utilizan para cruzar los bosques y llegar hasta el río. Se lo tomarán como un ultraje.

—Que se lo tomen como quieran. Las necesitamos.

—Has sido imprudente. Los ganaderos no van a quedarse de brazos cruzados.

Pia vio expresiones sobrecogidas ante la insistencia de Yana.

—Eso déjamelo a mí —dijo Troon, aunque parecía a la defensiva, como si Yana fuera la jefa y estuviera reprendiéndolo—. No te preocupes.

—Sí me preocupo, y tú también lo harás si esto provoca una guerra. Hay por lo menos diez ganaderos por cada agricultor. Acabarán con nosotros.

—Nunca nos atacarán. Los ganaderos están gobernados por sus mujeres. Son cobardes.

—Espero que tengas razón —dijo Yana.

Ani no había dejado de preguntarse qué habían estado haciendo los agricultores durante su ausencia de la Ceremonia del Solsticio de Verano y por fin lo sabía.

Los corredores, hombres y mujeres jóvenes capaces de cruzar toda la llanura en menos de medio día, solían encargarse de transmitir los mensajes urgentes. Dos días después de la Ceremonia del Solsticio de Verano, un corredor de los ganaderos del oeste llegó a Aguacurva con un mensaje para los sabios: los agricultores se habían hecho con una gran extensión de tierras de pasto y las habían cavado para sembrarlas.

Los cultivadores eran agresivos. Ani lo achacaba a la inseguridad que conllevaba su forma de vida: una comunidad de agricultores podía desaparecer tras un solo año de malas cosechas, mientras que las manadas eran capaces de sobrevivir a dos o más veranos de sequía. Además, las agricultoras parían niños orondos cada uno o dos solsticios de verano, quizá porque subsistían a base de grano y queso. Las ganaderas, que se alimentaban de carne y verduras, eran más delgadas, y quizá por eso daban a luz con menos frecuencia, aproximadamente una vez cada cuatro solsticios.

Los sabios se reunieron junto a los círculos de troncos de Aguacurva para comentar la noticia, pero enseguida comprendieron que debían ver con sus propios ojos lo que habían hecho los agricultores antes de poder tomar una decisión, de modo que acordaron que una delegación partiría hacia la Brecha al día siguiente. Keff, Ani y Scagga, los tres sabios más activos, fueron los elegidos.

La caminata sería larga, pero Ani adoraba las praderas infinitas, salpicadas de flores silvestres de colores llamativos, y el vasto cielo azul. Al proceder de un poblado grande situado cerca de un río, a veces olvidaba lo magnífica que era la Gran Llanura. Se sentía afortunada de vivir allí.

A los antepasados de los habitantes de la Gran Llanura les gustaba enterrar a sus muertos en tumbas que cubrían con tierra. Esas pequeñas colinas, que llamaban túmulos, estaban por todas partes, pero abundaban sobre todo cerca del Monumento sagrado. Cada vez que pasaba junto a ellas, se preguntaba por el motivo de esa costumbre y por qué había dejado de practicarse. En la actualidad, la gente quemaba a sus muertos. Unas veces esparcían las cenizas y otras las enterraban, pero no les construían tumbas.

El objetivo de Ani durante ese viaje era evitar una guerra y, de ese modo, impedir que fuera necesario levantar muchas piras funerarias.

Llegaron a las tierras de cultivo cerca del anochecer, aunque con luz y tiempo suficientes para echar un primer vistazo a lo que habían hecho los agricultores.

El límite meridional de la llanura lo formaba el río del Sur, y en paralelo a este se extendía una franja de bosque larga y estrecha. Entre el río y el bosque había tierra fértil, lo cual había propiciado que se destinara a cultivos. Un gran claro, conocido como la Brecha, dividía a su vez esa franja arbolada entre los bosques del Este y del Oeste, y facilitaba el acceso del ganado al río.

Al menos hasta entonces, porque de pronto se había convertido en tierras de cultivo.

Los agricultores habían usado arados, seguramente tirados por dos hombres, para remover la hierba. Luego habían deshecho los terrones con palas de madera, lo que permitía que las semillas se enterraran en el suelo. Dada la época del año en que se encontraban, era probable que plantaran cebada, ya que creía deprisa.

La preocupación de Ani aumentó por momentos ante esa escena. La apropiación de tierras llevada a cabo por los agricultores indignaría a una buena cantidad de ganaderos, lo cual podía conducir a algo más que a un simple enfrentamiento. No descartaba la guerra.

Ella no había conocido ninguna en la llanura, pero recordaba cuando sus padres hablaban en tono solemne sobre la que había tenido lugar entre los ganaderos y los habitantes de los bosques cuando ellos eran jóvenes. Los ganaderos habían estado podando avellanos a fin de que crecieran ramas delgadas y flexibles para usarlas en los entramados de zarzo de las paredes de las viviendas. Los avellanos podados no daban fruto, y las avellanas eran un componente básico de la dieta de los habitantes de los bosques. La guerra había terminado tras llegar al acuerdo de que los ganaderos solo podarían los árboles de las lindes de los bosques. Sin embargo, muchas personas habían muerto antes de que se alcanzara la paz.

—¡Esos agricultores! —exclamó Scagga—. ¡Son unos ladrones! ¡Creen que pueden quedarse lo que quieran!

El hombre tenía unos ojos saltones que acentuaban su agresividad.

—Eso parece —dijo Keff con voz templada.

Ani no pronunció palabra. Era mejor dejar que Scagga se desahogara. Quizá después se mostraría más razonable.

Fueron hasta la población de ganaderos más cercana, una aldea llamada Robleviejo, y pasaron la noche en casa de una pareja joven, Zad y Biddy, que acababan de ser padres. Como vivían en un lugar tan apartado, estaban encantados de dar alojamiento a unos visitantes del distinguido este. La recién nacida los despertó en mitad de la noche, cuando pidió de mamar, pero todos habían pasado por lo mismo con sus propios hijos y a nadie le importó.

Por la mañana, fueron andando hasta Los Cultivos, el poblado situado en la margen norte del río del Sur.

Los agricultores no trabajaban de manera colectiva. Cada hombre poseía un campo de grandes dimensiones, un poco de pasto para algunos animales, una casa y un pequeño cobertizo. En esos momentos, a principios de verano, la gente estaba escardando los campos en los que empezaban a asomar los tallos verdes del trigo.

Ani echó un vistazo a la orilla opuesta y vio que los agricultores incluso se habían extendido al otro lado del río, donde una franja de tierra fértil acababa a los pies de una serie de colinas. Llevados por su sed de tierras cultivables, habían llegado a arar tramos que apenas tenían unos pocos pasos de ancho.

Los sabios encontraron a Troon en el centro del poblado, acompañado por un grupo de jóvenes armados con garrotes de madera; una demostración de fuerza. Troon, que tenía los ojos pequeños y oscuros y un ceño permanente, hacía dos años que era el Gran Hombre de los agricultores de las inmediaciones. Ani lo conocía y lo consideraba una persona inteligente, despiadada y huraña que, en ese momento, apenas parecía capaz de disimular su patente hostilidad.

Una pequeña multitud de agricultores los observaba. Ani divisó a Pia y a Stam, y estaba a punto de saludarlos cuando recordó que no se les permitía jugar con los niños de los ganaderos. El pequeño contemplaba a su padre con una mirada de adoración. «Espero que no salgas a él», pensó.

La madre de Pia, Yana, se encontraba entre los reunidos. Ani se había hecho con algo de queso de Yana y le gustaba. La agricultora le presentó a su compañero, Alno, quien le sonrió con simpatía. Ani había vuelto a verla ese día del solsticio de verano, más tarde, cuando ya había empezado el festejo. Iba de la mano de un apuesto ganadero bastante más joven que Alno y parecía que se dirigían con cierta urgencia a un lugar apartado. Los agricultores eran muy aficionados al festejo, sin duda porque su comunidad era tan pequeña que todos estaban emparentados con todos y la endogamia debía de ser un problema serio.

Ani distinguió otro par de caras conocidas entre las personas que los rodeaban, expectantes. Una era la de Katch, mujer de Troon y madre de Stam. Daba la impresión de ser nerviosa y timorata, aunque ¿qué mujer no lo sería, atrapada con alguien tan avasallador como Troon? En cualquier caso, Ani había hablado alguna vez con ella y algo le decía que la mujer ocultaba su verdadera fortaleza.

El otro rostro familiar era el de Shen, el esbirro de Troon, un tipo ladino de sonrisa lisonjera y mirada inquieta. Ani se percató de que llevaba un hacha de sílex colgada del cinturón, a imitación de su jefe, que lucía una igual.

Los sabios se aproximaron a Troon.

—Que el dios Sol te sonría —lo saludó Ani, tratando de adoptar un tono cordial.

—¿A qué habéis venido aquí? —preguntó él, obviando la respuesta habitual.

Ani sonrió.

—Eres un hombre inteligente, Troon. —Intentó sonar conciliadora, pero sin hacer concesiones—. Ya sabes que estamos aquí porque pretendéis robar tierras de pasto que los ganaderos llevan usando desde antes de que ninguno de nosotros hubiera nacido.

—Son tierras fértiles que se malgastan en pastos —contestó él sin la menor intención de disculparse—. Son buenas para el cultivo y las necesitamos.

—No tenéis ningún derecho a tomar esa decisión —protestó airadamente Scagga, que estaba junto a Ani—. Siempre han sido pastos, eso es algo que no podéis cambiar.

El pequeño Stam estaba haciendo ruido detrás de Troon. Gritaba que era un cazador y pinchaba con un palo a otros niños, que se echaban a llorar. El hombre se volvió y le propinó un tortazo. Lo hizo con la mano abierta, pero lo bastante fuerte para derribar a Stam. El niño estalló en lágrimas, por lo que Katch se acercó enseguida, lo cogió y se alejó con él en brazos.

El pequeño acabaría con un ojo morado. Ani creía que, a veces, los niños merecían un castigo, pero tirarlos al suelo de un tortazo era ir demasiado lejos.

Troon retomó la discusión como si no hubiera pasado nada.

—Los ganaderos tenéis tierras de pasto de sobra. ¡Casi toda la Gran Llanura! No necesitáis la Brecha, y nosotros sí.

Scagga hervía de indignación.

—¡No puedes robar algo solo porque lo necesites!

—Acabo de hacerlo —respondió Troon.

Scagga se enfadó más aún.

—¡Muy bien! —dijo el sabio—. Plantad vuestras semillas. Arrancad las malas hierbas. Cuidad vuestros cultivos para que crezcan.

—Eso es exactamente lo que voy a hacer.

—Y nosotros llevaremos a nuestras manadas y lo pisotearemos todo. Y cuando me digas: «¡No puedes hacer eso!», yo te contestaré: «Acabo de hacerlo». ¿Qué te parece, eh?

Ani supuso que Troon ya habría pensado en esa posibilidad, y así era. El hombre señaló a los jóvenes, que sonrieron y blandieron sus armas.

—Cualquier res que pisotee nuestros cultivos será sacrificada —avisó.

—No podrás matarlas a todas.

—Al menos tendremos carne de sobra.

Ani comprendió que aquello no llevaba a ninguna parte.

—No hemos venido a amenazarte, Troon. Solo queremos averiguar qué ha ocurrido para poder contárselo a los demás sabios y a la comunidad de ganaderos.

—Y esto va a enojarlos mucho —añadió Scagga.

«Innecesario, pero así se siente mejor», pensó Ani.

—Enfadaos lo que queráis —dijo Troon—, pero la Brecha son ahora tierras de cultivo y siempre lo serán.

Los sabios dieron media vuelta y se fueron, rumbo a casa.

Al día siguiente, Ani estaba cansada. Supuso que se debía a que había viajado hasta Los Cultivos y regresado en dos días.

«Quizá me esté haciendo mayor —pensó—. ¿Cuántos solsticios de verano he visto? Las dos manos, los dos pies, otra vez las dos manos, la mano izquierda, el pulgar derecho y otro dedo más. ¿No debería poder caminar dos días sin sentirme cansada?».

Tal vez no.

Los sabios se reunieron en el círculo de troncos de Aguacurva. Todo estaba tranquilo y en silencio. La tierra había creado esos árboles y Ani tenía la sensación de que el dios Tierra se encontraba allí.

Muchos aldeanos acudían a las reuniones, tanto si formaban parte del consejo de sabios como si no, sobre todo cuando había que discutir algo importante. Muchos se limitaban a escuchar sentados, pero de vez en cuando reaccionaban de manera colectiva, ya fuera con murmullos de aprobación o con duda, sorpresa o contrariedad, algo que a los sabios les resultaba muy útil, porque de esa manera tenían una respuesta pública inmediata a lo que decían.

Ani tomó la palabra para empezar la reunión.

—Bueno, los agricultores han arado toda la Brecha, una amplia extensión de pastos en los que nuestras manadas se han alimentado desde tiempos inmemoriales. También era nuestro paso hacia el río, así que ahora, si necesitamos dar de beber al ganado en el oeste de la llanura, tendremos que dar un largo rodeo, hasta el extremo más alejado del bosque del Oeste. Aun así, Troon ha ignorado nuestras protestas.

—Hay que empezar a hacer flechas —opinó Scagga con impaciencia—. Flechas con punta de sílex. Necesitaremos tantas como agricultores haya que matar. Más, seguramente, ya que los arqueros no siempre aciertan. Y arcos.

—Espera un momento —dijo Ani. Sabía que Scagga había nacido en un lugar lejano que se había visto obligado a abandonar por culpa de una guerra, la misma que, en su cabeza, aún deseaba librar. Había que contenerlo—. Ni hemos decidido ir a la guerra ni tomaremos esa decisión si yo puedo evitarlo.

Vio que varias mujeres asentían entre el público, dándole la razón.

—¡Somos más que ellos! —insistió Scagga—. Debe de haber diez de nosotros por cada uno de esos agricultores. Quizá más. No podemos perder.

—Tal vez, pero ¿cuántos de nosotros acabaremos con el cuerpo atravesado por flechas, la cabeza aplastada por garrotes y la carne abierta por afilados cuchillos de sílex? ¿Cuántos de nosotros moriremos antes de poder decir que hemos ganado?

—Demasiados —intervino Keff—. La guerra es el último recurso, Scagga, no la primera respuesta.

«Bien dicho, tranquilo Keff —pensó Ani—, de barba negra y oronda barriga».

—Si dejamos que se salgan con la suya, ¡no se detendrán! —volvió a la carga Scagga—. ¿Cuánta tierra más estamos dispuestos a perder?

Se oyeron murmullos de aprobación entre los hombres jóvenes, los cuales, tal como Ani se había percatado, eran dados a enfurecerse con facilidad. Esperaba que Han no saliera así.

—¡No se quedarán tranquilos hasta que hayan arado toda la Gran Llanura!

Los murmullos se convirtieron en exclamaciones de asentimiento.

—Deberíamos tratar de llegar a un acuerdo con ellos —intervino Ani—. Que se queden con esas tierras siempre que no impidan el paso hacia el río ni a otros pastos, ni molesten de ninguna manera a nuestras manadas.

—¡Quieres que parezcamos unos cobardes! —protestó Scagga.

—Lo que quiero es que sigamos todos vivos —repuso Ani.

La discusión se enconó. Muchos aldeanos se unieron a ella, pero al final casi todos terminaron aceptando el punto de vista de Ani y decidieron que no habría guerra.

Aún.

La noticia llegó a Los Cultivos unos días después.

Yana había atado una cabra a un poste y estaba ordeñándola; el líquido cálido caía a chorro en un recipiente poco profundo. Pia observaba mientras le sujetaba la cabeza al animal para que se estuviera quieto. Troon se acercó a grandes zancadas, con un gesto burlón de triunfo.

—¡Te lo dije! —exclamó.

A Pia le habían enseñado que esas cosas no se decían.

Yana no apartó la vista de su tarea.

—¿El qué, Troon? —preguntó con un tono cansino que rayaba en la exasperación.

—Que los ganaderos son unos cobardes.

—¿Y qué ha ocurrido para que estés tan convencido de que tienes razón?

—Ha llegado un viajero, uno que canta y toca el tambor a cambio de comida y un sitio donde dormir. Viene de Aguacurva, donde le han contado la historia de que vamos a cultivar la Brecha. Por lo visto, los ganaderos pusieron el grito en el cielo y amenazaron con ir a la guerra, pero luego le dijeron que han decidido no pelear. ¡Ahí lo tienes!

—Gente sensata. Felicidades.

—Gracias.

Pia era consciente de que Troon estaba disfrutando de su supuesto triunfo.

—¿Cuántos enemigos crees que hemos hecho?

—¿Qué?

—Pregunto cuántos enemigos hemos hecho gracias a tu gran idea. Demasiados para contarlos, supongo, dado que nadie sabe cuántos ganaderos viven en la llanura.

—¿Qué más da? Son todos unos cobardes.

—¿No te importa que te odien?

Troon sonrió con satisfacción, enseñando unos dientes torcidos.

—¿Importarme? Me encanta —contestó.

5

La Ceremonia del Solsticio de Verano había terminado, la vida había vuelto a la normalidad y las chicas se aburrían. Joia, Vee y Roni estaban sentadas junto al río una mañana cálida, observando a la gente que se bañaba y lavaba vasijas y ropa. Entonces ocurrió algo interesante. Apareció un grupo de hombres y mujeres maniobrando con una balsa para meterla en el agua.

Joia reconoció a Dallo, un viejo artesano muy respetado, aunque poco proclive a probar nuevas ideas. Era el jefe de un grupo de carpinteros y hombres habilidosos, muchos de su mismo clan, que se encargaban de los trabajos físicos que la gente no era capaz de hacer sola. Los llamaban «manos diestras». Los manos diestras talaban los sauces al final del invierno, pero dejaban el tronco justo a ras de suelo, de manera que en primavera volvieran a brotar muchos vástagos largos, delgados y flexibles, adecuados para tejerlos y fabricar con ellos paredes, puertas y cestos. Los manos diestras sabían construir barcas, ahumaderos y asadores que podían girarse con una manivela.

Joia los contempló con gran curiosidad, preguntándose en qué proyecto estarían trabajando ese día Dallo y su grupo. Fuera lo que fuese, resultaría una distracción bienvenida después de tanto aburrimiento.

Aún le intrigó más que los manos diestras empezaran a cargar grandes rollos de cuerda en la balsa. El procedimiento de ir retorciendo los tallos de madreselva hasta formar largas y fuertes tiras de soga era lento y laborioso. Alguien había dedicado mucho esfuerzo a fabricar esos enormes rollos.

Un manos diestras que se llamaba Effi estaba moviendo a pulso un rollo con la ayuda de su hijo, Jero, un chico de la edad de Joia y sus amigas, y entonces Jero tropezó y Effi se cayó al agua. Todo el mundo se echó a reír; Effi tenía fama de ser torpe, y Jero empezaba a parecerse a su padre.

Pronto se congregó una multitud. Siempre que ocurría algo fuera de lo habitual, los ganaderos se reunían para mirar. Disfrutaban de las experiencias comunitarias, y cualquier suceso les valía. «Los ganaderos se reunirían hasta para ver cómo rompe a hervir una olla de agua», comentó una vez el cordelero, Ev, que era un hombre ocurrente.

Cuando la balsa partió por fin con el cargamento, solo cruzó hasta la orilla contraria. Los curiosos la siguieron. La gente que no sabía nadar vadeó el río sin quitarse la ropa, agarrándose a trozos de madera; los demás se desvistieron y cruzaron a nado, sosteniendo las túnicas y los zapatos por encima del agua.

En el extremo del valle más alejado del río había algunas tierras de cultivo. La multitud siguió a Dallo hasta un campo que se había cosechado hacía poco. En el centro, llamaba la atención una piedra enorme, de un tamaño similar al de las misteriosas piedras azules que formaban el círculo exterior del Monumento. Estaba tumbada, un extremo era redondeado y el otro acababa más o menos en punta. Joia se enteró de que el agricultor, un hombre mayor, estaba harto de tener que trabajar la tierra rodeando esa piedra inútil y quería librarse de ella, así que había acordado darles a los ganaderos un buen toro joven a cambio de que ellos sacaran la piedra de su campo y la tirasen en la ribera del río.

Los ganaderos se reunieron alrededor de la piedra, impacientes por ver cómo se encargaría Dallo de ella.

El hombre empezó a dar órdenes a sus manos diestras para que colocaran varias cuerdas en perpendicular sobre la piedra, formando líneas rectas. Después, los artesanos remetieron un extremo de cada cuerda por debajo de la piedra, y para ello usaron palos con los que hundirlos en la tierra blanda. El otro extremo quedaba estirado hacia el lado contrario.

A continuación dispusieron otras sogas, esta vez todo a lo largo de la piedra, y entrecruzaron ambos juegos de cuerdas. Joia comprendió que Dallo estaba construyendo una versión gigantesca de un objeto familiar: las bolsas de cuerda que la gente se fabricaba entrelazando cordeles de fibras vegetales. El extremo redondeado de la piedra quedaría en el fondo, les explicó a sus amigas.

—Pero ¿cómo meterá la piedra dentro? —quiso saber Vee.

Joia no era capaz de imaginarlo. Escuchando las conversaciones de alrededor, reparó en que también los demás se preguntaban lo mismo que su amiga.

Pronto conocerían la respuesta.

Cinco de los hombres y las mujeres más fuertes se colocaron a un lado de la piedra con robustas ramas de árbol en las manos, teniendo cuidado de no pisar los extremos de las cuerdas. Entonces encajaron las puntas de las ramas justo donde la piedra tocaba el suelo y empujaron todos a la vez para hacerla rodar. En el otro lado, otros cinco seguían remetiendo los extremos cortos de las cuerdas por debajo. Tramo a tramo, la piedra fue desplazándose, rodó sobre los cabos cortos y tiró de los largos consigo. Se movía, se detenía, luego, con un gran esfuerzo por parte de los manos diestras, se movía otra vez. Siguieron haciendo lo mismo hasta que los extremos cortos de las cuerdas asomaron por debajo de la piedra, al otro lado, y pudieron atarlos a los largos.

La piedra ya estaba dentro.

Los manos diestras, trabajando deprisa, terminaron de trenzar y anudar la bolsa de cuerdas, unieron los dos lados y luego también la base, de modo que toda la piedra quedó bien contenida.

En el extremo que seguía abierto, Joia reparó entonces en que los cabos de las cuerdas eran mucho más largos de lo que parecía necesario, pero pronto descubrió por qué. Eran sogas, para tirar. Todos los manos diestras se agarraron a ellas, las asieron bien y empezaron a hacer fuerza.

Pero la piedra no se movía.

Dallo se colocó delante de todos para gritarles órdenes:

—Preparados..., ¡tirad! —Como seguía sin pasar nada, volvió a intentarlo—. Preparados..., ¡tirad!

Los manos diestras estaban colorados y sudorosos, los músculos de los brazos y las piernas se les marcaban a causa del esfuerzo, pero no era suficiente.

Algunos de los curiosos se unieron a ellos y aferraron las cuerdas para ayudar también cuando Dallo gritaba «¡Tirad!».

No parecía que hubiera cambiado nada. Se acercaron entonces más personas, hasta doblar la cantidad inicial, y entre todos se tomaron un momento para pensar qué era lo que hacía falta. Joia vio que enseguida aprendieron a clavar las piernas en el suelo con firmeza, hundiendo los pies en la tierra, e inclinarse hacia delante con todo su peso.

Por fin, con unas veinte personas tirando, la piedra empezó a moverse.

Se desplazó, se detuvo, se desplazó algo más.

—¡No paréis! —exclamó Dallo—. ¡Seguid tirando!

Joia supuso que los rastrojos debían de estar resbaladizos, cosa que ayudaría. Al cabo de poco, la piedra volvió a moverse y ya no se detuvo.

Dallo tendría que dirigirla. Caminando hacia atrás de cara a los que tiraban, el hombre iba gesticulando con los brazos para conseguir que torcieran hacia la derecha en dirección a la orilla.

El campo parecía llano, pero no lo era del todo, y la piedra se encalló al toparse con una leve protuberancia. Joia pensó que ahí debía de haber crecido un árbol y que, cuando lo talaron, quizá mucho tiempo atrás, había quedado el tocón, y luego las cosechas habían ido tapándolo poco a poco. ¿Cómo lo solucionaría Dallo? Los manos diestras podían intentar allanar el montículo con hachas de sílex y palas de madera, pero quizá se encontraran con los restos del tocón, que podían ser muy difíciles de excavar.

Sin embargo, las largas sogas le daban a Dallo cierto margen de maniobra. Dirigió a todo el grupo hacia un lado y luego indicó que tiraran en ángulo, de manera que la piedra esquivara el obstáculo. De nuevo, les costó varios intentos conseguir que la gran mole se moviera siquiera, pero también en esa ocasión continuó desplazándose con suavidad una vez empezó a moverse. Pasó peligrosamente cerca de la protuberancia, pero Dallo había calculado bien y acabó evitándola.

El último trecho del camino era el más sencillo porque el terreno descendía hacia el río en una ligera pendiente. Antes de que la piedra llegara a la orilla, Dallo detuvo a los tiradores y entonces sus manos diestras desataron las cuerdas para reutilizarlas. Un material tan valioso nunca se desperdiciaba.

Tras desmontar la bolsa, hicieron rodar la piedra los últimos pasos que faltaban hasta el agua.

La multitud los vitoreó para felicitarlos.

Volvieron a cruzar el río con las cuerdas y se llevaron consigo al toro, al que obligaron a pasar a nado. Los espectadores se dispersaron y, una vez más, las chicas se encontraron sin nada que hacer.

—Busquemos una aventura —propuso Joia, sentada en la margen del río.

Las tres habían salido a correr aventuras juntas antes. Una vez, se dejaron llevar corriente abajo en un tronco por el río del Este. Había sido muy divertido. La gente las saludaba desde las orillas, hasta que el tronco se detuvo en mitad de una amplia zona pantanosa, donde el río del Este se encontraba con el del Sur. Tuvieron que cruzar como pudieron unas praderas embarradas, pasando junto a charcas peligrosas, y tardaron toda la tarde en regresar al poblado, empapadas. Sin embargo, cada vez que hablaban de ello se reían de su boba temeridad.

En otra ocasión fueron al bosque de los Tres Arroyos a buscar dónde vivían los habitantes de los bosques. Se perdieron, pero esas gentes las rescataron y les indicaron el camino de vuelta a casa.

Era a Joia a quien se le ocurrían esas aventuras, que siempre resultaban un poco peligrosas. Eso formaba parte de la diversión. Joia era como su padre, o eso decía su madre: que había sido un hombre intrépido.

Vee y Roni estaban impacientes por oír qué les proponía esta vez su amiga, pero también tenían algo de miedo. A menudo se resistían a la aventura en un primer momento y había que convencerlas, a cada una a su manera.

Joia miró a Vee, que era fuerte y fornida, con un aire rebelde, como si estuviera dispuesta a enfrentarse al mundo entero. Si la abordaba de la manera adecuada, ocultaría todos sus temores.

—No sé yo... —le dijo Joia—. A lo mejor os da miedo.

—A mí no —repuso Vee al instante.

Era la única chica en una familia de chicos y siempre competía con sus hermanos para demostrar que era capaz de correr más deprisa y disparar más flechas que ellos, o cortarle el pescuezo a un cerdo igual de bien. Se enorgullecía de ser atrevida y nunca se resistía a un desafío, algo que a Joia le gustaba.

—A lo mejor no —concedió Joia.

—¿En qué consiste la aventura? —preguntó Roni con aprensión.

—Quiero ir a espiar a las sacerdotisas.

Roni ahogó una exclamación.

Las sacerdotisas permitían que la gente entrara en el Monumento en días especiales, pero casi siempre eran muy reservadas y mantenían las distancias con los demás. Todos los días realizaban un ritual al amanecer y se las oía cantar. Decían que también bailaban, pero nadie parecía saberlo con certeza, porque respetaban su intimidad llevados por una mezcla de veneración y miedo. El Monumento era un lugar sagrado.

Joia quería saber qué hacían ahí.

Las sacerdotisas le despertaban mucha curiosidad. Siempre sabían exactamente cuándo serían los solsticios de verano y de invierno, y también los equinoccios de primavera y de otoño. Si les preguntaban, contestaban con frases como: «El solsticio de invierno será dentro de diez días». ¿Cómo lo hacían? ¿Cómo sabían esas cosas? Estaba claro que disponían de un conocimiento secreto que nadie más poseía. Esa idea la entusiasmaba.

—Pero sus rituales son secretos sagrados —dijo Roni—. A lo mejor disgustamos a los dioses.

—No creo que a los dioses les importe que tres chicas espíen un poco. ¿Tú sí?

A Roni le costaba dar su brazo a torcer.

—No lo sé, y tú tampoco.

—Yo estoy de acuerdo con Joia —dijo Vee—. No ofenderemos a los dioses, pero la suma sacerdotisa podría enfadarse con nosotras. Podrían azotarnos.

A los adultos nunca los azotaban, pero a los jóvenes a veces sí, cuando habían cometido una falta grave: incendiar una casa, atormentar a una vaca, esa clase de cosas. Joia ya había sufrido ese castigo dos veces y dolía muchísimo, pero ni siquiera eso había conseguido que empezara a obedecer las normas.

—Si las sacerdotisas nos pillan mirándolas, nos escaparemos corriendo —dijo—. No sabrán quiénes somos, no nos conocen, y con esas túnicas tan largas no pueden correr muy deprisa.

Joia, sus amigas y todos los demás llevaban túnicas sencillas que solo llegaban hasta las rodillas, hechas con dos piezas de cuero cosidas con tendones de vaca usando una aguja de hueso. Las costuras dejaban un agujero para la cabeza y dos para los brazos. Las sacerdotisas también llevaban túnicas de cuero, pero las suyas eran largas hasta los tobillos y tenían mangas. Abrigaban más, pero limitaban los movimientos. Joia nunca las había visto correr.

Roni seguía sin tenerlo claro.

—No estás obligada a venir con nosotras si no quieres —dijo Joia.

Sabía perfectamente que Roni no soportaría quedarse al margen. Pese a ser tan guapa, era algo insegura y necesitaba saberse parte de un grupo.

—Pero es que sí quiero ir —repuso entonces.

—¿Cuándo lo haremos? —preguntó Vee.

—Mañana —propuso Joia de inmediato.

—¡Tan pronto! —Roni estaba consternada.

—No tiene sentido retrasarlo. —Joia no quería darle tiempo para que cambiara de opinión—. Nos encontraremos en la puerta de la casa de Vee antes del amanecer. Tenemos que llegar al Monumento al alba, o poco después.

El Monumento quedaba al sudoeste del poblado y en caminar hasta allí se tardaba lo que una olla de agua en hervir.

Sus dos amigas asintieron con la cabeza. Joia se levantó.

—Debe de ser casi el momento de comer —dijo. El sol estaba alto y ella ya tenía hambre.

Se alejaron de la orilla del río y separaron sus caminos por el poblado.

Mientras andaba, Joia recordó la aventura del bosque de

los Tres Arroyos. Pensándolo ahora, comprendía que proponer algo así había sido una tontería, y sus amigas no deberían haberse dejado convencer.

Los habitantes de los bosques solían ser personas amables. A veces iban a las ceremonias y llevaban frutos secos y caza para intercambiar. Necesitaban sílex, porque eran las únicas herramientas con filo cortante, pero en los bosques no había minas. También les gustaban los brazaletes y los collares hechos con cuentas de hueso tallado.

Sin embargo, la gente decía que se ofendían con facilidad y que podían ponerse violentos. Joia había olvidado eso cuando llevó a Vee y a Roni allí.

Al principio no encontraron a ningún habitante de los bosques, aunque ella veía señales de su presencia en forma de avellanos bien podados y recortados para obtener una cosecha lo más abundante posible; una habilidad que solo ellos poseían.

Reparó en que había tres niveles de vegetación: los pinos eran los más altos; los robles y los alisos eran algo más bajos y tenían las copas más anchas; luego estaba el monte bajo, compuesto por avellanos, saúcos y abedules. Después, ya solo quedaban el musgo y el liquen, a ras de suelo.

Empezó a tener la sensación de que la observaban, de que había ojos ocultos mirándola con curiosidad a través del follaje, pero se dijo que no tenía de qué preocuparse. Los habitantes de los bosques debían de ser tímidos. Tal vez incluso tuvieran miedo de los desconocidos.

Las chicas no encontraron ningún poblado y no tardaron en extraviarse.

—No estamos perdidas —afirmó Joia con vehemencia—.

Solo tenemos que caminar en línea recta hasta llegar a la linde del bosque.

Un buen rato después, Vee señaló:

—Ya hemos pasado antes por aquí. Recuerdo esa ciénaga. Nos movemos en círculo.

Roni se echó a llorar.

Por una vez, Joia no sabía qué hacer.

Entonces vio a los habitantes de los bosques.

Aparecieron como salidos de la nada. Se movían sin hacer ruido y las rodearon a las tres. Las mujeres y los niños iban desnudos, los hombres llevaban taparrabos de cuero. Joia les ofreció el saludo formal:

—Que el dios Sol os sonría.

La respuesta correcta era: «Y a ti también», pero una mujer contestó en la lengua de los habitantes de los bosques, que Joia y sus amigas no entendían. Ella sabía que tenían un idioma propio, pero los que acudían a las ceremonias siempre hablaban un poco del de la gente de la llanura. Entonces comprendió que debía de haber muy pocos que hablaran ambas lenguas.

Aun así, como no se le ocurría nada más, volvió a intentarlo.

—Nos hemos perdido y queremos regresar a casa.

Los habitantes de los bosques consultaron entre sí, como si debatieran qué hacer a continuación. De repente, tres hombres las agarraron y se las cargaron sobre los hombros. Vee gritó y Robi empezó a sollozar. Joia forcejeó con energía para intentar liberarse, pero su captor era demasiado fuerte.

Los hombres las llevaron así por el sotobosque, seguidos por el resto del grupo, todos charlando con emoción. Joia temía que fueran a hacerles algo malo. «¿Nos violarán? —se preguntó—. ¿Nos matarán, quizá, para comérsenos?».

Dejó de resistirse. Estaba demasiado cansada para seguir haciendo ese esfuerzo inútil.

Pronto salieron del bosque a una pradera cubierta de hierba.

Los tres hombres las dejaron en el suelo.

Joia miró alrededor y comprendió que estaban exactamente en el mismo lugar por el que habían entrado en el bosque.

Sin decir palabra, las tres echaron a correr y los habitantes de los bosques estallaron en risas.

Después, Joia fingió que nunca había creído que fueran a hacerles ningún daño. Vee y Roni dijeron que ellas tampoco habían tenido miedo de verdad. Joia comprendió que las tres mentían.

Sus recuerdos se vieron interrumpidos por la voz de su hermana.

—¿Es que vas a pasar por delante de mí sin decir nada?

Joia regresó al presente.

—Perdona, Neen —se disculpó—. Estaba ensimismada.

Las dos hermanas estaban muy unidas. A Neen le habían encargado a menudo que cuidara de Joia cuando era pequeña, así que habían pasado mucho tiempo juntas. Joia comprendía ahora que Neen tenía un fuerte instinto maternal. Había jugado con ella, le había contado cuentos y cantado canciones, le había enseñado los buenos modales que tan importantes eran en la comunidad de la Gran Llanura. Joia, por su parte, idolatraba a su hermana mayor y seguía queriéndola mucho por su bondad y su sabiduría.

—Estaba acordándome de aquella vez que me perdí en el bosque —explicó.

—Ah.

Joia vio que Neen estaba distraída e imaginó el porqué.

—¿Todavía no hay noticias de Seft?

—No. Sigo sin tener ni idea de qué le ha pasado.

Joia recordaba haberlo visto alejarse cojeando tras la Ceremonia del Solsticio de Verano, con su apuesto rostro hecho un poema de cortes, magulladuras y lágrimas.

—Tal vez haya regresado con su familia.

—O quizá siguió andando —aventuró Neen—, más allá de los límites de la llanura, para empezar una nueva vida en algún otro lugar. Igual se ha ahogado en un río.

Joia estaba triste por Neen. Seft parecía el joven adecuado para ella. Neen quería ser madre, y Seft, a juzgar por la naturalidad con que se había dirigido al pequeño Han, tenía madera de padre. Era más joven que su hermana —tenía dieciséis solsticios de verano y ella, dieciocho— y algo tímido, pero muy guapo. Tenía el rostro estrecho y pálido, los pómulos altos, la nariz curva. Neen decía que también era inteligente.

—No sé si volveré a verlo —comentó su hermana entonces.

—Espera a la Ceremonia de Otoño —repuso Joia—. Entonces, o volveremos a ver a Seft, o nos enteraremos de qué le ha pasado.

—Supongo que sí.

Joia temía que Neen habría de abandonar la esperanza en algún momento.

Ella, en cambio, no tenía las mismas aspiraciones que su hermana. No creía que fuera a ser buena madre y tampoco se había enamorado nunca de ningún chico.

Estaba claro que le pasaba algo.

Todavía estaba oscuro cuando Joia despertó. Enseguida recordó la aventura que habían planeado para ese día. La tarde anterior se había sentido llena de confianza, pero de pronto estaba inquieta. ¿No sería una idea terrible? Sin embargo, se moría de ganas de saber más sobre las sacerdotisas. Ellas guardaban los secretos del cielo y Joia anhelaba conocerlos.

Escuchó los sonidos que hacía su familia por la noche. Todos estaban tumbados a su alrededor, sobre las pieles que cubrían la tierra del suelo de la casa. Neen tenía una respiración regular, Han mascullaba algo mientras dormía y su madre roncaba. La perrita, que ahora se llamaba Trueno, notó que Joia estaba despierta y meneó la cola con alegría. Aunque al hacerlo golpeó el suelo, era un sonido conocido y no molestó a los durmientes.

Joia se preguntó cuánto faltaría para el amanecer. Estaba despierta del todo, así que no debía de quedar mucho. Tenía que salir sin hacer ruido.

Buscó a tientas, encontró los zapatos, los cogió y se puso de pie. Llevaba puesta la túnica; dormía con ella, como la mayoría de la gente. Con los zapatos en la mano y pisando con cautela, levantó la puerta de mimbre, salió con sigilo y volvió a colocarla cuidando de que no la oyeran. Trueno soltó un gemido de decepción que casi pareció humano, porque estaba atada y no podía seguir a Joia. El ruido de la perra tampoco despertó a nadie esta vez. Los de dentro ni se movieron.

Fuera, Joia se detuvo un instante. El fresco aire nocturno

le sentó tan bien como un trago de agua fría de un riachuelo. No había luna, pero las estrellas brillaban en el cielo negro y le mostraban las tenues siluetas de las casas vecinas.

Inquieta, pensó que tal vez no fuera la única madrugadora. No quería que nadie la viera y la reconociera. Si se cruzaba con alguien, podían preguntarle qué hacía levantada tan temprano, aunque solo fuera por amabilidad. Esa persona podía comentárselo sin querer a su madre más tarde, y entonces se sabría la verdad.

Miró alrededor con atención, pero allí no había un alma.

Se alejó pisando la hierba cubierta de rocío. Cuando estaba a una cincuentena de pasos de su casa, se sentó en el suelo y se puso los zapatos. Estaban hechos de piel de vaca, igual que la túnica, y tenían cordones para ceñírselos bien.

Tampoco vio a nadie mientras iba a casa de Vee, y al llegar se sentó en el suelo, cerca, a esperar. Se preguntó si Vee y Roni se presentarían. La madre de Vee, Kae, podía haber descubierto que tramaban algo. A Joia le caía bien Kae, pero no era de las que quebrantaban las normas y tampoco se lo permitiría a su hija. Si se enteraba de lo que pensaban hacer las chicas, le pondría fin sin dudarlo.

Lo más probable era que Vee se hubiera asustado y hubiera decidido quedarse durmiendo. La propia Joia empezaba a tener dudas, así que Vee seguro que vacilaba, y lo mismo pasaría con Roni.

Se preguntó qué haría si ninguna de sus amigas acudía. Sería decepcionante regresar a casa y acostarse otra vez, como un cazador que volvía con el cesto vacío. Decidió que, si hacía falta, iría ella sola al Monumento y espiaría a las sacerdotisas para descubrir sus secretos.

Se estremeció. Seguiría haciendo frío hasta que el dios Sol saliera para sonreír a la tierra.

Una figura espectral se materializó entonces tras ella y, después de un instante de sobresalto, Joia reconoció a Roni. Ninguna de las dos dijo nada. Roni se sentó a su lado y ella le apretó un brazo a modo de saludo mientras sentía un arrebato de emoción. La aventura empezaba.

Momentos después, Vee salió de su casa sin hacer ruido. Joia y Roni se levantaron y las tres se pusieron en camino.

Pronto dejaron atrás el poblado y enfilaron la pista hollada que unía Aguacurva con el Monumento en línea recta. Cuando estuvieron a una distancia segura de las casas, todas se echaron a reír con alivio, se tomaron del brazo y caminaron juntas.

El amanecer asomó a su espalda con un brillo tenue que empezó a ascender por el cielo. La Gran Llanura se hizo más visible. Joia sintió un escalofrío de miedo al pasar junto a un túmulo funerario. Allí descansaban sus ancestros. ¿Qué pensarían si supieran lo que se proponía?

Apartó la mirada. Hasta donde le alcanzaba la vista, ovejas y vacas agachaban la cabeza para pastar. Las manadas se vigilaban día y noche, y unos cuantos ganaderos vieron a las chicas y las saludaron con la mano.

Joia se preocupó. No había pensado en el peligro de que las vieran los ganaderos. Sin embargo, no lograba distinguir bien sus rostros en la tenue luz del alba, así que esperó que a ellos les pasara lo mismo.

—No actuéis como si estuviéramos haciendo algo malo —dijo, y respondió a los saludos con alegría.

Vee y Roni siguieron su ejemplo.

Todo el mundo trabajaba con el ganado, pero más o menos la mitad de la población tenía también otras ocupaciones, como curtir el cuero, que era la especialidad de Ani. La actividad principal de un ganadero consistía en asegurarse de que los animales no se escaparan y acabaran donde no debían: en los bosques, en una zona pantanosa o dentro de las casas. Tenían arcos y flechas para ahuyentar a los ladrones, pero los robos no eran frecuentes. De vez en cuando trasladaban parte de la manada a pastos nuevos. Las personas de más edad o con más experiencia podían intervenir cuando una vaca tenía problemas al parir, o si alguna estaba herida o enferma. La mayor parte de la faena no era muy exigente.

En su comunidad trabajaban durante diez días y descansaban dos, de modo que tenían semanas de doce días, pero los ganaderos se repartían los días festivos de tal forma que los animales nunca quedaran desatendidos.

Las tres chicas empezaron a ver el alto terraplén que rodeaba el Monumento. El camino que seguían llevaba en línea recta hasta la abertura del montículo de tierra que tenía una entrada ceremonial, así que cambiaron de rumbo para acercarse de una forma más indirecta con la esperanza de que, de esa manera, no las verían.

En el exterior del círculo, algo al norte, se encontraba el poblado de las sacerdotisas, apenas un puñado de casas con dos edificaciones mayores. Muchas vivían en dormitorios comunitarios, pero algunas parejas habían establecido su hogar en casitas sencillas. Joia no vio ninguna actividad por allí, aunque de todos modos guio al grupo trazando un amplio desvío que las llevó de vuelta al Monumento, pero por el sur. Notaba que el corazón le palpitaba en el pecho cuando se acercaron arrastrándose sobre la hierba para asomarse por el borde superior del terraplén.

Joia había visto otros círculos de madera y de piedras —había varios en la Gran Llanura—, y todos tenían un aspecto algo desordenado, como si nadie hubiera planificado cuántas piedras o postes habría ni cómo se relacionarían entre sí. De repente tuvo la absoluta certeza de que en ese círculo no había ningún tipo de desorden. Alguien lo había ideado exactamente así. El diseño tenía un propósito, pero ¿cuál? Era un misterio que la tenía intrigada e inquieta.

Las sacerdotisas empezaron a salir de sus casas. Joia se puso tensa, agachó la cabeza y apretó la barbilla contra la tierra para que la boca y la nariz le quedaran por debajo del borde y solo los ojos y la frente estuvieran por encima. Tenía el pelo oscuro, así que estaba segura de que desde lejos no la verían.

Vee y Roni copiaron su gesto.

Las sacerdotisas iban desnudas. A medida que cruzaban la entrada, empezaban a cantar y a bailar al ritmo de un tambor. Entonces se detuvieron y esperaron a que apareciera una mujer con el pelo blanco. Joia supuso que era Soo, la suma sacerdotisa.

De pronto se oyó un grito triunfal justo detrás de ellas. Sobresaltada, Joia se dejó caer rodando por la cuesta y se sorprendió al ver a su hermano, Han, que se lanzó al suelo a su lado.

—¡Os he pillado! —exclamó el niño, riendo.

Vee y Roni también se deslizaron enseguida por el terraplén. Joia tiró a Han de una pierna con urgencia para hacerlo descender más e impedir que lo vieran.

—¡Serás idiota! —siseó. Estaba tan furiosa que podría haberlo matado—. ¡Nos has seguido hasta aquí! —dijo en un susurro airado—. ¡Seguro que nos has delatado!

Estuvo tentada de darle un bofetón, pero eso solo haría que Han volviera a gritar.

El niño parecía muy ufano.

—Sabía que tramabas algo malo. Te has escabullido en la oscuridad.

—Será mejor que nos marchemos —dijo Roni.

Joia detestaba la idea, pero pensó que su amiga tenía razón. Sin embargo, los cánticos no se habían detenido.

Volvió a arrastrarse terraplén arriba y espió de nuevo desde lo alto. Temía ver a un grupo de sacerdotisas corriendo hacia ellos, decididas a atrapar a los espías que habían profanado su ritual sagrado, y ya estaba preparada para salir corriendo con los demás y alejarse del Monumento todo lo deprisa que pudieran. Pero las sacerdotisas seguían bailando y ninguna miraba hacia donde estaban. Joia observó la escena con detenimiento. Las mujeres estaban muy concentradas en su ritual.

—No creo que nadie haya oía al bobo de mi hermano —dijo.

—¿Estás segura? —preguntó Roni.

Joia se encogió de hombros. No, no estaba segura.

—Siguen con sus cánticos.

Vee y Roni se reunieron con ella en lo alto del terraplén. Han hizo lo mismo.

—¡Tú vete! —le ordenó su hermana.

—Quiero mirar.

—No puedes.

—Si no me dejas, le contaré a mamá lo que estás haciendo.

—Pues, entonces, yo te llevaré al río y te meteré la cabeza en el agua mucho, muchísimo rato.

—¡No te atreverás! —Han parecía a punto de echarse a llorar.

Joia claudicó.

—Ve a buscar una rama o algo para taparte la cabeza. Si no, las sacerdotisas verán ese pelo tan rubio que tienes.

Han rodó cuesta abajo y arrancó un tallo de un matorral frondoso. Luego regresó junto a su hermana y se lo puso en la cabeza.

Al este, el borde del sol apareció en el horizonte.

Las sacerdotisas, encabezadas por Soo, realizaron una complicada danza alrededor de los postes. Algunas llevaban unos discos de arcilla como del tamaño de la mano de Joia. Iban dejándolos con ceremonia en el suelo, delante de los postes de madera, y luego los recogían otra vez.

Joia comprendió que esos movimientos tenían un significado. Conseguía distinguir algunas de las palabras del cántico, que mencionaba el invierno y el verano, la primavera y el otoño, además de otros acontecimientos estacionales: la aparición de la hierba nueva, la migración de los ciervos, la caída de las hojas. Joia supuso que, de algún modo, ese baile era su forma de saber siempre en qué día del año estaban y cuántos faltaban antes del siguiente suceso estacional.

Las sacerdotisas salieron del círculo de madera y siguieron bailando por la hierba hacia el círculo de piedras azules del borde, por suerte en un lugar alejado de donde estaban los espías. Se desplazaban de una gran piedra erguida a la siguiente con decisión, y de nuevo parecían estar contando. La curiosidad de Joia no dejaba de crecer.

Las mujeres regresaron al círculo de madera y se reunieron en el óvalo interior. Todas se arrodillaron de cara al nordeste para ver salir el sol, que ya tenía más de tres cuartas partes por encima del horizonte. Entonces empezaron a musitar algo, primero con suavidad, pero cada vez con más fuerza.

Joia vio que el ritual llegaba a su fin. Estaba satisfecha y frustrada a partes iguales. Había aprendido mucho, pero también quedaban un montón de cosas que seguían siendo un misterio.

El murmullo de las sacerdotisas se intensificó muchísimo y, cuando el disco del sol naciente se separó del borde del mundo, todas dejaron de musitar y profirieron un eufórico grito triunfal. Tras un breve silencio, se levantaron y echaron a andar, despacio y sin decir nada, de vuelta a sus casas. La ceremonia había terminado.

Los cuatro espectadores se deslizaron cuesta abajo para que no los vieran. Entonces Joia se dio la vuelta para levantarse y se llevó un susto enorme al encontrarse con tres sacerdotisas, ya vestidas con sus largas túnicas, que les cortaban el paso con cara de enfado. Creyó que se le paraba el corazón.

Habían atrapado a los espías.

Todos se pusieron en pie. Joia reconoció a Ello, la segunda suma sacerdotisa, ayudante de Soo. Decían que tenía muy mal carácter y su cara, con una nariz como un cuchillo de sílex y una boca de labios finos, parecía corroborarlo.

Han echó a correr intentando escapar, pero Ello fue más rápida y lo agarró del brazo para tirar de él y obligarlo a quedarse junto a ella.

—¡Me haces daño! —protestó el niño.

A la mujer le dio igual. Lo fulminó con la mirada.

—Supongo que tú eres el que ha gritado y os ha delatado.

Han se echó a llorar.

—¡Deja en paz a mi hermano! —exclamó Joia.

Ello asintió en dirección a las otras dos sacerdotisas, que se movieron deprisa y agarraron a Joia, cada una de un brazo. Estaba prisionera.

Ello miró a Vee y a Roni.

—Y vosotras dos será mejor que nos acompañéis —les advirtió— o tendréis más problemas todavía.

Roni parecía dispuesta a salir huyendo, pero Vee le dijo:

—Vamos, no podemos abandonar a Joia.

Las sacerdotisas iniciaron la marcha con Joia y Han hacia su poblado, y Vee y Roni las siguieron. Joia se sentía impotente, tenía miedo. Nadie sabía dónde estaban; podía ocurrirles cualquier cosa y sus familias nunca se enterarían.

Al llegar al poblado, los metieron en una de las casas pequeñas.

Dentro, la suma sacerdotisa estaba sentada en el centro sobre una estera de piel. Al verla por primera vez tan de cerca, Joia reparó en sus penetrantes ojos azules. Nunca había visto a una mujer tan anciana. Recordó que su madre le había contado que las sacerdotisas vivían más que las demás mujeres porque no engendraban hijos.

Ello se sentó junto a Soo. A Joia le dio la sensación de que vivían juntas en esa casa.

Las otras dos sacerdotisas montaban guardia fuera; no había escapatoria.

Joia sintió que debía decir algo en su defensa.

—Yo solo… —Parecía que tuviera la garganta cerrada, le temblaba la voz. Volvió a intentarlo—: Solo quería descubrir cómo sabéis el número de días que faltan para el solsticio de verano o el de invierno.

Soo la miró sin emoción alguna.

—O sea que tú eres la cabecilla.

Joia se sintió justamente acusada. Asintió, abatida.

—El resto, a casa —ordenó la suma sacerdotisa.

Los tres dudaron, como si no acabaran de creérselo. Soo le hizo una señal con la cabeza a Ello, que se levantó y acompañó fuera a Vee, Roni y Han. Ella tampoco regresó.

Joia se alegró de que liberaran a su hermano, pero estaba claro que la habían elegido a ella para imponerle un castigo ejemplar y se preguntó con miedo de qué se trataría.

Sin embargo, antes, Soo le hizo una pregunta:

—¿Te has fijado en cuántos postes tiene el círculo exterior de madera?

Resultaba que Joia los había contado. Contestó extendiendo ambas manos, señalando sus dos pies y volviendo a extender las manos de nuevo.

—Correcto —dijo Soo—. Y esas son las semanas completas que tiene un año. Piensa cuántos días son.

Joia se sintió frustrada. No era capaz de contar hasta un número tan alto. Después de las manos, los pies, las muñecas, los codos y lo alto de la cabeza, se le acababa con qué llevar la cuenta.

—No hay números suficientes para tantos días —protestó.

—Pero existen formas mejores de contar, sin usar el cuerpo.

Joia se sorprendió. Todo el mundo contaba indicando los números con los dedos de las manos y de los pies, además de otras partes del cuerpo; todo el mundo menos los habitantes de los bosques, que solo sabían decir «uno», «un par», «otro» y «muchos», cosa que casi no podía considerarse contar.

—¿Qué otra forma existe?

—Te lo enseñaré.

Soo señaló una pila de discos de arcilla que había en el suelo junto a ella. Joia no se había fijado en que estaban ahí, pero entonces los miró con atención y comprendió que eran los mismos que habían usado en el ritual.

—Cuéntalos mientras los dejo en el suelo —indicó Soo, y formó una hilera de discos a medida que Joia los contaba con los dedos, desde el pulgar izquierdo, pasando por todos los demás, hasta el derecho.

A continuación, Soo cogió un disco parecido a los demás, solo que este llevaba grabada una línea.

—Imagina que este vale lo mismo que todos los discos de esa hilera juntos. —Dejó el disco marcado y recogió los sencillos—. Y ahora, seguimos.

La suma sacerdotisa volvió a dejar los discos sencillos en el suelo de uno en uno mientras Joia los contaba con los dedos de los pies. Después, sustituyó de nuevo los sencillos por otro marcado.

Sin embargo, mientras repetía el proceso una tercera vez, Joia se tocó lo alto de la cabeza.

—Este es el último número.

—Con los discos, los números nunca se acaban. Y todos tienen un nombre. Lo primero que deben aprender las sacerdotisas novicias es a nombrar todos los números.

Joia estaba fascinada y emocionada.

—¡Para poder contar los días del año!

—Sí. Aprendes deprisa.

La suma sacerdotisa parecía disfrutar de la conversación, y Joia se atrevió a esperar que hubiera olvidado el castigo.

Soo se hizo con los discos sencillos y formó una nueva hilera con los marcados. Para contarlos, Joia utilizó otra vez los dedos desde el pulgar izquierdo hasta el derecho. Soo los remplazó entonces con otro que llevaba grabada una cruz en una cara.

—Este representa todos los que he cogido.

—O sea… —Joia iba asimilando deprisa toda la información—, que podrías seguir contando… para siempre.

—Exacto.

Se quedó pasmada. Estaba viendo el mundo bajo una luz completamente nueva. Esos eran los secretos de las sacerdotisas, y Soo se los estaba desvelando.

Su razonamiento dio un salto adelante.

—Entonces, cuando bailáis y cantáis, en realidad contáis días y semanas.

—Y marcamos cuántos han pasado desde el último solsticio o equinoccio, y cuántos faltan para el siguiente.

—¿Y las grandes piedras del borde?

—Esas nos ayudan a predecir los eclipses, que es mucho más complicado.

—¿Y todos los círculos de piedras se usan igual?

—¡Claro que no! —La mujer parecía ofendida y se irguió un poco.

Joia, nerviosa, recordó que la cuestión del castigo aún no estaba resuelta.

—Los demás círculos que he visto no tienen la cantidad de piedras adecuada para ningún uso útil —explicó Soo—. Están dispuestas de manera aleatoria. Y lo mismo pasa con los de madera. De todos modos, nadie más que las sacerdotisas conoce los rituales. Nuestro Monumento es único, igual que nuestro sacerdocio.

—¿Y los cánticos?

—Únicos también.

Joia frunció el ceño, pensativa.

—Pero el círculo de madera es frágil. Los postes pueden pudrirse, caer durante una tormenta o acabar robados por ladrones. El Monumento entero debería estar hecho con piedras, no con madera.

Soo asintió.

—Tienes mucha razón. Y algún día lo estará.

Joia pensó que Soo era demasiado mayor para hablar de lo que sucedería «algún día», pero no dijo nada.

—Todo lo que sabemos sobre el sol, la luna y los días del año está contenido en nuestros cánticos —explicó la suma sacerdotisa—. Nuestro deber sagrado es enseñárselos a la siguiente generación para que el conocimiento no se pierda nunca.

Joia asintió con aquiescencia.

—Tú eres la siguiente generación —dijo entonces Soo—. Deberías pensar en hacerte sacerdotisa. Tienes una edad ideal para entrar de novicia.

Esa conversación iba de sorpresa en sorpresa, pero Joia no había esperado nada por el estilo. Se quedó sin habla un instante.

—Pero... si os he espiado —recordó.

Soo se encogió de hombros.

—Eso me demuestra lo interesada que estás. Y, al hablar

contigo, he descubierto que también eres inteligente. Ni siquiera las personas más listas lo entienden todo tan fácilmente como tú.

A Joia le costaba imaginarse dejando a su madre, a Neen y a Han para iniciar una vida nueva y del todo diferente. Seguiría viendo a su familia, porque las sacerdotisas no estaban aisladas, pero viviría allí con ellas, comería y dormiría con ellas, aprendería los cánticos del sol y de la luna. No estaría junto a Han para impedir que se cayera al río, no podría ayudar a Neen a criar a sus hijos, ni tampoco cuidar de su madre cuando envejeciera.

Soo vio su gesto dubitativo, pero malinterpretó sus motivos.

—Tal vez prefieras ir con chicos y tener hijos.

A Joia eso no le importaba.

—No sé por qué todas hablan tanto de los chicos y los hijos —opinó, dejando entrever su fastidio al respecto—. ¡Como si fuera lo único importante!

—Así me sentía yo a tu edad. —Soo sonrió al recordarlo y, pensando en su juventud, su rostro arrugado se iluminó un momento con belleza. Luego añadió—: Pero ahora debes regresar a casa y hablar con tu madre. ¿Cómo se llama?

—Ani.

—¿La sabia?

—Sí.

—La conozco, desde luego. Es una mujer muy sensata, pero no le hará gracia perderte, sobre todo siendo tan joven. También le preocupará que la vida de sacerdotisa no te guste tanto como esperas.

Joia asintió. Así era exactamente cómo reaccionaría su madre.

—Dile que el Monumento no es una cárcel —prosiguió Soo—. Todas las sacerdotisas pueden marcharse en cualquier momento si así lo desean. Si al final descubres que esta vida no es para ti, podrás dejarla.

De hecho, a Joia eso no le preocupaba en absoluto. Le parecía una vida perfecta para ella. No le apetecía terminar la conversación con Soo, pero tenía ganas de ir a contárselo todo a su madre.

Soo percibió su impaciencia.

—Deberías volver a casa a desayunar.

—Sí. —Joia sintió de pronto mucha hambre.

—Piénsalo, y no tengas prisa. Podemos volver a hablar, y también estaré encantada de comentarlo con Ani. Dame un beso para despedirte.

Joia se inclinó para besar los labios arrugados de Soo. El beso duró unos instantes más de lo que había esperado.

—Eres una chica especial, Joia —dijo la suma sacerdotisa—. Espero que decidas unirte a nosotras. Que el dios Sol te sonría.

—Y a ti también, suma sacerdotisa.

Ani estaba furiosa.

—¿Qué espíritu maligno te ha poseído para hacer tal cosa? —la reprendió—. ¡Tu hermano ha llegado muerto de miedo!

Estaba cocinando hígado de oveja con acedera silvestre y daba imperiosas vueltas al contenido de la olla con una espátula de madera.

No era habitual verla así. Ani tenía una cara redondeada y

amable, enmarcada por una melena que empezaba a encanecer. La ira no parecía ir con ella.

Joia estaba sentada en la hierba, mirándola con cautela.

—Han no tenía que venir —se defendió—. Pero nos ha seguido, el muy cotilla.

—Tú tampoco deberías haber estado allí. Las sacerdotisas tienen derecho a mantener sus cosas en secreto si así lo desean. Espero que te hayas llevado una buena regañina.

—Pues no.

—¿No? ¿Y eso?

—He tenido una larga conversación con la suma sacerdotisa Soo.

—¿Nada más?

—¡Mamá, he aprendido muchísimo! Me ha enseñado una nueva forma de contar, usando unos discos en lugar de las partes del cuerpo. Así se puede contar más y más y más, y no parar nunca.

—Ah...

—Me ha dicho que lo he entendido muy deprisa.

—Sí, claro, siempre has sido muy rápida. Lo que te falta es el sentido común más básico.

Ani lanzó un puñado de grano silvestre a la olla.

—Nadie se ha hecho daño, mamá. Solo Han, un poco, cuando Ello lo ha agarrado del brazo. Y eso ha sido culpa de él.

—Pobrecillo, se ha hecho pipí encima. He tenido que lavarlo.

Joia quería conseguir que su madre dejara de hablar de Han.

—Los cánticos de las sacerdotisas contienen todo lo que sabemos sobre el sol y la luna, así que son muy importantes.

Son la única forma que tenemos de preservar el conocimiento de una generación a la siguiente.

—¿De verdad?

Ani seguía enfadada, pero Joia veía que empezaba a ablandarse.

Respiró hondo.

—Por eso quiero ser sacerdotisa.

Al principio, Ani no se la tomó en serio.

—Bueno, aún tienes varios años para pensarlo antes de llegar a esa edad.

—Soo me ha dicho que tengo la edad perfecta para empezar.

—¡Eso es ridículo! ¡Si solo has visto trece solsticios de verano!

—Catorce.

—No me seas contestona.

Joia estaba frustrada. ¿Cómo podía hacérselo entender a su madre?

—¡Sé lo que quiero!

—Nadie sabe lo que quiere a los trece. O a los catorce. La suma sacerdotisa solo pretende tenerte en sus garras antes de que te quedes embarazada.

—No pienso quedarme embarazada.

—Yo también decía eso a tu edad, y mírame ahora: cocinando para tres hijos desobedientes.

Joia suspiró.

—Estás siendo muy mala conmigo esta mañana.

—Estoy preparándote el desayuno, ¿o no?

—Detesto el hígado.

Se quedaron calladas un rato.

—Soo dice que eres muy sensata —apuntó Joia entonces.

—Demasiado para entregarle a mi hija.

Eso hizo que se enfadara.

—¡Tú no mandas en mí! ¡Y ella tampoco!

Ani dejó la espátula y fue a sentarse junto a su hija.

—Ahora en serio —le dijo—, ¿serías feliz viviendo con un grupo de mujeres y repitiendo los mismos cánticos y danzas todos los días?

—Sí. Estoy más que segura de que eso me gustaría mucho más que vigilar el ganado o curtir pieles.

—Sabes que a las sacerdotisas no se les permite tener hijos. Si te quedas embarazada, tendrás que irte.

—Yo no quiero tener hijos. Nunca lo he querido.

—¿Te das cuenta de que muchas sacerdotisas son mujeres que aman a otras mujeres?

—No hay nada de malo en ello.

—Claro que no, pero ¿tú eres así?

—No sé cómo soy.

—Más motivo aún para retrasar tu decisión.

—No tengo por qué quedarme con ellas si no me gusta. Soo dice que las sacerdotisas pueden irse cuando quieran.

Eso dio que pensar a Ani.

—Si te hicieras sacerdotisa... —dijo al cabo de un momento.

—Novicia, supongo.

—Si te hicieras novicia y tres semanas después cambiaras de opinión, la suma sacerdotisa diría: «No pasa nada, no te preocupes, gracias por intentarlo». ¿Es eso lo que me estás diciendo?

—No sé lo que diría, pero aun así...

—Quiero saber exactamente lo que diría.

Joia comprendió que había convertido el «no» de su madre en un «quizá». Eso ya era algo.

—Pues habla con ella y pregúntaselo.

—Así lo haré.

—Muy bien —dijo Joia.

6

Seft se sentía muy feliz con su recién estrenada libertad, pero sabía que su padre no iba a consentir que hubiese huido. Tarde o temprano se produciría una confrontación entre ambos, y debía estar preparado. Todas las noches dormía con un cuchillo de sílex siempre a mano.

En el pozo de Wun estaba contento: su sistema de minería era más eficiente, pues la caliza que se extraía al excavar nuevos túneles iba a parar a otros túneles abandonados, de modo que no hacía falta subirla laboriosamente hasta la superficie trepando por el poste.

El trabajo era satisfactorio y el ambiente aún mejor, ya que los hombres se llevaban muy bien. Incluso Seft parecía caerles simpático. Este había hecho un amigo de su misma edad, Tem, que era sobrino de Wun. Los dos se juntaban por las tardes a cenar lo que hubiese preparado su tío, demasiado mayor para cavar. Todos dormían al raso; por lo general, Seft y Tem tumbados el uno junto al otro y charlando en voz baja hasta que caían rendidos en los brazos del sueño.

Algunos de los mineros eran hombres jóvenes solos y sin descendencia, como Seft y Tem, mientras que otros tenían familias a las que iban a ver siempre que podían. No había mujeres en el pozo; a pesar de que algunas eran lo bastante robustas para llevar a cabo la ardua tarea, no eran demasiadas.

La familia de Seft apareció por allí de improviso una noche, cuando estaban a punto de cenar.

El joven sintió que el corazón le daba un vuelco al verlos aproximarse a los tres: Cog, muy serio, con cara de buscar guerra; el enorme y desgarbado Olf, siempre con ganas de pelea; y el raquítico Cam, pendiente en todo momento de Olf para saber cómo debía reaccionar. El sol crepuscular proyectaba unas sombras alargadas a su espalda mientras avanzaban atravesando los campos de hierba como un ejército dispuesto a arrasar la nueva vida de Seft.

Durante una breve temporada, había vivido en un lugar donde el odio era un compañero desconocido. ¿Estaría eso a punto de acabar?

Soltó su escudilla y se puso en pie. A su lado, Tem se levantó también y Seft sintió una oleada de agradecimiento hacia su compañero, pues de esa forma le demostraba a Cog que Seft contaba al menos con una persona de su parte.

En ese momento reparó por vez primera vez en que las ropas que vestía su familia eran mugrientas. Allí, en el pozo de Wun, los hombres se quitaban las túnicas por las noches y les limpiaban el polvo de caliza sirviéndose de unas hojas que humedecían en el arroyo, y Seft había adoptado la misma costumbre para ser como el resto de ellos. Comprendió en ese instante que los miembros de su familia eran todos muy sucios, siempre desaseados.

Cog exhibía un aire de firme determinación al avanzar con la misma decisión con que lo haría un jabalí acorralado. Olf balanceaba los brazos con energía, calentando los músculos y preparándose para luchar. Cam trataba de aparentar una actitud desafiante, aunque sin demasiado éxito.

Seft esperaba no parecer demasiado asustado él mismo.

—Tienes que volver a casa conmigo —le dijo Cog.

Su hijo optó por no responder.

—Coge tus herramientas y vámonos —insistió el padre tras una pausa.

Seft no se movió.

Vio a Olf cerrar los puños. «Falta poco», pensó.

Cog se acercó unos pasos hacia él con aire amenazador.

—Será mejor que hagas lo que te digo, muchacho, o te obligaré a obedecer por las malas.

Seft se puso a temblar.

—No queremos violencia, por favor, Cog —oyó decir a Wun—. Esta es mi casa y no pienso tolerarlo.

Atravesó el espacio que lo separaba de Seft y Tem, y se puso al lado de estos.

Seft sintió una oleada de emoción: tenía amigos y gente que lo apoyaba. Ya no estaba a merced de su padre.

—Tú mantente al margen de esto, Wun —advirtió Cog—. Es un asunto de familia.

El hombre no dio su brazo a torcer.

—Llámalo como quieras, pero aquí mando yo, y no pienso permitir que empieces una pelea.

—No va a haber ninguna pelea —respondió Cog, tratando de parecer razonable, sin conseguirlo—. Seft sabe cuál es su deber y volverá con su familia.

En ese momento, Seft habló por primera vez.

—No, no voy a volver.

—Debes hacerlo, eres mi hijo.

—Tú no quieres un hijo, quieres un esclavo. Me quedo aquí.

Cog se enfadó. No podía tolerar que nadie lo desafiase, así que alzó la voz.

—¡Te vienes conmigo! ¡Aunque tenga que cogerte en brazos y llevarte yo mismo!

Olf y Cam se acercaron a su padre y se situaron cada uno a un lado, listos para entrar en acción, pero los hombres de Wun también se movieron, y seis de ellos rodearon a Wun y a Seft.

—Déjalo, Cog —dijo Wun—. No vas a conseguir lo que te propones.

—Ya lo creo que sí —repuso Cog—. Tal vez no sea hoy, pero haré que este muchacho se venga conmigo y, cuando lo consiga, se va a ganar una paliza de muerte.

Seft sintió que un sudor frío le recorría la espalda; aún se le veían las marcas de la última paliza en la cara.

—Tal vez sea como tú dices —replicó Wun—, pero ahora lo que quiero es que te vayas de mi casa y te mantengas bien lejos de ella. —Hizo un movimiento con la mano, señalando a los hombres que lo rodeaban—. Y, como vuelvas por aquí, puede que la próxima vez no seamos tan amables contigo.

Seft vio a su padre haciendo cálculos para decidir si tenía posibilidades o no. Si sus adversarios hubiesen sido ganaderos o agricultores, tal vez se habría arriesgado a enfrentarse a ellos, aun siendo tres contra seis. Sin embargo, los seis hombres que tenía delante eran mineros, como el propio Cog y sus hijos, e igual de duros que el sílex que extraían. El semblante de Cog daba a entender que, aunque a regañadientes, aceptaba la derrota.

Era un hombre al que le costaba mucho ceder. Miró fijamente a Wun con los ojos llenos de odio y luego con ira a Seft. Parecía estar buscando las palabras adecuadas.

—Llegará un día en que lamentarás lo que ha pasado hoy aquí —dijo al fin, dirigiéndose a su hijo—. Llorarás con lágrimas de amargura... y lo pagarás con sangre. —Una vez dicho eso, dio media vuelta y se fue.

Olf y Cam no salían de su asombro, pues no era habitual ver a su padre marcharse con el rabo entre las piernas. Se volvieron y empezaron a andar detrás de él, tratando de no dejar traslucir su derrota.

Seft sintió que le flaqueaban las rodillas de puro alivio. Creyó que las piernas iban a fallarle de un momento a otro, de modo que se sentó de golpe. Cogió su escudilla, se dio cuenta de que estaba demasiado tenso aún para seguir comiendo y la soltó. A pesar de que el enfrentamiento había acabado, seguía muerto de miedo.

—Bien hecho, muchacho —dijo Wun—. Te has mantenido en tu sitio. Así es como debe comportarse un hombre.

—Gracias a ti por defenderme —contestó Seft.

—No me gusta cuando alguien, abusando de su autoridad, trata de imponer su voluntad sobre un muchacho.

Wun siguió dando cuenta de su cena y los otros lo imitaron.

Tem se sentó junto a Seft.

—Tu padre es un hombre aborrecible —dijo—. No me extraña que te escaparas.

—Tardé mucho tiempo en reunir el valor para hacerlo.

—¡Ya me lo imagino! Pero ahora ya está, ya ha pasado todo.

—Sí, tal vez —dijo Seft, volviendo a coger su escudilla.

Cayó la noche, los pájaros enmudecieron y todos se tumbaron en el suelo a dormir. Seft sacó de su bolsa un cuchillo de sílex de hoja larga, bien afilado. Al cabo de un rato, la luna se encaramó en el cielo sin hacer ruido.

Seft pensó en Neen. Durante el día, soñaba constantemente con el momento en que volvería a reunirse con ella. Cuando se fue, lo hizo con tal sensación de vergüenza que estaba decidido a regresar cargado de dignidad, siendo un joven ya independiente, con un papel que desempeñar y la capacidad de ganarse la vida por sus propios medios, y así poder dar de comer a sus hijos algún día. Muy pronto sería capaz de hacerlo.

Deseó haber podido hacerle llegar un mensaje a Neen, pero era imposible. La mayoría de la gente solo se desplazaba de un lugar a otro para las ceremonias estacionales. Alguna que otra vez llegaban visitantes itinerantes que recitaban poemas u ofrecían el trueque de objetos pequeños, joyas hechas con hueso o pociones mágicas, pero no eran mensajeros dignos de confianza y, además, Seft tampoco había visto a ninguno por allí.

Así pues, Neen no debía de tener ni idea de cuáles eran sus intenciones. Deseaba que al menos lo esperara durante algún tiempo, pero lo más probable era que viera a Enwood todos los días. ¿Cuánto tardaría en olvidarse del ausente Seft, alguien que había desaparecido así, sin más ni más?

Los hombres que había a su alrededor se quedaron dormidos, pero Seft presentía que dormir era peligroso. Su familia podía estar rondando aún por allí, así que tenía previsto quedarse toda la noche en vela.

Tem permaneció despierto a su lado durante un buen rato y estuvieron charlando a intervalos, pero al final la respiración de su amigo fue haciéndose cada vez más regular, y Seft no tardó en ser el único que quedaba despierto. Asió el cuchillo de sílex con la mano derecha. Aguzó el oído, atento a los ruidos de la noche, el movimiento de los animalillos nocturnos y el melancólico ululato del búho al perseguirlos. Trató de percibir alguna señal de pasos humanos sobre la hierba y en ese momento deseó poder tener un perro a su lado.

En contra de su propia voluntad, se quedó dormido.

Lo despertó un objeto punzante que alguien le apretaba contra el cuello. Al abrir los ojos, vio a su hermano Olf sentado a horcajadas sobre él, presionándole un asta en la garganta. El corazón le retumbaba como un tambor.

—Como hagas algún ruido, te mato —lo amenazó Olf, hablando en susurros.

Seft trató de dominar el pánico y pensar. ¿De veras sería capaz su hermano de matarlo? Muerto, Seft no le serviría de nada a su padre, pero en el fondo todo aquello era una cuestión de orgullo más que otra cosa. Cog no podía soportar que lo desobedecieran. «Sí —pensó—, si ahora grito, hay como mínimo una posibilidad de que Olf me clave el asta en la garganta y muera desangrado».

De modo que permaneció inmóvil y en silencio, pero sintió la presión del cuchillo de sílex debajo del muslo, adonde había ido a parar porque se le había resbalado de la mano mientras dormía. No moriría sin presentar batalla. No pensaba renunciar así como así a la oportunidad de ser feliz, algo de lo que apenas había gozado un tiempo. Tal vez acabara muerto, sí, pero otros morirían con él también.

Olf no parecía saber muy bien qué hacer a continuación. No había planeado su siguiente movimiento de antemano, cosa sin duda muy típica de su hermano. Hizo una pausa mientras lo decidía y luego, con torpeza, se las ingenió para apartarse de Seft sin retirar el arma.

—Levántate, venga —murmuró.

—Está bien —contestó Seft con otro murmullo—. Está bien.

Tem gruñó en sueños y se movió para darse la vuelta, pero no se despertó.

Seft hizo rodar su cuerpo ligeramente hacia la derecha para ocultar el cuchillo con la pierna. Se incorporó hincándose sobre una rodilla, lo que obligó a Olf a apartarse un poco hacia atrás. Deslizó la mano por el suelo moviéndola hacia el cuchillo.

Solo iba a tener una oportunidad.

—Ya voy —dijo a la vez que agarraba el arma.

Se levantó deprisa y, con un solo movimiento ágil y fluido, asestó un golpe a Olf con el brazo izquierdo para apartase el asta del cuello. A continuación, blandiendo el cuchillo con la derecha, lo bajó con fuerza y rajó la cara a su hermano.

Notó el impacto del sílex contra el tejido humano, y una sensación repugnante cuando atravesó la carne hasta alcanzar el hueso. Presionando con fuerza, cortó toda la cara de Olf de lado a lado con la hoja y vio manar un líquido del ojo izquierdo de su hermano. La sangre de la mejilla le salpicó toda la mano.

Olf lanzó un alarido.

Cog salió de entre la oscuridad, seguido de Cam. Los hombres de Wun, que acababan de despertarse bruscamente, se pusieron en pie.

Olf caminaba tambaleándose, sin ver nada, palpándose la cara.

—¡Mi ojo! ¡Mi ojo! —gritaba.

Seft sabía que debería sentirse horrorizado por lo que había hecho, pero lo cierto era que estaba exultante de alegría.

—¿Qué has hecho? —le increpó Cam.

—La violencia no es necesaria —intervino Wun, hablando en voz alta y potente—. Calmaos todos.

—¡Mira lo que ha hecho ese muchacho endemoniado! —le respondió Cog a gritos.

—¡Es culpa tuya, Cog, por idiota! —repuso Wun, gritando él también—. Has venido a hurtadillas a nuestro campamento como un ladrón en plena noche. ¿Qué esperabas? ¿Un buen recibimiento? Suerte tienes de no estar muerto.

Cog se volvió hacia Seft.

—¡Has dejado medio ciego a tu hermano!

Envalentonado, Seft se vio con fuerzas de lanzar una temeraria invectiva.

—Déjame decirte algo, padre. Si vuelvo a ver a Olf algún día, le sacaré el otro ojo.

Cog se quedó conmocionado.

—Te has convertido en un monstruo.

—Me he curtido —contestó Seft—, como me decías que hiciera.

Inka era la encargada de instruir a Joia y a otra novicia. Ella ya conocía a la mujer del festejo, cuando la había visto ir cogida de la mano con la madre de Vee, Kae. Era una mujer lista y con mucha experiencia, y Joia absorbía toda la información que tenía que ofrecer.

La otra novicia, Sary, era un par de solsticios de verano mayor que Joia, pero también una joven menuda, delgada y tímida. A causa de su nerviosismo, tenía dificultades para comprender y memorizar las lecciones, así que Joia la ayudaba, a pesar de que muchas veces ponía a prueba su paciencia.

Ani se había opuesto una y otra vez a que Joia se incorporase al sacerdocio y Neen la había apoyado, diciendo que no quería perder a su hermana. Sin embargo, Joia no se había dejado disuadir, así que al final Ani le había dicho: «Lo vas a odiar, ya verás, pero quizá es mejor que lo descubras por ti misma. Adelante, hazte novicia. Estarás de vuelta dentro de dos semanas».

Pero Ani se había equivocado, porque Joia era feliz allí.

Las lecciones eran lo mejor. Ya había aprendido a nombrar los números: no hacía falta sabérselos todos de memoria porque había un sistema que seguía una lógica para componerlos. Los pasos de la danza, para los que siempre era necesario contar, no le resultaban difíciles y ya se los había aprendido todos. Memorizar los cánticos era más complicado, pues había muchos y las sacerdotisas nunca cantaban el mismo dos días seguidos. Tal como Soo le había desvelado aquel día decisivo en que había espiado a las sacerdotisas durante la ceremonia a la salida del sol, los cánticos eran un repositorio de conocimiento, el tesoro de los habitantes de la Gran Llanura. Algún día, Joia sería capaz de recordar toda la letra y entonces sabría tanto como la que más.

Ese día, para aprender la lección, estaban en el interior del Monumento, sentadas en la hierba y delante del arco de madera por el que salía el sol el día del solsticio de verano.

—Mirad el poste de la derecha —les indicó Inka—. Cuando bailamos el día después del solsticio de verano, colocamos dos testigos a los pies de ese poste para señalar que es el segundo día de la semana.

Los testigos eran los discos de arcilla que Soo le había enseñado a Joia.

—Pues debe de haber muchos testigos, para todos los días del año —señaló Sary, tras perder el miedo a abandonar su timidez.

Inka se mostraba muy paciente con ella.

—Pues lo cierto es que no, aunque entiendo que pienses eso —contestó con delicadeza—. Añadimos un testigo cada día hasta que tenemos doce, y así sabemos que es el último día de la semana. Al día siguiente, recogemos todos los testigos y nos desplazamos al segundo poste, donde dejamos uno de ellos.

—Y hay treinta postes —dijo Joia.

—Sí. Así que ¿cuántos días hay en treinta semanas?

Joia conocía los nombres de los números, pero aún no había aprendido a hacer cálculos complejos.

—No lo sé, lo siento —respondió con humildad.

—No te preocupes, es difícil. La respuesta es trescientos sesenta, pero en un año hay cinco días más.

Joia adivinó lo que Inka iba a decir a continuación: en el centro del Monumento, rodeado por los treinta postes con sus travesaños, había cinco arcos —con sus postes y travesaños correspondientes, pero no unidos— que formaban un óvalo incompleto. Esos arcos debían de representar los cinco días adicionales.

Inka explicó entonces exactamente eso.

—Y al final, utilizando este método —dijo—, descubrimos que al cabo de unos años el sol del solsticio de verano empieza a salir un poco más tarde.

—Pero ¡eso es imposible! —protestó Joia.

—Tienes razón. El recorrido del sol no varía nunca de un año al siguiente, así que más bien se trata de un error en nuestros cálculos. El verdadero número de días en un año es de trescientos sesenta y cinco días y un cuarto.

Joia no entendía cómo podía haber un cuarto de día.

—Así que, una vez cada cuatro años —prosiguió Inka—, añadimos un día más. Y entonces el sol del solsticio de verano siempre sale según lo previsto.

Joia estaba asombrada y entusiasmada a la vez. Las sacerdotisas entendían muy bien lo que ocurría en el cielo; parecía milagroso.

—Ya es momento de comer —dijo Inka—. Intentad recordar todo lo que os he enseñado para que mañana volváis a explicármelo.

Joia se dio cuenta de que era mediodía y tenía hambre. Ella y Sary se dirigieron al edificio que hacía las veces de comedor durante el día y dormitorio durante la noche.

—No voy a poder acordarme de todo eso —dijo Sary con aire temeroso—. Es muy difícil. Inka se enfadará mucho conmigo.

—Ya lo repasaremos por la mañana, nada más levantarnos —propuso Joia—. Tal vez así nos ayudemos la una a la otra a recordarlo.

Entonces vio a su hermana mayor, Neen, en la puerta del comedor, apoyada en la pared. Era evidente que estaba esperando para verla.

—¿Puedo hablar contigo? —le pidió Neen.

—¿Es que pasa algo malo?

—En cierto modo, sí.

Sary entró en el comedor. Joia cogió a su hermana del brazo y rodearon la parte exterior del terraplén. Ante ellas, la llanura se extendía a lo lejos, envuelta en una calima neblinosa.

—¿Qué ha pasado?

—Estoy embarazada —dijo Neen.

Joia esbozó una sonrisa radiante.

—¡Qué maravilla! Va a nacer otro niño en nuestra familia.

—A ti nunca te han gustado los niños.

—Ya, no mucho, pero el tuyo va a gustarme muchísimo. Y mamá debe de estar entusiasmada.

—Huy, sí, ya lo creo.

—Pero tú no estás muy contenta.

Eso era obvio.

Neen parecía incómoda. Guardó silencio y Joia hizo lo propio. Ambas se quedaron observando a un ternero que mamaba de la ubre de su madre.

—El padre es Seft —dijo Neen tras una larga pausa.

—No Enwood.

—Nunca he yacido con Enwood.

—¿De verdad? Yo creía que...

—Enwood me gusta, pero amo a Seft.

—Pues hace un tiempo no estabas tan segura.

—Cuanto más tiempo lleva fuera Seft, más lo amo.

«Esto no es nada bueno», pensó Joia. Neen estaba enamorada de un hombre que había desaparecido. Iba a ser muy desgraciada, eso estaba claro, pero ¿qué podía ella hacer al respecto?

Siguieron caminando alrededor del terraplén circular. Joia trató de ser práctica.

—Cuando tengas el niño, necesitarás a un hombre a tu lado.

—Eso es lo que dice mamá, que debería olvidar a Seft y decidirme por Enwood. Sé que le gusto, me lo ha dejado muy claro. No sabe que estoy preñada, pero, cuando se lo diga, se alegrará de criar a un niño que fue concebido la noche del solsticio de verano: es la tradición.

—Y sigues sin saber dónde está Seft.

Las lágrimas afloraron a los ojos de su hermana.

—Ni siquiera sé si está vivo o muerto. —Neen rompió a llorar.

Joia la abrazó, tratando de pensar en alguna solución.

—Puedes esperar un poco más —dijo cuando el llanto de Neen se apaciguó.

—Sí, es verdad. Aunque, cuanto más espere, más evidente será que Enwood es mi segunda opción y que solo lo habré escogido a él porque Seft no ha vuelto a dar señales de vida.

Joia asintió con la cabeza.

—Tarde o temprano, eso acaba por quitarle las ganas a cualquier hombre.

—Y lo del niño solo hace que empeorarlo aún más. Ay, Joia, ¿qué voy a hacer?

—Podrías esperar hasta la Ceremonia de Otoño. Si Seft no ha aparecido para entonces, lo mejor será que lo olvides.

—No pueden faltar muchos días para la Ceremonia de Otoño.

—Veinte.

Una sonrisa se abrió paso entre las lágrimas de Neen.

—Claro, tú sabes esa clase de cosas: eres una sacerdotisa.

Habían dado toda la vuelta alrededor del Monumento y llegado al comienzo del camino que llevaba a Aguacurva.

—Debería irme a casa —dijo Neen.

—Te acompaño.

Joia intentó animar a su hermana durante el trayecto.

—¿Qué prefieres, niño o niña? —le preguntó.

—Ah, me da igual. Me encantaría alumbrar a una niña, pero los niños también son muy tiernos, cuando son pequeños. Adoraba a Han cuando era chiquitín y sigo adorándolo ahora.

—Mamá te ayudará cuando llegue el niño, ella sabe lo que hay que hacer.

—Debería saberlo, sí. Ha parido a tres hijos.

Para cuando llegaron a la casa, las lágrimas de Neen ya se habían secado. Ani estaba fuera, removiendo una olla de barro, pero parecía preocupada.

—¿Qué pasa, mamá? —le preguntó Joia.

—Tal vez no sea nada —contestó la mujer—, pero he ido a buscar a Scagga, para hablar con él sobre un asunto relacionado con los sabios, y no lo he encontrado. Su madre me ha dicho que se ha ido a algún sitio a elaborar brea de abedul. —La brea de abedul era una sustancia adhesiva—. He visto a su hermana Jara y, cuando le he preguntado dónde podría encontrarlo, me ha dicho: «Ah, pues estará por aquí cerca». Pero me estaba mintiendo, lo sé.

Retiró la espátula de la olla y se quedó mirándola fijamente, como si pudiera revelarle algún secreto.

—Scagga ha desaparecido —dijo.

Pia despertó en plena noche.

—¿Qué es ese olor?

Hubo un instante de silencio y luego su padre se incorporó de golpe.

—Humo —anunció antes de coger su túnica y salir de la casa a todo correr.

Eso asustó a Pia.

—¿Qué pasa? —preguntó su madre, que acababa de despertarse.

—Papá dice que es humo —le dijo Pia.

—Sí, ya lo huelo.

Yana se puso la túnica y los zapatos y Pia hizo lo mismo. Siguió a su madre fuera, pero entonces la mujer echó a correr y Pia no pudo alcanzarla.

Bajo la luz de la luna, Pia vio a un grupo de hombres, mujeres y niños, todos corriendo en la misma dirección. El olor iba haciéndose cada vez más fuerte. Pia oyó la palabra «fuego» varias veces. «Sí, claro», pensó. Debía de estar quemándose algo, pero ¿el qué?

Lo descubrió al cabo de un momento: era la Brecha. Las plantas de habas habían crecido —a Pia ya le llegaban a la altura de la cintura—, pero todo el cultivo estaba en llamas. Vio que el fuego había empezado al otro extremo de la Brecha y se había propagado hacia el sur, pero no entendía cómo las hojas podían quemarse de ese modo, pues normalmente solo ardían las cosas secas.

Su padre estaba desnudo, tratando de sofocar las llamas con su túnica de cuero. Había otros hombres y mujeres haciendo lo mismo.

—¡No te acerques! —le ordenó Yana a Pia, y a continuación se quitó la túnica ella también y se sumó al grupo que intentaba apagar el fuego.

Otros habían recogido ramas cargadas de hojas del bosque y golpeaban las llamas con ellas. Todos tosían a causa del humo.

Troon se movía de acá para allá, dando órdenes a diestro y siniestro con voz enfurecida, diciendo a la gente que cogiera esteras de cuero o fuera al río a por agua, y que se dieran prisa, que corrieran más.

Alguien llegó con un enorme recipiente lleno de agua y lo arrojó al fuego, pero apenas se notó ningún efecto.

La amiga de Pia, Mo, se situó a su lado. Los padres de Mo estaban en el campo, luchando contra el incendio. Mo lloraba, y Pia la rodeó con el brazo.

El resto de los habitantes del poblado no tardaron en presentarse allí para atacar las llamas con lo primero que tuvieran a mano. Pia pensó que nunca conseguirían sofocarlo, pero al cabo de un rato comprobó con alivio que el fuego había detenido su avance. En los siguientes minutos, las llamas empezaron a extinguirse. Mo dejó de llorar.

Pia vio que la mitad del cultivo de habas había quedado destruida.

En la mitad norte de la Brecha solo quedaban cenizas humeantes. Todos se apartaron del campo. El padre de Pia, Alno, estaba tosiendo.

—¿Cómo ha podido prenderse fuego en plena noche? —preguntó alguien—. No ha habido ningún rayo, ¿verdad que no?

—Ha sido deliberado —dijo Troon.

—Eso no puedes saberlo —repuso su mujer, Katch.

La gente que había a su alrededor se planteó esa posibilidad con aire taciturno.

La madre de Pia, Yana, se dirigió al extremo opuesto del campo, donde los restos cenicientos lindaban con los pastos de los ganaderos. Las reses habían huido, amedrentadas por el fuego. Yana regresó con unos trozos de barro cocido en la mano y se plantó delante de Troon, como si estuviera a punto de pelear con él. Otros se acercaron, intrigados por lo que iba a pasar.

Troon hizo como si aquello no fuera con él.

—¿Qué es eso? —dijo.

—Una vasija rota —respondió Yana.

Pia se preguntó qué importancia tendría eso, pues las vasijas se rompían de vez en cuando, era normal.

Yana frotó la parte interior de un trozo curvo, se olisqueó el dedo con el que la había limpiado y arrugó la nariz con una mueca de disgusto, como si oliera mal. Le dio el pedazo roto a Troon.

El jefe hizo lo mismo.

—Es brea de abedul —dijo acto seguido.

—Exactamente —confirmó Yana.

Hubo un murmullo entre la multitud. Pia sabía por qué: la brea de abedul ardía con facilidad.

—Alguien ha traído vasijas con brea de abedul en plena noche —afirmó Yana—. Luego ha arrojado la brea sobre los cultivos de habas y les ha prendido fuego. Y tú sabes quiénes han sido, ¿verdad, Troon?

—Claro. Han sido los ganaderos.

—Y sabes por qué lo han hecho.

Pia estaba estupefacta. ¿Por qué iban a querer los ganaderos hacer una cosa así?

Su madre respondió a su pregunta tácita.

—Lo han hecho porque nosotros labramos la Brecha. —Furiosa, alzó la voz—: ¡Te lo advertí! —Le hincó un dedo a Troon en el pecho—. Tú eres el responsable de esto. Los ganaderos lo han hecho como venganza.

—Ahora verán lo que es la venganza —dijo Troon.

Los hombres de Wun llegaron al final de la veta de sílex que llevaban excavando casi todo el año anterior. La habían explotado en todas direcciones. Antes de marcharse, Wun y sus mineros realizaron una ceremonia importante. Habían profanado el suelo al cavar un hoyo colosal y llevarse el sílex, y ahora tenían que aplacar al dios Tierra.

Empezaron por devolver a su sitio toda la caliza que habían extraído, junto con algunas astas rotas y otros desechos, huesos de animales, cenizas de madera quemada y zapatos gastados. A continuación cubrieron el espacio con tierra, para que la hierba pudiera volver a crecer en primavera y la llanura no quedara desfigurada.

Cuando terminaron, se reunieron para cogerse de las manos y entonar con aire solemne una plegaria que todos conocían y que daba gracias al espíritu del pozo por todo lo que les había procurado.

Se había restablecido el equilibrio.

Wun y sus mineros buscarían otro lugar y excavarían otro pozo.

Seft decidió volver a Aguacurva. Estaba entusiasmado y aterrorizado a la vez: entusiasmado ante la idea de volver a ver a Neen y aterrorizado ante la posibilidad de que ella ya no lo amara.

Tem preguntó si podía acompañarlo, solo por ver Aguacurva, ya que nunca había salido del territorio minero. Wun accedió amablemente y le dio permiso.

—Vuelve y trabaja para mí cuando quieras —le dijo a Seft.

Seft y Tem se pusieron en marcha por la mañana temprano, el día siguiente a la ceremonia del pozo. Durante la larga caminata por la Gran Llanura, Seft pensó en todos los logros que había conseguido desde que Cog le diera aquella paliza delante del Monumento: había escapado de su familia, había inventado una forma de unir trozos de madera sin necesidad de atarlos con correas, había frustrado un intento de raptarlo y le había dejado a Olf una herida que no olvidaría jamás, se había hecho un sitio como miembro activo de un equipo de trabajo, en Tem había encontrado un amigo, algo que no había tenido nunca, y había conseguido ganarse la vida.

Estaba listo para reencontrarse con Neen.

Mientras caminaban, Tem y él iban charlando tranquilamente, y al final acabó contándole a su amigo su historia con Neen. Tem estaba fascinado, pues no había vivido nunca una historia de amor. De forma un tanto embarazosa, trataba a

Seft como si fuera un experto en todo lo relacionado con las mujeres. Cuando este le dijo que no lo era en absoluto, Tem pensó que solo lo decía por modestia.

A Seft le gustaba la agilidad mental de Tem y su carácter alegre. Descubrió que iba a echarlo de menos cuando, al cabo de poco tiempo, tuvieran que seguir caminos distintos.

Llegaron a Aguacurva bien entrada la tarde. El verano estaba tocando a su fin y ya no hacía tanto calor. Mientras atravesaban el poblado, el miedo se apoderó de Seft. ¿Y si llegaba a la casa y encontraba a Enwood aposentado allí, rodeando a Neen con un brazo, como si fuera su dueño? Entonces todos sus logros quedarían reducidos a cenizas.

Han, de ocho años, los vio antes de que llegaran a la casa.

—¡Es Seft! ¡Ha vuelto! —exclamó el niño con alegría, sin dirigirse a nadie en particular, y a continuación echó a correr hacia la casa, repitiendo lo mismo.

Era buena señal, pero Han no era Neen.

Cuando Seft y Tem llegaron allí, la joven estaba esperando ante la entrada.

A Seft le bastó una mirada para saber que sus miedos no tenían ningún fundamento. Una preciosa sonrisa afloró a los labios de la joven, la misma sonrisa que le había llenado el corazón de alegría la víspera de la Ceremonia del Solsticio de Verano, cuando se la había encontrado raspando una piel; una sonrisa que parecía extenderse por todo su rostro, de la barbilla a la frente. Todos sus temores eran infundados.

Se la quedó mirando, comiéndosela con los ojos, y echó a andar hacia ella muy despacio. Neen lo rodeó con sus brazos y lo besó. Seft se dijo que había valido la pena. Todo había valido la pena por disfrutar de ese reencuentro. El abrazo se prolongó durante largo rato, pero ninguno de los dos quiso interrumpirlo, hasta que oyeron la voz de Ani:

—Será mejor que paréis de una vez para que podáis hablar con nosotros.

Seft soltó a Neen y se dirigió a Ani.

—Que el dios Sol te sonría.

—Y a ti también, Seft. ¡Qué fantástico que estés de vuelta con nosotros! —Le había dispensado un caluroso recibimiento, pero Seft notó que estaba algo distraída. Ani continuó—: Aunque quizá deberías presentarnos a tu compañero.

—Este es mi amigo Tem. Trabajábamos juntos en el pozo de su tío.

Entonces tuvo que relatarles toda la historia de cómo había dejado a Cog y a su familia y se había refugiado con Wun. Todos se sentaron en la hierba formando un círculo mientras Seft contaba lo ocurrido, y Neen le cogió de la mano, lo cual le hizo muy feliz, pues era la forma de mostrar a todo el mundo que estaban juntos.

—¡Es maravilloso! —exclamó Ani cuando Seft terminó—. Y la cena estará lista muy pronto.

—¿Podríamos ir al círculo de madera, para hablar a solas un rato? —le pidió Seft a Neen.

—Pues claro —respondió ella, levantándose.

Atravesaron el poblado cogidos de la mano.

—¿Tu madre está preocupada por algo? —le preguntó Seft.

—Está enfadada —dijo Neen—. Scagga y parte de su familia fueron a Los Cultivos y prendieron fuego a los brotes sembrados en unas tierras que se llaman la Brecha y que nos robaron los agricultores.

—Pue a mí me parece justificado —opinó Seft.

—Los sabios decidieron no tomar represalias. Scagga es un sabio, pero desobedeció a los demás.

—Entiendo.

—Mi madre dice que la venganza siempre provoca represalias, que así es como empiezan las guerras.

Seft no sabía qué pensar al respecto y, de todos modos, tenía cosas más importantes en la cabeza. Llegaron a los círculos concéntricos de troncos de árbol. Se sentaron muy juntos y estuvieron besándose un buen rato.

—¿Hay alguna regla sobre cómo incorporarse a la comunidad de ganaderos? —dijo Seft luego.

—Pues supongo que sí —contestó ella—. Es decir, tienes que trabajar. Un forastero no puede presentarse así, sin más, y ponerse a vivir en una casa y a comer carne de vaca sin hacer nada en todo el día.

—Así que yo podría incorporarme.

—Sí. Podrías ser ganadero. Nosotros te enseñaríamos.

—Y a mí me encantaría aprender, pero lo que de verdad se me da bien es la carpintería. Podría fabricar arcos, palas y cajones para guardar cosas de valor. También se me ha ocurrido cómo construir una entrada para las casas sin utilizar correas.

—Sí, podrás hacer todo eso. Igual que mi madre curte pieles.

—Pero hay algo muy importante, lo más importante de todo.

—Dime.

—Quiero una familia como la tuya, donde todos se quieren y nadie pega a nadie.

—Eso es lo que quiero yo también.

—La última vez que estuvimos juntos, dijiste que no estabas lista para tener hijos.

—Es cierto.

—¿Cuándo crees que lo estarás?

Ella le tomó la mano.

—Ya estoy embarazada.

Seft se quedó conmocionado y sintió que se le aceleraba el pulso.

—¿Después de solo aquella noche?

Ella sonrió.

—Después de solo aquella noche.

Seft no cabía en sí de gozo.

—Bueno —dijo—, entonces, todo es perfecto.

A Joia la despertaron los sonidos de dos mujeres practicando sexo. Supuso que debían de ser una pareja de novicias, demasiado enamoradas y excitadas para que les importase que alguien pudiera oírlas. Se preguntó si debería decirles que no hiciesen ruido, pero alguien se le adelantó. Ellas soltaron una risita nerviosa y siguieron a lo suyo, y no precisamente en silencio.

En la relativa quietud, Joia oyó otro sonido más extraño, como amortiguado. Parecía el ruido de unos carpinteros en plena faena, a lo lejos, golpeando, tallando o rompiendo madera. Habían empezado temprano. ¿Ya era de día? Miró al otro lado de la estancia, hacia la entrada, y vio el filo de la luna, cuya silueta de plata se recortaba contra un cielo de una negrura total.

«Todavía es de noche —pensó—. No puede haber ningún carpintero trabajando a oscuras».

Se levantó, se puso la larga túnica pasándosela por la cabeza y se ató los zapatos. Al atravesar la habitación a oscuras, tropezó con el tambor que usaban en algunas ceremonias, y este cayó al suelo con gran estruendo. Varias voces soñolientas protestaron al unísono pidiendo que no hiciera ruido. Joia recogió del suelo el tambor y también su palo, y los dejó junto a la entrada bajo la luz de la luna.

Se detuvo tras la pantalla de mimbre y se asomó a mirar. Aunque el ruido se oía mejor, seguía llegándole amortiguado. Apartó la pantalla, salió al exterior y volvió a colocarla en su sitio.

Una vez fuera, ya supo de qué dirección provenía el ruido: parecía llegar desde el Monumento o de algún lugar en sus inmediaciones.

Echó a correr por la extensión de hierba que separaba el poblado de las sacerdotisas del lugar sagrado. A medida que avanzaba, el ruido se oía más fuerte. Procedía, o bien del extremo opuesto del Monumento, o bien del propio interior del círculo.

Empezó a sentir miedo. Obedeciendo a un impulso, regresó sobre sus pasos y cogió el palo y el tambor. Albergaba la inquietante sensación de que iba a tener que dar la voz de alarma.

Cuando volvió a acercarse al Monumento, estaba convencida de que el ruido provenía del interior del círculo. Echó a correr.

En lugar de atravesar la entrada, se apresuró a subir por la pendiente del terraplén para poder ver mejor lo que había allí abajo, además de por su propia seguridad. Cuando llegó a lo alto, se detuvo a contemplar la escena de destrucción que se extendía a sus pies: el Monumento de madera estaba completamente destrozado. El ruido que en un principio le había recordado el trabajo de unos carpinteros correspondía, en realidad, a unos estragos provocados de forma deliberada: unos diez o quince hombres estaban utilizando piedras, hachas y palos para destrozar las estructuras de madera, derribarlas y convertirlas en astillas. Por un momento, Joia se quedó paralizada de horror. Entonces sintió la tentación de bajar corriendo por el terraplén y atacar a los hombres, pero se contuvo y, en vez de eso, empezó a tocar el tambor.

Los asaltantes dejaron de hacer lo que estaban haciendo y levantaron la vista hacia ella. Llevaban el rostro tiznado de ceniza y barro para que nadie los reconociera, pero le llamó la atención el hecho de que también se habían tiznado el cuello, sin duda para ocultar los típicos tatuajes de los agricultores.

Uno de los hombres echó a correr hacia ella, y en ese mismo instante Joia decidió que lo golpearía en la cabeza con el tambor en cuanto subiese por la pendiente. Sin embargo, otro hombre lo llamó —aunque ella no consiguió oír su nombre— y el atacante dio media vuelta.

Joia oyó a su espalda las voces de las sacerdotisas, que habían salido de sus casas tras despertar a causa del tambor. Supuso que la verían perfectamente, plantada bajo la luz de la luna en lo alto del círculo de tierra, y, al mirar por encima del hombro, vio a las mujeres corriendo hacia ella.

Los agricultores se dispersaron. Todos a una, como obedeciendo a una señal, echaron a correr a través del círculo y se alejaron de Joia y las sacerdotisas. Subieron por la pendiente opuesta y descendieron por el otro lado. Joia estaba segura de que cruzarían la llanura y no tardarían en desaparecer por completo.

Bajó despacio por la ladera del terraplén y contempló los daños.

Allí no había más que restos de madera destrozada: no quedaba ni rastro del Monumento.

Se echó a llorar.

Al alba ya se había congregado una enorme cantidad de personas, agolpadas alrededor de las ruinas, muchas de ellas llorando. Soo y todas las sacerdotisas estaban allí, además de los sabios, y Dallo y algunos de sus manos diestras, así como muchos habitantes del poblado, incluidos Neen y Seft.

—Buena parte de esta madera ya estaba deteriorándose de todos modos —señaló Dallo mientras inspeccionaba los destrozos—. Veo podredumbre parda, carcoma que ha depositado sus huevos en la madera y humedad en los agujeros. El Monumento no se habría tenido en pie mucho más tiempo, aunque los agricultores no lo hubiesen atacado.

—Así que, si lo reconstruimos, la madera volverá a pudrirse —dijo Soo, la suma sacerdotisa.

Dallo se encogió de hombros.

—Sí, tarde o temprano.

Soo enderezó la espalda.

—Entonces tendremos que reconstruirlo en piedra —anunció con voz de máxima autoridad.

Se oyó un murmullo entre la multitud. A Joia le pareció

percibir una mezcla de asombro y aprobación. Ella misma estaba entusiasmada con la idea: quería que la llevasen adelante. ¿Acaso podía haber alguien que no estuviese de acuerdo?

Dallo se mostró escéptico.

—A ver si lo entiendo. ¿Estás diciendo que quieres construir un Monumento de piedra que sea una copia exacta del antiguo, el de madera?

—Eso sería esencial. El Monumento fue cuidadosamente diseñado para cumplir unos propósitos muy específicos. El diseño no puede modificarse.

Dallo negó con la cabeza.

—Es muy difícil transportar piedras de ese tamaño, tal vez imposible.

Soo señaló el antiguo círculo de piedras, justo en la parte interior del terraplén.

—Pues alguien trajo las piedras azules hasta aquí.

—¿Sabes de dónde vinieron?

—Nuestra canción dice que proceden de un lugar a seis días de trayecto en dirección noroeste desde aquí, de una cantera junto al mar.

Por su expresión, Dallo no creía en la fiabilidad de una vieja canción.

—¿Y cómo las transportaron? —preguntó de todos modos.

—Por el agua.

—Ah, ojalá fuese posible... Puede que hace muchos años el río del Este fuera más ancho y profundo, pero una balsa lo bastante grande para transportar una piedra azul no podría navegar hoy en día por los recodos y las angosturas del río.

Soo insistió.

—Pues hay piedras por toda la Gran Llanura.

—Es cierto, pero la mayoría no son lo bastante grandes para reemplazar tus postes de madera, y las que sí lo son habría que arrastrarlas durante muchos días desde donde están, muy lejos, para traerlas hasta aquí.

Joia reparó en que Seft escuchaba atentamente la conversación, y en ese momento tomó la palabra:

—Hay un lugar repleto de piedras grandes, más de las que se necesitarían para reconstruir el Monumento.

Todos lo miraron.

—¿Dónde? —preguntaron Soo y Dallo a la vez.

—En las colinas del Norte, un poco más allá del pozo que excava mi familia. Conozco bien ese lugar, lo llamo el valle de las Piedras.

Se hizo un silencio reflexivo.

—Podría llevaros hasta allí —propuso Seft.

Seft guio al grupo con Neen a su lado, y Dallo se llevó consigo a cinco de sus manos diestras. Soo no podía caminar unas distancia tan larga, de modo que delegó en su ayudante, Ello, quien fue acompañada de Inka y Joia. El grupo de sabios formado por Ani, Keff y Scagga se incorporó también a la expedición, y una decena de habitantes del poblado se sumaron movidos por la curiosidad.

Era un día entero de caminata, y el sol ya había salido cuando se pusieron en marcha, de modo que, al llegar al valle de las Piedras, ya estaba anocheciendo. Seft quería dejarlos pasmados con aquel paisaje repleto de grandes rocas, pero en la penumbra solo alcanzaron a vislumbrar unas pocas, por lo que la llegada fue algo decepcionante.

Encendieron unas fogatas, comieron parte de la carne ahumada que habían llevado consigo y luego se acomodaron en el suelo para dormir envueltos en sus túnicas. El verano casi había tocado a su fin y el relente de la noche era fresco. Seft y Neen se acostaron juntos y, exhaustos tras la caminata, se quedaron dormidos de inmediato.

Ya había luz cuando Seft despertó, y algunos de los otros estaban paseando por la zona, examinando las piedras, maravillándose ante su tamaño y su textura lisa. Habías cientos de ellas, algunas apiladas encima de otras. Seft imaginó que tal vez, mucho tiempo atrás, todas ocupaban la superficie al mismo nivel, pero que luego el dios Tierra había levantado los costados del campo y había hecho que las piedras se partieran y se acumularan en el centro, de forma que las laderas quedasen libres para que pudieran pastar las ovejas.

¡Y menudas piedras eran! Algunas debían de pesar tanto como una manada de vacas. Eran de color gris, aunque recubiertas en parte por una capa de musgo y liquen.

La hermana de Neen, Joia, daba saltos de entusiasmo.

—¡Son magníficas! —exclamó—. Nunca en mi vida había visto unas piedras tan grandes…

—Ni yo tampoco —convino Seft.

—¡Hay que construir el nuevo Monumento con estas piedras!

—Eso mismo pienso yo —dijo Seft—. Pero tenemos que convencer a Dallo.

Miraron alrededor y lo vieron inspeccionando con detenimiento una de las piedras de mayor tamaño. Se acercaron a él. La roca medía lo mismo que cuatro hombres de largo y uno de ancho.

—Quiero saber cómo es de gruesa —dijo Dallo.

La piedra estaba semienterrada en el suelo.

—Pues habrá que excavar alrededor —indicó Seft.

Había tomado la costumbre de llevar consigo un morral con algunas herramientas básicas, y en ese momento sacó de él la paletilla de un buey, que resultaba muy útil para cavar. Se arrodilló y se puso a desapelmazar la tierra que rodeaba la piedra. Joia cogió un palo y lo imitó, y acto seguido se les sumaron unos cuantos más.

Con más o menos una decena de personas despejando la tierra a la vez, no tardaron en averiguar a qué profundidad llegaba la piedra: medía la mitad de grueso que de ancho.

Ahora que ya sabían cuál era su tamaño real, a Seft la inmensidad de la tarea le resultó abrumadora: no había duda de que era imposible trasladar aquella piedra hasta el Monumento.

Dallo debía de estar pensando lo mismo.

—Bueno, pues, ya que estamos aquí —dijo—, vamos a ver si podemos levantarla de lado al menos. A ver, coged todos una rama gruesa para usarla como palanca. Vamos a intentar levantar esta monstruosidad.

Seft empleó su hacha de sílex para talar un árbol pequeño. La tarea le llevó un buen rato, de modo que, para cuando consiguió una palanca útil, el sol ya se había encaramado a lo alto del cielo. Otros tardaron aún más, y dedicó algún tiempo a ayudarlos. Advirtió que Dallo había reunido una pila de leños más delgados y se preguntó para qué los querría.

Cuando ya estaban todos listos, tuvieron que socavar la tierra de todo un costado de la piedra para poder introducir las palancas bajo ella. Seft se puso de rodillas y volvió a utilizar la paletilla para cavar. Cuando hubo terminado, los que se habían provisto de una rama formaron una fila junto al costado de la piedra. Seft calculó que debían de ser unos veinticinco.

Todos hundieron los extremos más delgados de las palancas en la tierra blanda, bajo la piedra.

—Insertadlas lo más profundo que podáis, o no conseguiréis hacer palanca —indicó Dallo. Cuando comprobó que todas las ramas estaban listas y en su sitio, dijo—: Preparaos... ¡Ahora!

Seft empleó todas sus fuerzas para empujar con su palanca y levantarla hacia arriba mientras oía los gruñidos de los demás por el esfuerzo. La piedra no se movió. Todos dejaron de hacer presión, con la respiración entrecortada y jadeante.

—Esta vez —señaló Dallo—, cuando os diga que hagáis fuerza, tenéis que empujar inmediatamente con todo el peso del cuerpo. —Les dejó un momento para recuperarse y luego anunció—: Preparaos... ¡Ahora!

En esta ocasión, la piedra sí se movió. El borde se levantó casi un palmo del suelo y, en ese preciso instante, Dallo colocó un leño delgado y alargado debajo de la piedra para que no se desplomara de nuevo. Luego añadió otro.

—Y... descansad —dijo entonces.

Todos dejaron de hacer fuerza y se oyó un crujido cuando los leños de Dallo soportaron el peso de la piedra. El espacio de separación con el suelo se hizo más pequeño, pero no demasiado, y los leños sostuvieron la piedra en el ligero ángulo que había alcanzado.

Repitieron el mismo procedimiento varias veces y fueron levantando la piedra en un ángulo cada vez más amplio y colocando unos leños verticales para soportar su peso. Seft se dio cuenta de que, a partir de ese momento, las palancas resultarían poco eficaces y sería cada vez más difícil seguir irguiendo la piedra, hasta que, al final, resultaría imposible. Estaba claro que Dallo había llegado a la misma conclusión, pues dijo que ya era suficiente.

La tarde ya estaba muy avanzada. Dallo se apartó de la piedra y pidió a todos que se sentaran en el suelo a su alrededor. Seft estaba seguro de que iba a transmitirles un mensaje de pesimismo y así se lo hizo saber a Neen.

—Creo que tu pobre hermana va a llevarse una decepción —le dijo.

Neen asintió con la cabeza.

—Siempre se hace muchas ilusiones con todo —comentó.

—¿Os acordáis de la piedra que movimos para aquel agricultor del otro lado del río?

Varias personas asintieron, pero Seft no fue una de ellas. Aquello debió de ocurrir antes de su regreso a Aguacurva. Por la expresión del rostro de Joia, ella sí debía de haber estado presente.

Dallo continuó hablando.

—Acordaos de cómo metimos la piedra en la saca: colocamos la cuerdas debajo y la hicimos rodar. Acabamos de pasar un día entero demostrando que no podemos hacer rodar las piedras gigantes que vemos aquí, en este valle. Ni siquiera hemos conseguido poner esta de pie.

—Puede que haya una forma de hacerlo —dijo Joia.

Dallo fingió interés.

—¿Y cuál es?

—No lo sé —dijo, con aspecto de sentirse algo tonta—, pero puede que haya alguna.

—En cualquier caso, ese no es nuestro único problema

—insistió Dallo—. Una vez que tuvimos la piedra dentro de la saca, hicieron falta veinte personas para transportarla. Esta piedra es diez veces mayor que la del agricultor, así que harían falta diez veces veinte personas para moverla. Yo no sé contar hasta tanto, pero sería imposible reunir a tanta gente.

Seft sabía que Joia podía contar hasta cantidades muy altas, de modo que la miró, pero ella permaneció obstinadamente en silencio.

—Tardamos toda la mañana en transportar la piedra del agricultor por el campo y luego cuesta abajo, hasta el río. Ahora, además, estamos hablando de trasladar esta piedra gigantesca a una distancia para la que se necesita caminar un día entero, subiendo y bajando colinas y atravesando campos de superficie desigual. ¿Cuántos días, semanas o incluso años podríamos tardar? —Miró en dirección a la piedra y dijo—: Será mejor olvidarnos de este asunto, Jero.

Seft vio que Jero, el hijo de Effi, estaba examinando la piedra y tocando los palos que la levantaban del suelo.

Dallo se volvió para dirigirse al resto de la concurrencia.

—Llevamos todo este tiempo hablando de una sola piedra —señaló—, pero ¿cuántas de estas rocas gigantes harían falta para construir un nuevo Monumento? El óvalo interior de madera tiene cinco arcos compuestos por quince partes de madera en total, lo que significaría quince piedras. Pero eso es solo el principio. El círculo exterior requeriría muchas más; más de las que sé contar.

Se oyó un fuerte estruendo y, al volverse, todos vieron que Jero había desplazado uno de los leños de soporte principales y la piedra había caído al suelo con gran estrépito. Él parecía ileso; debía de haberse apartado con mucha rapidez.

—Y ni siquiera hemos hablado aún de los accidentes causados por la imprudencia de la gente, que retrasarían aún más todo el proceso —añadió Dallo.

Jero adoptó un aire avergonzado y se alejó.

—Así que lo que he aprendido hoy, amigos y vecinos —continuó Dallo—, es que el proyecto del Monumento de piedra es imposible. Hay que descartarlo por completo. Era una idea maravillosa, pero nunca se hará realidad. —Miró a Joia—. Lo siento, pero debo decir la verdad.

También Seft miró a Joia y vio que la expresión de su rostro era de firme y obstinada determinación.

—Tu hermana no se ha dado por vencida —le susurró a Neen.

Ella negó con la cabeza.

—Y nunca lo hará —sentenció.

Pasados diez solsticios de invierno

7

Joia caminaba por la Gran Llanura con su hermano Han, muy cerca de Aguacurva. Los dos contemplaban el paisaje con preocupación. Al verano cálido y seco del año anterior le había seguido un invierno frío y sin lluvias, y la primavera no auguraba nada mejor. Los arroyos que cruzaban la llanura solían secarse en verano, pero volvían a llenarse con las precipitaciones del invierno: una clase de corrientes que se conocían como torrentes invernales. Ese año, en cambio, los torrentes invernales estaban secos. La vasta llanura verde se había convertido en un desierto parduzco habitado por vacas flacas y ovejas escuálidas. Cada vez menos hembras daban a luz, y cada vez menos crías llegaban a la edad adulta.

Aun así, la manada resistía. Algunos animales morían, otros sobrevivían. Era triste ver los cadáveres huesudos sobre la tierra polvorienta, pero algunas bestias —más jóvenes, más fuertes o con mejor suerte— seguían paciendo y alimentándose de los escasos brotes que salían por las mañanas para luego buscar una sombra en la que guarecerse del sol del mediodía.

Los ganaderos descuartizaban las reses muertas y hervían su escasa carne. La gente cazaba incluso otros animales para poder comer —ciervos, castores y unos bóvidos salvajes llamados uros—, aunque escaseaban, porque también ellos morían de sed. Las verduras y las frutas silvestres que en los buenos tiempos aportaban variedad a la dieta de los ganaderos resultaban difíciles de encontrar. Los niños, medio famélicos, comían gusanos, y los adultos miraban con ojos peligrosos a los perros de los vecinos.

—¿Qué podemos hacer? —dijo Han.

—Nada —respondió Joia.

Han había crecido. Había visto ya diecisiete solsticios de verano y pronto llegaría al número dieciocho. Tenía unos pies enormes, de manera que se fabricaba unos zapatos especiales, con el cuero cosido por arriba en lugar de a los lados, como hacían los demás, y decía que así le resultaban más cómodos. Sus amigos lo llamaban Pie Grande.

Era alto, guapo y encantador, y a Joia le recordaba a su padre, Olin. Incluso le había crecido una barba rubia y era tan intrépido como él. Han nunca había visto un árbol al que no pudiera trepar, un río que no pudiera cruzar a nado, un jabalí que no pudiera matar antes de que el animal lo matara a él. Tenía a su madre preocupada, y a Joia también.

Su perra, Trueno, no se separaba de su lado. Joia aún recordaba cuando Trueno era una cachorra. Han había intentado enseñarla a sentarse, a tumbarse, a esperar y a acudir corriendo, pero ella se negó a aprender nada. Sorprendentemente, con los años se había convertido en una perra fiel y obediente que iba con él a todas partes.

Han trabajaba de ganadero. Era demasiado inquieto para

curtir pieles, como su madre y Neen, o para fabricar cuerdas, vasijas, herramientas de sílex o cualquiera de las otras cosas que necesitaba la gente. A él le gustaba estar al aire libre, en la llanura, incluso cuando hacía mal tiempo, paseando por ahí y manteniendo a los animales fuera de peligro.

Trueno también llevaba la ganadería en la sangre. Cuando Han movía a las reses o intentaba evitar que se metieran donde no debían, Trueno le adivinaba las intenciones por sus gestos y corría adelantándose a él para que los animales fueran por donde Han quería. No era algo fuera de lo común. Los perros parecían nacer con una especie de comprensión instintiva del pastoreo.

—¿Cómo estáis las sacerdotisas? —preguntó Han.

Joia dudó antes de contestar.

—Bueno, tenemos alimentos suficientes, pero en cierto modo ese es el problema. La gente ha empezado a mirarnos con envidia. Se preguntan para qué nos necesitan. Dicen que el espíritu ha abandonado el Monumento y que las sacerdotisas no sabemos cómo atraerlo de nuevo. Hacen que parezca que la sequía es culpa nuestra.

Han se mostró desdeñoso.

—¿Y qué quieren que hagáis? ¿Saltar al río y ahogaros, solo para ahorrarnos unas escudillas de carne de vaca al día?

Joia se encogió de hombros.

—Tal vez. Están desesperados.

—Es porque no les gusta Ello —dijo él con cierta vacilación.

Eso no era ninguna novedad para Joia. La segunda suma sacerdotisa no se hacía querer.

—Es una mujer de palabras toscas. Se busca enemigos sin necesidad.

—No son buenos tiempos para hacer enemigos.

Han tenía razón, pero Ello no cambiaría nunca.

—La sequía acabará —señaló Joia—. Solo que no sabemos cuándo.

—Más vale que sea pronto.

Su hermano tenía razón. Joia había reparado en que los más ancianos morían, no exactamente de hambre, sino de enfermedades provocadas por una dieta inadecuada. Y cada vez fallecían más niños de pecho antes de llegar a su segundo solsticio de verano. Sucumbían a males normales a esa tierna edad, enfermedades a las que la mayoría habría sobrevivido. Pronto les tocaría también a los adultos de mediana edad y a los niños algo mayores y, al final, a todo el mundo.

—Los agricultores están peor aún —dijo Han—. Esperan una segunda mala cosecha y casi todas sus mujeres han dejado de concebir.

—También los habitantes de los bosques tiene problemas —añadió Joia—. Los avellanos más jóvenes se han muerto. Solo sobreviven los árboles establecidos desde hace tiempo, pero dan menos fruto.

Se hizo un silencio.

—¿Es posible que toda la comunidad de la llanura acabe desapareciendo? —preguntó Han entonces.

—Sí —respondió Joia—. No se lo diría a nadie más porque no quiero que la gente se asuste, pero la verdad es que, si nuestros animales mueren, nosotros moriremos.

—Y la Gran Llanura quedará solo para los pájaros.

Joia reparó en lo que había dicho su hermano poco antes.

—Sabes mucho sobre los agricultores… —comentó.

—¿Ah, sí? —Han no ofreció ninguna explicación.

—En la Ceremonia del Solsticio de Invierno te vi hablando con una chica agricultora.

—Era Pia, una vieja amiga. Solíamos jugar juntos cuando éramos niños.

Joia recordaba a una niñita muy decidida. En la última Ceremonia del Solsticio de Invierno había visto a una joven desenvuelta y elegante, y con una seguridad en la mirada sorprendente en alguien de la edad de Han.

—Me acuerdo de ella —dijo—. Tenía un primo pequeño que era un horror.

—Stam, sí.

—Por eso sabes tanto de los agricultores.

—Supongo.

Joia recordó a Han y a Pia tal como los había visto en la ceremonia: él charlaba con ella con familiaridad mientras ella alzaba la mirada hacia él con una expresión de gran interés.

—¿La verás mañana? —preguntó, ya que se celebraría la Ceremonia de Primavera.

—Eso espero.

Aquello tenía pinta de amorío... Lo cual no era buena noticia.

—No te enamores de ella.

Al instante deseó no haberlo soltado así. ¿Por qué no había tenido más tacto? Ya era demasiado tarde.

Han se ofendió.

—No veo por qué no, y no sé por qué crees que tienes derecho a darme esa clase de órdenes.

Esa respuesta le dijo que el consejo llegaba demasiado tarde. Si Han no estuviera enamorado de Pia, se habría reído y le habría dicho que no tenía de qué preocuparse. Ese evasivo «¿Por qué no?», en cambio, significaba que ya la amaba.

No obstante, como Joia ya había se había metido en esa conversación, tenía que terminarla.

—Los agricultores son diferentes a nosotros —dijo—. Allí, todas las mujeres son propiedad de un hombre, primero de su padre y luego del padre de sus hijos. Nunca te sentirías a gusto en su sociedad.

—Pia podría venirse con los ganaderos.

—Los agricultores no toleran que ocurra eso. Sienten que les han robado algo y provocan altercados intentando que la mujer vuelva con ellos.

—Aun así, a veces ocurre.

Joia se encogió de hombros. Han era intrépido hasta rayar en la temeridad, igual que su padre.

—Solo te lo advierto. Te buscarás problemas.

—Gracias —dijo Han, sorprendentemente—. Eres un poco brusca, pero es el amor lo que te hace hablar así.

Joia le rodeó la cintura y le dio un breve abrazo.

Un momento después, oyó que una vaca mugía con angustia. Como ganaderos que eran, su instinto fue el de seguir el sonido y enseguida se toparon con dos personas que discutían por una vaca.

Las dos se encontraban cerca de un árbol alto. Una vaca joven colgaba boca abajo de una rama robusta, con las patas traseras atadas a ella mediante una cuerda hecha de tallos de madreselva. Joia vio que tenía las ubres pequeñas, de modo que era una novilla, una vaca que todavía no había parido ningún ternero.

Justo debajo de la cabeza del animal había una gran jarra

de arcilla con la boca ancha. Un hombre alto estaba a su lado con un gran cuchillo de sílex en la mano. Era una escena muy habitual: estaba a punto de sacrificar el animal, y la jarra debía recoger la nutritiva sangre.

El hombre le sonaba de algo y Joia no tardó en reconocerlo. Era el apuesto Robbo, que de adolescente había formado parte de su círculo de amigos y se había convertido en el compañero de la hermosa Roni. Parecía enfadado.

La otra persona era una sacerdotisa: Inka, la que había sido maestra de Joia, una mujer de mediana edad y buen corazón. Estaba plantada de pie, con las piernas separadas, una mano en la cadera y pose agresiva. En la otra mano llevaba un garrote contundente y parecía dispuesta a golpear a Robbo con él.

—¿Qué ocurre? —preguntó Joia, que tuvo que levantar la voz por encima de los mugidos lastimeros de la vaca.

—No es asunto tuyo —replicó el joven—, así que largo de aquí.

—Habla a mi hermana con más respeto, Robbo —advirtió Han.

—No hay necesidad de pelearse —dijo Joia.

—Yo no quiero pelear —contestó Robbo, y señaló a Inka—. Es ella la que tiene un arma.

—Tú empuñas un cuchillo —señaló Inka.

—Para cortarle el pescuezo a la vaca, es evidente.

—Ese es el problema. —Inka se volvió hacia Joia—. Este necio quiere sacrificar una novilla que es joven y está sana para parir. Es un desperdicio horrible, teniendo en cuenta que la llanura está repleta de animales que han muerto de sed. No voy a permitírselo.

—No tiene derecho a detenerme —dijo Robbo.

Por desgracia, estaba en lo cierto. No existía ninguna regla sobre quién ni cuándo podía sacrificar ganado. La gente mataba un animal cuando lo necesitaba para comer. En épocas de abundancia, esa costumbre funcionaba bien. Durante toda la infancia de Joia, jamás se habían producido disputas por la carne, pero los buenos tiempos se habían acabado y cada vez se veían más y más discusiones.

Robbo no había terminado de hablar.

—De todos modos, es una sacerdotisa —añadió—. No trabaja, pero sí espera que los demás le demos de comer. Los dioses no nos han traído lluvia, y ¿quién tiene la culpa de eso, si no las sacerdotisas?

Joia se preguntó qué haría su madre en esa situación. Ani seguramente acabaría convenciendo al joven a fuerza de hablarle con calma.

—Robbo, sé razonable —dijo entonces.

—En casa tengo a dos hijos y a una mujer embarazada, y necesitan carne —repuso este, enfadado—. No me digas que sea razonable.

—Deberías descuartizar una res muerta... En la llanura hay muchas.

—Los niños tienen que comer carne buena.

—Pero ¿qué comerán cuando se hayan acabado las vacas?

—Eso está en manos de los dioses.

—Si quieres que lo tumbe —le susurró Han a Joia—, solo tienes que decirlo.

—Tiene un cuchillo.

—Puedo con él.

Joia no estaba segura de quién tumbaría a quién. Han se creía invencible, pero Robbo era casi tan corpulento como él.

De todos modos, ella compartía la aversión de su madre por la violencia como solución.

—Vamos a resolver esta cuestión de forma pacífica —insistió, y notó la desesperación que teñía su propia voz.

Inka se acercó un paso a Robbo y a la vaca. Han avanzó también. Joia estaba perdiendo el control.

—Robbo —dijo—, si dejas ese cuchillo, ella dejará el garrote. Podemos hablar con sensatez.

Vio que no servía de nada. La expresión de Robbo era más hostil aún, y entonces agarró a la vaca por un cuerno y le estiró el cuello.

Inka gritó.

Robbo le cortó el pescuezo al animal con un potente tajo del cuchillo de sílex. Sus mugidos lastimeros quedaron silenciados de golpe y la sangre salpicó en la vasija.

Inka, furiosa, le dio a Robbo en la cabeza con el garrote. Era una rama contundente, y el joven se tambaleó.

—¡Basta! —gritó Joia.

La sacerdotisa estaba ciega de ira y volvió a golpear a Robbo, esta vez en el hombro izquierdo.

Trueno ladraba sin parar.

Inka levantó el garrote una tercera vez.

Han se lanzó a la refriega y agarró a la sacerdotisa desde atrás para contenerla.

Robbo se acercó a Inka, que no pudo esquivarlo porque Han la tenía inmovilizada, y blandió el cuchillo trazando un amplio gesto de izquierda a derecha con el que cortó la garganta de la sacerdotisa igual que había hecho con la del animal. La sangre volvió a manar por segunda vez en apenas unos instantes.

El horror hizo que se impusiera el silencio.

Inka se desplomó en los brazos de Han, que la agarró con más fuerza para sostenerla. La sangre, que seguía brotando, manchaba ya toda la parte delantera de la túnica de cuero de la sacerdotisa.

Robbo estaba asustado y horrorizado por lo que acababa de hacer.

—¡Ha intentado matarme! —exclamó para dar una excusa, aunque nadie lo había acusado de nada.

—¡Esto no era necesario! —dijo Han—. ¡La tenía agarrada!

Joia se inclinó y vomitó en el suelo.

Han dejó el cuerpo de Inka con cuidado. Ya no sangraba. Sus ojos sin vida miraban hacia el alto cielo azul, en el que no había ni una nube.

Joia se enderezó. Estaba conmocionada. Nunca había oído hablar de ningún asesinato entre los ganaderos; no se había producido ninguno en toda su vida. Y matar a una sacerdotisa era sacrilegio. El horror le impedía pensar, no sabía qué hacer ni qué decir.

Trueno olisqueó su vómito.

Eso la hizo regresar a la realidad y se centró. Tenían que llevar el cadáver de Inka al Monumento. La comunidad de ganaderos debía saber lo que había ocurrido, algo así no podía volver a suceder jamás. Aquella era la primera vez, sí, pero se había producido a causa de la crisis, por culpa de la sequía. A menos que la situación cambiara, pronto verían más disputas y más muertes.

Había que hacer algo.

Ani estaba curtiendo pieles junto al río. Primero encendió una hoguera. Mientras la madera prendía, metió corteza de árbol en la vasija más grande que tenía, hasta la mitad, y luego acabó de llenarla con agua limpia de río arriba. A continuación, colocó la vasija sobre las ascuas del borde de la hoguera y empezó a dar vueltas con un palo a la mezcla, que iba calentándose.

Mientras esperaba, pensó en su familia. Recordó lo mucho que solía preocuparse cuando Joia era una adolescente inquieta. Ahora, su hija había encontrado su destino. Le encantaba ser sacerdotisa y estaba completamente inmersa en la labor de llevar la cuenta de los días del año.

También Neen era feliz. Seft y ella habían tenido tres hijos que eran la alegría de la vida de Ani.

Han todavía no había sentado cabeza, pero era un joven apuesto y algún día le daría más nietos.

Ella tenía salud y daba gracias a los dioses por ello. Había visto más veranos de los que era capaz de contar y había dado a luz cinco veces; entre ellas, dos niños que no vivieron más allá del primer año. Pero no se sentía vieja. Todavía no.

De vez en cuando añoraba la compañía de un hombre. Le había encantado la intimidad, y el sexo, y la sensación de contar con un amigo en quien siempre podía confiar. Sin embargo, cuando pensaba en hombres, sabía que no podría amar a ninguno. No deseaba a un hombre cualquiera, ella quería a Olin. Nadie más le valía.

Su única preocupación era la sequía. La llanura las había sufrido antes, y Ani recordaba una muy severa durante su infancia. Ella había sobrevivido, pero algunos de sus amigos habían muerto. Cuando terminó, la gente se había vuelto muy precavida y reacia a cualquier cambio. La llanura tardó años en recuperar la prosperidad.

La vasija hervía con alegría. A su lado había otro gran recipiente de arcilla con un tamiz de mimbre que le cubría la boca. Usando dos piezas de cuero gruesas para protegerse las manos, Ani levantó la vasija con el agua hirviendo y vertió el líquido en la segunda a través del tamiz, parando cada vez que tenía que retirar fragmentos de corteza de encima del mimbre.

Ya tenía una vasija llena de líquido para curtir.

Cogió entonces la piel de una vaca que estaba preparada a tal efecto —le había retirado los restos de carne del interior y había raspado el pelo del exterior— y la introdujo en la vasija con la solución curtidora.

Se quedaría ahí dentro durante tres semanas de doce días, y cada día habría que darle vueltas para asegurarse de que el líquido empapaba todos los rincones. El proceso no podía acelerarse: la solución debía penetrar bien en todo el grosor de la piel. El propósito del curtido era detener el proceso natural por el que la piel, igual que la mayoría de las partes del cadáver de un animal, se descomponía y se pudría, con lo que las túnicas que llevaban se volverían apestosas y acabarían cayéndose a pedazos.

Ani ya tenía varias pieles listas y estaba a punto de empezar con la siguiente cuando Joia apareció por allí.

Su hija no había sido una niña especialmente guapa, pero al crecer se había convertido en una joven muy hermosa. Ani creía que la belleza venía del interior. Si una persona hacía un trabajo que no le gustaba, vivía con alguien a quien detestaba o estaba afligida quizá por un gran resentimiento, un error terrible o una enemistad ancestral, se volvía fea. Quienes vivían una vida armoniosa, en cambio, eran personas atractivas, y eso le había ocurrido a Joia. No era el tono de sus ojos color avellana, era la forma que tenían de brillar; su boca resultaba encantadora porque sonreía mucho; su cuerpo era esbelto y ágil porque bailaba todos los días y lo disfrutaba; sus palabras tenían una sonoridad musical porque pasaba mucho tiempo cantando. «Aunque, claro, tal vez yo no sea imparcial», se dijo Ani con ironía.

Cuando Joia se acercó más, su madre reparó en que iba muy seria. No, era más que eso; algo la había espantado. Se preocupó de inmediato.

—¿Qué ha ocurrido? —preguntó.

—Robbo ha matado a una sacerdotisa. Inka.

Ani se horrorizó.

—¿Que la ha matado? ¿Cómo ha pasado algo así?

—Robbo quería sacrificar una novilla. Todos le hemos dicho que eso estaba mal, pero él no ha hecho caso, así que Inka le ha golpeado con un garrote.

—¡Los ganaderos no nos matamos entre nosotros! —exclamó Ani.

—Se les ha ido de las manos. —Joia estaba al borde de las lágrimas—. No he podido pararlos. Tampoco Han.

—¿Tu hermano estaba allí?

Joia asintió.

—Ha intentado intervenir, pero no ha salido bien. Robbo le ha puesto el cuchillo a la vaca en el cuello, así que Inka ha intentado detenerlo, pero no ha podido. Robbo le ha cortado el cuello al animal y... —Sollozó antes de poder continuar—. Y luego se lo ha cortado a Inka.

—¡Oh! —Ani se tapó la boca con una mano.

—¿Qué hacemos? No sé, ¿qué hace la comunidad cuando se produce un asesinato?

—Yo solo he conocido uno en mi vida —explicó Ani—. Era joven, tenía unos quince solsticios de verano. Había un hombre, un ganadero de muy mal carácter, que discutió con otro sobre quién de los dos era el dueño de un hacha de sílex. El del mal carácter mató al otro con ella.

—Pero ¿qué hizo la comunidad?

—Bueno, cuando se corrió la voz, nadie volvió a dirigirle la palabra al asesino. Cada vez que lo veían, se alejaban. No dejaban que sus hijos jugaran con los de él, tampoco compartían su carne con el hombre. Un buen día, su familia y él se marcharon de Aguacurva en dirección a la Gran Llanura y nunca volvimos a verlos.

—No me parece un castigo muy duro.

—Es todo lo que tenemos. En la comunidad de los agricultores matan al asesino, y normalmente lo hace la familia de la víctima. Pero puede suceder que culpen a la persona equivocada, y a veces la familia del asesino se cobra venganza, así que las muertes no se detienen. A la larga, nuestro sistema es mejor.

—¿Y qué hacen los habitantes de los bosques?

—No lo sé.

—O sea que Robbo, Roni y sus hijos tendrán que marcharse y vagar por la Gran Llanura.

—Es probable, sí.

—Me pregunto qué le estará contando Robbo a la gente sobre lo sucedido.

—Es una buena pregunta. Vayamos a enterarnos.

Ani recogió a toda prisa sus materiales de trabajo y se alejaron del río, rumbo a la casa de Robbo. Este estaba frente a ella, descuartizando a la novilla mientras Roni, sus hijos y un pequeño grupo de curiosos lo miraban. Les estaba contando la historia.

Joia estuvo a punto de decir algo, pero Ani la retuvo y, llevándose un dedo a los labios, le indicó que guardara silencio y escuchara. Al principio, Robbo no vio a Joia y siguió con lo que estaba diciendo.

—Me ha golpeado dos veces con su maldito garrote —explicó, indignado—. Pensaba que esa sacerdotisa loca iba a matarme.

Joia habló entonces.

—Pero no ha sido exactamente así, ¿verdad, Robbo? —dijo, y dio un paso al frente para que todo el mundo pudiera verla—. Yo estaba allí —añadió—. En realidad, mi hermano, Han, tenía a Inka agarrada para que no pudiera volver a golpearte, y entonces, cuando no podía defenderse, le has cortado el cuello con el cuchillo de sílex, llevado por la ira.

Un murmullo de asombro recorrió la multitud. Era evidente que Robbo les había contado una historia muy diferente.

—Nos estábamos peleando —protestó este—. No recuerdo todos los detalles, pero sí que ha empezado ella.

—Pues yo lo recuerdo con mucha claridad —dijo Joia con firmeza—. Inka ya no representaba ningún peligro porque mi hermano la tenía agarrada. Estaba indefensa. La violencia debería haber terminado en ese instante, pero tú, furioso, la has matado.

—No ha sido así. Solo lo dices porque Inka era sacerdotisa.

—Digo lo que he visto. Tú estabas sacrificando una novilla, algo que era una estupidez y estaba mal. Inka tampoco ha sido inocente, no debería haberte golpeado con el garrote. Pero tu vida no ha corrido peligro en ningún momento.

Keff, uno de los sabios, estaba entre el gentío.

—¿Esa res era una novilla? —preguntó entonces.

—No, eso no es verdad —dijo Robbo.

Ani observó el cadáver y vio que ya lo habían destripado y le faltaba la parte baja, así que resultaba imposible asegurar si era una novilla o no. Robbo debía de haberlo hecho en la llanura, antes de arrastrarla al poblado. Le había dado muchas vueltas a cómo hacerse el inocente.

—Por supuesto que era una novilla —insistió Joia—. Por eso Inka quería impedirte que la sacrificaras.

—Solo te inventas excusas porque tu hermano también ha sido responsable.

—Mi hermano ha intentado protegerte.

—No tengo que responder ante ti.

—Eso es cierto —dijo Joia—. No tienes que responder ante mí. Has matado a una sacerdotisa: responderás ante los dioses.

Dio media vuelta y se alejó.

—Robbo está siendo muy astuto —dijo Ani cuando la alcanzó.

—Me vuelvo al Monumento —repuso Joia—. Tengo que hablar con las sacerdotisas.

—Yo hablaré con los demás sabios —anunció Ani, y separaron sus caminos.

A Joia le daba vueltas la cabeza. Después de hablar con su madre, le había parecido suficiente que el crimen de Robbo fuera reconocido como tal por la comunidad. No quería que lo mataran, como era costumbre entre los agricultores, pero sí que el pueblo de los ganaderos reconociera que había hecho algo terrible. El asesinato de una sacerdotisa no podía perdonarse así como así, pero Robbo estaba contando una historia en la que Inka y él cargaban con la misma parte de culpa.

Mientras se dirigía a grandes zancadas del poblado al Monumento, vio a muchos desconocidos y recordó que al día siguiente celebrarían el equinoccio de primavera y que cientos de personas acudirían a la ceremonia. Eso le ofrecía una posibilidad. Las sacerdotisas tendrían ocasión de hablar sobre el asesinato de Inka ante toda la comunidad de la Gran Llanura.

Sin embargo, cuanto más lo pensaba, más le parecía que no era una cuestión que pudiera tratarse siguiendo una argumentación lógica. Robbo siempre encontraba respuesta para todo y era lo bastante listo para confundir a los demás. Al final, la gente opinaría sobre el tema según lo que sintiera tanto por las sacerdotisas como por Robbo.

El día siguiente, Joia tendría una oportunidad, pero no para lanzar una proclama.

En su cabeza se encendió la chispa de una alternativa.

En cuanto llegó al Monumento, se fue a buscar a Soo, la suma sacerdotisa. La mujer estaba sentada en el suelo, a la entrada de su casa, disfrutando del suave aire primaveral. Esos últimos diez años, Joia la había visitado como amiga y mentora.

Se sentó a su lado sin ceremonia.

—Lo que ha ocurrido es terrible —dijo Soo—. Pobre Inka. Las novicias ya están lavando su cadáver.

—Robbo está contando una historia falsa —explicó Joia sin ningún preámbulo.

A Soo le gustaba la gente que iba directa al grano.

—Dice que Inka ha intentado matarlo y que él ha tenido que defenderse.

—Pero es no es cierto —repuso Soo—. He hablado con tu hermano, Han, que nos ha traído el cadáver. Bendito sea.

—Robbo intenta convencer a la gente de que lo ocurrido ha sido una pelea, no un asesinato. Pero yo quiero que se reconozca el crimen que ha cometido.

—También yo —coincidió Soo—. Supongo que tienes algo pensado.

—Creo que deberíamos incinerar el cadáver de Inka mañana, como parte de la Ceremonia de Primavera. —La cremación era el método habitual de ocuparse de los muertos. Luego se esparcían las cenizas—. Les transmitirá a todos la sensación de que hemos perdido algo sagrado.

Soo asintió despacio.

—Existe un cántico muy triste para la muerte de una sacerdotisa.

—Lo sé —dijo Joia. Se los conocía todos.

—Entonces, tú misma puedes dirigir el canto —zanjó Soo.

Pia estaba buscando a Han. Lo adoraba y esperaba con impaciencia de ceremonia en ceremonia para poder verlo. Entre una y otra, todos los días lo imaginaba con su barba rubia y sus pies enormes, y, en esas fantasías, él se inclinaba hacia ella y le susurraba algo al oído, de modo que Pia casi notaba su cálido aliento mientras le decía que la amaba.

Sonrió al recordarse a sí misma, sin haber visto aún ocho solsticios de verano, preguntándole si podía ser su novia.

También recordaba la avergonzada respuesta de él: «No, eso son tonterías de mayores». Pia estaba convencida de que, en el fondo, Han deseaba que fuera su novia, pero que era demasiado tímido para reconocerlo. De modo que ese rechazo no le había importado; de hecho, guardaba sus palabras con cariño.

Varios años después, cuando empezó a pensar en chicos de una forma diferente, se olvidó de él durante un tiempo. Había tonteado con algunos agricultores y se había besado con ellos, que fue cuando descubrió su poder para hacer que gimieran y se vaciaran. Después, en una ceremonia, volvió a hablar con Han y el viejo vínculo entre ellos regresó de una forma nueva.

Era sorprendente cómo se había desvanecido la enemistad entre ganaderos y agricultores. No es que hubiera desaparecido por completo, pero los dos grupos se encontraban con frecuencia en las ceremonias, contemplaban en silencio a las sacerdotisas que bailaban y cantaban, y después hacían negocios con bastante cordialidad.

Pia encontró a Han cuando este salía del poblado de las sacerdotisas. Parecía inquieto y se asustó al ver que tenía sangre en la mejilla.

—¡Han! —lo llamó—. ¿Qué ha pasado?

—Un asesinato —dijo él—. Ha sido horrible. Me alegro mucho de verte.

Pia lo abrazó. No pudo evitar emocionarse al saber que era a ella a quien Han buscaba cuando necesitaba consuelo.

Lo tomó de la mano y se lo llevó fuera del poblado. Se sentaron en la cuesta exterior del terraplén.

—Cuéntamelo todo —pidió.

—Ha habido una discusión entre una sacerdotisa que se

llamaba Inka y un ganadero llamado Robbo, y la situación se ha puesto violenta. Ella le ha golpeado en la cabeza, dos veces. Yo la he agarrado para que parara y, mientras estaba indefensa, él le ha rajado la garganta con un cuchillo de sílex y la ha matado.

Pia profirió un suspiro de horror.

—¡Y lo has visto todo!

—He participado en ello. Incluso podría ser culpa mía que haya muerto.

—No —dijo ella de inmediato—. Robbo blandía el cuchillo, tú solo intentabas detener la pelea.

—Es lo que no paro de decirme.

—Tienes sangre en la cara. —Pia arrancó un manojo de hierba, lo mojó con saliva y le limpió la mancha de la mejilla—. Así está mejor —dijo.

—Gracias. Había tanta sangre, tan de repente... Y de pronto todo ha terminado y ella estaba muerta en mis brazos.

—¿Quién más había allí?

—Mi hermana Joia. Está destrozada. Es sacerdotisa, igual que lo era Inka.

—¿Dónde está el cadáver?

—Lo he traído aquí. Lo tienen las sacerdotisas.

—Deberías comer algo. Así te encontrarás mejor. —Pia sacó de su bolsa un poco de queso de cabra envuelto en hojas—. Toma, prueba esto. Lo hace mi madre, está buenísimo.

Él vaciló.

—¿No es tu cena?

—No te preocupes, ya encontraré otra cosa. Come, por favor, te sentará bien.

Han desenvolvió las hojas y probó el queso.

—No sabía que tuviera hambre —comentó mientras masticaba—. Tienes razón, está buenísimo.

—Ahora ya puedes darme un beso —le dijo Pia cuando terminó de comer.

—Será un beso con sabor a queso.

—Pues estará muy rico.

Estuvieron besándose un buen rato.

—Vamos a ver a tu madre —propuso ella después—. ¿Sabe lo del asesinato?

—Seguramente se lo habrá contado Joia.

—Querrá verte para asegurarse de que estás bien.

Él la miró, pensativo.

—Eres muy considerada, siempre piensas en los sentimientos de los demás. Primero en los míos, luego en los de mi madre.

Pia no supo qué contestar a eso.

—Creo que eres maravillosa —añadió Han.

Ella no se veía tan fantástica, pero le encantó que él pensara así.

Se levantaron y echaron a andar por la llanura en dirección a Aguacurva. Cuando llegaron al poblado, Han le dio la mano.

«Eso significa que soy suya —pensó Pia—, y que él es mío. Y que quiere que todo el mundo lo sepa».

El tambor sonaba a un ritmo tan lento que Seft se descubrió esperando el toque siguiente casi con inquietud. No era así como solía empezar la Ceremonia de Primavera. Se encontraba entre la multitud cuando las luces del alba se extendieron por el cielo. Los espectadores guardaban silencio. Neen y sus dos hijos mayores estaban junto a él. Seft llevaba en brazos a la pequeña, que estaba dormida.

Mientras esperaba, tuvo la oportunidad de admirar su trabajo. Había reconstruido el Monumento con madera, usando los ensamblajes de entalladura y espiga que había inventado hacía diez solsticios de verano. Ahora que los travesaños estaban sujetos a los postes con firmeza, esta vez el gran círculo quedaba mejor definido y era más resistente. Sobreviviría a las inclemencias del tiempo y, si los agricultores volvían a atacarlo —cosa que pidió a los dioses que impidieran—, resultaría mucho más difícil destruirlo. Aunque se dijo que no era imposible; para eso haría falta un Monumento de piedra.

El cántico empezó cuando las sacerdotisas todavía estaban fuera, de modo que la música parecía llegar misteriosamente de ninguna parte. Era una melodía triste que hablaba de remordimiento y de pérdida. A Seft le hizo mirar a sus hijos para asegurarse de que estaban bien.

Las sacerdotisas aparecieron entonces, encabezadas por Soo y Joia, una al lado de la otra. El cántico seguía el patrón habitual, que consistía en que una persona entonaba una estrofa y el coro al completo contestaba.

A Soo y a Joia las seguían seis sacerdotisas que cargaban sobre los hombros unas andas de mimbre en las que descansaba el cuerpo de Inka. Iba desnuda, salvo por un poco de follaje, ramas frondosas intercaladas con flores silvestres. Tenía la piel muy blanca en esa luz tan temprana. Se la veía suave y vulnerable, como si aún viviera, salvo por el cruel tajo que le cruzaba la garganta.

Las sacerdotisas que iban tras las andas se habían pintado

una línea blanca en la garganta, probablemente con tiza. Los presentes suspiraron con asombro al ver el vívido recordatorio de cómo había muerto Inka repetido en todas ellas. Seft oyó que Neen, impresionada, murmuraba un juramento. Reparó en que los dos niños mayores, cada uno a un lado de su madre, le daban la mano. Empezó a preguntarse si Neen y él se habían equivocado al llevar allí a sus hijos.

Al final de la procesión, dos novicias sostenían antorchas encendidas.

El cántico transmitía una melancolía casi insoportable. La voz de Joia se elevaba de un modo que Seft no había oído nunca y parecía llenar de sonido todo el círculo de tierra, tras lo cual las sacerdotisas respondían al unísono, como un trueno cargado de congoja. Mientras transportaban el pálido cuerpo frío por todo el Monumento, Seft oyó que muchos de los allí reunidos se echaban a llorar.

El sol empezó a salir cuando las sacerdotisas completaron el círculo. Entonces Seft vio que en el óvalo interior habían levantado una pira funeraria. La gente alargaba el cuello para mirar por entre los postes. Era un lecho bajo de hojas y ramas secas con troncos encima: el fuego prendería enseguida y ardería a mucha temperatura.

Las sacerdotisas dejaron las andas con delicadeza en lo alto de la pira.

Soo se agachó entonces y cogió un tarro que previamente habían escondido detrás de un poste. Lo inclinó y vertió sobre el cuerpo de Inka un aceite que Seft supuso que sería brea de abedul. La suma sacerdotisa sostuvo el recipiente boca abajo hasta que se vació del todo. Acto seguido, les hizo una señal a las novicias de las antorchas.

Las dos jóvenes se adelantaron. Una lloraba sin control y apenas era capaz de tenerse en pie. Se dirigieron cada una a un extremo de la pira, se arrodillaron y acercaron las antorchas a la yesca seca. La madera prendió al instante. Todas las sacerdotisas se arrodillaron y cantaron la canción del sol, el orbe que parecía estar también en llamas mientras ascendía por el horizonte oriental.

Muchos de los espectadores se volvieron para no ver cómo el cuerpo de Inka se ennegrecía entre las llamas y empezaba a consumirse. Su alma se elevó convertida en un humo que flotó y se desvaneció en el aire, y entonces dejó de existir.

La noche siguiente, bajo el manto de la oscuridad, Robbo y su familia, llevándose consigo apenas unas pocas pertenencias, salieron sin ser vistos de Aguacurva en dirección a la Gran Llanura y torcieron hacia el sur.

8

El río del Este seguía bajando con agua, aunque muy poca. Seft fue a observarlo con Tem. Desde la muerte de Dallo, Seft había sido el jefe de los manos diestras, y Tem era su ayudante.

Cuando Tem había acompañado a Seft a Aguacurva, hacía ya muchos años, su intención había sido regresar a trabajar para su tío, Wun, en la mina de sílex, pero se había enamorado de Vee, la amiga de Joia. Ahora vivían juntos en una casa de Aguacurva y tenían dos hijos.

Seft y Tem eran los primeros con quienes se consultaba cualquier problema de carpintería o del paisaje. Sabían poco sobre seres vivos, sobre las dolencias del ganado, de los árboles o las personas, pero tenían fama de encontrar soluciones inteligentes para los problemas de los objetos inanimados, como las casas, las hachas o las balsas.

Los dos se sentían muy cómodos trabajando juntos, y sus familias solían pasar muchas noches haciéndose compañía. Seft a veces pensaba que Tem era lo que debería ser un hermano.

La vida comunitaria de los ganaderos les gustaba mucho a ambos. La entendían como un esfuerzo colectivo en el que todos colaboraban para, así, conseguir alimento y compartir las recompensas cuando las había; igual que en una mina de sílex.

Ese día estaban al sur de Aguacurva, a una distancia que podía recorrerse en lo que tardaba una olla de agua en hervir. Era un lugar donde el ganado a menudo iba a beber. Con la sequía, sin embargo, puesto que los animales invadían el lecho del río para alcanzar el caudal cada vez más escaso, habían apisonado las márgenes y, en lugar de un río, aquello parecía un lodazal. La continuación de la corriente ya no era más que un hilo de agua.

—Hay que reconstruir las orillas —dijo Tem.

Seft asintió.

—Tendremos que clavar estacas en la tierra a lo largo del trazado de la antigua ribera y luego asegurarlas con rocas en la parte interior y con tierra en la exterior. Si conseguimos que en esa tierra crezca algún matorral, mejor que mejor; las raíces reforzarán las nuevas márgenes.

—El nuevo cauce tiene que ser más estrecho que el antiguo, y así el agua llegará a la altura necesaria para que los animales beban sin tener que meterse en ella —señaló Tem.

—Podemos comparar con las orillas naturales que hay río arriba.

Seft ya había anticipado algo así, por lo que había llevado consigo a una docena de manos diestras, a los que entonces puso a cortar estacas y clavarlas en el barro, y también a apilar piedras y tierra a uno y otro lado de estas.

Con la gente suficiente, el trabajo avanzaría deprisa, pero

aun así tardarían varios días. Pronto estuvieron todos cubiertos de barro, aunque a nadie le importaba. El sol de la primavera les daba calor y al final de la jornada se lavarían en el río.

Seft estaba marcando la nueva línea de ribera en el otro lado cuando un ganadero que pasaba por allí se detuvo a hablar con él.

—Alguien te andaba buscando, Seft —anunció—. Pero no he sabido decirle dónde estabas.

—¿Quién es?

—No ha dicho cómo se llamaba.

—¿Y cómo es?

—Un hombretón. Tiene un solo ojo y una cicatriz que le cruza la cara.

A Seft se le encogió el estómago: se trataba de su hermano Olf.

—¿Te ha dicho algo más?

—Solo que estaba buscándote.

—Gracias —dijo Seft.

El hombre asintió y se alejó.

Tem había oído la conversación.

—Mal asunto —comentó.

—Hace diez solsticios de verano que no veo a Olf, y estaría contento de no volver a cruzármelo hasta dentro de otros diez.

Tem asintió.

—Si mal no recuerdo, las últimas palabras que le dijiste fueron que, si volvías a verlo, le sacarías el otro ojo.

El que había vociferado esa amenaza era otro Seft, un joven que estaba aterrado pero se mostraba desafiante. El Seft del presente ya no le tenía miedo a Olf. No era tan difícil enfrentarse a un hombre grande y estúpido cuando a tu alrededor tenías a una gran familia que te apoyaba y a un montón de buenos vecinos.

Pero ¿qué narices estaba haciendo Olf allí después de tantos años?

Suspiró. Sería mejor averiguarlo.

Tem le leyó el pensamiento.

—Vete —le dijo—. Ya puedo yo solo con esto. Ve a casa y ocúpate de tu hermano.

—Gracias.

Mientras regresaba al poblado, Seft reflexionó sobre cómo había cambiado su vida. Había soñado con estar con Neen, y ese sueño se había hecho realidad; diez solsticios de invierno después, todavía se amaban. Seft se había prometido que su familia sería diferente de aquella en la que se había criado, y también eso lo había conseguido. Neen y él tenían tres hijos, los querían a todos y nadie recibía burlas, tormentos ni palizas.

Él ya no era el benjamín maltratado de la camada, sino una persona respetada en el clan de los ganaderos, alguien con quien consultaban sus problemas y a quien recurrían cuando estaban en apuros. Todos lo conocían, e incluso gente que apenas le sonaba lo saludaba con deferencia.

Durante mucho tiempo había pensado que su vida seguiría sin cambios hasta el final de sus días, pero la sequía lo había transformado todo. La comunidad de los ganaderos era vulnerable. Algo como el clima podía hacerla desaparecer por completo, así que sentía un nuevo peso, la responsabilidad de proteger al pueblo ganadero y su forma de vida. Admiraba a Ani por su enorme dedicación al bienestar de su gente.

Después del asesinato de Inka, Ani había ideado un sistema de racionamiento para evitar el desperdicio e impedir las peleas por la carne. La comunidad lo había adoptado, aunque no había sido fácil. La gente lo detestaba, pero individuos respetados como Keff, Joia y Seft lo habían defendido y, al final, casi todos los ganaderos comprendieron que era beneficioso.

La paz regresó y dejaron de producirse discusiones por la comida. No obstante, si la sequía se alargaba más, volvería a haber problemas.

Olf no representaba una amenaza para la sociedad de los ganaderos, pero era un elemento perturbador y, a Seft, su llegada le resultaba agorera. Aunque no le tenía miedo, se sentía cada vez más cauteloso a medida que se acercaba a su casa.

Encontró a Olf y a Cam sentados en el suelo, frente a la entrada, comiendo orejas de liebre. La caza no formaba parte del sistema de racionamiento, y alguien a quien Seft le había arreglado la casa le había regalado una liebre a Neen. Había que hervir las orejas todo el día y luego asarlas, y aun así eran correosas, pero Olf y Cam mordían y masticaban como dos hombres famélicos. Se los veía muy consumidos; Olf era casi la mitad del hombretón que solía ser y Cam estaba en los huesos. También iban sucios y llevaban la ropa hecha jirones. Olf no tenía zapatos y la túnica de Cam apenas se sostenía. Era evidente que se habían metido en algún lío y por eso habían acudido a él.

Seft vio a Neen, que estaba de pie con los brazos cruzados, mirando a sus hermanos con recelo, como si fueran dos perros desconocidos que tal vez no estuvieran domesticados del todo. Al recordar los sucesos de diez años atrás, Seft comprendió que su mujer no había llegado a conocerlos. Sin embargo, sí estaba al tanto de la paliza que le habían dado aquel día y, con el paso del tiempo, también le había contado todos los detalles de su infancia.

Neen le había preguntado una o dos veces por su madre. Él casi nunca hablaba de ella y no le gustaba recordar su muerte, pero, cuando Neen se interesó por la mujer, sintió la necesidad de contar. Por lo que él recordaba, su madre había sido una persona amable y generosa y, cuando murió, no le quedó nadie que lo tratara con cariño. Al decirle eso a Neen, la pena y la incomprensión de su niñez lo arrollaron como una manada de reses en estampida, y se sorprendió al ver que rompía a llorar.

Neen sintió un alivio evidente al ver a Seft, y su cuerpo se relajó al sonreírle. Sus dos hijos mayores miraban fijamente a esos recién llegados tan desaliñados. A Ilian, el primogénito, de nueve solsticios de verano, parecía costarle asimilar la idea de que esas criaturas fueran de la familia. Denno, la mayor de las niñas, de cinco solsticios, no hacía más que mirar la cara desfigurada de Olf. Seft decidió no contarles a sus hijos que había sido él quien había dejado tuerto a su hermano, aunque quizá se lo explicara el propio Olf. Nunca había tenido mucho tacto, y Seft dudaba que hubiera aprendido en ese tiempo.

Anina, de un año, estaba tumbada boca abajo y movía los bracitos y las piernas intentando gatear sin hacer caso de los extraños visitantes.

Aquello no era una reunión familiar. En otras casas, Seft había visto que la gente se abrazaba y se daba palmadas en la espalda, bromeaba y reía, compartía anécdotas y recuerdos. Allí, la atmósfera era tensa, nadie decía casi nada, apenas se oía más ruido que el sonoro masticar de las orejas de liebre.

Seft no se sentó.

—¿Qué os trae por aquí después de diez solsticios de invierno? —preguntó mirando a sus hermanos.

Olf contestó sin dejar de comer.

—Nuestro padre ha muerto —anunció.

La reacción inmediata de Seft fue la incomprensión. ¿Qué significaba eso? ¿Cómo podía ser? Su padre, ¿muerto? Entonces recuperó el sentido común. El hombre ya era viejo —Seft no sabía cuánto— y al final había fallecido.

Se dijo que el mundo estaba mejor sin él.

—Fue un hombre bruto y cruel —dijo—. Me alegro de que ya no esté aquí.

—Pues yo no —replicó Olf.

Cam tragó lo que le quedaba de oreja.

—Yo tampoco —dijo.

—Lo odiaba —continuó Seft, aunque notó una lágrima inesperada en un ojo y se la enjugó con impaciencia—. Lo odiaba y con razón.

—Pero, Seft, era tu padre —señaló Neen.

En efecto. La maldad y la violencia de Cog no lo habían sido todo. Ese hombre había ocupado en el alma de Seft el espacio marcado como «padre», y de pronto ese espacio estaba vacío y seguiría así hasta el fin de los tiempos. Lo invadió una sensación de pérdida. «Esto es el duelo —se dijo—. La pena por haber perdido a alguien».

—¿Cómo murió? —preguntó.

—Trabajando —explicó Olf.

—Eso —añadió Cam—. Cargaba con un cesto de sílex mientras subía a la superficie por el tronco y lo dejó en el suelo. Después se irguió y dijo: «Necesito descansar», y cayó plano. Cuando llegamos a su lado, había dejado de respirar.

—¿Cuándo fue eso? —quiso saber Seft.

—Hará un año —contestó Cam.

«O sea —pensó Seft—, que no habéis venido para darme la noticia. Ha ocurrido algo más». Estaba a punto de hablar cuando Neen dijo:

—Vamos a comer algo. —El sol estaba alto, de modo que ya tocaba la comida del mediodía—. Aunque no tenemos mucho —añadió.

Ilian fue a por escudillas y cucharas, y Neen sirvió pequeñas raciones de la olla que estaba en el fuego.

—¿No hay nada más? —protestó Olf.

—Así es —dijo Seft con vehemencia.

—Yo no tengo suficiente.

—Si no estás satisfecho, ve a buscar comida a otra parte.

—Aquí tenemos un sistema de racionamiento —explicó Neen—. A cada familia le corresponde solo lo que necesita, de manera que estamos compartiendo nuestra parte con vosotros.

Olf se calló y empezó a comer. Hizo desaparecer lo que había en su cuenco en unos pocos bocados y puso cara de mal humor.

—Hace semanas que no conseguimos una comida decente —comentó Cam—. No tenemos alimentos y tampoco nada para intercambiar. —Rascó la escudilla con la cuchara.

—¿Y cómo es eso? —preguntó Seft—. Sois mineros, y la gente sigue ofreciendo comida a cambio de los sílex que necesita.

Cam dejó la escudilla vacía.

—Cuando murió papá, seguimos trabajando en el pozo hasta que la veta se agotó.

—Y supongo que luego cavaríais otro.

—Sí, pero fue una birria. No encontramos ninguna veta de sílex, así que cavamos otro, y lo mismo.

—¿Es que papá no os enseñó a encontrar las vetas? —preguntó Seft.

Cam negó moviendo la cabeza hacia uno y otro lado.

«¿Y cómo aprendí yo? —se preguntó Seft—. Creo que observé cómo miraba mi padre el terreno y escogía un lugar. Tal vez lo oyera mascullar algo para sí. El caso es que es bastante sencillo, pero está claro que estos dos no prestaron atención hasta que fue demasiado tarde».

—Podríais trabajar para otro minero, como Wun, por ejemplo —dijo.

—Se lo pedimos, pero nos dijo que no. Lo intentamos también con otros, pero por lo visto tienen algo en nuestra contra.

«Saben cómo sois —pensó Seft—. La comunidad minera es pequeña y todo se acaba sabiendo».

—Necesitamos que nos ayudes —dijo Cam.

«O sea que es eso».

—En el nombre de los dioses —contestó Seft—, ¿por qué iba a ayudar a dos personas que me aterrorizaron y me mortificaron durante años?

—Tienes que salvarnos. —Olf usó un tono amenazador—. Eres nuestro hermano.

—Yo no tengo por qué hacer nada por vosotros, Olf —replicó Seft con brusquedad—, así que será mejor que dejes esa actitud ahora mismo.

Olf apartó la mirada y no dijo nada más.

Neen ordenó a los niños que fueran al río a lavar las escudillas. Seft se levantó.

—Ven a hablar conmigo —le pidió a Neen.

Se apartaron de Olf y Cam y buscaron un sitio donde no pudieran oírlos.

—Solo tengo que enseñarles a encontrar una veta de sílex —dijo Seft.

—Me parece indignante, después de todo lo que te hicieron pasar.

—¿No crees que es mi deber ayudarlos?

—¡Pues claro que no! Ni siquiera te han dicho que lo sienten.

—Podrían morir de hambre. O intentar robar una res, y que un ganadero les dispare con un arco.

—¿Te importaría?

Seft vaciló y volvió a sentir la pérdida de la muerte de su padre.

—No lo sé —reconoció—. Son mala gente, pero son mis hermanos.

Neen se quedó pensativa un momento.

—Jamás intentaré impedirte que hagas algo que consideras tu deber —dijo después.

¿Era ese su deber? Tenía muy claro cuál era su deber para con Neen y sus hijos, pero no para con sus hermanos. Necesitaba tiempo para pensar.

Regresó junto a Olf y Cam.

—Marchaos y no volváis hasta el anochecer. Os daremos una pequeña cena y podréis dormir en casa esta noche. Por la mañana, os comunicaré mi decisión.

—¿Y qué se supone que vamos a hacer toda la tarde? —preguntó Olf.

—Yo qué sé —contestó Seft, perdiendo la paciencia—. Id

a ver el Monumento. Me vale simplemente con que no os acerquéis a la casa hasta la cena.

Los dos se levantaron, malhumorados, y se fueron de allí.

—Iré a ver cómo va Tem —le dijo Seft a Neen.

—Gracias por librarte de esos dos —repuso ella—. No me siento cómoda teniéndolos por aquí.

—Se marcharán mañana, conmigo o sin mí.

—Bien.

Seft la dejó para regresar al río. Los manos diestras habían parado para disfrutar del almuerzo, pero llevaban buen ritmo y tal vez terminaran dentro de dos o tres días. Seft se sentó junto a Tem.

—Puede que tenga que marcharme unos días —le anunció.

—¿Por qué? ¿Adónde?

Él le contó la historia de sus hermanos desamparados.

—Bueno, no mucha gente sería tan comprensiva —opinó Tem—. Una mitad de mí te admira y la otra cree que eres idiota.

—Todavía no he tomado una decisión.

—Sí, ya la has tomado —dijo Tem.

Tardaron un día en caminar hasta el extremo norte de la llanura. A la mañana siguiente, Seft les explicó cómo encontrar una veta de sílex.

—Tenéis que buscar tres cosas —expuso—. Primero, una colina empinada o un risco. No tiene por qué ser muy alto, pero sí escarpado. Una cuesta ligera no sirve. Segundo, un río que corra a los pies de esa colina.

—Todos los ríos están secos —lo interrumpió Cam.

—Puede que baste con un pequeño arroyo, siempre que veáis la tercera cosa que debéis buscar, algunos sílex sueltos en el cauce.

—Alguien podría habérselos llevado.

—Tal vez, pero un minero sabrá que son señal de que cerca hay una veta rica.

Encontraron un cauce que estaba casi seco y tan solo tenía un hilo de agua que a veces desaparecía. Seft lo siguió hasta un pequeño salto de roca.

—Mirad esto —dijo. El agua manaba de la pared de roca y volvía a precipitarse en el cauce—. Es una línea de manantial. El agua se acumula siempre en un punto en el que se encuentran dos capas de rocas diferentes. Podrían ser caliza y arcilla, y en ese caso no os serviría de nada, pero esperemos que sean caliza y sílex.

—¿Quieres decir que no podemos estar seguros? —preguntó Cam, indignado.

—Sí. Papá se equivocaba a veces, ¿no te acuerdas? Cavábamos en la caliza durante semanas y solo llegábamos a un lecho arcilloso que no valía para nada.

—Pero en el arroyo hay sílex. Aunque solo unos pocos.

—Y eso es buena señal. El lugar para empezar a cavar será un poco más allá del borde del salto de roca. Subamos a ver.

Los tres hermanos subieron por la colina y pasaron la cima.

—Bueno, pues teníamos razón —dijo Seft.

Allí ya habían abierto un pozo. Se veía un montón de caliza extraída y una pila de sílex recién excavados. Se acercaron al borde del hoyo y miraron abajo. Dentro había un poste para trepar y cinco mineros que partían la veta de sílex con energía en el fondo del agujero.

—Vaya, menuda pérdida de tiempo —opinó Olf.

—¿Tú crees? —repuso Seft—. ¿No habéis aprendido qué señales tenéis que buscar para decidir dónde cavar? ¿Y no era eso lo que queríais que os enseñara?

Su hermano gruñó.

Caminaron a lo largo de la cresta y pasaron junto a tres pozos más, cada uno trabajado por una familia diferente, antes de que el terreno descendiera otra vez en pendiente. Habían empezado por la zona más explotada, y Seft comprendió que tendrían que seguir hacia el oeste para encontrar un terreno todavía inexplorado. Olf y Cam, que nunca habían sido pacientes, se molestaron al ver la cantidad de veces que encontraban una zona buena para el sílex en la que ya había mineros excavando. Sin embargo, Seft reparó en que cada vez se les daba mejor localizar los puntos prometedores.

Sobre media tarde llegaron a una colina con una línea de manantial y no encontraron a nadie excavando allí.

—Comprobad de dónde a dónde se extiende este manantial y calculad dónde está la mitad. Ese debería ser el centro de la veta. Luego caminad colina arriba en línea recta, no os vayáis ni a la derecha ni a la izquierda.

Les enseñó cómo hacerlo y ellos lo siguieron.

—Cavaremos el pozo a unos pasos de la cima.

Usó un palo puntiagudo para arañar el suelo y marcar una forma más o menos circular.

—Vamos a descansar un poco —dijo Olf.

—Buena idea —opinó Seft—. Hoy hemos caminado mucho.

Comieron algo de los alimentos que habían llevado consigo y luego se echaron. El día era cálido y no había indicios de lluvia, por desgracia, así que durmieron cómodamente al aire libre.

A la mañana siguiente, Seft se marchó.

—¿No vas a ayudarnos a cavar? —preguntó Olf.

—No. Me vuelvo con mi familia.

—¿Y qué comeremos? —dijo Cam.

—No lo sé —contestó Seft.

Supuso que sobrevivirían con las raíces y las hojas que encontraran, y que tal vez matarían una liebre o una ardilla de vez en cuando. En cualquier caso, él había hecho todo lo que podía por ellos.

—Buena suerte —dijo, y se marchó.

—¡Nos abandonas! —exclamó Cam con tono lastimero.

Seft negó con la cabeza, desconcertado, y siguió andando.

No se lo había dicho a nadie, pero quería ir a echar otro vistazo al valle de las Piedras.

Hacía muchos años, Dallo había dejado muy claro por qué era imposible reconstruir el Monumento en piedra. Sin embargo, ya entonces Seft había pensado que el hombre se rendía demasiado pronto. Los problemas que había descrito podían tener solución, y sabía que Joia compartía la opinión de que Dallo se había mostrado muy pesimista.

En esta ocasión, con la comunidad inmersa en una crisis profunda, Seft era consciente de que necesitaban algo para volver a unirlos a todos. El asesinato de Inka había sido una advertencia: el espíritu colectivo de los ganaderos se estaba resintiendo. La reconstrucción del Monumento podía reforzar una vez más el vínculo entre ellos.

Cruzó el río del Norte, llegó a una colina escarpada a la que llamaban el Peñasco y la siguió en dirección al este hasta que ya no era más que una serie de montículos. Su ojo para el paisaje se había aguzado gracias a buscar señales de vetas de sílex, y al final reconoció el territorio que estaba cruzando y torció más hacia el norte.

Empezó a examinar el terreno con vistas a arrastrar piedras enormes por él. En un primero momento se sintió abatido. La zona tenía muchas colinas, y contra eso no había nada que hacer. Recordó a Dallo contando lo difícil que había sido desplazar una piedra por un campo, y a continuación pensó en cuánto más complicado sería transportar piedras todavía más grandes por esas colinas, arriba y abajo, cruzando bosques y praderas. Se desanimó.

Llegó al valle de las Piedras a media tarde y se sentó con la espalda apoyada contra un árbol para darle vueltas al problema. Decidió que lo primero que había que hacer era encontrar la ruta menos complicada.

Las ovejas que pacían en el valle seguramente pertenecían a alguien, pero Seft no había encontrado a ningún pastor en sus dos visitas anteriores. En esta ocasión, sin embargo, vio a un hombre vestido con una túnica de piel de oveja. Olía muy mal, y Seft supuso que, al no vivir cerca de un río, no se lavaba nunca.

El pastor le dio un pedazo de carne de oveja cruda.

A Seft le sorprendió ese ofrecimiento de comida en plena sequía.

—Es un regalo muy generoso —dijo.

—Ah, bueno —repuso el hombre—, es para que no te sientas tentado de matar una de mis ovejas para cenar.

Eso era astuto.

—Aun así —insistió Seft—, agradezco tu bondad.

—Me llamo Hol —dijo el pastor.

—Y yo Seft. Soy ganadero.

El pastor asintió y se marchó por donde había venido.

Seft encendió un fuego y asó la carne. Comió un poco y se guardó el resto para el día siguiente.

Despertó temprano y partió enseguida, todavía masticando un trozo de carne de oveja. Dentro de lo posible, al mover las piedras debían seguir los valles, pero tendrían que esquivar zonas pantanosas, bosques y suelo rocoso. Quienes tiraran de ellas, además, tendrían sed, así que más les valía mantenerse cerca del agua.

Desde el valle de las Piedras, las grandes rocas tendrían que ir hacia el sudoeste subiendo una pendiente, un comienzo complicado sobre un terreno escabroso. A partir de allí, sin embargo, casi todo sería cuesta abajo. Seft vio cómo evitar dos escarpadas colinas pasando entre ambas.

Poco después de eso, descendió hasta el extremo nororiental de la Gran Llanura, irregular pero con el suelo cubierto de hierba. Calculó que para entonces había cubierto una cuarta parte de la distancia. La llanura no era del todo plana, sino que tenía suaves subidas y bajadas. Había una gran manada pastando en la escasa vegetación que crecía allí.

Seft habló con un hombre llamado Dab y una mujer embarazada que se llamaba Revo. Los dos llevaban unas varas largas y flexibles con las que conducían a los animales.

—Trajimos a las reses aquí hace unos días —explicó Revo—. Siempre hay un poco de hierba en primavera, aunque este año no es mucha. ¿Cuánto más durará la sequía?

Seft no sabía qué contestar a eso.

Llegó al río del Este poco antes de alcanzar el poblado de

Rioalto, y entonces supuso que estaba a medio camino. Junto al río había una pradera amplia y se sentó en ella a descansar y comer la carne que le quedaba. Los habitantes del poblado no fueron hostiles, pero nadie le preguntó qué estaba haciendo allí ni adónde iba. Tal vez vieran a muchos viajeros.

El río del Este corría más o menos en línea recta desde Rioalto hasta Aguacurva. La forma más fácil de transportar las enormes piedras habría sido haciéndolas bajar en balsas por el agua. No obstante, Seft vio enseguida que el río estaba muy mermado y lleno de pequeños meandros. Cualquier balsa lo bastante grande para soportar el enorme peso de las piedras sería más ancha que algunos tramos del río.

Sabía que existía un sendero que seguía la línea de ribera, aunque nunca lo había recorrido entero. Un sendero que fuera junto al río tenía que ser llano, así que dedujo que sería la mejor ruta para esa segunda mitad del trayecto.

Al proseguir su camino, se cruzó con muchos otros viajeros y llegó a la conclusión de que estaba en una ruta muy transitada.

Sin embargo, vio que el sendero era estrecho en algunos lugares; demasiado para esas piedras gigantescas. Habría que ensancharlo talando árboles y arrancando matorrales, y tal vez hubiera que vaciar también las pendientes aledañas para hacer sitio.

Sería un trabajo descomunal, pero no veía obstáculos que no pudieran salvarse.

Cuando regresó a Aguacurva, tenía la sensación de haber encontrado la mejor ruta.

Neen lo recibió con besos y abrazos.

—Temía que esos dos te hubieran matado —dijo.

—Les he encontrado un pozo —explicó Seft—. Con eso, deberían estar varios años ocupados.

—Doy gracias a los dioses.

Seft estaba impaciente por explicar lo que había visto ese día. Necesitaba compartirlo con alguien.

—Me gustaría invitar a tu hermana Joia a cenar —dijo.

—Estaré encantada. Sobre todo si puede traernos algo que echar a la olla.

—Muy bien —repuso Seft—. Tengo mucho que contarle.

9

El río del Sur bajaba lento y con poco caudal mientras el sol abrasador se reflejaba en su valiosísima agua. Pia metió en ella un gran odre de cuero impermeabilizado y dejó que se llenara. Cuando lo levantó, pesaba mucho más que un momento antes. Se irguió y echó a andar.

Hacía eso mismo todo el día, todos los días.

Las tierras de su padre, por suerte, quedaban cerca del río, pero algunos campos se extendían un buen trecho pendiente arriba, hasta la linde del bosque del Este. A Pia le dolía el hombro y estaba sin aliento, pero tenía que seguir adelante. Se cruzó con su madre, que ya regresaba con un odre vacío, y luego con su padre, que hacía lo mismo. El hombre estaba enfermo y no paraba de toser. Se negaba a descansar, pero solo llenaba su odre con agua del río hasta la mitad porque estaba demasiado débil para cargar con uno entero. Se suponía que era un secreto, pero Pia ya lo había descubierto.

Entre los agricultores, todo el mundo estaba haciendo lo mismo: hombres, mujeres y niños. La gente, que solía pasar parte del tiempo construyendo unos arados sencillos, fabricando vasijas o cestos, tallando sílex o elaborando arcos y flechas, había dejado las herramientas para dedicarse solo a regar sus campos agostados. Durante el invierno había llovido muy poco, y absolutamente nada desde entonces, así que las semillas necesitaban con urgencia algo de agua para poder brotar y cubrir la tierra con su verdor. Como los espíritus de las nubes se negaban a cumplir con su cometido, los agricultores tenían que encargarse de transportar el agua hasta ellas.

Pia llegó al extremo más alejado de los campos. El arado había abierto unos surcos someros que discurrían en paralelo al río, un patrón con el que se retenía el agua de la lluvia, cuando la había. Pia recorrió una hilera y fue vertiendo el agua de su odre hasta que lo vació. La tierra sedienta la absorbió enseguida y volvió a quedar polvorienta. Descansó un instante, disfrutando del momento, pero se desanimó en cuanto miró la zona que quedaba por regar. Era una tarea interminable. O, mejor dicho, no terminaría hasta que volviera a llover, y no había señales de que fuera a ocurrir pronto.

La familia de Pia tenía la suerte de poseer cabras. Esas criaturas comían prácticamente cualquier cosa: zarzas, ortigas, corteza de árbol. Uno de los deberes de Pia era llevarles ramas frondosas del bosque del Oeste para alimentarlas. Su madre hacía queso la mayoría de los días. A menudo era lo único que tenían para comer.

Se echó el odre vacío al hombro y bajó la cuesta. Mientras avanzaba, iba arrancando todas las malas hierbas que veía, pero eso no le daba mucho que pensar, así que se puso a recordar a Han. En la Ceremonia de Primavera había ocurrido algo importante: los dos habían sentido que su amor era algo duradero. La madre de él, Ani, se había dado cuenta, y Pia creía que estaba contenta con la elección de Han.

Pero tenían un problema: siempre había conflictos cuando agricultores y ganaderos se enamoraban.

Todo el clan de los agricultores descendía de Alkry el Grande, un ganadero que había despreciado la forma de vida relajada de los suyos y había fundado Los Cultivos con su mujer y sus hijos. Eso significaba que todos ellos estaban emparentados. Intentaban introducir sangre nueva en la comunidad gracias a los niños engendrados con desconocidos en el festejo, pero, aparte de eso, los forasteros no les gustaban demasiado.

A los agricultores no les hacía gracia que los jóvenes se marcharan y establecieran un hogar con los ganaderos. En Los Cultivos se necesitaba la fuerza de su juventud para escardar y regar, cosechar y agavillar, trillar y moler. Las tierras suponían trabajo, trabajo y más trabajo, así que nunca sobraba ningún par de manos. E igual de malo era que un ganadero se fuese a vivir con los agricultores. Los ganaderos eran holgazanes y rebeldes. La idea de tener que deslomarse trabajando de la mañana a la noche les resultaba incomprensible. Soltaban comentarios como: «No te preocupes, la cosecha crecerá. Siempre lo hace, ¿no?», y eso sacaba a los cultivadores de sus casillas.

Pia estaba decidida a que Han y ella superaran esos obstáculos, aunque todavía no sabía cómo.

Cuando se acercó al río, vio una escena que la desconcertó y la dejó preocupada. Su padre parecía haberse tumbado en el barro de la orilla y su madre estaba arrodillada a su lado, hablándole. Pia dejó el odre y corrió hacia ellos.

—¿Qué ha pasado, mamá? —preguntó, y se arrodilló también.

Su padre tenía los ojos abiertos y movía los labios.

—Estoy bien —masculló.

—No me dejes, Alno, por favor. Todavía no —suplicó Yana.

Pia se asustó; su madre pensaba que su padre se estaba muriendo. Ella sabía que estaba enfermo, pero no había imaginado que fuera tan grave. Esa idea la dejó perpleja. Siempre habían estado los tres juntos, Pia no conocía otra cosa. La vida sin su padre, un hombre cariñoso y de buen corazón, le resultaba inimaginable.

Además, ¡aún era joven! No sabía cuál era su edad exactamente, pero todavía tenía el pelo de un castaño oscuro, sin canas, y en su cara no se veían arrugas.

—Debemos llevarlo a la casa —dijo Yana—. Ayúdame a levantarlo.

La mujer lo agarró por las axilas y Pia se inclinó para ayudar a levantarlo. Era evidente que no podía ponerse de pie él solo.

—Sostenlo un momento y me lo cargaré al hombro.

Pia aguantó a su padre y le asombró lo poco que pesaba. No se había dado cuenta de que hubiera adelgazado tanto. Lo sostuvo sin dificultad, y entonces Yana se agachó un poco, lo agarró de los muslos y lo levantó mientras Pia lo empujaba hacia delante para dejarlo apoyado en el hombro de su madre.

Esta se volvió y empezó a subir la cuesta. Pia la siguió, llorando.

Cuando llegaron a la casa, Yana metió a Alno dentro y su hija la ayudó a tumbarlo en la estera de cuero.

—Agua —pidió su padre en voz baja justo entonces.

En la casa tenían un tarro que se mantenía bastante fresco a la sombra. Pia sumergió una escudilla en él y se arrodilló junto a su padre, le levantó los hombros hasta enderezarlo lo suficiente y le puso la escudilla en los labios. El hombre bebió con sed.

Pia pensó que estaba cuidando de él como si fuera un niño. Era el mundo al revés.

—Basta —dijo Alno.

—Yo me quedo con tu padre —decidió Yana—. Tú, será mejor que sigas.

Pia regresó al trabajo. ¿Qué iba a ocurrir? ¿Se pondría mejor o debía contar con que solo empeoraría y moriría?

Subió penosamente la colina con su carga, vertió el agua en los surcos y luego, a la vuelta, tomó un desvío para pasar por la casa. Nada más entrar, oyó a su madre hablando en un tono quedo y monótono, casi como si no esperara que su padre le contestara, porque no hacía ninguna pausa.

—Descansarás, yo me tumbaré contigo por la noche y te traeré gachas por la mañana, y poco a poco te recuperarás, y al final volverás a ser el de siempre, fuerte y dispuesto a cualquier cosa…

Pia la interrumpió.

—¿Necesitáis algo? ¿Puedo ayudar?

Yana contestó sin aparatar la mirada de Alno.

—Se está quedando dormido ya, dentro de nada habrá caído. Tú sigue con el trabajo.

Pia obedeció.

Bajó al río con el odre y, mientras lo llenaba, oyó una voz.

—¿Qué es esto?

Se volvió y vio a Shen, el esbirro de Troon. Ese hombre no le gustaba nada. Era delgado, tenía la nariz alargada y torcida... Torcida de meterla donde no debía, decía la gente. También decían que se lo contaba todo al Gran Hombre. La miró con unos ojos oscuros y arrogantes.

—¿Tú aquí sola?

Pia no vio motivo para contestar a una pregunta tan estúpida.

—¿Dónde están tus padres?

—En casa —dijo entonces, y se echó el odre al hombro.

Shen se volvió y contempló los campos. Luego vio la casa y se dirigió hacia allí.

Pia decidió que debía estar presente en ese encuentro. Shen era ladino y malvado, y cualquier visita suya conllevaba problemas. Dejó el odre y lo siguió, aunque tuvo que apresurarse para seguir el ritmo de sus largas zancadas.

Cuando el hombre entró en la casa, ella le pisaba los talones.

—¿Qué está pasando aquí? —preguntó Shen—. ¿Dos personas en la casa, mientras todo el trabajo lo hace una niña?

—Alno no se encuentra bien —explicó Yana—. Una dolencia pasajera, pronto se recuperará.

—Y yo no soy una niña —dijo Pia—. Soy una mujer y puedo cargar con el odre tan bien como cualquiera.

Shen no le hizo caso.

—No puedes dejar de trabajar así sin más, Yana —advirtió—. Con esta sequía no puedes permitírtelo. Sabes que a Troon no le gusta que nadie haraganee.

—¡No estoy haraganeando! —exclamó Yana con indignación—. Estoy ocupándome de un hombre enfermo y regresaré al trabajo dentro de nada. Igual que él. Y entonces querrá hablar contigo por haber entrado en esta casa sin invitación y haber ofendido a sus mujeres.

—Informaré a Troon. Será mejor que lo que dices sea cierto. —Y agachó la cabeza para salir por la puerta.

—Odio a ese hombre —dijo Pia.

—Es malo. Aunque un sirviente suele hacer solo lo que le mandan. Es a Troon, su amo, a quien deberías odiar.

Pia pensó en eso mientras regresaba a la ardua faena.

Trabajó sin pausa hasta que oscureció y entonces regresó a la casa con el odre. Su padre estaba dormido y su madre había preparado una cena frugal. Había gachas hechas con los restos de grano del año anterior, algo de queso y una escudilla con hojas varias: malvas, pamplinas y helechos.

Se acostaron. Pia, agotada física y emocionalmente, se quedó dormida al instante.

La despertaron los sollozos de su madre.

Se incorporó. La fría luz del alba entraba por la mitad superior de la entrada, que quedaba abierta. Yana estaba tumbada junto a Alno, medio encima de él, con un brazo echado sobre su hombro y una rodilla en la pierna de este. Los sollozos parecían salirle del corazón.

—¿Qué pasa? —preguntó Pia.

Su madre no contestó, pero ella ya sabía la respuesta.

—Ha muerto, ¿verdad? —dijo llorando, y empezó a golpear el suelo rítmicamente con el puño—. Está muerto, está muerto, está muerto.

Su congoja consiguió atravesar la pena de Yana. La mujer dejó de llorar, se secó la cara con las manos y se levantó. Esa transformación repentina calmó a Pia, que comprendió la inutilidad de castigar al suelo dándole puñetazos. También ella se levantó, y madre e hija se abrazaron un buen rato. «Al menos sigo teniendo a mi madre», se dijo Pia, y se sintió agradecida.

—Debemos cumplir con nuestras obligaciones —declaró Yana cuando interrumpió el abrazo.

Lavaron el cuerpo de su padre con un trozo de cuero suave, luego volvieron a vestirlo y lo prepararon para el funeral. Salieron a buscar un lugar adecuado junto al río y se decidieron por un rincón que quedaba a la sombra de un roble. Mientras estaban allí pensando que ese sería el último lugar en el que yacería Alno, apareció Shen.

—¿Qué estáis haciendo? —preguntó, y se contestó él solo—. Decidir dónde incinerarlo. No me sorprende. Cuando lo vi ayer, supe que no le quedaba mucho. Hoy estaréis ocupadas, pero mañana debéis volver al trabajo, sin falta.

—Será mejor que avises a Katch —dijo Yana—. Es su hermana, y ella se lo contará a los demás parientes. —Katch era la mujer de Troon. Por eso Pia era prima del desagradable Stam. Katch sí era una persona simpática, aunque estaba dominada por su compañero—. Así me ahorrarás tiempo y tal vez pueda volver a regar esta misma tarde. Supongo que eso satisfará a Troon, ¿verdad, Shen?

Al hombre no le gustaba que le dijeran lo que tenía que hacer.

—La avisaré si la veo —dijo, y se marchó.

Yana y Pia fueron al bosque y recogieron varias brazadas de ramas secas para levantar la pira. Las bajaron hasta el roble, pero necesitaban más. Cuando regresaron otra vez al árbol, había allí dos personas. Una era Katch; la otra, un joven que se llamaba Duff y era algo mayor que Pia.

—Mis sentidas condolencias para las dos —dijo este.

—Y las mías —añadió Katch.

—Gracias.

Katch y Duff las ayudaron a recoger troncos secos y, así, pronto acabaron el trabajo.

Yana, Pia y Katch regresaron a la casa a por el cuerpo de Alno. Cargaron con él en brazos hasta la pira caminando las unas junto a las otras. Pia esparció flores silvestres sobre el cuerpo de su padre.

Ya era mediodía y empezó a llegar gente: familiares de Alno y de Yana, Mo, la amiga de Pia, y una sorprendente cantidad de personas más, todas mujeres.

Yana le dirigió un gesto de la cabeza a Katch, que encendió una antorcha.

Ella se levantó y habló a su difunto compañero:

—Deberíamos haber disfrutado de muchos años más. Deberíamos haber envejecido y encanecido juntos, haciéndonos compañía. Si hubieras muerto de anciano, podría haber dicho que fue una suerte tenerte durante tantos años, pero ahora debo seguir sin ti. —Se le rompió la voz y acabó en un susurro—: Sin ti…

Le cogió la antorcha a Katch y la acercó a la pira. La madera seca prendió enseguida y las llamas crecieron. Alguien se puso a interpretar el cántico de los funerales, y los demás se le sumaron. Después se quedaron en silencio alrededor de la pira, recordando al hombre amable y de sonrisa fácil mientras su cuerpo se consumía lentamente y quedaba convertido en cenizas y fragmentos de hueso.

Katch abrió una pequeña cesta y sacó unos pastelitos que había hecho con cereales y leche, y todos comieron.

Cuando el fuego por fin se extinguió, Katch, que había pensado en todo, sacó una pala de madera y se la entregó a Yana. Las plañideras entonaron el cántico de los muertos, que le pedía al espíritu del río que recibiera las cenizas de su ser querido. Yana recogió algunos restos y los esparció sobre las aguas del cauce. A continuación le entregó la pala a Pia, que hizo lo mismo, pese a no poder ver apenas nada a través de las lágrimas. Uno tras otro, todos los presentes realizaron el ritual hasta que una ligera brisa dispersó las últimas cenizas que quedaban y el canto llegó a su fin.

El sol empezaba a ponerse. En la triste penumbra del crepúsculo, los dolientes se separaron y se alejaron, cada cual con sus pensamientos sobre la vida y la muerte, y regresaron a sus hogares para entregarse a la pequeña muerte que era el sueño.

Al día siguiente, Pia y Yana volvieron a regar. Mientras realizaba el tedioso trabajo, Pia no dejaba de pensar en la cremación de su padre. Le había sorprendido ver que acudía tanta gente. No sabía que fuera un hombre tan querido, aunque tal vez habían asistido para acompañar a su madre. Yana era respetada entre las agricultoras por cómo le plantaba cara a Troon.

A media mañana, Pia se fijó en dos hombres que parecían estar observando sus campos y entornó los ojos contra el sol.

—El más bajo es Troon —dijo.

Yana asintió.

—Y el alto, Stam.

Eso la sorprendió.

—¡Cómo ha crecido! —Hacía mucho que no lo veía—. Si solo ha visto trece solsticios de verano…

—A los chicos les pasa a cierta edad, pero eso no los convierte en hombres.

—Me pregunto qué querrán.

—Ah, yo ya lo sé —repuso Yana.

—¿Qué?

—Ahora verás.

Las dos mujeres dejaron las vasijas y cruzaron los campos hasta donde estaban los visitantes, de pie en la sombra de un olmo. Aunque Troon era bajo, también era nervudo y parecía peligrosamente fuerte. Stam le sacaba una cabeza y un cuello. Solo tenía una oreja; la otra parecía que se la habían arrancado de forma violenta y le había quedado un agujero rodeado de protuberancias carnosas. La gente decía que Troon le había cortado una oreja a su propio hijo como castigo por algún mal comportamiento, pero Pia no sabía si era verdad, y le costaba creerlo, aun tratándose de Troon.

—Mis sentidas condolencias —dijo el jefe.

—Y las mías —añadió Stam sin emoción alguna.

—Alno ha muerto porque respiró humo en el incendio de la Brecha —declaró Yana con brusquedad—. Un incendio causado por tu estúpida enemistad con los ganaderos. Si quieres reparar el daño causado, deja de pelearte con ellos.

—Eso no importa ahora. He venido a decirte que tienes que encontrar a otro hombre de inmediato.

Entre los agricultores, una mujer no podía tener propiedades, de modo que Yana no heredaría las tierras de Alno. Era deber de la viuda encontrar a otro hombre para que llevara sus cultivos con ella. Pia había estado tan absorta en su pena que ni siquiera había pensado en eso.

De pronto recordó que, si una viuda no encontraba a un nuevo compañero en el plazo de un año, el Gran Hombre escogería a uno por ella.

—Soy consciente de eso, Troon —dijo su madre—. Gracias por recordármelo. Sin embargo, según la costumbre, tengo un año para encontrar al adecuado.

—Normalmente sí.

—¿Cómo que normalmente? —Yana se puso tensa.

—Hay sequía y pasamos hambre. Ahora que tanto necesitamos las cosechas, no podemos permitir que unas tierras tan buenas como estas, justo al lado del agua, las cultiven una mujer y una niña.

—Pia y yo podemos encargarnos de la cosecha sin ningún problema.

—He venido esta mañana para echar un buen vistazo. Es demasiada tierra de labranza para vosotras dos. Necesitáis a un hombre.

—Y lo tendré, dentro de un año.

Troon negó con la cabeza.

—No puedo arriesgar la cosecha de verano.

Yana estaba indignada.

—¡No tienes derecho a tomar esa decisión!

—Por supuesto que sí. Estamos en una emergencia.

—No, no, de eso no hay tradición. Ningún otro Gran Hombre se ha otorgado poderes especiales por una emergencia en lo que llevo de vida.

—Ni en lo que llevo yo. Pero porque en nuestras vidas nunca habíamos sufrido una sequía tan grave como esta. Tienes siete días para encontrar a un hombre.

Yana estaba conmocionada.

—¡No puedo decidir con quién pasaré el resto de mi vida en tan poco tiempo!

—Si no lo haces tú, escogeré yo a alguien.

—Esto está mal, y lo sabes.

Troon no hizo caso.

—Y que no se te ocurra huir —añadió—. Iremos a por ti, allá donde estés, de manera que más te vale empezar a buscar a alguien hoy mismo.

Dicho eso, dio media vuelta y se alejó seguido de Stam.

—Esto es indignante —dijo Pia—. No puede obligarte a hacerlo.

—El problema es que creo que sí.

Las tierras de Bort quedaban a cierta distancia del río, en el terreno nuevo de la Brecha, el que habían labrado hacía diez años. Era una extensión pequeña, pero Bort tenía también media docena de reses. Su mujer había muerto y él se había quedado solo con su hijo, Deg. Yana y Pia los encontraron a ambos cargando con agua desde el río, como hacía todo el mundo.

Habían pasado seis días desde el ultimátum de Troon. Yana, con la ayuda de Pia y de Katch, había valorado todas las familias de la comunidad de agricultores. Muchos hombres se quedaban solos cuando una mujer moría al dar a luz, pero no seguían así mucho tiempo. Duff no tenía compañera, pero ya cargaba con demasiado trabajo, porque cultivaba las tierras de su tía Uda. Yana solo había encontrado una posibilidad y, pese a ser muy reacia, se había decidido por Bort.

Bort no era ni alto ni bajo, ni guapo ni feo. Tenía el pelo

castaño, algo ralo, y una barba escasa. Consternada, Pia pensó que carecía de ningún rasgo que se pudiera admirar en él: no era encantador ni inteligente, ni siquiera simplemente agradable. Yana jamás lo amaría, pero estaba dispuesta a aceptarlo. No tenía más remedio.

Él se sorprendió al verlas, pero parecía contento, lo cual Pia creyó que era buena señal.

—Hay bastante camino desde el río hasta tus tierras —empezó diciendo Yana.

—Es verdad —repuso Bort.

—Desde las mías es mucho menos.

El hombre puso mala cara y Pia reparó en que su madre había cometido un error. Esas tierras no eran de Yana, y Bort se lo recordó:

—Sentí mucho enterarme de la muerte de Alno.

—Gracias.

—Supongo que por eso habéis venido a verme.

Yana no sacó el tema todavía.

—¿Podemos sentarnos?

Se desplazaron hasta la sombra de un espino que tenía unas florecitas rosa pálido y allí tomaron asiento. Era evidente que Bort no iba a ofrecerles ni un poco de agua para beber.

Yana señaló a su hijo, Deg, que de momento no había dicho palabra.

—Deg debe de haber visto unos veinte solsticios de verano.

—Veintiuno cuando llegue el de este año —dijo Bort, exponiendo una obviedad.

—Pronto querrá sentar cabeza con una mujer y juntos cultivarán estas tierras, pero no harán falta tres personas. Mi hija Pia, aunque es más joven que Deg, tampoco tardará en querer encontrar a un hombre y formar un hogar, así que en mis cultivos queda sitio para un hombre.

—Y me lo estás ofreciendo —concluyó Bort.

—Sí. Es una tierra buena, cerca del río, y cuando la sequía termine dará cosechas abundantes. Podría ser tuya.

—También me ofreces sexo, supongo.

—Si es lo que deseas.

—No pareces entusiasmada.

Pia casi se echó a reír. ¿Cómo podía entusiasmarle la idea de tener relaciones con alguien tan mediocre?

—Me guiaré por lo que tú desees —le dijo Yana a Bort.

—Es un buen principio para una mujer.

Pia casi esperó que Bort rechazara a su madre. Yana jamás podría tomarle afecto a ese hombre, y mucho menos amarlo, pero lo necesitaba.

—Diría que el ofrecimiento me halaga, pero, pensándolo mejor, tampoco es que haya más hombres disponibles, ¿verdad?

No los había, aunque Yana tuvo la delicadeza de no decirlo.

—Deg, ¿a ti qué te parece? —preguntó Bort.

Pia empezó a preocuparse. Bort no se había precipitado a aceptar la oportunidad que se le presentaba. Eso, en sí, ya era sorprendente. Unas tierras más grandes, mejores, además de una mujer atractiva y unos diez solsticios de verano más joven que él: ¿qué tenía que pensarse?

Deg reflexionó unos instantes.

—En realidad, depende de ti, padre —dijo.

Bort se volvió hacia Pia.

—¿Y qué dices tú, muchacha? ¿Tienes una opinión sobre esto?

—Espero que aceptes, Bort —repuso ella—. No viviré con mi madre para siempre y, cuando me marche, me alegrará saber que estás ahí para cuidar de ella. —En su vida había pronunciado una frase más falsa.

—Bueno, pues tendré que decidir yo —dijo Bort.

Pia comprendió que el hombre lo estaba disfrutando. Tal vez fuera agradable verse así de solicitado.

—Y decido que no —añadió tras una pausa.

Pia no sabía si alegrarse o apenarse. Su madre parecía igual de desconcertada que ella.

—No quiero unas tierras diferentes ni una nueva mujer —explicó Bort—, tampoco ningún cambio en mi vida. Tengo pensado cultivar este campo hasta que Deg traiga a una mujer, y entonces seguiré trabajando aquí, pero menos.

Pia pensó que podía pasar mucho tiempo antes de que el impresentable de Deg le llevara a una mujer a casa.

—No sé cuántos solsticios de verano he visto, pero, en cualquier caso, ya me toca descansar un poco —prosiguió el hombre—. Así que me quedaré aquí.

Yana se levantó y Pia siguió su ejemplo. Ambas pusieron buena cara pese al rechazo.

—Gracias por escucharme, Bort —dijo Yana—. Y os deseo a Deg y a ti un buen futuro.

Dio media vuelta y se alejó, seguida de su hija.

—¡Menuda humillación, que te rechace alguien tan poco atractivo! —dijo Yana cuando no podían oírlas.

Pia sentía lo mismo, pero ya estaba pensando en las consecuencias.

—Bort era la única posibilidad —dijo—. ¿Qué ocurrirá ahora?

—No lo sé —reconoció su madre.

Fueron a ver a Troon el día que se terminaba el plazo.

El hombre vivía en una casa construida con los mismos materiales que una casa normal, pero más grande. Pia se fijó en que tenía muchas pertenencias: un cesto lleno de avellanas, una pila de leña, vasijas con contenidos varios y abrigos de piel de oveja para el invierno —hechos con vellones curtidos dejando la lana— colgados de ganchos de madera. No tenía tierras propias, así que todo lo que comía o llevaba encima se lo habían dado otros. Si Troon pedía algo, era peligroso negárselo.

Estaba allí con Stam, sentados ambos en una de las muchas esteras de cuero que había en el suelo. Yana y Pia tomaron asiento frente a ellos, y la mujer de Troon, Katch, les ofreció agua fresca en unos cuencos de arcilla. Tenía una expresión nerviosa, avergonzada. Pia supuso que sentía compasión por Yana pero le daba miedo desafiar a Troon.

—He hecho todo lo posible por cumplir con tus exigencias —informó su madre—. Se lo he propuesto a Bort.

—Buena elección —dijo Troon.

—Sin duda —siguió ella—, pero me ha rechazado. Y, por lo que he podido ver, es el único hombre disponible. Así que tienes dos opciones, Troon. Podrías ordenar a Bort que me acepte…

—Eso no es posible.

—Pues a mí sí me has ordenado que encuentre a alguien.

—Tú eres una mujer, es diferente.

—En tal caso, tendremos que esperar a que quede disponible otro hombre. Tal vez no tarde mucho. La gente muere a causa de la sequía.

Pia pensó que esa sería la mejor opción. Su madre seguía estando obligada a aceptar a un hombre, pero al menos tendría la oportunidad de que fuera alguien que le gustara. Troon no estaría contento, pero ¿qué iba a hacerle?

Sin embargo, el jefe no parecía un hombre al que acabaran de derrotar. Debería haber reaccionado con ira, ya que no hacía falta mucho para ponerlo furioso y siempre se enfadaba cuando no se salía con la suya.

Eso preocupó a Pia. ¿Era posible que tuviera otro plan?

En efecto.

—Dices que Bort es el único hombre disponible, pero te equivocas —afirmó Troon.

Yana puso cara de desconcierto, pero no contestó.

Pia sintió un escalofrío. No creía que su madre y ella, además de varias amigas y vecinas que las habían ayudado, hubieran pasado a nadie por alto.

Pero Troon transmitía una seguridad petulante.

—Está sentado aquí mismo —dijo—. Mi hijo, Stam.

La reacción de Yana fue explosiva.

—¡¿Stam?! —gritó—. ¿Stam? ¡No seas imbécil!

Troon parecía airado.

—No soy imbécil. Stam es un hombre disponible y tú vas a aceptarlo como compañero, te guste o no.

—¡No es un hombre disponible porque todavía no es un hombre! Ni siquiera ha visto catorce solsticios de verano. ¡Es un niño!

Pia pensó que, además, Stam era sobrino de Yana, aunque por parte de Alno, de manera que su madre no podía alegar que la relación sería incestuosa.

—Es grande y fuerte —contestó Troon—, y muy buen trabajador. Seguro que se convertirá en el Gran Hombre cuando yo muera. Deberías sentirte afortunada por que quiera aceptarte.

—Es demasiado joven incluso para mi hija.

—Y demasiado feo —añadió Pia.

Troon le dirigió a esta una mirada cargada de odio, pero se giró para hablar de nuevo con Yana.

—Volved a vuestras tierras y seguid con el trabajo. Shen montará guardia en la puerta de la casa esta noche, para manteneros a salvo.

«Para tenernos prisioneras», pensó Pia.

—Stam irá allí mañana para cenar. —Troon hizo una pausa a fin de poner énfasis en lo que dijo a continuación, mirando directamente a Yana—: Y pasará la noche contigo.

Pia estaba furiosa, pero se obligó a guardar silencio.

—Y, si estás pensando en huir, piénsatelo mejor —añadió el hombre—. Te seguiré allá adonde vayas y, cuando te encuentre, lo lamentarás mucho. Muchísimo.

Era la segunda vez que les lanzaba esa amenaza, y Pia se quedó helada. Troon nunca amenazaba en vano. Sabía que lo decía muy en serio.

Su venganza sería terrible.

—A veces se consigue hacer cambiar de opinión a un Gran Hombre —le dijo Yana a su hija mientras regresaban a casa.

—Nunca he visto algo así —repuso Pia, sorprendida.

—El último Gran Hombre lo hizo una o dos veces, pero tal vez no te dieras cuenta. No sucede a menudo, pero no es inaudito.

—Y, cuando ha pasado, ¿qué es lo que lo ha convencido?

—Un clamor de indignación por parte de la comunidad.

—Me gustaría verlo.

—¿Recuerdas cuando Troon obligó a los hombres a labrar la Brecha? Esperó a que todas las mujeres nos fuéramos a la Ceremonia del Solsticio de Verano. ¿Por qué se tomó la molestia de ocultar sus planes? Temía que estallara una protesta. Y, en efecto, hubo bastante indignación, pero ya era demasiado tarde porque la tierra ya estaba labrada.

—¿Crees que ahora podría estallar una protesta?

—Debemos asegurarnos de que así sea.

—¿Cómo?

—Iré a hablar con las mujeres. Tienen que entender que, si Troon se sale con la suya esta vez, podría volver a ocurrir, y cualquier de ellas podría ser la víctima.

—Te ayudaré.

—Bien. En ese caso, quiero que vayas a hablar con Duff. Le gustas.

Pia no se había dado cuenta.

—¿Ah, sí?

—Es evidente. Para ti no, porque solo piensas en Han.

—Bueno, y ¿qué quieres que le diga a Duff, mi admirador ignorado?

—Pídele que hable con los hombres. Tal vez consiga convencer al menos a algunos de que lo que Troon pretende está mal.

Pia no lo veía muy claro, pero quería intentarlo.

—Haré lo que pueda.

Se separaron. Pia se fue hacia la casa de Duff, en el extremo oriental del territorio de los agricultores. Mientras caminaba, empezó a pensar qué le diría, pero no hacía más que distraerse con la revelación que le había hecho su madre. Duff siempre había sido simpático y agradable con ella, pero nunca se le había ocurrido que pudiera estar interesado de una forma amorosa. Yana le había dicho que estaba demasiado encaprichada con Han para darse cuenta, y quizá tuviera razón.

De todos modos, Duff estaría dispuesto a ayudarlas.

Pia, abatida, vio que el arroyo que normalmente cruzaba los campos de Duff desde el bosque hasta el río del Sur estaba seco.

La tierra de Duff era una de las parcelas más antiguas. La había heredado de su tío, y la mujer de este seguía viva y tenía mucha energía. Era una agricultora menuda y fuerte que se llamaba Uda. Pia los encontró en la linde del bosque, descansando un poco y comiendo cerdo ahumado cobijados en la sombra de los árboles. Duff le ofreció un poco de carne y Pia aceptó un trozo pequeño.

Duff era nervudo como su tía, al contrario que Han, que más bien parecía un gigante. El cuerpo de Duff era compacto y pulcro. También sus tierras eran pulcras: los surcos estaban bien rectos, la casa bien mantenida, y tenían un perro muy obediente que en ese momento estaba sentado a su lado, esperando a que le cayera algo de cerdo.

Pia se sentó con ellos y les contó lo sucedido con Troon y Stam. Duff y su tía Uda reaccionaron con una indignación reconfortante.

—A las mujeres a veces nos presionan para que aceptemos

a un hombre que no amamos, pero normalmente se trata de un hombre más o menos adecuado. ¡Stam solo es un niño!

—Trece solsticios —dijo Pia—. Y mi madre ha visto ya... —Enseñó las dos manos, se señaló los pies y luego repitió ambos gestos.

—Stam es un bravucón —opinó Duff—. Siempre se mete en peleas. Las chicas le tienen miedo.

—Mi madre está recorriendo Los Cultivos —informó Pia—. Quiere hablar con las mujeres y contarles lo sucedido. Espera que protesten al saber que ellas podrían ser las siguientes.

—Le deseo suerte —dijo Uda. No parecía ni esperanzada ni pesimista.

—Duff —pidió Pia—, ¿hablarás tú con los hombres? A ver si a alguno le parece mal.

Él asintió.

—Lo haré con gusto, aunque no sé con cuánta comprensión me encontraré.

—Concéntrate en los que tienen hijas. Hazles ver que podría ocurrirles a ellas.

—Es una buena estrategia —repuso Duff con cierta admiración—. Un hombre que quiere a su hija detestaría que la obligaran a aceptar como compañero a un joven pendenciero.

—Tenemos hasta mañana por la noche —señaló Pia—. Es entonces cuando Stam vendrá a... tomar posesión.

—En ese caso, más vale que nos pongamos en marcha. —Duff se levantó y se limpió las manos con una hoja—. Empezaré por el vecino.

—Gracias —dijo Pia—. Eres muy amable.

Una muchedumbre se congregó frente a la casa de Yana y Pia la tarde siguiente. La mayoría eran mujeres, y entre ellas estaba Mo, la amiga de Pia.

—¿Qué se comenta? —le preguntó esta en voz baja.

—Están indignadas, claro, aunque algunas también tienen miedo. Están aquí, pero no quieren ofender mucho a Troon. Otras son más decididas.

Pia comprendió que Mo se contaba entre estas últimas. Era una joven baja y fornida, con el pelo oscuro y pecas, y no resultaba fácil intimidarla.

—Supongo que las que están más asustadas se habrán quedado en casa —dijo Pia.

—Exacto.

Shen estaba allí, mirando con atención para ver quién se había presentado y quién no. Troon tendría una lista completa esa misma noche.

Pia vio a Bort y a Deg entre el gentío. No parecían en absoluto avergonzados. ¿Acaso no se daban cuenta del papel que habían jugado es esa crisis? Era evidente que no.

Habían acudido más hombres de los que esperaba, y se lo comentó a Duff.

Él se mostró cauto.

—He conseguido traer a algunos defensores, pero también han venido algunos con los que no he hablado, y no sé muy bien de qué lado están. Puede que hayan venido a apoyar a Troon.

Pia asintió. Era lo que se temía. Comprendió que el desenlace aún era dudoso. Los nervios la torturaban, pero no podía hacer nada más.

Justo cuando el borde inferior del disco solar tocaba el horizonte occidental, Troon y Stam aparecieron cruzando los campos. Las conversaciones de los presentes se convirtieron en susurros cuando se acercaron.

Stam llevaba una túnica nueva y un gorro de cuero con forma de cuenco. Pia supuso que se lo habría hecho Katch, su madre. Se lo veía muy ufano con él, aunque en realidad ese gorro tan pequeño en esa cabeza tan grande le hacía parecer un bobo.

—¡Quitad de en medio, quitad de en medio! —exclamó Troon cuando padre e hijo se acercaron al gentío.

Pia notó que la gente dudaba. Era un momento crucial. ¿Desafiarían al jefe y se interpondrían en su camino?

Uno o dos se apartaron, y otros siguieron su ejemplo. Los que no se habían movido quedaron muy significados, así que también entonces retrocedieron de uno en uno o de dos en dos. Su obediencia no había sido inmediata, pero distaba mucho de ser un desafío, así que al cabo de nada había un pasillo abierto entre ellos para para dejar paso a Troon y a Stam.

Pia y Yana estaban juntas en la entrada de la casa.

Troon y Stam se detuvieron ante ellas.

—Aquí tienes a tu nuevo compañero —le dijo el jefe a Yana.

—No amo a este niño y no lo quiero —contestó ella.

—Da igual, tienes que aceptarlo —insistió Troon.

—¡Esto no está bien! —exclamó una mujer entre los presentes.

Pia creyó reconocer la voz de Mo.

Troon giró en redondo para intentar identificar de dónde procedía ese grito, pero no fue capaz de encontrar a la mujer entre las otras cincuenta que había allí.

—¡Está bien porque yo digo que está bien! —vociferó.

—¿No puede hablar el chico por sí mismo? —preguntó un hombre cuya voz se parecía a la de Duff.

De nuevo, Troon intentó localizar al que había dicho eso, pero no pudo.

Por fin, Stam se sintió impelido a hablar.

—Es mi mujer porque lo dice mi padre.

Eso aún le hizo parecer menos adulto y la concurrencia estalló en risas.

Pia, sin embargo, reparó con tristeza en que no había nadie dispuesto a desafiar a Troon abiertamente.

A Stam no le gustó que se rieran de él. Parecía enfadado.

—Vamos dentro —le dijo a Yana, agarrándola del brazo.

—Un momento —repuso ella, y el joven la soltó.

Pia pensó que eso era una señal esperanzadora. Significaba que su madre no estaba dispuesta a perder todo el control.

La multitud guardó silencio y Yana le habló a Stam con voz clara, para que todos pudieran oírla y entender lo que decía.

—Nunca me pegarás. Jamás. Porque, si lo haces, aunque solo sea una vez, has de saber que después no dormirás, ni esa noche ni ninguna otra. Vivirás sin conciliar el sueño. Porque puedes estar seguro de que, si cierras los ojos y te duermes —ahí levantó la voz—, cuando estés en lo más profundo e inconsciente del sueño, cogeré un punzón de sílex, de esos pequeños para agujerear la madera, y te sacaré con él los dos ojos tan deprisa que despertarás ciego y sin saber qué te ha pasado. Y nunca, jamás, podrás volver a pegar a una mujer.

Los presentes seguían sin decir nada. Stam palideció.

—Ahora ya puedes entrar —dijo Yana.

Y los dos desaparecieron en el interior de la casa.

10

Bez estaba recorriendo el bosque del Oeste con una niña llamada Lali. Le tenía mucho cariño. La gente decía que se parecía a él, con la boca ancha y la nariz chata. Probablemente era hija suya, aunque los habitantes de los bosques no podían saber esas cosas con seguridad. Creían que, cuando una mujer tenía relaciones con varios hombres, concebía hijos más fuertes.

Fuera como fuese, le gustaba enseñarle cosas a Lali, y a la pequeña le encantaba aprender. Bez era uno de los escasos habitantes de los bosques que hablaba un poco de la lengua de los ganaderos, y se la estaba enseñando a ella. De pronto se detuvo.

—Mira eso —dijo.

—¿El qué? —preguntó la niña.

Bez señaló un pino muerto.

—Es un árbol muerto —dijo Lali.

—Tiene un agujero, más o menos a la altura de la cabeza de un hombre alto. ¿Qué ves?

—¡Ah, sí! —exclamó ella—. Abejas. Muchísimas. Entrando y saliendo. ¡Vámonos, deprisa, o nos picarán!

—Espera un momento —repuso Bez con calma—. No les interesamos… todavía. Y, si eso cambia, tenemos la charca a muy pocos pasos. —Señaló hacia la pequeña laguna que había en mitad del bosque y que todavía no se había secado del todo. Bez pensaba que debía alimentarla un manantial, y no el agua de la lluvia, lo cual era una suerte para los habitantes de los bosques—. Si te metes en el agua, las abejas no pueden picarte.

—De acuerdo —dijo la niña con cierto temor.

—¿Es que no quieres miel?

Lali se lamió los labios. Con la sequía, los habitantes de los bosques se alimentaban de frutos y vegetales de primavera. Los ciervos estaban más tímidos y esquivos que nunca, y no habían conseguido venado en todo el invierno. Todavía faltaba mucho para las avellanas. Todo el mundo tenía hambre.

—Vuelve al poblado y tráeme fuego, por favor —pidió Bez—. Te enseñaré una cosa.

En el poblado siempre había hogueras encendidas para cocinar, hiciera el tiempo que hiciese.

Lali echó a correr, feliz de alejarse de las abejas.

Bez se puso a recolectar combustible para producir humo: musgo húmedo de alrededor de la charca, ese liquen gris al que llamaban barba de anciano, pinaza verde, brotes nuevos. Para que el fuego prendiera, escogió ramitas viejas y hojas secas y las amontonó en la base del pino muerto. En cuanto Lali regresó, él encendió la yesca y, continuación, cuando ya ardía bien, puso el resto del combustible encima, momento en el que un humo denso se elevó y molestó visiblemente a las abejas.

—Esto no me gusta —dijo Lali.

—Vete a casa, si quieres —repuso Bez—. Puedo yo solo, pero pensaba que tal vez querrías aprender cómo se hace.

—Está bien.

—Bueno, ¿ves algún árbol de hojas grandes cerca?

Los dos miraron alrededor. Esa clase de árboles era muy común.

—Allí —indicó Lali.

Había un árbol con hojas en forma de corazón tan grandes como la mano de un hombre.

—Tráeme unas cuantas hojas hermosas —pidió Bez.

Lali obedeció.

—Bien —dijo Bez—, ahora prepárate para correr.

Usando dos hojas para protegerse las manos, levantó la pequeña fogata humeante y la metió por el agujero de entrada del nido de abejas.

—¡Ay, qué daño! —exclamó agitando las manos, y luego añadió—: ¡A la charca!

Mientras corría, notó una picadura en la nuca.

—¡Ay! —oyó gritar a Lali.

Las abejas sabían muy bien quiénes habían profanado su nido.

Lali llegó a la charca antes que él. Se metieron en el agua, pero no era muy profunda. Los dos se sumergieron todo lo posible, hasta la cabeza. Cuando ya no podía aguantar más la respiración, Bez salió a la superficie y las abejas volvieron a picarle. Justo entonces vio que Lali emergía también, así que enseguida cogió puñados de barro y le embadurnó toda la cabeza y el cuello mientras la niña tomaba bocanadas de aire. Los dos se sumergieron de nuevo.

Cuando volvieron a salir del agua, las abejas ya no estaban.

Bez tenía bastantes picaduras, pero Lali solo dos o tres.

Salieron de la charca y se limpiaron casi todo el barro con el que se habían protegido.

—Bueno —dijo Bez—, vamos a ver ese nido.

Regresaron al pino muerto. Las abejas se enjambraban alrededor de la entrada, bloqueada en parte por el fuego que seguía humeando. Sin embargo, los insectos se movían despacio y con inseguridad, como si estuvieran aturdidos.

Bez cogió un par de palos de madera muerta para sacar los restos del fuego. La cavidad seguía llena de humo y las abejas volaban sin rumbo; su nido estaba justo delante, pero no parecían reconocerlo.

Con cautela, Bez metió la mano dentro, dispuesto a sacarla de golpe si era necesario, pero no le picaron. Palpó el interior y entonces tocó lo que estaba buscando: una masa pegajosa. La sacó.

—¡Mira esto! —exclamó, triunfal.

Era un panal, de un color oscuro pero rebosante de miel amarilla.

—¿Quieres probarla? ¡Coge un poco! —le ofreció a Lali.

Ella metió los dedos en el líquido y se los llevó a la boca.

—¡Madre mía, qué rica está! —dijo después de tragar la miel.

—Tenme el panal —indicó Bez, pasándoselo—. Ponlo encima de una hoja de tilo para que la miel no caiga al suelo y se pierda. —Volvió a meter la mano y sacó dos panales más—. Tres —dijo—. Hemos tenido suerte.

Apiló esos dos últimos en otra hoja.

—Tenemos que compartirlos —dijo Lali con tristeza en la voz.

—Por supuesto que sí.

Regresaron al poblado, un grupo de casas cerca de un arroyo que se había secado, y Lali les ofreció miel a algunos niños. Pronto se formó un gentío a su alrededor.

Bez miró dentro de la cabaña donde solía dormir. Allí estaba su hermano, Fell, una versión más joven, más baja y más apuesta del propio Bez. Estaba con Gida, una mujer de gran calidez y atractivo que les gustaba a ambos.

Fell y Gida estaban tumbados boca arriba, el uno junto al otro, con aspecto de sentirse satisfechos. Bez supuso que acababan de hacer el amor.

—He estado de expedición con Lali —informó. Gida era la madre de la niña—. Hemos saqueado un nido de abejas.

Los dos hundieron los dedos en la miel y luego pusieron cara de éxtasis.

Bez volvió a salir y empezó a ofrecer miel a todo el mundo. Había sido un día de suerte.

Varios días después, Lali estaba deshecha en lágrimas. Gida, su madre, la rodeaba con un brazo para consolarla. El motivo de su aflicción se encontraba en el suelo, delante de ellas. Alguien había matado un cachorro y lo había devorado casi por completo.

En el poblado había muchos perros. Avisaban de la presencia de extraños y participaban en las cacerías con entusiasmo. No pertenecían a nadie en concreto, pero a veces alguno le cogía especial cariño a un individuo. Fell tenía uno que lo seguía por todas partes, y Bez se había fijado en que a las niñas de la edad de Lali les gustaba jugar con algún cachorro en concreto.

Gida se lo confirmó.

—Apreciaba mucho a ese perrito.

—Me pregunto quién lo habrá matado —dijo Bez.

Los lobos rara vez se acercaban a los asentamientos humanos. Podría haber sido un jabalí, uno de esos cerdos salvajes tan agresivos, pero eran tan peligrosos que los habitantes de los bosques se apresuraban a darles caza y matarlos cuando detectaban que alguno había entrado en su territorio. Bez supuso que habría sido un esmerejón, un pequeño halcón que a veces cazaba en los bosques.

Entonces vio algo extraño en el suelo, muy cerca de allí. Parecían excrementos de un animal grande. Había cuatro cagarrutas de buen tamaño, demasiado grandes para ser de un lobo o un jabalí.

Se ilusionó de pronto. Si lo que suponía era cierto, los habitantes de los bosques estaban de suerte.

Lali dejó de llorar.

—¿Qué es eso? —preguntó.

—Creo que un oso —respondió Bez.

—Nunca he visto uno.

—Tampoco yo —dijo Gida.

Bez recogió un excremento y, tras partirlo por la mitad, vio hojas y tallos de bayas sin digerir.

—Un oso que no ha comido mucho últimamente —dedujo.

—Como nosotros —dijo Gida.

—¿El oso ha matado a mi cachorro preferido? —quiso saber Lali.

—Me parece que sí. —Bez buscó otros rastros por allí cerca. Unos pasos más allá había un árbol caído que tenía casi toda la corteza pelada—. Es un oso, sin duda —concluyó—. Mirad esto.

—Solo es un árbol podrido —dijo Lali. Luego, recordando que se había equivocado con el pino muerto que contenía miel, añadió—: Aunque tal vez sea algo más.

Bez sonrió.

—El oso ha arrancado la corteza —explicó—, con sus zarpas.

—¿Por qué? —La niña se estaba recuperando de su pena.

—Debajo de la corteza de un árbol muerto suele haber bichos. A los osos les gusta comérselos.

Siguieron caminando.

—El animal debía de vivir en algún sitio que se ha quedado sin agua —dijo Gida—, y la desesperación lo ha traído a nuestro bosque. Es evidente que está bebiendo de la charca.

—No pienso volver a la charca nunca más —repuso Lali.

—Vayamos a echar un vistazo —propuso Bez.

Cuando llegaron, estudiaron el barro del borde del agua en busca de huellas. Gida le enseñó a Lali las pisadas de ciervos y zorros.

—¡Ajá! —exclamó entonces—. Ahí está.

La huella de una garra de oso en el barro no difería mucho de la de un pie humano más bien ancho, con cinco dedos. Sin embargo, delante de las marcas de los dedos se veían también, y muy claras, las de las zarpas.

Bez frunció el ceño.

—Esta pisada tan ancha indica que es un animal adulto, pero la huella no es muy profunda. No pesa mucho, seguramente porque no come lo suficiente.

—Ha perdido una uña, mirad —señaló Gida.

Lali se inclinó.

—¡Ay, sí! La del dedo pequeño del pie izquierdo.

—Puede que en una pelea, o quizá en un accidente.

La niña se sorprendió.

—¿Qué animal se pelearía con un oso?

—A veces otro oso. En una disputa por una hembra, tal vez. También pudo ser un jabalí. Esas fieras se enfrentan a lo que sea.

—Tenemos que contárselo a los demás —dijo Bez.

—Sí —coincidió Gida con él—. Vamos a decirles a todos que nos reuniremos en la cena para hablar de esto.

—¿De qué vamos a hablar? —preguntó Lali.

—De cómo atrapar a ese oso y matarlo —dijo Bez.

La cacería tuvo lugar al día siguiente.

Toda la comunidad se levantó al alba. Bez no era capaz de contarlos —a los habitantes de los bosques no se les daban bien los números—, pero sin duda eran suficientes para matar al oso. Él estaba impaciente. Un oso grande podría alimentar al poblado durante una semana..., si lograban atraparlo. Aunque la fiera también podía matar a alguien con un zarpazo de sus enormes garras.

El poblado estaba cerca de la Brecha. La charca quedaba al oeste y el cachorro muerto lo habían encontrado más al oeste todavía. Tenía sentido. El oso preferiría mantenerse alejado de los humanos y querría poder llegar al agua sin pasar por sus casas.

La noche anterior habían acordado cuál sería el plan. Habían partido de la forma en que organizaban las cacerías de ciervos. Se distribuyeron por toda la extensión del bosque: hombres, mujeres, niños y perros, todos ellos emocionados a la par que asustados. Bez y Fell estaban cerca del centro de la hilera, y Gida y Lali iban con ellos. Dos cazadores expertos, Omun y Arav, se colocaron en los flancos, cada uno en un extremo de la fila.

En la sociedad de los bosques no había jefes. No tenían sabios, tampoco un Gran Hombre; nadie tenía derecho a dar órdenes a los demás. Sin embargo, siempre existían individuos con una personalidad fuerte, como Bez y Gida. Aunque solo le decían a la gente qué hacer cuando les preguntaban, era algo que sucedía a menudo.

El perro de Fell iba con ellos. Todos los perros parecían lobos pequeños, pero el suyo era más grande que la mayoría y tenía un pelaje muy grueso. Los ganaderos les ponían nombre a los suyos, pero los habitantes de los bosques no. Les parecía una tontería.

La partida de caza avanzaba a un paso constante, resuelta pese al peligro. Todo el mundo podía ver por lo menos a otro cazador, de manera que conseguían mantener una hilera más o menos recta. También eso resultaba tranquilizador. Nadie quería verse solo si se encontraba con el oso.

Se movieron haciendo el menor ruido posible, y los perros estaban adiestrados para no ladrar hasta que olfatearan la presa. El animal los oiría llegar, por supuesto —esas fieras tenían buen oído—, pero cuanto más tarde fuera, mejor.

Bez, Fell y muchos otros cazadores tenían arcos y flechas. Otros llevaban garrotes y hachas. Los niños tirarían piedras.

Al pasar por la charca, Lali le señaló a Fell las huellas de garras con orgullo. Un poco más allá vieron los excrementos y el árbol muerto con la corteza pelada. El oso ya era una presencia real; estaba en su bosque, acechante, amenazante.

Mientras seguían avanzando, Bez tenía los ojos bien abiertos por si veía más indicios. Se detuvo junto a un álamo temblón y señaló un montón de hojas arrancadas.

—El oso ha pasado por aquí —dijo—. Ha estado comiendo hojas.

Pensó que debían de estar acercándose.

No mucho después, el perro de Fell empezó a ponerse nervioso. No ladró, pero echó a correr de un lado para otro olfateando con intensidad.

—Ha encontrado el rastro del oso —anunció Fell.

Apretaron el paso.

Bez vio un helecho aplastado.

—Está huyendo de nosotros. Mirad, con las prisas ha destrozado ese helecho.

Notaba la tensión del peligro inminente, de una amenaza que quizá estuviera a solo unos pasos de distancia.

Entonces oyó unos ladridos lejanos que parecían proceder tanto de la izquierda como de la derecha. Supuso que los perros que estaban en los extremos de la hilera habían olfateado al oso y se dirigían hacia él. La gente seguiría el camino que indicaran los animales.

Lo estaban acorralando.

Bez llegó a una zona de matorrales bajos que acababa en un densa arboleda de hayas jóvenes que crecían muy juntas, compitiendo por la luz. Hizo un gesto para indicarles a los demás que se detuvieran. El oso estaba en la arboleda. Había intentado cruzarla por la fuerza, pero los árboles se lo habían impedido y se había quedado atrapado.

La bestia era de un marrón muy oscuro, casi negro. Era un oso de tamaño mediano: si se erguía sobre las patas traseras, sería tan alto como Lali. La piel parecía colgarle holgada sobre el cuerpo, como si estuviera famélico. Jadeaba, porque había estado corriendo, y babeaba por la boca abierta. Sus afilados colmillos eran como puntas de flecha hechas de sílex, diseñados para matar. Se volvió, miró a Bez y soltó un gruñido, un sonido profundo y gutural que pareció vibrar en el corazón de este. Era como si el oso lo odiara.

El perro de Fell ladró, pero no se adelantó.

Lali lanzó una piedra, aunque se quedó corta.

—Espera a que estemos más cerca —advirtió Gida.

Entonces llegaron más perros corriendo al claro, por la derecha y por la izquierda, ladrando enloquecidos. Uno saltó hacia el oso casi como si volara, enseñándole los dientes y con las garras delanteras extendidas. La fiera atacó con una zarpa tan grande como la cabeza de un hombre y sorprendentemente deprisa para una bestia tan grande; el perro cayó desplomado en el suelo y ya no se movió más.

Los demás siguieron ladrando.

—Qué rápido ha sido —dijo Lali con voz temblorosa.

Los perros formaron un semicírculo rudimentario y acorralaron al oso de espaldas al pequeño hayedo. A continuación empezaron a trabajar en equipo. Tres o cuatro corrían en dirección a la fiera desde la izquierda, luego retrocedían antes de que esta pudiera alcanzarlos. Mientras, otros atacaban desde la derecha, lanzándose hacia el animal y mordiéndole, y luego escapaban antes de que tuviera tiempo de volverse contra ellos. El oso rugió; el sonido que profería era mucho más profundo que los ladridos de los perros. Parecía decidido a luchar para salvar la vida.

Resultaba desalentador el poco efecto que tenían las flechas de Bez, y lo mismo pasaba con los demás arqueros. Las puntas que alcanzaban al oso en la cabeza o el pecho atravesaban el pelaje y la piel, pero parecían rebotar sin causarle mucho daño. El animal se arrancó las que se le habían clavado en la carne de las patas. El lomo habría sido un buen blanco, pero la fiera estaba casi todo el rato erguida, enfrentándose a sus atacantes. Lo ideal habría sido conseguir herirlo de gravedad en la garganta o el vientre, pero de momento no lo conseguían.

El oso acabaría por cansarse, aunque quizá los perros se rindieran antes.

Bez se acercó y los demás siguieron su ejemplo. Las puntas de las flechas empezaron a clavarse más hondo. El oso sangraba por varias heridas, pero seguía presentando batalla y pronto unos cuantos perros quedaron tendidos en el suelo, agonizantes o muertos. Bez, sin embargo, pensó que la pérdida de sangre no tardaría en debilitarlo.

Tal vez la bestia lo intuyera también. Era lista. El padre de Bez, que había fallecido hacía mucho, le contó que el oso era el más inteligente de los animales. Pero ¿qué podía hacerles?

Un momento después, Bez lo descubrió.

El oso descendió sobre sus cuatro patas, agachó la cabeza y cargó.

Dio un salto con las cuatro extremidades a la vez, cubrió una buena distancia y luego cogió velocidad y empezó a galopar. Los perros fueron tras él. La bestia corría directa hacia Bez y sus compañeros. Sin pensarlo, él agarró a Lali de la mano y se apartó de en medio. Con el rabillo del ojo vio a Fell y a Gida, que saltaban en la dirección opuesta.

Percibió un fuerte hedor cuando el oso pasó de largo.

No atacó a nadie, solo quería huir.

«¿No irá a escapársenos ahora, no?», se dijo Bez.

El oso arremetió contra la maleza, esquivó árboles y aplastó todo lo que encontró a su paso. Los perros le dieron caza y la gente los siguió. La vegetación frenaba al animal, de manera que los perros acabaron atrapándolo y lo atacaron desde atrás. Empezaron a darle dentelladas en los cuartos traseros mientras él seguía corriendo.

El ruido que profería se convirtió en un fuerte gemido, como el llanto de un niño gigantesco.

Los cazadores se acercaron lo suficiente para dispararle más flechas, y muchas acertaron en el amplio lomo de la fiera. Bez, esperanzado, pensó que se acercaba el final.

El oso se puso de pie, giró y realizó un débil intento de apartar a los perros. El de Fell, que era muy grande, saltó al cuello del animal y le hincó los dientes en la garganta, por entre sus patas delanteras. El oso le dio un zarpazo que le abrió sangrientos arañazos en el pelaje, pero las mandíbulas del perro se habían cerrado con fuerza y no se soltaban. El oso cayó entonces de cuatro patas y se sacudió con violencia, pero no pudo librarse del perro. La sangre que le manaba de la garganta manchaba el hocico del animal y goteaba en la vegetación pisoteada. La pelea se alargó unos momentos más, pero el oso por fin flaqueó. Una pata delantera cedió y el animal se vino abajo. Luego se le dobló otra y quedó tumbado boca abajo.

Los perros se apresuraron a devorarlo, pero los cazadores se acercaron enseguida para apartarlos a patadas antes de que estropearan la carne del animal.

Tanto el oso como el perro de Fell estaban muertos.

Bez sintió una oleada de alivio.

Los cazadores estudiaron la presa. No era un oso rollizo.

Fell sacó un cuchillo de sílex y le abrió la panza. Le arrancó las entrañas y se las lanzó a los perros: ahí tenían su recompensa. Los animales se abalanzaron sobre los despojos.

Fell empezó entonces a desollar el animal. Retiró el pelaje usando el cuchillo con delicadeza para separar la piel de la carne. El abrigo resultante le daría calor a algún afortunado el invierno siguiente.

Cuando terminó, todos comprobaron que habían matado a un oso raquítico. Lo cocinarían esa noche y habría carne para todos, pero no sobraría nada. Al día siguiente volverían a pasar hambre.

La mañana después, Bez, Gida y Fell se sentaron en el suelo en mitad del poblado. Eso indicaba que querían una reunión. Los demás se sumaron a ellos en grupos de dos o de tres, sin prisa, porque los habitantes de los bosques rara vez se apresuraban. Se sentaron o se tumbaron en el suelo, hablando entre sí, contentos de esperar.

—La migración de los ciervos podría evitar que muramos de hambre —dijo Bez cuando estuvieron todos reunidos.

Todas las primaveras, los ciervos de la Gran Llanura iban a las colinas del Noroeste en busca de hierba nueva. Eso significaba que tenían que abandonar el refugio de los bosques y cruzar por campo abierto. Viajaban de noche, cosa que hacía difícil cazarlos. Sin embargo, los habitantes de los bosques se anticiparían a sus movimientos y estarían esperándolos.

—Aun así, el año pasado no vimos las señales habituales que indican que la migración va a empezar —prosiguió Bez—, y este año podría ocurrir lo mismo.

El éxito dependía de saber cuándo partirían los ciervos. El indicio más frecuente era la aparición de hierba nueva brotando en la llanura, pero el año anterior no había ocurrido —sin duda a causa de la sequía— y los habitantes de los bosques perdieron la oportunidad.

—Me han dicho que las sacerdotisas del Monumento conocen los días del año y pueden predecir cuándo parirán corderos las ovejas y cuándo habrá bayas o manzanas o raíces que recolectar.

Vio que la gente asentía. También ellos habían oído comentarios semejantes. Las sacerdotisas eran seres sobrenaturales.

—Alguno debería ir a preguntarles —propuso Omun, un cazador consumado.

Bez asintió.

—Tiene que ser alguien que hable la lengua de los ganaderos —siguió diciendo Omun.

Bez volvió a asentir. Omun estaba proponiéndolo a él, y le parecía bien.

—Tendrás que ser tú, Bez.

—Consultaré con las sacerdotisas si así lo deseáis —accedió este.

—¡Sí! —exclamaron muchos.

—Me llevaré a mi hermano Fell para que me acompañe. Él también habla un poco de la lengua de los ganaderos.

Nadie puso ninguna objeción.

—Está decidido, pues —dijo Bez.

—Ten cuidado —pidió Gida.

11

La sequía hizo que muchas personas de edad avanzada, más frágiles, sucumbieran a las enfermedades, y una de ellas fue Soo, la suma sacerdotisa. La dieta deficiente que había debilitado a toda la población podía ser mortal para los ancianos.

Soo no salía de casa, y era Ello quien le llevaba la comida. Las sacerdotisas advirtieron que su dieta había cambiado, y que en lugar de comer carne, como era habitual, solo ingería sopas y bayas reblandecidas, señal inequívoca de que ya no podía comer comida normal, lo que las llevó a concluir que tal vez se estaba muriendo.

Joia se puso muy triste, pues Soo había sabido asomarse a su corazón y darse cuenta de inmediato de que necesitaba llevar una vida muy distinta de la que le habría correspondido. Ani, la madre de Joia, la comprendía, pero la suma sacerdotisa había ido más allá: la aceptaba.

Las demás también estaban igual de consternadas; la anciana era una mujer sabia y buena, y no había nadie como ella en la comunidad de sacerdotisas.

Una mañana, Soo pidió dirigirse a todas las mujeres y estas se congregaron en la entrada de su casa. Joia se sentó junto a Sary, la novicia tímida y nerviosa que, con el paso del tiempo, se había convertido en una mujer hecha y derecha, una sacerdotisa segura de sí misma que se dedicaba a buscar plantas para preparar pociones curativas.

Ello salió de la casa de Soo cargada con un tronco que depositó ante la puerta con la seguridad de quien sabe cuál es su destino y su lugar en el mundo.

Después sacó a Soo y la ayudó a sentarse encima del tronco. Joia se asustó al ver el aspecto de la suma sacerdotisa: se le había caído casi todo el pelo y se había quedado en los huesos. Advirtió que las demás estaban igual de conmocionadas que ella.

—He vivido casi sesenta solsticios de verano —empezó a decir Soo, hablando con voz débil mientras las mujeres se acercaban para oírla mejor. A continuación, añadió—: He sobrevivido a varias sequías, pero creo que esta va a ser la última.

Se oyó un murmullo de protesta. Nadie quería que muriera.

—No he llegado a cumplir mi mayor ambición, reconstruir el Monumento en piedra —dijo—, pero tal vez quienes vengan detrás de mí sí logren hacerlo.

Interrumpió sus palabras y empezó a toser, con una tos fuerte y cavernosa que le salía de muy dentro del pecho. Para Joia, aquel ruido encerraba un mal presagio, en él resonaba algo de lo que nadie podría recuperarse. Miró a Sary, quien asintió con gesto discreto: ella también había intuido la gravedad de esa tos.

—En cuanto a la cuestión de quién vendrá después de mí, sois vosotras quienes debéis decidirlo. No olvidéis que debéis actuar por consenso, pues una suma sacerdotisa necesita ejercer su cargo con el apoyo incondicional de todas.

A Joia le daba pavor la idea de que todas tuvieran que ponerse de acuerdo, ya que en aquel momento había veintiocho sacerdotisas, y eso sin incluir a las novicias, que no tenían voz ni voto en cuanto a la elección.

—Pero imagino que es obvio para todas vosotras que solo hay una candidata posible —dijo entonces Soo—: Ello, que ya es la segunda suma sacerdotisa.

A Joia se le cayó el alma a los pies. Ello no era una buena persona, por lo que enrarecería el ambiente que reinaba en el Monumento y sería una tirana.

Soo se equivocaba. No era tan obvio como ella pensaba que su mano derecha debiera sucederla, y una suma sacerdotisa moribunda no ostentaba el derecho de elegir a su sucesora.

—Recomiendo firmemente... —Soo empezó a toser de nuevo, y esta vez no podía parar.

Al final, le hizo una seña a Ello, que la ayudó a volver dentro.

Las sacerdotisas se pusieron a discutir el asunto de inmediato.

—No estoy segura de que haya una sola candidata adecuada —le dijo Sary a Joia.

Esta se alegró de que alguien reaccionase igual que ella.

—Es Ello quien le ha metido la idea en la cabeza —dijo.

—Las dos han sido amantes desde antes de que naciéramos tú y yo. Tal vez hubo un tiempo en que Ello era una mujer alegre y buena, y Soo aún adora a la mujer que fue. El caso es que quiere legarle el puesto de suma sacerdotisa al amor de su vida. Es un gesto muy tierno, pero nosotras no tenemos por qué estar de acuerdo, ¿no?

—Así es. —Joia quería pensarlo con más calma antes de seguir discutiendo el tema.

De hecho, había una segunda candidata obvia, y no era otra que ella misma. La cuestión era qué debía hacer al respecto.

Para ella, el problema no solo giraba en torno a quién sería la suma sacerdotisa, sino también a cómo reconstruir el Monumento en piedra. Habían pasado ya casi diez solsticios de verano desde que Dallo había convencido a todos de que la tarea era imposible; había llegado el momento de intentarlo de nuevo.

Tenía que hablar con Seft.

Lo encontró cortando árboles. Había talado un fresno, cuya madera recia era la opción más indicada para la construcción, y ahora estaba cortándolo en trozos más pequeños con la ayuda de un hacha de mango largo y una enorme y reluciente hoja de sílex de roca negra del lecho de la veta. Lo acompañaba su hijo mayor, Ilian, que no tardaría en ver su décimo solsticio de verano. El niño empleaba un cuchillo de sílex para astillar unas ramitas delgadas del árbol caído, repletas de hojas, que usarían como forraje para alimentar al ganado. Ilian era un muchacho fuerte para su edad y ya apuntaba maneras como carpintero, tal y como Seft le decía a cualquiera que quisiera prestarle oídos.

Seft dejó lo que estaba haciendo al ver aproximarse a Joia.

—La suma sacerdotisa se está muriendo —le dijo ella después de saludarlo.

—¿Soo? Siento oír eso.

—Podría ser el momento de volver a plantear el proyecto de construir el Monumento en piedra. Si nombran suma sacerdotisa a Ello, nunca se hará realidad, pero si me eligen a mí, en cambio, sí podríamos llevarlo adelante.

—¡Bien! —exclamó Seft—. ¿Qué hay que hacer?

—Necesitamos convencer a las sacerdotisas de que es el momento adecuado. Si aceptan eso, me querrán a mí como a su cabecilla.

Seft soltó el hacha y se sentó en el tronco del fresno. Joia se acomodó a su lado.

—Podemos decirles que he encontrado la mejor ruta para transportar las rocas desde el valle de las Piedras hasta el Monumento —propuso Seft.

—Y eso es importante.

—Pero ¿y si preguntan dónde vamos a encontrar a gente para transportarlas?

—He estado pensando en eso también. La población de Aguacurva es de unos cuatrocientos habitantes, pero, si no incluimos a los niños, los ancianos, los enfermos, los tullidos o a quienes no viven aquí de forma continuada, se reduce a menos de doscientas personas, lo cual no es suficiente. Necesitamos a gente de fuera.

—¿Y eso cómo vamos a conseguirlo?

—Recibimos una gran afluencia de forasteros cuatro veces al año, para las ceremonias. La más popular es la Ceremonia del Solsticio de Verano, que en ocasiones cuenta hasta con mil participantes.

—Yo no entiendo esos números que sabéis contar las sacerdotisas.

—Mil son muchas más de las que necesitamos para mover una piedra.

—¿Y cómo vamos a persuadirlas de que nos ayuden? —Seft era un experto en objetos inanimados, como los árboles y los ríos, pero no entendía del trato con las personas.

Joia, en cambio, sí sabía cómo manejarlas.

—Hablaré con todos después de la ceremonia. Les diré que se trata de una misión sagrada, de algo que los dioses quieren que hagamos. Les explicaré que es una extensión de la ceremonia y de las celebraciones que la acompañan, incluido el festejo. Les diré que cantaremos y bailaremos durante toda la caminata hasta el valle de las Piedras. Les va a encantar la idea, sobre todo a los jóvenes.

Seft asintió con la cabeza.

—Me lo imagino.

—Podríamos convertirlo en algo anual: después de la Ceremonia del Solsticio de Verano, transportar varias piedras al año hasta que tengamos suficientes.

—Así, tal vez la gente esperaría la caminata con la misma ilusión con que espera que llegue el día de la ceremonia.

—Estoy segura.

Seft asintió.

—Así que ¿se lo proponemos a las sacerdotisas? —preguntó.

—Sí.

—¿Cuándo?

—De momento, guardémoslo entre tú y yo, al menos mientras Soo siga con vida. Luego, después del funeral, cuando las sacerdotisas empiecen a pensar en serio en su sucesora, hablaremos con ellas los dos juntos.

—Me parece muy bien —dijo Seft.

Joia se marchó de vuelta al Monumento muy contenta.

Duna estaba esperándola. Era una novicia muy prometedora, una muchacha alegre con una voz divina para el canto. Ese día, Joia tenía que enseñarle en qué consistían los eclipses, así que apartó de su mente todo lo demás.

—Los eclipses del sol y la luna son presagios —explicó—. Auguran la llegada de inundaciones, plagas y terremotos. Un año sin eclipses es un año plácido y tranquilo, mientras que un año con muchos de ellos alberga numerosos peligros. Por eso necesitamos saber si se avecinan años peligrosos.

En lugar de llevarla al círculo central de madera, Joia guio a Duna al círculo exterior de piedras azules que quedaba justo en la parte interior del terraplén. Cada una de las rocas era más alta que un hombre de gran estatura.

—¿Cómo llegaron aquí estas piedras tan grandes? —quiso saber Duna—. Seguro que pesaban muchísimo.

—Nadie lo sabe con certeza —contestó Joia—. Tal vez las trasladaron río arriba a bordo de balsas.

—Pero luego tuvieron que traerlas desde el río hasta aquí.

—Eso fue mucho antes de que naciéramos cualquiera de nosotros, pero lo más probable es que las arrastraran por el suelo, seguramente con cuerdas.

—Pues parece muy difícil.

—Desde luego. —La conversación era interesante, pero Joia tenía una lección que enseñar—. ¿Has contado cuántas piedras azules hay?

—Sí —respondió Duna, ansiosa—. Cincuenta y seis.

—Muy bien.

—Nos dijeron que teníamos que saber contar el número de todo cuanto veamos —explicó Duna.

—Es una buena base para una sacerdotisa. Ahora, pasemos a lo siguiente: la mayor parte de nuestros bailes tienen lugar alrededor del círculo de madera, y nos hablan del sol. Las piedras azules número veintiocho y cincuenta y seis están alineadas con el sol naciente el día del solsticio de verano, pero, pese a ello, el círculo trata, sobre todo, de la luna. Y el número cincuenta y seis es muy importante en el estudio de la luna.

Joia no sabía por qué la diosa Luna había escogido ese número en particular. Cincuenta y seis era dos veces veintiocho, y mucha gente tenía una idea más o menos vaga de que veintiocho formaba un mes lunar, pero eso no era del todo cierto: el ciclo de una luna nueva a la siguiente duraba veintinueve días y medio.

Pese a todo, quienes habían llevado a cabo la tarea colosal de acarrear las piedras azules conocían los números arcanos de la diosa, y Joia estaba a punto de explicárselos a Duna.

—Te habrás fijado en que hay un disco de arcilla de gran tamaño colocado al pie de algunas de las piedras.

—En seis de ellas —dijo la muchacha.

—Muy bien. ¿Y has averiguado cuál es el orden en que están dispuestos los discos?

—Sí —respondió Duna con entusiasmo—. Hay un disco cada nueve piedras. ¡No, cada diez! No…

Joia la ayudó a salir del aprieto.

—Los intervalos son nueve, nueve, diez, nueve, nueve, diez. Si los sumas todos, el resultado es cincuenta y seis.

—¡Ah!

—Movemos cada disco un lugar hacia atrás cada año. Es un baile especial que se hace siempre de noche, bajo la luna llena.

Duna asintió con la cabeza. Joia vio que lo entendía, pero que también se estaba preguntando con qué propósito hacían todo eso.

—Cada vez que haya un disco en la piedra número veintiocho o en la piedra número cincuenta y seis —dijo Joia—, significa que ese año habrá un eclipse: de luna, sin ninguna duda, pero tal vez también de sol.

La muchacha se quedó muy impresionada.

—¿Y qué podemos hacer? No somos capaces de detener las inundaciones ni de impedir las plagas.

—Decirle a la gente que vaya con cuidado: que no empiecen ninguna guerra, que no se vayan a vivir a otra casa, que no atraviesen ríos ni otras masas de agua, que no corran riesgos innecesarios... Todos agradecen las advertencias.

Duna se quedó con gesto pensativo.

—¿Puedo preguntarte sobre otra cosa? —dijo entonces.

Era algo que ocurría con frecuencia: las novicias a las que instruía Joia le pedían consejos sobre asuntos personales, dando por sentado que también era experta en esas lides.

—Sentémonos ahí —le propuso, llevándola hacia el terraplén—. ¿Qué es lo que te preocupa?

—Se trata de Ello.

Joia refunfuñó para sus adentros, pues ya sabía lo que vendría a continuación.

—Dime.

—Vino a verme cuando nos íbamos a dormir y me pidió que fuera a la casa vacía con ella.

A casi todos les traía sin cuidado que los demás los vieran haciendo el amor, a menos que se tratara de un acto vergonzoso..., como seducir a personas más jóvenes. A Ello no le hacía gracia que la miraran con desaprobación porque eso le fastidiaba todo el placer, así que se las había ingeniado para mantener una casa vacía para sus encuentros amorosos.

—Ello quiere sexo conmigo —dijo Duna, evidenciando los hechos.

—Eres una muchacha muy atractiva.

A la joven se le humedecieron los ojos.

—Lo siento, pero es que no me gusta.

—No te preocupes. —Joia le dio unas palmaditas en el hombro—. No tienes que yacer con ella si no quieres.

—¿Ah, no? —A Duna le costaba trabajo creerlo.

—Desde luego que no.

—Es muy insistente: me agarró de la mano y tiró de mí. Me hizo daño.

—Vaya...

Aquello era una constante con Ello: una vez al año más o menos, se encaprichaba de alguna novicia y usaba su posición como segunda suma sacerdotisa para intimidar a la pobre chica. Algunas novicias se habían marchado sin dar ninguna razón de peso, y Joia sospechaba que era para huir de ella.

Había acudido a Soo para quejarse de aquel comportamiento, pero esta no había hecho nada. Pese a la magnífica suma sacerdotisa que era, a Ello se lo perdonaba absolutamente todo.

—Si vuelve a pedírtelo, dile que has hablado conmigo y que he dicho que puedes rechazarla —le explicó.

—¿Y eso la detendrá?

—Ha funcionado otras veces, pero, si sigue molestándote, dímelo y yo misma hablaré con ella.

—Muchas gracias.

«No puedo permitir que Ello sea la nueva suma sacerdotisa —pensó Joia—. Eso la haría todavía más poderosa y hostigaría a más jóvenes aún. Tengo que hacer algo al respecto, al margen de lo que ocurra con el Monumento de piedra».

—Eres muy buena —le dijo Duna—. Y también muy lista. Deberías ser tú la suma sacerdotisa.

—Dirán que soy demasiado joven —repuso ella con falsa modestia.

La muchacha negó con la cabeza.

—Todas las novicias te adoran. Eres tan guapa...

Joia sonrió; ella no se veía guapa.

—Cualquiera de nosotras yacería contigo si quisieras —le aseguró Duna.

A Joia se le hizo un nudo en el estómago, pues sabía lo que venía a continuación. Ya había mantenido esa misma conversación más de una vez: Duna estaba a punto de declararle su amor.

Actuó con rapidez para cambiar de tema.

—Déjame decirte algo —dijo. Duna había desplazado la mano hasta su rodilla y ella se la apartó con delicadeza—. Mi madre es viuda desde hace diecisiete solsticios. Cuando murió mi padre, Olin, todos le dijeron que debía buscarse a otro hombre a quien pudiera amar, pero ella nunca lo hizo.

—¿Por qué no? Es lo que harían la mayoría de las mujeres.

—Dice que algunos de nosotros solo amamos a una persona en toda nuestra vida. Para ella, esa persona fue mi padre. No concibe querer estar con nadie más. Cualquier otro hombre siempre sería una decepción, por adorable que fuese, simplemente porque no sería Olin. Por eso ha seguido estando sola, aun en la noche del festejo.

—¡Qué manera de amar!

—Dice que ella es mujer de un solo hombre, y yo soy como ella. No estoy segura de si lo que espero es un hombre o una mujer, pero sí sé que aún no he conocido a la persona destinada para mí. Y cuando lo haga, seré feliz.

Bez y Fell partieron con el corazón lleno de esperanza. Con la ayuda de las sacerdotisas, tal vez podrían salvar a la tribu.

Fell llevaba un collar que había hecho con los dientes del oso que habían matado; los cuatro gigantescos colmillos curvos eran especialmente llamativos.

Bez ya había cruzado la Gran Llanura otras dos veces, y siempre se quedaba maravillado al ver cómo los ganaderos trabajaban de sol a sol, hombres, mujeres y niños también. En el caso de los agricultores, era aún peor. ¿Qué sentido tenía, habiendo ciervos en el bosque y frutos en los árboles?

Ahora tanto los ciervos como los frutos escaseaban, pero ni a los ganaderos ni a los agricultores les iba mucho mejor que a los habitantes de los bosques. Bez se quedó conmocionado al ver dispersos por la Gran Llanura los cadáveres escuálidos de las reses que habían muerto de hambre o sed, víctimas de la batalla contra la sequía.

—Los ganaderos tienen un montón de reglas con respecto al sexo —comentó Bez como si tal cosa mientras caminaban—. No pueden estar con su tía ni con su medio hermana o hermano.

—¿Y por qué han hecho esas reglas? ¿Por qué no se van con cualquier hombre o mujer que esté dispuesto a irse con ellos, como hacemos nosotros? ¿Qué tiene eso de malo?

Bez negó con la cabeza.

—¿Sabes? A veces, las ganaderas quieren estar con un habitante de los bosques.

—¡Puaj! ¡Qué asco! Pero si son feísimas, con esas narices puntiagudas y esos ojos tan claros.

—Y tienen unas piernecillas muy flacas, como las patas de los ciervos.

Ambos se echaron a reír.

La primera noche hicieron lo mismo que Bez en sus desplazamientos anteriores: fueron a uno de los pequeños asentamientos ganaderos, buscaron a alguien que estuviera preparando algo de comer y se sentaron junto al fuego. Bez esperaba que tarde o temprano les ofrecieran unas escudillas, como si fuesen uno más.

Eso nunca había funcionado con los agricultores, y en ese momento descubrieron que tampoco funcionaba ya con los ganaderos.

—Es por culpa de la sequía —les explicó el hombre que estaba cocinando—. Lo tenemos todo racionado, lo justo para comer nosotros. Si compartimos, pasamos hambre. Lo siento.

A la mañana siguiente encontraron unas cebollas silvestres que se comieron por el camino, mientras seguían andando. Por la noche, el nuevo perro de Fell mató a un corcino de poco más de un mes y lo depositó con aire orgulloso a los pies de su dueño. Lo asaron esa misma noche y lo compartieron con el perro.

Los habitantes de los bosques rara vez andaban con prisas, así que llegaron al Monumento el mediodía del tercer día.

En las épocas de las ceremonias había mucho movimiento, con gran cantidad de gente comerciando en el exterior del terraplén, pero ese día el lugar parecía desierto. Lo más probable era que todos estuviesen en el cercano poblado de Aguacurva, el mayor asentamiento de la llanura, pero las sacerdotisas sí deberían seguir allí. Bez los guio hasta el poblado donde vivían.

Estaba nervioso. Aquella iba a ser una conversación muy importante, y debía hacerse entender en la lengua de los ganaderos, pues ninguno de estos ni de los agricultores hablaba la lengua de los habitantes de los bosques. Sabía que la sacerdotisa más prominente de todas era la suma sacerdotisa, y decidió que se dirigiría a ella.

Las mujeres no estaban en sus casas —durante el buen tiempo había poca gente viviendo en el interior, ya que las casas eran para el invierno—, y Bez y Fell encontraron a un grupo de ellas sentadas en el suelo, en el centro del reducido asentamiento. Todas lucían las largas túnicas que las identificaban como sacerdotisas, mientras que los dos hermanos vestían las mismas túnicas cortas que los ganaderos y los agricultores, y que se habían puesto para el viaje, ya que en verano, por lo general, ellos no llevaban más que taparrabos de cuero.

Bez se alegró de haberlas encontrado tan deprisa.

Cuando vieron a los habitantes de los bosques, las mujeres enmudecieron. Una de ellas, sentada de espaldas, se volvió y gritó asustada al ver a Bez y Fell, pero las demás se rieron de ella y, un momento después, la mujer se sumó al coro de risas.

—Hola, ¿necesitáis algo? —les dijo una sacerdotisa, una mujer menuda pero rebosante de seguridad en sí misma, cuando dejaron de reírse.

—Que el dios Sol te sonría —saludó Bez con cautela.

—Y a ti también —contestó ella.

—¿Eres la suma sacerdotisa?

Todas se rieron de nuevo.

—No soy la suma sacerdotisa, no. Me llamo Sary.

—Yo soy Bez, y este es mi hermano Fell. ¿Puedes llevarnos ante la suma sacerdotisa? Es muy urgente.

—La suma sacerdotisa está muy vieja y enferma. Me temo que no va a poder hablar con vosotros.

Aquello era un contratiempo. Fell habló con su hermano en la lengua de los habitantes de los bosques.

—¿Qué ha dicho? No he entendido nada.

—La suma sacerdotisa está demasiado enferma para hablar con nosotros —contestó Bez.

—Entonces tenemos que hablar con otra persona.

Bez volvió a dirigirse a la mujer llamada Sary.

—¿Hay alguien más con quien podamos hablar? Necesitamos información sobre la migración de los ciervos.

Las mujeres hablaron entre sí y Bez entendió lo que dijo una de ellas:

—Ello lo sabe todo.

Las otras parecían estar de acuerdo.

—Tal vez la segunda suma sacerdotisa pueda ayudaros. Se llama Ello —dijo la que se había erigido en portavoz.

—¿Puedes llevarnos con ella?

—Claro.

Bez se sintió aliviado.

Sary los condujo a una de las casitas más pequeñas.

—Han venido dos habitantes de los bosques que se llaman Bez y Fell y preguntan si pueden hablar contigo —dijo, asomándose dentro.

Bez no oyó la respuesta y, por un momento, temió que fuera negativa. Metió la cabeza en el interior y vio a una mujer muy anciana, acostada, y a otra de mediana edad junto a ella. Supuso que la más joven debía de ser Ello. Esta se levantó y él dio un paso atrás.

Cuando Ello salió, Bez se dio cuenta enseguida de que el suyo no era un rostro amable.

—Que el dios Sol te sonría —le dijo.

Ello ignoró el saludo.

—¿Qué quieres?

—Venimos del lugar que vosotros llamáis el bosque del Oeste. Nuestra tribu se muere de hambre por culpa de la sequía y...

La mujer lo interrumpió.

—Todos estamos en la misma situación. Pierdes el tiempo, no podemos daros comida.

Bez interpretó como una ofensa que Ello hubiese dado por sentado que era un mendigo. Irguió la espalda y la miró a los ojos.

—No hemos venido aquí a mendigar comida. Podremos alimentarnos nosotros mismos cuando los ciervos migren, que debería ser muy pronto, aunque no sabemos cuándo exactamente. Me han dicho que vosotras, las sacerdotisas, conocéis todos los días del año. ¿Es verdad? ¿Podrías decirnos cuándo emprenderán los ciervos su viaje a las colinas del Noroeste?

La mujer endureció el gesto.

—No estamos aquí para serviros —dijo con un tono imbuido de desdén—. Los ganaderos nos dan de comer y nosotras les damos información, pero vosotros no nos dais nada. No debería por qué ayudaros, ya tengo muchas otras cosas que hacer. —Les dio la espalda.

Bez se despojó de su orgullo.

—Por favor —imploró—. Nos estamos muriendo de hambre y lo único que os pedimos es información.

Ello entró en la casa y cerró la entrada con la pantalla de mimbre.

Sary parecía avergonzada.

—Lo siento —dijo, y se fue.

Bez estaba desconsolado. Habían ido hasta allí desde muy lejos solo para recibir una tajante negativa como respuesta. Le angustiaba la idea de volver a casa y tener que decir que había fracasado.

—¿Y qué hacemos ahora? —preguntó Fell.

—No lo sé.

«Tiene que estar muy bien eso de ser el hermano pequeño —pensó Bez—. Cuando hay un problema, preguntas qué hay que hacer y te quedas de brazos cruzados esperando la respuesta».

—Supongo que lo mejor será que regresemos a Aguacurva.

—No van a darnos de comer, eso está claro.

Bez se rascó la cabeza.

—Pero puede que nos hagan algún trueque.

—No tenemos nada con que intercambiar.

Bez lanzó una mirada elocuente al cuello de Fell y este se tocó el collar de dientes de oso.

—No —dijo.

—¿Y si hay que elegir entre eso o morirnos de hambre?

Fell parecía a punto de echarse a llorar, pero asintió con la cabeza.

—Vamos.

Enfilaron el camino que iba del Monumento a Aguacurva andando cabizbajos. Estaban desanimados y muy hambrientos.

Bez se estaba planteando incluso robar: decidió que, si veía alguna forma de robar comida sin que lo pillasen, lo haría. A su hermano le encantaba ese collar.

La última vez que había estado en Aguacurva era un hervidero de actividad, un lugar donde reinaba un ambiente próspero con hombres y mujeres bien alimentados que fabricaban ollas, herramientas y cuero con actitud alegre. Recordó haber visto cerdos ruidosos y pestilentes correteando por todas partes. Sin embargo, en ese momento el poblado ofrecía un aspecto desolador. Sus habitantes estaban demacrados y en los huesos, y parecían exhaustos. En algunos puntos del poblado aguardaban con escudillas y vasijas en la mano para que les dieran una porción racionada de carne.

Bez se acercó a un hombre que la repartía.

—Que el dios Sol te sonría —lo saludó.

—No puedo darte nada —dijo el hombre—, lo siento.

—¿Estarías dispuesto a cambiarme carne por otra cosa? —insistió Bez—. Podemos ofrecerte el collar de mi hermano.

El hombre se rio, aunque sin rastro de maldad.

—No puedo comerme un collar —repuso.

Bez miró a la gente que hacía cola.

—¿Hay alguien interesado en cambiar un collar de dientes de oso por un poco de carne? —preguntó.

Pero no había nadie dispuesto. Bez tenía el ánimo por los suelos.

De pronto, un joven que había presenciado la escena se dirigió a él. Era un muchacho alto con unos pies muy grandes, calzado con unos zapatos cosidos de una forma distinta a la habitual.

—Tenéis problemas, ¿verdad? —les dijo en voz baja.

Bez asintió.

—Venid conmigo. Tal vez pueda ayudaros. —Mientras caminaban, añadió—: Mi hermana a veces consigue piezas de caza exentas de racionamiento, como liebres, ardillas y palomas torcaces. Son piezas que la gente le regala a su hombre. Tal vez ella pueda daros algo de comer sin mermar las raciones de sus hijos.

Los guio hasta una casa en cuya entrada había una mujer que estaba preparando comida y que guardaba un leve parecido con el joven. Bez la saludó cortésmente y le dijo su nombre y el de Fell. Ella se llamaba Neen, y su bondadoso hermano era Han.

Este le explicó que los habitantes de los bosques habían intentado trocar un collar a cambio de comida.

—Estoy preparando un estofado con una liebre pequeña. No tiene mucha carne, pero puedo ofreceros un poco.

Ambos asintieron con entusiasmo.

Neen les dio una cuchara a cada uno y llenó dos escudillas. Los hermanos se bebieron el caldo con su grasa y masticaron los trozos de carne. Bez se sintió reconfortado de inmediato, hasta que recordó que su misión había fracasado.

Han les preguntó de dónde eran.

—¿Y habéis venido desde tan lejos solo para intercambiar un collar? —exclamó cuando se lo dijeron.

—No —respondió Bez—. Teníamos la esperanza de poder dar caza a los ciervos cuando comience la migración, pero no sabemos cuándo empezarán a desplazarse. Debemos estar listos o, de lo contrario, se nos escaparán. Creíamos que las sacerdotisas podrían decírnoslo.

—Seguro que sí, esa es justo la clase de cosas en las que son expertas.

—Pues no han querido ayudarnos.

Han los miró como si no pudiera creer lo que acababa de oír.

—Pero si en eso consiste su tarea, en decirle a la gente los días del año...

—No han querido aconsejarnos porque los habitantes de los bosques no les damos comida.

—Eso es absurdo. ¿Con qué sacerdotisa habéis hablado?

—Se llamaba Ello.

—Ah, ahora lo entiendo —dijo Han—. Esa mujer tiene muy mal carácter.

—Eso parece.

—Oye, no perdáis la esperanza. Tengo otra hermana que también es sacerdotisa, se llama Joia.

A Bez se le iluminó el semblante.

—¿Y crees que ella sí querrá decírnoslo?

—Si puede ayudaros, lo hará, estoy seguro. No es como Ello.

—¡Llévanos con ella, por favor! —exclamó Bez con vehemencia.

—Vamos.

Se levantaron y Bez dio las gracias a Neen por el estofado, pues sabía que a los ganaderos les complacían los gestos de cortesía.

Atravesaron el poblado con Han y tomaron el camino de

vuelta al Monumento. Los hermanos tenían que apretar el paso para no quedarse atrás y seguir el ritmo de las largas zancadas de Han. Así eran los ganaderos; siempre iban con prisas, aunque no hubiese ninguna razón para ello.

Llegaron al poblado de las sacerdotisas y Han enseguida encontró a su hermana. A Bez le gustó inmediatamente: tenía una melena de pelo oscuro y rizado y una sonrisa preciosa. Le dio la impresión de que debía de ser una persona de corazón generoso.

—Bez y Fell tienen algo que preguntarte —le dijo Han.

—Todos los años, en primavera, salimos a cazar ciervos cuando se marchan a las colinas del Noroeste en su migración anual —explicó—. Es importante saber de antemano cuándo van a emprender la marcha, para poder permanecer al acecho. Por lo general, lo sabemos al ver la hierba de la primavera en la llanura, pero ahora, con la sequía, eso ha dejado de ser una señal fiable. Sin embargo, la gente dice que las sacerdotisas conocéis todos los días del año. ¿Sabes tú cuándo se van a desplazar los ciervos?

—Creo que sí —contestó Joia.

Bez no entendía esa respuesta: o lo sabía, o no lo sabía.

La sacerdotisa captó su desconcierto.

—Tenemos una canción que trata sobre todos los acontecimientos naturales que ocurren a lo largo del año —le explicó—: las bayas del verano, los escarabajos verdes, las setas, las aves que vuelan hacia el sur, las flores de la primavera, los huevos de los pájaros… Sé que los ciervos aparecen en ella en algún momento.

—Ya, pero ¿te acuerdas o no? —le espetó su hermano con aire impaciente.

Era justo lo que había querido decirle Bez, pero era demasiado cortés.

—Tendré que cantar la canción —dijo Joia—. Venid conmigo.

La siguieron al Monumento. El cántico comenzaba con el día del solsticio de verano, el primer día del año. Aunque Joia era bajita y menuda, su voz parecía resonar con fuerza por todo el círculo. Acompañaba la tonada bailando por el Monumento, tocando los postes de madera y atravesando los estrechos huecos que había entre ellos. Bez estaba embelesado con ella. La sacerdotisa cantó sobre el verano, el otoño y el invierno hasta que, al fin, llegó a la estación que a él le interesaba: la primavera. Aguardó el momento con expectación hasta que oyó la estrofa clave:

Cuarenta y ocho días tras el equinoccio de primavera,
los ciervos parten hacia las colinas del Norte.
Dos días antes, si la primavera trae buen tiempo;
dos días después, si es severa.

La sacerdotisa dejó de cantar.

—Lo he entendido todo menos lo primero —dijo Bez con frustración.

—¿Cuarenta y ocho?

—Yo tampoco lo he entendido —señaló Han.

—Cuarenta y ocho días son cuatro semanas para los ganaderos —respondió Joia, cosa que satisfizo a Han.

Bez, por el contrario, seguía sumido en una ignorancia desesperante. Tenía su respuesta, pero no la entendía.

—Puedo simplificártelo, si quieres —le propuso Joia—.

Cuarenta y ocho días después de la Ceremonia de Primavera se cumplen dentro de cinco días a partir de hoy. La sequía implica que el tiempo ha sido inclemente, así que añadimos dos días, con lo cual son siete días en total.

Bez seguía perplejo.

—Nosotros no tenemos esas palabras para los números —explicó.

Era desquiciante: la sacerdotisa disponía de la información que necesitaban, pero no conseguía comunicársela.

—¿Quieres que te enseñe a contar con los dedos? —le propuso ella con paciencia.

Bez asintió con la cabeza. Sabía que era así como contaban los ganaderos, con los dedos de las manos y también los de los pies y otras partes del cuerpo. Por lo visto, a los habitantes de los bosques nunca les había hecho falta esa destreza... Hasta ese momento.

—Trae, enséñame las manos. Cierra los puños, con cuidado. —Le desplegó el pulgar izquierdo y cuatro dedos más y luego añadió dos dedos de su mano derecha. Tocándolos, fue enumerándolos de uno en uno—: Mañana, el día siguiente, el día después de ese, otro, otro, otro más y luego... —Sujetando el séptimo dedo, añadió—: Este es el día que saldréis a cazar.

Bez repitió lo que le acababa de decir Joia. A continuación, le mostró las manos a Fell.

—Recuérdalo, por si a mí se me olvida —pidió, y volvió a repetir lo que le había dicho la sacerdotisa.

Fell compuso las mismas formas con sus propias manos y repitió las palabras.

—Lo recordaré —afirmó.

Estaban eufóricos, pues ya tenían respuesta para su pregunta. No habían hecho el viaje en vano, después de todo.

—Una cosa más —añadió Joia—. El sol y la luna no son inconstantes, siempre salen y se esconden en el momento previsto, pero los animales y las plantas no son tan fiables. Es probable que la fecha que os he dado para la migración de los ciervos sea correcta, pero no es tan segura como el amanecer de mañana.

Bez entendía lo que quería decir: un ciervo podía acudir a beber a la charca todas las noches durante una semana entera y luego, la noche que lo esperabas para cazarlo, no aparecía. Estaba preparado para las decepciones.

—Gracias, sacerdotisa Joia, y mi tribu al completo también te lo agradece —dijo.

—Os deseo buena suerte —contestó ella.

Soo murió esa noche.

Ello salió y despertó a las demás sacerdotisas antes del alba, pero no quería que nadie la ayudara a preparar el cuerpo para la incineración. Lloraba sin parar, desconsoladamente.

Las mujeres levantaron una pira funeraria dentro del óvalo. Al amanecer, seis de ellas entrelazaron las manos a modo de lecho para transportar el cuerpo de la casa a la pira, donde colocaron a Soo con la cabeza hacia el este mientras todas le cantaban al dios Sol.

Ello prendió el fuego con una antorcha.

Entonces guardaron un silencio solemne. Presa de la inquietud, Joia no podía dejar de pensar en lo que pasaría después. Soo había sido la suma sacerdotisa durante todo el tiempo que ella llevaba allí, casi diez solsticios de verano. Su muerte iba a suponer un gran cambio. Lo más importante, tanto para Joia como para la población de la Gran Llanura, era conservar todo el conocimiento que poseían sobre los días del año para transmitirlo a las generaciones venideras. Eso debía seguir siendo así, tanto si la nueva suma sacerdotisa acababa siendo Joia como si lo era Ello o cualquier otra. Cuantos más conocimientos adquiriesen, mejor podrían enfrentarse a las crisis que la vida les pusiera en su camino.

Mientras las columnas de humo se elevaban en el cielo y las llamas devoraban el cadáver, muchas sacerdotisas lloraron. Cuando el filo del sol asomó por el horizonte, las mujeres entonaron una nueva canción pidiéndole al espíritu del viento que atesorase y se llevase consigo las cenizas de la suma sacerdotisa. Estas no tardaron en desaparecer casi en su totalidad, cuando el sol ya se había encaramado en el cielo. El funeral había terminado.

Ello regresó a su casa, aún entre lágrimas. Las demás se encaminaron a la enorme edificación rectangular que hacía las veces de comedor. Las novicias sacaron cerdo ahumado y una ensalada de hojas de hierba gallinera. Todas se sentaron en el suelo a comer y hablar de quién debería ser la siguiente suma sacerdotisa.

Las más jóvenes estaban a favor de elegir a Joia. Otras adujeron, con delicadeza, que una suma sacerdotisa debía poseer la sabiduría que otorga la edad. Las más humildes de entre ellas creían que era su deber respetar la última voluntad de Soo.

Entonces llegó Seft.

Todas se quedaron calladas y miraron a Joia. Sabían que él

era el compañero de su hermana, además del jefe de los manos diestras.

—Le he pedido a Seft que venga esta mañana aquí por una razón especial —anunció Joia—. Si, tras largas deliberaciones, decidís escogerme a mí como suma sacerdotisa, me gustaría reconstruir el Monumento en piedra. Si no me permitís hacer eso, entonces no quiero ser suma sacerdotisa. —Hizo una pausa para que todas asimilaran sus palabras y luego añadió—: Hace diez años, Dallo nos convenció de que era una tarea imposible, pero Seft no es Dallo, y tanto él como yo creemos que sí se puede levantar un Monumento de piedra. Si queréis, os explicaremos cómo.

Algunas sacerdotisas parecían escépticas, pero todas mostraron curiosidad.

Joia advirtió que una de las mayores abandonaba la estancia y supuso que habría ido a contarle a Ello lo que ocurría.

Seft tomó la palabra:

—He explorado el territorio que se extiende entre aquí y el valle de las Piedras y creo que he encontrado la mejor ruta para transportarlas. El valle de las Piedras está en las colinas del Norte, y tendríamos que salvar varias cuestas y laderas empinadas, pero podemos sortear las montañas más escabrosas. Después de eso viene una extensión de llanura y luego se llega a Rioalto. Desde allí nos desplazaríamos por la orilla del río del Este, que es plana, y, justo antes de llegar a Aguacurva, torceríamos hacia la llanura para recorrer el último tramo.

Esa explicación tan práctica hacía que el proyecto pareciese real y factible.

—Calculamos que harán falta doscientas personas para transportar una de las gigantescas rocas sarsen del valle de las

Piedras —dijo entonces Joia—, y, naturalmente, Seft me ha preguntado de dónde vamos a sacar a tanta gente.

En ese momento apareció Ello.

—Me alegro mucho de que hayas venido, segunda suma sacerdotisa —la saludó Joia con toda naturalidad—. Estaba a punto de explicar dónde podemos encontrar la cantidad de personas necesarias para trasladar las piedras gigantes y reconstruir el Monumento.

—Me muero por saberlo —dijo Ello con un toque de sarcasmo.

—Es muy sencillo —repuso Joia—: hay que captar a los que vengan a la Ceremonia del Solsticio de Verano. Les diremos que se trata de una misión sagrada, porque, de hecho, lo es, y que las celebraciones, incluido el festejo, se prolongarán unos días más. Les va a encantar la idea. Resultará atractiva sobre todo para los más jóvenes y fuertes.

También a las sacerdotisas les pareció buena idea. A todo el mundo le gustaban las expediciones de cualquier tipo. Ya estaban comentándolo animadamente cuando, al cabo de un momento, Ello las interrumpió.

—¿Puedo decir algo? —intervino.

No necesitaba permiso, por supuesto, pero fingía sentirse ninguneada.

Esperó a obtener respuesta.

—Estamos ansiosas por oír lo que tengas que decir, como siempre —le contestó Joia, que también sabía mostrarse sarcástica.

—Recuerdo el día, hará unos diez años o más, en que Dallo y los manos diestras movieron una roca enorme para los agricultores de la otra orilla del río del Este —rememoró Ello.

Joia también lo recordaba, y, de hecho, sus cálculos sobre cómo trasladar rocas gigantes del valle de las Piedras se basaban en gran parte en lo ocurrido ese día.

—Me ha parecido oírte decir que las festividades de la Ceremonia del Solsticio de Verano se prolongarían unos días más —siguió diciendo Ello.

—Así es.

—Me pregunto si bastará con solo unos días. Hicieron falta veinte hombres toda una tarde para trasladar esa roca desde la mitad del campo hasta la ribera del río, más o menos la distancia que recorre una flecha al lanzarla.

Joia asintió. Ello tenía razón.

—Las rocas del valle de las Piedras son mucho más voluminosas —siguió diciendo la segunda suma sacerdotisa—, pero esperas contar con doscientas personas para trasladar cada una. De momento, dejemos de lado la cuestión de si de verdad puedes reunir a doscientos voluntarios. Supongamos que mueves la piedra gigante a la misma velocidad a la que veinte personas trasladaron la roca de los agricultores la distancia que alcanza una flecha. Dime, ¿cuántos recorridos de flecha hay entre aquí y el valle de las Piedras? ¿Cien? ¿Doscientos? Es una pregunta clave, porque el número de recorridos de flecha será el número de tardes necesarias. Para cubrir cien recorridos de flecha se tardarían cien tardes, o cincuenta días.

Joia no había hecho esos cálculos y se quedó perpleja. ¿Podría persuadir a los voluntarios de que dedicaran cincuenta días a la tarea?

Pero Ello no había terminado.

—Aquí todo el mundo sabe que el círculo de madera exterior del Monumento consta de treinta postes y treinta travesaños. El óvalo interior está formado por cinco marcos, que son otros quince maderos. Estás hablando de traer setenta y cinco rocas gigantes del valle de las Piedras hasta el Monumento. —Hizo una pausa—. Todas sabéis hacer cálculos, pero ese os resultará difícil, así que yo haré la cuenta por vosotras: si vuestros doscientos voluntarios trabajan sin descanso, tardarán tres mil setecientos cincuenta días, o un poco más de diez años.

Joia supo en ese instante que había perdido. Si se tardaban cincuenta días en traer una sola roca, el Monumento nunca se reconstruiría en piedra y, ahora que todas eran conscientes de la magnitud del problema, ella nunca sería nombrada suma sacerdotisa.

Las mujeres siguieron hablando del tema, pero el asunto estaba zanjado. Ello salió del edificio con porte altivo, disimulando sin duda una profunda alegría por su victoria aplastante sobre Joia. Poco después, un derrotado Seft se marchó también.

Joia pasó el resto del día en silencio, dedicándose a sus quehaceres y sin hablar prácticamente con nadie, asimilando el descalabro. Aun así, seguía preocupada por cómo se comportaría Ello como suma sacerdotisa. Ese problema no había desaparecido. Decidió que hablaría con ella, pensando con calma en lo que iba a decirle.

Fue a su casa avanzada la tarde. La mujer estaba sentada en su estera de cuero, con los ojos enrojecidos de tanto llorar.

—Es un día triste para todas nosotras —le dijo Joia.

—¿A qué has venido? —repuso la otra.

—Vas a ser la suma sacerdotisa.

—Sí.

—Pero hay un problema.

—¿Cuál? ¿Que tú quieres el puesto?

—El problema son tus relaciones con las jóvenes novicias, y lo que haces en la casa vacía.

Ello reaccionó con indignación.

—¿Cómo te atreves?

—¿Cómo te atreves tú? —contraatacó Joia.

Se sostuvieron la mirada; Ello fue la primera en apartarla.

—Deberíamos velar por nuestras jóvenes y no utilizarlas para procurarnos placer. Cuando seas suma sacerdotisa no podrás utilizar el poder y el prestigio del cargo para seducir y coaccionar a las novicias. Eso está mal.

Ello la miró con una mezcla de enfado y remordimiento.

—¿Qué quieres que te diga?

—Quiero que prometas solemnemente que dejarás de hacerlo.

—Bueno, está bien. Si insistes...

—No lo digas tan a la ligera. Haré que cumpas tu palabra. A partir de ahora, todas las novicias sabrán que no tienen obligación de yacer con nadie, ni siquiera con la suma sacerdotisa. Me trasladaré a la casa vacía para que no tengas ningún sitio donde sucumbir a tu obsesión. Y si algún día rompes tu promesa, se lo diré a todo el mundo y celebraré una asamblea para decidir qué hacer al respecto. —Joia sabía que tenía potestad para hacer algo así porque, aunque no ostentase ningún cargo oficial, era lo bastante respetada y gozaba de suficiente popularidad para ejercer su autoridad personal.

Ello estaba furiosa.

—Eres una mujer malvada.

—No hallarás lugar donde esconderte —continuó Joia, impasible.

Entonces Ello se echó a llorar.

—Soy vieja y fea —se lamentó entre sollozos—. Ahora que Soo ha muerto, nadie me querrá.

Joia no supo cómo reaccionar al verla derrumbarse de ese modo. Era capaz de discutir con Ello, pero no de empatizar con ella. Podría haberle dicho que las demás la querrían si se portaba bien con ellas, pero no serviría de nada. Llevaba décadas actuando de la misma manera y no iba a cambiar porque Joia se lo pidiese.

—Espero que te haya quedado claro —dijo.

—Fuera de aquí —repuso Ello—. Ojalá estuvieras muerta.

Gida detalló las instrucciones para dar caza a los ciervos.

—Nos esconderemos en la franja de tierra que va del Bosquecillo a la Aliseda. Los ciervos siempre cruzan por ahí porque es el camino más corto entre las dos arboledas. Hay una depresión en el terreno en la que, si nos tumbamos, seremos invisibles para la manada cuando se aproxime. Algunos de vosotros no habéis participado nunca en esta cacería, así que os recordaré cómo lo hacemos. En primer lugar, está terminantemente prohibido hablar, pues los ciervos tienen un oído muy fino. Y, lo que es más importante, ni se os ocurra poneros a mear ni a cagar. Los ciervos pueden oler un pedo desde muy lejos, así que, si os entran ganas, id andando hasta el bosque del Norte. No está a mucha distancia, pero la vegetación sofocará el olor.

Todos se echaron a reír. Bez se dijo que Gida tenía mano con la gente. Daba órdenes en un tono que sugería que solo pretendía ayudar.

—Cuando los ciervos se acerquen, esperad —continuó diciendo ella—. Si manifestáis vuestra presencia demasiado pronto, podrían dar media vuelta y nos quedaríamos sin carne de venado. Tenemos hombres a ambos lados del Bosquecillo, listos para salir detrás de los animales y asustarlos. Cuando eso ocurra, oiréis el ruido de sus pezuñas porque saldrán huyendo a refugiarse en el bosque del Norte, pero nosotros estaremos esperándolos.

—¿Y cuándo los matamos? —preguntó un muchacho.

—Procurad que sea lo más tarde posible. Cuando os pongáis de pie, los ciervos intentarán sortearos y, si reveláis vuestra presencia demasiado pronto, lo lograrán. Lo ideal es que os pasen tan cerca que tengáis la ocasión perfecta para derribarlos de un hachazo o un martillazo. ¿Estamos todos listos?

Lo estaban.

—¡Vamos! Y sin hacer ruido, por favor.

Echaron a andar desde el bosque del Oeste en dirección norte mientras el sol se hundía en el borde occidental de la Gran Llanura, y llegaron al lugar donde permanecerían escondidos en el tiempo que tardaba una olla de agua en hervir.

Siguiendo las instrucciones de Gida, se desplegaron en una línea dispersa. Enseguida llegó el anochecer, el momento en que los ciervos saldrían a campo abierto si Joia había acertado con su predicción y los animales se habían puesto en marcha. De lo contrario, no pasaría nada.

Bez y su tribu estaban muertos de hambre, tanto que hasta se habían planteado comer pescado, algo que los ganaderos, los agricultores e incluso los propios habitantes de los bosques consideraban repugnante.

O morirían. La muerte no era tan algo tan malo; al fin y al cabo, le ocurría a todo el mundo tarde o temprano. Era mejor no malgastar el tiempo preocupándose por eso, como hacían los agricultores y los ganaderos. La vida había que disfrutarla mientras durase y aceptar el final cuando llegara.

Así era como pensaba Bez, salvo cuando veía a los niños pasar hambre. Entre los habitantes de los bosques, la responsabilidad de cuidar de los más pequeños recaía en el conjunto de los adultos de la tribu. Todos los niños eran hijos de todos, lo cual tenía su lógica, pues los hombres nunca sabían con certeza qué hijos habían engendrado. Era una de las pocas obligaciones que tenía un habitante de los bosques, e incumplirla era algo deshonroso.

Bez estaba tumbado en el suelo, observando el bosque a lo lejos, en la penumbra. ¿Tendría razón Joia? ¿Habrían emprendido los ciervos su viaje migratorio? No tardaría en averiguarlo.

Le pareció ver movimiento, y al cabo de un instante aparecieron varios ejemplares de ciervo. Bez supo de inmediato que se trataba de un grupo de corzos, más pequeños, y no del gigante ciervo rojo. No eran mucho más altos que un perro grande, y tenían las astas pequeñas, por lo general rectas y con una o dos puntas. Bez vio su suposición confirmada cuando uno de los animales se volvió y reveló una mancha blanca en la grupa, una marca de la que el ciervo rojo carecía.

Los corzos no integraban grandes manadas, sino que preferían vivir en pequeños grupos familiares, pero, cuando Bez vio a ocho o nueve de ellos, supuso que eran tres familias que se desplazaban a la vez, quizá por casualidad, para migrar juntas hacia el norte. Con eso le bastaba, y era muchísimo mejor que nada.

Podría haber supuesto un problema si hubiera aparecido otra tribu para compartir el lugar de caza. Nueve corzos representaban un auténtico banquete para una sola tribu, pero eran una cena escasa para dos.

Los animales adoptaron un aire vacilante, pero entonces decidieron que se hallaban en la senda correcta y comenzaron su avance por la llanura en dirección al punto donde estaban escondidos los cazadores.

—¡Ya vienen! —anunció alguien.

—¡Chis! —susurró Bez.

Una vez que se pusieron en marcha, los animales avanzaron con brío, sin demorarse a pastar en la hierba reseca y escasa. A diferencia del ciervo rojo, el corzo era una animal que se sentía incómodo a campo abierto y prefería ponerse a cubierto en la espesura.

A medida que iban aproximándose, Bez notó la tensión en el grupo y esperó que los corzos no la percibiesen también.

Luego oyó los ladridos de los perros, un sonido lejano pero inconfundible. Los corzos también los oyeron y empezaron a correr, razonablemente inquietos aunque sin dejarse dominar por el pánico, pues sabían que podían correr más deprisa que los perros.

Eran unos ejemplares delgados, pero provistos de carne pese a todo.

Bez colocó una flecha en su arco. Ya solo era cuestión de tiempo.

Cuando los perros se acercaron, los corzos corrieron más aún.

—Todavía no, todavía no —repitió Bez en voz baja, aunque nadie podía oírlo.

Las pezuñas retumbaban con fuerza contra el suelo.

A la izquierda de Bez, alguien salió de su escondite demasiado pronto. De reojo vio que era un muchacho adolescente. El chico disparó una flecha sin acertar en ningún objetivo. Bez sabía que eran los nervios, algo que sucedía a menudo. Se levantó y echó un vistazo rápido al grupo de corzos. Se habían dividido: unos se dirigían hacia un lado del muchacho y los demás hacia el otro. El error no era irreparable, pues los animales seguían su avance.

Ahora todos estaban de pie, y casi tenían a los corzos encima. Los cazadores de los laterales de la línea se dirigieron al centro tratando de formar una trampa circular. Un macho adulto intentó pasar junto a Bez, que, al ver su oportunidad, disparó una flecha que rozó el cuello del animal. El corzo avanzó unos pasos más y se desplomó en el suelo.

No hubo tiempo para acabar con su sufrimiento porque otro animal, una hembra esta vez, iba directa hacia él con la testuz agachada. Llevaba una flecha clavada en la grupa, pero eso no parecía frenar su avance. Ya era demasiado tarde para disparar otra flecha, así que Bez se sacó un garrote del cinto y golpeó a la hembra con la intención de romperle una pata delantera. El animal se tambaleó y cayó redondo al suelo.

Y eso fue todo. Los animales acabaron muertos o moribundos; todos menos uno, que había atravesado la línea y, solitario, se dirigía a todo correr hacia la Aliseda.

Había ocho corzos en el suelo, suficientes para alimentar

a la tribu entera y dejar sobras para el día siguiente. Bez sentía una enorme satisfacción: la tribu se había salvado.

Por la mañana proseguirían su camino en dirección noroeste, apresurándose para sacar ventaja a los ciervos y así poder aguardarlos de nuevo. Adelantándose de ese modo cada vez, conseguirían llegar a las colinas del Noroeste, donde los ciervos pastarían en la hierba y la tribu se los comería.

Vio que Gida observaba a los animales, sin duda pensando lo mismo que él, y se acercó a ella para rodearle los hombros con el brazo. Ella lo miró y sonrió, y entonces Bez la besó.

La tribu empezó a preparar unas fogatas empleando ramas y palos secos de la Aliseda que encendían por medio de una chispa que creaban al golpear entre sí dos trozos de sílex. Limpiaron y desollaron los corzos y no tardaron en asar los hígados en palos, una manjar especial para los niños. A Bez se le hizo la boca agua con el olor.

Mientras esperaban a que se asase la carne, se sentó junto a Fell y Gida.

—Estamos en deuda con esa sacerdotisa, Joia. Se ha cumplido lo que nos dijo —señaló Fell.

—Creo que con quien estamos en deuda es con el hermano —repuso Bez—. Han, el de los zapatos grandes. Vio que estábamos en apuros y nos echó una mano. Es lo que se espera de alguien de tu tribu, pero no suele ocurrir viniendo de un forastero.

Gida asintió con la cabeza.

—Actuó como un miembro de la tribu.

—Es uno de nosotros —dijo Bez.

12

Pia había esperado acostumbrarse a vivir con Stam, pero unos pocos días le habían bastado para comprender que eso no ocurría.

El joven trabajaba mucho y era capaz de llevar agua del río a los campos el doble de deprisa que Yana y Pia. Lo hacía con buena disposición, contento de demostrar su superioridad. Los esfuerzos de los tres estaban viéndose recompensados: en los surcos empezaban a aparecer brotes verdes, de modo que habían tenido que buscarse a un perro para que ahuyentara a las liebres y demás animales que querían devorar la cosecha antes de que hubiera crecido.

Stam también tenía buena puntería. Abatía pájaros usando una flecha roma que no dañaba la carne, así que a menudo tenían avefría, cisne, garza o unas chochas carnosas con las que complementar su escasa dieta.

De momento, el chico había respetado la advertencia de Yana en cuanto a la violencia. La mujer lo había asustado mucho al lanzar su amenaza. Incluso el resto de la comunidad seguía hablando de ello: los hombres, indignados; las mujeres, con temerosa admiración. Stam no lo había olvidado. Casi parecía subyugado cuando Yana hablaba con él, y nunca le llevaba la contraria ni discutía con ella. Tal vez estuviera acostumbrado a aceptar órdenes, al haberse criado con Troon.

Esa era la parte positiva.

Sin embargo, también era muy glotón, comía todo lo que quería y a ellas solo les dejaba las sobras. Era grandote y torpe, y siempre se tropezaba con la gente o las cosas. Además, olía mal.

Todas las noches, Pia oía cómo tenía relaciones con su madre. Yana guardaba silencio, pero Stam hacía mucho ruido, gruñía y gemía. Con el padre de Pia, las noches habían sido diferentes. Yana y él se murmuraban tiernas palabras, ella soltaba una risilla y él se le unía. Los dos se mostraban igual de entusiastas. Con Stam, era evidente que el placer estaba solo en un lado.

Peor aún. El joven intentaba coquetear con Pia siempre que tenía ocasión. No había forzado la situación, y ella evitaba quedarse a solas con él, pero temía que algún día la pillara desprevenida, la arrinconara e intentara violarla.

Cuando estaba triste, prefería pensar en Han. Pronto lo vería en la Ceremonia del Solsticio de Verano, con su pelo rubio y sus zapatos enormes. Solo serían dos o tres días, pero valdrían como ensayo para el resto de su vida. Comerían juntos y dormirían juntos y, si se quedaba embarazada, aún estaría más contenta.

En caso de irse a vivir juntos, ella dejaría Los Cultivos. Estaba más que decidida. Troon se pondría hecho una furia, pero Pia no era una prisionera y anhelaba escapar de la comunidad de los agricultores. Desde que Troon era el Gran Hombre, todo se había vuelto muy estricto y, con la sequía, la gente tenía demasiado miedo de perder el sustento, así que nadie le llevaba la contraria.

Lo único que lamentaba Pia era tener que dejar a su madre. Sin embargo, albergaba la esperanza de que tal vez algún día también Yana pudiera escapar de Los Cultivos y abandonar a Stam.

Una tarde, el chico se fue a cazar chochas, que salían al anochecer para comer escarabajos y gusanos en los campos. Pia y Yana estaban ordeñando las cabras cuando se les acercó Mo.

Parecía asustada.

—Hola, Mo —saludó Pia—. ¿Qué te pasa?

Su amiga se echó a llorar, cosa que no era nada típica de ella.

—Troon es un cerdo —logró decir.

—¿Qué te ha hecho?

—Dice que tengo que ir a vivir con Deg.

Deg era el hijo enclenque de Bort. Pia se quedó de piedra.

—¡Pero si esa regla solo sirve para las viudas!

—Así ha sido siempre —añadió Yana—, pero Troon está cambiando las reglas.

—No puedo ir a vivir con Deg —dijo Mo, desesperada—. Es un hueco vacío que debería haberse llenado con un hombre.

—Cuando yo me ofrecí a Bort, me rechazó —señaló Yana.

—Qué suerte —repuso Mo con acritud. El enfado empezaba a ganarle la batalla a las lágrimas—. Por desgracia, Deg sí está dispuesto.

—¿Y qué vas a hacer?

—No lo sé. Por eso he venido aquí. Yana, dímelo sinceramente, ¿cómo es estar con alguien que no te gusta y nunca te gustará?

La mujer vaciló, miró a Pia y apartó la mirada otra vez antes de responder.

—Voy a decirte la verdad.

Pia se preguntó qué contestaría su madre.

—Odio mi vida —confesó Yana.

Pia se quedó consternada. Aunque su madre no había guardado en secreto que Stam no le gustaba, se había hecho la valiente para intentar vivir una vida normal sin quejarse. En ese momento, su hija comprendió que todo era falso.

—Eso era lo que me temía. —Mo puso cara de afligida.

—Stam es un niño, y bastante desagradable —siguió explicando Yana—. Por las noches, me mete la lengua en la boca y la verga en el sexo, y no habla hasta que se ha vaciado dentro de mí. Luego se duerme. No creo que le importe mucho con quién está yaciendo. Si no tuviera a Pia, me tiraría al río y me ahogaría. Ahí lo tienes, Mo, ya lo sabes.

Su hija estaba horrorizada. Era mucho peor de lo que suponía.

Mo se desmoralizó.

—Era lo que sospechaba. No soportaré tener relaciones con Deg, estoy segura.

—Puede que no sea muy a menudo.

Mo negó con la cabeza.

—Tengo que huir.

—Troon te perseguirá.

—Puedo librarme de él. Viajaré de noche y dormiré de día en los bosques. La Gran Llanura es enorme, no podrá rastrearla toda.

—¿Tienes a alguien que pueda ayudarte? —preguntó Yana, mostrándose práctica.

Mo asintió.

—El año pasado, en la Ceremonia del Solsticio de Verano, pasé la noche con un ganadero que se llama Yaran. En la Ceremonia de Primavera de este año volví a hablar con él. Le gusto.

—No le digas a nadie más cómo se llama.

—Bien visto. No se me da bien mentir, estoy acostumbrada a decir siempre lo que pienso.

—Pues no hables con nadie —le aconsejó Yana—. Has confiado en nosotras, pero no se lo contaremos a nadie más.

—Me marcharé esta misma noche. Cruzaré el bosque. —Mo lo pensó un poco—. Ojalá hubiera una forma de dejar un rastro falso para que empiecen a buscarme por donde no es.

—Tengo una idea —dijo Pia.

—Habla.

—La barca.

La comunidad de los agricultores tenía una barca hecha de mimbre y cubierta de pieles engrasadas y cosidas con mucha tensión. Estaba siempre en la orilla, cerca de la casa de Troon. Aunque era propiedad comunitaria, tenían que pedirle permiso a él para usarla.

—Podría llevármela mientras todos duermen —propuso Pia—, ir río abajo con ella y dejarla en algún recodo antes de regresar para estar aquí cuando despunte el alba. En cuanto se den cuenta de que la barca ha desaparecido y de que tú tampoco estás, supondrán que te has ido en ella.

—Y Troon empezará a buscarme donde la hayas dejado.

—Exacto.

—¡Qué lista eres! Vendré cuando todos estén durmiendo para haceros saber que me marcho, y así tú podrás ocuparte de tu parte. —Le dio un beso a Pia—. Gracias.

—Estaré esperándote —repuso ella.

De hecho, Pia se quedó dormida. Cuando Mo la zarandeó un poco para despertarla, creyó que ya era por la mañana y la invadió el pánico al pensar que había pasado toda la noche y le había fallado a su amiga, pero enseguida lo entendió todo.

Stam estaba dormido y roncaba. Yana estaba despierta, aunque no dijo nada.

Pia se levantó sin hacer ruido y salió con Mo. La luna suavizaba un poco la oscuridad.

—Lo siento, me he dormido —dijo Pia cuando ya no las podían oír desde la casa.

—No pasa nada —repuso Mo—. Ahora estás despierta. ¿Sigues queriendo dejar un rastro falso para ayudarme?

Pia se había ofrecido sin darle muchas vueltas, pero, ahora que el plan estaba a punto de comenzar, sentía que se había precipitado. ¿Y si resultaba que había alguien despierto y la veía llevándose la barca? ¿Cómo explicaría sus actos? Intentó pensar en cómo decirle a Mo que había cambiado de idea. Se detuvo y se volvió hacia ella.

—Muchas gracias por esto —dijo su amiga de pronto. El reflejo de la luz de la luna delató las lágrimas de sus ojos—. Jamás lo olvidaré. —Y la abrazó con fuerza.

Pia, consternada, comprendió que ya no podía echarse atrás.

Cuando se separaron, Mo se dirigió hacia el campo que subía en dirección al bosque y Pia bajó hacia el río.

Caminó por la orilla mirando alrededor con miedo, pero allí no había nadie. En los tiempos anteriores a la sequía, el río a veces se desbordaba, así que todo el mundo vivía un poco más arriba, donde nunca llegaban las aguas crecidas.

Con todo, al pasar junto a una casa, oyó a un perro que ladraba alertado y casi se le paró el corazón del susto. Sin embargo, no salió nadie a ver qué pasaba, y Pia imaginó que los vecinos se habrían dado la vuelta en la cama y, al comprobar que el perro había dejado de ladrar, habían vuelto a dormir.

Por fin atisbó la barca.

Estaba en la orilla, vuelta boca abajo y atada a una roca.

Echó un vistazo a la luz de la luna. Nada se movía. Había varias casas a la vista, pero desde ellas no podrían oírla.

Desató la cuerda y le dio la vuelta al bote. Le sorprendió lo poco que pesaba. Debajo encontró un remo y un gran cuenco de madera, y se preguntó para qué sería este último.

Arrastró la barca tirando de ella por el barro seco y la metió en el agua. Casi no hizo ningún ruido. Pia no estaba acostumbrada a las embarcaciones y se subió con torpeza. Perdió el equilibrio y cayó de rodillas, así que tuvo que agarrarse a los costados para no acabar en el agua.

Agarró el remo e intentó llevar la barca al centro de la corriente. Tardó varias paladas en cogerle el truco, pero, cuando comprendió cómo se remaba, empezó a controlar mejor el bote.

Miró atrás. No la había visto nadie.

Reparó en que el agua se acumulaba en el fondo de la barca y entonces comprendió para qué era el cuenco. Achicó el agua hasta que ya casi no quedaba nada, pero enseguida empezó a entrar otra vez, de manera que comprendió que tendría que achicar sin descanso. Lo bueno era que iba corriente abajo y solo necesitaría usar el remo para mantener la embarcación en el centro de la corriente y evitar obstáculos.

¿Hasta dónde iría? Debía estar de vuelta antes del amanecer. Stam tenía el sueño pesado por las noches, pero no se quedaba mucho rato acostado por las mañanas.

Todo estaba en calma. El agua estaba tranquila y la luz de la luna era tenue. A Pia le preocupó quedarse dormida, así que se echó un poco de agua fresca del río por la cara para mantenerse despierta.

Las tierras de cultivo que había a su izquierda se estrecharon; el bosque estaba cada vez más cerca del agua, hasta que al final ya no había más terreno labrado y la vegetación crecía justo en la orilla del río. En cualquier lugar de por allí cerca, Mo podría haber considerado que estaría libre de los agricultores y sería seguro tomar tierra, pero Pia continuó el viaje en barca porque quería asegurarse de que Troon malgastaba el mayor tiempo posible siguiendo ese rastro falso.

Sin embargo, pronto empezó a inquietarse por el camino de vuelta. No estaba segura de cuánto llevaba navegando. Vio que la luna ya se había puesto y temió haber dado alguna cabezada sin darse cuenta.

Se planteó dejar la barca varada, pero entonces tuvo una idea mejor. Remó hacia la orilla norte, lanzó el remo al interior del bote, bajó y luego volvió a empujar la embarcación hacia la corriente. La barca continuaría flotando río abajo, quizá solo un momento, quizá un buen rato, y así Troon perdería más tiempo todavía.

Bajo la luz de las estrellas vio que la embarcación se perdía de vista y, entonces sí, dio media vuelta y echó a andar por la orilla del río.

Tuvo la sensación de que tardaba una eternidad en regresar a las tierras de los agricultores y no hacía más que mirar por encima del hombro, temiendo ver las primeras luces del alba en el cielo. Empezaba a estar cansada y de vez en cuando tropezaba con alguna piedra.

La linde del bosque retrocedió al fin y los campos labrados se ensancharon. Pia pasó junto a una casas; allí no se veía a nadie. Ya casi estaba en sus tierras, pero todavía era posible que algún madrugador la viera y dijera: «¡Hola! ¿Qué haces paseando en la oscuridad?».

Llegó a su casa y se acercó a la puerta. Dentro no se oía nada, así que entró sin hacer ruido. Stam seguía profundamente dormido. Pia se tumbó junto a su madre, que alargó una mano y le apretó el brazo con suavidad.

Ella cerró los ojos.

Todo había salido bien.

Al día siguiente, temprano, el rumor de que Mo había cogido la barca y se había marchado corrió de campo en campo.

A media mañana, Shen se presentó para decirle a Stam que fuera a ver a su padre.

A mediodía, Stam pasó de largo en dirección al río junto con un grupo de amigos suyos a los que los agricultores llamaban los Cachorros.

—La partida de búsqueda —le dijo Yana a Pia, y siguieron regando y arrancando malas hierbas.

Pia estaba satisfecha: Stam seguía el rastro falso.

Los Cachorros regresaron por la orilla del río al anochecer, cansados y frustrados. Narod y Pilic discutían con encono sobre por qué no habían logrado encontrar a Mo.

—Mi padre ni siquiera se ha creído que Mo se llevara la barca. Dice que debió de soltarse por algún motivo y flotar río abajo —explicó Stam cuando regresó a la casa para cenar—. Está furioso.

Pia se dijo que Troon no tenía mucha imaginación. No se le había ocurrido que lo de la barca pudiera ser un señuelo intencionado. Se sintió aliviada.

—Me preguntó adónde habrá podido ir Mo —le dijo a Stam con fingida inocencia.

—Mi padre cree que a Aguacurva. Seguro que piensa que allí no podremos tocarla... Pues va a llevarse una buena sorpresa.

Era evidente que Stam estaba repitiendo lo que había dicho su padre, y Pia quería descubrir cuánto sabía el jefe.

—Mo podría tener allí a alguien que la proteja —comentó.

—Ah, sí, en Aguacurva tiene a un hombre, eso ya lo sabemos.

Pia se quedó helada. ¿Cómo lo habían descubierto? Luego razonó: Mo había estado con Yaran en la última Ceremonia del Solsticio de Verano. Después, en la Ceremonia de Primavera, estuvo hablando con él el tiempo suficiente para descubrir que le gustaba, de manera que mucha gente debió de darse cuenta de que entre ellos estaba surgiendo una relación, y alguien debió de contárselo a Troon.

—¿Y quién es ese hombre? —le preguntó a Stam.

—No lo sabemos. Shen irá allí mañana para enterarse.

El ladino de Shen seguramente descubriría el nombre del protector de Mo y dónde vivía. Y Mo no andaría muy lejos. Aquello no iba bien.

Shen partió temprano a la mañana siguiente y regresó al final del día. La mañana después de eso, Troon salió con Stam y los Cachorros en dirección al este.

Pia temía por Mo.

Los ganaderos no consideraban que las mujeres fueran una propiedad, pero sabían cuál era la costumbre entre los agricultores y siempre intentaban evitar disputas con ellos. Se enfadarían si atacaban a Yaran, pero, si secuestraban a Mo y Yaran salía más o menos ileso, era muy probable que los ganaderos no actuaran.

Sucedió lo peor. Dos días después, los Cachorros regresaron con la joven agricultora. La hicieron marchar por la ribera del río, que no era la ruta más corta pero sí la más pública. Llevaba una cuerda alrededor del cuello y Pilic sostenía el extremo como si la chica fuera un perro. Mo tenía un ojo morado y magulladuras en los brazos y las piernas. Cojeaba. Llevaba las manos atadas a la espalda. Troon quería que todo el mundo viera lo que le pasaba a una mujer que huía. Los seguía una muchedumbre, y Pia y Yana se sumaron a ellos.

Pia estaba horrorizada. Entonces comprendió que, si se marchaba para vivir con Han, se arriesgaba a que la trataran igual.

A Mo la llevaron directamente a la casa de Bort. Cuando Deg la vio, se quedó consternado. Troon la lanzó al suelo delante de él.

En el ambiente se percibía la rabia de la gente, sobre todo

entre las mujeres, pero Pia notó que también tenían miedo, y el miedo superaba a la indignación.

El Gran Hombre habló ante los reunidos.

—Miradla bien —dijo, levantando la voz para que todos lo oyeran—. Esto es lo que les pasa a las mujeres que traicionan a nuestra comunidad.

Miró alrededor despacio, repasando a los presentes como si intentara mirar a cada cual a los ojos.

—A partir de ahora —prosiguió—, ninguna mujer irá a las ceremonias del Monumento ni saldrá de las tierras de labranza por motivo alguno.

A Pia casi se le escapó un gritó de protesta. Eso quería decir que no podría ver a Han en la Ceremonia del Solsticio de Verano. Ni en ninguna otra, comprendió entonces.

No lo vería nunca más.

Esa noche, Pia no podía dormir. Tenía que encontrar la forma de ver a Han, pero ¿cómo? Nunca se cruzarían por casualidad. Él vivía en Aguacurva y ella estaba en el otro extremo de la Gran Llanura. No podía salir de Los Cultivos y, si Han intentaba ir a visitarla, Troon quedaría advertido de su historia al instante.

¿Cómo conseguirían vivir juntos? Si ella escapaba, la traerían de vuelta igual que habían hecho con Mo. Si Han se iba a vivir a la tierra de los agricultores, sería muy desgraciado. Igual que Pia, porque lo único que deseaba era irse de allí.

Después de pasar toda una noche en vela, se levantó al amanecer. Su madre y Stam no se movían aún. Cogió un cesto y se fue al bosque a recolectar fresas y hojas comestibles.

Las mañanas ya eran cálidas, pues estaban casi en el solsticio de verano.

Se comió las primeras bayas que encontró, luego empezó a llenar el cesto.

Vio a algunos habitantes de los bosques, casi todos haciendo lo mismo que ella. Le sonreían y decían algunas palabras en su idioma. Ella les devolvía la sonrisa y contestaba en el suyo. Las sonrisas eran lo único que entendían, pero con eso bastaba. A los habitantes de los bosques no parecía habérseles ocurrido nunca reclamar la propiedad de los frutos de su tierra; no los consideraban de nadie. Eran todo lo contrario a los agricultores, que creían que absolutamente todo debía pertenecer a alguien.

A causa de la sequía, los frutos del bosque no eran muy abundantes, así que la búsqueda la llevó hasta la linde norte, donde empezaba la llanura. Cuando miró más allá, hacia la pradera seca y parduzca, vio la manada de siempre, que ahora estaba famélica. No muy lejos divisó a un ganadero sentado en el suelo. Era un joven que tendría unos diez solsticios de verano más que ella. Al verla, la saludó con simpatía.

Pia estaba a punto de dar media vuelta para regresar al bosque, pero el ganadero se levantó y se le acercó, así que ella decidió caminar hacia él.

—Que el dios Sol te sonría —saludó cuando estuvo cerca.

—Y a ti también. Soy Zad.

—Pia.

Zad tenía una sonrisa encantadora y la seguridad de la gente que se sabe atractiva. Miró dentro del cesto de Pia.

—No has recogido mucho.

—Todo está seco. ¿Cómo lo lleva tu ganado?

—No muy bien. Llevo a las vacas al oeste, para bajar al río y que beban agua, pero no queda mucho que comer, así que cada día están más flacas.

—Qué triste…

—¿Cómo va todo por Los Cultivos?

—Mal. A las mujeres nos han prohibido ir a las ceremonias del Monumento.

—¿Y obedeceréis la prohibición?

Pia sonrió; solo un ganadero haría esa pregunta.

—No somos como vuestras mujeres. Tenemos que hacer lo que nos mandan.

—Es una lástima. El solsticio de verano es el mejor día del año. Comida, poetas contando historias, y luego el festejo…

—¿Vas a ir?

—Claro.

Pia estaba dándole vueltas a una idea, y él lo notó por su expresión.

—¿Qué ocurre?

—Tengo un novio.

—Y yo mujer. Y un hijo.

Había sido un malentendido: Zad pensaba que Pia había intentado rechazarlo, así que intentó arreglarlo.

—Lo siento, no me refería a… —Le daba demasiada vergüenza explicarlo, de modo que fue directa al grano—: ¿Conoces a un ganadero que se llama Han?

—¿A Pie Grande? Ya lo creo. ¡Menudos zapatos!

—¿Podrías darle un mensaje de mi parte cuando llegues a la ceremonia? Seguro que estará allí.

Zad puso una sonrisa arrebatadora.

—Claro, ¿por qué no?

Pia se emocionó. Había encontrado una forma de comunicarse con Han.

—Si por algún motivo no lo ves a él —dijo—, dáselo a su madre, Ani. Es del grupo de sabios.

—Conozco a Ani. Pasó una noche en mi casa, hace tiempo.

—¿Ah, sí? ¡Qué extraño!

—No tanto. Fue después de que los agricultores labrarais la Brecha. Algunos sabios vinieron con la esperanza de razonar con Troon.

—Una empresa condenada al fracaso.

—Así fue.

—¿Le transmitirás mi mensaje? —Pia quería que se lo confirmara.

—Sí.

—Gracias. Significa mucho para mí.

—¿Qué quieres que le diga?

Lo pensó un instante y decidió que lo mejor era la sencillez:

—Dile que lo amo, por favor.

Han estaba impaciente por que Pia llegara para la Ceremonia del Solsticio de Verano. Mientras llevaba a las reses por los pastos, entre Aguacurva y el Monumento, no hacía más que mirar al oeste esperando verla acercarse. Estaba tan distraído que los demás ganaderos no le quitaban el ojo de encima para avisarlo de que las vacas se le escapaban. Un lobezno joven y bobalicón, seguramente tras haber perdido a su madre, se metió en la manada y Han no se dio ni cuenta hasta que otro compañero le disparó una flecha.

No hacía más que hablar de Pia. Su madre, Ani, lo escuchaba con paciencia. Su hermana Neen le decía que se callara de una vez. Su perra, Trueno, estaba fascinada por todo lo que decía.

La mayoría de los visitantes llegaban el día antes de la ceremonia, y Han se pasó gran parte de la jornada ayudando a su madre, cargando pieles de oveja y de vaca curtidas hasta la zona exterior del Monumento, donde todo el mundo se sentaba a hacer trueque. Esperaba ver a Pia en cualquier momento, quizá con algunos quesos de leche de cabra de su madre.

Iba a ser un día del solsticio muy tranquilo. La mayoría de la gente solo buscaba comida, así que no intercambiaría la poca que tuviera. Sin embargo, también había otras cosas de las que era muy difícil prescindir: afiladas herramientas de sílex, por ejemplo, para sacrificar animales y cortar la carne.

Mientras el sol iba descendiendo a lo largo de la tarde, Han empezó a temer que Pia no acudiera esa vez. Quizá había perdido el interés en él. A lo mejor se había enamorado de otro. Había un joven agricultor, Duff, que era evidente que iba tras ella, y tal vez no fuera el único. Una chica podía cambiar de opinión.

Llegaron varios agricultores. Han reconoció a Troon, el Gran Hombre, y a su hijo, Stam, que, al contrario que su padre, sí que era grande de verdad. También iba con ellos un personaje adulador que se llamaba Shen; ya había estado allí pocos días antes, preguntando por Yaran. Han estaba bastante seguro de que Shen buscaba a Mo, una agricultora que se había ido a vivir con Yaran. Y, en efecto, Mo había desaparecido después de eso.

Los ganaderos habían comentado el incidente largo y tendido, aunque nadie lo había presenciado. Los secuestradores habían sido sigilosos y habían actuado en plena noche. Yaran les explicó que estaba profundamente dormido cuando alguien le metió una mordaza en la boca para que no pudiera gritar y luego le ataron las manos. A Mo le hicieron lo mismo, incluso antes de que despertara. Después, los intrusos se la habían llevado.

Scagga había querido salir de inmediato hacia Los Cultivos con un grupo armado para recuperar a Mo. Otros habían argumentado que era una agricultora, así que no debían meterse en sus asuntos. Entonces Yaran dijo que él no era de los que peleaban y que no reuniría una partida de rescate, y con eso se acabó la discusión.

Cuando el sol se puso, Han tuvo la certeza de que Pia no acudiría. Ninguna agricultora había ido a la ceremonia, solo los hombres, cosa que no era normal. Tal vez la ausencia de Pia no fuera decisión suya, sino una prohibición impuesta a todas ellas. Aun así, Han temía lo peor.

Su madre opinaba que debía de ser alguna clase de represalia.

—Puede que Troon les haya ordenado quedarse en casa para que no puedan enamorarse de ningún ganadero.

A él no le tranquilizó pensar en la posibilidad de que Pia se hubiera quedado en Los Cultivos en contra de su voluntad. La sola idea lo ponía más nervioso todavía.

A la mañana siguiente, Pia no estuvo en el ritual del amanecer. Eso lo dejó claro: ya no iba a verla.

Cuando la ceremonia terminó, Han se encontraba junto al montón de pieles de Ani mientras ella estaba de ronda con los sabios. Sabía lo que necesitaba su madre a cambio del cuero:

una olla nueva, un cesto y varias agujas de hueso. A él le gustaba negociar, pero ese día no tenía ganas de nada. Normalmente charlaba sobre las virtudes de determinadas pieles, elogiaba las gruesas porque serían muy resistentes y las finas por su gran suavidad. Disfrutaba hablando con la gente que venía de más allá de la llanura. Le caían bien los habitantes de la costa del sur, los que ofrecían una sal muy valiosa que, según explicaban, conseguían hirviendo el agua del mar hasta que el líquido desaparecía y en el recipiente solo quedaba una costra salina.

En esos momentos no le apetecía nada de todo eso. Solo estaba triste.

Entonces se le acercó un hombre algo mayor que él. Le resultaba conocido, pero casi todo el mundo de la comunidad de los ganaderos le sonaba de algo. El hombre le miró los pies.

—Tú eres Han.

—Sí. ¿Quieres cambiar algo por una piel? —Han intentó mostrar cierto entusiasmo—. Mi madre las curte y lo hace a conciencia. No deja ninguna zona débil…

—No —interrumpió el hombre—. Tengo un mensaje para ti.

Las esperanzas de Han se avivaron de inmediato.

—¿De quién?

—Me llamo Zad y soy un ganadero del extremo occidental de la llanura…

—¿De quién es el mensaje?

El hombre sonrió con encanto.

—De una chica llamada Pia.

—Gracias a los dioses… ¿Y qué te ha dicho?

—No mucho. —Zad hizo una pausa—. Solo que te ama.

Han estaba exultante.

—¡Gracias!

Sintió que el alivio le aflojaba las piernas: Pia no había perdido el interés en él, no había decidido que Duff era más atractivo, no había encontrado a ningún otro. Seguía queriéndolo a él.

Pero Han deseaba saber más. Deseaba saberlo todo.

—¿Qué aspecto tenía?

—Está delgada, como casi todos, pero guapa.

—¿Dónde la has visto?

—En el bosque del Este, recolectando fresas. Aunque no había encontrado muchas…

Le dolió oír eso. Quería estar con Pia y ayudarla a encontrar bayas. Ella pasaba hambre y él no podía hacer nada para ayudarla. Era para volverse loco.

—La vi salir por la parte norte del bosque y mirar alrededor —explicó Zad—. Hablé con ella y me pidió que te buscara en el Monumento.

—¿Te dijo por qué no ha podido venir?

—Sí. Parece que el Gran Hombre de los agricultores ha decretado que las mujeres no salgan de su territorio.

Han se quedó helado de miedo.

—¿Durante cuánto tiempo?

Zad se encogió de hombros.

—Creo que de manera indefinida.

—Eso podría ser para siempre.

—Supongo que sí.

La euforia de Han se extinguió de golpe. Pia aún lo quería, pero le habían prohibido ir a verlo. Era una catástrofe.

—Mi madre tenía razón —dijo con amargura—. Lo han

hecho por lo de Mo, la agricultora que vino a vivir con Yaran. Los suyos la secuestraron y se la llevaron en contra de su voluntad.

Zad estaba indignado.

—¡No tenían derecho a hacer algo así!

—La gente de aquí discutió mucho sobre ello. Al final, Yaran no se mostró dispuesto a luchar por ella, así que no hicieron nada.

—Supongo que tú sí lucharás por Pia, ¿no?

—Lucharé como un jabalí salvaje. —Han frunció el ceño—. Aunque ahora mismo no sé cómo voy a hacerlo.

—Bueno, yo te ayudaré si puedo —se ofreció Zad—. Solo hablé un rato con ella, pero está claro que es una chica especial.

—Gracias.

Zad volvió a lanzarle su sonrisa encantadora.

—Adiós, y buena suerte —dijo antes de irse.

Han estuvo dándole vueltas a esa noticia durante el resto del día, de manera que no hizo mucho por intercambiar las pieles de su madre. No pensaba rendirse, lucharía por Pia, pero ¿cómo hacerlo? Pensó en ir a raptarla, igual que los agricultores se habían llevado a Mo. Aunque tendría que hacerlo solo, porque, al contrario que Stam, él no contaba con una pandilla de amigos desalmados que hicieran todo lo que se le antojaba. Y, si lo conseguía, con eso no se acabaría la historia, porque los agricultores irían a buscarla.

Su valentía y su fuerza no serían suficientes por sí solas. También tenía que actuar con inteligencia.

Pia estaba en ascuas desde que había hablado con Zad. ¿Iría el ganadero a la ceremonia o sucedería algo que le hiciera cancelar el viaje? ¿Se olvidaría de buscar a Han? ¿Le daría mal el mensaje?

¿Y cómo reaccionaría Han? ¿Le alegraría recibir noticias suyas? ¿Se habría olvidado de ella? ¿Conocería a otra en el festejo?

Stam había regresado de allí decepcionado. El festival había sido muy tranquilo, pocas personas habían intercambiado sus mercancías.

—Todo el mundo quería comida, pero nadie tenía nada para ofrecer —explicó—. Nosotros buscábamos carne, no cuerdas ni zapatos ni cestos. Los ganaderos estaban ariscos y no hacían más que hablar de Mo y decir que la hemos secuestrado. ¡Y eso que nos pertenece a nosotros!

—Qué raro… —opinó Pia.

Stam no pilló el sarcasmo.

—El banquete ha sido escaso, aunque el festejo ha estado bien. Había una chica que quería estar con dos chicos a la vez y…

—Ahórranos los detalles —pidió Yana.

—Bueno, como quieras —dijo Stam, molesto, y se fue a ver a su madre.

Poco después llegó Mo. Yana le preguntó qué tal le iba viviendo con Deg.

—Es un auténtico horror —explicó ella.

A Pia no le sorprendió. Yana tenía la habilidad de verle el lado bueno a cualquier situación; Mo, en cambio, no.

—Solo me habla para darme órdenes —dijo—. Quita las malas hierbas del último campo, cocina estas liebres, ve a recolectar frambuesas, túmbate y abre las piernas.

—¿Quiere tener relaciones a menudo? —preguntó Yana.

—Una vez al año ya me parecería demasiado.

Era triste, pero la forma que tenía su amiga de explicarlo hizo reír a Pia.

—¿Qué tal van vuestras cosechas? —se interesó Yana.

—Más o menos, ahora que somos tres para llevar agua desde el río. Aunque tampoco importa mucho. Al final, todos moriremos de hambre.

Mientras Yana y Mo charlaban, Pia se quedó ensimismada. ¿Qué estaría haciendo Han en ese momento? Seguramente cuidar del ganado. ¿Qué sentiría por ella? Ojalá le hubiera pedido a Zad que le trajera una respuesta a su mensaje.

Cuando Mo se marchó, Pia habló con su madre.

—Ya le he enviado noticias, pero no sé qué más hacer. Necesito saber qué siente él y no puedo ir a verlo.

—Tienes que hablar con Zad —opinó Yana.

En eso llevaba razón.

—Sabrá cómo reaccionó Han al mensaje —siguió diciendo su madre—. Si se alegró al saber de ti.

—Cierto. Puede que incluso me haya traído una respuesta, aunque fui una tonta y no se lo pedí.

—¿Sabrás encontrarlo?

—Bueno, puedo ir a buscarlo donde lo vi la otra vez. Si no lo encuentro allí, tendré que pensar en otra cosa.

Fue a acostarse esperanzada. Al día siguiente, por lo menos descubriría cómo estaba la situación. Las noticias podían ser buenas o malas, pero esa terrible incertidumbre terminaría de una vez.

Despertó con las primeras luces y salió con su cesto. Su pretexto, si alguien preguntaba, era que iba al bosque a recolectar alimentos, y por el camino cogió algunas bayas que, aunque bastante pequeñas y arrugadas, eran mejor que nada.

La vegetación estaba agostada. Pia se preguntó si a los habitantes de los bosques les iría mejor en las colinas. Porque, si se habían quedado allí, sin duda estarían pasando hambre.

Salió a la llanura. Delante de ella había una manada de vacas intentando encontrar algo que comer en la tierra seca. Miró alrededor. Había un ganadero caminando entre las reses, pero por desgracia no era Zad. Ese hombre era demasiado alto. De hecho, se parecía a...

¡Se parecía a Han!

Era imposible, pero esa estatura y esa barba rubia resultaban inconfundibles. Pia olvidó toda necesidad de ser cauta y discreta y gritó su nombre.

Él se giró deprisa y entonces la vio. Sonrió de oreja a oreja, echó a andar hacia ella y al final se puso a correr. Ella hizo lo mismo. Cuando se encontraron, Pia se lanzó a sus brazos.

Lo estrechó con fuerza y hundió la cara en su cuello para olerle la piel. No podía creer la suerte que había tenido. Han la besó en la boca con impetuosidad hasta que ella interrumpió el beso para mirarlo a la cara.

—Esperaba recibir un mensaje tuyo —dijo—, ¡y ahora te tengo a ti!

Volvió a besarlo.

Al final se calmaron un poco. Ella había dejado caer el cesto y las bayas se habían esparcido por el suelo. Se agachó a recogerlas y Han la ayudó.

—¿Cuánto tiempo estarás aquí?

Él se encogió de hombros.

—No tengo un límite.

Pia estaba entusiasmada.

—¡Podríamos vernos todos los días!

—Y todas las noches.

Ella lo pensó. ¿Sería capaz de llevarlo en secreto?

Han percibió sus dudas.

—¿Podrás escaparte de noche?

—A mi madre no le importará, pero la han obligado a juntarse con Stam, el hijo de Troon.

—¡Ese matón! ¿Tiene el sueño ligero?

—Al contrario. —Pia se acordó de cuando había robado la barca. Estuvo toda la noche fuera sin que Stam se diera cuenta. Nunca abría los ojos antes del amanecer—. Pero, si una noche despertara y notara mi ausencia, ¿qué podría decir?

—Di que tienes un amante.

En realidad, era buena idea. En Los Cultivos siempre había cierto movimiento amoroso por las noches y, como Stam era tan poco imaginativo, no se le ocurriría pensar que su amante fuera un ganadero.

Eso suscitaba otra pregunta.

—¿Dónde nos veremos?

—En el bosque —dijo Han—. Ahora el tiempo es bastante cálido. Cuando llegue el otoño, ya se nos ocurrirá algo.

«¡El otoño! —pensó Pia—. Eso nos da una estación entera para vernos todas las noches. ¡Qué delicia!».

—Tenemos que escoger un lugar.

—Yo no puedo dejar la manada. De hecho, mira esa vaquilla boba que está metiéndose en el bosque. Si no voy a rescatarla, acabará con una pata atrapada en la raíz de un árbol y morirá.

—Ya elegiré yo un sitio.

—¿Y cómo te encontraré?

—Iré a buscarte y te llevaré allí.

—¿Cuándo?

—En cuanto Stam se quede dormido.

—Estaré esperando.

—Ahora ve a ocuparte de esa novilla descarriada.

Volvieron a besarse y se despidieron.

Pia encontró un matorral lo bastante amplio para que ambos pudieran tumbarse en medio de los arbustos. Vio entre la maleza unas florecillas blancas de milenrama y percibió su característico aroma a hierba recién cortada. El suelo estaba cubierto de un suave lecho de hojas secas. Si pasaba alguien cerca, no los vería, aunque no era muy probable que nadie paseara por allí, ni de día ni de noche.

En lo alto se veía el cielo azul.

Confiaba en que a Han le gustara.

Por supuesto que le gustaría. ¿Por qué se preocupaba? Era un lugar bonito para yacer con alguien a quien amabas, y eso era lo único que importaba.

Regresó a casa con unas cuantas bayas y Stam se las comió todas.

Pia estuvo todo el día acarreando agua y escardando los campos. En la cena, estaba demasiado nerviosa para comer nada, pese a tener mucha hambre. Yana se percató y levantó una ceja, pero no dijo una palabra.

Después de cenar, Stam se fue a ver a su madre. Pia sospechaba que la mujer le daba una segunda ración. Regresó a casa al caer la noche, tuvo relaciones con Yana y se durmió.

Pia esperó un poco más para asegurarse de que estuviera profundamente dormido y entonces se levantó. Su madre la observó en silencio. Ella apartó la pantalla de mimbre que cerraba la entrada y volvió a colocarla con cuidado, casi sin hacer ningún ruido.

Stam no se movió.

Echó un vistazo a los campos bajo la luz de las estrellas y no vio a nadie, así que enfiló cuesta arriba hacia el bosque.

Han estaba donde habían acordado, al otro lado de los árboles, sentado en el suelo. Al verla, se levantó de un salto y la besó.

Se dieron la mano mientras avanzaban entre la espesura hacia los matorrales que Pia había elegido y, al llegar, le enseñó el lugar que había en el medio.

Han sonrió.

—Es perfecto —dijo—. Y huele a hierba aplastada.

Se abrieron camino entre la maleza y se sentaron en el centro. La luz de las estrellas les bastaba para verse, pero Pia sintió que eran invisibles para el resto del mundo.

—¿Cómo lo has conseguido? —le preguntó—. ¿Cómo es que estás aquí? Cuéntamelo todo.

—Bueno, Zad me dejó entusiasmado con tu mensaje, pero luego me hizo poner los pies en el suelo al explicarme que a las agricultoras os habían prohibido ir a las ceremonias. No sabía qué hacer, pero tenía que verte, así que pedí que me asignaran al grupo de ganaderos de Zad.

—¡Qué listo eres!

—Si te digo la verdad, fue idea de mi madre.

—Es muy sabia.

—El caso es que hablé con Keff y le pregunté si podía

venirme aquí, y me dijo que sí. De hecho, se alegró, porque Zad necesitaba otro par de manos. Él tiene que seguir llevando a la manada al río para beber agua, y el recorrido es largo desde que Troon labró la Brecha.

—¿Cómo ha sucedido todo tan deprisa?

—Zad me dio tu mensaje después de la Ceremonia del Solsticio de Verano, y los dos nos vinimos aquí al día siguiente. He empezado a trabajar con la manada hoy, y esta misma mañana has aparecido.

—Y puedes quedarte aquí sin límite.

—Todo el tiempo que tú quieras.

Pia sonrió. Lo quería para siempre, pero no dijo nada. Se conocían desde que eran niños y su amor había empezado en la Ceremonia del Solsticio de Invierno, pero en ese medio año habían pasado muy poco tiempo juntos. Sentía que lo conocía de una forma muy íntima, pero ¿lo conocía de verdad? Quería hablar con él sobre cómo escapar, sobre dónde vivirían y los hijos que tendrían, pero parecía demasiado pronto para dar por hecho que estarían siempre juntos.

Entonces se sintió torpe, como si hubiera llevado a un extraño a su nido de amor. ¿Qué debía hacer? ¿Besarlo como si tal cosa? Quería, pero dudaba.

Él notó su incomodidad.

—¿Qué te pasa? —preguntó.

—No lo sé. Estoy nerviosa. ¿Tú no?

—Un poco.

—He hecho cosas con chicos, siempre en el festejo, y nunca me he puesto nerviosa, pero ahora sí.

—Me alegro —dijo él.

Eso la sorprendió.

—¿Por qué?

—Porque significa que soy especial para ti.

Pia asintió.

—Tienes razón. Con los demás, nunca me importó lo que pensaran.

—Pero sí te importa lo que piense yo.

—Sí. Me preocupa que te lleves una decepción. —No lo había reflexionado antes, pero le salió expresarlo así.

Han sonrió.

—No creo que vaya a pasar eso.

—¿Y tú? ¿Por qué estás nervioso?

—Ay, no sé. Me da vergüenza.

Pia sintió curiosidad.

—¿Por qué? ¿Qué tienes que pueda avergonzarte?

—¿Me dejas que te lo diga después? Tengo muchas ganas de besarte.

Ella estuvo encantada de aceptar. Se besaron durante un buen rato, luego se tumbaron uno al lado del otro y se besaron un poco más. Han le rozó los labios con la punta de la lengua y ella entreabrió la boca. Había aprendido a hacerlo besándose en el festejo, y le gustaba.

Entonces él le tocó los pechos, pero ella sabía que no notaría mucho a través de la túnica de cuero, y también deseaba sentir las manos de Han sobre su piel, así que se enderezó y se quitó la prenda por la cabeza. Cuando Han vio su cuerpo desnudo, suspiró con fuerza. A Pia le gustó que lo hiciera; era evidente que no estaba decepcionado.

Sin embargo, Han no siguió su ejemplo y no se quitó la túnica, cosa que le sorprendió. Supuso que así quería ocultar lo que fuera que le daba vergüenza. Algunas personas tenían marcas en la piel que eran inofensivas, aunque no muy agradables a la vista. Incluso había oído que algunos hombres tenían un tercer pezón.

Se besaron un poco más y él le acarició todo el cuerpo con unos dedos suaves que parecían disfrutar de lo que iban encontrando. También ella deseaba explorar su cuerpo, de modo que metió la mano por la parte de abajo de la túnica de Han para acariciarle el muslo. Llegó a sus testículos, que estaban cubiertos de pelo. Pia sabía que no debía apretar; ya había cometido ese error antes.

Al encontrar su miembro se sobresaltó.

—¡Han! —exclamó—. ¡Es enorme!

—Ya lo sé —dijo él—. Por eso me da vergüenza.

Conque eso era…

—No te avergüences —repuso ella—. Tienes los pies y las manos grandes, es normal que también tengas una verga de ese tamaño. Además, es preciosa, tiene la piel muy suave y está dura por dentro. Y caliente.

Él le tocó el sexo.

—No sé si entrará.

Pia recordó a un chico que le había metido primero un dedo, luego dos, luego tres, luego cuatro. Después había pretendido meterle la mano entera, pero ella lo había detenido.

—Intentémoslo —le dijo a Han.

—Está bien.

—Túmbate boca arriba.

Él obedeció y Pia vio que tenía el vello púbico rubio.

Le acarició el miembro y lo besó, y podría haber seguido haciendo eso mucho tiempo más, pero Han la interrumpió.

—Si no te lo metes ahora, será demasiado tarde.

Pia se sentó a horcajadas sobre él.

—Quédate quieto —pidió—. Déjame hacer a mí.

Se colocó la punta en posición y se detuvo. Sí, parecía demasiado grande. Sin embargo, balanceándose un poco, empezó a dejarse caer sobre su miembro.

—Me gusta —dijo para tranquilizarlo, y entonces la punta consiguió deslizarse dentro.

Han gimió y ella notó que se vaciaba en su interior.

—No podía esperar más —se disculpó—. Lo siento.

—No lo sientas —repuso ella, y se tumbó sobre su torso con el pene todavía dentro de su cuerpo—. Ha sido muy excitante.

Se quedaron así un rato.

—¿No te preocupa? —preguntó Han—. ¿Que ni siquiera pueda entrar del todo?

—La próxima vez entrará —le aseguró Pia—. No te inquietes.

Su vagina se dilataría: tenía que hacerlo, porque algún día la cabeza de un bebé tendría que salir por ella. Su principal preocupación era la reacción de él. Quizá Han se desanimara y perdiera el deseo. Ella tendría que asegurarse de que eso no ocurría.

Han la rodeó con los brazos y la estrechó. Tenía el cuerpo caliente.

—¿Te acuerdas de cuando te pregunté si podía ser tu novia? —dijo Pia.

—Nunca has hecho eso.

Ella se echó a reír.

—Se te ha olvidado.

—¿Cuándo fue?

—Cuando teníamos siete solsticios de verano. Casi ocho.

—Pues claro que no me acuerdo. ¿Qué te dije?

—Dijiste que no. Me dejaste deshecha.

Han se echó a reír.

—Bueno, ahora sí puedes ser mi novia, si quieres.

—Sí, por favor.

Pia cerró los ojos.

—Eres muy decidida —dijo él en un murmullo al cabo de un rato.

—Hmmm...

Unos instantes después, Pia estaba dormida.

13

—Estoy embarazada —dijo Pia.

—Embarazada —repitió Han.

El día despuntaba, por lo que Pia le vio la cara con claridad. Han estaba contento: un hijo era lo que quería. Lo besó.

No podían decir que los pillara por sorpresa. Habían hecho el amor allí mismo, en el matorral, casi todas las noches durante toda una estación. Pia asociaría el olor herboso de la milenrama con el sexo durante el resto de su vida.

Los habitantes de los bosques, que ya habían regresado de su migración estival, al principio los miraban con recelo, pero pronto comprendieron que eran inofensivos y los dejaron tranquilos.

Stam había empezado a tener sospechas. En dos ocasiones se había despertado en mitad de la noche y había comprobado que Pia no estaba en casa. La primera vez estaba enfermo y tenía fiebre, de modo que por la mañana no estaba seguro de qué había visto y qué había soñado. Sin embargo, la segunda había sido diferente. Los ladridos frenéticos del perro los habían puesto sobre aviso a Yana y a él y, a la luz de la luna, habían visto una familia de jabalíes en el campo, una madre con tres jabatos, alimentándose en las tierras de labranza. Era peligroso acercarse a esos animales, así que Stam les había lanzado flechas y Yana les había arrojado piedras hasta que consiguieron ahuyentarlos. La madre se alejó con dos flechas alojadas en el lomo, pero uno de los jabatos quedó atrás, herido de muerte, y cuando Pia volvió a casa, Yana estaba cocinándolo.

Stam quiso saber dónde había estado.

Pia decidió seguir la sugerencia de Han y dijo que tenía un amante, tras lo que Stam pareció desesperado por averiguar de quién se trataba.

—Pregúntales a tus amigos —contestó Pia—. Uno de ellos lo sabe.

Eso espoleó todavía más la curiosidad del joven, al tiempo que lo alejaba de la verdad.

Aun así, ella no se quedó tranquila. Stam no era muy avispado; sin embargo, en eso no se parecía a su padre, Troon, y Pia temía que este descubriera su secreto de alguna manera. Además, el embarazo solo contribuía a empeorar la situación.

—Ha llegado el momento de tomar decisiones —le dijo a Han.

—Me haré agricultor —repuso este de inmediato—. Soy grande y fuerte, me aceptarán encantados. No sé nada acerca de cultivar la tierra, pero aprenderé con mucho gusto.

Pia no pensaba permitirlo.

—Eso tiene tres pegas —Había previsto que mantendrían esa conversación en algún momento y sabía lo que quería decir—. Primero, lo odiarías. Los hombres, las mujeres y los niños trabajan desde el alba hasta el ocaso todos los días del año.

—¿No hay días de descanso?

—No. Los ganaderos que se unen a la comunidad de agricultores no se acostumbran y la gente acaba considerándolos vagos y de poco fiar.

—Yo no soy vago.

—No, desde el punto de vista de los ganaderos no, pero para los agricultores no hacéis nada de nada.

—Ya...

—Segundo, aquí las mujeres son una propiedad más. Están obligadas a obedecer a los hombres. Si tuviéramos una hija, ese es el trato que recibiría, y tú no estás acostumbrado a eso, te indignaría.

—Me indigna. Y mucho. —Han parecía cada vez más incómodo.

—Pero el motivo más importante es el tercero —prosiguió Pia—. Odio vivir aquí y estoy desesperada por irme. Quiero tener una familia de ganaderos, en la que todo el mundo se trate con cariño y sean buenos los unos con los otros.

Han frunció el ceño con aire reflexivo mientras ella escuchaba el canto matinal de los pájaros.

—Entonces no hay más que decir —concluyó Han—: habrá que ir a Aguacurva.

Pia negó con la cabeza.

—Intentarán raptarme, como hicieron con Mo.

—Primero tendrán que matarme a mí —repuso él con gesto de enfado.

—A eso voy, a que podrían hacerlo. Además, ocurriera lo que ocurriese, habría violencia de por medio, y en ese caso es difícil saber cómo acabarían las cosas. Tu madre forma parte de los sabios: si los agricultores te mataran, puede que los ganaderos fueran a la guerra, y no quiero que nuestro amor sea la causa de algo así.

—Yo tampoco, pero no hay ningún otro sitio donde ir.

—Al contrario, los hay de sobra: norte, sur, este y oeste.

—¿Te refieres a que deberíamos abandonar la Gran Llanura?

—Sí.

—Pero si no sabemos qué nos espera más allá...

—Sabemos que los habitantes de los bosques pasan todos los veranos en las colinas del Noroeste. Existe un camino, que es el que ellos utilizan, así que nosotros también podríamos llegar allí con facilidad.

—¿Y qué comeríamos? Los ciervos ya han regresado a la llanura.

—Podríamos llevarnos una vaca.

—¿Te refieres a robar una?

—¿Sería necesario? Si te confiaras a Zad, ¿no crees que pensaría que, como ganadero que eres, te corresponde una cabeza de ganado?

Han sonrió.

—Es posible que tengas razón. —Se puso serio—. Pero el invierno en las montañas...

Ella asintió. Ya empezaban a notar el frío en la llanura.

—Tendremos que construir una casa. Estoy segura de que nos las arreglaríamos.

—Sí. —Se quedó pensativo—. Tú, yo y una vaca...

—Y nuestro hijo.

—Suena bien.

Pia asintió. A ella también le sonaba bien. Sabía que pasarían penurias y dificultades, pero la dicha de estar juntos y ser libres les daría la fuerza necesaria para enfrentarse a los problemas. Se sentía feliz solo con pensarlo.

Si bien había un gran inconveniente.

—Echaré de menos a mi madre.

Resultaba evidente que Han no había pensado en Yana.

—¿No puede venir con nosotros?

—Lo he hablado con ella. Se niega. Dice que es muy vieja. Ya no puede caminar a buen paso, ni distancias muy largas. Acarrear agua todo el verano ha acabado con sus fuerzas. Teme retrasarnos y que nos atrapen.

—No sé…

—No cambiará de idea.

Han asintió. Sabía que era lo más sensato.

—Puede que pase mucho tiempo antes de que vuelvas a verla. ¿Crees que viviremos en las colinas del Noroeste para siempre?

—No. Dentro de uno o dos años podremos volver a la llanura. Los ánimos se habrán calmado y mucha gente se habrá olvidado de nosotros. Tendremos un hijo, y eso lo cambiará todo. Si Troon intentara apartar a una madre y a su hijo del padre, los ganaderos podrían ir a la guerra y él lo sabe.

—De todas maneras, para eso aún falta mucho —repuso Han.

«No tanto», pensó ella, pero no lo dijo.

—Habrá que llevarse algunas cosas esenciales: algo donde cocinar, dos escudillas y dos cucharas, varios sílex y un saco de cuero para meterlo todo.

—Y el arco y las flechas. ¿Cuándo partimos?

—Mañana por la noche.

—¡¿Tan pronto?!

—Escucha, la Ceremonia de Otoño se celebrará de aquí a cuatro días. Deberíamos irnos mañana, pero no muy lejos, y escondernos en el bosque del Oeste. Al día siguiente, saldrán a buscarnos por las tierras de los agricultores y por los bosques, y visitarán los poblados de ganaderos que haya cerca. Cuando no nos encuentren, pensarán que hemos ido a Aguacurva. Luego, al otro, irán al Monumento para la ceremonia y nos buscarán allí. Al siguiente, después de la ceremonia, volverán aquí. Eso nos da cuatro días enteros para dejarlos atrás. Nunca darán con nosotros.

—No, tienes razón. Siempre que el dios Sol nos sonría.

Al día siguiente llovió.

Habían caído algunos chaparrones de escasa importancia a medida que avanzaba el verano, pero esa vez se trataba de una verdadera tormenta. Los agricultores salieron a los campos con el rostro vuelto hacia el cielo y la boca abierta para recibir el agua pura. Pese a que todos quedaron empapados, a nadie le importó.

Los lechos secos de los arroyos se llenaron de nuevo, lo que resolvió uno de los problemas que tenían Pia y Han: ya no se verían obligados a buscar agua durante su huida.

Con la llegada de la noche, el viento y la lluvia arreciaron. Pia se planteó retrasar la partida y esperar otro día, pero la idea se le hacía insoportable. Estaba demasiado cerca de la libertad para posponerla. Y, en cualquier caso, el tiempo dificultaría aún más que salieran tras ellos.

Como de costumbre, se tumbó y fingió que dormía. El viento perturbó el sueño de Stam durante un rato, hasta que la respiración del joven se volvió regular.

Igual que casi todo el mundo, Pia tenía un abrigo de piel de oveja que se echaba sobre la túnica cuando hacía frío. Estaba colgado de una de las vigas del techo, de donde lo bajó para ponérselo.

Se arrodilló junto a la cama de su madre y le dio un beso.

—Que el dios Sol os sonría —susurró la mujer, acariciándole la cara.

—Y a ti también, madre querida —contestó Pia de manera casi inaudible.

Luego se levantó y se fue, preguntándose si volvería a verla alguna vez.

Subió con gran esfuerzo la pendiente que conducía al bosque, inclinando el cuerpo hacia delante para protegerse de la lluvia y tratando de no desviarse pese a las arremetidas del viento. El abrigo no tardó en quedar empapado de agua.

Por fin llegó al bosque, agradecida por el cobijo que le brindaban los árboles. Lo cruzó y encontró a Han al otro lado, donde siempre. Él también estaba calado hasta los huesos, igual que Trueno.

Las reses se habían apiñado y formaban una masa prieta que les servía para resguardarse, tanto a sí mismas como a sus becerros.

—Este bosque es el primer lugar en el que buscarán —dijo Han—. Hay que cruzar la Brecha hasta el bosque del Oeste y esconderse allí.

Pia estuvo de acuerdo.

Pusieron rumbo al oeste, avanzando a lo largo de la cara

norte de la línea de los árboles al tiempo que trataban de guarecerse de la lluvia bajo las ramas que sobresalían. En el resplandor de un relámpago vieron a un ganadero, que los saludó con gesto amistoso. Llegaron a la Brecha y empezaron a cruzarla.

Los campos cultivados no ofrecían refugio alguno. En un par de ocasiones, el viento estuvo a punto de derribar a Pia, que a partir de entonces se aferró a Han. Por fin alcanzaron el bosque del Oeste y se adentraron en él, aliviados.

—Somos libres —dijo Pia.

Estaba eufórica. Aún tendrían que enfrentarse a muchos peligros, pero por fin había escapado de la comunidad de los agricultores.

—Estamos empapados, pero somos libres —repuso Han.

Lo primero que hicieron fue buscar cobijo. Los árboles aún conservaban casi todas sus hojas, y encontraron un roble con una gran copa que apenas dejaba pasar la lluvia. Se sentaron a descansar con la espalda apoyada contra el grueso tronco.

—Esto no sirve como escondite, pero no saldrán a buscarnos antes de que amanezca —comentó él.

—Estoy intentando pensar dónde podríamos ocultarnos —dijo ella frunciendo el ceño. No lo había tenido en cuenta cuando planeó la huida.

—O arriba o abajo. O en lo alto de un árbol o tumbados en el suelo, entre unos arbustos tupidos.

A Pia, ninguna de las dos opciones le parecía segura, pero no se le ocurrió nada mejor. Quizá, cuando echaran un vistazo a su alrededor, encontraran algo en lo que no había caído. Empezó a preocuparse. Sería muy triste que los apresaran tan cerca de casa.

Se acurrucaron el uno junto al otro y Trueno se tendió al lado de Han, pegada a su costado. Pia extendió el abrigo empapado sobre las piernas de ambos. Tenían frío y estaban mojados. Con el avance de la noche, claudicaron ante el sueño, aunque se despertaban con frecuencia. La lluvia no cesó en ningún momento.

Se levantaron con la primera luz del día. En Los Cultivos, Stam estaría abriendo los ojos en esos momentos y repararía en la ausencia de Pia. Al principio daría por sentado que había ido de recolectar bayas al bosque del Este, pero no tardaría en preguntarse por qué llevaba tanto tiempo fuera. Recordaría las desapariciones nocturnas de otras veces. Interrogaría a Yana, quien aseguraría que no sabía nada y fingiría estar igual de desconcertada que él, aunque Stam no la creería. Que Yana no se deshiciera en lágrimas, angustiada por la ausencia de su hija, le confirmaría que la desaparición de Pia no era algo inesperado, sino que se trataba de algo planeado.

Stam correría a compartir sus sospechas con su padre, y Troon, más avispado que su hijo, organizaría una partida de búsqueda de inmediato. De modo que Pia y Han tenían que esconderse lo antes posible.

Oyeron unos perros y Trueno respondió a sus ladridos. Era demasiado pronto para que se tratara del grupo de Troon, así que Pia supuso que debían de pertenecer a los habitantes de los bosques.

De pronto, dos de ellos aparecieron de la nada y se plantaron delante de los jóvenes empuñando unos garrotes. Pia se obligó a mantener la calma; los habitantes de los bosques solían ser personas cordiales, casi siempre.

El más bajo de los dos era atractivo, y probablemente vanidoso, ya que lucía un collar hecho con dientes de algún tipo. Les habló en su lengua.

—Venimos en son de paz —dijo Han, levantando los brazos con las palmas hacia arriba para mostrar que no tenía ningún arma.

—Te conozco. Eres Han —señaló el segundo hombre.

El joven se lo quedó mirando largo rato.

—¿Eres Bez? —preguntó al fin.

—Sí.

—Y ese es tu hermano, Fell.

Fell oyó su nombre y sonrió complacido mientras asentía con la cabeza.

—Tendría que haberlo sabido por el collar —dijo Han, mientras Pia lo miraba sin salir de su asombro—. Ahora lo recuerdo, me contasteis que veníais del bosque del Oeste.

—Te portaste bien con mi hermano y conmigo cuando estábamos hambrientos y no teníamos donde caernos muertos. Actuaste con nosotros como lo habría hecho un miembro de nuestra tribu, y por eso te doy la bienvenida a ella como uno más. —Miró a Pia—. Y a tu compañera también.

—Gracias —dijo Pia.

—Tenéis que secaros —opinó Fell tras fijarse en su atuendo—. Venid con nosotros.

«Tendríamos que buscar un lugar donde escondernos —pensó Pia, nerviosa—. Aunque quizá estos amigos de Han también puedan ayudarnos con eso».

Han y ella siguieron a Bez y a Fell a través del bosque hasta un claro en el que se alzaban siete cabañas. Una mujer salió de la que se encontraba en el centro y Bez se la presentó como Gida. Era una mujer atractiva de mediana edad y, por el tono de voz de Bez, Pia pensó que significaba algo especial para él.

Gida los invitó a entrar en la cabaña. En el interior había al menos ocho personas tendidas en el suelo, alrededor de un fuego. El aire estaba cargado y el olor a cuerpos desaseados era fuerte, pero a Pia no le importó; el calor hizo que lo olvidara todo.

La joven se percató del deje autoritario de la voz de Gida cuando esta se dirigió a los demás, y comprendió que estaba explicándoles quiénes eran los recién llegados. Tras sus palabras, los ocupantes de la cabaña sonrieron y asintieron con la cabeza en clara señal de que compartían la opinión de que Han debía ser tratado como un miembro más de la tribu. Les hicieron sitio junto al fuego y ellos se sentaron. El abrigo de Pia no tardó en desprender vapor. Se lo quitó y dejó que el calor de la lumbre le acariciara los brazos desnudos.

Bez y Fell se acomodaron a su lado y Gida sirvió cuatro escudillas de sopa de una olla que había en el fuego y luego las repartió. Pia bebió sin pensar con qué la habrían hecho.

—Nos hemos escapado —le confesó a Bez cuando se terminó la sopa—. Los agricultores vendrán a por nosotros para llevarnos de vuelta a Los Cultivos.

El hombre asintió, haciéndose cargo.

—Tenemos que encontrar un lugar donde escondernos.

—No hay ninguno mejor que este —aseguró él—. Tumbaos entre los demás, de espaldas a la puerta. No los dejaremos pasar. Echarán un vistazo desde la entrada y lo único que verán será un montón de personas de la tribu.

—¿Y si insisten?

—No lo harán. Tenemos garrotes.

Pia miró a Han.

—¿Qué opinas?

—Creo que puede salir bien. Mientras estemos aquí, tendremos aliados si las cosas se ponen feas.

Pia no lo veía tan claro, pero supuso que, en esos momentos, no tenían otra opción. Asintió.

—Gracias, Bez.

La lluvia continuaba cayendo con fuerza, por lo que nadie abandonó la cabaña. Han se durmió en el suelo y Pia, pese a estar angustiada, acabó haciendo lo mismo poco después.

De pronto, fuera de la cabaña se formó un revuelo que los despertó: ladridos de perros, gritos de hombres y personas que corrían de un lado a otro. Trueno se levantó con el pelo del pescuezo erizado. Dos hombres de la tribu se plantaron en la entrada de la cabaña empuñando unos garrotes.

Pia echó un vistazo a través de un agujero de la pared de zarzo y barro. En ese momento, Stam y cuatro de sus Cachorros entraban en el claro con sus arcos al hombro y los carcajes de flechas colgados de los cintos. La lluvia les resbalaba por la cara y habían perdido su bravuconería habitual; de hecho, parecían asustados. Los habitantes de los bosques los superaban en número. Allí no tenían nada que hacer.

Pia se mordió el labio. Había imaginado que algo así podía ocurrir e ignoraba cómo acabaría. Lo único que sabía era que prefería morir allí que volver a Los Cultivos.

—Estamos buscando a una agricultora, una chica violenta que ha huido después de matar a su hermano. ¿Habéis visto a alguien?

Se habían inventado la historia del asesinato con la esperanza de ganarse su favor. Por lo que parecía, no estaban al tanto de la existencia de Han.

—No hemos visto a ningún extraño —contestó Bez, que había salido con la intención de tratar con los recién llegados—. Puede que se haya ahogado con tanta lluvia.

A Stam no le hizo gracia.

—Vamos a echar un vistazo.

—Buscad todo lo que queráis, pero no podéis entrar en las cabañas. La gente está durmiendo.

Aquello no le gustó a Stam, pero tampoco protestó, no quería complicar las cosas.

—No entréis, pero mirad bien en todas las cabañas —les dijo a sus compañeros.

Gida se volvió hacia Pia y Han.

—Deprisa, tumbaos al fondo.

Pia cogió el abrigo y Han se echó en el suelo de cara a la pared. Estaba rodeado de habitantes de los bosques: hombres, mujeres y niños. Pia le tapó la cabeza y los hombros con el abrigo para ocultar el pelo rubio y su mole, y luego se tendió a su lado, frente con frente, pensando que el cuerpo de Han la ocultaría.

Oyó el chapoteo de unos pasos que se acercaban y contuvo la respiración. Luego, la voz de Stam:

—Uf, qué peste.

Hubo un largo silencio y, después, las pisadas se alejaron.

Pia esperó en vilo. ¿Stam se daría por satisfecho con esa ojeada superficial? Lo oyó otra vez y, aunque estaba demasiado apartado para distinguir lo que decía, su tono traicionaba su irritación y su cansancio. Poco después alzó la voz.

—No están aquí. Sigamos.

Pia no se movió; continuaba asustada.

Poco después, unos pasos se acercaron de nuevo a la entrada.

—Ya se han ido —anunció Bez.

Pia respiró aliviada.

—Gracias, nos has salvado —le dijo después de que Han y ella se incorporaran.

—No me gusta el chico de la oreja —comentó el hombre—. Tiene cara de mala persona.

—Tiene cara de lo que es —aseguró Pia.

—He enviado a alguien para que los siga. Si deciden volver, lo sabremos.

—Gracias.

Bez salió de la cabaña y regresó al cabo de un rato para informarles de que los Cachorros habían abandonado el bosque.

—Me gustaría irme de aquí lo antes posible —le dijo Pia a Han.

Él no tenía tanta prisa.

—Pensémoslo bien. ¿Y si nos ve algún agricultor que ande por ahí? —repuso con un tono juicioso—. Es más seguro permanecer aquí hasta el anochecer.

Pia ardía en deseos de partir, pero entendía el razonamiento de Han.

—¿Y entonces emprendemos el camino hacia las colinas? —preguntó.

—Primero deberíamos ir a Robleviejo y convencer a Zad para que nos dé una vaca.

También tenía razón en eso. Pia controló su impaciencia.

—Muy bien.

La tormenta amainó hacia el mediodía y los jóvenes salieron de la cabaña y se detuvieron fuera. La lluvia había refrescado el ambiente y se respiraba un aire limpio.

—¿Ves eso? El cielo está despejado. ¿Sabes lo que significa? —preguntó Han.

—¿Que no lloverá más?

—Significa que podemos viajar de noche. Solo necesito ver la estrella del Norte para orientarme.

Pia estaba impresionada. Los cultivadores no viajaban muy a menudo y no necesitaban guiarse por las estrellas, así que era algo que nunca le habían enseñado.

—Me encantará viajar de noche —aseguró—. Al menos durante un tiempo. Deberíamos estar bastante lejos de las tierras de los agricultores antes de dejarnos ver a la luz del día.

Han asintió, estaba de acuerdo.

—En ese caso, habría que ponerse en marcha hoy mismo, después de ir a ver a Zad.

—Sí.

Volvieron al interior de la cabaña y se echaron a descansar. Si iban a caminar toda la noche, debían reservar fuerzas.

Pia no creía que fuera capaz de dormir, pero lo hizo. Había caído en un sueño profundo cuando Gida la zarandeó con suavidad para despertarla. Al principio pensó que estaba en el matorral de milenrama y que era el momento de dejar a Han y volver a casa; luego recordó que había huido y se sintió revitalizada de inmediato.

Se levantó y echó un vistazo fuera. Los árboles le impedían ver el sol, pero por la luz calculó que se acercaba el ocaso. Se puso el abrigo, que se había secado con el calor de la cabaña.

Les dieron las gracias a Bez, Gida y Fell y se pusieron en marcha. Anochecía cuando abandonaron el bosque y salieron a la Gran Llanura. Miraron alrededor en medio de la penumbra: no había nadie a la vista. Era evidente que hacía mucho que Stam y su partida de búsqueda se habían dado por vencidos. A esas alturas, Troon debía de haber concluido que Pia estaba en Aguacurva.

Han los llevó hasta la aldea de Robleviejo, donde había vivido durante una estación... Al menos en teoría, ya que había pasado la mayoría de las noches en el bosque, con Pia. La idea la hizo sonreír.

Encontraron a Zad, Biddy y su hija, Dini, acabando de cenar. Han les explicó que se habían ocultado con los habitantes de los bosques mientras Stam los buscaba.

—Ahora creerán que Pia ha ido a Aguacurva, lo que nos da unos cuantos días para atravesar la llanura y llegar a las colinas —concluyó Han.

—Bien —dijo Zad.

—He sido ganadero desde mi octavo solsticio de verano —prosiguió el joven tras inspirar hondo—. ¿No crees que tengo derecho a una vaca para llevármela conmigo en este viaje?

Zad sonrió.

—Pues claro. Ven, vamos a escoger una antes de que no haya luz.

Pia se quedó hablando con Biddy, una ganadera de ojos y cabello oscuros y cara ovalada. Le pareció una mujer muy atractiva.

—¿Por qué te persiguen los agricultores? —preguntó Biddy—. ¿Por qué no te dejan ir sin más?

Era evidente que apenas conocía el estilo de vida de los agricultores y Pia no sabía si sería capaz de resumirlo en pocas palabras.

—Se necesitan personas jóvenes y fuertes para cultivar la tierra, y allí consideran que las mujeres pertenecemos a los hombres.

—¿Que les pertenecemos?

—Sí.

Biddy no salía de su asombro.

—Ahora entiendo por qué huyes…, aunque estés esperando un hijo.

Pia sonrió.

—¿Ya se nota?

La mujer asintió.

—Si sabes reconocer las señales. Diría que llevas embarazada una estación entera. El niño llegará poco después de la Ceremonia de Primavera. —Sonrió con timidez—. Soy la mayor de seis hermanos, así que he visto a mi madre pasar por cinco embarazos.

Pia carecía de esa experiencia. Era la menor de los tres hijos que había tenido su madre, dos de los cuales habían muerto de pequeños, de modo que siempre había sido hija única. Le fascinaban los conocimientos de Biddy, y hablaron sobre embarazos y partos hasta que regresaron los hombres.

Pia salió a ver el animal. Era una vaca joven y delgada, pero fuerte.

—¿Podrías prestarme también un poco de cuerda para atarla por las noches? —preguntó Han.

—Claro.

Zad entró en la casa y volvió con una cuerda que pasó alrededor del cuello de la vaca.

Pia estaba nerviosa, impaciente por partir.

—Vamos —dijo.

—Os acompañaré hasta el camino que usan los habitantes de los bosques —se ofreció Zad—. Está al norte de aquí, no muy lejos. A partir de ahí ya solo tendréis que seguirlo para llegar a las colinas.

—Gracias —dijo Pia.

Se despidieron de Biddy y Dini y se pusieron en marcha. Mientras avanzaban por los prados, la luna salió e iluminó la noche. Cada vez que se topaban con un arroyo, había grupos de reses cerca.

—Así no tendré que llevarlas al río —comentó Zad—, al menos durante unos días.

—Me pregunto si se habrá acabado la sequía de una vez por todas —dijo Han.

—Esperemos que sí.

Como perra de ganaderos, Trueno permanecía al lado de la vaca para asegurarse de que no se rezagaba ni se desviaba hacia ningún lado.

Poco después llegaron a un camino ancho de tierra, embarrado por la tormenta.

—Ahí está —anunció Zad—. Que el dios Sol os sonría.

—Nunca olvidaré lo bueno que has sido con nosotros, Zad —dijo Han.

—Me trajiste a Han y nos has ayudado a escapar. Eres una gran persona —afirmó Pia.

—Espero que volváis algún día.

«Yo también», pensó ella.

Zad dio media vuelta y se volvió por donde había venido.

Pia y Han miraron el camino que se extendía ante ellos, iluminado por la luna. Ninguno de los dos había salido nunca de la Gran Llanura.

—Aquí empieza nuestra nueva vida —dijo Pia.

Entrelazó su mano con la de Han y echaron a andar juntos.

La Ceremonia de Otoño en el Monumento era un acontecimiento de menor importancia, con una asistencia que no podía compararse con la del solsticio de verano. Aun así, Ani tenía la sensación de que estaba incluso menos concurrida de lo habitual. La gente intercambiaba sílex y alimentos, pero nadie quería pieles curtidas.

La lluvia torrencial de dos días atrás había sido una señal prometedora, pero la Gran Llanura necesitaba mucha más agua para recuperar la normalidad.

Zad acudió a la ceremonia. Ani no había sabido nada de Han desde el día en que se marchó y puso rumbo al oeste, hacia la llanura y Pia, pero Zad acababa de contarle, en voz baja para que nadie pudiera oírlos, que la joven había huido de Los Cultivos y se dirigía a las colinas del Noroeste junto con Han. Ani estaba emocionada a la vez que preocupada. Se alegraba de que hubieran escapado del control de Troon, pero le inquietaba cómo sobrevivirían al invierno en las montañas. Los habitantes de los bosques siempre regresaban al final del verano.

Mientras paseaba por el lugar, se percató de que un grupo de una docena de agricultores había acudido a la Ceremonia de Otoño; todos ellos hombres, ninguna mujer. No parecían llevar mucho con qué comerciar y se preguntó si no estarían allí con otra intención. Vio a Vee, amiga de la infancia de Joia, hablando con un hombre delgado de nariz aguileña y reconoció a Shen, el hombre de confianza de Troon. La joven parecía incómoda. Cuando la conversación terminó y Shen se marchó, Ani se acercó a ella.

—¿Qué quería ese canalla? —le preguntó—. Nunca te puedes fiar de él.

—Está buscando a Pia. Le he dicho que hace mucho tiempo que no la veo. Cosa que es verdad.

Pese a que no le sorprendía, Ani sintió que el corazón se le detenía un momento. ¿Cómo iba a renunciar Troon a recuperar a Pia? Ante todo, era un hombre vengativo. Estaba convencida de que Han intentaría mantenerla alejada de él, y esperaba que nada de todo eso condujera a un conflicto violento.

—¿Te ha preguntado algo más? —le insistió a Vee.

—Quería saber si Pia tenía amigos aquí. Le he dicho que solía jugar con Han cuando eran pequeños y que desde entonces no ha tenido más amigos.

Ani oyó aquello con consternación. Ojalá la joven no hubiera mencionado el nombre de su hijo. En cualquier caso, no dijo nada porque sabía que Vee no lo había hecho con mala intención.

Algo después, Shen reapareció y se acercó a ella.

—Siempre es un placer verte, Ani —saludó.

—¿Qué hacen esos agricultores aquí? —preguntó ella—. Prácticamente no tienen nada con qué comerciar.

—Ah, bueno, con los tiempos que corren, cualquier cosa ya es mucho, ¿no crees? Por cierto, ¿qué le ha pasado a tu hijo, Han? No lo veo por ninguna parte.

Ani comprendió que Shen seguía la pista que había obtenido gracias a la indiscreción de Vee. Había imaginado que los amigos de la infancia se habían convertido en amantes ya de adultos.

—Estará en alguna parte —mintió Ani—. Seguro que te lo encuentras tarde o temprano.

—No pasa fácilmente desapercibido, con lo alto que es —dijo Shen con toda la intención—. No sé quién me ha dicho que se ha ido a trabajar al otro lado de la llanura.

—No, trabaja aquí. ¿Por qué te interesa tanto mi hijo?

—Ah, por nada en particular. Es solo que me he fijado en que no andaba por aquí.

Shen continuó su camino.

Ani no se quedó tranquila. Shen era terco y podía acabar descubriendo el secreto de Han.

Kae, la madre de Vee, apareció justo cuando el hombre se perdía entre la multitud.

—Odio a esos cultivadores —dijo.

—¿Qué han hecho ahora?

—¡Cómo les gusta intimidar a la gente! Están interrogando a mi familia. Dicen que debemos de saber dónde ha ido Han con su agricultora.

Ani se enfureció. Tenía que poner fin a aquello.

—Me alegro de que me lo hayas contado, Kae. No podemos tolerar ese comportamiento. Me ocuparé de ello de inmediato.

—Gracias.

Si los ganaderos se hubieran conducido de ese modo en Los Cultivos, los agricultores habrían reaccionado de manera violenta sin pensárselo dos veces. Había que demostrarles que los ganaderos también eran gente resuelta. Buscó a Scagga, que estaba hablando con Ev y Fee, los cordeleros. Se lo llevó a un lado y le contó lo que Kae le había dicho.

—Esa gentuza va a saber lo que es bueno —decidió Scagga al instante—. Alguien va a volver a casa con más de un hueso roto y alguna que otra cabeza abierta. Eso los escarmentará.

—Preferiría ahuyentarlos sin usar la violencia —objetó Ani—. No debemos olvidar que se nos conoce porque aquí, en el Monumento, siempre se mantienen reuniones pacíficas.

—Supongo que tienes razón —reconoció Scagga a su pesar.

—Hay una casa grande y vacía cerca del río.

—Lo sé. Nadie duerme allí porque tiene goteras.

—¿Podrías reunir a una veintena de hombres y mujeres fuertes, armados con martillos de piedra y cosas por el estilo, y meterlos en esa casa?

—Claro.

—Diles que seguramente no tendrán que pelear, solo aparentar que están dispuestos a hacerlo.

Scagga sonrió complacido.

—Quieres darles un buen susto a esos agricultores.

—Exacto.

—Yo me encargo.

El hombre no tardó en regresar.

—Todo listo. Veinte jóvenes fuertes, todos armados.

—Bien.

Había llegado el momento de comprobar si su plan funcionaría.

Buscó a Troon. El hombre estaba con una docena de agricultores, su hijo entre ellos. Se encontraban reunidos alrededor de un fuego donde un ganadero con iniciativa estaba asando huesos abiertos por la mitad para que pudieran sacar el delicioso tuétano y comerlo. A cambio, los agricultores le habían dado tortas hechas con cereales y queso, su comida habitual para los viajes.

Ani se llevó a Troon a un lado.

—He encontrado a vuestra Pia —anunció.

—¿Ah, sí? —dijo él, mirándola con escepticismo.

—Si quieres, te acompaño hasta donde está.

—¿Y eso por qué? —preguntó Troon, que no las tenía todas consigo.

Ani había previsto la pregunta y tenía una respuesta preparada.

—Porque vuestra búsqueda está atosigando a mi gente y los ganaderos odiamos el conflicto.

Troon se olía una trampa.

—No voy a ir solo.

—Pues tráete a tus hombres. Que vengan todos.

Eso pareció tranquilizarlo.

—De acuerdo.

Los agricultores dieron buena cuenta de los huesos abiertos, se limpiaron las manos en las túnicas y siguieron a Ani. Se alejaron del Monumento en dirección a Aguacurva y luego cruzaron el poblado hasta la gran casa del río.

—Está aquí —les indicó Scagga, que esperaba junto a la entrada.

—Vamos —dijo Ani, encabezando la marcha.

Le gustó lo que Scagga había dispuesto dentro. El resplandor del pequeño fuego que ardía en el hogar central era lo único que iluminaba el lugar, por lo demás a oscuras.

—No veo nada. ¿Dónde está Pia? —preguntó Troon, que se encontraba detrás de Ani.

Alguien cerró la puerta de golpe.

—Necesitamos un poco de luz —comentó la mujer.

Una figura oscura se inclinó sobre el fuego para prender una antorcha. Cuando la llama se avivó, el hombre la sostuvo en alto.

Los agricultores gruñeron y ahogaron un grito de asombro. Veinte jóvenes ganaderos los miraban en silencio desde el otro lado del fuego con armas en las manos y cara de pocos amigos. Tras una breve vacilación a causa de la sorpresa, los agricultores dieron media vuelta para salir corriendo, pero la entrada no se abría. Scagga la había atrancado por fuera.

Troon se giró, asustado y furioso.

—Vais a matarnos a todos —dijo dirigiéndose a Ani.

—Nadie va a matar a nadie —contestó ella—, pero no pienso permitir que tu panda de bravucones y tú vengáis aquí a intimidar y avasallar a la gente de Aguacurva. Os marcharéis de inmediato y regresaréis a vuestra casa. Y si alguna vez volvéis, os comportaréis de forma pacífica mientras estéis aquí, porque, como rompáis mis reglas, acabaremos con vosotros. Créeme, no habrá una segunda oportunidad. —A continuación, alzó la voz—: ¡Abre, Scagga!

La puerta cedió y los agricultores salieron a toda prisa.

Los jóvenes ganaderos estallaron en carcajadas y se pusieron a comentar lo ocurrido una vez liberada la tensión.

—Gracias a todos —dijo Ani—. Espero que hayamos puesto fin a sus tonterías.

Sintió un gran alivio, lo cual le hizo ser consciente de lo angustiada que había estado durante la encerrona. Salió de la casa y puso rumbo al Monumento sin ninguna prisa. Seguía preocupada por Han, pero creía que había desbaratado la búsqueda de Troon.

Cuando llegó al Monumento, se topó de nuevo con Zad, que había estado preguntando por ella.

—Había olvidado contarte algo —dijo el hombre—. Pia está embarazada. Han va a ser padre.

Ani no cabía en sí de gozo. Iba a tener otro nieto.

—¡Pero eso es maravilloso! ¿Cuándo?

—Mi Biddy dice que en primavera. Nacerá en las colinas del Noroeste.

Ani miró alrededor, pero no había nadie lo bastante cerca para oírlos.

—Por favor, no le menciones a nadie más adónde se dirigían.

—No, claro que no —le aseguró Zad.

Sin embargo, Ani se percató de que había arrugado el ceño ligeramente.

—No se lo has dicho a nadie, ¿verdad?

—No. Bueno, solo a un buen amigo suyo.

La mujer se sintió desfallecer.

—Estaba muy preocupado por Han —prosiguió Zad— y me ha preguntado si se encontraba bien y si los agricultores iban a matarlo por haberles robado a una de sus mujeres. Lo he visto tan inquieto y angustiado que he pensado que no pasaba nada por decirle que Han y Pia estaban bien y a salvo, y que se dirigían a las colinas del Noroeste.

—Ese amigo tan preocupado, ¿te ha dicho su nombre? —preguntó Ani, temiendo la respuesta.

—Sí. Se llama Shen.

Al tercer día, Han y Pia habían llegado a las colinas. Avanzaban despacio, debido sobre todo a que debían detenerse para que la vaca paciera. Mientras, ellos recolectaban frutos secos y manzanas. Trueno atrapó una ardilla, pero dejaron que se la comiera ella.

Continuaban buscando un lugar en el que poder construir un refugio. Esperaban encontrar un sitio apartado de los caminos, por si los agricultores iban tras ellos, en el que, además, pudieran cazar y recolectar alimentos. La vaca no duraría para siempre. Vivirían como los habitantes de los bosques, que salían todas las mañanas en busca de la comida de ese día.

El sendero bordeaba un río. En una parte en la que este se ensanchaba, se toparon con una casa abandonada cerca de una pequeña playa fangosa. Desde allí también se divisaba un pequeño círculo de piedras situado a mitad de una ladera, por lo que Pia pensó que podía tratarse de un lugar sagrado, aunque era evidente que ya no se usaba.

No podían usar la casa para resguardarse en ella porque era demasiado visible, ya que se encontraba junto al camino. Sin embargo, había una islita en medio del río.

—¿Y si cruzamos y echamos un vistazo? —propuso Han.

—Sí, buena idea.

Tuvieron que organizarse un poco. Tanto Han como Pia habían crecido cerca de ríos, de modo que sabían nadar, igual que las vacas y los perros. El problema sería mantener el grupo unido. Han desató la cuerda que la vaca llevaba alrededor del cuello y la anudó de nuevo con firmeza.

—La sujeto yo, tú vigila a Trueno —dijo.

Dejaron los abrigos doblados en la orilla. Tendrían que volver luego a buscarlos.

Se metieron en el agua. La corriente no era muy rápida y la vaca se dejó guiar sin problemas, pero Trueno no las tenía todas consigo. Sin embargo, no quería que la dejaran atrás y, tras unos momentos de vacilación, se zambulló en el río y nadó con vigor.

La vaca tenía tendencia a dejarse llevar por la corriente, así que Han debía tirar de ella mientras trataba de mantener la cabeza fuera del agua. Al ver que Trueno se las apañaba, Pia fue a ayudar a Han y, tirando de la cuerda entre los dos, consiguieron que la vaca los siguiera.

Enseguida alcanzaron la isla y salieron arrastrándose del agua.

Pia vio que la vegetación era exuberante. La zona no se había librado de la sequía, pero el río debía de haber mantenido la humedad de las raíces. Se puso en pie, miró alrededor y de inmediato la invadió una sensación de paz.

Trueno se sacudió y les hizo reír al salpicarlos de arriba abajo. La vaca vio hierba verde y se puso a pacer de inmediato.

Han volvió a la otra orilla y regresó con los abrigos de ambos sobre la cabeza.

—Vamos a echar un vistazo —dijo Han cuando se los pusieron.

Pia miró a la vaca y después al río.

—No se irá nadando —le aseguró él—. El pasto de aquí es mejor.

Ella lo aceptó. Han era el ganadero.

Se dispusieron a explorar la isla. Era pequeña y volvieron al punto de partida en lo que tardada una olla de agua en hervir. No encontraron señales de que hubiera estado habitada, por lo que Pia supuso que el hecho de tener que cruzar el río para ir a cualquier parte había hecho que la mayoría de la gente descartara la idea de establecer allí su hogar.

Sin embargo, la isla era perfecta para dos fugitivos.

No había ciervos, pero sí palomas torcaces en el aire, ardillas en los árboles y liebres entre los arbustos. También había avellanos, cargados de frutos en esa época del año, frutos que aguantarían todo el invierno.

Encontraron un lugar en mitad de la isla donde podían construir una cubierta contra el grueso tronco de un roble.

—Traeré madera de la casa abandonada —dijo Han.

—Hazlo mañana. Hoy, lo principal es encender un fuego.

Buscaron ramitas y hojas muertas para utilizarlas como yesca, y luego algunos trozos más grandes de madera seca. Han encontró un avispero abandonado que ardería enseguida. Golpearon el pedernal hasta que saltó una chispa e hicieron fuego.

Trueno atrapó una liebre. La limpiaron, la despellejaron y la asaron a la lumbre. Le dieron los huesos a la perra.

Cuando el sol empezó a ponerse, alimentaron más el fuego para pasar la noche y se tumbaron el uno junto al otro. Hicieron el amor en la penumbra, con sus cuerpos bañados por el resplandor de las pequeñas llamas. Para Pia supuso una experiencia especialmente excitante porque era la primera vez que lo hacía siendo libre.

Después se pusieron los abrigos para no coger frío y no tardaron en dormirse.

Stam se presentó en casa de Yana tras una larga ausencia. Estaba cansado y de mal humor. La mujer sabía dónde había estado; ella y todo el mundo. Buscando a Pia.

Tan pronto como vio su gesto enfurruñado y desafiante, adivinó que no había tenido éxito y la invadió una inmensa sensación de triunfo y alivio.

—¿Qué ha pasado? —preguntó, disimulando lo que sentía.

—Tráeme algo de comer —pidió él.

Yana desmigó un poco de queso fresco en un cuenco grande y lo mezcló con manzanas troceadas. Stam dio buena cuenta del plato en un abrir y cerrar de ojos, y pareció menos irritado.

—¿Por qué has ido solo? —insistió ella, deseosa por saber algo más acerca de cómo había ido la búsqueda—. Pensaba que te llevarías a algunos de los Cachorros contigo.

—Hacen demasiado ruido y enseguida sabrían que nos acercamos. Cuando voy solo, no me oye nadie.

—Pero, aun así, no los has encontrado.

—Sé dónde están Pia y Han —aseguró él, a la defensiva—. Al menos aproximadamente.

Yana reprimió la aversión que le producía Stam para continuar hablando con él. Quería conocer más detalles.

—¿Y cómo es eso? Nadie ha podido dar con ellos.

Sabía que eso lo halagaría.

—He seguido las boñigas de la vaca —contestó Stam, ufano—. Nadie lleva el ganado a las colinas, y menos en esta época del año. Además, solo eran de una res. Tienen que estar por la zona en la que desaparece el rastro. Los he buscado, pero no los he encontrado.

«Se han escondido bien», pensó Yana, y se alegró.

—Me he quedado sin comida —prosiguió Stam—. He matado una paloma torcaz, pero no he podido cocinarla porque he olvidado llevar pedernal, y la carne cruda de esas aves es asquerosa. No había forma de comerla.

—¿Qué ha dicho tu padre?

—No está contento. Nunca está contento.

—Bueno, pues será mejor que nos olvidemos de ellos. Se han ido, no hay nada que hacer.

—No, sí que lo hay —repuso Stam con una rabia repentina—. La próxima primavera, cuando haga más calor, volveré. No me he rendido. —Esbozó una sonrisa cruel—. Pia cree que es más lista que yo y que puede desafiar la autoridad de mi padre, pero se equivoca. Solo es una cría que necesita un buen escarmiento. La encontraré y le enseñaré quién manda.

14

Poco antes de la Ceremonia del Solsticio de Invierno, Joia y Seft fueron al valle de las Piedras. El buen tiempo y la escasa lluvia evidenciaban que la sequía aún no había remitido. Llegaron al anochecer de un día invernal.

Ambos seguían decididos a reconstruir el Monumento en piedra y conocían las dificultades que ello entrañaría, pero, sencillamente, se negaban a creer que los problemas fueran irresolubles.

Joia se sorprendió al ver varias casas allí donde en su última visita no había ninguna. Tem, el número dos de Seft, vivía en el valle con su compañera, Vee, la vieja amiga de Joia. Varios manos diestras más se habían mudado al lugar con sus familias, y habían llevado consigo media docena de cabezas de ganado y unos cuantos cerdos para proveer de suficiente alimento a todos. Aquello era ya un pequeño poblado, algo que Joia desconocía. Seft lo había organizado con suma discreción.

Joia y Seft comieron con Tem y su familia, sentados todos

alrededor de un fuego vivo. Vee dijo que Hol, el pastor maloliente de lo alto de la colina, les agradecía que quemaran tanta madera seca porque, según él, eso permitiría que creciera más hierba, lo cual significaba más pasto para sus ovejas.

Comieron cerdo estofado con manzanas silvestres.

—Me preocupa el tiempo que se tardará en trasladar una piedra hasta el Monumento —le dijo Joia a Seft—. Cincuenta días, si Ello no se equivoca, y no veo fisuras en sus argumentos.

—Yo también he estado pensando en eso —repuso él.

—Tal vez podamos reunir dos o tres equipos de voluntarios que trabajen más o menos a la vez.

—Eso reduciría el problema.

Joia frunció el ceño.

—No sé si conseguiré convencer a la gente para que se ofrezca voluntaria y trabaje durante cincuenta días. Eso no sería tanto una celebración como, más bien, un castigo.

Seft asintió con la cabeza.

—Hemos estado desarrollando varias ideas nuevas. Mañana por la mañana te enseñaré varias cosas. Creo que podremos encontrar la manera de hacerlo.

Joia se acostó saciada de carne de cerdo y llena de esperanza.

Cuando despertó, salió a una mañana cargada de nubes invernales bajas y grises, y vio algo que la oscuridad del día anterior le había ocultado. Un centenar de troncos, cada uno de ellos de una longitud aproximada de dos hombres, estaban dispuestos consecutivamente formando una especie de sendero, en un extremo del cual había una piedra sarsen pequeña ya envuelta en una saca de cuerdas.

Mientras la miraba, Seft apareció a su lado.

—Ello no nos apoya en esto, pero su pesimismo es fructífero —dijo—. Cuando habló de lo que se había tardado en mover la piedra del agricultor, me ayudó a ver cuál era la clave del problema: la irregularidad del terreno. Al arrastrar una piedra, se encallaría cada vez que la parte frontal topara con un socavón o un montículo, con otra piedra o un charco, y habría que levantar esa parte delantera para salvar el obstáculo, lo que resultaría difícil y llevaría mucho tiempo. Así que he estado pensando en formas de conseguir que el terreno sea más regular para que la piedra pueda desplazarse más deprisa y sin detenerse en cada pequeño escollo.

Los manos diestras fueron acercándose solos o en parejas y se situaron a su alrededor. Joia, emocionada, comprendió que toda aquella gente estaba comprometida con la construcción del Monumento de piedra.

—Por cierto —dijo Seft—, los troncos no ruedan. Están asegurados al suelo para estabilizar el sendero.

—¿Le hacemos una demostración, Seft? —propuso Jero, uno de los manos diestras.

No tenía la paciencia de Seft, siempre iba con prisas. En eso era igual que su difunto padre, Effi.

Pero tampoco había motivo para demorarse.

—Sí, adelante —accedió Seft.

Los manos diestras cogieron las cuerdas de sujeción y se prepararon para tirar de la piedra. Joia pensó que su tamaño equivaldría aproximadamente a una décima parte de los grandes monolitos, de manera que sería más o menos igual que la piedra del agricultor. Las mujeres y los hijos mayores de los manos diestras fueron a ayudar, y al final se congregaron allí unas veinte personas.

Joia recordaba el día en que habían retirado la piedra del campo del agricultor, cuando ella solo había visto catorce solsticios de verano. Aquel campo había ido allanándose tras muchos años de cultivo, pero, aun así, habían encontrado al menos un obstáculo.

Tem se puso al frente del equipo de arrastre, y enseguida empezaron a mover la piedra. A Joia le pasmó la suavidad con la que esta se desplazaba por el sendero de troncos. En dos ocasiones, la piedra dio con un tronco algo más elevado que los demás, y en ambas se ralentizó un momento, luego aplastó el punto elevado y siguió adelante. Los manos diestras tiraron de ella hasta el final del sendero.

—¡Es maravilloso! —le dijo Joia a Seft—. Has resuelto el problema.

Él negó con la cabeza.

—Este método únicamente resulta útil en distancias cortas. Para construir un camino de troncos desde aquí hasta el Monumento necesitaríamos todos los árboles de la Gran Llanura. Y tardaríamos años solo en talarlos.

—¿Y no podrían utilizarse menos troncos e ir llevando los de detrás al principio a medida que se desplaza la piedra?

—Ya lo hemos intentado. —Seft sonrió—. Los hombres acabaron agotados de acarrear los troncos trabajando de dos en dos y correr de un extremo al otro... Pero el verdadero problema es que, cuando se colocan los troncos delante de la piedra en movimiento, no quedan bien incrustados en el suelo, por lo que la piedra los empuja hacia los lados.

La euforia de Joia se desvaneció con la misma rapidez con que se había manifestado.

—Así que volvemos a estar como al principio.

—No del todo. —Al final del largo sendero de troncos se veía otro diferente, hecho con ramas de varios tamaños y tierra suelta—. Eso requiere menos esfuerzo y podríamos prolongarlo hasta el Monumento en pocas semanas, pero es demasiado endeble. —Le hizo un gesto afirmativo a Tem, que indicó a los manos diestras que volvieran a tirar.

Joia vio el problema al instante. Antes, la piedra había aplastado y hundido más los troncos en la tierra, pero allí simplemente empujaba y apartaba las ramas. El sendero se descomponía enseguida y el progreso de la piedra quedaba interrumpido cada poco.

—Es mejor que nada —dijo Seft—, pero no mucho.

—Entonces tienes previsto emplear los dos tipos de camino...

—Sí, aunque eso sigue sin bastar para reducir cincuenta días a cinco.

—Aun así, no pareces del todo derrotado. Se te ha ocurrido algo más.

—Me conoces demasiado bien. Ven conmigo, quiero enseñarte otra cosa.

Seft la llevó a un rudimentario refugio que saltaba a la vista que empleaba como taller. Dentro había toda clase de herramientas de sílex, astas para afilar hojas mediante presión, una muela de piedra para lijar y pulir, también sogas. Cuatro manos diestras fueron a la parte trasera del taller y volvieron cargados con algo que Joia no identificó.

Era un tablón plano, confeccionado con la totalidad de un tronco alto y más largo que la roca más larga del valle de las Piedras. Su anchura equivalía a la longitud de un brazo extendido y era bastante grueso y casi completamente recto de extremo a extremo. Lo que más destacaba en él era que uno de esos extremos —sin duda, el que había correspondido a la base del tronco— se curvaba hacia arriba igual que la parte anterior de una embarcación de mimbre. Estaba pulido y engrasado, por lo que refulgía a la débil luz invernal.

—En lugar de intentar que la tierra sea más regular —explicó Seft—, vamos a hacer que la piedra sea más plana.

Joia no lo entendió.

—¿Qué es eso? —preguntó.

—Un patín.

—¿Y la piedra se coloca encima?

—Más o menos. Eso es solo una parte de lo que vamos a construir. Habrá dos patines unidos con barras transversales para formar la base de un trineo. Sobre ellas colocaremos una plataforma baja en la que irá la piedra. Todo eso deberá acoplarse firmemente con ensamblajes de entalladura y espiga, utilizando maderos gruesos para que el artefacto no se desmorone por el peso. Los extremos curvos de los patines permitirán que, al tirar de él, el trineo supere pequeños obstáculos sin encallarse.

—Si esto funciona...

—Podríamos trasladar una piedra desde aquí hasta el Monumento en dos o tres días.

Joia no se atrevía a creerlo. No era nada propio de Seft hacer promesas que no pudiera cumplir, pero aquello parecía demasiado bueno para ser verdad.

—Estoy impaciente por ver esa cosa terminada —dijo.

—Serás la primera en verla, pero aún tendrás que esperar un poco.

La conversación quedó interrumpida por una atractiva joven que bajaba la pendiente desde la casa del pastor.

—Os he traído un poco de carne de oveja —anunció alegremente cuando ya se acercaba a ellos.

Joia vio que llevaba una cesta llena de carne. La observó. Tenía una boca grande que parecía sonreír de oreja a oreja, y su pelo castaño claro era una maraña de rizos que brincaban con cada paso. Debía de tener su misma edad, así que era demasiado joven para ser la mujer de Hol.

—Gracias, Dee —dijo Seft—. Tu abuelo es muy amable por enviarnos esta carne para el desayuno.

Joia supo entonces que era la nieta de Hol y se llamaba Dee.

—Mi abuelo dice que, si alguna vez os apetece regalarle un lechón, estará encantado de aceptarlo. Sería fantástico cambiar la oveja por cerdo.

Joia era incapaz de apartar la vista de la muchacha, que parecía rebosar vitalidad y calidez.

—Le haré llegar uno hoy mismo —repuso Seft. Era importante estar a buenas con el viejo pastor. Habían invadido su valle y necesitaban que él considerase su presencia un beneficio, no una molestia—. Por cierto —añadió—, esta es Joia, una de nuestras sacerdotisas.

Dee la saludó con el apretón de manos formal.

—Qué honor conocer a una sacerdotisa.

—Ya había estado aquí, pero nunca te había visto. No sabía que Hol tuviera a una nieta viviendo con él.

—Eso es porque no vivo con él —aclaró Dee—. Apesta demasiado. Mi hermano, su mujer y yo tenemos un rebaño en el siguiente valle. Solo subo a la colina de cuando en cuando para ver cómo está el abuelo.

—Bueno, pues me alegro mucho de conocerte —dijo Joia.

—Igualmente. —Dee dejó la cesta en el suelo—. Que disfrutéis de la carne —les deseó. Dio media vuelta y se alejó a paso ligero.

—Madre mía... —musitó Joia despacio—. ¿No es maravillosa?

Seft le dirigió una mirada curiosa.

—Vamos a cocinar esta carne —dijo.

15

Ese invierno fue la época más feliz de la vida de Pia. Tenía a Han, y con cada día que pasaba ambos se amaban más. Era libre: nadie podía decirle qué tenía que hacer y todas las mañanas disfrutaba de una deliciosa independencia para decidir cómo pasar el tiempo. Tenían suficiente para comer: habían matado la vaca en otoño, cuando las criaturas salvajes se ocultaban en sus guaridas y muchas aves volaban al sur. Habían ahumado la mayor parte de la carne colgándola del techo, bajo el cual se concentraba el humo del fuego. No pasaban frío ni se mojaban, ni siquiera cuando nevaba. Han había construido bien el refugio y le habían hecho una cubierta con muchas capas de helechos de la orilla del río. Dormían pegados el uno al otro y tapados con abrigos de piel de oveja, dichosamente cómodos.

Echaba de menos a su madre, pero creía que algún día volverían a estar juntas.

Han era poco sentimental. Nada hacía pensar que añorase a su familia. No daba muestra de sentir tristeza por estar alejado de su madre y de sus dos hermanas, Joia y Neen. Hablaba con cariño de los hijos de Neen, dos sobrinas y un sobrino, pero no decía que tuviera ganas de verlos y hablar con ellos. No expresaba remordimiento alguno.

Cuando la carne empezó a acabarse, era ya primavera. Los árboles brotaban y pronto habría nuevas fuentes de alimento, liebres y ardillas jóvenes, huevos de aves y hojas frescas.

El bebé no tardaría en llegar. Pia tenía ya el vientre enorme, la piel tensa, y notaba sus movimientos con frecuencia. Yacía despierta y de repente se le marcaba un bulto en lo alto de la barriga, cuando el bebé estiraba las piernas y empujaba contra los límites de su reclusión. Pia quería que llegara de una vez. Se pasaba el día cansada; incluso levantarse por la mañana le suponía un esfuerzo. Ya faltaba poco para que dejara de estar embarazada, para tener a su bebé en brazos.

Aunque la vida era maravillosa, en el fondo de su ser sabía que aquello era irreal, como un sueño o un cuento. El verano iría bien, pero, más allá de ahí, el futuro era incierto. No sabía cómo sobrevivirían en invierno. No conseguirían otra vaca. Las madres que pasaban hambre producían leche de mala calidad, todo el mundo lo sabía, y una leche de mala calidad significaba un hijo enfermizo.

«Una cosa detrás de otra», se dijo. Primero, el parto. Después, el verano. Y luego tendrían que volver a pensar.

Notó que Han se movía a su lado. Debía de estar amaneciendo. Han la besó y se levantó.

A Han le gustaba salir a cazar temprano. Tomó un trago de agua de la jarra de madera que había tallado y después cogió el arco y las flechas. Cuando salió del refugio, vio un ligero tono gris en el cielo del este. No se calzó: necesitaba ser sigiloso.

Enfiló por una ruta que conocía bien y que cruzaba el bosque hasta un pequeño claro. Allí, junto a una zarza a la que empezaban a brotarle las hojas, se estiró en el suelo con cuidado, sin hacer el menor ruido. Las criaturas salvajes aún no habían abandonado sus escondrijos nocturnos. Han permaneció inmóvil con el arco en la mano izquierda y una docena de flechas junto a la derecha; solo movía los ojos. Aquel era el mejor momento del día: el aire límpido y fresco, el bosque húmedo por el rocío, silencio y paz.

Aparecieron dos palomas torcaces que ejecutaron una danza de apareamiento en un árbol. Una ardilla correteó por una rama. Una liebre cruzó el claro a brincos, demasiado deprisa para que tuviera tiempo de dispararle. Han no debía esperar más para matar.

Muy despacio, colocó una flecha en el arco y tensó la cuerda con sumo cuidado. Con un poco de suerte, un pato saldría bamboleante de entre la maleza y accedería al claro; un pato rechoncho, lento, un blanco fácil.

De pronto había tres liebres mordisqueando la hierba. Han apuntó en su dirección muy despacio, disparó a una y rápidamente lanzó una segunda y una tercera flechas. La segunda dio en el objetivo, pero la tercera liebre huyó saltando, ilesa. La ardilla desapareció y las palomas echaron a volar.

Satisfecho, Han se levantó, cogió las dos liebres por las orejas y rescató las flechas para volver a utilizarlas.

El sol empezaba a ascender. En el camino de vuelta, Han escrutó el suelo en busca de los primeros vegetales. Encontró una mata de cebolletas, las arrancó todas y las lavó en el río para quitarles la tierra.

Hecho esto, regresó al refugio y mostró las presas y la cosecha a Pia, que puso agua a hervir en una olla. Han despellejó las liebres, las limpió y le dio las entrañas a Trueno. Cuando el agua rompió a hervir, Pia troceó las cebollas y las vertió en la olla; luego Han echó las liebres.

A continuación raspó con cuidado las pieles, recordando cómo su madre, Ani, limpiaba el pellejo del ganado.

—Con esto abrigaremos bien al bebé —dijo—. Me encantaría curtirlas, como hace mi madre, pero aquí no tengo nada de lo que necesitaría.

—El bebé no pasará frío —repuso ella.

—Después iré a buscar nidos. Los pájaros ya deben de estar poniendo huevos. —Y de pronto lo asaltó una duda—. ¿Los bebés comen huevos?

—No lo sé —contestó Pia—. Ojalá pudiera preguntárselo a mi madre.

Empezaba a hacer calor y los habitantes del bosque del Oeste se preparaban para partir hacia las colinas. Bez había vuelto a consultar a Joia, la afable segunda suma sacerdotisa, y esperaban que los ciervos migraran al cabo de dos días. Estaban confeccionando flechas para la cacería y afilando sílex para descuartizar después las piezas, también guardaban los recipientes para cocinar, las escudillas y otros objetos en bolsas de cuero pensadas para llevar al hombro. La emoción flotaba en el aire: todos hablaban con estridencia y reían mucho. El viaje era una aventura, incluso para quienes ya lo habían hecho muchas veces. Los perros sabían lo que estaba ocurriendo y correteaban impacientes, colándose entre los pies de la gente.

Bez y Fell estaban en una cabaña, hablando sobre la primera cacería que llevarían a cabo. El nuevo perro de Fell, que se distinguía por una mancha blanca en el hocico, dormía a su lado.

—El año pasado elegimos bien el lugar de la matanza —dijo Bez—. Deberíamos volver allí.

Fell negó con la cabeza.

—Los ciervos lo recordarán y no pasarán por ese sitio.

—No seas tonto. El año pasado solo se nos escapó uno. Y, de todos modos, no pueden advertirse los unos a los otros. No pueden hablar.

—Yo no estoy tan seguro —repuso Fell—. Tienen sus maneras de comunicarse.

Bez pensó que nadie sabía la verdad, así que era absurdo discutir sobre eso.

—Bueno, pues entonces busca un lugar mejor —dijo.

En ese instante, ambos advirtieron que el silencio se había adueñado del poblado.

—Problemas —concluyó Bez, y ambos salieron.

Todo el mundo miraba en la misma dirección. Bez siguió sus miradas y vio a Stam, armado con un arco y flechas. Esa vez iba solo.

—Tú —dijo cuando reconoció a Bez—. Tú sabes hablar como una persona. Ven aquí.

Bez no se movió.

—Eres bienvenido, Stam, si tus intenciones son pacíficas.

—Sabes qué es lo que me trae aquí.

—Quizá andes buscando otra vez a esa fugitiva. El año pasado no estaba y este año sigue sin estar.

—No es una fugitiva. Un ganadero nos robó a una de nuestras agricultoras. —Stam adoptó un talante fanfarrón—. Hemos descubierto quién es él. Se llama Han. Es alto y tiene el pelo claro y los pies grandes.

—No está aquí. Y tampoco sus pies.

—Creo que el otoño pasado, cuando vine buscándolos, sí estaban aquí, pero tú los escondiste. Podría matarte por ayudarles.

Los habitantes de los bosques se movieron, inquietos. Percibían con claridad que estaban siendo amenazados y eso les molestaba.

—Será mejor que no hablemos de matar, Stam, cuando nosotros somos tantos y tú solo uno —señaló Bez con tono conciliador.

—No os temo —replicó Stam, desdeñoso.

—No tienes nada que temer, siempre y cuando no hables de matar. Y ahora, creo que deberías marcharte antes de que tus palabras te metan en un lío.

—Me voy —accedió Stam—, pero recuerda esto: cuando encuentre a quien se esconde aquí, hablaremos de matar, y no serán solo palabras.

Han ladeó la cabeza.

—¿Qué es ese ruido? —preguntó.

Pia aguzó el oído.

—Parece mucha gente caminando y hablando.

—Viene de la parte norte del río —dijo Han—. Voy a ver.

—Te acompaño.

Pia se levantó con grandes esfuerzos. Estaba asustada. La presencia de gente implicaba peligro.

Fueron hasta la orilla y atisbaron entre la vegetación, con cuidado de permanecer ocultos a la vista. Trueno se sumó a ellos.

En la orilla norte se veían habitantes de los bosques, demasiados para poder contarlos. Al avanzar, dejaron atrás la casa abandonada y la orilla embarrada sin prestar atención al círculo de piedras de la colina. Algunos llevaban en brazos a niños de corta edad; la mayoría cargaban con bolsas de cuero a los hombros. Andaban con el paso moderado de quienes tienen un largo camino por delante.

Trueno gruñó al ver sus perros.

—¡Silencio! —le ordenó Han con severidad.

Trueno obedeció.

—Es su migración —dijo Pia—. Están siguiendo a los ciervos, pero nosotros no los hemos visto pasar.

—Los ciervos son sigilosos. Podría haber disparado a uno si los hubiéramos oído, seguramente por eso son tan cuidadosos. No como los habitantes de los bosques. Cuando quieren, pueden ser silenciosos, pero ahora mismo están haciendo muchísimo ruido.

—Porque se lo están pasando bien. Salta a la vista. Cuando la gente parte de viaje en un grupo grande, se divierte, conoce sitios nuevos, a veces se enamora...

Observaron el desfile un rato y luego volvieron al refugio. Han dijo que los habitantes de los bosques no suponían una amenaza, pero Pia seguía preocupada.

Han había abatido tres palomas torcaces bien rollizas y del

recipiente que estaba al fuego manaba un aroma que hacía la boca agua. Sacó una pechuga de la olla con la ayuda de una rama puntiaguda.

—Ya casi está —dijo.

Siempre tenía apetito, pero lo dividía todo en dos partes iguales, aunque él fuera más corpulento, porque Pia también comía por el bebé.

De pronto, Trueno ladró.

—¡Chis! —la acalló Han.

La perra tenía las orejas enhiestas y miraba en dirección al norte, en dirección a aquel grupo de migrantes. Han se puso en pie y se encaminó hacia donde apuntaba el morro de Trueno. Pia lo siguió. Cuando llegaron a la orilla, vieron a dos hombres en el río. Los habitantes de los bosques no eran grandes nadadores y aquellos pateaban en el agua agarrados a un leño. Los seguía a poca distancia, nadando sin esfuerzo aparente, un perro con una mancha blanca en el morro.

—¡Oh, no! —exclamó Pia—. ¡Nos han encontrado!

—No pasa nada —dijo Han—. Son amigos.

Pia miró mejor.

—Entonces son… ¡Bez y Fell!

Cuando los dos habitantes de los bosques llegaron a la orilla, Han se arrodilló y los ayudó a salir del agua. Se oyeron unos vítores irónicos en la otra orilla cuando ambos pisaron tierra firme. Han sacó también el leño para que pudieran usarlo cuando volvieran.

Pia los apremió hacia el interior de la isla antes de que nadie pudiera verlos. No le gustaba que tanta gente supiera dónde estaban Han y ella. Una vez ocultos a la vista, se saludaron con sumo afecto mientras los perros se olisqueaban con recelo.

Los cuatro se sentaron en el suelo frente al refugio.

—¿Cómo nos habéis encontrado? —preguntó Pia.

—Hemos visto el humo típico de una hoguera —contestó Bez—. Supusimos que seríais vosotros.

A Pia le inquietaron las implicaciones de esa respuesta.

—Alguien más podría hacer la misma deducción.

—Me temo que sí —dijo Bez—. Antes de ponernos en camino, recibimos una visita de Stam. Sigue buscándote, Pia. Sabe que estás con Han, pero no dónde. Sospechaba que estabais con nosotros en el bosque del Oeste.

—Así que corremos peligro —concluyó Pia.

—Yo estoy aquí para protegerte —terció Han—, pero tienes razón: tendremos que estar vigilantes.

Fell sonrió a Pia.

—Tu bebé llegará pronto.

—Eso espero. —Ella tanteó la dureza de las palomas y vio que ya estaban cocidas—. ¿Os gustaría comer algo?

Ambos aceptaron la invitación con entusiasmo.

Pia solo tenía dos escudillas, por lo que compartió una con Han, y Bez y Fell hicieron lo propio con la otra. Los habitantes de los bosques no utilizaban cucharas, sino que bebían directamente de la escudilla y luego cogían la carne con los dedos.

La comida desapareció en un abrir y cerrar de ojos.

—¡Ahora sois habitantes de los bosques! —exclamó Bez con una sonrisa burlona.

Pía se dijo que, en efecto, lo eran: no poseían ni animales ni tierras.

—Pero no tenemos tribu.

—Nuestra tribu es vuestra tribu —repuso Bez.

Pia pensó en eso. ¿Podrían vivir con el pueblo de Bez en

el bosque del Oeste? Allí no estarían peor que en la isla, desde luego, y contarían con la protección de los demás, pero Pia creía que no le gustaría su modo de vida, sobre todo porque las mujeres se acostaban con infinidad de hombres.

—¿Cómo van las cosas en la Gran Llanura? —preguntó Han.

Bez negó con la cabeza, abatido.

—En otoño hubo una tormenta, y en el solsticio de invierno nevó, pero hace muchos días que no llueve. Confiamos en que haya algo de pasto en las colinas.

—Así que aún dura la sequía. Este ya será el tercer año.

—Muchos no verán el cuarto.

—¿Has hablado con mi hermana Joia?

—Sí. Volvió a decirnos cuándo se prevé que los ciervos migren. Espero que también esta vez tenga razón.

—¿Cómo está?

—Igual, aunque habla mucho de mover piedras gigantes. No entiendo por qué.

Han asintió con la cabeza.

—Yo sí. Quiere construir el Monumento en piedra.

—¿Acabará eso con la sequía?

—¿Quién sabe?

Bez se levantó.

—Debemos irnos. Aún nos queda media jornada de camino hasta donde solemos parar a pasar la noche. Gracias por compartir vuestra comida con nosotros. Si tenemos una buena caza, os traeremos un venado.

—Os lo agradeceremos mucho —dijo Pia.

Volvieron a la orilla y los dos habitantes de los bosques cruzaron el río, de nuevo aferrados al leño.

—Ayúdame a coger helechos frescos, por favor —le pidió Pia a Han.

—Claro —accedió él—, pero ¿por qué?

—El parto puede ser farragoso.

Él se sobresaltó.

—¿Ya ha empezado?

—Sí. Antes he sentido un dolor agudo, y cada vez es más intenso. No te preocupes, es normal. He visto parir a otras mujeres. El dolor es lo que entregamos a cambio del amor.

—Vale —convino Han, esforzándose por mantener la calma.

Pia recordó que era el menor de su familia y pensó que probablemente nunca habría presenciado un parto.

Han empezó a recolectar brazadas de los helechos que crecían en la tierra húmeda de la margen del río.

Cuando volvieron al refugio, Pia se quitó la túnica para no mancharla.

—Extiende los helechos en el suelo, dentro —le indicó Pia—. Necesitaré que el fuego esté encendido para que ni el bebé ni yo pasemos frío, sobre todo si esto se alarga hasta la noche.

—¿Tanto durará?

—Esperemos que no.

En cuanto Han acabó de colocar los helechos, Pia se tendió de lado. Han se arrodilló junto a ella.

—¿Qué puedo hacer?

—Nada. Quédate conmigo y no te preocupes si grito.

Al principio, Pia solo gemía a intervalos. Han le dio palmaditas en el brazo con intención de consolarla, pero se sintió ridículo y dejó de hacerlo.

—Sigue, sigue. Eso ayuda.

Trueno estaba inquieta. Entraba en el refugio, olisqueaba a Pia y salía de nuevo, como buscando una explicación.

Los gemidos de Pia se transformaron en gritos. Apenas fue consciente del paso del tiempo, del calor del mediodía y del declive de la tarde. Cuando el dolor se volvió agónico, supo que el bebé estaba listo para nacer. Rodó sobre sí misma y se puso a gatas.

—Arrodíllate detrás de mí —le pidió a Han.

Él obedeció y ella oyó su exclamación de estupor.

—¡Oh! Puedo ver la cabeza, pero… ¡es muy grande! ¡Es demasiado grande!

—No te preocupes, solo prepárate para sujetar al bebé cuando salga —indicó ella, y volvió a chillar de dolor.

Notó que la cabeza asomaba y supo que lo peor había pasado, aunque el parto no había terminado aún.

—¡Lo tengo! ¡Lo tengo! —dijo Han con voz triunfal.

Pia notó que el dolor volvía a intensificarse y que los hombros del pequeño salían, seguidos del resto del cuerpo, ya con más facilidad. Se derrumbó de bruces, jadeante, como si hubiera estado corriendo. Un momento después, el bebé rompió a llorar. Pia se giró pasando una pierna con cuidado por encima del cordón que seguía uniéndola a su hijo. Sonrió a Han, que sostenía en los brazos aquel cuerpo diminuto y lo miraba, maravillado.

—Bueno —dijo ella—, ¿es niño o niña?

—No lo sé —contestó él—. Ah, sí, claro que lo sé. Es un niño. ¿Qué te parece? ¡Un niño!

Pia sabía que en ese momento todo era como un milagro. Se incorporó hasta quedar sentada, y Han le puso al bebé en los brazos.

El niño dejó de llorar al instante y sus labios empezaron a moverse, como succionando. Pia le acercó un pezón a la boca y él arrancó a mamar con un brío sorprendente.

—Ve a buscar dos tallos largos y finos y átalos alrededor del cordón. Luego córtalo entre los dos nudos con un trozo de sílex.

Han se alegró de poder hacer algo útil. Salió y enseguida volvió con dos tallos adecuados.

—Átaselos cerca de la barriga —le instruyó Pia.

Han hizo dos nudos tensos y después cortó el cordón.

El niño dejó de succionar y se quedó dormido. Pia se lo tendió a Han.

—Estoy agotada —dijo, y se tumbó.

Han cogió una de las pieles de liebre y cubrió con ella los hombros del bebé.

—¿Cómo lo llamaremos? —preguntó.

—No lo he pensado.

—Mi padre se llamaba Olin.

—Me gusta —dijo Pia—. Olin.

Han estrechó al niño contra su pecho. Seguramente había que lavar a Olin, pero eso podía esperar. Le limpió la carita con su enorme mano y toda la delicadeza de la que fue capaz.

—Olin —dijo—. ¿Te gusta tu nombre, Olin? —El niño siguió durmiendo—. Bueno, no parece que le disguste.

Pia quiso contestarle, pero se quedó dormida.

Olin cambió mucho en sus primeras semanas de vida. Abría los ojos y parecía prestar atención cuando veía la cara de Pia o de Han, y a veces daba la impresión de sonreír. Empezó a dormir menos durante el día y más durante la noche. Berreaba enfadado cuando tenía hambre, lloriqueaba monótonamente si estaba incómodo y ronroneaba satisfecho cuando cerraba los ojos para dormir. Cada día pesaba un poco más en los brazos de Pia.

Han le cantaba. Le dijo a Pia que de pronto había recordado decenas de cancioncillas de su infancia, que suponía que Ani le habría cantado de pequeño. Aunque eran tonadas muy sencillas y sus letras solían ser simplonas, Olin lo miraba como fascinado por el sonido. Pia conocía algunas de esas canciones y a menudo lo acompañaba entonándolas.

Le habría gustado que su madre pudiera conocer a Olin. Yana se emocionaría y se enorgullecería de su hija y de su primer nieto. Sí, la mujer acabaría viendo a Olin, pero ¿cuándo? Y mientras tanto no podría disfrutar de la emoción de verlo crecer y aprender.

El tiempo fue tornándose más caluroso con la proximidad del verano y seguía sin llover. Un día, mientras mecía a Olin frente el refugio y Han cosía pieles de liebres para confeccionar una manta para el niño, Pia se armó de valor.

—Me gustaría ir a Aguacurva antes del invierno —dijo.

Han se quedó atónito.

—Me parece demasiado pronto —opinó—. Estoy seguro de que Troon aún no te ha olvidado. Cuando sepa que has vuelto, intentará raptarte.

—Lo sé —reconoció ella—, pero temo que los tres acabemos muriendo de hambre si nos quedamos aquí.

—Hasta ahora hemos salido adelante.

—Pero el invierno pasado teníamos una vaca.

—Podríamos conseguir otra.

Pia negó con la cabeza.

—Has abandonado la comunidad ganadera, Han. Zad no te dará otra. Y, si robas una, podrías convertirte en el blanco de la flecha de algún ganadero.

—Bueno, pues un ciervo. Un ciervo nos duraría todo el invierno, tiene tanta carne como una vaca.

—Nunca has cazado un ciervo, y son muy difíciles de atrapar y de matar. En las cacerías de los habitantes de los bosques tiene que participar toda la tribu.

Han parecía herido por su falta de fe en él.

Pia intentó suavizar sus argumentos.

—Mira, si fuéramos nosotros dos solos, como el invierno pasado, te diría que adelante, que nos arriesgáramos y que, si moríamos, moriríamos juntos. Pero ahora ya no puedo pensar solo en nosotros. Si nosotros morimos de hambre, Olin muere de hambre, y no estoy dispuesta a asumir ese riesgo... ¿Tú sí?

Solo había una respuesta posible a eso.

—No, claro que no —dijo Han, aunque parecía enfadado.

Olin gimoteó y Pia se lo acercó al otro pecho.

—Podríamos trasladarnos al bosque del Oeste e integrarnos en la tribu de Bez. Él nos lo sugirió, más o menos —propuso Han.

—He estado pensándolo. —Aunque Pia había decidido no hacer ninguna referencia a las peculiares costumbres sexuales de los habitantes de los bosques, tenía otra objeción—. El bosque del Oeste está demasiado cerca de Los Cultivos y de Troon.

Han asintió con la cabeza.

—Bueno, no hay que tomar la decisión ahora. Tenemos todo el verano por delante. No sabemos qué puede pasar. —Se le iluminó la cara—. ¡Troon podría morir!

—Está bien —accedió ella—. Nos quedaremos hasta el equinoccio de otoño, cuando la noche sea igual de larga que el día. Si en ese momento no tenemos suficiente comida para subsistir hasta la primavera, nos marcharemos.

—De acuerdo.

Trueno se levantó y gruñó levemente. Se acercaba alguien, pero no consideraba peligroso al visitante. La perra miraba hacia el norte, así que era probable que se tratara de alguien cruzando el río. Han cogió el arco y las flechas y fue a mirar. Pia se quedó con Olin.

Le sorprendió ver que Han volvía con Fell. Era la primera vez que Pia lo veía sin su hermano, aunque sí lo acompañaba el perro de la mancha blanca.

Fell acarreaba sobre el hombro izquierdo un corzo muerto, destripado pero no despellejado. En el cinturón llevaba un hacha de sílex grande y una hoja manchada de sangre, que a todas luces había empleado con el corzo. Descargó el animal y lo dejó en el suelo con un suspiro de alivio.

—Para vosotros —dijo.

—¡Es un regalo maravilloso! —exclamó Pia. No estaba segura de cuánto dominaba Fell la lengua de los ganaderos. Era Bez quien solía comunicarse.

—Y muy generoso —convino Han—. Gracias.

—Siéntate —lo invitó Pia—. ¿Quieres un poco de agua?

Fell hizo un gesto afirmativo y Han le llevó agua en una escudilla de madera.

—¿Cómo está tu hermano? —le preguntó ella.

—Bez está bien —contestó—. Y Bez está contento porque tiene a Gida y yo me he ido. —Se rio, como si pretendiese que no tomaran muy en serio su comentario.

Aun así, Pia sentía curiosidad.

—Entonces ¿tu hermano y tú compartís a Gida?

Fell sonrió.

—Nos quiere a los dos. Somos afortunados.

Saltaba a la vista que a Fell le satisfacía aquella disposición, pero Pia no creía que ella consiguiera acostumbrarse nunca a eso.

Trueno ladró. Señalaba en la misma dirección que antes, al norte, pero esta vez la presencia sí parecía perturbarlo.

—¿Podría ser Bez? —preguntó Han.

—No —contestó Fell—. Está en las montañas altas. —Señaló el corzo—. Cazando de estos.

—¿Te habrá seguido alguien?

—No lo sé.

Pia sintió un miedo repentino.

Han cogió el arco y las flechas y se encaminó a la orilla, seguido por Trueno.

Ella lo vio pasar por detrás de una ristra de arbustos, luego oyó un ruido extraño, un zumbido y un silbido similar al de una flecha al ser disparada. A continuación, un gruñido, y por último, un golpe seco, como el que hace algo al caer.

—¿A qué le habrá disparado Han? —preguntó.

Trueno empezó a ladrar como loca y de pronto se calló. Pia se puso en pie con Olin en los brazos.

—¿Han? —llamó—. ¿Estás bien, Han?

Hubo un silencio aterrador.

Fell cogió el hacha que llevaba sujeta al cinturón y se levantó con un pie sobre el corzo, como temeroso de que un ladrón pudiera intentar llevárselo.

—¿Han? —Pia se dirigía a toda prisa hacia los arbustos, cada vez más inquieta.

Detrás de las matas había un olmo alto. A la sombra del árbol, Pia vio a Han tendido boca abajo. Tenía una flecha clavada en el cuello y la sangre brotaba de su garganta.

Por un momento, se quedó paralizada. Era incapaz de asimilar lo que estaba viendo. Era imposible hacerlo.

Olin rompió a llorar.

Pia quería gritar, pero temía asustar al pequeño. Reprimió como pudo el terror que sentía y se arrodilló al lado de Han. Él apenas se movía.

—¡Dime algo, Han! —pidió con una voz rayana en el alarido.

Daba la impresión de que Han no podía hablar. Pia miró la flecha y se sintió impotente. Creyó que iba a vomitar y tragó saliva con fuerza. Luego se obligó a serenarse. Con toda la delicadeza que pudo, tiró de la flecha y la sacó del cuello. La sangre manó con más fuerza.

—¡No! —exclamó—. ¡No, no, no!

Junto a Han, Trueno yacía con una flecha clavada en el lomo. Estaba viva, respiraba, pero no se movía. ¡Cómo se apenaría y enfadaría Han cuando viera eso!

Pia alzó la mirada. A través de las lágrimas vio a Stam, de pie a unos metros de ella, ajustando otra flecha en la cuerda del arco.

—¡Has sido tú! —gritó.

Volvió a mirar a Han e intentó taparle la herida con la mano que tenía libre. No servía de nada. Pia sabía que era un gesto inútil, pero apretó con más fuerza. Olin lloraba ya a pleno pulmón; era un llanto angustiado. Ella lo estrechó contra sí y se inclinó sobre Han.

—¡No te mueras, mi amor! ¡No te mueras!

El flujo de sangre perdió ímpetu. Era mala señal. Pia había visto matar animales y sabía que, cuando la sangre dejaba de manar, la bestia estaba muerta. Aun así, era incapaz de aceptarlo.

—¡Yo te curaré! ¡Te curaré, ya lo verás!

Pero una parte de su mente que aún se aferraba a la racionalidad le dijo que Han nunca se curaría.

Volvió a alzar la vista y vio que Stam apuntaba con su arco..., no a ella, sino a algo situado a su espalda. Pia se volvió y vio a Fell con el hacha en alto. La lanzó justo cuando Stam soltó la flecha. Pia vio el hacha rozar el hombro de Stam; se giró de nuevo y fue testigo de cómo la flecha perforaba el vientre de Fell.

Este profirió un grito agónico y cayó de rodillas.

Su perro huyó a todo correr.

Stam se llevó una mano al hombro. Con la cara contraída por el dolor, se encaminó a grandes zancadas hasta donde estaba Fell, herido. Al llegar a su lado, soltó el arco y se sacó un cuchillo del cinturón. Pia supo instintivamente que se proponía rematarlo. Sin soltar a Olin, se lanzó contra Stam y lo golpeó con la mano libre.

Stam maldijo y le asestó una bofetada. Era fuerte y tenía las manos recias. A Pia se le nubló la vista; se sentía aturdida. Él le propinó otra bofetada y ella trastabilló; le dolía toda la cabeza. El tercer tortazo la derribó al suelo y le hizo soltar a Olin. Pia se apresuró a recuperarlo, lo apretó contra su pecho y después miró a los dos hombres.

Stam se había girado hacia Fell, que, aunque pareciera increíble, había conseguido levantarse y luchar cuerpo a cuerpo con su atacante. Ambos forcejearon un momento, pero Fell estaba herido de muerte y no podía pelear en igualdad de condiciones. Stam lo arrojó al suelo, se agachó y le sajó la garganta con el cuchillo de sílex.

Pia se levantó. Olin chillaba, pero ella sabía que no era de dolor, sino solo de miedo. Aquella carnicería era apabullante. Apenas unos instantes antes, Han y ella habían estado hablando, haciendo planes, dando la bienvenida a un visitante; ¿cómo era posible que ahora yaciera allí, inmóvil y mudo? ¿Volvería a hablarle alguna vez? Y a su lado, el bondadoso Fell.

Pia empezó a creerse al fin que aquello que veía era la realidad. Han se había ido. Han estaba muerto. El horror de la pérdida la consumió por dentro y la invadió la rabia. Agarró la flecha que había extraído del cuello de Han y corrió hacia Stam con la determinación de acabar con su vida.

—¡Has matado a Han, monstruo, bestia, puerco salvaje!

Stam alargó una mano en un gesto defensivo y eludió la flecha, pero la afilada punta de sílex le abrió un corte en el antebrazo que le arrancó un grito de dolor y furia.

Pia echó el brazo atrás para asestarle una cuchillada mortal, pero él reaccionó demasiado deprisa. En lugar de atacarla, le arrebató a Olin de los brazos. Lo sujetó colgado de un tobillo, alzó el cuchillo, aún manchado con la sangre de Fell, y lo acercó a la suave piel del niño desnudo.

Pia se desmoronó.

—¡No, por favor, no le hagas daño! —imploró.

Su voz había perdido toda ira y la agresividad, tan solo transmitía una súplica desesperada. Avanzó un paso para recuperar a Olin, pero Stam acercó aún más la punta de sílex al bebé.

—Quédate donde estás o se la clavaré.

Ella se postró.

—Devuélvemelo, por favor.

—Escúchame bien —replicó él—. Voy a llevarte de vuelta a Los Cultivos porque ese es el deseo de mi padre, aunque dudo que a él le importe lo que le ocurra a tu hijo. Aun así, dejaré que conserves al mocoso, siempre y cuando te portes bien y hagas lo que yo te diga. Causa el menor problema y lo tiraré al río para que veas cómo se ahoga.

La amenaza provocó en Pia un nuevo acceso de llanto.

—Me portaré bien, lo prometo —dijo entre sollozos—. Haré todo lo que me pidas. Por favor, devuélvemelo.

—Y no intentes huir.

—No, de verdad que no lo intentaré.

Stam, que seguía sujetando a Olin de un tobillo, se lo pasó a Pia. Ella lo cogió, lo abrazó con fuerza y empezó a mecerlo.

—No pasa nada, no pasa nada —le susurró al oído.

El llanto del pequeño se apaciguó levemente.

—Ve a buscar unas hojas grandes y lisas y unas enredaderas —ordenó Stam—. Tengo dos heridas que sangran; una de ellas, obra tuya. Suelta al niño y déjalo aquí. No pienso darte la oportunidad de cruzar el río a nado y escapar.

Ella dudó. No soportaba la idea de dejar allí a Olin.

—Hace un momento has prometido que harías cualquier cosa que te pidiera.

Pia supo que no tocaría a Olin, porque podía usarlo para controlarla. Dejó al niño en el suelo con delicadeza y fue a buscar lo que Stam necesitaba.

Cuando volvió, encontró bien a su hijo.

Mientras cubría las heridas de Stam, sintió que la rabia volvía a crecer en su interior. Allí estaba, vendando las heridas del hombre que había matado a Han. Pia lo había perdido todo a manos de ese hombre. Han había muerto y ella volvía a Los Cultivos, volvía a la severa sociedad agricultora. Todas sus expectativas se habían pulverizado. De no ser por Olin, se habría arrojado al río para morir ahogada. Sin embargo, tenía que contener la rabia. Bullía en su interior como si hubiese ingerido un veneno repugnante, pero debía ocultar sus emociones.

Acabó de tapar las heridas de Stam.

—Ahora, dame de comer. Tengo hambre —ordenó él.

Pia estuvo a punto de decir que había que hacer algo con los cadáveres, pero decidió no discutir. Después de dejar a Olin en el suelo, cortó un poco de carne fría de un pato hervido y picó unos tallos de ulmaria que había encontrado en la orilla del río. Puso la comida en una escudilla y se la llevó a Stam, que se la comió con las manos.

—No ha pasado mucho rato desde el mediodía. Esta tarde podremos cubrir una buena distancia. Pongámonos en camino.

Pia hizo acopio de todo su valor.

—Deberíamos incinerar a los muertos.

—No hay tiempo —replicó él.

—¡Déjame al menos llevarlos al refugio!

—Pero date prisa.

Pia se acercó al cuerpo de Han. Verlo le causó tal acceso de llanto que tuvo dificultades para agacharse y agarrarlo de los tobillos. Sin dejar de llorar, tiró de él y lo arrastró por el suelo. Le parecía una manera cruel e irrespetuosa de moverlo, pero sabía que no podría levantarlo y cargar con él: pesaba demasiado. Tampoco podía pedir ayuda a su asesino.

Metió a Han en el refugio y dispuso su cuerpo con ternura: las piernas rectas, los pies juntos, los brazos cruzados sobre el pecho. Han llevaba puesta la túnica y sus grandes zapatos.

Pia seguía llorando cuando repitió el proceso con Fell, que era mucho más ligero. Los dos hombres quedaron tendidos uno al lado del otro.

Por último, arrastró a Trueno, que había muerto desangrada, y la colocó al lado de Han.

Después tomó a Olin en brazos y entonó la canción del dios Tierra, que pareció calmarlo un poco. Temía que Stam la interrumpiera y la arrancara de allí, pero no hizo nada y ella consiguió acabar la canción.

No le parecía bien dejar a Han y a Fell allí, pero no podía hacer otra cosa.

Pia salió del refugio y se volvió para mirarlo. Había sido su hogar durante más de medio año, había sido testigo del mejor momento de su vida... y del peor.

—Por fin estás lista —dijo Stam.

Ella asintió con la cabeza.

—Pues vámonos.

Y echaron a andar.

16

La cacería de los habitantes de los bosques en las colinas del Noroeste estaba yendo mejor que en los últimos dos veranos, que habían sido nefastos. A su llegada habían encontrado los manantiales exuberantes por la nieve invernal y gran cantidad de hierba fresca, de la que ya prácticamente no quedaba nada. Aun así, habían matado varios ciervos y comido bien.

Bez, Gida, Lali y sus compañeros estaban tendidos boca abajo y de cara al viento frente a una manada de ciervos rojos, grandes y sustanciosos. Esos animales tenían un atractivo adicional: su cornamenta, vasta y ramificada, servía para confeccionar herramientas muy valiosas. Era un día caluroso, por lo que las mujeres iban desnudas y los hombres llevaban solo el taparrabos de cuero. Avanzaban reptando, ya que necesitaban acercarse lo bastante para desplegar los arcos y las flechas sin ahuyentar a las presas. Guardaban un disciplinado silencio: los ciervos tenían buen oído.

Bez creía que ya casi lo habían conseguido cuando toda la manada se alarmó de pronto. Algunos de sus miembros irguieron la cabeza, otros se movieron de lado, otros dieron un pequeño brinco. ¿Habían olido algo? Entonces Bez vio a un perro trotando por la colina. Los ciervos se alejaron un poco de él, preparándose para echar a correr. Los cazadores se levantaron y varios dispararon flechas, pero la manada estaba demasiado lejos y huyó.

El perro que había provocado aquello parecía exhausto y abatido. Algunos habitantes de los bosques lo increparon, furiosos, por haber desbaratado la cacería, pero el animal parecía demasiado agotado para reaccionar.

—Es el perro de Fell —dijo Lali, que tenía la agudeza visual de la juventud.

Bez se fijó en la mancha blanca del morro. Lali tenía razón.

El perro vio a Bez, profirió un ladrido complacido y corrió hacia él. Bez lo acarició, pero sintió un peso en el pecho.

—¿Qué hace aquí sin su dueño? —se extrañó Gida.

—Eso me pregunto yo —contestó Bez con gravedad.

—Ha pasado algo.

Bez asintió. Tenía el mismo presentimiento.

—Ayer, Fell fue a llevarles un corzo a Han y a Pia —dijo.

—Así que el primer sitio donde habría que buscarlo es esa isla.

—Sí.

—Voy contigo —se ofreció Gida con un tono tan firme que disuadía de cuestionar su decisión.

Bez miró el cielo.

—Imposible llegar hoy antes del anochecer. Será mejor que partamos con la primera luz.

Al día siguiente, a mediodía, llegaron a la casa abandonada situada en la margen del río. Allí encontraron un leño y lo echaron al agua, y en ese instante el perro de Fell empezó a comportarse de manera extraña. Gemía, se agazapaba y se levantaba de nuevo, se acercaba al agua y reculaba, todo ello como si algo lo asustara.

Bez y Gida decidieron dejarlo allí. Si cambiaba de opinión, podía cruzar el río a nado y buscarlos.

Mientras lo cruzaban ellos, a Bez lo atenazó la aprensión, pero no estaba seguro de qué era exactamente lo que temía. Los habitantes de los bosques no tenían enemigos en las colinas. La población de aquella región era escasa y estaba compuesta en su mayoría por pastores con pequeños rebaños. ¿Era posible que uno de ellos hubiera matado a Fell por el corzo que llevaba consigo?

Ambos treparon por la orilla hasta tierra firme. Nadie fue a recibirlos, y Bez sintió la premonición de la tragedia.

Se abrieron paso entre la vegetación hasta el pequeño refugio. Todo estaba inmóvil y en silencio. Bez concluyó que allí no había nadie.

El cuerpo del corzo estaba en el suelo, picoteado por los pájaros y mordido por pequeños carnívoros. Era la prueba de que Fell había llegado hasta allí, pero su regalo estaba en el suelo, como desdeñado, y no había rastro ni del donante ni de los receptores.

Entonces miró dentro del refugio... y dejó escapar un sollozo involuntario al reconocer a su hermano.

—¡Oh, Fell, mi Fell, mi amado Fell! —aulló Gida al mismo tiempo.

A primera vista, los dos tenían un aspecto plácido. Dos

hombres tendidos boca arriba con las manos cruzadas sobre el pecho y un perro al lado. Pero enseguida Bez advirtió los primeros indicios de descomposición: la piel gris con manchas violáceas, los vientres hinchados y un leve olor a podrido.

Instantes después le horrorizó ver que las criaturas salvajes ya habían rondado los cuerpos. Les habían arrancado los ojos, comido los labios, mordido las manos...

Se volvió, y Gida hizo lo mismo.

Uno frente al otro, se abrazaron y lloraron largo rato.

—Pia no está aquí —dijo al cabo Gida, entre lágrimas.

—Quizá consiguió huir.

Gida negó con la cabeza.

—O está a punto de dar a luz o cargando ya con un bebé. En cualquier caso, es improbable que lograra escapar cuando ni Han ni Fell pudieron hacerlo. Creo que se la ha llevado el asesino.

—Entonces ha sido Stam.

—Seguro.

Reunieron leña juntos, y el esfuerzo físico alivió la insoportable presión del dolor. Entre los dos levantaron una pira de doble ancho. Cuando acabaron, ya no estaban tan enervados por el dolor y la rabia como cansados y profundamente tristes.

Bez retiró la ristra de dientes de oso del cuello de Fell. Quería mostrársela a la tribu cuando les dijera que Fell había muerto.

Alzaron su cuerpo, Bez por los hombros y Gida por los muslos, lo llevaron con cuidado hasta la pira y lo depositaron en el suelo, a un lado.

Después, Bez descalzó a Han de sus inconfundibles zapatos. Tenían manchas de color rojo oscuro; sangre, sin duda. Al igual que el collar, servirían de prueba de lo que Bez había visto. Han era más corpulento y pesado que Fell, y les costó levantarlo, pero al final consiguieron llevarlo hasta la pira y colocarlo junto a Fell.

Por último, Bez recogió el cadáver de la perra de Han y la dejó a los pies de su dueño.

Ambos se incorporaron y prendieron el fuego, y Gida entonó una canción de los habitantes de los bosques que hablaba de la pena y la pérdida.

Luego se sentaron a contemplar la pira encendida y charlaron sobre Fell. Gida recordó cómo había confeccionado el collar, después de hacer minuciosamente los agujeros para el cordón en los dientes con un delgado punzón de sílex.

—¡Se sentía tan orgulloso cuando acabó! Se lo puso y se paseó por el poblado, esperando que la gente se fijara en él y le dijera algo.

Bez recordó su nacimiento. Su madre le había dicho: «Un hermanito para ti. Tienes que cuidar de él».

—Lo intenté, de verdad que lo intenté, pero he fracasado —le dijo a Gida—. Los dos lo queríamos —añadió mientras los cadáveres se convertían en cenizas.

Gida asintió con la cabeza.

—Sí, los dos lo queríamos.

Cuando ya no quedaba más que restos humeantes, se marcharon de la isla.

El perro esperaba paciente ante la casa abandonada.

—Supongo que a partir de ahora serás mi perro —dijo Bez.

Se pusieron en camino de vuelta al campamento, y el perro en ningún momento se despegó de sus talones.

Llegaron cuando los habitantes de los bosques estaban terminando la cena. Todos ellos interrumpieron lo que estaban haciendo y se congregaron alrededor de Bez y Gida para saber qué había ocurrido. Gida se lo contó y Bez les mostró el collar de Fell y los zapatos de Han.

Reaccionaron con ira. Fell había nacido en el seno de la tribu y Han era un miembro honorífico de ella. Dos de los suyos habían sido asesinados.

—¡Y sabemos quién lo ha hecho! —exclamó uno de los hombres, Omun, un cazador consumado—. Sabemos que Stam estaba buscando a Pia y a Han, y le oímos decir que mataría a cualquiera que los escondiera. Está claro. Fue a raptar a Pia y ahora se la ha llevado a casa.

Bez no estaba tan seguro. Le habría gustado disponer de alguna prueba, pero aquel no era momento para decir algo así.

—¿Quieres quedarte el collar de Fell? —le preguntó Bez a Gida.

—No —contestó ella—. Debes quedártelo tú.

Bez vaciló, pero luego comprendió que aquel collar le permitiría llevar siempre consigo a su hermano.

—Sí —dijo—. Quiero ponérmelo.

Ella se situó a su espalda y se lo pasó por la cabeza. Bez notó en la piel la frialdad de los dientes de oso. Gida los acarició con la yema de los dedos y una lágrima resbaló por su mejilla.

Bez se volvió hacia los congregados.

—Siempre recordaremos a Fell. Siempre.

Varias personas repitieron aquella palabra:

—¡Siempre!

—¡Tiene que haber un equilibrio! —voceó una de ellas.

Hubo gritos de adhesión.

—¡Desde luego! —dijo Bez—. Los dioses exigen un equilibrio. Es preciso devolver el golpe. Lo que es robado debe ser repuesto, una mentira exige una verdad y un asesinato requiere una muerte. Habrá un equilibrio. Lo habrá.

Pia estaba de vuelta en Los Cultivos, en las tierras de su madre, acarreando agua desde el río hasta los campos todo el día, todos los días, tal como había hecho en el pasado, solo que ahora llevaba a Olin sobre una cadera en todo momento. Le dolían la espalda y el hombro, y se sentía absolutamente desgraciada.

Tenía la sensación de que no podía desprenderse de Olin mientras trabajaba. Era demasiado peligroso. Las criaturas salvajes estaban hambrientas. Apenas unos días antes, un niño de pecho de los agricultores había sufrido el ataque de un jabalí, que ya había engullido gran parte de un muslo del chiquitín cuando su madre fue corriendo a socorrerlo al oír los gritos.

Olin era la única alegría de su vida. Ya había vivido una estación. Sonreía mucho y a veces incluso se reía. Giraba la cabeza al percibir una voz nueva, intentaba agarrar todo cuanto tenía a su alcance: una cuchara, una flor, el pelo de su madre…, aunque fallaba con frecuencia. Pia deseaba disponer de más tiempo para dedicarlo a jugar con él sin más, a cantarle y besar su suave piel.

Yana estaba muy feliz con su primer nieto. Lo cogía en brazos a la menor oportunidad y le hacía muecas divertidas que le arrancaban risitas. A ella también le habría gustado poder pasar más tiempo con el pequeño.

Pero la sequía persistía. Desde las nieves del invierno, apenas habían caído unos cuantos chaparrones y, aunque en los campos se veían brotes verdes, solo se debían al esfuerzo de los agricultores, que regaban la tierra con agua del río. Era evidente que no podían dejar de hacerlo.

Una noche, después de cenar, cuando Stam se había ausentado y Yana y Pia jugaban con Olin, recibieron la visita de Katch, la madre de Stam. Pia nunca sabía muy bien cómo comportarse con ella. Su hombre, Troon, era malvado, y su hijo, Stam, un monstruo, pero tal vez no fuera culpa suya. Y Katch también era tía de Pia, así que quizá le profesara aún cierta lealtad a su sobrina.

Yana le ofreció agua del jarro, y Katch la aceptó y se sentó. Aunque siempre parecía tímida, Yana decía que tras esa apariencia había fuerza. Sí, era posible que tuviera que ser fuerte para soportar una vida junto a Troon.

Olin estaba en la estera, tendido boca abajo y moviendo los brazos y las piernas. De pronto irguió la cabeza y miró inseguro a Katch; aquella cara no le resultaba familiar. Ella se inclinó hacia él y lo acarició debajo de la barbilla.

—Sabes que soy una extraña, ¿verdad? —le dijo—. Pero soy una extraña buena, así que no te preocupes.

El pequeño no parecía más tranquilo después de eso.

Katch se incorporó y bebió un sorbo de agua.

—Debéis de haber notado que últimamente Stam está pasando más noches en mi casa —dijo.

—Sí —confirmó Yana—. Dice que lo hace porque el llanto de Olin lo despierta y no le deja dormir.

Katch negó con la cabeza.

—Ese no es el motivo. A Stam no lo despierta nada cuando duerme, y menos aún el llanto de un bebé.

—¿Por qué lo hace, entonces?

Katch miró a Pia.

—Te tiene miedo.

Pia no daba crédito.

—¿Que él me tiene miedo a mí?

—Dice que siempre lo miras con odio.

Pia pensó que seguramente era verdad. Y, si así era, no pensaba dejar de hacerlo.

—Le da miedo que le cortes el cuello en mitad de la noche. —Dirigió una mirada a Yana, sin duda recordando que había lanzado esa amenaza en una ocasión.

—Bueno, no es de sorprender que lo mire con odio —dijo Pia—. Asesinó a mi compañero, el padre de mi hijo, el amor de mi vida. —Rompió a llorar—. ¿Qué esperabas?

—¿Asesinó? —se extrañó Katch—. Creía que habrían luchado...

Pia se indignó.

—¡No hubo ninguna lucha! Stam le disparó una flecha a sangre fría que le atravesó el cuello, y Han enseguida murió desangrado. Si mi odio es el único castigo de Stam, puede estar más que contento.

—Tal vez fuera un accidente...

Pia soltó un bufido desdeñoso.

—Stam también mató a un habitante de los bosques inocente. Y a una perra. Y cogió a Olin por un pie y amenazó con clavarle un cuchillo.

Yana contuvo el aliento, horrorizada. Pia no le había contado esa parte de la historia.

Katch se estremeció. Como madre, era incapaz de no reaccionar al oír hablar de herir a un niño tan pequeño.

—No puedes vivir respirando odio —dijo, a pesar de

ello—. ¿Y si dejaras esto atrás de una vez? ¿Y si lo perdonaras y volvierais a empezar?

—¡¿Qué?! —Pia no daba crédito. Se quedó muda un momento.

—Katch —intervino Yana—, ¿te ha pedido Troon que vengas a decirnos esto?

La mujer parecía abochornada.

—Sí.

—¿Y te ha mandado que nos pidas que perdonemos a Stam?

—Sí.

Pia pensó que eso lo explicaba todo. Katch no estaba expresando su opinión ni sus sentimientos: estaba repitiendo lo que Troon le había ordenado decir.

—Troon está furioso.

Pia sintió una punzada de lástima por la mujer, que tenía que vivir con ese hombre horrible.

—Mira, Katch —dijo Yana—, ¿por qué no vuelves a casa y le dices a Troon que te hemos escuchado atentamente y hemos prometido pensar mucho en todo lo que nos has planteado?

A Katch se le iluminó la cara.

—Sí, creo que eso podría aplacarlo.

Pia miró a su madre con admiración. Acababa de ofrecer una exquisita muestra de tacto.

Katch se puso en pie.

—¿Puedo decirle a Stam que sería bienvenido si quisiera pasar la noche aquí?

«En absoluto», pensó Pia, pero dejó que fuera su madre quien contestara.

—Creo que sería preferible que no le dijeras nada en esa línea. Las palabras pueden malinterpretarse con facilidad.

—De acuerdo —repuso Katch—. De todos modos, gracias por escucharme. Que el dios Sol os sonría.

—Y a ti también —contestaron Pia y Yana al unísono.

Katch se marchó.

Pia salió y la miró mientras cruzaba los campos. Ya había oscurecido por completo, pero últimamente las noches solían ser claras porque rara vez las nubes ocultaban las estrellas. Cuando Katch había desaparecido de la vista, a Pia la sobresaltó una voz próxima.

—Soy yo, Bez. No te asustes.

Pia giró en redondo. En efecto, era él.

—Pues sí, me has asustado —dijo.

—¿Puedo entrar en tu casa?

—Sí, por supuesto.

—Gracias.

Yana saludó a Bez y le ofreció agua. Pia se preguntó si sabría que habían matado a su hermano Fell. Debía darle la noticia y no sabía muy bien cómo hacerlo.

—Verás, Fell... —dijo con torpeza.

—Lo sé —la interrumpió él—. Gida y yo encontramos los cuerpos.

—Oh, qué horror —se lamentó Yana.

—Los incineramos y Gida entonó una canción.

—Me alegro mucho —agradeció Pia—. Stam no me dejó hacerlo.

—Lo supusimos, pero seguro que fuiste tú quien los dispuso de una forma tan bella en el refugio.

—Fue lo único que me permitió hacer.

—Me consoló ver que se había tratado con respeto el cuerpo de mi hermano, y te lo agradezco.

A Pia le reconfortó la idea de haber hecho algo bien en mitad del horror.

—Coloqué la perra de Han en la pira, a sus pies —informó Bez.

Pia lloraba.

—Gracias —dijo.

—Pero solo conozco el final de la historia. Debes contarme el principio. Necesito entender qué ocurrió.

—Sí, claro. —Pia se enjugó las lágrimas con las manos e intentó ordenar sus pensamientos—. Fell nos llevó un corzo, un regalo muy generoso. Nos habíamos sentado a charlar cuando Trueno ladró y supimos que se acercaba un extraño. Han fue a ver quién era. Tuve la sensación de que algo iba mal y lo seguí. Lo encontré tirado en el suelo con una flecha en el cuello, desangrándose. Lo siento, no puedo dejar de llorar.

—Y yo siento hacerte llorar —se disculpó Bez—, pero debo saber qué ocurrió. ¿Qué más viste?

—A Stam, allí, de pie, colocando otra flecha en el arco.

—Entonces ¿los asesinó Stam?

—Sí.

—¿No había nadie más con él?

—No. La segunda flecha hirió al pobre Fell, y luego Stam le cortó el cuello con un cuchillo.

Bez asintió con la cabeza.

—Suponíamos que había sido Stam, pero necesitaba que me lo confirmases.

—Bez, ¿hay algún motivo por el que necesites estar completamente seguro de quién lo hizo? —preguntó Yana con sagacidad.

—Sí —contestó él, solemne—. Los dioses exigen un equilibrio. Cuando se recibe un golpe, debe devolverse. Y cuando se produce un asesinato, el asesino debe morir. El martillo de los dioses debe caer sobre la cabeza del culpable.

Un día antes de la Ceremonia del Solsticio de Verano, las sacerdotisas ensayaban el ritual. La danza y el cántico que la acompañaban solo se interpretaban una vez al año, por lo que necesitaban practicar. Joia guio a las demás paso a paso, apuntándoles las palabras y precediéndolas en los movimientos serpenteantes entre los postes. Lo repitieron una segunda vez. Después de la tercera, el resultado la satisfizo, y se dirigieron al comedor porque ya era mediodía.

Se sentaron en el suelo en pulcras hileras y esperaron a que la suma sacerdotisa Ello entrara, tras lo cual se sirvió la comida, un estofado de sesos de vaca y tallos de diente de león. El grupo se había reducido, ya que tres sacerdotisas ancianas habían muerto durante el invierno.

—Creo que deberíamos reclutar a más novicias —sugirió Joia con ánimo de conversar—. La Ceremonia del Solsticio de Verano es una buena ocasión, la gente nos ve en nuestro máximo esplendor.

—Si fuéramos más, necesitaríamos más comida —observó Ello con aspereza.

—Pero debemos preservar el conocimiento que entrañan nuestros cánticos. Si la orden de las sacerdotisas se extinguiera, ese conocimiento se perdería para siempre.

—Lo sé, Joia. Si eres tan amable, abstente de aleccionarme.

Pero Joia insistió.

—Deberíamos al menos reemplazar a las sacerdotisas que fallecen.

—Sería más sensato esperar a que termine la crisis.

Era algo típico en Ello, siempre tenía un buen motivo para no hacer nada.

—Pero... —empezó a objetar Joia.

Ello la interrumpió.

—No reclutaremos a ninguna novicia hasta que la sequía haya concluido. Esa es mi decisión.

Joia sabía perfectamente lo grave que era la situación. Antes de la sequía, había ideado la manera de estimar cuántas cabezas de ganado tenía la comunidad ganadera. El ejercicio había requerido el uso del más elevado de los números nuevos que Soo le había enseñado hacía diez solsticios de invierno.

Había imaginado un rectángulo comprendido entre cuatro esquinas formadas por el Monumento, el poblado de Aguacurva, una aldea llamada Vegarribera y el bosque de los Tres Arroyos, y luego había recorrido el perímetro de ese rectángulo contando todas las vacas que veía. Partiendo del supuesto de que no habría logrado ver a la mitad de las reses, duplicó el número y obtuvo noventa y seis, que redondeó a cien. Después estimó que la Gran Llanura equivaldría a unos veinte rectángulos como aquel, de modo que la cantidad total de reses sería de dos mil.

Eso había sido antes de la sequía. Hacía unos días había repetido la operación y había llegado a un resultado de quinientas.

Era una diferencia aterradora. ¿Cuánto tardaría esa cantidad en reducirse a la nada?

Cuando todas las sacerdotisas acabaron de cenar y salieron, Joia vio a su hermana, Neen, esperándola fuera. Siempre se alegraba de verla. Aunque sus vidas habían transcurrido en direcciones muy distintas, seguían manteniendo su antigua relación afectuosa, en la que Neen era la hermana mayor, sabia y sensata, y Joia la pequeña, de la que era preciso cuidar.

Ambas querían a Seft, pero de diferente manera. Joia pasaba mucho tiempo con él y ambos compartían un sueño. Neen reconocía que eso le había molestado en el pasado, incluso había hablado con su madre al respecto.

—Una mujer sabe cuándo un hombre la ama y cuándo deja de hacerlo —le había dicho Ani.

—Seft no ha dejado de amarme.

—Entonces no te preocupes. Por Joia siente otro tipo de cariño.

Neen le había compartido esa conversación a Joia, que creía que su madre tenía toda la razón, como solía ocurrir.

En ese momento, Joia miró el rostro redondeado y el cabello exuberante de su hermana y sintió un arrebato de afecto por ella. Entonces advirtió que Neen no lucía su amplia sonrisa habitual.

—¿Ha pasado algo?

—Tienes que venir a casa de mamá —contestó Neen—. Hay un habitante de los bosques que insiste en hablar con las tres.

—Es probable que sea Bez —dedujo Joia—. Me pregunto por qué habrá venido. Debería estar cazando ciervos en las colinas del Noroeste.

Se apresuraron hacia la casa de Ani. Bez estaba fuera, con aire solemne. Las dos hijas de Neen, Denno y Anina, lo miraban fijamente con una mezcla de curiosidad y temor. Denno tenía seis solsticios de verano; Anina aún era pequeña. El hijo mayor, Ilian, se había ido con Seft.

Bez sostenía en las manos un pequeño fardo envuelto en cuero.

Todos se sentaron y Bez desenvolvió el paquete. Contenía un par de zapatos viejos, muy grandes y con el cordón en el empeine.

—Son los zapatos de Han —dijo Ani.

Joia contuvo el aliento, asustada, y Neen le pasó un brazo por los hombros y la apretó contra sí.

Bez le tendió los zapatos a Ani.

—¿De qué es esta mancha? —preguntó ella con voz trémula—. Parece sangre.

—He venido a deciros que Han ha muerto —informó Bez.

—¡No! —gritó Joia. Las lágrimas anegaron sus ojos—. No puede estar muerto.

—Lo siento —dijo Bez—. Lo mataron con una flecha.

Joia volvió la cabeza y la hundió en el hombro de Neen.

—No puede estar muerto —repitió—, es mi hermano.

Neen también lloraba.

Aunque le fallaba la voz, Ani tenía preguntas:

—¿Fue un accidente?

—No, no fue un accidente.

—¿Quién disparó la flecha?

—Stam, el hijo de Troon.

Joia alzó la vista.

—¡Lo sabía! —exclamó entre lágrimas—. Han matado a Han porque Pia lo amaba.

—Ellos dirán que Han les había robado a Pia.

—Como si fuera de su propiedad.

—Así es como piensan.

Neen cogió los zapatos de manos de Ani y se abrazó a ellos.

—Pobre Han, nuestro Han, nuestro grandísimo hermano pequeño…

—Mamá, ¿por qué lloras? —le preguntó Denno, su hija mayor.

—Porque el tío Han ha muerto.

Denno no lo entendía.

—¿Por qué? ¿Por qué ha muerto?

—Un hombre malo le disparó una flecha.

—¡Eso debió de dolerle! —dijo Denno, y rompió a llorar.

Joia se sentía devastada. Había perdido a su hermano, igual que Neen. Ani había perdido a su único hijo varón, Denno había perdido a su tío y Pia a su compañero. Lloró con más desconsuelo todavía. Creía que jamás conseguiría dejar de llorar; ni un aguacero de lágrimas sería suficiente para desahogar su dolor.

Bez esperó un rato.

—Por suerte, Pia está bien —dijo al cabo—. Y el bebé también.

—¡El bebé! —exclamó Ani—. ¡Claro! Debe de haber nacido esta primavera.

—Es un niño.

—Un nieto… —musitó ella—. ¿Sabes qué nombre le han puesto?

—Se llama Olin.

—Así se llamaba mi compañero. —Parecía pensativa—. Olin engendró a Han y después murió, y Han engendró a

Olin y después murió. —Su voz adquirió una nota amarga al añadir—: ¿Es así como los dioses juegan con nosotros?

Bez no contestó a eso.

—Olin —repitió Ani—. Olin—. Guardó silencio un momento y luego añadió—: Me pregunto si llegaré a conocerlo algún día.

Bez esperó hasta que los demás habitantes de los bosques regresaron de las colinas y luego puso en marcha su plan. Era un buen plan, aunque no estaba exento de riesgos.

En primer lugar, tenía que atrapar al culpable.

Durante tres noches seguidas se desplazó del bosque del Oeste al bosque del Este, que estaba habitado por otra tribu, pero las tribus de habitantes de los bosques que vivían en la Gran Llanura no eran hostiles entre sí. Hablaban lenguas diferentes, pero, sobre todo cuando coincidían en las colinas, sabían comunicarse con una especie de lenguaje rudimentario que incluía palabras de la lengua de los ganaderos. Las tribus del bosque del Este sabían que Bez estaba en su territorio, pero no lo importunaron.

Él se sentaba a cobijo del follaje y observaba pacientemente. Los agricultores, concluyó, trabajaban incluso más que los ganaderos. Labraban la tierra y sembraban semillas, acarreaban agua y escardaban los campos, y al final no les iba mejor que a ellos, ni en los buenos tiempos ni en los malos. ¿Qué incitaba a esa gente a desperdiciar su vida en ese esfuerzo denodado?

Durante su vigilancia, se concentró ante todo en la casa donde Pia vivía con su madre, el niño y Stam. Los tres adultos trabajaban todo el día, Pia con el bebé a cuestas. Llegada la noche, se sentaban a cenar juntos, tras lo cual, a juzgar por los sonidos procedentes de la casa, Stam tenía relaciones con Yana. Poco después, cuando ya había oscurecido o faltaba poco para que oscureciera, Stam salía de la casa y no volvía hasta el amanecer.

Parecía un patrón regular, algo que le resultaría muy práctico.

La cuarta noche, Bez regresó con tres habitantes de los bosques, tres hombres fuertes. Los cuatro se habían tiznado la cara, las manos, las piernas y los pies con ceniza de madera para hacerse invisibles en la oscuridad. Bez llevaba consigo varios trozos de cuerda fuerte elaborada con tendones de ciervo y un trozo de cuero fino que, enrollado, tenía aproximadamente el tamaño de su puño. Esperaron en el bosque, observando la casa mientras la noche caía. Guardaban silencio y permanecían inmóviles cada vez que oían pasar a alguien cerca de su escondite.

Cuando hasta ellos llegaron unos gemidos sexuales, supieron que era el momento de entrar en acción.

Bez barrió con la mirada el entorno, cada vez más oscuro. No había nadie ni en los campos, ni junto al río ni en la orilla opuesta.

—Vamos —indicó.

Los cuatro salieron del bosque con paso sigiloso. Tan deprisa como pudieron, cruzaron el campo hasta una pequeña hondonada, lo bastante profunda para ocultar a un hombre tendido. Luego se dispersaron por la ruta que Stam solía seguir.

Este no tardó en salir de la casa, y ese era el momento de

mayor riesgo. ¿Los vería a la luz de las estrellas, tumbados en el penumbroso campo? Si huía, ¿conseguirían atraparlo? ¿Serían capaces los cuatro habitantes del bosque de dominar a un hombre joven tan corpulento y fuerte?

Stam se acercaba. Parecía relajado. Si los veía en ese instante, aún podría echar a correr hacia la casa más próxima y pedir ayuda a gritos, con lo que ellos tendrían que abandonar el plan y huir a toda prisa.

Bez se vería obligado a idear otro plan, y llevar a cabo una segunda tentativa de secuestro resultaría más difícil porque Stam estaría prevenido.

Un instante antes de que Bez se dispusiera a saltar, el agricultor se detuvo y dejó escapar una exclamación ronca.

Bez se levantó de un brinco y los otros tres hicieron lo propio.

Stam dio media vuelta para echar a correr. Demasiado tarde: los cuatro se abalanzaron sobre él.

Bez se apresuró a introducirle en la boca el trozo de cuero arrebujado para impedir que gritara. Luego lo derribaron al suelo y lo inmovilizaron. Stam rezongó, pero no lo suficientemente alto, y forcejeó, aunque no le sirvió de nada: no consiguió escapar.

Bez alzó la vista y miró hacia la casa de Pia, donde no vio movimiento alguno. Pia y Yana no los habían oído. Eso estaba bien: al día siguiente les preguntarían por la desaparición de Stam y ellas no sabrían nada.

A continuación, Bez ató un trozo de cuerda alrededor del cuello del agricultor, pasándosela por la boca para asegurar la mordaza.

Le quitaron los zapatos y después, con cierta dificultad,

consiguieron quitarle también la túnica. Antes de ponerlo en pie, le ataron las manos a la espalda.

De momento, el plan estaba funcionando.

Lo llevaron desnudo hacia la linde del bosque, con un hombre a cada lado sujetándole con fuerza de un brazo, otro hombre delante y Bez detrás. Stam no intentó huir.

Cuando llegaron a los árboles se detuvieron. Bez miró atrás y escudriñó los campos. Estaban desiertos. Nadie había presenciado el secuestro. Cogió la túnica y los zapatos de Stam y cruzó esos campos deprisa en dirección al río. Una vez allí, dobló la túnica, la dejó en el suelo, muy próxima al agua, y colocó encima con esmero los zapatos. Luego volvió con los demás.

Se llevaron a Stam por la espesura del bosque. Al rato tuvieron que cruzar la Brecha, donde quedaron expuestos a la vista desde los campos. Por suerte, no había nadie despierto; los agricultores dormían a pierna suelta.

Al fin llegaron al bosque del Oeste y, agradecidos, penetraron en la densa vegetación y se resguardaron en ella.

Ya cerca de su poblado, habían excavado un hoyo de la longitud y la anchura aproximadas de Stam.

En ese momento, bajo la mirada de los habitantes de los bosques que se habían levantado y salían de sus cabañas, le ataron los pies y se aseguraron de que las cuerdas de las muñecas estuvieran firmemente anudadas. Bez decidió recolocar la que sujetaba la mordaza para garantizar el silencio de Stam, así que la desató y sacó la mordaza de su boca un instante.

—Agua, por favor —jadeó Stam.

—¿Le diste agua a mi hermano cuando moría desangrado? —le espetó Bez antes de introducirle el trozo de cuero otra vez en la boca y atarle de nuevo la cuerda.

Entonces lo bajaron al hoyo.

El prisionero se contorsionó intentando zafarse de las ligaduras y profirió gruñidos amortiguados. Bez supuso que le aterraba que fueran a enterrarlo vivo. En realidad, la muerte que había previsto para él era mucho peor.

Varios hombres arrojaron ramas encima de Stam. Una muy pesada fue a parar sobre su pecho y le sacó otro gruñido; debía de tener una costilla rota. Gracias a que el ramaje dejaba pasar el aire, seguiría respirando.

Sobre las ramas, los hombres empezaron a disponer hojas y helechos a fin de ocultarlo a la vista. Los gruñidos se volvieron inaudibles. El montón siguió creciendo hasta formar un montículo redondeado cuya forma tenía por objetivo hacerlo pasar por una simple acumulación casual de hojarasca.

Bez reparó en que la gente lo observaba con extrañeza y enseguida apartaba la mirada. Sabía que su semblante era rígido, pétreo. Estaba haciendo algo de una crueldad terrible, pero tenía la determinación de llegar hasta el final. No dejaría traslucir ninguna emoción ni se echaría atrás.

Se acostó junto al montículo para custodiarlo en persona, y los demás se fueron a su casa.

Después, todos durmieron.

Por la mañana, muy temprano, Troon fue a casa de Pia y Yana y se asomó al interior.

—Veo que Stam no está aquí —dijo.

—¿No está en tu casa? —preguntó Yana.

—Si estuviera allí, no habría venido a buscarlo, ¿no te parece?

—Bueno, anoche se marchó cuando suele hacerlo, y no creo que se perdiera entre mi casa y la tuya.

Pia se preguntó qué estaría ocurriendo. ¿Habría matado alguien a Stam? De ser así, no la habían prevenido de ello, y tampoco a Yana. Lo cual, con toda probabilidad, había sido lo más sensato.

—¿Os dijo adónde iba? —preguntó Troon.

—Nos dio las buenas noches, como siempre, y se fue en dirección a tu casa.

Troon miró a Pia.

—Como descubra que tus amigos ganaderos lo han matado...

Pia se asustó. ¿La culparían de algo que no había hecho? Sin embargo, no permitió que su semblante delatara su miedo ante Troon.

—Espero de verdad que alguien lo haya matado —replicó con vehemencia—. Él asesinó a dos personas, merece morir.

El jefe prefirió no discutir con ella, estaba centrado en las preguntas.

—¿Has hablado con algún ganadero últimamente?

—No.

—¿Has visto a alguno?

—No.

Troon se encogió de hombros.

—De todos modos, es muy poco probable que hayan sido ellos. A esos les faltan agallas para vengarse.

El esbirro de Troon, Shen, apareció a su lado.

—Hemos encontrado algo —informó—. Unas prendas, cerca del río. Una túnica y un par de zapatos. Son de las medidas de Stam.

—¿Cerca del río?

—En la orilla.

—Bien —dijo Troon—. Inspeccionad las dos márgenes, río arriba y río abajo. Y recordad: puede que no esté vivo. Así que buscad un cadáver.

Troon llegó al poblado de Bez al anochecer.

Los habitantes de los bosques estaban cenando. Todos sabían dónde habían escondido a Stam, pero se las arreglaron para dar una impresión de normalidad, compartiendo la comida con sus hijos y arrojando bocados a los perros.

A Troon le seguía un puñado de jóvenes, todos armados con arcos. Los habitantes de los bosques se levantaron y cogieron sus armas, pero Bez estaba seguro de que los agricultores no los atacarían cuando su tribu los superaba en número varias veces.

—¿Dónde está? —preguntó Troon.

Bez era el único que tenía alguna noción de la lengua de los agricultores.

—¿A quién habéis perdido?

El jefe apretó las mandíbulas. No soportaba reconocer la debilidad.

—A mi hijo, Stam —contestó.

—Stam, el asesino —replicó Bez—. Somos nosotros quienes deberíamos estar buscándolo. Mató a dos miembros de nuestra tribu.

—Si lo habéis matado en venganza…

Los hombres de Troon alzaron los arcos y los habitantes de los bosques se tensaron.

—No —repuso Bez—, nosotros no lo hemos matado. —No mentía, aunque solo era una cuestión de tiempo—. Y, si lo matáramos, eso restablecería el equilibrio.

—Vamos a buscarlo.

Los habitantes de los bosques se envararon.

—Dejad que busquen —dijo Bez—. Es la manera más rápida de librarnos de ellos.

Los agricultores registraron todas las casas y el bosque adyacente. Uno de ellos introdujo varias veces una flecha en el montón de follaje y Bez se puso nervioso, pero el hombre acabó pasando de largo.

—Voy a registrar el bosque entero —le dijo Troon a Bez—. Si lo encuentro aquí, te consideraré responsable.

—Adelante, malgasta tu tiempo.

Cuando se alejaban, Bez señaló a Omun y a Arav, dos cazadores ágiles y raudos.

—Seguidlos. Cuando se den por vencidos y se marchen del bosque, hacédmelo saber.

Los dos echaron a andar tras los agricultores, que nunca llegarían a saber lo estrechamente vigilados que habían estado.

Los demás acabaron de cenar, recogieron y se reunieron para celebrar la ceremonia del equilibrio. Bez ya había elegido el árbol idóneo, y un rollo de cuerda descansaba al pie del tronco.

Los habitantes de los bosques guardaban silencio, atemorizados, y Bez cayó en la cuenta de que la mayoría nunca había presenciado una ejecución. Algo así no tenía lugar a menudo en la Gran Llanura.

Empezaba a oscurecer cuando Omun y Arav regresaron e informaron de que los agricultores se habían ido a casa.

Bez hizo un gesto afirmativo.

—Sacadlo del hoyo.

Varios hombres retiraron la vegetación y sacaron a Stam. Tenía los ojos rojos de tanto llorar y temblaba, aterrado. Bez le quitó la mordaza de la boca.

Stam empezó a suplicar.

—No me matéis, por favor. No quiero morir, soy demasiado joven. Tened un poco de compasión.

Bez señaló el árbol que había elegido.

—Atadlo a esa rama —indicó—. Boca abajo.

Stam se retorció con desesperación, pero no consiguió zafarse y enseguida tuvo los pies atados a la rama, y la cabeza, a un brazo de distancia del suelo.

Bez empezó a entonar una canción de duelo, y la tribu se sumó a él; el coro de sus voces resonó en el bosque. Luego recopiló hojas secas y pequeñas ramas y las apiló debajo de Stam, tras lo cual cogió un tizón de una de las fogatas que habían encendido para cocinar.

Stam comprendió lo que estaba a punto de ocurrir.

—¡No! —gritó—. ¡No, por favor, no!

Bez encendió la yesca, que prendió deprisa, y le añadió madera seca. El fuego llameó.

Entonces habló en voz alta para que toda la tribu lo oyera.

—Las cenizas de Fell están lejos, pero lo lloramos aquí, en su hogar.

Stam chilló cuando el fuego empezó a chamuscarle la cabeza y los hombros desnudos. Desesperado, intentó balancearse hacia los lados. Cada vez que se alejaba del calor, luego volvía a él, pero así al menos conseguía unos instantes de alivio. Bez lo observaba paciente, sabedor de que no soportaría aquello mucho rato.

Al final, Stam se detuvo, exhausto. El fuego había crecido y él aullaba. Bajo la piel de su cabeza, la grasa empezó a licuarse y a brotar de ella como si fuera sudor. Lo mismo le ocurrió en la cara. Las gotas caían en el fuego y chisporroteaban unos instantes.

Bez añadió más madera.

A Stam se le prendió el pelo y volvió a chillar. Las llamas rodearon su cabeza y su cara, abrasándole la piel y ennegreciéndole las facciones. Cuando disminuían, se le veían los ojos y los dientes mostraban el lugar donde habían estado sus labios, ya consumidos. Pero aún respiraba.

La canción de duelo prosiguió, suave y tenue, una melodía de tristeza y pérdida.

Los gritos cesaron, pero Stam no moría. De su espantosa boca brotaba un lamento grave, el sonido de un alma en el averno.

Al final, su cerebro se abrasó y su cuerpo se tornó completamente fláccido.

Bez comprobó que no respiraba y confirmó su muerte.

Volvió a alimentar el fuego, y varios hombres desataron la cuerda para que todo el cuerpo cayera a las llamas. Stam se redujo a cenizas.

Bez se dirigió a la tribu.

—Ahora ya podemos dormir —dijo—. Se ha restablecido el equilibrio.

17

El verano había sido cada día más seco y asfixiante. Pese a la inminencia del equinoccio de otoño, el calor no daba tregua. Pia se preguntó si el sudor que producía su cuerpo no contendría más agua que el odre con que cargaba. Además de eso, también llevaba a Olin a cuestas, atado a la espalda.

Hizo una pausa en su labor para dejar descansar sus huesos doloridos. Los campos se extendían por la ribera hasta donde le alcanzaba la vista, río arriba y río abajo, en una extensión de tierra arrasada y cosechas raquíticas, un paisaje interrumpido únicamente por figuras encorvadas y doblegadas por el cansancio, condenadas a repetir la misma tarea agotadora una y otra vez.

Sin embargo, sus esfuerzos se vieron recompensados. Las numerosas vasijas que tanto ella como los demás habían subido desde el río habían surtido efecto y los cultivos habían logrado salir adelante en el terreno asolado: los brotes eran débiles y escasos, pero habían retoñado con fuerza, de un verde vivo, y en esos momentos ya estaban adquiriendo un amarillo dorado. Por fin habría grano. Su leche estaría llena de nutrientes para amamantar a Olin, que sería un niño sano.

Pobre Olin. No conocería a su padre: nunca recordaría al hombretón que le cantaba canciones; nunca tendría canciones que cantarles a sus propios hijos.

Pia echaba de menos a Han a cada momento del día, consciente de que jamás volvería a vivir un amor igual. ¿Por qué no? Pues porque quizá otro hombre reuniese todas las cualidades que desearía una mujer, pero ese hombre nunca sería Han.

Intentó recordar qué razones tenía para ser feliz. Estaba contenta de vivir con su madre, adoraba a su pequeño Olin y se alegraba de que Stam ya no formase parte de su vida.

No sabía qué le había pasado a Stam. Zad decía que los ganaderos no habían tenido nada que ver, pero lo habría dicho de todos modos, aunque no fuese cierto. Bez no le había contado nada, pero había insinuado algo relacionado con el equilibrio exigido por los dioses. Por otra parte, cabía la posibilidad de que, de forma inexplicable, Stam hubiese salido a nadar de noche y se hubiese ahogado.

Troon estaba furioso, pero no sabía a quién echar la culpa.

Yana se sentía inmensamente agradecida por haberse librado de ese odioso medio hombre, medio niño.

—Solo me alegro de ser demasiado mayor para quedarme embarazada —dijo.

Por suerte, como Bort ya había rechazado a Yana, no quedaban más hombres solos en Los Cultivos, así que Troon no podía obligarla a juntarse con nadie.

En el momento de más calor del día, cuando Pia sentía que, o dejaba de trabajar, o caería desmayada en el suelo, Yana le pidió que fuera al bosque a buscar manzanas silvestres. Pia cambió su odre por un cesto y se encaminó gustosa hacia el frescor relativo que procuraba la arboleda. Olin emitió unos ruiditos mostrando interés ante el cambio en el paisaje, pues ya empezaba a prestar más atención a su entorno.

Casi todas las primeras manzanas eran tan pequeñas que no tenían más que piel y corazón, así que siguió explorando el bosque del Este en busca de otras de mayor tamaño, hasta que salió a la llanura. Le extrañó no ver allí a ningún ganadero ni tampoco muchas reses. La manada se había desplazado al oeste y, movida por la curiosidad, también ella fue en esa dirección.

Cuando llegó a la Brecha, vio que el ganado parecía haberse sentido atraído hasta allí. Muchas de las reses estaban mirando hacia el sur, al otro lado de los campos, donde había alrededor de unos veinte agricultores trabajando la tierra. Cuando se juntaban tantas reses, el olor era insoportable.

Pia notó algo raro en la actitud de los animales: no estaban comiéndose la escasa hierba que les ofrecía el terreno, sino que permanecían extrañamente inmóviles, con un aire que resultaba amenazador.

Nunca se había sentido cómoda entre el ganado. Han, en cambio, se desenvolvía con la misma naturalidad que si fuesen seres humanos. Él le había señalado la importancia de no aproximarse a las reses por detrás para no correr el riesgo de asustarlas, ni tampoco abordarlas de frente, cosa que interpretarían como una provocación. Además, les hablaba de forma que se acostumbrasen a su presencia. Cuando Pia y él se escaparon juntos, llevaba pastoreando ganado desde que tenía ocho solsticios de verano, así que, en su caso, había sido algo instintivo. A Pia, sin embargo, los animales seguían produciéndole inquietud.

En ese momento vio que los ganaderos estaban delante de las reses, tratando de hacerlas retroceder con la ayuda de unos cayados largos y un tanto flexibles. Reconoció a Zad y a Biddy. Su hijita, Dini, los observaba desde la linde del bosque con un grupo de niños de los ganaderos. ¿Qué ocurría?

Dejó el cesto junto a los pequeños y se dirigió a donde estaba Zad, que caminaba de un lado a otro por delante del ganado, gritando y agitando una rama cargada de hojas para ahuyentar a las reses, sin que su maniobra surtiese el efecto deseado.

—¿Qué le pasa al ganado? —preguntó Pia.

No había rastro de la habitual sonrisa luminosa de Zad.

—Que tiene sed y huele el río —contestó con brusquedad.

Pia estaba horrorizada, pues era incontable el número de reses que había allí. Con su despliegue de fuerza, suponían una amenaza de dimensiones descomunales, casi imposible de contener.

—Pero, si las reses cruzan los campos…, ¡destrozarán los cultivos!

—Por eso las obligamos a dar media vuelta —repuso Zad con impaciencia—. No queremos problemas con tu gente.

Aquello era aterrador. Los agricultores no podían permitirse perder ni una sola espiga de trigo. Las tierras de labranza de Yana estaban río abajo, de modo que Pia y su familia no se verían afectadas de forma directa, pero, si sus vecinos morían de hambre, sería difícil no compartir lo que tuviesen con ellos… Sin embargo, apenas tenían para sí mismos.

Miró a los agricultores que trabajaban en la Brecha, aparentemente ajenos al peligro. Desde allí veían a la manada, desde luego, pero para ellos no era evidente qué era lo que podían llegar a hacer aquellas reses. Pia tenía que advertirlos.

Atravesó el campo a todo correr, cargada con Olin a la espalda. El primero al que encontró fue a Deg, el hijo de Bort.

—Esas reses tienen intención de llegar al río —explicó—. Deberíais estar preparados para apartaros de su camino.

El muchacho se quedó inmóvil, mirándola con aire escéptico.

—Las reses no tienen derecho a pasar por aquí —repuso en tono de protesta—. Destrozarán los cultivos.

—Eso díselo a ellas —contestó Pia con impaciencia, antes de reemprender su camino lo más deprisa que podía.

A continuación encontró a Duff, que estaba acarreando un odre de agua a su campo. Era mucho más sensato que Deg, así que Pia repitió su mensaje.

—De acuerdo —dijo él mientras vaciaba el agua de su odre para que fuese más fácil cargar con él—. ¿Por qué no aviso yo a todos los que están trabajando en la parte occidental del campo y tú te encargas de la parte oriental?

Pia dio gracias a los dioses por haberse cruzado con alguien inteligente.

—¡Perfecto! —exclamó, y corrió a avisar a los demás.

Hizo lo que había sugerido Duff y habló con quienes estaban en el lado oriental de la Brecha. Ninguno era tan tonto como Deg, y miraron con gesto angustiado a lo lejos, donde estaba la manada, antes de darle las gracias por haberlos alertado.

Cuando hubo terminado de advertir a todos del peligro

que corrían, ya se divisaba el río. Se detuvo, casi sin resuello, y en ese momento aparecieron Troon y Shen.

—¿Se puede saber qué pasa? —espetó Troon, furioso.

Olin se puso a llorar al instante. Pia lo tomó en sus brazos para acunarlo y el niño se calmó.

—¿Y bien? —insistió Troon.

Ella señaló a la manada.

—Las reses están sedientas y huelen el río —explicó, jadeando—. Los ganaderos están intentando hacerlas retroceder, pero puede que atraviesen los campos. Ya he avisado a todos los que están trabajando allí.

—¡Es indignante!

—No hace falta que me des las gracias por haber alertado a todo el mundo.

Pero Troon era inmune al sarcasmo.

—¡Podrían destrozar la cosecha de toda la Brecha!

A Pia se le agotó la paciencia.

—Bueno, pues haz algo en vez de quedarte ahí como un pasmarote dándome voces.

—Reúne a un grupo de gente con armas y envíalos al extremo norte de la Brecha, donde está el ganado —le ordenó entonces a Shen—. Diles que yo iré enseguida.

Shen salió corriendo.

—¡Y llevad antorchas! —le gritó Troon, echando a andar campo a través.

Pia estaba cansada, pero quería saber qué pasaría a continuación, así que tomó otra ruta distinta y siguió la linde del bosque del Este, donde podría encontrar refugio rápidamente entre los árboles.

Caminaba despacio y vio cómo la adelantaban varios

agricultores jóvenes que —supuso que enviados por Shen— iban armados con arcos y martillos. Mo, mujer de Deg aun a su pesar, se hallaba entre ellos y portaba una antorcha encendida.

Siguiendo las instrucciones de Troon, los agricultores empezaron a preparar unas hogueras, pero había que recoger leña, de modo que el avance era lento. Además, la Brecha era un espacio muy amplio, y Pia estaba convencida de que las reses sedientas se limitarían a esquivar los fuegos. Necesitaban encender muchas más hogueras y situarlas mucho más juntas entre sí para impedir el paso de la manada que, según vio en ese momento, ya se abría camino en dirección sur, obligando a Zad y a los ganaderos a retroceder.

Troon pareció llegar a la misma conclusión. Se puso a dar órdenes a voz en grito y los agricultores empezaron a recoger piedras del campo para arrojárselas al ganado. Los animales apenas reaccionaban al impacto en sus lomos y en los costados, pero, cuando les golpeaban en la cabeza o las patas, mugían con rabia.

Pia se refugió entre los árboles y cubrió la parte posterior de la cabeza de Olin con la mano para protegerlo de cualquier daño.

Vio que Zad volvía sobre sus pasos y echaba a andar hacia los agricultores, extendiendo las manos para instarlos a detenerse.

—¡Parad! —gritó.

Varios ganaderos cogieron piedras y se las lanzaron a los agricultores.

Las cosas se estaban poniendo muy feas.

Un agricultor llamado Narod, que había formado parte de

los Cachorros de Stam, cogió una piedra cuando Zad iba directo hacia él.

—¡No hagáis enfadar a las reses, porque provocaréis una estampida! —exclamó Zad.

Narod no hizo caso de su advertencia y lanzó la piedra, que alcanzó a un toro en la testuz, cerca de un ojo. El animal soltó un bramido.

Zad le dio un puñetazo a Narod en la cara y este cayó redondo al suelo.

—¡No os peleéis! —gritó Pia.

Nadie le hacía caso.

Los agricultores se abalanzaron sobre Zad, gritando. Lo atacaban desde todos lados. Él descargó su vara de ganadero trazando un amplio círculo y derribó a uno de los hombres, con lo que los obligó a retroceder. Entonces una flecha lo alcanzó en el brazo.

—¡Papá! —exclamó Dini, junto a Pia.

Pero los ganaderos también lo habían visto y fueron corriendo a socorrer a Zad. En un abrir y cerrar de ojos, se armó una batalla campal; los agricultores enarbolaban martillos y flechas, los ganaderos sus cayados de pastoreo. Troon intervino, pero, en lugar de tratar de detener la pelea, empezó a atacar a los ganaderos.

Los ruidos que emitían los animales eran cada vez más fuertes y apremiantes. Los agricultores nos les prestaban atención, pero los ganaderos sí se dieron cuenta. De pronto, todos los ganaderos abandonaron la pelea a la vez y echaron a correr hacia el bosque, ya fuera al este o al oeste de la Brecha. Ver a sus contrincantes salir huyendo de ese modo provocó un gran desconcierto entre los agricultores.

La manada seguía avanzando.

—¡Oh, no! —exclamó Pia.

Los agricultores se percataron por fin del movimiento del ganado y ellos también echaron a correr.

Al principio, las reses se movían despacio. Zad y Biddy llegaron al bosque donde estaba Pia con Olin y Dini. De pronto, la manada apretó el paso y, al cabo de un instante, se lanzó al galope armando una espesa polvareda y un estrépito que parecían presagiar el fin del mundo.

Pia contempló con horror cómo Mo y Pilic desaparecían bajo el mar de pezuñas que golpeteaban en el suelo. El polvo era tan denso y la escena tan caótica que no pudo ver lo que pasó después de que cayesen, aunque sabía que era imposible que hubiesen sobrevivido.

Aterrorizada, retrocedió hacia los árboles estrechando a Olin con fuerza en sus brazos. Los ganaderos y agricultores que huían la imitaron, olvidada ya la confrontación entre ambos grupos. El ganado estaba cada vez más peligrosamente cerca, pisoteaba la vegetación de la linde del bosque y aplastaba todo cuanto se interponía en su camino, pero Pia logró refugiarse tras dos gruesos troncos que las bestias sortearon. Aun así, estaba muerta de miedo. La reses parecían enloquecidas y sus mugidos resonaban como alaridos. Pia dio otro paso atrás para que Olin no inhalase el polvo.

Entonces pasó la manada entera. El estruendo se alejó hacia el sur y el polvo volvió a asentarse. Alrededor de Pia, los niños lloraban, pero estaban ilesos.

Pia vio que Zad hablaba con un ganadero más joven de aspecto robusto y piernas largas. Supuso que era un corredor, y acertó. Zad le pidió que fuera enseguida a Aguacurva y les contase a los sabios lo sucedido.

—Podrás llegar antes del anochecer, ¿verdad? —preguntó, y el muchacho asintió—. Así, los sabios podrían estar aquí mañana por la noche.

El chico salió corriendo en dirección este.

Los demás se pusieron en marcha hacia el sur, tras los pasos de la manada. Pia los seguía despacio, caminando por el campo. Contempló con desolación los tallos de trigo maduro, pisoteados y arrancados por la estampida. Era una escena desgarradora. Pensó en las gentes que cultivaban esos campos, en todos los días que habían pasado acarreando agua del río. Todos sus esfuerzos se habían malogrado en apenas unos instantes. ¿Qué iban a comer ahora?

La invadió el horror más absoluto al descubrir el cadáver de Mo, completamente destrozado. Tenía todo el cuerpo aplastado, una figura que nadie habría reconocido ya como humana, aunque su rostro permanecía intacto y Pia aún pudo distinguir sus pecas en él. En cierto modo, aquello fue peor que el resto de la carnicería perpetrada por el ganado, y de pronto Pia sintió que le fallaban las fuerzas. Sin poder tenerse en pie, se sentó, al borde del mareo, y se quedó mirando con aire impotente el rostro sembrado de pecas de Mo. En sus apenas dieciocho solsticios de verano, Troon la había maltratado de forma brutal y ahora estaba muerta.

Pia volvió a levantarse al cabo de un rato y, al mirar al frente, vio que el ganado había llegado al río y estaba saciando al fin su sed incontenible. Pensó que ahora el peligro lo entrañaban los humanos enfurecidos, tanto los agricultores como los ganaderos.

Cuando se acercó, comprobó que las reses se habían dispersado: muchas estaban bebiendo tranquilas en los vados del río, otras habían nadado hasta la orilla contraria, mientras que otras habían remontado la corriente o se habían desplazado río abajo para hallar algún lugar en el que bajar la cabeza y disfrutar del agua. Se habían calmado, el pánico había desaparecido y no quedaba ya rastro de su ira enloquecida. A cada lado de la Brecha, en los campos que se extendían entre el bosque y el río, los cultivos permanecían incólumes.

Sin embargo, a diferencia de lo ocurrido en el caso de los animales, entre los humanos la tensión seguía en el aire. Sumidos en el desconsuelo, algunos hombres y mujeres lloraban amargamente, mientras que otros sucumbían a arrebatos de furia ciega. Troon estaba gritándole a Zad.

—¡La gente morirá de hambre por lo que has hecho!

Zad estaba muy afectado y le manaba sangre de la herida en el hombro, pero no estaba dispuesto a cargar con la culpa.

—¿Quién fue el idiota que decidió labrar la Brecha?

—De eso hace mucho tiempo. Ahora son nuestras tierras.

—Eso díselo a las vacas, no a mí.

—Da absolutamente igual. Has destrozado los campos de la gente, así que ahora tendrás que salvarlos del hambre. Tendrás que darnos esta manada a los agricultores para compensarnos por la destrucción que has causado.

—Ni se os ocurra llevaros uno solo de estos animales —repuso Zad, furioso—. Si lo hacéis, estaréis robando, y sabemos muy bien qué hacer con los ladrones de ganado.

—Ten cuidado, no me amenaces.

—Entonces no amenaces tú con robar ganado. —Zad dirigió la vista hacia las reses—. ¡Mira! —dijo, señalándolas—. ¡Ahí hay un hombre intentando llevarse una vaca!

—Bien hecho —replicó Troon.

Pia reconoció al hombre: era Bort.

Zad miró a Biddy y asintió con la cabeza, momento en que ella colocó una flecha en su arco. Troon trató de detenerla, pero Zad se interpuso en su camino. Biddy disparó la flecha, que trazó un largo recorrido ascendente y descendente hasta impactar en el suelo, junto al pie de Bort. Aunque no resultó herido, abandonó la vaca y salió huyendo.

—Has tenido suerte de no acertarlo con esa flecha, mujer —le dijo Troon a Biddy.

—El que ha tenido suerte es él, por haber huido antes de que pudiera dispararle otra —repuso esta.

En ese momento, un agricultor arrojó una flecha que atravesó el aire describiendo una amplia curva y aterrizó junto a Pia, que lanzó un grito, abrazó a Olin con fuerza y salió huyendo río abajo, lejos de la manada. Cuando dejó de correr, miró a su espalda.

Otro agricultor trataba de llevarse una vaca, pero Pia no le veía la cara, así que no sabía quién era. Un ganadero le disparó, y esta vez la flecha acertó de pleno y el agricultor cayó al suelo.

Después de eso, nadie más intentó robar ninguna otra res.

Nadie disparó más flechas. El momento dramático, cargado de tensión, había pasado, salvo por el hecho de que una multitud de personas estaban condenadas a morir de hambre.

Al caer el crepúsculo, la tarde se sumió en sombras. Los

ganaderos reunieron la manada y la condujeron de vuelta a través de la Brecha. Los agricultores no les pusieron ningún obstáculo.

Yana apareció al lado de Pia.

—¿Dónde estabas? —le preguntó esta—. Ha habido una estampida y ahora las tierras de labranza de la Brecha están destrozadas, no queda un solo cultivo en pie.

—Lo he visto todo —dijo Yana—. Ven a casa conmigo, tengo que enseñarte algo.

Fueron andando por la margen del río hasta llegar a la altura de la casa y a continuación tomaron un angosto sendero cuesta arriba.

—Mira dentro —le indicó Yana cuando llegaron.

Pia se asomó al interior y vio una vaca.

Se volvió y sonrió a su madre.

—¡La has robado!

La mujer asintió con la cabeza.

—Antes de que los ganaderos llegaran a la orilla del río.

—Pero no podemos quedárnosla —dijo su hija—. Otros la necesitan más que nosotros.

—Había pensado en dársela a Mo —sugirió Yana—. Ella y Bort lo han perdido todo.

—Mo está muerta —dijo Pia.

—¡Oh, no!

—La ha aplastado el ganado, aunque los animales le han dejado la cara intacta.

—Lo siento mucho. Era una mujer valiente.

—Siendo mujer, la valentía no te lleva demasiado lejos en Los Cultivos.

Su madre se quedó pensativa.

—Le daremos la vaca a Duff. Sus tierras están en la Brecha. Lo habrá perdido todo.

—Lo más probable es que la comparta con otros vecinos en la misma situación.

—Mejor. Me pregunto qué pasará mañana...

Pia tenía la respuesta a esa pregunta.

—Los sabios de los ganaderos deberían estar aquí antes de que anochezca: Zad ha enviado a un corredor a Aguacurva.

—Espero que la madre de Han se encuentre entre ellos —dijo Yana—. Tal vez ella logre infundirles un poco de sensatez a todos.

Al día siguiente, Ani atravesó la Gran Llanura con Keff, Seft y Scagga. Tuvo un mal presentimiento al no ver allí demasiadas reses. Joia había intentado contarlas y, como Ani no entendía los números, le había simplificado el resultado diciendo: «Donde antes teníamos cuatro vacas, ahora solo tenemos una». Ani se había quedado muy impactada.

Solo las vacas más robustas seguían pariendo, y no nacían suficientes terneros para reponer el número que habían sacrificado para alimentar a los ganaderos. Llegaría un momento en que ya no quedarían más reses.

La manada del oeste había sufrido las consecuencias de que Troon hubiese labrado la Brecha, pues los animales perdían peso durante el largo desvío hasta el río. En tiempos de bonanza, esa pérdida de peso podía asumirse sin problemas, pero en ese momento se trataba de algo de vital importancia. Los sabios debían hallar una solución.

Fueron primero a Robleviejo, donde Biddy les dijo que

Zad se había marchado y se había llevado el ganado consigo a fin de alejarlo de los agricultores, que querían hacerse con las reses como compensación por la pérdida de sus cultivos.

—¡Eso es absurdo! —se indignó Keff—. ¡Es como si un ladrón te roba el arco y luego, cuando se rompe, te exige que le des otro nuevo!

Biddy fue con ellos a la Brecha.

—Antes, aquí había espigas de trigo tan altas que te llegaban al muslo —dijo—. Y ahora, mirad.

Allí no quedaba nada más que tierra arrasada.

Pia y Yana acudieron a su encuentro cuando estaban atravesando la Brecha. Pia llevaba a cuestas a Olin, que casi había llegado ya a su primer solsticio de verano. Ani estaba entusiasmada de ver a su último nieto.

—Gu, gu, gu, gu... —balbució el niño, tratando de agarrar la nariz de su abuela cuando esta lo cogió de los brazos de Pia.

—Es igualito que Han cuando era pequeño —señaló Ani.

Fueron a casa de Troon, que esperaba en la entrada acompañado de Shen, su esbirro, y media docena de Cachorros, pero Ani no se sintió intimidada. La mayoría de los agricultores se habían reunido allí cerca, ansiosos por ver qué ocurriría a continuación.

Troon no les ofreció agua.

—¡Habéis destrozado nuestros cultivos y ahora debéis pagar por ello! —exclamó.

Ani reaccionó con calma.

—Hay que encontrar la manera de que esto no vuelva a suceder —dijo.

Troon no podía no estar de acuerdo con eso.

—A Seft se le ha ocurrido una idea —añadió la mujer.

De hecho, se les había ocurrido a ella y a Seft de forma conjunta, pero sabía que Troon era más proclive a aceptar algo que hubiese propuesto un hombre. Tenía muchas esperanzas depositadas en el acuerdo que estaba a punto de proponerle; Troon debería recibirlo con los brazos abiertos.

Este, en cambio, había supuesto que se enzarzarían en una discusión para dilucidar quién tenía la culpa de todo, así que no estaba preparado para aquello y se limitó a asentir con la cabeza.

Ani miró a Seft. Recordó la primera vez que había aparecido por Aguacurva, un joven apuesto pero maltratado por la vida que le había robado el corazón a su hija Neen. Con el tiempo, se había convertido en un hombre muy respetado, una de las figuras mejor consideradas en el clan de los ganaderos.

Seft habló con la calma de quien se sabe con autoridad para hacerlo.

—Vosotros necesitáis labrar la Brecha y nosotros, dar de beber al ganado. Tal vez haya una manera de que tanto unos como otros podamos satisfacer nuestras necesidades. —Hizo una pausa y vio que los agricultores mostraban interés—. El ganado no necesita transitar por la totalidad del ancho de la Brecha para llegar hasta el río, solo le hace falta una vereda de unas veinte zancadas de ancho.

—Tonterías —repuso Troon—. Abandonarían la vereda para comerse los cultivos.

—Desde luego —convino Seft con serenidad—, y por eso tendríamos que construir entre la vereda y los campos de cultivo una barrera en forma de zanja y tierra apilada en un terraplén.

Troon seguía con la misma expresión hosca, pero Ani vio a algunos agricultores asentir con la cabeza.

—La zanja debería ser lo bastante profunda y el terraplén lo bastante alto para que a las vacas les resultara imposible cruzar la barrera —siguió diciendo Seft.

Troon miró hacia la Brecha, imaginándose quizá la vereda.

—Es un proyecto muy ambicioso —dijo.

—Si toda la comunidad de agricultores se suma a las tareas de construcción, bajo mi supervisión —expresó Seft—, calculo que podría hacerse en unos quince días.

Sin embargo, Troon no estaba pensando en el tiempo que llevaría.

—Veinte zancadas de ancho, más una zanja y un terraplén que añadirían otras diez al menos. Eso hace una extensión de tierra fértil de treinta zancadas que va desde la llanura hasta el río. —Negó con la cabeza—. Es un terreno enorme, tan grande como las tierras de labranza que dan de comer a una sola familia.

—Es una parte minúscula de toda la región de los agricultores —replicó Seft.

Troon volvió a negar con la cabeza.

—Necesitamos más terreno, no menos. No puedo perder tanta extensión de preciada tierra fértil para construirles un camino a las vacas.

Ani se sintió frustrada y triste. Ella y Seft estaban convencidos de que Troon vería con buenos ojos su propuesta para solucionar el problema, pero era un hombre demasiado avaricioso. No importaba la cantidad de tierra que tuviesen, los agricultores siempre necesitaban más para dar de comer a sus familias, cada vez más numerosas.

Scagga estaba enfadado.

—Estás loco, Troon —dijo—. Eres el peor enemigo de los agricultores. Acaban de hacerte una oferta justa, que te da prácticamente todo lo que quieres, y vas y la rechazas.

—Yo gobierno este territorio. Los ganaderos cuentan con la totalidad de la Gran Llanura. Esta tierra es mía y decido yo.

Scagga hizo un movimiento con el brazo abarcando la Brecha, arrasada por completo.

—¿Es que no lo entiendes? Son las reses las que deciden, no tú. Si sigues adelante y siembras la tierra ahora, lo más probable es que el año que viene, por estas mismas fechas, vuelvan a aplastar toda la cosecha.

Los murmullos de algunos de los agricultores mostraban que estaban de acuerdo, pero Troon no quiso dar su brazo a torcer.

—El año que viene estaremos preparados. Mataremos a vuestras reses antes de que se acerquen a nuestros campos. Os lo advierto: las mataremos a ellas y a cualquier ganadero que intente detenernos.

Ani estaba desesperada; aquello era justo lo opuesto de lo que pretendía. En lugar de llegar a un acuerdo y cooperar para solucionar el asunto, seguían empantanados en un tenso cara a cara.

Observó que algunos agricultores no estaban satisfechos, pues preferirían contar con la seguridad de disponer de unos campos protegidos, pero también veía que no se atrevían a enfrentarse a su jefe.

El conflicto seguía latente.

Tendría que pensar en otra solución.

18

Mientras caminaban por Aguacurva, Seft le explicaba a Ani el concepto del trineo y cómo les permitiría trasladar piedras gigantescas mucho más deprisa. De pronto, Ani le apoyó una mano en el brazo y lo interrumpió.

—Mira eso —dijo.

Estaba señalando a Cass, el hermano de Vee, que acarreaba un haz de leña verde y nueva sobre el hombro. Todos los leños eran más o menos del mismo tamaño, de la longitud del cuerpo de Cass. Algunos eran troncos enteros de árboles jóvenes, mientras que otros eran trozos de troncos de árboles un tanto más viejos.

—Eso es madera de tejo —dijo Seft.

—Así es —convino Ani—. Hola, Cass. Eso parecen ramas para fabricar arcos.

—Sí —contestó él—. Son para la guerra.

Ani contuvo el impulso de preguntarle a qué guerra se refería. Los sabios habían hablado de declarar una guerra contra los agricultores y habían descartado esa posibilidad, al menos de momento. Sin embargo, se estaba tramando algo a sus espaldas y Ani le sonsacaría más información a Cass si hacía como que también estaba al tanto del asunto.

—¿Cómo va el plan? —preguntó.

—Muy bien. Hay muchos jóvenes trabajando, más de los que puedo contar. Casi no doy abasto con la demanda de madera.

Aquello era una sorpresa. ¿A quiénes iban a dar muerte con aquellas armas?

—Te acompañaremos para echar un vistazo —dijo Ani con una mezcla de intriga e inquietud.

Cass los guio hasta un claro al sur del poblado y, en efecto, allí encontraron a un nutrido grupo de hombres y mujeres jóvenes muy ocupados fabricando armas. Ani miró alrededor, conmocionada y furiosa. Algunos de los jóvenes trenzaban los tendones de las patas de las reses para fabricar las cuerdas de los arcos, mientras que otros tallaban varas de madera de avellano o afilaban trozos de sílex para formar puntas de flecha triangulares. Alguien cocía pedazos de corteza de abedul en un hoyo estanco y cubierto para convertir el material en pegajosa brea de abedul. Los mayores se encargaban de la tarea más importante: colocar cada punta de flecha en una ranura de la varilla y unir ambas piezas con brea. Había dos pilas de armas terminadas, una formada por arcos y la otra, por flechas.

El ambiente era alegre y festivo, con una gran cantidad de gente enfrascada en una tarea colectiva y disfrutando de ello. «Hatajo de idiotas... —pensó Ani con amargura—. La guerra no tiene nada de divertido, solo cráneos machacados por todas partes, derramamiento de sangre y familias rotas para siempre».

—Mira quién está al mando —le dijo a Seft.

—Scagga.

—Por supuesto.

—Se está preparando para la guerra.

—Y nosotros tenemos que detenerlo. —Cogió una flecha terminada y, sosteniéndola en sus manos, se dirigió a donde estaba Scagga—. ¿Es que esperáis entrar en guerra con alguien? —preguntó.

Él la miró con una expresión culpable y desafiante a la vez.

—¿Si lo esperamos? No, no es que lo esperemos: es que voy a asegurarme de que así sea.

—¿Y quién es vuestro enemigo?

—Troon y los agricultores, claro está.

—Te recuerdo que estabas presente en la asamblea de sabios, cuando decidimos no librar ninguna guerra con ellos.

Scagga soltó un resoplido cargado de desdén.

—Los sabios no deciden nada, solo aconsejan. Si quiero reunir a un grupo de jóvenes valerosos para darles una lección a esos agricultores, puedo hacerlo y lo haré.

«Por desgracia, eso es verdad», pensó Ani, consternada. Los sabios no tenían ningún poder para imponer sus decisiones, sino que dependían del respeto que su sabiduría infundía entre la población. La mayoría de las veces, bastaba con eso, pero a un fanfarrón como Scagga no le había resultado difícil despertar el ardor guerrero de los jóvenes ganaderos.

—Podrías haber tenido el detalle de decirnos a los demás sabios que planeabas ir en contra de nuestra decisión, desafiarnos y socavar nuestra autoridad —le recriminó Ani.

—¿A los sabios? —Scagga elevó la voz para que todos a su alrededor lo oyeran—. Los sabios se doblegaron ante los agricultores hace once solsticios de verano, cuando Troon labró la Brecha.

Ani oyó murmullos de asentimiento. Nadie había olvidado ese episodio. En aquel momento, ella y los demás sabios habían actuado en aras del bien común, evitando la guerra, pero había quienes pensaban que los ganaderos habían sido humillados.

—Fue entonces cuando tendríamos que haber ido a la guerra con ellos —prosiguió Scagga—. Desde entonces, lo único que han hecho los agricultores es crecerse y volverse más arrogantes.

—Estoy de acuerdo en que se han vuelto más arrogantes. —Ani tocó una afilada punta de flecha de sílex con cuidado—, pero no creo que sea razón suficiente para enviar a nuestros jóvenes a acabar acribillados por flechas como estas.

—Troon dijo que los agricultores matarían a todas la reses que cruzasen la Brecha de nuevo. —Scagga alzó aún más la voz, y Ani se dio cuenta de que lo hacía para dirigirse al público que lo rodeaba—. Pero nuestros animales tendrán agua para beber, aunque debamos guerrear por ella.

—Si al menos la guerra hiciese que lloviera…

Uno de los espectadores se rio.

Esa risa molestó a Scagga, que se mostró aún más beligerante.

—Superamos en número a los agricultores: nosotros somos diez por cada uno de ellos. ¡No podemos perder!

Algunos de los presentes estallaron en gritos de júbilo.

Ani formuló su pregunta habitual, con la amargura que la caracterizaba.

—Y, cuando hayamos ganado, ¿cuántos de estos jóvenes

habrán muerto desangrados en el campo de batalla, llamando a sus madres entre gritos de dolor? —dijo, mirándolos a los ojos.

Se quedaron perplejos, pues no habían pensado en la guerra desde ese punto de vista.

—Esa pregunta es de cobardes —repuso Scagga de inmediato, consciente de que Ani acababa de esgrimir un buen argumento.

—Es la pregunta que haría cualquier madre.

—Y las madres pueden ser cobardes.

Esa clase de insultos no tenían ningún efecto sobre Ani.

—Simplemente creemos que recurrir a la violencia debería ser la última opción, no la primera —dijo, mostrándose razonable.

—¡Y yo creo simplemente que deberíamos matar a los agricultores! —exclamó Scagga, arrancando gritos de aclamación entre los jóvenes—. ¡Deberíamos matarlos a todos, quemar sus casas y volver a convertir sus tierras en pastos para nuestro ganado!

A eso le siguieron más gritos de aclamación.

Ani tenía ganas de chillar de rabia. Scagga se negaba a pensar siquiera en las consecuencias de su propuesta, y sus seguidores no parecían percatarse de la estupidez de su cabecilla, pero no tenía más remedio que admitir su derrota. Abatida, decidió no seguir discutiendo con él, pues cualquier cosa que dijese en ese momento solo serviría para que Scagga continuara clamando contra ella. Su único consuelo era pensar que el asunto no lo decidirían ni él ni ese grupo de jóvenes: la mayoría de la comunidad de los ganaderos no estaría tan ansiosa como ellos por librar ninguna batalla y podía rechazar la idea de ir a la guerra.

Cuando ya estaba dispuesta a irse, Seft tomó la palabra. Había escuchado la discusión con expresión pensativa.

—El bosque supone un obstáculo en el camino de la manada hasta el agua —dijo entonces—. En ese bosque hay un espacio abierto que se llama la Brecha, pero ahora Troon lo reclama como tierras de labranza, así que no podemos utilizarlo. Aun así, no necesitamos ninguna guerra: solo necesitamos una nueva brecha.

Scagga creía que había ganado ya la discusión, de manera que adoptó un tono conciliador.

—Escuchad, yo estaría a favor de una solución pacífica, pero eso ya lo hemos intentado y los agricultores se han negado a cooperar.

Seft negó con la cabeza.

—Me refiero a otra solución. La nueva brecha podría estar en otro sitio. Podríamos despejar una extensión de terreno en la linde del bosque del Oeste. Cortar la maleza, los matorrales y los árboles jóvenes, pero dejar los árboles grandes, y así el ganado podrá rodearlos. Eso abriría espacio para una vereda de veinte zancadas de ancho. Además, construiríamos una barrera en forma de zanja y terraplén para impedir que las reses se metan en los campos, y Troon no podría oponerse, porque no estaríamos robándole sus tierras.

—No —intervino Ani—, pero estaríamos robándoselas a los habitantes de los bosques.

—Es un bosque enorme, ni siquiera lo notarían.

—Te equivocas: el bosque es su medio de vida. Claro que notarían que alguien les ha quitado una porción. Montarían en cólera.

—Puede ser —convino Seft, frunciendo el ceño—. ¿Y no

podríamos darles algo a cambio como compensación? Tú podrías negociar con Bez.

Ani asintió con la cabeza.

—La promesa de unas cuantas vacas, por ejemplo, podría suponerles una gran ayuda con esta sequía. —La idea de Seft podía convertirse en una solución, y Ani vio renacer sus esperanzas—. Tal vez la tribu podría permitirse perder una estrecha franja de bosque.

—No pensáis con claridad —opinó Scagga—. Estáis hablando de cortar una enorme extensión de vegetación, nada menos que desde la llanura hasta la ribera. Cortarla ya supone un trabajo bastante arduo de por sí, pero desbrozarla entera es una tarea inmensa. ¿Quién creéis que va a estar dispuesto a hacerlo?

Ani miró a su alrededor.

—Hay aquí un pequeño ejército de jóvenes muy fuertes —señaló, adoptando un tono desafiante—. Has dicho que apoyarías una solución pacífica, Scagga. ¿Hablabas en serio? ¿Podrías llevarte a todos estos jóvenes y ponerlos a trabajar para despejar una nueva brecha? ¿Crees que podrías hacerlo?

Él la miró con aire vacilante, sintiéndose atrapado.

—Por supuesto que podría —respondió—. Lo tendríamos listo en unos pocos días.

—¡Eso sí que sería algo de lo que presumir! Podrías resolver esta disputa sin que tuviera que morir ni uno solo de estos jóvenes.

Scagga asintió a regañadientes.

—Tal vez sí —dijo.

Y así quedó zanjado el asunto.

El bosque del Oeste ocupaba un área muy extensa, y Ani se preguntaba cómo iba a ser capaz de encontrar el poblado de los habitantes de los bosques. Avanzando a duras penas a través de la vegetación, buscó indicios de algún asentamiento humano.

Tenía puestas todas sus esperanzas en el plan de Seft. La manada necesitaba acceso al río, sobre todo en ese momento, con la pertinaz sequía. Sin embargo, el primer paso esencial era lograr el consentimiento de los habitantes de los bosques, y en eso consistía su tarea ese día.

Pasó por una charca que aún contenía algo de agua y dedujo que los habitantes de los bosques se habrían establecido por allí cerca. En efecto, un poco más adelante se encontró con el poblado, apenas media docena de casas en torno a un claro central. Se detuvo al llegar al límite, inspiró hondo y se adentró en él.

Bez le dispensó una calurosa acogida por ser la madre de Han y Joia, pero también mostró cierta reserva. Iba acompañado de Gida, y los tres se sentaron en el suelo. Los habitantes de los bosques se congregaron a su alrededor, a pesar de que no entendían la lengua en la que hablaban. Como de costumbre en el buen tiempo, las mujeres y los niños iban desnudos, y los hombres prácticamente también.

El cometido de Ani requería cierta mano izquierda. Los habitantes de los bosques eran cálidos y amistosos, pero no pensaban como los ganaderos, y nunca se sabía por dónde iban a salir. Tenía que obrar con cautela.

Empezó preguntando si Bez había presenciado la estampida y él le contestó que sí, que toda la tribu la había visto desde la linde del bosque.

—Los animales necesitan beber agua —dijo—. Igual que las personas.

Ani asintió.

—Y por eso estoy aquí: necesitamos abrir una nueva vereda hasta el río para nuestra manada.

—Pero ¿cómo vais a hacerlo? —quiso saber Bez—. ¿Dónde estaría esa nueva vereda?

—No tiene por qué ser tan ancha como la Brecha —contestó Ani, eludiendo responder por el momento—. Solo tendría unas treinta zancadas de ancho. —En ese momento recordó que los habitantes de los bosques no sabían contar—. Como de aquí a la charca —aclaró—. No más.

Bez insistió con su pregunta.

—Pero ¿dónde estaría esa vereda?

—Seft está decidiéndolo ahora mismo.

—Lo vimos. Llegó poco después del alba.

La tribu de Bez siempre parecía estar al corriente de todo lo que ocurría en cada rincón del bosque.

Ani decidió ser franca.

—Necesitamos utilizar una porción de la orilla oriental de vuestro bosque, junto a la Brecha.

Bez dijo algo en la lengua de los habitantes de los bosques y todos los que estaban sentados alrededor protestaron con indignación. Ani dedujo que debía de haber traducido sus palabras. El hombre volvió a hablar en la lengua de los ganaderos:

—Ahí hay muchos avellanos. Llevamos años podándolos y cuidando de ellos.

—Lo sé. Por eso he venido a ofreceros algo a cambio de vuestro sacrificio.

—¿Y qué podríais darnos a cambio?

—Reses. Os daríamos vacas, que podríais sacrificar para obtener carne. Así podríais alimentaros bien ahora y ahumar más carne para el invierno.

Bez volvió a traducir sus palabras y a los habitantes de los bosques se les iluminó el rostro, pues para ellos la carne de vaca era un auténtico manjar.

Gida dijo algo y Bez se dirigió a Ani de nuevo:

—¿Cuántas vacas nos daríais?

Esa pregunta alentó a Ani. El hecho de que quisieran conocer las condiciones concretas significaba que no iban a rechazar la oferta de plano.

—¿Qué os parecería justo? —preguntó ella.

—Una vaca por cada avellano —respondió él.

—Pero hay mucho más alimento en una vaca que en un avellano.

—Sí, pero un avellano puede proveer alimento todos los años durante toda la vida, mientras que, si te comes una vaca, luego ya no queda nada.

Ani pensó que no le faltaba razón, pero se alegraba de estar tan cerca de alcanzar un acuerdo. Para garantizar la supervivencia de la manada, merecía la pena desprenderse de unas pocas vacas.

—Vamos a echar un vistazo a la zona y a contar cuántos avellanos se perderían —propuso.

—De acuerdo —dijo Bez, levantándose. No sabía contar, pero tal vez podía asegurarse de que la ganadera no se saltase ninguno mientras los contaba.

Ani y Bez encabezaron la marcha. Al mirar atrás, vieron que los seguía todo el poblado; iba a ser una decisión comunitaria.

Encontraron a Seft y a Tem delimitando la zona que habría que despejar. El primero iba clavando unas estacas en el suelo, mientras que el segundo cavaba una zanja de escasa profundidad entre ellas para establecer un límite definido. Habían trabajado deprisa y casi habían llegado hasta el río.

Troon apareció en ese momento desde la dirección opuesta, con Shen a la zaga.

—¿Qué crees que estás haciendo? —le espetó a Seft.

—No es asunto tuyo —respondió este, y prosiguió con su tarea.

—Yo no he dado permiso para esto.

—No hace falta. No necesitamos tu permiso.

—Sí que lo necesitáis: lo que hacéis podría invadir las tierras de labranza.

—Pues no es así.

—No te creo.

—Espera y verás.

Mientras Troon intentaba pensar en una respuesta, Bez se dirigió a él:

—Necesitan mi permiso, no el tuyo —dijo—. Estás en el territorio de los habitantes de los bosques y, por cierto, ten cuidado con las serpientes. Por aquí hay muchas víboras.

El agricultor bajó la vista con aire aprensivo y Bez se echó a reír.

—Será mejor que te mantengas bien lejos del bosque —le aconsejó.

Troon masculló una maldición, dio media vuelta y se fue.

Bez distribuyó a los habitantes de los bosques en el extremo de la franja de terreno que tocaba al río. Les dijo que caminaran despacio en dirección norte sin salirse de los límites que había marcado Seft y que estuvieran atentos por si veían avellanos. Cada vez que vieran uno, debían avisar a Bez y a Ani.

Cuando llegaron al final del bosque, Ani había contado doce avellanos. Le enseñó a Bez el número con los dedos de los pies y de las manos.

—Tenéis que darnos las vacas antes de empezar a cavar —pidió Bez.

—Muy bien —dijo Ani. No había vacas cerca de allí, pero, al mirar al otro lado de la llanura, vio una manada a media distancia—. Esperad aquí, ¿de acuerdo?

Los habitantes de los bosques se sentaron en el suelo y Ani echó a andar. Cuando llegó al lugar donde estaba el ganado, se alegró de ver a Zad allí. Le explicó su cometido.

—Van a perder doce avellanos, así que tenemos que darles doce vacas.

A Zad no le hizo ni pizca de gracia.

—Pero ¡eso es ser muy generoso! —exclamó.

—No tanto. —Algunos ganaderos no compartían su interpretación de cuáles eran los derechos de los habitantes de los bosques—. Prácticamente se alimentan de avellanas. Podan los avellanos y cuidan de ellos para que den más frutos. Van a sacrificar algo de gran valor para ellos.

—Supongo que es cierto —dijo Zad.

—Aparta doce reses de la manada, y no me traigas vacas enfermas y moribundas, que los habitantes de los bosques no son tontos. Se darán cuenta y pondrán el grito en el cielo.

—Está bien.

Zad apartó doce vacas con la ayuda de un perro.

—Será mejor que me acompañes —le pidió Ani—. Tenemos que asegurarnos de que las vacas llegan al poblado. Después, dependerá de los habitantes de los bosques impedir que se escapen.

Llevaron las reses a donde esperaban los habitantes de los bosques y luego se reunieron con el resto de la tribu. Todos charlaban animadamente, entusiasmados por volver a casa con semejante trofeo, tal vez ansiosos por comerse un buen asado de carne de vaca.

Se detuvieron en un punto que Bez sabía próximo al poblado.

—No necesitan hierba —le explicó Zad—. Son animales ramoneadores, lo que significa que se alimentan de hojas, brotes tiernos, plantas leñosas y hasta corteza de árbol. Les gusta pacer en el bosque, pero, si oyen a la manada, es posible que intenten regresar con ella, así que será mejor que las atéis por las noches.

—Gracias —dijo Bez.

Los habitantes de los bosques metieron el ganado en el bosque y Zad y su perro regresaron junto a la manada principal. Ani suspiró aliviada: lo había conseguido.

Se fue de vuelta a la Brecha, a ver cómo les iba a Seft y Tem.

La zanja y el terraplén ya estaban perfectamente delimitados, y Troon no había vuelto a asomar por allí. Tal vez se había dado cuenta de que el nuevo paso no iba a perjudicarlo de ningún modo y había decidido que podía dejar en paz a los ganaderos.

Ya estaba avanzada la tarde cuando Scagga llegó con su joven ejército.

Todos se sentaron a comer los alimentos fríos que habían traído consigo. Al día siguiente asarían una vaca.

Ani durmió como un tronco y despertó con el ruido de la actividad del campamento. Los jóvenes se pusieron a trabajar con entusiasmo en la zanja y el terraplén. Seft y Tem ya habían hecho su trabajo y emprendieron el regreso a Aguacurva acompañados de Ani, quien sentía una inmensa satisfacción. Ella y Seft habían trazado un plan y lo habían llevado a cabo; el nuevo paso se construiría sin disputas ni violencia. Estaba contenta.

Los agricultores habían cosechado el trigo y almacenado el grano. También habían retirado los rastrojos y ya no había necesidad de acarrear agua desde el río hasta los campos, pues no sembrarían hasta la primavera. A Pia ya no le dolía la espalda.

Aun así, todavía quedaba mucho por hacer: recolectaban frutos secos y frutas del bosque para almacenarlos para el invierno, y Yana fabricaba mucho queso mezclando la leche de las cabras con hojas de malva para obtener una pasta dura, capaz de aguantar más tiempo.

Los agricultores de menor edad sentían curiosidad por ver qué hacían los ganaderos en la linde del bosque del Oeste. Una mañana, Pia se llegó paseando hasta allí cargada con Olin para echar un vistazo y se encontró con otra media docena de agricultores, incluido Duff, que observaban los avances en la construcción de la vereda. Soplaba un frío viento del este y Olin iba arropado con una piel de cordero.

Los ganaderos ya casi habían terminado las tareas de construcción de la barrera formada por la zanja y el terraplén, y en ese momento estaban despejando un espacio en el lado occidental de la franja de terreno, removían la tierra e iban creando un sendero oscuro de un par de zancadas de ancho.

—¿Para qué es esa franja de tierra? —le preguntó Pia a Duff, señalando el sendero oscuro.

—No lo sé —contestó él—. Se lo he preguntado a uno de los ganaderos y él tampoco lo sabía. Solo me ha dicho que Scagga lo quiere así.

Entre la zanja y el terraplén y el sendero oscuro quedaba un amasijo de restos vegetales de la mitad de la altura de Pia y unas veinte zancadas de ancho que tendrían que retirar para que el ganado pudiera transitar por la vereda, de modo que supuso que tardarían varios días en hacerlo.

Scagga estaba distribuyendo a su gente a lo largo de la franja de terreno, de cara al nuevo espacio recién despejado y de espaldas al bosque. Pia advirtió entonces que cada uno de ellos iba pertrechado con algún utensilio: una pala plana, un trozo ancho de madera o una estera de cuero gastada.

A continuación llegaron varias personas más portando antorchas encendidas y prendieron fuego al amasijo de vegetación del medio.

—¡Ah! —exclamó Pia—. ¡No sabía que iban a hacer eso!

Dedujo que aquello era mucho más rápido que trasladar de sitio la vegetación.

—El sendero oscuro es un cortafuegos, para impedir que las llamas se propaguen al resto del bosque —dijo Duff.

Pia frunció el ceño.

—Estaría mejor si fuera más ancho —señaló.

—Esos de ahí tienen palas y todo lo demás para sofocar el fuego si amenaza con extenderse.

Sus palabras aplacaron los temores de Pia solo a medias.

Los restos de vegetación prendieron enseguida. Después de tres veranos de sequía, todo el bosque estaba completamente seco. El fuego exhibía una ferocidad sorprendente, así que, por seguridad, Pia y los demás agricultores presentes se apartaron y se colocaron detrás de la hilera de ganaderos.

Las llamas rugieron con fuerza y una columna de humo se elevó hacia el cielo. Pia notaba el calor en la piel. Las lenguaradas de fuego alcanzaron más altura y unas chispas sobrevolaron las cabezas de la hilera de ganaderos hasta adentrarse en el bosque virgen. Estos reaccionaron de inmediato para sofocar unos pequeños focos. Pia y los agricultores retrocedieron aún más.

Entonces advirtió que habían aparecido algunos habitantes de los bosques, que contemplaban la escena desde detrás de los arbustos con cara de miedo.

En ese momento pensó que no debería haber llevado allí a Olin y decidió alejarse del fuego y regresar a casa. Se volvió hacia el río.

Notó una ráfaga de aire y, de pronto, a su alrededor surgieron numerosos brotes del incendio. Los ganaderos no daban abasto para sofocarlos todos, y los que no conseguían apagar se propagaban con una rapidez vertiginosa. Las llamas impedían el paso de Pia hacia el río, de modo que torció en dirección oeste y echó a correr, adentrándose en el corazón del bosque. Olin percibió de inmediato la tensión de su madre y rompió a llorar.

El fuego se extendía a una velocidad pavorosa. Los árboles estaban en llamas, las ramas y las hojas ardían con fuerza; los arbustos y los árboles más jóvenes crepitaban y humeaban, y la hierba reseca y parda se consumía deprisa. Los ganaderos encargados de sofocar el incendio se dieron por vencidos y echaron a correr con los agricultores. Cundió el pánico. Pia sintió un miedo terrible ante la idea de quedar atrapada con

Olin entre las llamas y morir devorados por ellas. La sensación de puro terror resultaba asfixiante.

Era muy difícil correr entre la espesura del bosque. Con las prisas, tropezó y cayó de rodillas en el suelo, pero nadie se detuvo a socorrerla. Se levantó como pudo y siguió avanzando con paso tambaleante.

Los animales del bosque salieron de sus escondites y la adelantaron: un par de corzos, una familia de zorros con sus cachorros, una docena de liebres... Infinidad de criaturas más pequeñas correteaban entre sus pies: ratones de campo, lirones, ardillas y erizos.

Los demás agricultores le llevaban la delantera porque ella cargaba con el peso de Olin, que entorpecía su avance. Entonces alguien acudió en su ayuda: era Duff, que cogió al pequeño para que ella pudiera correr más deprisa. Pia vio que Duff tenía bien asido al niño y lo estrechaba contra su pecho con una mano bajo el trasero y sosteniéndole la cabeza con la otra. Juntos avanzaron a trompicones entre la espesa vegetación. Cuando el calor que Pia notaba en la espalda fue mitigándose, supo que ya se alejaban del avance de las llamas. Era muy posible que Duff le hubiese salvado la vida.

Lo vio torcer hacia el suroeste, en dirección al río, y lo siguió. Iban justo por delante de las llamas. De pronto, Pia sintió un dolor lacerante en la coronilla y se dio cuenta de que el fuego le había alcanzado el pelo. Se puso a gritar. Justo en ese momento, salieron del bosque y aparecieron en la orilla del río. Duff la rodeó con un brazo y los tres se arrojaron al agua. Pia sumergió la cabeza y la insoportable quemazón de la cabeza se transformó en un dolor sordo. Al volver a salir a la superficie, buscó a Olin.

Duff nadaba de espaldas sujetando al niño sobre él para que pudiese respirar mientras cruzaban el río. Pia habría llorado de puro alivio de no ser porque no le quedaban fuerzas para ello. No sabía nadar muy bien, pero logró arreglárselas y todos alcanzaron la otra orilla.

La vegetación de ese lado estaba compuesta por matorrales bajos. Ninguna de las chispas lograba llegar hasta allí, pues el viento soplaba en la dirección opuesta. De todos modos, Pia y Duff se alejaron del río hasta alcanzar la base de la colina antes de desplomarse en el suelo, exhaustos.

Pia cogió a Olin de los brazos de Duff, le quitó la piel de cordero, empapada de agua, y secó a su hijito frotándole el cuerpo con las hojas de un arbusto. No fue hasta que el niño se quedó en silencio cuando ella se dio cuenta de que no había dejado de llorar desde que habían empezado a correr.

Pia se bajó la túnica por un hombro, arrimó a Olin a su pecho desnudo y le dio de mamar. El calor que emanaba de su cuerpo y la leche templada lo tranquilizaron.

Miró al otro lado del río. El bosque del Oeste ardía en llamas. El calor se notaba incluso desde allí. El fuego, impulsado por el viento del este, se desplazaba hacia el oeste a gran velocidad. Pero era imposible que todo el bosque fuera pasto del fuego, ¿no? ¿Dónde vivirían Bez y su tribu entonces?

Miró a Duff.

—Has vuelto por mí —dijo—. Nadie más ha acudido en mi ayuda, pero tú has vuelto a adentrarte en el fuego.

—He visto que no podías correr lo bastante deprisa con el pequeñín a cuestas —dijo él—. Las llamas te habrían alcanzado.

—Has arriesgado tu propia vida.

—No he pensado en eso.

Lo miró fijamente. ¿Por qué le importaba tanto como para arriesgarse a morir devorado por el fuego? Era casi como si…

Decidió que se lo preguntaría a su madre.

El viento amainó de repente y el efecto sobre el incendio fue inmediato: el fuego perdió intensidad y los rugidos de las llamas disminuyeron. Duff también se dio cuenta.

—Puede que una parte del bosque del Oeste se salve —dijo.

Pia esperaba que así fuese.

Permanecieron sentados contemplando la destrucción de los árboles. El sonido impaciente de las llamas era el último estertor del bosque. Pia miró río arriba y vio a un pequeño grupo de habitantes de los bosques de pie en la orilla, abrazándose y sollozando.

Le entraron ganas de llorar a ella también. Algo precioso había sido destruido. ¿Y cómo daría de comer a sus hijos esa gente a partir de ahora?

El viento había quedado reducido a una brisa imperiosa. Tal vez eso detuviera el avance del incendio hacia el este.

Olin dejó de mamar. Pia volvió a cubrirse el hombro con la túnica y se levantó, aferrándolo aún con fuerza.

—Volvamos a Los Cultivos —dijo.

Caminaron por la orilla del río. Al otro lado, unos pocos árboles tiznados de hollín aguantaban en pie en un campo de cenizas. Cuando llegaron al poblado, tuvieron que volver a cruzar el río a nado. Duff llevó a Olin de nuevo mientras Pia se desplazaba como podía.

Cuando pisaron tierra otra vez, Troon hablaba acaloradamente con unos agricultores. Pia sintió curiosidad y se sumó al grupo, seguida de Duff. Troon ignoró a la mujer, pero se dirigió al hombre.

—Tenemos que enterrar la ceniza en el suelo antes de que se la lleve el viento. Las cenizas son buenas para la tierra.

Duff se quedó sorprendido.

—¿Es que vamos a cultivar el bosque quemado?

—Sí, ese terreno ya no es bosque, sino suelo fértil, perfecto para tierras de labranza.

Pia estaba indignada.

—¡No podemos hacer eso!

Troon la miró con aire irritado y luego decidió que tenía que responder.

—¿Por qué no? —dijo.

—Porque pertenece a los habitantes de los bosques.

—Ellos no tienen la noción de propiedad. Además, ahora ya no les sirve de nada. Todo ha desaparecido: los ciervos, los pájaros, los avellanos...

—Todo eso volverá, con el tiempo.

—¡Con el tiempo! —Troon puso los ojos en blanco—. Con el tiempo significa una vida entera. Mientras tanto, los agricultores pasamos hambre. Si actuamos con rapidez, el año que viene tendremos una cosecha.

Pia miró más allá de Troon y se sorprendió al ver aproximarse a Bez. Troon siguió su mirada y lo vio también. Todos los agricultores miraron en la misma dirección y se hizo el silencio.

Bez se quedó inmóvil un instante antes de hablar.

—Nuestro hogar ha sido arrasado por el fuego. Solo queda una pequeña porción de bosque, tan pequeña que no basta para alimentar a nuestra tribu. Moriremos de hambre.

—Han sido los ganaderos los que han prendido fuego a los matorrales, no nosotros —se apresuró a decir Troon—. Los agricultores no hemos tenido nada que ver.

—Pero ahora Troon quiere labrar la tierra quemada y sembrar en primavera —apuntó Pia.

El jefe la miró con tanta furia que ella supo que, si pudiese, la mataría allí mismo.

Bez volvió a mirar a Troon.

—Entonces nunca recuperaremos el bosque. Serán tierras de labranza para siempre.

—Si esperamos a que vuelva a crecer la vegetación del bosque, todos moriremos antes.

—Mi tribu debe comer —dijo Bez—. Los ganaderos, que han encendido el fuego, tendrán que alimentarnos, y vosotros, si labráis nuestra tierra, también tendréis que procurarnos alimento.

—No podemos dar de comer a vuestra tribu —repuso Troon—. Ni siquiera tenemos comida suficiente para nuestra gente.

—Pues debéis hacerlo, y los ganaderos también. Nos lo estáis quitando todo; los dioses exigen un equilibrio.

—Me da igual lo que pienses: te digo que es imposible.

—Muy bien. —Bez dio media vuelta y caminó unos pasos antes de girarse de nuevo—. Los dioses tendrán su equilibrio —sentenció.

Y, volviéndose otra vez, echó a andar hacia las cenizas del bosque.

19

Procedente de Los Cultivos, Bez cruzó lo que había sido el bosque del Oeste levantando a su paso el polvo de la ceniza, rodeando los troncos que aún ardían y las ascuas incandescentes, avanzando penosamente entre los tristes restos de su hogar. La tribu desperdigada fue sumándose a él en pequeños grupos a lo largo de su peregrinaje y pasaron junto a la charca, pero no encontraron ni rastro del poblado.

Sí vieron los cuerpos abrasados de las vacas que les había llevado Ani. Esa mañana, al percibir el olor del humo del gran incendio, los animales se habían agitado y los habitantes de los bosques, temiendo que huyeran, los habían atado sin imaginar siquiera que aquel fuego lejano acabaría consumiendo su poblado y, con él, a las pobres reses.

Al fin llegaron a la pequeña porción de bosque que había sobrevivido a las llamas, el equivalente a la uña del pulgar en un pie. Había sido el cambio en la dirección del viento lo que había evitado que ardiera. No obstante, aunque la zona seguía siendo verde, carecía de vida silvestre: no había ningún ave en los árboles, ninguna criatura en el sotobosque y probablemente ningún ciervo, pues les habría resultado difícil esconderse en un espacio tan reducido.

La tribu se sentía apesadumbrada, abatida, pero también temerosa del futuro. Todo lo que les había procurado seguridad había desaparecido, y no tenían la menor idea de cómo conseguirían su próxima comida.

Se sentaron en un claro y Bez les refirió su conversación con Troon. También repitió lo que Pia había dicho sobre los agricultores; que iban a hacerse con la región quemada para que no volviera a poblarse de árboles. Los miembros de la tribu estaban indignados, aunque no sorprendidos.

Mientras debatían sobre su difícil situación, aparecieron otros habitantes de los bosques. Bez los reconoció, pertenecían a la tribu vecina más próxima, del bosque Redondo. Habían visto el humo y se habían acercado por curiosidad, para comprobar el alcance de la devastación. Una mujer a la que Bez conocía y que se llamaba Ga preguntó cómo había ocurrido, recurriendo al rudimentario lenguaje común que los habitantes de los bosques empleaban en sus desplazamientos estivales.

—Los ganaderos incendiaron el bosque y los agricultores van a labrar la tierra quemada —contestó Bez—. No niegan lo que han hecho, pero no piensan darnos comida.

—Eso no está bien —opinó Ga—. Deberían reemplazar lo que han destruido.

—Dicen que, sencillamente, no tienen tanta comida.

Bez esperaba que Ga le preguntara si había algo en lo que su tribu pudiera ayudarles, pero no lo hizo.

—¿Permitiríais que algunas de nuestras mujeres y nuestros hijos se integraran en vuestra tribu? —preguntó él al final.

Sabía que no aceptarían a los hombres. Ninguna tribu de habitantes de los bosques accedería a eso de forma voluntaria, porque siempre ocasionaba problemas. Las mujeres eran menos pendencieras.

—Si alguna de vuestras mujeres es pariente cercana de uno de los nuestros —contestó Ga—, por ejemplo, si la madre de alguna mujer pertenece a nuestra tribu, la acogeremos, siguiendo nuestra costumbre. De lo contrario, no. Ya no nos alcanza la comida con los que somos.

Era la respuesta que Bez había esperado oír, y estaba seguro de que recibiría la misma de cualquier otra tribu de la Gran Llanura. Además, dado que los habitantes de los bosques no solían emparejarse con individuos de otros grupos, no conseguiría establecer en ellos a muchos miembros del suyo apelando a esa tradición, tal vez a ninguno.

Ga y los habitantes del bosque Redondo se marcharon enseguida, y Bez volvió a dirigirse a la tribu.

—Nuestra situación es desesperada —anunció.

Varias personas asintieron con la cabeza. Ya habían llegado a esa misma conclusión, sabían que la tribu corría el riesgo de extinguirse pronto.

—Aquí, en este pequeño pedazo de bosque que es todo cuanto nos queda, no hay suficiente espacio para más de una familia.

Todos estaban de acuerdo.

—Las demás tribus no nos ayudarán —siguió diciendo Bez—. ¿Por qué iban a hacerlo? No fueron ellas quienes provocaron el incendio.

También sabían eso, y todos esperaron a oír qué diría a continuación.

—Así que solo tenemos una opción. —Bez hizo una pausa, miró alrededor, captó los leves signos de esperanza en sus rostros y concluyó—: Debemos robar lo que se niegan a darnos.

—Había mucha vegetación de la que deshacerse —les contaba Scagga a los sabios—. Así que la quemamos; era la manera más rápida y eficaz de conseguirlo. Abrimos un cortafuegos de dos zancadas de ancho para impedir que las llamas se propagaran. Por desgracia, esa mañana sopló un viento del este muy fuerte y el cortafuegos no fue lo bastante ancho.

—¡¿Incendiasteis el bosque del Oeste?! —estalló Ani, incrédula. Estaba furiosa.

—Fue un accidente. —El tono de Scagga pretendía transmitir una inocencia herida.

—Pero ¿por qué tuvisteis que prender el fuego?

—Ya te lo he dicho: era la única manera de deshacernos de toda esa vegetación, una verdadera montaña…

—Nadie te pidió que la quemaras. Y tú no informaste de que ese era tu plan.

—¿Qué otra cosa podíamos hacer?

—¡Llevar los desechos a la llanura, por supuesto!

—Habríamos tardado días en hacer eso.

—¿Acaso te apremiaba alguien?

Scagga no respondió.

—¿Cuánta extensión ha ardido? —quiso saber Ani.

—Afortunadamente, no todo el bosque.

—¿No todo el bosque? ¿Cuánto se ha quemado? ¿La mitad? ¿Tres cuartas partes?

Scagga bajó la mirada.

—Más. Se ha salvado una zona muy pequeña en el extremo oeste.

—¡Bez y su tribu pasarán hambre! —exclamó Ani—. ¡Morirán! —Y rompió a llorar—. Insensato... —dijo con amargo dolor—. Has matado a una tribu entera. —Dio media vuelta y se alejó de los sabios con la cabeza gacha y sollozando—. A una tribu entera —repitió en voz baja—. Insensato...

Bez no sabía nada sobre ganado. Nunca había tenido relación alguna con animales domesticados, aparte de los perros. Las vacas lo enervaban porque era incapaz de predecir sus reacciones, pero la idea de robarlas se le había ocurrido a él y, naturalmente, tenía que ser el primero de la tribu en intentarlo.

Los ganaderos que cuidaban de ellas constituían el verdadero peligro porque llevaban consigo arcos y flechas. Bez iba armado con un recio garrote y un cuchillo de sílex.

Pensaba en eso mientras se encaminaba con Gida hacia la manada. Debido a la sequía, había muy pocas noches nubladas, así que para el primer intento optaron por la mejor alternativa: una noche sin luna. No eran invisibles, pero costaría distinguirlos entre una manada de reses.

La más próxima de ellas solía pacer justo al norte del bosque del Este, pero Zad la había alejado más cuando los agricultores empezaron a hablar de quedarse con vacas como compensación por la estampida. Bez suponía que Zad había desplazado a sus animales hacia el noroeste, pero no demasiado, porque tendría que llevarlos a menudo a beber al río.

Olió la manada antes de verla, lo cual era una buena señal:

significaba que Gida y él se encontraban de cara al viento y que los perros de los ganaderos no detectarían su olor.

La mayor preocupación de Bez era el ruido. Tanto Gida como él iban descalzos —los habitantes de los bosques detestaban el calzado— y poseían la destreza de su tribu para moverse con sigilo, pero los perros tenían un oído extraordinario y sabían diferenciar al instante entre los pasos de un humano y las pezuñas de una vaca.

Se detuvieron al llegar a un roble solitario y se apostaron tras él, semiocultos por su enorme tronco, para observar con detenimiento lo que tenían frente a sí. Bez no veía a ningún ganadero. No cabía duda de que tenía que haber uno o más, pero debían de encontrarse al otro lado de la manada. Aunque la mayoría de las vacas estaban de pie, varias yacían en el suelo. Bez no sabía si esos animales dormían de pie. En realidad, no sabía siquiera si dormían.

Gida y él esperaron, pacientes. Si los ganaderos se paseaban durante su guardia, más tarde o más temprano los verían. Sin embargo, pasaba el rato y no aparecían, por lo que lo más probable era que estuviesen sentados en alguna parte.

—Vamos —dijo Gida al fin.

Aquel era un momento peligroso. Tenían que andar erguidos por un prado vacío, a plena vista, sin ningún sitio donde esconderse. Bez avanzaba atento, buscando con la mirada a los ganaderos, pero fue Gida la primera en verlos. Sin decir nada, se agachó y se tendió en el suelo, y Bez la imitó un instante después.

Eran dos. A esa distancia, Bez no sabía distinguir si eran hombres o mujeres. Deambulaban despacio. Por suerte, estaban de cara a las reses y parecía que no los habían visto.

Tuvieron que esperar un buen rato mientras los ganaderos proseguían con su ronda. En cuanto desaparecieron, Bez y Gida se levantaron y recorrieron a paso ligero el trecho que los separaba de la manada.

Cuando ya estaban muy cerca de ella, se arrodillaron para que sus cabezas quedaran a la misma altura que las de los animales, y de rodillas se mezclaron entre ellos para que su olor quedara enmascarado por el del ganado, aunque fuera en parte. Los animales estaban habituados a los humanos. Un toro le gruñó a Bez, pero acto seguido se mostró indiferente; las vacas lanzaban miradas tediosas a los recién llegados y luego seguían a lo suyo.

Bez y Gida se detuvieron y aguzaron el oído intentando adivinar dónde estaban los ganaderos en ese momento. No era habitual que las personas guardaran un silencio absoluto: hablaban, tosían, olfateaban, cantaban o silbaban una melodía. Cuando dormían, musitaban o roncaban. Al cabo de un momento, Gida señaló hacia el noroeste y Bez asintió con la cabeza. No había captado ningún sonido, pero sabía que ella tenía un oído más fino.

Bez miró los animales que lo rodeaban. No había ninguno gordo, ni siquiera rollizo. Todos habían sufrido con la sequía. Él quería uno joven y sano, una novilla o un toro —una hembra joven o un macho castrado—; cualquiera de los dos sería dócil y se dejaría llevar con toda probabilidad sin hacer ruido. Señaló una novilla y preguntó a Gida con gestos.

Esta llevaba una bolsa de cuero colgada al hombro. Sacó de ella un puñado de ulmaria fresca y fragante que había encontrado en un pequeño claro de lo que quedaba del bosque del Oeste. Ni Bez ni Gida sabían si las vacas comían de la mano como hacían los perros.

Gida se incorporó, arriesgándose a que los ganaderos la vieran.

La vaca olisqueó la ulmaria y se dio la vuelta, para decepción de Gida, que probó con otra. Esta sacó su larga lengua, envolvió la hierba con ella, se la llevó rápidamente a la boca y luego la masticó con aire complacido.

Mientras comía, Gida le pasó una cuerda por la cabeza y luego se apartó unos pasos, tirando de ella. El animal la siguió.

Habían atrapado una vaca.

Gida se detuvo para darle más ulmaria y siguió andando y tirando de la cuerda con suavidad. La vaca avanzaba con ella sin hacer el menor ruido.

Bez también se incorporó y echó a andar detrás de Gida. Habían logrado hacer todo eso sin alertar a los vigilantes. Sin duda, el silencio era la clave. Lo habían conseguido... por el momento.

De pronto, Bez notó el roce de un ala en la mejilla y, asustado, dejó escapar un grito involuntario. Entonces oyó los chillidos agudos y desesperados de un animal de pequeño tamaño. Gida también gritó.

A sus pies, Bez vio un esmerejón forcejeando con una comadreja. El ave, una especie de halcón, era grande, con una envergadura de la longitud de un brazo, y la comadreja no abultaba más que una mano, pero luchaba y se resistía revolviéndose y lanzando dentelladas. Pese a ello, el halcón la aferró con las garras, la levantó en el aire y un instante después ambos se perdieron en la negrura de la noche. Los gritos de la comadreja se desvanecieron.

Mientras, el perro de los ganaderos ladraba como un poseso.

—Ve por ahí —le indicó Bez a Gida, señalando el roble—. Lo más deprisa que puedas, pero sin asustar a la vaca. Yo iré en la dirección opuesta para distraerlos. Nos encontramos en el bosque Redondo.

Sin alterarse, Gida se alejó al trote con la vaca.

Bez corrió agazapado alrededor de la manada, hacia el este de donde se oían los ladridos. Cuando hubo recorrido una distancia significativa, se detuvo y sacó el cuchillo de sílex de la bolsa que llevaba al hombro. Acto seguido clavó la punta en los cuartos traseros de un toro y rápidamente se escondió detrás de otra res, al tiempo que guardaba el cuchillo y sujetaba con ambas manos el recio garrote.

El toro profirió un sonoro y profundo bramido, un ruido que se oyó en todo el terreno que ocupaba la manada. Bez se arrodilló y centró su atención en los ladridos del perro. Así supo que, tal como esperaba que hiciera, el perro corría hacia él y se alejaba de Gida. Levantó el garrote y lo sostuvo sobre el hombro derecho, preparado para atacar.

Permaneció inmóvil. El perro seguía acercándose, y Bez oía los pasos a la carrera de los dos ganaderos, pero el animal corría más deprisa entre las vacas y Bez lo vio al cabo de un momento.

El perro también lo vio a él y le mostró las fauces. Bez sabía que tenía que acallarlo con un único golpe. El animal se abalanzó sobre él, que arremetió con el garrote y alcanzó al perro en pleno salto, en la cabeza, justo detrás de la oreja. La bestia cayó al suelo, inerte y muda.

Bez dio media vuelta y echó a correr.

Salió de la manada. Lejos, a su derecha, alcanzó a ver a

Gida corriendo con la vaca tras de sí. Ya había superado el roble y enseguida cruzaría un montículo, descendería y quedaría fuera de la vista. Para seguir distrayendo la atención de los ganaderos, Bez dobló a la izquierda. Frente a él había una arboleda, demasiado pequeña para alojar a una tribu; si lograba llegar a ella, aquellos dos hombres no lo encontrarían.

Confiaba en ser más veloz que ellos. Los ganaderos no eran cazadores y rara vez tenían motivo para apresurarse, a excepción de sus mensajeros, los corredores. Los habitantes de los bosques cazaban ciervos y eso les exigía ser raudos.

Los ganaderos debían de haber llegado a esa misma conclusión, ya que los pasos que lo seguían de pronto cesaron. Bez volvió la mirada y vio que no se habían rendido, sino que solo habían parado para apuntarle con los arcos. A fin de dificultarles la puntería, empezó a correr en zigzag. Dos flechas pasaron por su lado y aterrizaron frente a él. Sabía que las siguientes serían más certeras, por lo que hizo un inmenso esfuerzo para apurar aún más el paso y duplicó los zigzags. Las flechas se le acercaban, pero ninguna le dio, y enseguida empezaron a quedar cortas. Bez estaba fuera de su alcance. Los ganaderos arrancaron a correr de nuevo, aunque en vano: el fugitivo ya se había alejado demasiado y ambos acabaron por detenerse, sin duda comprendiendo que no conseguirían darle alcance.

Bez llegó a la arboleda y se internó en el sotobosque. Se giró y atisbó entre las hojas: los dos hombres volvían hacia la manada con aire desconsolado y el arco en la mano.

«Lo hemos logrado —se dijo—. Ahora somos ladrones de ganado».

Y se puso a pensar en cómo hacerlo mejor la siguiente vez.

Los sabios se reunieron en Aguacurva para debatir un mensaje que había llevado una corredora procedente del oeste, una joven llamada Fali: «Zad me pide que os diga que estamos perdiendo una vaca al día a manos de ladrones. Creemos que son habitantes de los bosques de la tribu de Bez. Vienen por la noche y se llevan con sigilo una vaca, sin hacer el menor ruido».

—Esto no puede continuar —dijo Scagga de inmediato—. Los ganaderos desapareceremos si seguimos perdiendo reses a este ritmo.

Ani estaba indignada.

—¡Es culpa tuya! —le espetó—. ¡No necesitarían robar si no hubieses destruido su medio de subsistencia!

—¡No pude evitarlo! —exclamó Scagga, que habría seguido replicando si Keff no lo hubiera interrumpido.

—Ani y Scagga, no tiene sentido discutir sobre culpas. Tenemos que mirar hacia delante y pensar en el futuro. ¿Qué vamos a hacer para poner fin a los robos?

—No podemos detenerlos —intervino Jara. Era una nueva sabia, hermana de Scagga, pero más razonable que él—. Seguirán robando vacas porque la alternativa es morir de hambre.

Ani, desesperada, pensó que sin duda tenía razón.

Scagga secundó a su hermana.

—Tenemos que eliminar a toda la tribu de Bez —dijo—. De lo contrario, seremos nosotros quienes moriremos de hambre.

Ani decidió oponerse a la beligerancia de Scagga sacando a colación una cuestión práctica.

—¿Sabes dónde vive la tribu de Bez?

—En el bosque del Oeste.

—¿En lo poco que queda de él? —Ani negó con la cabeza—. No son tontos, se habrán escondido en algún otro lugar.

—No necesariamente. Puede que sí sean tontos.

—Deja que vaya a investigar —propuso Ani. La perspectiva de otra larga caminata por la Gran Llanura se le hacía una montaña, pero al menos eso obligaría a Scagga a posponer unos días la violencia—. Intentaré averiguar dónde se esconde la tribu.

Scagga parecía a punto de objetar, pero su hermana se le adelantó.

—Parece una idea sensata —dijo con prudencia—. Antes de enviar a un ejército contra el enemigo, deberíamos saber dónde está.

A Ani le resultó insoportable contemplar la estampa del bosque abrasado. No quedaba ni un ápice de verde. El suelo estaba cubierto por una capa de ceniza gris hasta donde alcanzaba la vista. Varios árboles permanecían en pie, desnudos de hojas, con los troncos y las ramas ennegrecidos y muertos, plantas fantasmagóricas en un paisaje sin vida.

Pese a ello, los agricultores ya estaban manos a la obra, labrando la tierra y removiéndola para enterrar la ceniza. Sus surcos iban de este a oeste, en paralelo al río del Sur, para que el agua de la lluvia —si algún día volvía a llover— quedara retenida en el campo en lugar de descender por la colina y acabar en el río. Nubecillas de ceniza ascendían y se posaban a merced de las palas. La tierra reverdecería el siguiente verano, pero con brotes regulares de trigo en lugar de la fecunda espesura del bosque silvestre.

Ani vio que Troon había ampliado su territorio, que de un solo mazazo había añadido una extensión enorme a sus dominios, y se preguntó si algún día haría lo mismo con el bosque del Este.

Yana y Pia no estaban allí. Seguramente, Troon no las había favorecido con una asignación en las nuevas tierras. Ani las encontró en uno de los antiguos campos. Pia llevaba a Olin a la espalda. Las dos mujeres estaban delgadas, pero parecían sanas, y se sentaron en el suelo a charlar con ella.

—He venido porque alguien está robando nuestro ganado —informó Ani.

—Lo sabemos —dijo Pia—. Zad creía que podrían ser los cultivadores y vino. Troon le dejó mirar por todas partes en busca de carne, pellejos y huesos de vaca. No encontró nada.

Ani asintió. No le sorprendía que los agricultores fuesen inocentes.

—¿Quién creéis que lo está haciendo?

—Pues Bez, claro —contestó Yana—. En verdad, no puede ser nadie más.

—¿Y dónde está Bez? ¿En lo que queda del bosque del Oeste?

—No, es demasiado pequeño para toda la tribu.

—Entonces ¿dónde viven?

—No lo sabemos —dijo Yana—. Nadie lo sabe.

Ani caminó hacia el oeste siguiendo el curso del río hasta que llegó a una zona de bosque que había sobrevivido al incendio.

La rodeó por completo y se convenció de que no era lo bastante grande para albergar a una tribu, por mucha habilidad que tuvieran sus miembros para ocultarse.

Luego se adentró en la espesura y encontró un pequeño asentamiento de solo dos casas. Unos cuantos habitantes del bosque estaban sentados en el claro mientras un pedazo de carne ensartado se asaba al fuego.

Por el olor, parecía vaca.

Junto a la fogata, una anciana hacía girar el espetón cada poco con una mano venosa y curtida. Ani se sentó a su lado. Algunos niños se acercaron para mirar a la desconocida con verdadera curiosidad. Ani advirtió que las túnicas de cuero que llevaban parecían bastante nuevas.

—Soy Ani —le dijo a la anciana.

—Sé quién eres —contestó la mujer. Hablaba la lengua de los ganaderos. Eso ayudaría—. Tenías un hijo llamado Han —añadió.

—Murió.

—Lo sé. Lo mató Stam. Stam también mató a Fell.

—Y ahora Stam está muerto.

—Se restableció el equilibrio. —La anciana asintió con aire complacido.

Todos sospechaban que los habitantes de los bosques habían matado a Stam como represalia por el asesinato de Fell, pero nadie podía estar seguro. E incluso la afirmación de aquella mujer resultaba enigmática: se había restablecido el equilibrio, pero ¿quién lo había hecho? Eso no lo desvelaba.

—Yo soy Naro —dijo, en cambio.

—Estás cocinando vaca —observó Ani.

—Venado —replicó Naro con firmeza.

Ani miró alrededor. Vio principalmente a personas de edad avanzada y niños. Había también dos mujeres jóvenes, una en las últimas fases del embarazo y la otra amamantando a un bebé recién nacido. Ani se alegraba de que los pequeños tuvieran comida, pero la tribu no podía seguir viviendo del robo.

—¿Dónde están los demás? —le preguntó a Naro.

—Cazando —contestó la anciana.

—¿Cuándo volverán?

—Pronto.

Ani alargó una mano y tocó la prenda de un niño que se había acercado a su lado.

—Esta túnica es de cuero de vaca.

Naro sacudió la cabeza.

—Es de ciervo.

—Soy curtidora —repuso Ani—. Sé distinguir las pieles. Esta no es de ciervo, es de vaca.

—Cuesta diferenciarlas.

—A mí no.

Naro se irritó.

—¿A qué has venido?

—Busco a Bez.

—No está aquí.

—Pero sí viene de cuando en cuando y os da pieles y carne de res.

La anciana guardó silencio.

—Cuando Bez se marcha, ¿adónde va? —insistió Ani.

—Deberías irte —zanjó Naro—. No te queremos aquí.

Zad le dijo a Ani que estaba consternado porque no conseguía cumplir con su deber de proteger la manada. Ella lo creyó.

La manada que Zad supervisaba ocupaba una tercera parte de la Gran Llanura, pero, por lo que todos recordaban, antes solo se precisaba media docena de familias para cuidar de ella.

Esos tiempos habían concluido.

Ani estaba sentada con Zad, Biddy y la hija de ambos, Dini, en el suelo frente a su casa.

—¡Vienen reptando y son muy sigilosos! —se lamentó Biddy con tono lastimero—. Si algo sale mal, huyen corriendo y no podemos atraparlos. Otras veces ni siquiera los vemos, pero al día siguiente alguien dice: «¿Dónde está el toro de la mancha blanca en un ojo?», y sabemos que han vuelto a robarnos.

—Fui a lo que queda del bosque del Oeste —les hizo saber Ani—. Allí solo había ancianos y niños. Una mujer llamada Naro me dijo que el resto de la tribu había salido a cazar.

—Siempre dicen eso —repuso Zad—, pero nunca los vemos.

—¿Dónde estará viviendo Bez?

—Nadie lo sabe.

Si no podían encontrarlos, no podía matarlos, lo que suponía un gran alivio para Ani. Pero no podrían seguir escondidos de por vida. En algún momento se desvelaría su secreto y entonces se produciría un baño de sangre.

—Dejad que os pregunte algo —dijo—: ¿hay alguna manera de detener a los ladrones sin matar a toda la tribu?

—Creo que sí —contestó Zad.

—¿Cómo? —Ani estaba ansiosa por saberlo.

—Doblando la guardia —respondió Biddy.

Era evidente que ya lo habían hablado, y Ani se animó.

—Donde ahora hay dos ganaderos, debería haber cuatro —concretó Zad—. Y deberían vigilar toda la noche, sin dejar de controlar la manada ni dormirse en ningún momento.

—Y todos, hombres y mujeres, deberían llevar arcos y flechas —añadió Biddy.

—Y, si cuatro no son suficientes, tendremos que poner a seis, o a ocho —remató Zad.

Ani pensó que eso podría funcionar. Obviamente, el plan implicaba matar a habitantes de los bosques, pero no a todos. Aunque le parecía un cálculo frío y aciago, aquello era lo que había estado buscando: una forma de contener a Scagga y evitar una masacre.

—¿A cuántas personas necesitaréis en total? —preguntó.

—En este poblado hay seis familias. Eso son doce ganaderos. Y hay otros dos poblados cerca, aquí, en el oeste de la llanura. No sé contar a tantas personas.

—Yo tampoco —repuso Ani—, pero necesitáis tres nuevos poblados, cada uno con doce ganaderos.

—Y pronto —convino Zad—. Recuerda que estamos perdiendo una vaca casi a diario.

—Pronto —repitió Ani.

—Así es como funciona —les dijo Ani a los sabios cuando regresó a Aguacurva—. Bez y la mayor parte de la tribu están escondidos, nadie sabe dónde. Podrían haber convencido a otra tribu para compartir su territorio.

—Es algo poco probable, en plena hambruna —opinó Keff.

—Estoy de acuerdo. Pero, en ese caso, deben de haberse marchado de la Gran Llanura. Podrían haber cruzado el río del Sur y encontrado un lugar donde esconderse en algún punto situado entre el río y el Gran Mar. Podrían haber ascendido el Peñasco y desaparecido en regiones ignotas del norte. Pero lo más probable es que estén en las colinas del Noroeste, un territorio que conocen.

—Pues allí es donde los buscaremos —dijo Scagga.

—Espera un momento, Scagga —lo conminó su hermana—. Escucha.

—Por la noche vuelven a la llanura —prosiguió Ani—. Se acercan sigilosamente a una manada, atan una cuerda al cuello de una vaca y se la llevan. Muchas veces, los ganaderos ni siquiera tienen conocimiento de ello hasta que se hace de día y advierten la ausencia de una res. Doy por hecho que los habitantes de los bosques llevan al animal a su escondite y lo matan allí. Después, tal vez de noche, se desplazan hasta la arboleda del bosque del Oeste para dar carne y pieles a los ancianos y los niños que viven allí. Y vuelven a desaparecer antes de que amanezca.

—Los encontraremos —sentenció Scagga—. Puede que tardemos, pero los encontraremos, y entonces...

—Los ganaderos del oeste nos proponen algo, una manera de detener a los ladrones sin tener que enviar a un ejército a inspeccionar un territorio desconocido fuera de la Gran Llanura.

—Eso sería fabuloso —dijo Keff.

—Zad cree que podría proteger a las reses si contara con el doble de ganaderos de los que son ahora. Donde hoy hay dos hombres vigilando una manada, quiere a cuatro. Habría que establecer tres nuevos poblados en el oeste de la llanura, cada uno con doce habitantes. Y todos armados con arcos y flechas.

—Tenemos muchos arcos y flechas. —Scagga había acumulado un arsenal y estaba impaciente por estrenarlo.

Ani obvió su comentario.

—Si estamos de acuerdo con la propuesta, debemos llevarla a término lo antes posible para evitar perder más reses.

—Podemos enviarles a gente mañana mismo —ofreció Keff.

—Eso estaría muy bien —convino Ani.

Durante varios días, Bez había estado impidiendo subrepticiamente que Lali participara en las incursiones en las manadas. De hecho, su intención había sido que se quedara en el bosque del Oeste, donde habría estado más segura, pero ya era una mujer, tenía una relación amorosa con un buen chico llamado Forn, y Bez no podía tratarla como si fuera una niña. Aun así, no dejaba de proponer a otras parejas para que fueran a robar ganado y fingía no oírla cuando ella se ofrecía voluntaria. Sin embargo, Lali se dio cuenta y le pidió que la dejara ir. Al final, Bez tuvo que ceder: Lali fue con Forn a robar una vaca.

Esa noche, acostado junto a Gida, no pegó ojo.

Lali volvió con la primera luz del día. No llevaba consigo una vaca… ni a su compañero, y sangraba.

Tenía un corte en el hombro, abierto por una flecha. De haberle acertado un poco más en el centro, le habría atravesado la garganta.

Gida le presionó unas hojas curativas contra el corte y Bez las sujetó con un tallo de enredadera. Después, junto con algunas personas más, le preguntaron qué había ocurrido.

—Había dos ganaderos, y otro y otro —dijo Lali, empleando las palabras que designaban los números en la lengua de los habitantes de los bosques—. Y todos llevaban un arco. No dejaban de desplazarse entre los animales acompañados de los perros, apenas paraban para descansar ¡y no dormían!

—Entonces ¿no pudisteis llegar a la manada? —quiso saber Bez.

—Bueno, creímos que teníamos que probar. Así que al final fuimos reptando y conseguimos penetrar en la manada sin que nos vieran. Yo puse una cuerda alrededor del cuello de una vaca; eso no fue difícil.

—Pero después tuvisteis que huir por campo abierto… con la vaca —se adelantó Gida.

—Lo intentamos. Yo conseguí que la vaca galopara, y Forn corría a mi lado, pero la vaca no quería correr más y aminoró el paso. Eso permitió a los ganaderos acercarse y apuntar. Dispararon a Forn, y cayó. —Lali se echó a llorar—. Supongo que se dio la vuelta para mirar, porque tenía la flecha clavada en la parte delantera del muslo y sangraba muchísimo. Yo sabía que moriría, y que yo tampoco sobreviviría si me quedaba, así que eché a correr y lo dejé allí. Me alcanzó una flecha, pero no era grave y logré correr más deprisa que ellos.

Bez la besó.

—Eres una chica muy valiente. —También él estaba al borde del llanto.

—Me pregunto si habrán hecho eso, doblar la guardia, con todas las manadas —dijo Gida.

—Si aún no lo han hecho, lo harán pronto —dedujo Bez—. Es su nueva estrategia para impedir que les robemos.

Gida asintió con la cabeza.

—Y una idea muy astuta. Tendremos que dar con la manera de sortearla.

—Sí —dijo Bez—. O robar a otros.

20

—No entréis en las casas —les susurró Bez a los demás—. La comida está en los pequeños cobertizos.

Eran una pequeña banda de habitantes de los bosques y estaban en Los Cultivos en mitad de la noche. No había luna. Bez los había dividido en tres grupos de tres. El plan era que cada grupo robara en unas tierras, y luego se reunirían en lo que quedaba del bosque del Oeste.

Bez hablaba con más confianza de la que sentía. Era su primer intento de robo a agricultores y desconocía qué dificultades podían surgir. Sabía que era peligroso, pero debían hacerlo o morirían de hambre. Si tenían problemas, intentaría salvar a Lali y a Gida.

—Dejad que os enseñe cómo tratar a los perros —dijo en voz baja—. Y, a partir de ahora, silencio.

Tenía un plan, pero no sabía si funcionaría.

Los guio a través de un campo de rastrojos y, a continuación, se acercó a una casa en cuyo exterior había un perro atado. El animal los vio y ladró. Entonces, Bez se tumbó en el suelo boca abajo y los demás siguieron su ejemplo con prontitud.

Observaron a un hombre que salió de la casa y miró alrededor. Al no ver nada, le soltó un reniego al perro a media voz y regresó dentro.

Bez se levantó y se acercó más. El perro volvió a ladrar, y de nuevo los habitantes de los bosques permanecieron tumbados en el suelo.

El hombre salió otra vez, armado con un arco en esta ocasión. Seguro que no esperaba encontrar ladrones, ya que en Los Cultivos apenas los había, pero estaba preparado para disparar contra zorros o quizá un lobo.

Rodeó la casa y, acto seguido, fue al cobertizo cercano, recorrió todo el perímetro y miró en el interior. Bez tenía la esperanza de que no se acercara a la zona donde estaban los habitantes de los bosques, pero de pronto dio la impresión de mirarlos directamente, y él contuvo la respiración. Sin embargo, al cabo de un momento, el hombre dio media vuelta. Tal como Bez había supuesto, en la oscuridad era imposible distinguirlos del terreno que los rodeaba.

Al no ver nada fuera de lo normal, el dueño de la casa, enfadado, riñó al perro y regresó dentro.

Los habitantes de los bosques avanzaron reptando. Seguramente el perro no los veía, pero sin duda los olía. Confundido, gruñó, ladró un momento con poca convicción y por fin se calló.

Cuando estuvieron cerca, Bez se puso de pie. Entonces el perro empezó a ladrar con fuerza. Bez dio unos cuantos pasos más, cuchillo en mano, y le rajó el cuello. El animal murió al instante y sin hacer ruido.

Bez se quedó mirando la entrada de la casa. Del cuchillo caían gotas de sangre del perro, pero el hombre no salió.

Sin pronunciar palabra, Bez dirigió a dos grupos hacia los campos vecinos y luego guio a su propio equipo —formado por Gida, Lali y él mismo— hasta el cobertizo de las tierras en las que se hallaban.

La oscuridad era absoluta, de modo que tuvieron que dejar la entrada abierta para que penetrara la poca luz que había. Permanecieron en silencio mientras sus ojos se adaptaban a la penumbra. Por fin, Bez entrevió tres grandes recipientes de arcilla. Encima de uno de ellos había una taza con un asa larga. La cogió, retiró la tapa del recipiente e introdujo la taza en el líquido que contenía. Al probarlo, supo que era leche y lo escupió al instante: la leche les provocaba dolor de estómago.

El segundo recipiente contenía cuajada y suero: leche agria que se había separado en grumos y un líquido acuoso. Esa sustancia no formaba parte de la dieta de los habitantes de los bosques, y Bez supuso que les produciría los mismos efectos indeseados que la leche.

Sin embargo, en el tercer recipiente encontraron granos de trigo, que constituían el alimento básico de los agricultores. Los habitantes de los bosques no cultivaban trigo, pero sí comían las semillas de las gramíneas silvestres. Los granos cultivados eran similares, solo que más gruesos.

Mientras tanto, Gida y Lali exploraron el cobertizo, principalmente a tientas. Gida dio con un gran saco lleno de manzanas, y Lali con una caja de madera que contenía queso. Se llevaron las tres cosas como botín.

Salieron del cobertizo y Bez recolocó la pantalla de mimbre con sigilo.

Cruzaron los campos manteniéndose alejados de las construcciones. Bez no dejaba de observar alrededor, temeroso de que algún transeúnte insomne los viera y diera la voz de alarma. Sin embargo, no fue un humano sino un animal quien los descubrió.

Pasaron a cierta distancia de una casa y, entonces, de detrás salió el toro más grande que Bez había visto jamás. Tenía la cruz más elevada que la cabeza, y su enorme cornamenta curvada era tan larga como las piernas de Bez. Empezó a bramar, y Lali soltó un pequeño grito.

Bez se dio cuenta de que era un uro, una especie de toro salvaje muy poco común, y supuso que iba de camino al río para beber. Levantó el garrote, pero sabía que un arma así no serviría para salvarlo de esos cuernos tan imponentes.

La bestia los miró a los tres, como tratando de decidir si eran comestibles. Ellos se quedaron paralizados ante su mirada. Sin embargo, el animal pareció perder el interés, dio media vuelta y se alejó trotando en dirección a la orilla.

Aliviados, los tres habitantes de los bosques siguieron su camino a toda prisa. Bez creía que las personas de la casa debían de haber oído los bramidos y, con toda probabilidad, también el grito de Lali, pero daba la impresión de que consideraban más prudente quedarse dentro que salir a investigar.

—¿Qué era eso? —susurró Lali.

—Un toro salvaje —respondió Bez con un hilo de voz—. Se llaman uros. No son muy habituales por aquí.

—Pues me alegro —dijo ella.

Sin más incidentes, llegaron al extremo de las tierras cultivadas y cruzaron el antiguo bosque cubierto de cenizas. A medida que se alejaban de Los Cultivos, Bez empezó a sentirse más a salvo. Esperaba que los otros dos grupos hubieran tenido la misma suerte.

Alcanzaron el pequeño poblado situado al final de lo que antes fuera el bosque del Oeste, y allí Bez despertó a Naro.

—Levanta a los niños —dijo—. Les traemos comida.

Los pequeños salieron frotándose los ojos y cogieron manzanas. Naro también les dio queso. Entonces acudieron los ancianos, la mujer embarazada y la madre que amamantaba a su bebé. Los niños no tardaron en irse a dormir otra vez con el estómago lleno.

Los otros dos grupos llegaron sanos y salvos, cargados con cerdo ahumado, frutos secos y un jabalí muerto. Le entregaron parte del botín a Naro, y esta lo envolvió con hojas y cavó un pequeño hoyo para ocultarlo, en previsión de que Troon saliera a inspeccionar por la mañana.

Bez y sus ladrones se marcharon con el resto de la comida. Cruzaron la llanura bajo la luz de las estrellas y se dirigieron a su escondite.

A la mañana siguiente, la noticia se extendió por los campos. Pia oyó que tres familias habían perdido alimentos muy preciados que almacenaban en sus cobertizos para el invierno. En todos los casos había muerto un perro. Las víctimas de los robos estaban especialmente preocupadas por la pérdida del trigo. Habían trabajado con ahínco a lo largo del verano, acarreando agua del río hasta los campos y luego cosechando la mies —a fuerza de agacharse, segar y reunir los tallos, formar los haces y volver a agacharse otra vez, todo ello bajo el sol abrasador—, y, de pronto, la recompensa por esa labor ingente les había sido arrebatada por unos desaprensivos que se habían colado en sus terrenos al amparo de la noche para robarles.

Pia se sentía agradecida de que ni ella ni su madre hubieran echado nada en falta. Tenían provisiones de trigo, queso y tubérculos que habían acumulado trabajando hasta deslomarse, y dependían de esos alimentos para sustentarse a ellas mismas y al pequeño Olin a lo largo del invierno. De haberlos perdido, se hubieran quedado destrozadas.

Troon estaba furioso; no andaba por ahí solo echando bravatas, como tenía por costumbre, sino que destilaba una ira contenida y llena de determinación. A Pia no le quedaba claro cuáles eran sus intenciones, como tampoco a Duff ni a ninguna de las personas a quienes había preguntado, pero el jefe de los agricultores había reunido al habitual grupo de Cachorros. Ni siquiera ellos conocían sus planes, aunque les había pedido que fueran armados.

Quizá salieran en busca de Bez y su tribu, pero ¿cómo sabría Troon dónde encontrarlos? Podía pasarse semanas buscándolos y no hallar ni rastro.

Algunos agricultores se reunieron alrededor de la casa de Troon mientras los Cachorros se preparaban para salir. Fue Duff quien tuvo las agallas de plantarse delante del jefe.

—¿A quién vas a matar, Troon? —le espetó.

—A ti, si no cierras esa bocaza y te apartas de en medio —respondió él, obsequiándolo con una mirada maligna.

Pia tuvo miedo de que hablara en serio, pero Duff no estaba asustado.

—Los habitantes de los bosques roban porque no les queda otro remedio. ¿Se te pasó por la cabeza esa posibilidad cuando decidiste labrar sus tierras?

—No pienso responder ante ti, joven idiota.

—El Gran Hombre debería responder ante sus agricultores, ¿no te parece?

Pia era toda admiración: Duff no se rendía.

Troon posó la punta de su cuchillo en el pecho de Duff, en el lugar exacto donde estaba el corazón, y Pia tuvo la impresión de que estaba dispuesto a clavárselo a la mínima provocación.

—Tú no eres quién para decirme lo que tengo que hacer —replicó Troon—. Soy yo quien dice lo que tienes que hacer tú. Ahora, fuera de mi camino.

Hubo una pequeña pausa.

«Déjalo, Duff —tuvo ganas de decir Pia—. Ya has defendido tu argumento. No tienes que morir por ello».

Él parecía estar pensando algo similar.

—Como desees —dijo.

Para alivio de Pia, se hizo a un lado.

Troon sonrió como si creyera que lo había dejado en ridículo, pero Pia lo veía justo al revés.

—Troon no ha sido capaz de defender sus acciones, y tú has hecho que todo el mundo se dé cuenta —le dijo a Duff en voz baja.

—Bien.

—¿No has tenido miedo cuando ha sacado el cuchillo?

—Mucho, pero alguien debe plantarle cara. Es un necio y nos causa problemas a todos.

—Eres muy valiente —dijo ella.

—Me alegro de que pienses así.

Troon se alejó en dirección a la orilla, seguido por los Cachorros. Torcieron hacia el oeste y caminaron río arriba. Quizá se dirigían a lo que quedaba del bosque del Oeste, pero no encontrarían allí a Bez, y menos a plena luz del día. De eso Pia estaba segura. Así pues, ¿qué se traía entre manos?

Mientras regresaba a las tierras de labranza, notó que el sol que le bañaba la espalda había perdido parte de su fuerza y, al mirar al cielo, vio que había nubes. El corazón le dio un vuelco. ¿Era posible que se avecinara lluvia?

Había creído que Troon estaría fuera varios días, pero el jefe regresó esa misma tarde junto con los Cachorros. Todo el mundo acudió a su casa para saber si había dado con la tribu de los bosques. Sin embargo, él no dijo nada y nadie tuvo el valor de preguntar.

Después de que Troon entrara en la casa, los Cachorros se marcharon a sus respetivos hogares en silencio y sin hacer caso a las personas que les lanzaban preguntas. Ninguno quiso hablar.

De nuevo, todo el mundo regresó a casa.

«Algún día se sabrá lo que ha ocurrido», pensó Pia. Pocas cosas permanecían en secreto para siempre.

Bez y su tribu asaltaron el extremo oriental de las tierras de labranza, casi a medio camino del Monumento, donde la separación entre el río y el bosque era estrecha y las casas quedaban muy apartadas entre sí. El truco de los perros les fue útil por segunda vez, y salieron de allí con abundantes botines de carne, grano y queso. Escaparon a través del bosque del Este y se reunieron en el límite de la Gran Llanura. Desde allí se dirigieron al oeste siguiendo la línea fronteriza entre el bosque y la planicie. Tenían por delante un largo trayecto, pero Bez creía que conseguirían llegar antes de que despuntara el día.

De momento, todo iba bien. Bez se felicitó por haber salido airoso en esa segunda ocasión. Regresarían a lo que quedaba del bosque del Oeste, entregarían una parte de la comida a los ancianos y los jóvenes y llevarían las sobras a su escondite. La tribu sobreviviría a pesar de todos los esfuerzos por exterminarla.

Casi habían llegado a la Brecha cuando se toparon con una manada, y de inmediato se arrodillaron para ser menos visibles. No les interesaba robar ninguna res porque ya tenían mucho con lo que cargar, pero los ganaderos darían por sentado lo contrario. Sin embargo, no vieron a ninguno y siguieron andando con cautela.

De pronto se desató un fuerte viento y empezó a llover.

El aguacero era tan intenso que Bez no veía más allá de lo que medía una vaca. Quedó empapado al instante y comenzó a tener dificultades para agarrar el recipiente de arcilla sin que se le resbalara.

Era exactamente igual que la tormenta que había caído por esa misma época el año anterior, y Bez se preguntó si se trataba de un nuevo patrón.

Oyó que a lo lejos ladraban unos perros y pensó que debían de pertenecer a los ganaderos. Por suerte, parecían hallarse a mucha distancia, aunque era difícil estar seguro con el viento y la lluvia.

Siguieron avanzando a trompicones, resbalándose en la tierra enfangada y enjugándose el agua de los ojos. Bez se dijo que la lluvia daría nueva vida a los avellanos secos, y entonces recordó que casi todos los árboles habían quedado arrasados por las llamas.

De pronto, los ladridos sonaron fuertes y cercanos y, antes

de que Bez tuviera tiempo de reaccionar, la lluvia amainó un momento y reveló una hilera de ganaderos que, sin duda, habían sido alertados por sus dos perros. Todos tenían una flecha dispuesta en el arco y estaban preparados para disparar.

En lo que duraba un abrir y cerrar de ojos, Bez se planteó decirles: «¡No hemos venido a robaros a vosotros, sino a los agricultores!», pero cayó en la cuenta de que los matarían de todos modos y decidió huir.

Los habitantes de los bosques abandonaron su carga y echaron a correr, pero Bez vio a dos hombres caer junto a él víctimas de las flechas, y a otro que se tambaleó y siguió corriendo. Mientras los ganaderos volvían a colocar flechas en sus arcos, ellos consiguieron llegar a los árboles y se internaron en su espesura con los dos perros pisándoles los talones.

Allí se dividieron y siguieron caminos distintos para escapar de los ganaderos, que se abrían paso tras ellos entre la vegetación. Bez pensó que su gente y él estaban en su elemento y tenían la capacidad de avanzar con más rapidez que sus perseguidores. Si hubieran permanecido juntos, habrían podido dar media vuelta y plantarles cara, pero ya era demasiado tarde para planteárselo.

Sin embargo, no consiguieron dejar atrás a los perros. Uno estaba justo detrás de Bez, que se volvió y lo golpeó con el garrote. El animal huyó entre gimoteos.

Bez llegó a un árbol muy alto y pensó en refugiarse en su copa, oculta a la vista, pero luego le pareció más inteligente alejarse todo lo posible de los ganaderos.

Estos se dieron por vencidos enseguida. Debían de haber entendido que estaban quedándose atrás. Como no conocían bien ese terreno, lo más probable era que tropezaran con las raíces y se cayeran en los charcos. Bez pronto dejó de oírlos y paró a descansar. No podrían pillarlo por sorpresa porque, a diferencia de los de su tribu, los ganaderos no sabían moverse en silencio.

Ululó como un búho y de inmediato obtuvo una respuesta similar. Repitió el sonido y Omun apareció poco después. Ambos ulularon juntos y entonces llegó Arav, otro habitante de los bosques, seguido de tres más.

Dos habían caído, víctimas de las flechas, y otro había quedado herido y probablemente no lograría escapar de los ganaderos. Los presentes eran cuantos quedaban del grupo de atacantes.

—Hemos perdido el botín —les dijo Bez a los demás—. Los ganaderos se habrán quedado con todo. Deberíamos ir hacia el oeste y atravesar todo el bosque para asegurarnos de que no volvemos a toparnos con ellos.

Tenían los ánimos por los suelos mientras caminaban bajo la lluvia en la oscuridad. Tres de sus compañeros habían muerto y ellos se habían quedado con las manos vacías. La idea inicial de Bez, según la cual podrían vivir de los robos, no estaba dando buenos resultados. Aun así, no se le ocurría qué otra cosa podrían haber hecho.

Llegaron a la Brecha. No había peligro de que los agricultores los vieran desde lejos, porque la lluvia seguía cayendo a raudales. El cielo estaba negro y cubierto de nubarrones, pero Bez presentía ya el inminente amanecer. Corrieron a través de los campos en la oscuridad. Cuando el terreno que pisaban cambió, supieron que habían alcanzado lo que antes fuera el bosque del Oeste.

A medida que seguían avanzando, el aguacero se transformó en llovizna y Bez divisó una luz débil en la distancia.

No pudieron ver salir el sol, puesto que las nubes seguían siendo densas, pero la luz fue en aumento y, cuando estuvieron cerca de su antiguo bosque, pudieron ver con claridad.

Antes de alcanzar las casas, a Bez le sorprendió encontrar a una mujer tumbada en el suelo enfangado por la lluvia. Estaba boca abajo, pero tenía la cabeza vuelta hacia un lado y pudo verle la cara. Era Naro.

No respiraba.

Se arrodilló a su lado y la tocó. Estaba fría.

Pobre anciana. Los niños llorarían.

Imaginó que la mujer se habría levantado por la noche sin que nadie se diera cuenta y habría andado sin rumbo, tal vez confundida. Por algún motivo se había caído y había muerto. Era la única explicación posible para que su cuerpo yaciera allí fuera, desatendido.

Los habitantes de la aldea debían de estar durmiendo todavía. Les llevaría el cadáver y los despertaría. Se agachó para coger en brazos a la anciana, que era delgada y pesaba poco, y entonces oyó la voz de Omun algo por delante.

—Bez. Mira.

Dio unos pasos más. Omun observaba algo que había en el suelo, y Bez siguió la dirección de su mirada. Parecía un niño, pero no era posible. Miró mejor. Sí que era un niño, un chico de seis o siete solsticios de verano. Estaba tumbado boca arriba, con los ojos abiertos, sin vida, orientados hacia las ramas situadas por encima de él.

Le habían cortado el cuello.

—¡No! —gritó Bez—. ¡No, no!

Omun levantó al niño y juntos fueron hasta el claro que quedaba frente a las casas, donde fueron testigos de una escena tan vil, tan terrible e insoportablemente trágica que Bez no conseguía asimilarla.

Estaban todos muertos.

Los niños, los ancianos, la mujer embarazada, la madre lactante y su bebé. A algunos los habían apaleado, a otros los habían degollado. Unos habían salido corriendo y les habían dado alcance, y sus cuerpos yacían en el suelo en posición de huida.

Bez depositó con cuidado el cuerpo de Naro en el suelo. Al hacerlo, vio algo en lo que antes no había reparado: un agujero manchado de sangre en su túnica, justo a la altura del corazón.

Las caras de sus compañeros tenían todas la misma expresión: la boca abierta de estupefacción, los ojos como platos en señal de incredulidad.

Dio una vuelta alrededor, observando todos y cada uno de los cadáveres. Quiso llorar, pero no pudo; estaba demasiado aturdido.

Por fin empezó a pensar con lógica. Había que tratar los cuerpos con respeto. Intentó hablar, pero se le atoró la garganta y no fue capaz de pronunciar ni una palabra. Inhaló y exhaló despacio, y volvió a intentarlo.

—Tendríamos que colocarlos todos juntos, unos al lado de otros, aquí, en el claro —dijo—. Con las piernas estiradas y los brazos cruzados. Vamos, demos a los muertos el trato que merecen.

Los demás obedecieron.

La madre y su bebé fueron los últimos, quizá porque su muerte era la más dura de contemplar. Al final fue Bez quien se inclinó sobre la mujer. Tanto ella como el pequeño estaban desnudos. Lo separó de su pecho.

Entonces el niño arrancó a llorar.

Bez se sorprendió tanto que estuvo a punto de soltarlo.

—¡Está vivo! —exclamó.

Se preguntó si los asesinos lo habían pasado por alto o si, quizá, a pesar de todo el mal que habían causado, se sintieron incapaces de cruzar ese límite de depravación.

Se puso de pie con el niño en brazos. Tenía los ojos abiertos y pataleaba, su piel estaba fría, pero seguramente se había mantenido con vida gracias al calor de su madre muerta. Bez adoptó de inmediato la posición más instintiva: se acercó el bebé al pecho, le colocó una mano debajo del culito y con la otra le protegió la cabeza. Vio que el pequeño movía los labios sobre la piel de su hombro y se dio cuenta de que estaba buscando un pezón.

—¿Qué vamos a hacer con él, Bez? —preguntó Omun.

—Lo llevaremos al bosque Redondo. En la tribu habrá alguna madre que esté amamantando. Ellos lo acogerán cuando les expliquemos… esto.

El niño volvió a llorar.

—Pero tiene hambre ya —observó Omun.

Bez miró al bebé, a su madre muerta y de nuevo al bebé. «¿Por qué no? —pensó—. Es cuestión de vida o muerte».

Se arrodilló. Con la mano izquierda levantó los hombros de la mujer para incorporarla y a continuación acercó al niño a su pecho. Este volvió la cabeza y colocó los labios en posición de succión hasta encontrar con ellos lo que buscaba. Después cerró los ojos, satisfecho mientras empezaba a mamar.

21

Los hombres y las mujeres de la tribu de Bez estaban sentados en el claro de lo que quedaba del bosque del Oeste. Hacía frío, pero habían encendido una gran hoguera y estaban apiñados alrededor.

No había niños ni ancianos, ya que todos habían muerto. Los habían masacrado en ese mismo lugar, y los asesinos habían sido los agricultores, según Pia le confirmó a Gida. Los Cachorros se lo callaron al principio, pero no lograron ocultar el sucio secreto durante mucho tiempo y la verdad acabó saliendo en forma de confesiones a media voz hechas a madres y compañeras, hasta que todos los habitantes de Los Cultivos se acabaron enterando.

Cuantos rodeaban a Bez estaban pálidos y afectados por el dolor. Habían perdido a sus padres, a sus hijos o a ambos. La cremación de cadáveres fue de tal magnitud que todavía quedaban cenizas en los arbustos y en los árboles.

—Nunca había visto una cosa así —dijo Bez.

Tampoco ninguno de los presentes.

—No es que se haya alterado el equilibrio, es que se ha destruido.

—Una matanza debe responderse con otra matanza —observó Omun.

—Pero ¿quién debe morir? —preguntó Gida—. El martillo de los dioses debe caer sobre los culpables.

Varias personas entre la multitud repitieron la conocida sentencia:

—El martillo de los dioses debe caer sobre los culpables.

—Los ganaderos son culpables —dijo Bez—, porque ellos nos quemaron el bosque.

Muchos asintieron. Bez esperó a que alguien se opusiera, pero nadie lo hizo.

—Los agricultores son culpables, porque ellos mataron a los niños y los ancianos.

Todos se mostraron de acuerdo.

—Para restablecer el equilibrio, debemos matar a ganaderos y agricultores.

—¡Sí! —exclamaron varias voces.

—Y todos se reunirán en el Monumento para la Ceremonia del Solsticio de Invierno —anunció Bez.

La suma sacerdotisa, Ello, estaba enferma hasta el punto de no poder levantarse. Joia la había sustituido en sus tareas durante las últimas semanas, y fue ella quien propuso pintar todos los travesaños con ocre rojo. Las sacerdotisas disfrutaron del trabajo, y el color realzó al Monumento.

Ese día, Joia dirigía el ensayo para la Ceremonia del Solsticio de Invierno. Como la celebración era por la noche, la práctica tuvo lugar por la mañana. Mientras, en el exterior del terraplén circular tenía lugar el trueque habitual, con el consiguiente bullicio.

Joia intentaba no pensar que la muerte de Ello estaba próxima; habría sido una maldad por su parte desear algo así. Sin embargo, sabía que la nombrarían suma sacerdotisa en su lugar, y entonces tendría libertad para emprender el colosal proyecto de construir el Monumento en piedra. Aun así, debía dejarlo todo en manos de los dioses.

Durante ese otoño había llovido como solía hacerlo antes de los terribles años de sequía. El ganado gozaba de más salud, aunque no había engordado, ya que la hierba no volvería a crecer hasta la primavera. Quedaban pocas reservas de forraje y muchas reses tendrían que ser sacrificadas en el solsticio de invierno para convertirlas en carne ahumada, porque no sería posible mantenerlas con vida hasta la primavera. La hambruna no había terminado, pero tal vez su final estaba próximo.

Se respiraba optimismo a medida que los asistentes se reunían en el Monumento para celebrar la Ceremonia del Solsticio de Invierno. Había muchos agricultores, aunque todos eran hombres.

Los ganaderos procedentes de regiones lejanas del norte, que no habían sufrido las peores consecuencias de la sequía, acudieron con ovejas y vacas bien alimentadas para intercambiarlas por objetos de sílex y arcilla.

De lo que más se hablaba era de una noticia que se había extendido por la llanura e incluso más allá. Según decían, alguien había cometido un acto atroz. Nadie lo había visto, pero todos lo comentaban. Los niños y los ancianos de la tribu de Bez habían sido víctimas de una masacre. Los agricultores afirmaban que no habían tenido nada que ver, pero se rumoreaba que habían sido los Cachorros, siguiendo órdenes de Troon.

Los robos habían cesado de forma repentina. Ya no desaparecían vacas de las manadas y no se producían asaltos a los cobertizos de los agricultores. Algunos miembros de la tribu de Bez la habían abandonado y vagaban por la llanura. Joia encontró a una pareja escarbando en la hierba en busca de raíces, y Seft decía haber visto a alguien intentando pescar peces en un arroyo que se había reavivado con la tormenta. No era frecuente encontrar a los habitantes de los bosques fuera de su territorio, pero a Joia el motivo le parecía obvio: la tribu de Bez lo había perdido.

Era el día más corto del año, y todos se reunieron dentro del círculo en cuanto el cielo empezó a oscurecerse. La ceremonia celebraba la puesta del sol el día del solsticio de invierno, pero lo más habitual era que en esa época las nubes lo taparan, por lo que el momento exacto del ocaso solo podía suponerse. Sin embargo, en esa ocasión había un claro en la zona de poniente, y quienes miraban hacia el suroeste observaron, fascinados, cómo un enorme sol encendido, visible bajo las nubes rojo sangre y gris piedra, descendía poco a poco por detrás del Monumento para ocultarse por el borde del mundo.

Durante el trayecto desde el Monumento hasta Aguacurva para ir a la fiesta, Joia se encontró caminando junto a un agricultor llamado Duff, un amable joven con quien ya había coincidido en otra ocasión. Le preguntó acerca del rumor de la masacre.

—Fue una tragedia —dijo él.

—Pero, ¿quién lo hizo?

—No lo sé —repuso Duff en un tono menos afable.

—Pero debes de tener tus sospechas —insistió ella.

—Es mejor no hablar sobre sospechas.

—Claro —contestó Pia, reculando—. Espero no haberte molestado.

—Gracias por no obligarme a mentir —dijo él en un arrebato de sinceridad.

Se trataba de una observación compleja, y Joia se alejó de Duff para reflexionar. Pensó que era un hombre inteligente y sincero, y que sabía quién había cometido la masacre, pero, si lo explicaba, correría algún peligro. Y ¿qué clase de peligro podía temer un joven agricultor? Solo podía tratarse de una amenaza de Troon.

Al cabo de un momento, Shen, el esbirro de Troon, se acercó a ella.

—Te he visto hablando con Duff.

Joia pensó que a la gente de Troon se le pasaban pocas cosas por alto.

—He intentado hablar con él —contestó. Era mejor para Duff que dejara claro que no le había explicado nada—. Es un joven muy ignorante, ¿no te parece?

Shen pareció sorprenderse.

—¿Qué te hace pensar eso?

—Bueno, cada vez que le pregunto algo, me contesta: «No lo sé». ¿Es siempre así?

—No lo sé —dijo Shen.

—Bah, vete de aquí.

Y Shen se fue.

En la fiesta, Joia se reunió con su familia: Ani, su madre, además de Neen y Seft con sus tres hijos. Como de costumbre, se sentaron con las piernas cruzadas sobre esteras de cuero, con escudillas y cucharas. Joia se acordó de los que ya no estaban allí: Han, su hermano, y Olin, su padre. Pero se guardó esos tristes pensamientos para sí.

Después del banquete, un poeta narró una historia de un tiempo en que las personas eran gigantes que luchaban contra toros, osos y lobos, y los mataban con sus propias manos.

—Pero la gente se volvió arrogante —declamó el poeta— y empezó a decir: «Somos más grandes y más fuertes que cualquier otro ser vivo y no le tenemos miedo a nada, de manera que deberíamos considerarnos dioses».

Hubo un murmullo de desaprobación entre el público. Sabían que la arrogancia era una falta que debía castigarse, por lo menos en las narraciones.

—Había un hombre llamado Ban el Elocuente, que tenía la capacidad de comunicarse con los dioses, y él le dijo al dios Tierra: «Nosotros somos dioses». El dios Tierra se ofendió y los convirtió en seres minúsculos para darles una lección.

»El resultado fue terrible: un oso podía matar a una persona golpeándola con sus enormes zarpas; un toro podía herirla con sus cuernos; un lobo podía desgarrarle el cuello con los dientes.

»La gente dijo: "Hemos aprendido la lección y nunca volveremos a considerarnos dioses". Entonces, Ban el Elocuente le comunicó eso al dios Tierra, diciéndole: "Queremos volver a ser gigantes". Sin embargo, el dios Tierra se negó, porque sabía que, si volvía a concederles la grandeza, ellos se convertirían de nuevo en seres arrogantes.

Muchos de los espectadores asintieron en señal de acuerdo.

—Entonces el dios Tierra pensó: «Vamos a ver qué pasa si los convierto en los más inteligentes de entre todos los seres vivos».

—¡Sí! —exclamó alguien, y los demás lo corearon.

—Cuando fueron inteligentes, fabricaron flechas para matar a los osos y sílex afilados para cortarles los testículos a los toros, y les robaron los cachorros a los lobos para alimentarlos y convertirlos en amigos, y los llamaron «perros», de modo que, cuando un lobo se acercara a su poblado, los perros lo ahuyentaran. Y la gente dijo: «No queremos ser gigantes y sabemos que no somos dioses, pero queremos seguir siendo inteligentes».

»Y Ban el Elocuente volvió a hablar con el dios Tierra y le dijo: "Así estamos contentos".

»El dios Tierra contestó: "¿Por qué estáis contentos?".

»Y Ban el Elocuente dijo: "Porque es mejor ser inteligentes que grandes".

Cuando terminó el relato, una media luna proyectaba su brillo a través de los irregulares claros de las nubes.

Seft y Neen se llevaron a los niños a casa. Anina se había dormido durante el poema, y Seft la cogió en brazos sin despertarla. Tenía un secreto que ni siquiera Neen conocía: Anina era su hija favorita. La estrechó contra sí.

A menudo recordaba lo mucho que había anhelado eso, una familia en la que todos se quisieran y se trataran bien. Cuando pensaba en su infancia, le parecía que había vivido una especie de pesadilla. Lo que tenía en el presente era real:

Anina en sus brazos y Neen caminando a su lado de la mano de Ilian y Denno.

Cuando llegaron a la casa, Ilian y Denno se fueron a dormir de inmediato, y Seft acostó a Anina a su lado.

—¿Te ha gustado la historia? —le preguntó a Ilian, el mayor.

—¡Sí! Me acuerdo de todo.

—¿Me la cuentas? —pidió Denno—. Quiero oírla otra vez.

—Cuéntasela, Ilian —lo animó Seft.

Serviría para que Denno se durmiera.

—De acuerdo.

Seft les dio un beso a cada uno y Neen hizo lo propio. A continuación, se prepararon para el festejo. Se despojaron de las túnicas y se cubrieron con los abrigos de piel de oveja para no pasar frío. Neen cogió una piedra contundente que guardaba en un pequeño zurrón; era para los hombres que, en medio de su ardor, olvidaban que una mujer podía decir que no incluso en el festejo. Acto seguido, se dirigieron a las afueras del pueblo, donde la acción debía de estar empezando ya.

Al principio de estar juntos, Seft no quiso ir al festejo porque sentía que quería estar con Neen y con nadie más. Sin embargo, tras un par de años empezó a cambiar de opinión. Durante un tiempo no se lo dijo a Neen para no herir sus sentimientos, pero, cuando por fin se lo reveló, ella le confesó que también quería ir, y desde entonces participaban con gran entusiasmo.

Siempre se contaban lo que habían hecho. Neen solía yacer con algún desconocido del norte, alguien a quien probablemente jamás volvería a ver. Disfrutaba de la sensación de que lo que estaba haciendo no tendría consecuencia alguna.

Seft esperaba encontrar a un grupo de mujeres y hombres que tuvieran relaciones todos juntos a la vez. No había sentimientos de por medio, y eso formaba parte del atractivo.

Llegaron al final del pueblo. Aquí y allá había hogueras encendidas que atenuaban la intensa sensación de frío del viento invernal. Casi todo el mundo estaba todavía dando vueltas, algunos solos, otros en parejas y unos cuantos en pequeños grupos, buscando a alguien que les gustara. Unos pocos habían empezado ya, y podían verse abrigos de piel de oveja moviéndose arriba y abajo.

Seft y Neen se dieron un beso cariñoso.

—Pásalo bien —dijo Neen.

—Tú también —contestó Seft.

Y partieron en direcciones distintas.

A veces, Joia envidiaba a quienes gozaban del sexo con personas a las que no amaban o ni siquiera conocían. Debía de ser divertido disfrutar del placer y luego olvidar al otro. A ella, no obstante, le era imposible. Lo había intentado con una sacerdotisa durante el festejo, pero la experiencia la había dejado indiferente y con pocas ganas de repetir. Por eso, cuando el poeta terminó de recitar su historia, regresó al Monumento.

Seguro que en esos momentos ya habría algunas personas instaladas para pasar la noche vigilando los bienes que habían llevado para intercambiar. Algunos estarían dando vueltas y charlando mientras otros dormían.

Sin embargo, al acercarse vio que no era así. Oyó unos ruidos extraños y notó olor de humo, por lo que echó a correr.

Las mercancías de los que comerciaban estaban esparcidas alrededor del terraplén, pero no parecía que nadie estuviera custodiándolas. Al mirar mejor, Joia vio a un niño que asomaba la cabeza bajo una manta de cuero. Reconoció a Janno, el nieto de El, el tallador de sílex, y se arrodilló a su lado.

—¿Qué ocurre, Janno? —preguntó.

El niño estaba aterrado y apenas lograba decir nada coherente.

—¡Han matado a mi hermana! —exclamó al fin, histérico.

Señaló al suelo y Joia vio el cuerpo de una joven.

—Lo siento mucho, Janno —dijo—. Es muy triste, pero tienes que contarme más. ¿Qué han robado?

—¡Nada! —contestó el niño.

Joia estaba desconcertada.

—¿Qué querían? ¿Quiénes eran?

Miró hacia el Monumento y, a la luz de la luna, vio cinco o seis cuerpos tendidos sobre el terraplén circular; seguramente eran personas que habían estado guardando su espacio para el trueque. Al principio pensó que estaban muertos, pero entonces vio que se movían. Daba la impresión de que estaban asomados al borde tal como ella misma había hecho muchos solsticios de verano atrás, pero ¿qué miraban? No se estaba celebrando ninguna ceremonia, no había ninguna prevista, y las sacerdotisas seguían en Aguacurva.

El miedo se apoderó de ella.

Corrió hacia el terraplén y subió a lo alto para asomarse al interior del círculo.

Lo que vio la dejó horrorizada.

El Monumento ardía en llamas.

Había unos treinta hombres y mujeres, y por sus pies descalzos dedujo que se trataba de habitantes de los bosques. Vio los restos de las ramas secas empleadas como yesca y notó el olor de la brea de abedul usada para garantizar que los maderos prendieran deprisa. Los postes estaban siendo pasto de las llamas y algunos travesaños empezaban a quemarse también.

Dos figuras yacían en el suelo, inmóviles, y al ver sus largas túnicas Joia supo que eran sacerdotisas. Debían de haber decidido saltarse el festejo y volver directamente a casa, como ella, pero habrían llegado antes y habrían tratado de detener a los habitantes de los bosques que estaban incendiando el Monumento. La posición de sus cuerpos y sus extremidades extendidas le hicieron pensar que estaban muertas.

Bez era uno de los atacantes.

Joia se irguió en lo más alto del terraplén y se puso a gritar:

—¡Bez! ¡Bez! ¡Soy yo, Joia!

Todos los habitantes de los bosques la miraron, y por su caras dedujo que estaban furiosos y querían matarla. De nuevo, había actuado sin pensar y había cometido un error estúpido y peligroso.

Pero ya no tenía remedio.

Bajó por la pendiente hasta el interior del círculo, obligándose a aparentar calma, aunque por dentro estaba aterrorizada.

—Basta, por favor, Bez —dijo con vehemencia, pero sin gritar.

Tenía la esperanza de que no notaran el temblor de su voz.

—Los dioses exigen que se restablezca el equilibrio —contestó Bez.

Uno de los habitantes de los bosques corrió hacia ella e intentó darle un garrotazo. Joia se apartó y esquivó el impacto en la cabeza, pero el arma le golpeó el hombro y cayó de rodillas.

«Voy a morir —pensó—. ¡Y aún tengo mucho que hacer!».

Miró al hombre, que había levantado de nuevo el garrote. Entonces oyó a Bez.

—¡Omun! —gritó este, y luego alguna orden imperiosa en la lengua de su tribu.

El hombre llamado Omun bajó el garrote y se alejó.

A Joia le dolía el hombro una barbaridad, pero consiguió levantarse. Miró a Bez y vio en su cara el resplandor rojo de las llamas. Este volvió a hablar en la lengua de los habitantes de los bosques y señaló la abertura del terraplén que servía de entrada y salida. Algunos de sus hombres reaccionaron con respuestas airadas, y ella dedujo que querían matarla, pero Bez se impuso y, a regañadientes, se apartaron de ella y echaron a correr.

—¿Por qué hacéis esto, Bez? —gritó Joia.

—Los dioses exigen que se restablezca el equilibrio —repitió él—. En respuesta a un incendio, debe haber llamas, y en respuesta a la muerte, habrá una matanza.

Acto seguido, salió corriendo tras los demás.

Joia los vio abandonar el círculo y enfilar el camino que llevaba a Aguacurva. ¿Qué tendrían pensado hacer en el pueblo? Fuera lo que fuese, allí encontrarían más resistencia que en el Monumento.

No tenía forma de avisar a la población. Los habitantes de los bosques corrían más que ella, de modo que le era imposible adelantarlos y advertir a su familia, y tampoco había manera de alertarla desde la distancia.

En vez de eso, se arrodilló en el suelo junto a las dos sacerdotisas, pero su primera impresión había sido acertada: ninguna de las dos respiraba. Les habían abierto la cabeza con un garrote.

Esforzándose por no llorar, Joia observó cómo ardía el Monumento. Se despojó de la túnica e intentó sofocar el fuego con ella. Envolvió un poste en llamas con la prenda de piel y consiguió extinguirlas. A continuación hizo lo mismo con el siguiente poste, pero al cabo de un momento los dos maderos se desplomaron y el travesaño, que también se estaba quemando, cayó al suelo.

El Monumento estaba formado por setenta y cinco postes —Joia era una de las pocas personas que sabían contar hasta un número tan alto—, y se dio cuenta de que ella sola no podía hacer nada por evitar que el conjunto se desmoronara.

Se sentó en el suelo y se echó a llorar.

Una mujer a quien Seft había conocido esa misma tarde estaba encima de este, besándolo, mientras él exploraba con las manos los cuerpos de otras dos personas, un hombre y una mujer, situados uno a cada lado. Entonces empezó a oír gritos que no eran de placer y se quedó quieto.

—¿Qué ocurre? —preguntó la mujer que tenía encima. Entonces también ella oyó los gritos y dijo—: Parece una pelea.

Lo era. Seft se apartó de ella, se levantó y vio a un habitante de los bosques descalzo que corría hacia él con el garrote en alto. Sin pensarlo, se puso en acción: lo esquivó e hizo que tropezara y cayera de bruces. Acto seguido, le arrebató el arma de las manos. El hombre consiguió ponerse de rodillas, pero, antes de que tuviera tiempo de levantarse, Seft le atizó fuerte con el palo en la cabeza. El hombre quedo tendido boca abajo, inmóvil. Seft había actuado sin pensar, de forma fría, pero en ese momento lo invadió la ira y volvió a golpearlo tres veces más, hasta que le dejó la cabeza hecha cisco y no tuvo duda de que estaba muerto.

Miró alrededor, repentinamente alerta y asustado. La luz de las hogueras le reveló que el hombre que se había abalanzado sobre él no estaba solo. Un pequeño ejército de habitantes de los bosques estaba atacando con garrotes y cuchillos de sílex. Seft pensó en sus tres hijos, que dormían en casa, y supo que tenía que ir allí antes de buscar a Neen.

Echó a correr, sorteando a parejas y grupos de personas que peleaban, desesperado por llegar junto a sus hijos, pero alguien se lanzó sobre él por detrás y lo cogió por sorpresa. Recibió un golpe en la cabeza y cayó de bruces.

De inmediato temió por su vida. Se dio la vuelta, seguro de que ese hombre volvería a golpearlo sin piedad, tal como había hecho él momentos antes, y, al levantar la vista, descubrió a un habitante de los bosques que empuñaba un mazo de piedra.

Alguien atacó entonces al habitante de los bosques por detrás atizándole con una piedra en la coronilla, y el hombre se tambaleó.

Seft corrió a ponerse en pie con el garrote bien aferrado. Vio que la persona que lo había salvado era Neen y sintió un arrebato de júbilo al reparar en que no estaba herida. Con todo, la pelea no había terminado todavía. El habitante de los bosques dio media vuelta y levantó el mazo para golpear a

Neen, así que Seft blandió el garrote para darle en el costado que dejaba al descubierto su brazo levantado. El impulso incontenible de salvarla a ella lo dotó de una fuerza sobrenatural y estampó el palo en el hombro derecho de su enemigo, que soltó el mazo y se tambaleó hacia un lado. Neen volvió a arrearle con la piedra en la cabeza al mismo tiempo que Seft le daba un garrotazo, y el hombre cayó al suelo.

A Seft lo invadió una furia salvaje; habría seguido golpeando hasta matar al habitante de los bosques, pero Neen lo impidió.

—Los niños —dijo, y ambos salieron corriendo sin pararse a comprobar si su atacante estaba vivo o muerto.

Atravesaron el pueblo a la carrera hasta su casa y, al entrar, encontraron a los tres niños durmiendo. Lágrimas de alivio resbalaron por las mejillas de Seft hasta su barba.

Se agachó junto a sus hijos y fue mirándolos uno a uno, contemplando sus caritas de paz. Le parecía extraño que pudieran dormir mientras tenía lugar una batalla, pero quizá unos cuantos gritos en mitad de la noche no fuesen algo tan raro. En cualquier caso, el ruido estaba disminuyendo.

Miró fuera. En el suelo yacían cadáveres de ganaderos y de habitantes de los bosques, pero las únicas personas vivas eran ganaderos. Dedujo que los habitantes de los bosques que habían salvado la vida debían de haber huido. Los ganaderos heridos estaban siendo atendidos por aquellos que habían resultado ilesos.

Al parecer, los habitantes de los bosques no habían robado nada, así que no era ese el motivo del ataque. Debían de haberlo planeado por venganza. Y no era de extrañar, después de lo que les habían hecho a ellos.

«La crueldad engendra crueldad —pensó Seft—, y la violencia engendra violencia».

Los sabios se reunieron por la mañana, mientras el humo de la cremación formaba una oscura nube sobre Aguacurva. Todos seguían sin dar crédito. Jamás les había ocurrido nada igual. Incluso Scagga, que siempre estaba dispuesto a batallar, parecía consternado. Con todo, y pese a que le temblaba la voz, adoptó su habitual actitud beligerante.

—Tenemos que asegurarnos de que esos salvajes no vuelvan a cometer nunca una acción semejante —dijo.

—La mejor forma de garantizarlo es no quemar ningún otro bosque —repuso Ani.

Pero Scagga sacudió la cabeza.

—No podemos permitir que esa gente siga con vida.

—¿De verdad no sabes que lo que ocurrió anoche fue culpa tuya? —le espetó Ani, enfadada.

—No te atrevas a decir eso, zorra ignorante.

—Dejad de hablar así, por favor —terció Keff—. Concentraos en lo que tenemos que hacer a continuación.

—Debemos matar a toda la tribu de Bez —insistió Scagga—. Es la única forma de estar a salvo.

—Tal vez no queden muchos con vida —opinó Ani—. Los agricultores mataron a todos los niños y los ancianos. Sabemos que algunos han abandonado la tribu, y anoche cayeron muchos más.

—¡Me da igual! —protestó Scagga—. ¡Aunque solo queden dos, tenemos que darles muerte!

Ani dejó de discutir. Por las conversaciones que habían

tenido lugar a primera hora, sabía que la mayoría de los ganaderos pensaban igual que Scagga. En esta ocasión no se le ocurría ninguna propuesta alternativa, así que por fin Scagga tendría la guerra que llevaba deseando tanto tiempo.

Estaría contento.

Bez estaba lo que quedaba del bosque del Oeste, sentado contra un árbol y con Gida a su lado. Lo habían herido durante el ataque. Un ganadero le había asestado una cuchillada en una nalga, y a duras penas había conseguido llegar desde Aguacurva hasta el bosque. Al día siguiente, la herida estaba inflamada y le dolía, y pronto toda la pierna adquirió un color marrón muy feo. Notaba mucho calor.

Cuando la herida empezó a desprender hedor, supo que había llegado al final de su vida.

La tribu ya no existía. La mitad había muerto a manos de los agricultores en la masacre, y de los que quedaron, hombres y mujeres de edad adulta, la mitad había caído en el ataque a Aguacurva. El resto se estaba dispersando, en solitario o de dos en dos. Algunos hablaban de abandonar la Gran Llanura, aunque sin mucha convicción. Unos fueron hacia las colinas del Noroeste, porque conocían el terreno. Otros eran más partidarios de cruzar el río del Sur. Era un territorio desconocido, pero precisamente en eso consistía el atractivo. Intentarían subsistir a base de ardillas, erizos y vegetales silvestres, y esperaban que algún día otra tribu de habitantes de los bosques los acogiera.

Bez se cubrió la pierna con tierra para contener la pestilencia. Había dejado de comer, pero tenía una jarra con agua.

Gida permanecía sentada a su lado durante el día y se acostaba junto a él por la noche, bajo los abrigos de piel de oveja.

No le hablaba de adónde iría cuando él muriera.

Rememoraron la vida que habían vivido juntos, con su alegrías y sus tristezas.

—Qué afortunados somos de tener a Lali —dijo Bez—. Es tan lista y casi tan guapa como tú.

—Mucho más que yo —repuso Gida riendo—. Pero qué triste que Fell muriera...

Bez acarició el collar de dientes de oso que adornaba su cuello.

—Fue la peor época de mi vida —dijo—. Hasta que nos quemaron el bosque.

Gida rescató un recuerdo más alegre.

—¿Te acuerdas de aquella vez que intentamos hacer el amor en un árbol?

Bez se echó a reír.

—Éramos jóvenes y nos considerábamos capaces de cualquier cosa.

—No puedo creer que nos planteáramos algo tan peligroso.

—¡Me aferrabas muy fuerte!

—Porque tenía miedo de que te cayeras.

Se quedaron sin recuerdos que repasar y empezaron a cantar canciones que hablaban de cazar ciervos, descubrir nidos de pájaros y enamorarse. De vez en cuando entonaban alguna de las melodías con las que dormían a los niños.

—La vida de los habitantes de los bosques es una vida feliz —dijo Bez al caer la tarde—. Comemos nueces cuando tenemos hambre, hacemos el amor con todo aquel que está dispuesto y aceptamos la muerte cuando llega, como los animales. Pero esta forma de vida nuestra no puede continuar. Pronto, todos serán ganaderos o agricultores, y guardarán con celo el ganado o los campos, trabajarán duro y serán infelices.

—Es una lástima —opinó Gida—. Pero nosotros hemos tenido una buena vida.

—Sí, así es —dijo Bez, y cerró los ojos como si se estuviera quedando dormido.

Joia observó a los jóvenes, hombres y mujeres, que se preparaban para partir. Les había llegado el rumor de que los supervivientes de la tribu de Bez habían regresado a lo que quedaba del bosque del Oeste, y pensaban ir a matarlos.

Algunos mostraban ira y determinación, y sin duda buscaban vengar la muerte de miembros de su familia. Otros reían y bromeaban, satisfechos de formar parte del ejército de Scagga. Los ganaderos adoraban salir en un gran grupo con alguna misión. Mientras colocaban las flechas en el carcaj y medían las cuerdas de los arcos, debían de saber que su objetivo era matar y morir, pero no parecía que eso ensombreciera su humor.

Ningún miembro de la familia de Joia formaba parte de la comitiva. Neen y Seft tenían la edad adecuada, algo más de veinte solsticios de verano, pero ninguno sentía deseos de matar a habitantes de los bosques, a pesar de lo ocurrido durante la noche del solsticio de invierno. Ani era ya muy mayor, pero tampoco habría ido. Los hijos de Neen eran demasiado pequeños, por suerte. Joia se preguntó si Ilian estaría ansioso por pelear cuando cumpliera unos cuantos solsticios más, como les ocurría a muchos adolescentes.

Justo entonces apareció Scagga.

—¡Ha llegado el momento de partir! —gritó—. ¡Vámonos todos! El día es corto y no querremos pasarnos media noche andando.

Empezaron a cruzar el pueblo. La gente salía de las casas para expresarles sus buenos deseos. La comitiva disfrutaba con la atención, los vítores y las sonrisas, los besos que les lanzaron al aire y algunos que recibieron de verdad.

Joia siguió el impulso de sumarse a ellos. No sabía lo que ocurriría, pero quería estar allí para verlo. Además, con Ello enferma, no había nadie que la reprendiera. Sin decir nada, salió del poblado con los demás.

El grupo estaba integrado por unas cincuenta personas, según sus cálculos. Durante el trayecto, entonaron canciones muy rítmicas que contribuían a que avanzaran con paso regular, y también cánticos divertidos que no tenían sentido pero rimaban. El esfuerzo de caminar durante todo el día sin nada que llevarse a la boca formaba parte de la diversión.

A Joia, aquel estado de ánimo tan festivo se le antojó grotesco por lo inapropiado.

El agua escaseaba, y siguieron una ruta preestablecida que pasaba junto a algunos de los pocos arroyos y charcas que seguían existiendo tras la sequía.

Estaba anocheciendo cuando olieron carne asada y supieron que estaban cerca de Robleviejo. Joia supuso que Scagga había enviado a un corredor para pedirle a Zad que sacrificara una vaca.

Tuvieron que dormir al raso, pero no llovió, y, cuando Joia

estaba sucumbiendo al sueño, captó cierta actividad romántica a su alrededor. Posiblemente eso también formaba parte del atractivo de la larga marcha.

Por la mañana tomaron sopa caliente y carne de vaca fría, y luego emprendieron el último tramo del viaje. Los ánimos habían decaído: ese día tenían que matar a toda una tribu de habitantes de los bosques, o lo que quedaba de ella, y no cabía duda de que contraatacarían.

Pasaron junto a Los Cultivos y vieron a las mujeres y los hombres en los campos. Había menos agricultores desde la matanza.

De camino al oeste contemplaron el abrumador panorama de la madera calcinada. Los pocos árboles que permanecían en pie estaban negruzcos y desnudos; inhóspitos memoriales del bosque sin vida. A lo lejos se veían los árboles supervivientes en una especie de bruma verdosa. Cuando estuvieron cerca, encordaron los arcos y colocaron las flechas. Joia, que no tenía intención de matar a nadie, permaneció en la retaguardia.

Esperaba que los habitantes de los bosques salieran en cualquier momento de entre la vegetación blandiendo garrotes y hachas, pero en el lugar se respiraba una quietud extraña. ¿Sería una emboscada? El ejército de ganaderos penetró en el bosque con cautela y de inmediato llegó a un claro con un par de casas en las que no vivía nadie.

Joia reparó en los copos negruzcos que había en los arbustos y en los árboles. Luego vio algo de color blanco que brillaba en el suelo y pensó en el significado de ambas cosas.

Scagga ordenó a su tropa que se dispersara y buscara en los restos del bosque. Joia permaneció en el claro, esperando a que regresaran. Sabía lo que iban a encontrar y, en efecto, pronto volvieron para informar de que no había habitantes de los bosques por ninguna parte.

Los jóvenes del ejército de Scagga estaban perplejos.

Joia recordó que era una sacerdotisa y se le ocurrió que los dioses debían de haberla enviado allí con algún propósito, así que decidió hablar.

Levantó la voz para que todo el mundo la oyera.

—Este lugar está maldito —dijo, y de inmediato fue objeto de la atención de todos—. Aquí, los agricultores mataron a los niños y los ancianos de la tribu de Bez. —Extendió un brazo para señalar todo lo que la rodeaba—. Abrid los ojos. En los arbustos, en las hojas e incluso en los árboles se ven las cenizas.

La comitiva miró alrededor y vio a lo que se refería.

—Aquí han incinerado a mucha gente, y sus cenizas no han volado aún con el viento.

Todo el mundo sabía lo de la masacre, pero el hecho de encontrarse en el lugar donde los niños y los ancianos habían sido asesinados avivó su imaginación y los dejó horrorizados.

Scagga, a todas luces, se quedó sin saber qué decir.

Joia recogió el objeto de color blanco que había visto en el suelo.

—Seguramente habréis visto antes este collar —dijo—. Está hecho con dientes de oso. Pertenecía a un habitante de los bosques llamado Fell y, cuando él murió, lo heredó su hermano, Bez, el jefe de la tribu del bosque del Oeste. De algún modo ha sobrevivido al incendio. —Miró a Scagga a los ojos—. Has venido hasta aquí para matar a Bez, pero llegas tarde. Ya está muerto, y cuanto queda de él es su collar.

Hizo una pausa para permitir que todos asimilaran el mensaje.

—El resto de su gente ha muerto o ha huido —añadió—. No queda nadie a quien matar.

Se hizo un silencio prolongado.

A continuación, Joia empezó a entonar el cántico de los muertos. Algunos integrantes del grupo la miraron como si estuviera loca, pero ella siguió cantando, pues vio que unos cuantos lloraban. Una joven dejó su arco y cantó con ella, y luego lo hicieron una tercera y también una cuarta. Scagga estaba furioso a la vez que perplejo; no sabía qué hacer. Al cabo de poco, todo su ejército entonaba la melodía, y muchos lloraban al mismo tiempo. En los árboles, los pájaros callaron y las hojas temblaron mientras las voces agitaban el aire. Los tristes restos del bosque del Oeste se estremecían con el lamento por aquellos que yacerían para siempre en silencio bajo el suelo de su hogar asolado.

22

A Joia le partió el corazón ver el Monumento quemado: los maderos estaban abrasados, consumidos, rotos y esparcidos por todas partes. Habría sido peor si no hubiera intervenido e increpado a Bez, pero eso le ofrecía poco consuelo. El Monumento era de una importancia fundamental, unía a todo el mundo en días especiales y les recordaba que formaban parte de una comunidad. También preservaba su conocimiento sobre los movimientos del sol y la luna, y así garantizaba que esas valiosas enseñanzas no se perdieran nunca.

Tenían que ocuparse de tres cosas cuanto antes: reparar los daños, retomar las ceremonias y asegurarse de que el Monumento seguía siendo el corazón de la sociedad de los ganaderos de la Gran Llanura.

Sin embargo, a largo plazo también había otra tarea vital: reconstruir el Monumento en piedra para que nunca pudiera volver a arder.

—Debemos empezar a reparar los maderos hoy mismo —le dijo a Ello.

—No veo la urgencia —repuso esta con languidez—. Todo el mundo sabe que no ha sido culpa nuestra.

La suma sacerdotisa estaba tumbada en el suelo de su casa, cerca del fuego, con la cabeza sobre un cojín de cuero relleno de paja. Joia hablaba con ella de pie: la mujer no la había invitado a sentarse.

—No podremos retomar los ritos hasta que tengamos por lo menos un Monumento provisional —dijo.

—Bueno, pues habrá que suspender las ceremonias durante una temporada.

Joia se quedó consternada. ¿Suspender las ceremonias? ¿Cómo podía una suma sacerdotisa plantearse eso siquiera? Aun así, su respuesta fue comedida.

—El problema es que la gente tal vez empiece a imaginar que las ceremonias no importan, y luego se preguntará por qué tiene que dar de comer a unas sacerdotisas que no trabajan.

Ello no pudo evitar ver el peso de ese argumento.

—De acuerdo. Pero se tardará más de un día en repararlo. Varias semanas, más bien.

—Lo sé. Por eso debemos construir uno temporal primero. —Joia ya lo había pensado—. La mayor parte de los maderos no están totalmente carbonizados. Algunos podrán reutilizarse, así que empezaremos con esos. Tal vez haya que usar ramas sin tallar para acabarlo, pero dentro de pocos días tendremos un Monumento temporal. Luego, en cuanto sea posible, remplazaremos los maderos dañados por otros nuevos.

«O por piedras», pensó.

—Bueno, está bien.

Joia había conseguido lo que quería. Ello nunca mostraría entusiasmo por sus planes, ni siquiera los aprobaría, pero, siempre que no los prohibiera de forma explícita, Joia se consideraba autorizada para llevarlos adelante.

—Gracias —dijo sin darle importancia, ocultando su sensación de triunfo—. Espero que te recuperes pronto. —Y salió.

Las demás sacerdotisas estaban todavía en el comedor. Faltaban algunas que se habían marchado porque estaban demasiado asustadas para quedarse. El desayuno había terminado, pero las mujeres esperaban instrucciones. La rutina habitual se había desbaratado tras el ataque.

Cuando Joia entró, las conversaciones cesaron y todas volvieron la cabeza hacia ella, que las hizo esperar un momento.

—¡Traigo buenas noticias! —anunció entonces.

Todas sonrieron y pusieron cara de expectación.

—¡Vamos a reconstruir el Monumento!

Las mujeres lo celebraron con entusiasmo.

—No podremos reutilizar todos los maderos, pero hoy empezaremos con lo que tenemos.

Les gustó la idea de ponerse ya a trabajar.

—Nuestro primer cometido consistirá en recoger toda la madera. Ahora ya está bastante fría, no os preocupéis. Dejaremos cada pieza donde tenga que ir: un poste en cada agujero del suelo. También acercaremos los travesaños a su lugar. Si no entendéis a qué me refiero, yo misma os lo enseñaré. ¡Seguidme!

Todas salieron del comedor charlando con entusiasmo. Cuando entraron en el círculo, se quedaron mudas al contemplar el calamitoso estado del Monumento. Muy pocos de los setenta y cinco maderos seguían en pie.

—¡Vamos! —exclamó Joia—. Veamos cuánto somos capaces de conseguir hoy.

Se pusieron manos a la obra para recuperar maderos y volver a dejarlos en su lugar correspondiente. Hacían falta por lo menos cuatro sacerdotisas para mover cada pieza. Escogieron primero los menos estropeados, luego los que podían usarse en caso de que fuera necesario. Los que estaba claro que habían sufrido demasiados daños para usarse de nuevo los dejaron en un montón. Las sacerdotisas se aplicaron en cuerpo y alma al esfuerzo comunitario y, en un tiempo sorprendentemente corto, devolvieron algo de orden a aquel caos.

Joia reparó entonces en un detalle que no había podido observar antes de que el Monumento quedara destrozado: todas las terminaciones planas superiores de los postes contaban con dos protuberancias muy prominentes. Habían sido talladas a conciencia, de modo que debían de tener alguna utilidad, por mucho que ella no fuera capaz de imaginar cuál. Encontró un travesaño y, al examinarlo, vio en él dos huecos. Era evidente que las protuberancias encajaban en esos huecos; así era como los travesaños se mantenían fijos en su sitio.

«No tenía ni idea», pensó.

En el diseño original, cada travesaño iba de lo alto de un poste a lo alto del siguiente. Sin embargo, cada vez que las sacerdotisas intentaban colocar uno entre dos postes que ya esperaban en su lugar del suelo, comprobaban que las espigas no encajaban en las entalladuras. Joia comprendió enseguida lo que ocurría: Seft, o alguno de sus manos diestras, había medido los maderos uno a uno, de modo que cada travesaño encajaba solo con el par de postes para el que había sido fabricado. Conseguir emparejarlos todos supondría un trabajo interminable; podían pasarse semanas moviendo enormes postes e intentando encontrar los encajes originales. Eso sin contar con que no todos los maderos podían reutilizarse.

Se quedó de pie contemplando los postes y los travesaños, esforzándose por pensar en algo, pero estaba atascada. Las demás sacerdotisas también se dieron cuenta y empezaron a inquietarse.

Joia debía salvaguardar su entusiasmo.

—Nos hemos topado con un obstáculo —dijo—, pero sé quién puede ayudarnos: Seft.

Las mujeres se animaron enseguida. Todas sabían que Seft era la persona a la que acudir con cualquier tipo de problema práctico.

—Sary y Bet, id a buscarlo, por favor. Decidle que Joia necesita urgentemente su consejo.

Sabía que Seft acudiría porque sentía por ella un cariño fraternal. En aquella Ceremonia del Solsticio de Verano de hacía tantos años, cuando él todavía intentaba escapar de la brutalidad de su familia, ella había sido amable con él. No había hecho mucho, que Joia recordara, pero Seft no lo había olvidado. En aquella época, muy pocos lo habían tratado bien.

Las dos sacerdotisas salieron corriendo. Joia continuó estudiando los maderos que se habían salvado. Cuando los instalaron por primera vez, todos los postes debían de tener la misma altura, de manera que el círculo de travesaños quedaba nivelado. Ahora, en cambio, al estar quemados en parte, todos tenían largos diferentes. ¿Cómo conseguirían nivelar los extremos superiores? Esa sería otra cosa que preguntarle a Seft.

Sary y Bet regresaron con Seft y su hijo, Ilian, un chico

muy precoz que estaba aprendiendo deprisa las habilidades de su padre. Joia les explicó el problema y a Seft se le ocurrió de inmediato una solución.

—Dad la vuelta a los travesaños y practicadles unas entalladuras nuevas, que encajen con los postes que elijáis. Las viejas, en la parte de arriba, estarán demasiado altas para que nadie las vea.

A Pia le pareció una solución obvia, una vez Seft la había propuesto.

De las nuevas entalladuras tendría que encargarse un carpintero. Seft ya había pensado en eso.

—Ilian y yo tallaremos las nuevas —se ofreció.

—Eso es absolutamente maravilloso —dijo Joia.

Aguacurva necesitaba un estímulo. La gente estaba abatida, apática, pesimista. Ani se daba cuenta por cómo caminaban por ahí, con gesto triste, la cabeza gacha, la cara larga. Había que inspirarlos.

—Después del horror de la Ceremonia del Solsticio de Invierno, deberíamos demostrar que hemos regresado a la normalidad —les dijo a los sabios—. Si queremos que la gente olvide el ataque de los habitantes de los bosques, necesitamos que algo nos salga bien de verdad. La Ceremonia de Primavera tiene que ser mejor que nunca.

—¿Y cómo lo conseguiremos? —preguntó Jara, la hermana de Scagga.

—Hagamos correr la voz, atraigamos a muchas personas. Digámosles que habrá una gran fiesta con los mejores poetas.

—Déjate de tonterías —repuso Scagga—. Estamos en mitad de una hambruna, nadie espera un gran banquete con bandejas de carne de vaca.

Scagga sacaba a Ani de sus casillas.

—Esa actitud acabará con nosotros —declaró con vehemencia—. Deja de ser siempre tan pesimista. No estamos en mitad de una hambruna, es probable que nos encontremos ya al final.

—Esperemos que así sea.

Los sabios decidieron ofrecer a la gente la carne justa, ni más ni menos, y en eso quedó la reunión.

Un día antes de la Ceremonia de Primavera, Ani se dio cuenta de que, de todos modos, tampoco necesitarían mucha carne de vaca. Normalmente, la gente empezaba a llegar dos o tres días antes del rito. Preferían estar allí pronto para asegurarse de que no se lo perdían. En esta ocasión, resultaba preocupante ver que la mañana anterior apenas se habían reunido un puñado de visitantes. A lo largo del día llegaron algunos más para hacer trueque, pero ni mucho menos tantos como de costumbre. Era muy decepcionante.

La ceremonia inicial, a la mañana siguiente, celebraría el equinoccio, uno de los dos momentos del año en que el día duraba tanto como la noche; nunca se había contado entre los rituales más emocionantes.

Las sacerdotisas habían hecho lo que habían podido con la reconstrucción del Monumento, teniendo en cuenta que gran parte de los maderos estaban chamuscados y dañados. Ani empezaba a sentir que quizá aquel lugar estaba maldito de verdad; eso era lo que parecía, al menos.

Algunos de los que habían acudido a intercambiar productos se marcharon a mediodía.

Por una u otra causa, la Ceremonia de Primavera acabó siendo un desastre.

Ani habló con El, el tallador de sílex cuya nieta había muerto a manos de los habitantes de los bosques. El necesitaba comprar piedras de sílex sin trabajar —lo que llamaban «núcleos»— para poder convertirlas en herramientas útiles dándoles forma y afilando los bordes. Como de costumbre, Ani se quedó maravillada al ver cómo el hombre sabía exactamente dónde golpear la superficie del sílex para conseguir que saltaran lascas. Se tardaba mucho en aprender esa habilidad, y la mayoría llegaba a dominar el oficio después de años de observar a sus padres.

Sentado con las piernas cruzadas en el exterior del círculo de tierra, y acompañado de su nieto Janno, El sostenía un sílex sin tallar con la mano izquierda y una piedra redonda con la derecha. En su rostro todavía se percibía la expresión gris de la derrota.

—Solo ha venido un hombre a vender núcleos de sílex —dijo—, y no eran de los mejores. El sílex no era del lecho de la veta.

La roca más dura y negra del lecho de sílex solo se conseguía en las minas subterráneas.

—¿Dónde están los mineros? —preguntó Ani.

—Algunos hablaban de ir a comerciar a Rioalto.

«Eso sería el fin», pensó Ani, consternada. El poblado de Rioalto quedaba más cerca de las minas, que se encontraban a lo largo del extremo norte de la Gran Llanura.

—Pues hasta ahora siempre han venido aquí —repuso.

—Temen más ataques de los habitantes de los bosques.

Eso era absurdo.

—¡Si la tribu que nos atacó ya no existe! Los que quedaron vivos se dispersaron. El bosque del Oeste, o lo que queda de él, está desierto.

—Ya lo sé. —El se encogió de hombros—. Pero la gente cree que este sitio está maldito.

Aunque ella misma lo había pensado, le horrorizó oírlo en boca de otra persona. Además, no había forma de demostrarle a nadie que alguien o algo no estaba maldito, así que con lanzar la acusación solía bastar.

—Yo solo te cuento lo que dicen otros —añadió el tallador.

—No te culpo de nada, El —repuso ella—. Gracias por hacérmelo saber. —Pensó un momento—. ¿Han usado esa palabra?

—¿Qué palabra?

—Maldito.

—Sí —confirmó él—. Dicen que el Monumento está maldito.

Una mañana, Pia llevó a Olin al bosque del Este, a un lugar donde las fresas crecían pronto. Después de un invierno lluvioso, la Gran Llanura disfrutaba de una primavera soleada. Y, en efecto, allí encontró las pequeñas bayas de un rojo intenso, que crecían a poca altura del suelo y medio escondidas entre sus hojas.

—¡Mira! ¡Fresas! —exclamó, señalándoselas a Olin.

—¡Mira! —repitió él, aunque no consiguió decir «fresas».

Solo había visto un solsticio de verano y aún conocía pocas palabras.

Pia arrancó una fresa y se la comió. Olin de inmediato extendió la mano para que le diera una. Ella arrancó otra y se la dejó en la palma. El niño la aplastó al intentar cogerla, pero se metió los restos en la boca y volvió a poner la mano para pedir otra.

Comieron algunas fresas más y luego Pia empezó a guardarlas en el cesto.

—Para la abuela —dijo.

—*Buela* —dijo Olin.

Pia recolectó la mitad y dejó las demás para los habitantes de los bosques que vivían allí. Se había fijado en que ellos nunca dejaban un matorral vacío, así que siguió su costumbre.

Cogió a Olin en brazos y salieron del bosque.

Al llegar, su perro ladró para saludarlos.

—Perro —dijo el pequeño, señalando al animal.

—¡Muy bien! —exclamó Pia—. ¡Eres muy listo!

Su madre, Yana, había estado arrancando malas hierbas y se había sentado a descansar frente a la casa, donde bebía agua mientras charlaba con Duff. Pia dejó a Olin para que gateara por el suelo, se sentó con los adultos y le ofreció fresas a la visita.

—Yo también he ido al bosque —explicó Duff. Levantó del suelo un cesto que tenía al lado y se lo pasó a Pia. Contenía hojas silvestres y cebolletas—. Esas hojas son un poco amargas, pero tienen algo que te hace estar feliz —comentó.

Pia sonrió.

—Hojas de la felicidad —dijo, sonriendo.

—Además de verduras os he traído un mensaje —anunció Duff—. Troon quiere hablar con todo el mundo a mediodía, frente a su casa.

Pia miró al cielo. Aún era media mañana.

—Todavía falta un buen rato —señaló Duff, leyéndole el pensamiento.

—¿Sabes de qué se trata? —preguntó ella.

—No, pero sí puedo decirte que a la Ceremonia de Primavera de los ganaderos acudió muy poca gente y que Troon está regodeándose.

—Pronto lo descubriremos. —Pia se encogió de hombros.

Duff se levantó.

—Nos vemos a mediodía.

Cuando Duff ya no podía oírla, Yana comentó:

—Qué joven tan agradable.

—Sí.

—¿Sabías que todas las mañanas le pone los zapatos a su tía Uda, y que le ata las lazadas porque ella no puede agacharse?

Pia rio.

—No, no lo sabía. Siempre ha sido muy bueno conmigo.

—Creo que es algo más que eso.

Pia sabía adónde quería ir a parar su madre, pero de todas formas se lo preguntó.

—¿A qué te refieres?

—Me dijiste que te salvó la vida en el gran incendio.

—Es verdad. No podía correr deprisa porque llevaba a Olin. Entonces me caí y nadie me ayudó a levantarme. Estaba desesperada de verdad. Duff iba por delante, pero regresó. Cargó con Olin y escapamos juntos.

—Regresó —repitió Yana—. Fue directo el fuego en lugar de huir de él. Para ayudarte.

—Crees que está enamorado de mí.

—Estoy convencida.

—Pero yo amo a Han. Solo ha pasado un año desde que murió, y aún no lo he olvidado. Nunca lo olvidaré.

Eso era cierto, aunque no toda la verdad. Duff le gustaba mucho y pensaba en él por las noches, preguntándose cómo sería besarlo. Aun así, le parecía una deslealtad hacia Han y se sentía muy culpable por ello.

—Por supuesto que no lo olvidarás, pero, mientras lo recuerdas, podrías abrir tu corazón a la posibilidad de, algún día, amar a otro hombre.

Pia siguió con la mirada a Duff, que se alejaba cruzando el campo. Era muy diferente de Han: pequeño y pulcro, con un pelo oscuro y rizado que llevaba siempre corto. Supuso que se lo cortaba su tía Uda. «¿Lo amo? No como amaba a Han —pensó—. Aquello era una pasión arrebatadora, algo que no podía controlar. Nunca me preguntaba por mis sentimientos, ni siquiera pensaba en ellos, simplemente estaba loca por él. Con Duff jamás será lo mismo, pero quizá podría amarlo de una forma diferente y ser feliz».

No lo sabía.

Yana y ella regresaron al campo y estuvieron escardando los caballones el resto de la mañana. Después llegó el momento de ir a escuchar lo que tuviera que decir Troon.

Se respiraba optimismo mientras los agricultores se reunían delante de la casa de su jefe. La sequía parecía haber terminado —y todos ellos habían sobrevivido—, así que esperaban una buena cosecha, barrigas llenas, niños contentos y reservas repletas.

Cuando llegaron Duff y Uda, se pusieron al lado de Yana, Pia y Olin.

Troon salió de su casa y se subió al tocón de un árbol para que todo el mundo pudiera verlo. La multitud calló.

—Este año, la Ceremonia de Primavera de los ganaderos ha sido un fracaso. Los agricultores que fueron allí casi no pudieron hacer ningún trueque porque había muy poca gente. A todo el mundo le da miedo ir, creen que el Monumento está maldito, y seguramente tienen razón.

«Lo está disfrutando —se dijo Pia—. Pero ¿adónde quiere llegar?».

No tardó en descubrirlo.

—Este año, en el día del solsticio de verano..., ¡los agricultores celebraremos nuestra propia fiesta!

Murmullos de asombro recorrieron la multitud.

—No me esperaba algo así —le dijo Pia a Duff.

—Tampoco yo.

—Creo que le preocupa la consanguinidad.

—¿Porque las agricultoras ya no van al festejo?

—Exacto.

—¡Y hasta tendremos a un poeta! —anunció Troon, que dejó a los presentes hablar emocionados un momento antes de levantar la mano para pedir silencio—. Celebraremos la fiesta aquí, en el centro del poblado, junto al río. Y, naturalmente, animaremos a que todo el mundo venga con algo para intercambiar.

Pia se preguntó cómo reaccionarían los ganaderos. Era un desafío directo a su Ceremonia del Solsticio de Verano, algo de suma importancia para ellos. No se lo tomarían a la ligera, pero ¿cómo iban a impedirlo?

—Primero tenemos que hacer correr la voz —dijo Troon—. Designaré a seis personas que viajarán, en parejas, al oeste, al norte y al este para contárselo a todo el mundo. Cuando diga vuestro nombre, dad un paso al frente, por favor.

Pia pensó que enviaría a los Cachorros, pero el jefe fue más listo. Cuando empezó a anunciar los nombres, resultó que todas eran mujeres. Nadie esperaba algo así, ya que Troon ni siquiera les permitía ir al Monumento cuando había ceremonias.

Las elegidas se adelantaron un paso, como les habían indicado. Para sorpresa de Pia, ella era una de las nombradas. Se preguntó por qué estaría dispuesto Troon a arriesgarse a que escapara de sus tierras. ¿Cómo sabía que regresaría?

Quedó emparejada con Rua, una mujer de su misma edad que tenía un hijo llamado Eron, de unos diez u once solsticios de verano. Pia dio un paso adelante con Olin en brazos.

—¡Oh, no! —exclamó al ver a las demás mujeres.

Todas tenían niños. De diferentes edades, pero todos pequeños.

Entonces comprendió por qué estaba tan seguro Troon de que volverían, y también supo lo que haría a continuación.

—Estoy convencido de que todas querréis regresar a Los Cultivos sin poner ninguna pega, pero, por si entre vosotras hay alguna traidora, tendréis que dejar a vuestros hijos aquí.

Pia, en un acto reflejo, estrechó a Olin contra su pecho. No quería separarse de él. Sabía que estaría perfectamente atendido por Yana, su abuela, pero el sentimiento era instintivo.

A Rua y a ella les asignaron el norte, donde se encontraban los pozos de sílex. Tenían que decirles a los mineros que podrían intercambiar sus piedras por trigo y cebada y queso, sin correr el peligro de que los habitantes de los bosques los atacaran.

—Partiréis mañana —zanjó Troon.

Ani decidió que debía contar con una aliada en el grupo de sabios ahora que Scagga había incorporado a su hermana, de manera que invitó a Kae, la afable madre de Vee y Cass. Con ella eran dos lobos y dos ciervas, y tenían a Keff para mantener el orden.

Se reunieron para debatir sobre la sorprendente noticia de que los agricultores iban a celebrar una fiesta el día del solsticio de verano.

—Han enviado mensajeros por toda la Gran Llanura —informó Keff—. Y, si la gente va a la fiesta de los agricultores, no podrá venir a la nuestra.

—Eso es muy mala noticia —opinó Ani—. Nuestra Ceremonia de Primavera ya fue bastante deslucida. El Monumento no impresiona ahora que está dañado y destartalado, así que el festival de los agricultores incluso podría superar al nuestro en popularidad.

—El Monumento no tiene nada que ver —terció Scagga—. La gente no vino a nuestra Ceremonia de Primavera por miedo a otro ataque de los habitantes de los bosques.

Jara asintió.

—Sí, creo que eso es cierto.

Ani pensó que no era ni una cosa ni la otra, sino ambas.

—En cualquier caso —dijo—, ¿qué vamos a hacer? La comunidad de los ganaderos está en crisis y nosotros somos sus sabios. ¿Qué les decimos?

—Debemos resistir la tentación de actuar como si ya viviéramos tiempos mejores —declaró Scagga—. Hemos tenido algo de lluvia, eso es todo. Podría tratarse solo de un breve paréntesis en una sequía más prolongada. Hasta que lo sepamos con seguridad, debemos continuar racionando los alimentos y servir menos carne en el banquete.

—O sea, que nuestra Ceremonia del Solsticio de Verano resultará aún menos atractiva.

—Pero consumirá menos de nuestra menguante ganadería.

—¿Puedo proponer una idea diferente?

—Es una pérdida de tiempo.

Keff le lanzó una mirada molesta a Scagga.

—Por supuesto que puedes —le dijo a Ani—. Adelante, por favor.

—Gracias. —Ella tomó aire—. La Ceremonia del Solsticio de Verano siempre ha sido el acontecimiento del año en la Gran Llanura y más allá. El ritual, el banquete, los poetas y el festejo... La gente suele comentar que es el momento más emocionante de su vida.

—¿Y qué? —espetó Scagga.

—Las hermosas praderas de la Gran Llanura representan solo la mitad de nuestra prosperidad. La otra mitad procede de lo que ganamos cuando viene hasta aquí gente que desea comerciar, en lugar de tener que ir nosotros a buscarlos. Los sílex y todas las demás cosas necesarias para los trueques vienen a Aguacurva, donde se intercambian por lo que nosotros, en épocas normales, tenemos en abundancia: ganado. Debemos volver a atraer a la gente.

—Si no —señaló Kae—, solo continuaremos menguando hasta quedar en nada.

Se hizo un breve silencio. Scagga abrió la boca para decir algo, pero Keff se le adelantó.

—No creo que necesitemos oír otra vez tu opinión, Scagga. Me parece que tienes razón: no es este el momento para invertir un esfuerzo extraordinario en organizar un acontecimiento espectacular. Temo que no venga nadie.

Ani había perdido y el apocamiento había ganado. Se despidió con educación.

Solo le quedaba una esperanza. Cruzó el poblado y salió a la llanura en dirección al Monumento.

Joia estaba practicando los cánticos con las sacerdotisas.

—Debemos atacar las palabras todas a la vez, y terminarlas también juntas —la oyó decir Ani—. Tenéis que escuchar además de cantar.

«Mi hija, la perfeccionista», pensó con cariño.

Escuchó a las sacerdotisas cantar de nuevo y le sorprendió la diferencia que había cuando empezaban y acababan las palabras al unísono. Casi resultaba mágico.

Joia vio entonces a su madre.

—Es suficiente por hoy —dijo cuando el cántico terminó—. Habéis hecho muy buen trabajo.

Las sacerdotisas se alejaron, y Ani y Joia se sentaron en el suelo a hablar. Ani le relató la reunión que acababa de tener con el consejo de sabios, y su hija se mostró de acuerdo con ella, lo cual no era sorprendente.

—De verdad que tenemos que reconstruir el Monumento por completo —dijo—. Es la única forma de que vuelva a causar impresión. Y podríamos hacerlo, pero Ello sigue oponiéndose.

—Vayamos juntas a pedírselo otra vez —propuso Ani.

De modo que se dirigieron a la tienda de la suma sacerdotisa.

La encontraron tumbada, pero completamente alerta.

—En estos tiempos duros, debemos esperar menos —dijo Ello cuando Ani y Joia le expusieron sus intenciones—. No podemos tener todo lo que deseamos. Las sacerdotisas debemos reducir las ceremonias y pasar más tiempo recolectando vegetales silvestres.

Eso enfadó a Joia.

—¡Las sacerdotisas no existimos para hacer acopio de alimentos! —objetó—. Estamos aquí para contar los días del año y transmitir el conocimiento adquirido por las generaciones de nuestros antepasados.

—Sí, y volveremos a hacerlo, solo que todavía no.

—Pero la sequía está llegando a su fin…

—Dejadme ya. Estoy cansada.

Ani y Joia miraron a Ello con exasperación, pero no podían hacer nada más, así que se marcharon.

Al final del día, justo cuando empezaba a estar demasiado oscuro para deshierbar los surcos, Duff solía acercarse a la casa de Yana paseando por la orilla y charlaba un rato con Pia en el crepúsculo.

—¿Puedo hacerte una pregunta? —le dijo una noche.

—Si quieres.

—Es bastante personal.

—No sé. Prueba.

—¿Cuánto tiempo crees que tardarás en superar la muerte de Han?

Era una pregunta muy directa y Pia no respondió enseguida.

—¿Te he incomodado? —dijo Duff.

—No —repuso ella—. Es una buena pregunta. Una que debería hacerme yo misma.

Él aguardó en silencio.

—Nunca olvidaré a Han, lo amaré siempre —dijo Pia al cabo de un rato—. La pregunta correcta, en realidad, es si algún día podré amar a alguien más. —Volvió a hacer una pausa y luego añadió—: A alguien como tú.

Duff se sorprendió.

—¿Lo dices en serio?

—Alguien que sea amable y fuerte y me quiera lo suficiente para arriesgar su vida por salvarnos a mi hijo y a mí de un incendio.

Él parecía satisfecho.

—Alguien que le ate los cordones a su vieja tía por las mañanas —añadió Pia.

Duff se echó a reír.

—¿Quién te ha contado eso?

—Mi madre. También me ha aconsejado que abra mi corazón a la posibilidad de volver a amar.

—¿Y crees que podrás?

—No lo sé, pero quiero intentarlo. Aunque me da miedo entristecerte, si descubro que no soy capaz.

—No será peor que si nunca me das la oportunidad.

—De acuerdo, pues.

—¿De acuerdo?

—Sí, de acuerdo.

Duff no sabía muy bien qué hacer a continuación.

—¿Puedo besarte? —preguntó entonces.

—Claro.

Fue un beso delicado, pero largo. Duff tenía los labios suaves y la piel le olía muy bien. Le acarició el pelo, y ella le tocó la barba. Pia sintió que una brasa se reavivaba en su interior, una sensación que casi había olvidado.

—Oh, qué bonito —dijo ella cuando por fin separaron sus labios.

Él sonrió.

—Sí —dijo—. Mucho.

La víspera de la Ceremonia del Solsticio de Verano de los ganaderos, Joia encontró a su madre con aspecto de estar triste.

—Irá tan mal como la Ceremonia de Primavera, si no peor —dijo Ani—. Mira a tu alrededor. ¿A cuántos comerciantes ves?

—A unos doce —respondió Joia—. Pero aún están llegando más.

Uno de ellos las oyó y comentó algo:

—Todo el mundo ha ido a la fiesta de los agricultores.

El que hablaba era el tallador de sílex, El.

—Tú no —señaló Ani.

—Estoy viejo para andar hasta tan lejos, pero muchos otros sí pueden.

—Alguien me ha dicho que los agricultores no servirán mucha comida en el banquete —apuntó Joia.

El hombre se encogió de hombros.

—Tal vez no, pero la gente tiene curiosidad y quiere verlo por sí misma.

—Bueno, nosotros estamos aquí y la ceremonia de mañana será preciosa.

En efecto, lo fue. Las prácticas de canto habían enseñado a las sacerdotisas a entonar al unísono, y no solo más o menos a la vez. Eso hacía que la música fuera una experiencia diferente, y el pequeño público reunido las escuchó con la boca abierta de asombro y fascinación. La aparición del sol y su lento ascenso por el borde de la tierra resultaron tan conmovedores como siempre. Era una lástima que hubiera tan pocas personas para presenciarlo.

Después, Joia fue a casa de Ello a decirle lo bien que había ido el ritual, pero al llegar la encontró sin vida: tenía la cabeza sobre el cojín, junto al fuego, y los ojos medio cerrados, como si hubiera estado echando una cabezada. Joia la tocó para buscar el latido de su corazón, pero no lo había.

No fue capaz de entristecerse mucho. Ello siempre había estado en su contra, así que sintió que le habían quitado un peso de encima.

Esa muerte implicaba un gran cambio para su comunidad. Nombrarían a una nueva suma sacerdotisa, que tal vez fuera la propia Joia, aunque esas cosas nunca podían tenerse por seguras.

Al día siguiente, incineraron a Ello dentro del círculo de tierra y entonaron los cánticos funerarios mientras su humo se elevaba por encima del Monumento.

Después, las sacerdotisas compartieron un desayuno tardío en el comedor. Sary, todavía pequeña y delgada, aunque ya no tan tímida, se acercó a Joia.

—Todas queremos que seas la nueva suma sacerdotisa —le dijo—. Nadie está en desacuerdo. Serás tú.

—Déjame hablar con ellas primero —pidió Joia.

Sary parecía preocupada.

—¿Es que no quieres serlo?

—Depende.

Joia se levantó y las mujeres se quedaron calladas.

—Os quiero mucho a todas —declaró—. Es maravilloso cantar y bailar con vosotras. Me fascina el estudio del sol y de la luna, de la forma en que se mueven por el cielo, y de verdad que quiero ser vuestra suma sacerdotisa.

Todas empezaron a celebrarlo, pero Joia levantó una mano pidiendo silencio.

—Sin embargo, no lo seré con un Monumento maltrecho y un círculo casi vacío. Nuestro Monumento debe ofrecer una imagen imponente, nuestras ceremonias públicas deben ser presenciadas por grandes multitudes de personas sobrecogidas y apretadas dentro del círculo de tierra. Somos el corazón espiritual de la Gran Llanura, pero ahora mismo la comunidad se ahoga en un río de pesimismo y apocamiento.

Contempló sus rostros. Nadie ponía mala cara, no parecían indignadas ni negaban con la cabeza, porque sabían que tenía razón y que sus palabras eran ciertas.

—Si soy suma sacerdotisa, debéis estar preparadas para aceptar un desafío. Debemos conseguir levantar un Monumento espectacular y reunir a una muchedumbre de seguidores. Ese es nuestro deber sagrado. —Vio que a las demás se les iluminaba la mirada; era lo que deseaban oír—. Si queréis una vida tranquila, decidlo ahora y me retiraré para que otra pueda ocupar el lugar de suma sacerdotisa.

Muchas mujeres negaron con la cabeza.

—Pero, si tenéis el valor necesario…

Empezó a resonar un murmullo de aclamación.

—... el valor de hacer que el Monumento sea realmente asombroso...

El murmullo se convirtió en un clamor.

—... decidlo y...

Sus últimas palabras no llegaron a oírse en el coro de vítores, así que Joia dejó de hablar. Ya había dicho suficiente.

Era la suma sacerdotisa.

23

A veces, Seft se sentía culpable porque no producía alimentos de ninguna clase. Sabía que era un sentimiento del todo irracional, puesto que llevaba a cabo tareas esenciales, al igual que los curtidores como Ani y los talladores de sílex como El. Decidió confiarle lo que sentía a Neen.

—Tú eres, casi con toda probabilidad, la persona más valorada en el seno de esta comunidad. Todos acuden siempre a ti en busca de ayuda —le dijo ella.

Aun así, a veces le daba la sensación de que no tenía derecho a comer lo que otros depositaban en su escudilla. Sin embargo, no dejó que aquello le socavara la moral. Era feliz, sobre todo cuando recordaba cómo había sido su vida antes de llegar a Aguacurva. Se sentía tan afortunado que, en ocasiones, se sorprendía temiendo que todo aquello no fuese más que un sueño.

Después de Neen y sus hijos, la persona por la que más aprecio sentía era Joia. No era un sentimiento romántico, sino que le gustaba porque era lista, bondadosa y valiente. Por eso, después de que la nombraran suma sacerdotisa, cuando le pidió que se reuniera con ella en el Monumento, él acudió raudo y veloz.

Joia le habló mientras contemplaban la improvisada restauración:

—Estamos perdiendo el respeto de nuestra gente y, en parte, es a causa de esto.

Seft se alegraba de que fuese la suma sacerdotisa. Ello se había contentado con no alterar el orden de las cosas y dejarlo todo como estaba, pero Joia era distinta: siempre buscaba explorar cualquier posibilidad de mejora. Antes incluso de convertirse en su cabecilla, había modificado la manera en que las sacerdotisas cantaban y bailaban, insuflando dramatismo a toda la actuación en sí.

—Ha llegado el momento de hacerlo en piedra —le anunció entonces.

Seft reaccionó con entusiasmo, pues llevaban años hablando de reconstruir el Monumento en piedra. Ahora que ella era suma sacerdotisa, podían hacerlo... o intentarlo al menos.

Echó a andar alrededor de la estructura, examinando los maderos, y Joia lo acompañó.

—¿Quieres que sea exactamente como este? —preguntó Seft.

—Tiene que serlo —respondió ella—. Así es como contamos los días. No se puede cambiar nada, salvo el material.

—Así que las piedras irán en los hoyos en los que se insertan ahora los postes.

—Sí.

—Tendremos que ampliar la anchura y la profundidad de los agujeros, pero eso será fácil. ¿Qué hay de los voluntarios? Vamos a necesitar a una enorme cantidad de gente para traer aquí las rocas desde el valle de las Piedras.

—En la próxima Ceremonia del Solsticio de Verano pronunciaré un discurso en el que pediré la ayuda de voluntarios. Apelaré a su espíritu de aventura y les diré que se trata de una misión sagrada, pero que también es una extensión del festival. Creo que conseguiremos reunir las doscientas personas que necesitamos, y emprenderemos la marcha hacia el valle de las Piedras al día siguiente.

Era la primera vez que Joia le revelaba ese plan a Seft, por lo que este tardó un momento en asimilarlo. Se preguntó cómo respondería la gente a su llamamiento. Era una mujer con un carisma y unas dotes de persuasión excepcionales, de modo que debía tener fe en ella, eso era todo.

Pero veía otro inconveniente.

—Si tu plan funciona, nos llevaremos a muchos jóvenes fuertes, tanto hombres como mujeres, que no podrán seguir realizando sus tareas habituales.

—¡Eso espero!

—Me temo que vamos a necesitar el consentimiento de los sabios.

Joia lo miró con expresión de tozudez y él creyó que iba a oponerse, pero no dijo nada.

—Piénsalo —dijo Seft—. Si los sabios lo prohíben, algunos jóvenes podrían desobedecerlos, pero otros se lo pensarán dos veces antes de plantarles cara, y entonces no tendrías gente suficiente para trasladar ni una sola piedra.

Joia asintió a regañadientes.

—Tienes razón —claudicó—. No podemos empezar un proyecto de esta magnitud enfrentados con los sabios. Necesitamos tenerlos de nuestra parte desde el principio.

—Eso mismo es lo que pienso yo.

—Muy bien. Hablaré con mi madre.

En el camino de vuelta a Aguacurva, Seft tuvo un claro presentimiento de que su vida cambiaría a partir de aquel día. Cuanto más lo pensaba, más ansia sentía por reconstruir el Monumento en piedra.

Había numerosos círculos de piedras por toda la zona, el mayor de los cuales se hallaba al otro lado del río del Norte, en un poblado llamado Los Pozos, donde había numerosas minas de sílex. Sin embargo, el círculo de Los Pozos, como la mayoría de los de piedra, estaba formado por rocas de gran tamaño sin labrar, distribuidas en un anillo más bien tosco. No se parecía en nada a lo que sería el Monumento si Joia se salía con la suya.

Había insistido en que la reconstrucción debía seguir el patrón de los maderos existentes: las piedras se colocarían en un círculo perfecto, equidistantes entre sí, con un travesaño del tamaño exacto que uniría cada par. En el centro se erigiría un óvalo de pares separados, cada uno con un travesaño encima. Sería una construcción espectacular y única.

Seft se dio cuenta, con cierta sensación de fatalidad, de que erigir una obra de semejantes características le llevaría el resto de su vida, pero también era cierto que su Monumento de piedra perduraría por toda la eternidad.

Cuando ya estaba llegando a casa, asintió para sus adentros, pensando: «Eso sí sería algo increíble».

Keff abrió la asamblea.

—La hierba está verde, los arroyos vuelven a fluir y las vacas están pariendo terneros. Recémosle al dios Tierra para que el tiempo siga como hasta ahora y no vuelva a asolarnos nunca más con otra sequía.

Todos estuvieron de acuerdo con eso.

—Pero el declive de la Ceremonia del Solsticio de Verano es muy perjudicial para nosotros. Esperaba poder hacer algún trueque para conseguir unos toros jóvenes del norte y así insuflar sangre nueva a la manada, pero nadie trajo ningún toro, y nos llegan testimonios de que en la fiesta de los agricultores hubo muchos asistentes.

—Eso es lo que he oído yo también —apuntó Ani—. Y estoy de acuerdo con Keff en que esto es un desastre absoluto para nosotros. Las cuatro ceremonias de todos los años siempre nos han aportado grandes beneficios: hemos podido intercambiar bienes de los que disponemos en abundancia, como carne de vaca y cuero, por otros que nos faltan, como utensilios de arcilla y sílex. Hemos mejorado nuestra manada de forma continua apareando nuestras vacas con toros de otras partes y, de igual modo, en el festejo, hemos fortalecido la sangre de nuestro propio linaje. —Miró alrededor—. Para nosotros sería nefasto que eso dejase de ocurrir con la misma regularidad.

—Seamos realistas —intervino Jara—. Es posible que, sencillamente, tengamos que enfrentarnos a un periodo de penalidades. Al final, la gente acabará por darse cuenta de que el ataque de los habitantes de los bosques no volverá a repetirse, lo olvidarán y regresarán con nosotros.

—O puede que, para entonces, sigan acudiendo a la fiesta de los agricultores porque ya habrán adquirido la costumbre. A la gente le gusta aquello que conoce —señaló Ani.

—Tal vez podríamos convencer a algunos habitantes de los bosques para que lleven a cabo un ataque en la fiesta de los agricultores —propuso Scagga, pero era una idea estúpida y nadie respondió.

—Bueno, pues la idea de Jara, esperar a que las aguas vuelvan a su cauce, sin más, parece ser la única opción —dijo Keff.

—Yo tengo una solución mejor —volvió a intervenir Ani.

—¡Bien! —exclamó Kae.

Scagga puso los ojos en blanco.

—Oigámosla —pidió Keff.

«Allá voy», pensó Ani.

—Tenemos que hacer un gesto espectacular para volver a atraer a la gente y demostrarles que seguimos dominando la Gran Llanura.

—Un gesto... —dijo Scagga con tono de desdén.

—¿Y qué gesto tienes pensado, Ani? —preguntó Keff.

—Debemos reconstruir el Monumento... en piedra.

Todos se quedaron mudos de asombro.

—Pero tardaríamos años en acabarlo —dijo Keff entonces.

—Supongo que sí, pero sería algo nuevo y asombroso desde el principio, algo que la gente tendría interés por ver con sus propios ojos.

—¡No hay piedras suficientes en la Gran Llanura! —exclamó Scagga.

—¿Acaso las has contado? —replicó Ani sarcásticamente.

—Sea donde sea que encontremos las piedras, habrá que traerlas hasta el Monumento —señaló Jara—. Y eso apartará a la gente de sus tareas habituales.

—Todos sabemos que las tareas diarias de los ganaderos no son muy exigentes —dijo Ani—. Podríamos pastorear el ganado con la mitad de los que somos, sobre todo ahora que han muerto tantas reses con la sequía.

—¡Pero las labores de construcción podrían durar años! —objetó Jara.

—No sabes cuánto podrían durar.

—Hay muchas cosas que no sabemos sobre esta idea tuya.

Ani no tenía ninguna respuesta para eso.

—¿Cuánta gente haría falta para trasladar una piedra desde su ubicación original hasta el Monumento? —quiso saber Keff.

Ani lo miró con aire vacilante.

—No lo sabes, ¿verdad que no? —dijo Keff.

—Una multitud —respondió Ani—. Más gente de la que cualquiera de nosotros pueda contar.

—Lo siento, Ani —repuso Keff—, pero hay demasiadas cosas que no sabemos acerca de esta propuesta. No sabemos dónde podemos encontrar las piedras, no sabemos cuánta gente haría falta para trasladar una y no sabemos cuánto tiempo se tardaría.

Ani se dio cuenta entonces de que no había preparado suficientemente bien su exposición.

—Es que presiento que es nuestra única oportunidad —dijo con desesperación.

Keff no tuvo más remedio que rechazar de plano su idea.

—Me temo que debo decirte que no —zanjó.

Seft y Tem estaban construyendo una cama para Neen bajo la atenta mirada de Joia. Neen pasaba mucho frío durmiendo en el suelo y Seft había dicho que antes del siguiente invierno tendría lista para ella una cama que la elevaría un palmo. Le había prometido que así estaría más calentita. Se habían hecho con dos leños de gran tamaño, los dos del mismo ancho, para que sirvieran de sostén a la plataforma, y habían alisado tres amplios tablones de madera para formar la superficie sobre la que se acostaría Neen.

Todos estaban al corriente de la reunión del consejo de sabios, y Seft estaba nervioso. Había dado pábulo a su imaginación, al visualizar el majestuoso aspecto del círculo de piedras una vez terminado, y había cometido el error de disfrutar anticipadamente de la inmensa sensación de logro que experimentaría cuando estuviera acabado. La tarea que estaba haciendo en esos instantes lo ayudaba a calmar la ansiedad mientras todos aguardaban la decisión del consejo.

Tem y él estaban perforando entalladuras en los tablones y los leños, mientras su hijo, Ilian, tallaba espigas para que encajasen en ellas, cuando Ani regresó de la reunión. Solo con verle la cara, Seft ya supo que no traía buenas noticias.

—Han dicho que no —anunció la mujer.

—¡Oh, no! —exclamó Joia.

El sueño de Seft se había desvanecido. Estaba desconsolado.

—¿Por qué? —quiso saber.

—Demasiadas incertidumbres —respondió Ani—: no sabemos cuántas personas hacen falta, ni cuántos días ni cuánta distancia hay que cubrir.

—Supongo que tienen razón —repuso Seft con tristeza.

La decepción había sido como un golpe. Se quedó destrozado.

—Todo el plan en sí era muy endeble —dijo Tem, quien no compartía el entusiasmo de Seft ante la idea—. Puede que la prudencia de los sabios nos haya salvado de una catástrofe.

—Puede —convino Seft, apesadumbrado—. Pero habría sido una aventura memorable: el sueño de mi vida.

—No tenía respuestas para sus preguntas —se lamentó Ani—. Debería haberme anticipado a sus argumentos y haber preparado mis contestaciones.

—En fin... —dijo Seft—. Supongo que ahora toca volver a la realidad.

Joia tenía lágrimas en los ojos, pero los miraba con la mandíbula firme y una expresión familiar de determinación. No estaba dispuesta a darse por vencida todavía.

—No os rindáis tan deprisa —dijo—. Tengo otra idea.

Seft sonrió. Así era Joia, inasequible al desaliento. Se preguntó cómo creía que iba a salvar la situación.

—Adelante —la animó, esperanzado.

—Trasladaremos solo una piedra.

Seft no veía cómo iba a servir eso de ayuda.

—Está bien, pero...

—Así demostraremos que es posible hacerlo.

Seft asintió con la cabeza. Tenía sentido; en general, todo lo que decía Joia tenía sentido.

—Pero eso quizá no baste para hacer cambiar de opinión a los sabios —dijo Ani.

—Espera —pidió Joia—. Todavía no he acabado: así también sabremos cuánta gente hace falta para trasladar una piedra gigante y cuántos días se tarda en desplazarla hasta el Monumento.

—Respondiendo así a las preguntas de los sabios. —Seft sintió renacer sus esperanzas—. Podrían acceder a eso.

—Me dio la sensación de que a Keff le habría gustado decir que sí —añadió Ani—, pero le parecía que los argumentos en contra eran demasiado poderosos. Es posible que respalde esta propuesta más modesta.

—Merece la pena intentarlo —dijo Joia.

Y esta vez los sabios dieron su consentimiento.

Joia, Seft y Ani se sintieron eufóricos un tiempo y luego empezaron a hacer planes. Trasladarían la piedra después de la Ceremonia del Solsticio de Verano del año siguiente, y tenían mucho por hacer antes de eso.

Joia puso a las sacerdotisas a fabricar cuerda y, para ello, hizo ir allí a una pareja de sabios expertos en su elaboración, Ev y Fee, que les enseñaron cómo se hacía. Eran gruñones, pero duchos en la materia.

Primero, las sacerdotisas tenían que recoger enredaderas de madreselva, una planta que crecía por doquier, en los árboles y a veces también en las casas. Le iba bien cualquier tipo de suelo, siempre y cuando le diese la luz del sol. Su dulce aroma y sus florecillas, de un amarillo vivo, hacían que fuese fácil de encontrar. Las sacerdotisas acudieron en primer lugar al bosque de los Tres Arroyos, donde era abundante. Disfrutaron de la excursión, pues suponía una novedad dentro de su rutina habitual.

Fee les enseñó a cortar la enredadera justo por encima de las hojas más bajas, para asegurarse de que volviese a crecer deprisa. Les dijo que les quitasen las hojas y las ramas, que debían dejar en el lecho del bosque para que volvieran a fundirse con la tierra, y que regresaran cargadas únicamente con los tallos principales, recios y elásticos.

Trenzar las enredaderas para formar cuerda era una tarea

que debían llevar a cabo dos personas. Ev y Fee hicieron una demostración: Ev cogió tres enredaderas por los extremos y las sostuvo con fuerza mientras Fee iba entrelazándolas. Ambos debían tirar con fuerza para que los tallos no se destensasen, y ahí era donde surgían los problemas: Fee decía que Ev tiraba demasiado y le dificultaba la tarea de trenzar los tallos, y Ev decía que, si no tiraba con fuerza, la cuerda se aflojaría y sería demasiado débil. Joia, conteniendo la risa, pensó que debían de llevar años discutiendo de ese modo.

A continuación cogían otros tres tallos de enredadera, los superponían generosamente a los primeros tres y volvían a entrelazarlos para empalmar las dos piezas.

Joia mantuvo un largo debate con Seft acerca de cuál debía ser la longitud de las cuerdas. Las piedras más grandes medían lo que cuatro hombres tumbados, uno detrás de otro, cabeza con pie, de modo que la longitud total de la cuerda debía medir dos veces eso y un poco más con el fin de rodear la totalidad de la piedra. Además, la extensión sobrante debía ser lo bastante larga para que cuarenta personas pudieran tirar a la vez sin tropezar con los pies de quienes tuvieran delante o detrás. Ese requisito cuadruplicaría la longitud de cuerda necesaria.

Hicieron tenderse en el suelo del interior del Monumento a treinta sacerdotisas, una tras otra, cabeza con pie, lo que provocó risitas nerviosas. Como los hombres eran un poco más altos, añadieron dos mujeres más. A continuación marcaron unas líneas en el suelo de hierba para señalar dónde comenzaba y dónde acababa la cuerda.

Cuando Ev y Fee tuvieron terminadas dos extensiones de cuerda de esa longitud, cada una de ellas compuesta por tres tallos de enredadera, las entrelazaron realizando un movimiento en la dirección contraria esta vez. Fee explicó que el trenzado en la dirección opuesta conseguía unir firmemente ambas cuerdas.

Después, el proceso se repetía el número de veces necesario hasta conseguir la longitud y el grosor de cuerda requeridos.

Una vez que el proceso de elaboración estuvo en marcha bajo la supervisión de Ev y Fee —quienes se pasaban por allí todos los días para asegurarse de que las sacerdotisas cumplían a rajatabla con los pasos necesarios—, Seft y Joia decidieron ir al valle de las Piedras.

Mientras Joia se preparaba, Ani le dijo que Scagga se moría de ganas de saber más detalles sobre lo que estaba pasando en el valle de las Piedras.

—Está buscando una excusa para poder protestar por algo —señaló Ani.

Joia frunció el ceño.

—No sé por qué se empeña en ponerse en contra de nosotros —dijo—. ¿Es una costumbre suya?

—Está asustado —respondió Ani de inmediato—. La gente que se pasa el rato soltando bravuconadas y proponiendo maniobras agresivas lo hace porque tiene miedo. Quieren que todos sean disciplinados y que se esfuercen por hacer acopio de recursos para el futuro, y sienten recelo ante cualquier novedad. Siempre están anticipando desastres.

—Eso es muy sabio —repuso Joia con aire reflexivo.

—Tú también serás sabia algún día..., cuando te tranquilices un poco —dijo Ani, y ambas se echaron a reír.

Joia advirtió que su madre llevaba una pulsera hecha con conchas de mar.

—Eso es nuevo —dijo, señalando el abalorio.

—Ayer llegó un viajero —explicó Ani—. Se lo cambié por un pedazo de cuero, suficiente para un par de zapatos. ¿Te gusta?

—Es bonita.

—El viajero tenía curiosidad, como Scagga. Me preguntó por qué habían acampado los ganaderos en las colinas del Norte.

—¿Y él cómo lo sabía?

—Dijo que estaba en boca de todos.

«Debería habérmelo imaginado», pensó Joia. Las habladurías se propagaban con suma rapidez por toda la Gran Llanura.

—¿Y qué más te dijo?

—Le pregunté qué era lo que había oído, y me contestó que nadie sabía qué se traían entre manos los ganaderos.

—¿Y se lo contaste?

—No. Le dije que viniera a la Ceremonia del Solsticio de Verano, cuando todo quedará aclarado.

—¡Bien hecho! Eso es lo que queremos, que acudan muchos curiosos a la ceremonia.

Al día siguiente, Seft y Joia echaron a andar por el camino que iba junto al río.

—La gran ventaja de seguir la ribera es que no hay ningún monte —señaló Seft.

Era un camino muy hollado, pero tenía algunas zonas escabrosas.

—Lo ideal sería una vía hecha con maderos colocados planos en el suelo e incrustados en la tierra, pero se tardaría demasiado y requeriría más madera de la que conseguiríamos reunir. Además, aquí tampoco la necesitamos, porque el suelo está nivelado. Tal vez podríamos construirla un poco más adelante, cuando tengamos que desviarnos del curso del río y haya algunos tramos cuesta arriba. Aquí colocaremos ramas bastas que la gente pueda pisar; eso será mejor que nada.

—Las piedras son extremadamente anchas —dijo Joia—. Algunas partes de este camino son demasiado estrechas para poder pasar con ellas.

—Entonces habrá que cortar la vegetación para ensancharlo —sugirió Seft—. Podemos esparcir los restos de vegetación sobre el camino para nivelar la superficie.

—Pero en algunos puntos se estrecha por culpa de la elevación del terreno en la parte más alejada del agua.

Seft asintió con la cabeza.

—Podemos excavar el terreno y esparcir la tierra que extraigamos sobre la superficie del camino para aplanarlo. Será mucho trabajo, pero tenemos un año entero.

Joia se alegraba de que hubiese llegado tan lejos en la planificación de los detalles, pero aún había más.

Seft se detuvo en un punto en que el río se ensanchaba y formaba un pequeño lago.

—Vamos a necesitar lugares específicos donde detenernos, sobre todo en el camino de vuelta, cuando arrastremos la piedra y los voluntarios necesiten descansar. Además, tiene sentido escoger esos lugares de antemano y no perder tiempo con discusiones para decidirlo durante el viaje. Este punto de aquí es aproximadamente una cuarta parte del camino al valle de las Piedras. También tenemos que hacer que Chack y Melly empiecen a pensar qué dar de comer a nuestros voluntarios, porque no podrán transportar piedras gigantes con la tripa vacía.

—Chack y Melly disfrutarán de lo lindo —dijo Joia—. Así podrán dedicarse a algo que no sean los banquetes, para variar, y les encantan los retos.

Fueron andando hasta el poblado de Rioalto, que según Seft se hallaba a medio camino. Descansaron en un enorme prado al lado del río.

—Nuestra multitud de voluntarios puede descansar aquí —dijo.

—Los doscientos —señaló Joia—. Sí, creo que hay espacio suficiente.

Un poco más al norte del poblado, Seft se alejó del río y echó a andar rumbo al noroeste cruzando una esquina de la Gran Llanura.

—La última vez que estuve aquí había una manada bastante numerosa —dijo—. Hablé con dos de los ganaderos, que me dijeron que solían traer al ganado para que encontraran pastos frescos, pero es un poco pronto en el año para eso. —Sonrió recordando el encuentro—. La mujer, Revo, estaba embarazada. Supongo que a estas alturas ya habrá dado a luz.

Un rato después, el paisaje dio paso a unas colinas y Seft volvió a detenerse en un lugar en el que un arroyo surgía de un valle.

—Este punto de aquí, donde termina la llanura, se encuentra a unos tres cuartos del camino. A partir de ahora, el recorrido se hace más difícil, pero, como viajaremos en la dirección opuesta cuando traslademos las piedras, la parte más dura la haremos primero.

—Eso está bien —dijo Joia—. Así los voluntarios estarán descansados.

Llegaron al valle de las Piedras al final del día. El poblado había crecido. Bajo la dirección de Tem, los manos diestras habían acumulado una gran cantidad de madera, y en especial habían cortado trozos de roble macizo, más o menos de la longitud de una persona, a fin de emplearlos como palancas para levantar las piedras semienterradas en el suelo. No tardarían en recoger las astas de las que se desprenderían los ciervos rojos y almacenarlas para utilizarlas como herramientas para cavar la tierra.

—Tengo que enseñarte algo —le dijo Seft a Joia—, pero será mejor que esperemos a mañana.

—Está bien —repuso ella—. Me muero de ganas de irme a dormir, después de la larga caminata de hoy.

Cenaron todos juntos.

—La primera tarea importante consistirá en despejar el camino junto a la orilla del río —dijo Seft cuando hubieron terminado pero aún estaban sentados en círculo—. Lo usaremos mucho antes incluso de empezar a trasladar las piedras. Necesitamos traer las cuerdas que están elaborando las sacerdotisas y, más adelante, Chack y Melly transportarán suministros de comida y utensilios para cocinarla. Cuanto más utilicemos el camino, más transitable será.

Mientras se preparaba para irse a dormir, Joia comprendió que Seft estaba entregado en cuerpo y alma al proyecto, pero no lograría llevarlo a cabo sin ella. Joia tenía que reunir a los voluntarios y motivarlos. Si fracasaba, todo el proyecto se vendría abajo.

Desde donde se había tumbado, podía divisar la ladera donde estaba la casa del pastor, y se preguntó si vería un destello cuando el sol crepuscular se reflejase sobre su abundante mata de pelo claro..., pero no vio nada y se quedó dormida.

A la mañana siguiente, Seft le enseñó el trineo.

Estaba en la parte de atrás del poblado, un objeto tan grande como una agrupación de casas, todas juntas, oculto por un manto hecho con las pieles de una pequeña manada de vacas. Juntos, Seft y Tem apartaron las pieles.

El trineo era enorme, más largo y ancho que la mayor piedra de todo el valle. Joia se acordó del patín que le había enseñado Seft; en ese momento tenía dos ante sus ojos, y todo el artefacto descansaba sobre ellos. Los patines paralelos habían sido pulidos y engrasados, y estaban unidos por unos tablones. De los tablones surgían unos tacos cortos y muy anchos de troncos de árbol que a su vez hacían de soporte a una plataforma que serviría, según Seft, para alojar la piedra.

A Joia le parecía un objeto hermoso, diseñado a la perfección para su cometido y ensamblado maravillosamente, pero también exhibía un aspecto muy robusto. Al igual que los árboles con los que estaba hecho, no parecía ofrecer ningún margen para mejoras.

—Si funciona como está previsto —explicó Seft con un tono que le hizo sentir que estaba diciendo algo de suma importancia—, creo que un grupo de hombres y mujeres jóvenes y fuertes podrán trasladar la piedra de aquí al Monumento en dos días.

Joia se quedó estupefacta. ¿Podía ser verdad eso? ¿En solo dos días? Con su mente aritmética, calculó de inmediato que la piedra se desplazaría a la mitad de la velocidad de una persona normal y corriente al caminar. No parecía imposible.

—¡Eso sería fantástico! —exclamó.

—Si tengo razón —dijo Seft con aire sombrío—, sería maravilloso, desde luego.

Tras el desayuno, Seft anunció que tenían que levantar una piedra del suelo, aunque no hacía falta que fuese una de las más grandes, pues solo quería examinar la parte inferior.

La que escogieron era una piedra en posición plana, semienterrada, y empezaron cavando a su alrededor para desapelmazar la tierra. Cuando hubieron desenterrado el borde inferior, todos se agacharon y excavaron bajo la base hasta donde pudieron.

A continuación, Seft seleccionó a las diez personas más fuertes y les dijo que cogiesen palancas de madera de roble de la pila y se colocaran en fila a lo largo de uno de los costados de la piedra. Siguiendo sus instrucciones, todos presionaron los extremos de las palancas contra el hueco que había bajo la piedra y, acto seguido, actuando a la vez, levantaron el borde. En cuanto hubieron alzado la roca un palmo del suelo, Seft insertó una rama debajo para que no volviese a desplomarse, y quienes hacían fuerza pudieron descansar.

Tras una breve pausa, volvieron a introducir las palancas en el hueco, presionaron de nuevo para levantar la piedra y Seft logró insertar otra rama. Las dos ramas de soporte quedaron alojadas con tal firmeza bajo la roca que no podían moverse del sitio.

Repitieron el proceso una y otra vez. Cuando la piedra se elevaba de nuevo y el espacio de separación se ampliaba, Seft introducía debajo unos maderos cortos en posición vertical para apuntalarla.

Mientras llevaban a cabo la ardua tarea, un delicioso olor a carne de vaca y cebolla les infundía ánimos para seguir adelante.

Cuando al fin lograron dejar la piedra apoyada sobre su borde lateral y asegurarla, dieron buena cuenta de la comida del mediodía.

Luego, Seft dijo que quería averiguar cómo de difícil, o de fácil, sería alisar la parte inferior de la piedra, un proceso que Joia consideraba esencial porque, cuando la roca quedase colocada en posición vertical en el Monumento, las que habrían sido la parte superior e inferior hasta entonces pasarían a ser la cara frontal y posterior, mucho más visibles.

Seft cepilló en primer lugar la base con sumo cuidado, eliminando restos de tierra e insectos, además de una especie de sustancia grasienta, y luego la limpió a conciencia con un trozo de cuero.

—Necesito una superficie limpia y seca —le explicó a Joia.

La única herramienta para tallar y dar forma a una piedra era otra piedra, así que recogió del suelo un canto rodado cuyo tamaño se ajustaba a la perfección a la palma de su mano y se empleó a fondo con la parte inferior de la gigantesca sarsen. Joia supuso que se formaría una enorme nube de polvo, pero apenas se levantó un poco, y se preguntó si no se debería a que la piedra era muy dura.

Cuando la superficie oscura y gastada por los años se resquebrajó y se desprendió del resto, la piedra que había debajo resultó ser de un intenso gris suave muy particular.

—¡Qué color tan bonito! —exclamó Joia—. Nuestro nuevo Monumento va a ser todo de ese tono. ¿A que será maravilloso?

Seft se concentró en los bultos y las prominencias de la parte inferior. La roca era muy dura y él no tenía experiencia como picapedrero. Joia se dio cuenta de que mejorar la apariencia de aquellas piedras podía ser una tarea laboriosa. Tal vez las personas demasiado mayores para tirar del trineo pudieran dedicar su tiempo a ello durante las pausas para descansar.

De pronto notó que alguien la estaba observando y frunció el ceño. Al mirar alrededor vio la figura de un habitante de los bosques que la observaba con atención. Ya se había fijado en la densa arboleda que había al otro lado de la colina, por lo que no le extrañó que hubiese miembros de alguna tribu por allí. Mientras lo pensaba, aparecieron algunos más que salieron de detrás de los árboles.

Reconoció a una de ellos: era Lali, la hija de Gida, y tal vez también de Bez. Seguía siendo hermosa, aunque parecía mayor. En solo un año había perdido su hogar y a gran parte de su tribu, y las secuelas de ese sufrimiento se reflejaban en su rostro. Joia supuso que se habría marchado de la Gran Llanura y se había sentido bien recibida allí.

—Me da vergüenza hablar contigo —dijo Lali. Bez le había enseñado la lengua de los ganaderos.

Joia pensó que no tenía sentido culpar a una muchacha de algo que había hecho su tribu.

—Mi pueblo y el tuyo se han infligido un daño enorme.

—He encontrado una nueva tribu.

—Me alegro. ¿Qué le pasó a tu madre?

—No lo sé —respondió Lali con tristeza—. Insistió en que nos separásemos. Dijo que una mujer joven sola tendría muchas más posibilidades de encontrar un hogar.

Joia pensó que seguramente Gida llevaba razón, pero debió de ser desgarrador para ella.

—Los miembros de esta comunidad, mi nueva tribu —dijo

Lali—, no se creen que sepa hablar la lengua de los ganaderos, así que me han enviado a hablar contigo para demostrarlo.

—Bueno, pues ahora ya lo has hecho.

Algunos de los otros habitantes de los bosques hablaron con Lali, que los escuchó antes de transmitirle sus palabras a Joia:

—Quieren saber qué hacéis en este valle. Cortáis ramas de los árboles y las ponéis en el suelo. Ahora estáis tallando una piedra. Todo eso les parece muy misterioso.

—Vamos a llevar esa piedra al Monumento.

Lali la miró con expresión de incredulidad.

—No se lo van a creer.

Joia se encogió de hombros.

—No les culpo. Va a ser una tarea muy difícil.

Lali se volvió hacia los otros, que se habían arremolinado a su alrededor, y les habló en su lengua. Los habitantes de los bosques lanzaron exclamaciones de asombro.

Tras cierto debate, Lali volvió a dirigirse a Joia:

—Dicen que es demasiado grande para poder trasladarla.

—Es muy grande, sí, pero lo conseguiremos.

Lali tradujo sus palabras y, tras escuchar un nuevo intercambio entre los habitantes de los bosques, volvió a hablar con ella:

—¿Por qué queréis hacer eso?

—Nuestro Monumento de madera se quemó y ahora queremos reconstruirlo en piedra, que es inmune al fuego.

En el rostro de Lali se dibujó una expresión avergonzada, pues había sido su tribu la responsable de los daños.

—¿Y por qué queréis una piedra tan grande? —preguntó, traduciendo de nuevo el mensaje de los suyos.

Joia se quedó pensativa un momento antes de responder.

—Para complacer a los dioses y dejar a la gente muda de asombro.

Los miembros de la tribu murmuraron expresiones de asentimiento. Lo entendían.

Después se marcharon, charlando animadamente sobre lo que habían averiguado.

Seft empezó a lijar el otro costado de la piedra. Tanto él como Joia querían que la superficie de las piedras tuvieran una apariencia lisa, para crear un mayor contraste con otros círculos de piedras de categoría inferior. Parte de esa tarea podría hacerse mientras la piedra estuviese en movimiento.

Joia levantó la vista y vio a dos personas aproximarse desde el sur. Cuando se acercaron, reconoció a Scagga y a su hermana, Jara, y maldijo entre dientes. Estaba segura de que habían ido allí con el único propósito de crear problemas.

Aunque había cierto parecido entre ambos, advirtió que a ella los ojos grandes le resultaban favorecedores, pero a él no.

Scagga los saludó con su torpeza habitual.

—¿Se puede saber qué hacéis, pedazo de idiotas?

Seft mantuvo la calma.

—Hola, Jara; hola, Scagga. Me alegro de veros a los dos. Podéis ayudar a cortar los troncos en trozos más pequeños, porque vamos a necesitar un montón de ramas. Coged un par de hachas con hoja de sílex y poneos manos a la obra.

Scagga no dijo nada, pero se puso a andar despacio alrededor de la piedra gigantesca y las personas que había a su lado.

—Seguro que creíais que os estabais escondiendo aquí

arriba —dijo mientras caminaba—, cuando, en realidad, casi toda la Gran Llanura sabe dónde estáis.

—No tenemos motivos para escondernos. ¿Qué hacéis aquí, si no habéis venido a ayudar? —repuso Joia.

Scagga completó la vuelta alrededor de la piedra y miró a Joia.

—No pensaréis que podéis llevar esta piedra tan enorme hasta el Monumento, ¿no?

—Espera y verás —dijo Joia.

—¡Es imposible! —exclamó Scagga con los ojos muy abiertos.

—Si tienes razón, todo el mundo pensará que eres muy listo, mientras que yo les pareceré una estúpida. Eso te gustará.

—No, no, no —repuso Scagga—. Esto no puede continuar. Mira a todos esos miembros del clan de los ganaderos perdiendo el tiempo. Por las casas que veo, ¡muchos de ellos viven aquí! ¡Y ninguno está haciendo nada en beneficio de sus compañeros ganaderos!

—Lo que nos temíamos —dijo Jara—. Esto se os está yendo de las manos. Harán falta muchas más personas para trasladar esa piedra. Reuniréis hordas de gente aquí arriba para que os ayuden a intentar llevar a cabo un imposible y, mientras tanto, en casa, sus tareas habituales, tan útiles y necesarias, quedarán desatendidas. Los sabios no hemos accedido a esto.

Joia dedujo que ese iba a ser el argumento para atacarlos: dirían que habían ido más allá de lo que habían autorizado los sabios.

—No descuidarán sus obligaciones durante mucho tiempo —dijo.

—¿Ah, no? ¿De cuánto tiempo hablamos, entonces? —exigió saber Jara.

Joia decidió arriesgarse.

—Cuatro días —contestó—. Un día para llegar hasta aquí, un día para cargar la piedra en el trineo y dos días más para arrastrar el trineo hasta el Monumento.

—¡Imposible! —exclamó Scagga—. Si conseguís moverla, aunque solo sea un poco, os quedaréis atascados veinte veces al día. La mitad de la gente se hartará y se irá a casa, pero vosotros os quedaréis ahí, empecinados en seguir adelante, día tras día. Será un desastre.

Seft soltó su mazo de piedra y se volvió para mirar a Scagga de frente.

—¿Crees acaso que no he pensado ya en todo eso? —dijo—. Llevas aquí apenas un momento y ya estás imaginando algunos contratiempos. Yo llevo dándole vueltas a este asunto más de un año y soy un experto, así que he previsto muchos más problemas que el puñado escaso que has imaginado tú y estoy buscando soluciones para todos ellos, uno por uno, en lugar de refunfuñar y quejarme de que las cosas son imposibles.

Joia estaba impresionada. Seft no solía meterse en discusiones de ningún tipo. De hecho, hacía todo cuanto estaba en su mano por evitar los conflictos, tal vez a consecuencia de la brutalidad que había vivido en su infancia. Era interesante ver lo formidable que podía llegar a ser cuando se lo proponía.

Ni Scagga ni Jara supieron cómo responderle.

—¡Eso ya lo veremos! —exclamó con vehemencia Scagga tras una pausa.

A continuación se volvió y se fue por donde había venido.

Jara permaneció inmóvil, con aire vacilante, tal vez preguntándose dónde iban a pasar la noche. Luego lo siguió.

—Gracias por apoyarme —dijo Joia cuando ya no podían oírlos.

Seft se encogió de hombros.

—No ha sido nada.

—¿De verdad podremos hacerlo en cuatro días? ¿Tú qué crees?

—Bueno, ahora que lo has dicho, no tendremos más remedio —respondió Seft.

Joia regresó a Aguacurva justo después que Scagga y Jara; sospechaba que este convocaría una asamblea del consejo de sabios en cuanto volviese y era consciente de que ella debía estar ahí para defenderse.

Keff estaba irritado, y lo demostró al inaugurar la asamblea.

—Ya hemos aprobado que Joia y Seft coloquen una piedra en el recinto del Monumento como parte de la reconstrucción —dijo—. Tengo entendido que han llevado a cabo buena parte de las labores preliminares y ahora vienes tú, Scagga, a pedirnos que reconsideremos nuestra decisión de manera urgente. Me parece muy injusto hacer eso cuando ya llevan las tareas bastante avanzadas. Aun así, debes exponernos tus motivos.

«Está diciéndole que más le vale tener motivos de peso», pensó Joia.

Fue Jara quien respondió.

—Tú no has visto la piedra, Keff —dijo—. Nosotros sí.

Arrastrarla hasta el Monumento es probablemente imposible, pero se pasarán semanas y semanas intentándolo, y eso significa que el clan de ganaderos no podrá contar con sus miembros más jóvenes y fuertes durante buena parte del verano.

Kae fue la siguiente en hablar:

—Si me permitís decir algo…

—Adelante, por favor —la animó Keff.

—Joia pedirá voluntarios en la Ceremonia del Solsticio de Verano.

—Sí, eso es lo que tengo entendido —dijo Keff.

—Pero no todos serán ganaderos: habrá agricultores, mineros de sílex y un montón de gente de más allá de los límites de la Gran Llanura. Lo más probable que es los ganaderos no lleguen ni a la mitad del grupo de voluntarios.

—Eso es solo una suposición —adujo Jara.

—Yo digo que es muy probable, eso es todo.

Scagga se cansó de dejar que su hermana llevase la voz cantante y acabó por estallar:

—¡No podemos correr ese riesgo! ¡Aún no nos hemos recuperado de la sequía!

—Estás dando por sentado que vamos a necesitar a los voluntarios mucho tiempo, y eso no es así —intervino Joia.

—Ya estamos con eso… Otra fantasía —repuso Scagga.

—¿Y cómo lo sabes, Joia? —dijo Keff.

—Seft ha construido un trineo para trasladar la piedra, lo que hará el trayecto mucho más rápido. Yo lo he visto, pero Scagga no, porque no se quedó el tiempo suficiente en el valle de las Piedras para cerciorarse de todo. He hablado del calendario con Seft y está seguro de que nuestro cálculo de cuatro días es acertado.

Scagga parecía aturullado, pues no podía burlarse del trineo porque no lo había visto. No tenía nada que decir.

—En ese caso, creo que estamos de acuerdo en que Joia puede seguir adelante con su plan —sentenció Keff.

—Gracias —contestó ella.

24

Al año siguiente, en los días previos a la Ceremonia del Solsticio de Verano, Joia observaba con nerviosismo a los primeros asistentes. Seft y Ella habían acordado que el número mínimo de voluntarios necesarios para trasladar la piedra era doscientos. Había dedicado tiempo a enseñarle a Seft el método de contar de las sacerdotisas y este lo había cazado al vuelo.

—Ni uno menos —había dicho—. Y no me importaría que hubiese unos cuantos más.

Por supuesto, no habían incluido a los ancianos ni a las personas demasiado jóvenes, solo a adultos sanos y fuertes. A medida que iban llegando los visitantes, tanto solos como en parejas o con sus familias, a Seft y Joia les preocupaba que la asistencia no fuese lo bastante alta.

Seft había construido la vía paralela al río, un logro sin precedentes. La mayor parte consistía en ramas y tierra, pero las cuestas más pronunciadas contaban con una superficie de troncos incrustados en el suelo que harían el avance de los voluntarios más rápido y menos penoso.

Chack y Melly se encargarían de la alimentación de doscientas personas durante cuatro días. La sequía había terminado y, además, los ganaderos habían recurrido a sus reservas. Tanto en el valle de las Piedras como en puntos determinados del recorrido entre este y el Monumento, habría ovejas y reses dispuestas para ser sacrificadas y asadas, así como cestos de verduras y frutos silvestres. Algunos miembros del clan de Chack y Melly se pondrían ya en marcha al final de la ceremonia para adelantarse a los voluntarios.

Joia tenía previsto dirigirse a la multitud justo después de la ceremonia del amanecer, pero los voluntarios y ella partirían a la mañana siguiente, un hecho que preocupaba a Seft.

—No sé si sería mejor idea que os pusierais en marcha justo después de la ceremonia, cuando estarán más entusiasmados. Durante el resto del día y por la noche podrían ir desinflándose y perdiendo el entusiasmo.

Joia negó con la cabeza.

—Prefiero no pedirles que dejen nada. Querrán intercambiar cosas, luego estarán ansiosos por disfrutar de la fiesta, escuchar a los poetas y tomar parte en el festejo. Al día siguiente será distinto: agradecerán cualquier excusa para poder alargar las celebraciones. Bueno, al menos eso es lo que espero.

Seft asintió con la cabeza.

—O sea, que ahora mismo no estamos seguros de nada, ¿no?

Esa era la verdad.

Joia envió a las sacerdotisas a mezclarse con los visitantes y a comunicarles que al día siguiente, después de la ceremonia, iba a haber un anuncio importante.

—No les digáis de qué se trata, decidles que no lo sabéis, pero mostrad ilusión. —Quería que todo el mundo sintiese curiosidad y expectación.

El día antes de la ceremonia empezó a llegar una gran cantidad de gente y Joia se tranquilizó. El efecto de la fiesta rival, la de los agricultores, se había mitigado y todo el mundo quería saber qué pasaba en el Monumento. Habían acudido y era el momento de que ella se granjease su apoyo.

Su madre estaba entusiasmada por la gran afluencia.

—Todos sienten mucha curiosidad —dijo—. Saben que está a punto de ocurrir algo importante y se mueren de ganas de saber qué es.

Joia estaba de acuerdo. La gente de la Gran Llanura viajaba más de lo necesario porque quería saber qué hacían y decían los demás.

Hacia el atardecer, Joia se topó con el agricultor Duff. Pensó que tenía buen aspecto: llevaba el pelo rizado más largo, lo cual le favorecía. Las mujeres de los agricultores seguían sin poder asistir a las ceremonias, así que le preguntó por Pia y su hijo.

—¡Están muy bien! —contestó este.

Joia se alegró de que se mostrase tan entusiasta con respecto a su hijastro.

—Déjame hacerte una pregunta —le dijo Duff—. ¿Por qué nos pide Troon a todos los agricultores que no nos dejemos arrastrar a una misión inútil?

Ella reaccionó con preocupación.

—¿Qué os ha estado diciendo?

—Algo sobre una piedra gigante. Ha estado hablando con Scagga.

Así que Scagga estaba intentando disuadir a los voluntarios antes incluso de que ella les pidiese su colaboración. Muy astuto por su parte.

—Mañana por la mañana haré un anuncio —explicó Joia—. Entonces sabrás todos los detalles.

Duff sonrió.

—Me muero de ganas por conocerlos.

Joia se preguntó qué efecto tendrían las insinuaciones de Scagga. «No mucho», se dijo. Troon tenía fama de aguafiestas, así que quizá los agricultores jóvenes como Duff se sintiesen incluso atraídos por algo simplemente porque el tirano lo había prohibido.

Dejó a Duff y regresó a las dependencias de las sacerdotisas. Las sumas sacerdotisas anteriores habían ocupado una casa, a veces con alguna amante, pero ella nunca había tenido ninguna y prefería dormir en un edificio comunitario, rodeada de sus hermanas, pues le resultaba tranquilizador oírlas respirar y moverse en sueños mientras ella se quedaba dormida.

—No me hice sacerdotisa para estar sola —decía a veces.

Las noches eran cálidas y la mayoría de ellas dormían desnudas. Joia se tumbó junto a Sary, la segunda suma sacerdotisa, y hablaron del número de visitantes. Eran menos que en los mejores tiempos de la festividad, pero muchos más que en la anterior Ceremonia de Primavera. Todo dependería de cómo reaccionasen al llamamiento de Joia.

—No puedo hacer nada más hasta mañana —dijo, y se quedó dormida poco después.

Despertó antes del alba, como siempre. Se puso la túnica, que le llegaba al tobillo, y luego se aseguró de que todas las demás estuviesen despiertas. Fue al comedor, bebió un poco de agua y se comió una tajada de carne de oveja fría.

Al mirar al interior del círculo del Monumento, vio la concentración de visitantes reunidos para asistir a la ceremonia a la luz de la luna, muchos de ellos encaramados a lo alto del terraplén para poder ver mejor. El círculo no estaba abarrotado de gente como en pasadas ocasiones, pero calculó que habría unas seiscientas personas. Bastaba con que una de cada tres se ofreciese voluntaria.

Ya sabía lo que iba a decirles, pero no las palabras exactas. Había practicado el discurso muchas veces, pero en cada ocasión le salía de una forma un tanto distinta. Si intentaba decir exactamente lo mismo, se sorprendía titubeando y hablando sin inflexión en la voz. Tenía que mostrar naturalidad, aunque le pareciese arriesgado.

Cogió un pesado disco de arcilla que formaba parte del ritual, con la marca de un rayo en zigzag sobre la superficie, y luego agrupó a las sacerdotisas por parejas, listas para empezar. Ella y Sary encabezaban la fila, una al lado de la otra. Sary era inteligente y todas la apreciaban, por lo que tenía muchas posibilidades de llegar a ser suma sacerdotisa en el futuro.

Ese día, los cánticos y los bailes debían ser perfectos, pues Joia quería impresionar a todos los asistentes antes de pedirles que hicieran algo sin precedentes. «Hemos ensayado mucho —se dijo—. Debería ser espectacular».

Una fina banda de gris asomó por el extremo oriental del cielo oscuro y la multitud reunida en torno al Monumento se quedó en silencio. Joia empezó a cantar y avanzó hacia delante. Cuando se volvió a mirar por encima del hombro, vio que las sacerdotisas se movían todas juntas y al mismo ritmo. Era un buen comienzo.

Se adentraron en el círculo y Joia depositó con cuidado el disco de arcilla delante del primer poste de su izquierda, indicando de ese modo que aquel era el primer día de la primera semana del año nuevo. Al día siguiente colocarían otro disco encima del primero. Las sacerdotisas tenían doce en total, cada uno con un símbolo distinto labrado en su superficie, y cuando los hubiesen usado todos sería el momento de desplazarse al siguiente poste y a una nueva semana.

Al final de la última semana, al cabo de casi un año, el ritual se trasladaría al óvalo central, donde se colocarían cinco discos distintos, uno por día, delante de los postes emparejados.

Un año tenía trescientos sesenta y cinco días, y ese número constituía la base de todo el conocimiento de las sacerdotisas. Joia lo sabía desde hacía tanto tiempo que le costaba imaginar cómo era posible que la gente corriente no supiese contar hasta esa cifra. También sabía que cada cuatro años se sumaba un día adicional, y contaban con una ceremonia especial para ello.

Tras depositar el disco, Joia guio al grupo en un baile alrededor del círculo de maderos, entonando un cántico con el que contaban los postes mientras la luz crepuscular se desplegaba por el cielo.

Al final, las sacerdotisas se arrodillaron en el suelo, aún en parejas, mirando hacia el este. Cantaban mientras observaban cómo el cielo oriental iba pasando del gris a un amarillo claro hasta alcanzar el rojo. Luego, un resplandeciente orbe dorado fue encaramándose poco a poco desde el borde del mundo. Para aquellos espectadores situados en la posición exacta, era como si apareciese justo entre dos postes, como en la entrada a una casa. Las sacerdotisas cantaron con voz más potente, alcanzaron un momento cumbre y dejaron de cantar en el preciso instante en que el borde inferior del orbe se separaba de la tierra.

Tras un momento de dramático silencio, la multitud expresó con gritos de entusiasmo su alegría por que el dios Sol hubiese cumplido su promesa una vez más.

Joia debía proceder con rapidez a partir de entonces: atravesó corriendo el círculo de madera, seguida de Sary. Cuando alcanzaron los postes de la mitad del recorrido, en el punto más alejado de la entrada, Sary entrelazó las manos, Joia se aupó sobre ellas y su compañera la levantó en el aire lo bastante para que pudiera subirse al travesaño de madera, donde se puso de pie.

Aquello era algo que no había sucedido nunca, y todos los presentes la miraron llenos de asombro. Algunos ya habían empezado a abandonar el lugar, pero volvieron sobre sus pasos para ver lo que ocurría. En ese momento, Joia empezó su discurso:

—Ganaderos, agricultores, mineros, visitantes: tengo noticias para vosotros. —Había aprendido a hablar con una voz alta y clara, con un tono más potente y grave que el suyo habitual, y, al parecer, todos la oían—. He encontrado… —hizo una pausa para dar más dramatismo a sus palabras— la mayor piedra del mundo.

Por los rostros de los reunidos desfilaban expresiones que decían: «¿Será eso cierto? Es interesante, sea cierto o no».

—Mañana voy a emprender un viaje, y quiero que me acompañéis.

Para su consternación, varias personas apartaron la mirada y se fueron. Se dio cuenta de que corría el riesgo de perderlos; esa última parte no había sido demasiado estimulante.

Lo intentó de nuevo.

—¡Emprenderemos todos juntos un viaje sagrado para ver la piedra gigante!

Eso estaba mejor, y arrancó un murmullo de interés entre el público.

—Se encuentra a un día de camino desde aquí, en las colinas del Norte, y saldré mañana. Si estáis sanos y fuertes, debéis acompañarme, porque no solo vamos a contemplar la piedra... ¿Sabéis lo que vamos a hacer? ¿Con la piedra más grande del mundo? ¡Vamos a traerla aquí!

Se oyó el rumor de las conversaciones: ahora sí estaban interesados de verdad. Joia se sintió emocionada al comprobar el poder que ejercía sobre su atención.

—Vamos a emprender una misión para complacer al dios Sol. Ataremos cuerdas alrededor de la piedra más grande del mundo... ¡y la traeremos aquí, a casa, al Monumento!

Advirtió que la gente estaba cada vez más entusiasmada.

—Va a ser una tarea ardua —dijo—. Solo las personas sanas y fuertes deberían ofrecerse voluntarias. No pueden ser perezosas, no queremos a nadie que prefiera tumbarse al sol ni a nadie que se rinda fácilmente. ¡Solo queremos a gente entusiasta y con espíritu de aventura!

En ese momento, varios de los presentes alzaron la mano.

—¿Estáis conmigo?

Le respondió un grito de júbilo.

—Pasad el resto del día haciendo trueque, celebrad la fiesta con nosotros y escuchad a los poetas. Haced lo que queráis esta noche. Y si sois fuertes y valientes, venid aquí al Monumento mañana al amanecer. ¿Vendréis?

Se oyó un rugido de entusiasmo.

—¡No lleguéis tarde! —exclamó Joia—. ¡Partiremos al amanecer!

Se bajó del travesaño.

—¿Qué te ha parecido? —le preguntó a Sary.

La joven estaba enardecida y sin aliento.

—¡Te adoran! —contestó.

—Sí, pero ¿seguirán adorándome mañana?

—¡Por supuesto que sí! —insistió Sary, con el tono de quien formula un juramento.

—Espero que tengas razón —repuso Joia.

Ani estaba en la entrada del Monumento, viendo a la gente empezar con los intercambios comerciales, cuando Scagga se le aproximó. Tenía el rostro lívido y los ojos desorbitados. Estaba tan furioso que escupía saliva al hablar.

—¿Se puede saber cuántos voluntarios esperas que se lleve Joia a las colinas del Norte? —preguntó con tono enfurecido y desafiante.

Varias personas se acercaron para ver a qué venía todo aquel escándalo.

—En serio, Scagga —dijo Ani con calma—, no puedes hablarme de esa manera. No pienso dejarme intimidar ni someterme a ningún interrogatorio, ni por tu parte ni por parte de nadie. ¿Es que no tienes modales? O me hablas con educación o mejor no me digas nada.

—Oye...

—¿Qué dices normalmente al encontrarte con alguien?

El hombre la miró con una mezcla de impaciencia e irritación, pero contestó como debía:

—Que el dios Sol te sonría.

—Y a ti también, Scagga. Y ahora dime, con calma, qué es lo que te preocupa.

—El número de personas que Joia va a llevarse consigo en esta misión disparatada.

—Si se trata de un asunto que concierne a los sabios, deberíamos ser más, no solo nosotros dos. —Ani no tenía intención de dejar que Scagga fuese por ahí abordándolos de uno en uno—. Que venga Keff, al menos.

Este se hallaba por allí cerca, hablando con un fabricante de flechas. A Ani le pareció que volvía a exhibir una barriga prominente, señal inequívoca de que ese verano el tiempo había mejorado. Llamó su atención y le hizo un gesto para que se acercara.

—¿Qué ocurre? —preguntó Keff.

—Cuando los sabios debatimos sobre el plan de Joia —le dijo Scagga—, ¿cuántos voluntarios imaginabas tú que se llevaría consigo a las colinas del Norte?

—No estoy seguro de haberme hecho una idea concreta del número —contestó Keff—. ¿Por qué lo preguntas?

—Vamos, debiste de figurarte algo. —Scagga le mostró ambas manos, se señaló ambos pies y volvió a enseñarle las manos—. ¿Todos estos?

—Más —respondió el hombre.

—¿Dos veces eso?

—Puede.

—¿Tres veces?

—Como mucho.

—Y después de ver la reacción a su discurso de esta mañana, ¿a cuántos de esos jóvenes entusiastas crees que se llevará consigo, apartándolos de sus obligaciones?

—No lo sé —contestó Keff—. Y tú tampoco.

—Exacto —dijo Scagga con aire triunfal—. No lo sabemos, y por eso creo que deberíamos establecer un límite. De lo contrario, esto se descontrolará.

—Es una idea sensata, supongo —repuso Keff.

A Ani se le cayó el alma a los pies. Joia se pondría furiosa, y ¿quién sabía decir cuántas personas se necesitaban para trasladar una piedra gigante?

—¿Qué límite propones? —preguntó.

Scagga mostró otra vez ambas manos, ambos pies y ambas manos de nuevo antes de contestar:

—Keff calculó tres veces ese número, así que ese debería ser nuestro límite.

—Muy bien —dijo Ani a regañadientes.

—Dejaré que seas tú quien se lo comunique a Joia —le dijo Scagga a Ani.

—No, de eso ni hablar —replicó esta con firmeza—. Ha sido idea tuya, así que se lo dirás tú.

Scagga hizo como si no le importara.

—Pues muy bien —repuso—. Yo se lo diré.

Unos días antes, Joia se había hecho con un cerdo entero, sacrificado y en salazón, supuestamente para compartirlo con las sacerdotisas. La sal era un lujo, producida en pequeñas cantidades por los habitantes de las zonas costeras, que hervían agua de mar en unos calderos gigantescos hasta que toda el agua desaparecía y solo quedaba la sal. El cerdo salado era un manjar, y Joia había recurrido a todo su encanto para conseguir aquel bien tan preciado.

Chack, Melly y su familia estaban desbordados con la preparación del banquete —el delgado Chack acarreaba reses muertas de grandes dimensiones y la gruesa Melly hervía ortigas y hojas de diente de león con ajo silvestre—, y Joia, tratando de ganarse su favor porque necesitaba que diesen de comer a los voluntarios durante la misión, no quería importunarlos en el día que más ajetreo tenían en todo el año, así que había construido una estructura a modo de asador en la parte de atrás de las casas. Al anochecer, ella y Sary ensartaron el cerdo en el espetón. Tostándose poco a poco con su piel, el animal se asaría durante toda la noche, y un par de novicias se encargarían de ir dándole vueltas. El fuego serviría para disuadir a búhos y otros animales de robar el cerdo.

Joia acababa de terminar de encender el fuego cuando apareció Scagga.

Ella suponía que le preguntaría de dónde había sacado un cerdo entero en salazón, pero estaba demasiado concentrado en lo que había ido a decirle para fijarse en qué era lo que estaba asando. El hombre exhibía un aire satisfecho, como si acabasen de darle la razón en algo.

—Te hemos impuesto un límite —anunció.

—¿Qué mosca te ha picado ahora, Scagga? —contestó ella con una mezcla de hastío y paciencia.

—Los sabios no te dimos permiso para llevarte a un número ilimitado de voluntarios y apartarlos de sus tareas.

—Que yo sepa, los sabios nunca especificasteis un número

concreto. —Pensó, además, que tenían dificultades para contar por encima de treinta, aunque no lo dijo en voz alta.

—Bueno, pues ahora sí se ha especificado. —Scagga hizo la señal equivalente a treinta y añadió—: Este número, tres veces.

«Noventa», se dijo Joia. Ni de lejos el número de personas suficiente.

Estaba a punto de protestar cuando lo pensó mejor. Tal vez el momento de oponer resistencia sería a la mañana siguiente, cuando, si todo iba bien, los voluntarios más entusiastas se reunirían en el Monumento. Scagga tendría que intentar impedirles hacer lo que querían, y eso sería extremadamente difícil. ¿Cómo iba a decidir él qué centenar de personas debían quedarse en casa? Y, lo que era más importante, ¿cómo iba a llevar a la práctica su decisión?

No tenía ningún sentido protestar en ese momento. Sin embargo, tampoco quería parecer demasiado dócil, pues eso levantaría sus suspicacias.

—Puede que no sean suficientes —dijo.

—Deberías haberlo pensando antes.

—¿Dices que esto lo han acordado los sabios?

—Sí.

—¿Incluida mi madre?

—Sí.

«No sin protestar, imagino», pensó Joia.

—Hablaré con ella —dijo.

—No la harás cambiar de opinión. Keff me ha respaldado a mí en lugar de a ella.

—Eso ya lo veremos.

Se dio media vuelta y entró en el comedor.

Esperaba haberlo engañado. Scagga suponía que habría una nueva discusión entre los sabios, no estaría preparado para encontrarse con una resistencia masiva a la mañana siguiente.

Tras dejar a dos novicias a cargo del cerdo, Joia salió en busca de Seft para contarle lo ocurrido. Lo encontró justo al llegar a Aguacurva, en el camino del río. La pista que había construido había sufrido algunos desperfectos, así que Seft estaba recogiendo ramas esparcidas por el suelo para volver a colocarlas en su sitio.

—No se trata de daños deliberados —le explicó a Joia—, es solo la consecuencia del trasiego de gente por la superficie de la pista.

—¿Y qué podemos hacer? —preguntó ella.

Seft se rascó la barba oscura.

—Tendremos que procurar mantenerla en buen estado en todo momento. Más al norte, donde hay menos gente, no será tan problemático. Cuando haya que desplazar la piedra, enviaremos a una avanzadilla para que se adelante y repare todos los desperfectos.

—Parece factible. De lo que no estoy tan segura es de encontrar una solución para la última maniobra de Scagga.

—¿Qué ha hecho?

—Ha convencido a los sabios para limitar el número de voluntarios que reuniremos. —Le había enseñado a Seft el método para contar de las sacerdotisas, así que podía hablar de cifras altas con él—. Tenemos órdenes de no llevarnos más de noventa, cuando tú y yo decidimos que necesitábamos el doble de esa cantidad.

—¿Y no podemos hacer que cambien de idea?

—Creo que simplemente deberíamos ignorarlos.

Seft frunció el ceño.

—¿Qué quieres decir?

—Que no digamos nada ahora y dejemos que intenten llevarlo a la práctica mañana, cuando haya un par de centenares de voluntarios ansiosos por ponerse en marcha.

Seft sonrió, asintiendo con la cabeza.

—Es una idea brillante —dijo.

25

Joia despertó temprano, como siempre. Su primer pensamiento fue que aquel era el Día Uno de los cuatro de que disponía para llevar la piedra gigante al Monumento. Esa era la temeraria promesa que había hecho.

Se dirigió al asador y apagó el fuego que ardía bajo el cerdo. Melly le había dicho que era preferible hacerlo un buen rato antes de trinchar la carne.

A continuación despertó a las sacerdotisas, que parlotearon emocionadas mientras se vestían. Iba a ser un gran día.

Varias cogieron pedazos afilados de sílex y empezaron a cortar tajadas de carne de cerdo y a ponerlas en cestas.

Amaneció, y los voluntarios fueron llegando al tiempo que la luz plateada se posaba en el Monumento. Para su alegría, Joia vio que todas sus amistades habían acudido. Allí estaban la temeraria Vee, su prima y amiga de la infancia; Cass, el afable hermano de esta, que una vez la había besado, sin que el beso fuera a más; Boli, una corredora, y el sencillo Moke. Zad, con su sonrisa encantadora, apareció acompañado de su mujer, Biddy, de ojos oscuros, y la hija de ambos, Dini. También había entre la concurrencia varios agricultores, entre ellos Duff.

Dos sacerdotisas con cestas llenas de carne se acercaron a ellos y todos se aglomeraron a su alrededor entre empellones.

—¡Una tajada por persona! Solo una, por favor. Dejad para los demás —oyó Joia que decía Sary.

Siguieron llegando voluntarios, y Joia empezó a creer que al final conseguiría reunir a los doscientos que necesitaba. El ambiente era festivo, y los chicos y las chicas coqueteaban. Ani fue a desearle buena suerte. Scagga merodeaba alrededor del círculo de tierra con su habitual expresión ceñuda. ¿Qué se propondría?

Cuando el cielo se tornó amarillo en el horizonte, Joia indicó a las sacerdotisas que entonasen la canción del amanecer. Mirando alrededor, tuvo la certeza de que, en efecto, allí había al menos doscientos voluntarios. Todos contemplaron la salida del sol y vitorearon en cuanto se vio por entero.

—¡Es el momento! ¡En marcha! —anunció entonces Joia.

Aquel también era el momento en que Scagga intentaría detenerlos.

Joia y Seft encabezaban el grupo.

Scagga estaba fuera.

—¡Sois demasiados! —le gritó a Joia.

—No, somos exactamente la cantidad que pusiste como límite —mintió ella sin detenerse.

El hombre fue retrocediendo frente al grupo, con el rostro demudado por la ira y la frustración. Tenía presente que él no sabía contarlos. Era demasiado difícil contar muchedumbres y, al igual que la mayoría de los ganaderos, ignoraba los números elevados.

Joia siguió caminando con determinación.

Scagga empezó a vociferar, diciéndoles a los voluntarios que no podían hacer aquello, que los sabios lo habían prohibido. Todos lo obviaron y continuaron charlando, riéndose y bromeando. Scagga se plantó delante de un joven, que lo empujó sin remilgos. Joia sintió un acceso de ansiedad; temía que se desatara una pelea.

Pero entonces intervino una voluntaria.

—¿Cómo te atreves a decirme lo que tengo que hacer? —le espetó a Scagga.

Joia reconoció el cabello claro y rizado y la boca amplia de Dee, la hermosa hija del pastor del valle de las Piedras. Su sorpresa fue tal que tropezó y estuvo a punto de caerse, pero al final consiguió recuperar el equilibrio.

—Apártate de nuestro camino antes de que alguien te quite de en medio por la fuerza —la oyó decir.

Los voluntarios que la rodeaban se echaron a reír. Ridiculizado y amenazado, Scagga se ruborizó, dio media vuelta y se alejó a grandes zancadas.

Joia se sorprendió jadeando sin motivo aparente e intentó calmar su respiración.

—Bien hecho —consiguió decirle a Dee.

—Había que acallarlo.

—Sí, y tú lo..., lo has logrado. Gracias.

Dee le brindó una amplia sonrisa que fue como el sol al alba.

Joia prefirió zanjar ahí la conversación antes de ponerse en evidencia, pero, mientras caminaba, era consciente en todo momento de la presencia de Dee tras de sí. Le habría gustado prolongar la charla con ella y se preguntó cómo podría llegar a conocerla un poco mejor. Después se preguntó por qué estaría pensando en eso. Era la primera vez que le pasaba.

El grupo siguió avanzando por el camino que llevaba a Aguacurva. Joia volvió la mirada y vio que Sary y Tem cerraban la marcha, tal como les había pedido que hicieran, y azuzaban a los rezagados.

Al cruzar el poblado, todos salieron de sus casas para aclamarlos y animarlos a seguir.

Llegaron al río y doblaron hacia el norte por la pista de Seft, que estaba en mejores condiciones, pero que sin duda quedaría de nuevo deteriorada tras el paso de doscientos caminantes. Era imposible evitarlo.

Un grupo de hombres jóvenes se arrancaron a cantar. Era un cántico destinado a las caminatas largas, con un ritmo sincronizado: izquierda-derecha, izquierda-derecha. La gente lo entonaba en los desplazamientos para mantener el paso. Enseguida todos se sumaron a él y no dejaron de repetirlo hasta que se cansaron.

El sol seguía ascendiendo en el cielo y el calor empezó a dejarse sentir. Los caminantes se detenían cada poco a beber en el río.

Al cabo de un rato, se atrevieron con una canción subida de tono que todos conocían.

Un chico andaba enamorado,
pero ella no le correspondía,
así que a su madre acudió un día.

La madre le dijo: «Dale un anillo,
luego enséñale tu hombría,
¡y verás como se prenda de ti tan sencillo!».

Así que fue a darle un anillo,
luego le enseñó su hombría,
y ella le dijo: «¿Y con esto qué hago, chiquillo?».

La canción tenía muchas estrofas, y en cada una de ellas el cortejo topaba con un cómico escollo que provocaba la hilaridad general. Todos vivían aquella marcha como una prolongación de las festividades, justo lo que había esperado Joia. Era una excusa más para tontear y divertirse.

Duff se acercó a ella.

—¿Tienes un momento?

—Por supuesto —contestó Joia. Duff le caía bien.

—Solo quería que supieras que se han unido a nosotros algunos de los Cachorros de Troon. Stam, su hijo, murió, supongo que ya lo sabrás, pero su mejor amigo, Narod, y varios más están aquí.

Joia frunció el ceño.

—Gracias por avisarme. Me pregunto qué querrán.

—Quizá Troon solo los haya hecho venir para vigilarnos.

—Puede que sea eso, aunque es más probable que quieran debilitarnos —señaló Joia.

—Pero ¿cómo podrían hacerlo?

—No me extrañaría que a Troon se le haya ocurrido alguna manera.

Joia estuvo cavilando sobre eso hasta que llegaron al gran poblado de Rioalto. Era casi mediodía y aquel era el lugar que

Seft había elegido para efectuar una parada de descanso porque al lado, junto al río, había un vasto prado. Muchos de los caminantes se quitaron la túnica, la tiraron al suelo y se zambulleron en el agua para refrescarse.

Los lugareños parecían curiosos y divertidos al ver aquella invasión de alegría, y algunos les ofrecieron tentempiés y bebidas endulzadas con miel.

Dee se sentó al lado de Joia, que esta vez no se sobresaltó y consiguió mantenerse serena.

—Fui a la ceremonia para intercambiar unos corderos —dijo Dee.

Joia sabía que esos corderos solían ser animales de por lo menos un año.

—¿Y qué conseguiste a cambio? —le preguntó.

—Varias piezas de sílex. Mi hermano se las ha llevado a casa.

—¿Los pastores utilizáis herramientas especiales?

—Necesitamos cuchillos muy afilados para cortar el vellón de las ovejas lo más cerca posible de la piel.

—¿Y para qué usáis el vellón?

—Para rellenar cojines de cuero. Es mucho más blando que la paja.

Joia miró la multitud.

—Temía que muchos se retirasen por el camino, cansados o aburridos, y puede que algunos lo hayan hecho, pero no veo que el grupo haya menguado demasiado. Tal vez resistan hasta el final. Es un gran alivio.

—La ceremonia del amanecer de ayer fue maravillosa. Era la primera vez que la veía en varios años y me pareció más coordinada.

Joia sonrió.

—He estado trabajando en eso.

—Me han dicho que, cuando bailáis así, contáis los postes y que, de algún modo, eso os permite saber en qué día del año estamos. ¿Es verdad?

—Sí, es verdad.

—No consigo imaginar cómo funciona. ¿Te importaría explicármelo?

—Sí, aunque necesitaré un buen rato. Estaré encantada de hacerlo con calma en otro momento. Ahora tengo que volver a poner en marcha a toda esta gente.

—Ah, sí, claro.

Joia fue indicando a los voluntarios que salieran del agua y se pusieran la túnica. Si bien despacio, todos obedecieron y enseguida reanudaron el viaje. Sary y Tem se situaron de nuevo al final para reunir a los más remolones.

Así que Dee estaba interesada en los días del año... Joia se sentía afortunada. La mujer que le aceleraba el corazón quería aprender. Eso le permitiría conocerla mejor. «¿Por qué quiero conocerla mejor? —se dijo—. No estoy segura, aunque me parece que podría ser una buena amiga».

Tras dejar Rioalto, cuando llegaron a la Gran Llanura, empezaron a alejarse del río. Allí no había ganado. Joia recordó que Seft había dicho que a veces, en verano, los ganaderos llevaban las reses a aquel lugar, pero aún no lo habían hecho.

A media tarde comenzaron a ascender hacia las colinas del Norte y la caminata se tornó más ardua. El suelo era irregular y el paisaje, sinuoso. Siguiendo la pista de Seft, intacta en ese tramo, vieron que evitaba astutamente las pendientes más pronunciadas.

A partir de ese punto, era poco probable que los voluntarios abandonaran: ya llevaban recorrida la mitad de la distancia hasta su destino.

Joia se permitió sentir un arrebato de triunfalismo. Había logrado congregar al número de personas que necesitaba y convencerlas para que la siguieran. Hasta ese momento, casi no se había atrevido a creer que lo conseguiría. Pero allí estaban.

Pasaron junto a un solo poblado, media docena de casas en lo alto de una colina. Sin duda, su ubicación permitía a sus habitantes ver las ovejas, que pastaban en la ladera. Doscientos caminantes hacían ruido incluso cuando no cantaban, y los lugareños salieron de sus casas para verlos. Algunos voluntarios los saludaban con la mano, y los pastores les devolvían el saludo. Joia le preguntó a Seft cómo se llamaba aquel sitio y él le dijo que creía que no tenía nombre.

La tarde declinaba y los miembros del grupo acusaban el cansancio cuando llegaron a los valles. Las colinas estaban verdes y los altos árboles, llenos de hojas. Audaces ardillas correteaban por ellos y saltaban de uno a otro. Las abejas sorbían el néctar de las flores silvestres que salpicaban la hierba. Era una estampa bonita.

Cuando al fin llegaron al valle de las Piedras, lo encontraron cubierto de grandes margaritas, flores altas con pétalos blancos y largos y una yema amarilla en el centro.

La pista de Seft llevaba directamente a la piedra que habían elegido: no la que habían levantado el año anterior, que solo era de tamaño mediano, sino una de las más grandes. Había muchas otras de una medida similar, y la uniformidad era importante para el Monumento.

Los voluntarios estaban atónitos. Nunca habían visto piedras tan enormes. Se oyó un murmullo de voces sorprendidas, y Cass rodeó aquella con los ojos muy abiertos.

—Esta piedra ya es un monumento en sí misma.

Joia se volvió hacia la multitud.

—Es probable que os estéis preguntando cómo vamos a moverla. —Hubo un rumor y muchos gestos afirmativos—. Os lo mostraré.

En la pista, a diez pasos de la piedra, había un objeto grande cubierto con pieles. Joia asintió en dirección a Seft, que, junto con varios manos diestras, empezó a retirarlas para dejar el trineo a la vista. Los voluntarios, asombrados, se preguntaron unos a otros sobre lo que tenían ante sí. Estaban impresionados porque nunca habían visto una obra de carpintería tan descomunal, e intrigados porque, a primera vista, no sabían adivinar para qué serviría. La madera engrasada brillaba con la luz vespertina. Joia volvió a pensar que era precioso, pero se centró en las cuestiones prácticas.

—Seguramente estaréis oliendo la cena. —Se percibía un intenso aroma procedente de varios hoyos donde estaban asando animales—. Solo una norma: ¿veis el arroyo que corre de norte a sur por el valle? Comeremos y dormiremos en la ribera este. En el oeste haremos nuestras necesidades. ¡Sin excepciones! Aunque solo sea para hacer un pis a medianoche, tendréis que cruzar el arroyo. Ahora, a descansar. Mañana será un día duro.

Seft se acercó a ella y juntos contemplaron el trineo.

—Es tan grácil… —dijo Joia.

—¡Y fuerte! —añadió Seft—. Tiene que soportar mucha tensión.

—Parece más fuerte que una casa.

Seft se rio.

—Es mucho más fuerte que una casa.

—Creo que deberíamos ponerle vigilancia, sobre todo durante la noche.

—¿De veras? ¿Quién querría destrozarlo?

—Entre los voluntarios hay un agricultor llamado Narod con varios compinches. Era amigo del difunto Stam, el desalmado hijo de Troon. Puede que estén aquí solo para pasárselo bien, pero será mejor que no nos arriesguemos.

—Sí, estoy de acuerdo. Pediré a media docena de hombres que duerman junto a él.

—Bien.

Joia dejó a Seft y fue a ver a los cocineros, un pequeño grupo encabezado por Verila, la hija de Chack. Dee los ayudaba.

—Les he sugerido que pongan los pellejos de las vacas en el suelo para tener algo donde dejar la carne cuando la trinchemos —le dijo a Joia—. Espero que no te importe.

—Es una idea fantástica. Gracias. —Le gustaban las personas con iniciativa.

Cogió un poco de carne para sí y buscó un rincón tranquilo donde sentarse en la hierba a comer. Al rato, Dee se reunió con ella y, tras descalzarse, se frotó los dedos de los pies. Joia observó que los tenía bien torneados.

La noche caía y algunos de los caminantes se alejaban en parejas. Era evidente que habría festejo.

—Hay algo que no entiendo —dijo Dee—. ¿Cómo puedes contar los días del año cuando el número más alto es el...? —Se tocó la coronilla para indicar el veintisiete.

—Usamos un método diferente. Para empezar, cada número tiene un nombre. —Enumeró los primeros diez con los dedos de las manos, luego tocó el meñique de un pie de Dee—. Imagina que este dedo de tu pie representa el mismo número que todos los de mis manos juntos. Entonces, si lo toco y levanto uno de la mano, tenemos el número que sigue al diez. ¿Hasta aquí lo entiendes?

—¿Cómo puedes recordar los nombres de todos los números?

—Es más fácil de lo que parece. No hace falta recordar los de los números más altos; puedes componerlos siguiendo una fórmula, igual que alguien que no sepa tu nombre podría llamarte «nieta de Hol».

Dee lo comprendió enseguida.

—Si un dedo de un pie equivale a todos los dedos de la mano, ¿hay algo que equivalga a todos los dedos de los pies?

—¡Sí! Lo has deducido sin que haya tenido que explicártelo.

—Pero eso significa que se podría seguir contando y contando... sin parar nunca.

—Es justo lo que dije yo cuando me enseñaron.

—Tengo que reflexionar sobre esto.

—¡También dije eso!

Permanecieron en silencio un rato. Ya era noche cerrada. Dee se tendió y Joia hizo lo propio.

Al cerrar los ojos, Joia pensó en cuánto le gustaba aquella chica. Sí, podría ser una muy buena amiga, una amiga de por vida.

Como Seft.

26

Joia despertó con la sensación de que todavía no había conseguido nada. La piedra permanecía en el mismo lugar que ocupaba desde que el mundo era joven. Ciertamente, había formado un ejército de voluntarios y los había guiado desde el Monumento hasta el valle de las Piedras, lo cual no había resultado fácil. Sin embargo, la parte más complicada estaba por llegar.

Ese día tenían que levantar la enorme piedra para colocarla en posición vertical. Nunca se había hecho nada parecido. Existían círculos de piedras en la Gran Llanura y en otros lugares, pero ninguno contaba con una pieza ni la mitad de grande. Quizá la tarea resultara imposible.

Igual de difícil y nuevo era el reto de colocar la piedra sobre el trineo. Y, a pesar de lo que Seft dijera, no había forma de saber cuánto peso sería capaz de soportar. Tal vez la piedra lo aplastara y lo convirtiera en astillas para alimentar el fuego.

Además, estaba el problema añadido de Narod y los Cachorros. Joia sospechaba que estaban dejando pasar el tiempo a la espera de una oportunidad para sabotear la misión, pero no podía impedírselo de antemano. La sociedad de los agricultores trataba con dureza a los alborotadores, pero los ganaderos eran distintos, y ella no tenía autoridad para apartar a Narod de en medio.

Mientras se levantaba y se vestía con la túnica, se le ocurrió pensar que el futuro le deparaba muchas mañanas en las que despertaría nerviosa y tendría que batallar junto con otras personas para hacer algo que no se había hecho jamás. La perspectiva le produjo tanto entusiasmo como consternación.

Dee también despertó, aunque todavía era de noche. Joia fue a supervisar el desayuno y Dee la siguió para ayudarla. Junto con Verila, trincharon la carne de vaca restante y la depositaron sobre las pieles. En ese momento, una luz pálida se filtraba en el valle cubierto de rocío.

Al ver a Dini, la hija de Zad y Biddy, Joia le pidió que despertara a los demás niños y fueran a buscar bayas.

Comió un poco de carne de vaca y se acercó a la piedra. Seft ya estaba allí con Tem y otros manos diestras, observándola con el ceño fruncido mientras pensaban en la tarea que tenían por delante. No se los veía infelices: un reto semejante los llenaba de energía.

A Joia, en cambio, el desafío no le producía ninguna satisfacción. Lo único que hacía era darle vueltas a si lograrían cumplir la misión con éxito. Sabía que Seft tenía un plan para ese día, pero también que no estaba seguro de que fuese a funcionar.

Los voluntarios no tardaron en reunirse. Algunos masticaban carne de vaca mientras aguardaban, ilusionados, a que Seft les explicara cómo conseguir lo imposible.

—Esto es lo que vamos a hacer —anunció él. Sus palabras transmitían una confianza que Joia sabía que no sentía—. Este extremo de la piedra es más grueso que el otro —siguió diciendo mientras lo señalaba—, y será la base. El extremo más delgado es la parte superior. Lo primero que haremos será cavar un hoyo debajo de la base.

Cogió un pico de asta y trazó un rectángulo en la tierra para señalar el sitio en que debían cavar el agujero.

—La profundidad del hoyo se corresponderá con la mitad de la estatura de una persona.

«Por ahora, la cosa parece bastante sencilla», pensó Joia.

Seft se colocó de pie frente a la cara más larga de la piedra y extendió ambos brazos a lo ancho.

—Cuando levantemos el extremo más delgado de la piedra... —dijo mientras inclinaba el cuerpo de modo que su brazo derecho quedó extendido hacia arriba y el izquierdo, hacia abajo—, el más grueso irá entrando poco a poco en el hueco.

Los voluntarios asintieron. Todos comprendían lo que había que hacer, sobre todo después de esa representación tan gráfica.

El plan de Seft animó a Joia, y más aún su tono de mando.

—Pues venga, manos a la obra.

«Ha llegado el momento», pensó Joia.

Tem tenía un arsenal de picos de asta y palas de madera. Señaló a dos voluntarios, que resultaron ser Zad y Biddy, y entregó el pico a Zad y la pala a Biddy. Los hombres solían ser más diestros abriendo huecos en la tierra y las mujeres, cavando, nadie sabía por qué. Ambos aceptaron de buen grado. Zad le dedicó su sonrisa característica y se dispuso a cavar el hoyo debajo del extremo más grueso de la piedra.

Seft se desplazó hasta el extremo más delgado.

—La piedra está parcialmente enterrada, o sea que tenemos que desencajarla —dijo—. Podemos poner a una docena de personas o más a trabajar al mismo tiempo.

Tem repartió más picos.

—Cavad alrededor hasta que veáis el borde inferior de la piedra. A continuación, retirad la tierra de debajo, sobre todo en el extremo más delgado, porque necesitaremos espacio suficiente para introducir palancas.

Todos emprendieron el trabajo con gran afán, y su entusiasmo alentó a Joia.

«Con tantos ayudantes tan dispuestos, conseguiremos cualquier cosa que nos propongamos», pensó.

Por lo menos, si lo que se proponían estaba dentro de los límites humanos.

En ese momento, lo más arduo era abrir el hoyo debajo del extremo más grueso. Tenían que cavar directamente bajo la piedra, de manera que el borde inferior quedara suspendido sobre el agujero. Tem vio que Zad y Biddy estaban cansados y los sustituyó por otros dos voluntarios. Estos terminaron el trabajo y dejaron un hueco en el que se podría deslizar el extremo más grueso de la piedra.

Acto seguido, Tem eligió a cinco hombres fuertes y una mujer, una minera de sílex llamada Bax. Entregó a cada uno una robusta palanca de madera de roble cuya longitud se asemejaba a su estatura y los colocó en fila junto al extremo más delgado. Una vez allí, les ordenó que metieran una punta de la palanca por debajo de la piedra, lo más que pudieran.

Joia reparó en que esa era la primera vez que de verdad trataban de sacar la piedra de su sitio. «Si no logramos esto, todo habrá sido en vano», pensó.

Tem les ordenó que empujaran hacia delante y hacia arriba con la palanca hasta que el extremo más delgado de la piedra se separara de la tierra.

Se prepararon y empujaron con todas sus fuerzas, pero no pasó nada.

—¡Más, más! —exclamó Joia.

Volvieron a intentarlo, acompañando el esfuerzo con un gruñido. Bax tenía la cara roja y estaba frustrada. La piedra no se movió.

«El plan va a fracasar de buen principio», pensó Joia.

—No lo conseguiréis nunca —dijo alguien entre la multitud.

Joia sintió repugnancia al reconocer la voz de Narod, pero Seft no se achantó.

—Solo necesitamos a más gente para levantar la piedra.

Tem seleccionó a más voluntarios corpulentos y les dio palancas. Resultó que solo cabían once personas unas junto a otras sin empujarse entre sí. Seft decidió que quizá también ayudaría colocar palancas a los lados de la piedra. No serían tan eficaces, pero ayudarían de todos modos, de manera que Tem situó a cuatro personas en perpendicular a las demás.

Joia se ocupó de animar a quienes se disponían a usar la palanca. Esa clase de tarea se le daba mejor que a Seft o a Tem.

—Preparados…, coged fuerzas…, ¡empujad!

Le pareció que la piedra se movía.

—¡Más, más! —gritó Joia—. Podéis hacerlo, ¡sé que podéis!

La piedra se levantó un dedo y la multitud que observaba la escena prorrumpió en vítores.

—¡Seguid, seguid!

La piedra llegó a una altura de un palmo. Seft se apresuró a colocar un tronco en el espacio libre para que no volviera a hundirse. Joia contuvo la respiración, porque temía que el madero acabara aplastado, pero resistió, y Seft colocó dos más. Estos se hundieron un poco en la tierra bajo el peso de la piedra, y Joia reparó en que eso serviría para darles estabilidad.

—¡Buen trabajo! —exclamó con júbilo—. Ahora, descansad.

Los voluntarios soltaron las palancas. Algunos se sentaron, exhaustos.

—Que los dioses no asistan. ¡Menudo esfuerzo!

Sin perder tiempo, Tem seleccionó a otras quince personas de las más fuertes y les pidió que cogieran las palancas. Cuando estuvieron a punto, se situó cerca con otro tronco.

—Preparados..., coged fuerzas..., ¡empujad! —repitió Joia.

La piedra se movió ligeramente.

—Solo un poco más, ¡un poco más!

Los voluntarios, con la cara roja, soltaron gruñidos y reniegos hasta que la piedra ascendió lo suficiente para que Seft pudiera colocar un madero encima de los tres anteriores, seguido de otros dos.

A continuación, todos soltaron las palancas.

—Yo no puedo más —dijo uno de los hombres.

«Esto es muy duro —pensó Joia—, pero lo estamos consiguiendo».

Llegó el turno de los quince siguientes.

Pronto, la parte superior de la piedra estuvo levantada a una altura de medio brazo, desde el codo hasta la punta de los dedos.

—¡Mirad qué bien vais! —los animó Joia— ¡Estáis levantando la piedra más grande del mundo! ¡Sois unos héroes!

Los voluntarios, agotados, dieron muestras de satisfacción.

El proceso continuó con un cambio de equipo cada vez. Al cabo de poco, Seft colocaba pequeños troncos en posición vertical en el hueco. Joia reparó en que, en el otro extremo, la base de la piedra se estaba introduciendo en el hoyo. Sintió la calidez del triunfo, pero se dijo que todavía no habían terminado.

Dini apareció con una cesta repleta de fresas.

—¡Mira cuántas hemos cogido! —le dijo a Joia—. Y también nos hemos comido muchas.

—¡Buen trabajo! —respondió ella—. Date una vuelta con la cesta y ofréceles fresas a todos.

Los voluntarios comieron con gusto y felicitaron a Dini, lo cual la puso muy contenta.

Entonces, se encontraron con un obstáculo.

Cuando la piedra se había elevado una cuarta parte del recorrido total y el extremo más delgado estaba al nivel de las cabezas de los voluntarios, las palancas dejaron de ejercer su función y los hombres tuvieron que limitarse a empujar la gran roca.

Para sorpresa de Joia, Seft admitió que no lo había previsto.

—Podríamos atar una cuerda a la parte de arriba de la piedra y estirar.

—Tal vez funcione —dijo Seft—, sobre todo si conseguimos lastrar el extremo más grueso para que se deslice pronto dentro del hueco.

La incertidumbre puso nerviosa a Joia.

—Bueno, ¿lo intentamos ya o qué? —les espetó.

—No sé muy bien cómo podríamos lastrar la base —dijo Seft.

—Pídeles a diez personas que se suban encima —propuso ella, impaciente.

—Podría funcionar —reconoció Seft, cuya reacción inmediata había sido la de echarse a reír con Tem—, pero tendrán que bajar de un salto antes de que se asiente.

Tem colocó una cuerda alrededor de la parte superior de la piedra, la ajustó al máximo y la ató con un nudo. Las sacerdotisas habían elaborado cuerdas muy largas, de manera que quedaba un cabo lo bastante generoso para poder tirar. Los voluntarios se colocaron en fila y asieron la cuerda.

Las primeras que se subieron encima del extremo más grueso fueron dos sacerdotisas, Duna y Bet. Otras ocho personas se sumaron a ellas, sosteniéndose en equilibrio aferradas las unas a las otras. Joia las observó con el entrecejo fruncido. Al lanzar la propuesta de forma espontánea, había pasado por alto que la superficie de la piedra era irregular.

Oyó que Narod se reía.

—¡Menuda estupidez! —exclamó este.

—Preparados…, coged fuerzas…, ¡tirad! —indicó Joia.

La piedra se movió, pero no de la forma esperada. Ni el extremo más delgado ascendió ni el más grueso se inclinó dentro del hoyo. En vez de eso, toda ella se deslizó en sentido lateral.

Los voluntarios saltaron de la superficie de la piedra, pero una mujer resbaló. Era Duna, que cayó en el hueco mientras la gran mole se cernía sobre ella, cada vez más cerca. Joia vio que iba a aplastarla y empezó a gritar a quienes tiraban de la cuerda.

—¡Parad, parad, parad!

Bet se arrodilló junto al foso para ayudar a Duna. La piedra llevaba impulso y no paró ni cuando los voluntarios soltaron la cuerda. Bet cogió a Duna por los brazos y esta se aferró al cuello de su compañera, que consiguió tirar de ella y sacarla justo a tiempo.

La base de la piedra se deslizó hacia el interior de la parte más alejada del hueco, se clavó en la tierra y se detuvo.

Joia se sintió fatal. Había sido idea suya que la gente se subiera a la base de la piedra, y Duna había estado a punto de perder la vida por su culpa.

«Si Narod me suelta un "Te lo dije", lo mato», pensó.

—Creo que casi lo tenemos —declaró con expresión valiente.

—La parte superior de la piedra queda más alta que las personas que tiran de la cuerda, de modo que tiran hacia abajo —reflexionó Seft—. Tenemos que situarnos por encima para poder tirar hacia arriba. Es posible que entonces consigamos ponerla en vertical.

—Si hubiera algún árbol cerca con una rama a la altura conveniente, podríamos lanzar un lazo desde allí y, al tirar de la cuerda, la piedra se levantaría —dijo Tem con tono sombrío—. Pero no veo ninguno.

Joia miró alrededor con mucha atención. Tem tenía razón.

Le disgustaba mostrar tanta incertidumbre delante de los

voluntarios, ya que eso podía socavarles la moral y, por el momento, estaban animados. Miró el cielo: era mediodía.

—¡A comer todo el mundo! —anunció.

Todos se mostraron entusiasmados. Acto seguido, se dirigió a Seft en voz baja:

—Necesitamos un nuevo plan para cuando hayan terminado.

—Haré todo lo posible por dar con uno —dijo Seft.

Verila y su grupo estaban repartiendo tajadas de cerdo ahumado. Joia cogió un poco y miró alrededor en busca de Dee, con la esperanza de sentarse a su lado. Sin embargo, la vio muy enfrascada en una conversación con Bax. Un poco molesta, Joia retrocedió para sentarse junto a Seft y Tem.

Observó con alivio que estaban ideando algo. Habían esparcido sílex, martillos y cuerdas por el suelo, y también había dos postes muy largos, más que la piedra. Supuso que cada uno era un tronco entero de un árbol delgado.

Seft y Tem estaban atando los dos postes con una cuerda, y el nudo quedaba más cerca de un extremo que del otro. Lo que construían se parecía a un gigante con las piernas largas y los brazos cortos. Mientras los miraba, asieron un poste cada uno y colocaron la estructura en vertical. Los dos hombres asintieron como indicando que estaban satisfechos.

Depositaron de nuevo la estructura en el suelo y siguieron trabajando. Añadieron un travesaño para que las piernas no se juntaran ni se separaran.

—Tenemos que evitar que se desmorone en el momento menos oportuno —dijo Tem.

Seft emitió un sonido gutural en señal de acuerdo y, mientras Joia seguía observándolos, fijaron dos postes más cortos al travesaño, uno hacia delante y otro hacia atrás, como para impedir que el gigante cayera al suelo si se vencía en una dirección o en la otra.

Joia se preguntó en qué sentido podría resultar de ayuda ese artilugio de cuatro patas, pero contuvo su impaciencia y guardó silencio. Todo se aclararía a su debido tiempo.

Finalmente, afilaron las piernas del gigante para que terminaran en dos pies largos y puntiagudos.

Los voluntarios, que estaban terminando de comer y reuniéndose para seguir con el trabajo de la tarde, miraron el gigante con la misma curiosidad y el mismo desconcierto que sentía Joia.

Seft y Tem lo depositaron en el suelo, tumbado, con los brazos señalando el extremo más grueso de la piedra. Entonces cogieron la cuerda atada alrededor del extremo más delgado y la pasaron entre los brazos del gigante, por encima del nudo central y entre las piernas.

Seft pidió a diez voluntarios que aferraran el cabo de la cuerda.

Acto seguido, junto con Tem, levantó el gigante del suelo y este elevó a su vez la cuerda, posada sobre el nudo. Los pies puntiagudos empezaron a clavarse en la tierra, y Seft detuvo el gigante cuando aún estaba ligeramente inclinado hacia la piedra.

La cuerda trazaba un recorrido que empezaba en la piedra, pasaba por encima del nudo del gigante y bajaba por el otro lado, hasta las manos de los voluntarios.

Joia empezaba a darse cuenta de cuál era el propósito de aquel invento: cumpliría la misma función que la rama del árbol que Tem había deseado que existiera. Aunque los voluntarios estaban situados en el suelo, la altura del gigante haría que tiraran de la piedra en sentido ascendente y, por tanto, que esta se elevara en lugar de resbalar de lado.

Seft y Tem seguían sujetando los postes.

—Coged fuerzas —les ordenó Tem a los voluntarios.

Estos tensaron la cuerda.

Con la tensión, los afilados pies del gigante se clavaron más en el suelo y la estructura ganó estabilidad. Cuanto más tiraban, más se hundían las puntas en la tierra. A Joia le impactó que Seft hubiera ideado algo tan brillante. Tenía una inteligencia especial, y debería haber confiado en él. Pero había mucho en juego.

Seft, sin soltar la pierna del gigante, le hizo una señal afirmativa.

—Preparados..., coged fuerzas..., ¡tirad! —indicó ella.

La piedra no se movió.

—Diez voluntarios más, por favor —pidió Seft.

Más hombres y mujeres aferraron el cabo de la cuerda.

—Preparados..., coged fuerzas..., ¡tirad! —repitió Joia una vez más.

El extremo más delgado de la piedra se levantó del suelo.

—¡Seguid, seguid! —exclamó Joia.

Y la piedra se elevó más.

—Algunos de vosotros deberíais prepararos para echar paladas de tierra en el hoyo, alrededor del extremo más grueso, pero esperad a que yo os avise.

Varios voluntarios cogieron palas.

La piedra siguió ascendiendo y la imagen llenó de orgullo a Joia.

—Ahora intentad que no se mueva —ordenó Seft cuando casi había alcanzado la posición vertical, y acto seguido se volvió hacia los que estaban preparados con las palas—. Rellenad el hueco y apretad la tierra hacia abajo.

Cuando estos siguieron sus instrucciones, Seft se volvió hacia quienes sostenían la cuerda.

—Id soltándola, pero muy poco a poco.

Joia se mordió el labio.

La piedra se inclinó un tanto hacia atrás.

—Un poco más.

La piedra dio la impresión de afianzarse.

—Otra vez.

La piedra se quedó quieta.

Todos la miraron fijamente, y esta permaneció inmóvil.

—Soltad la cuerda —dijo Seft con calma—. Lo hemos conseguido.

Pocos lo oyeron y, de todos modos, el tono de su voz fue demasiado sobrio para comunicar una noticia tan alegre.

—¡Lo hemos conseguido! —exclamó Joia en su lugar—. ¡Lo hemos conseguido!

En el valle resonaron gritos de triunfo y regocijo.

«Y Seft lo ha ideado mientras los demás comíamos», pensó Joia, fascinada.

Siempre que se sentía victoriosa, se preguntaba qué debía hacer a continuación. En ese momento, miró el cielo.

—Si queremos completar el plan a tiempo, debemos colocar la piedra sobre el trineo hoy para poder marcharnos de buena mañana —le dijo a Seft.

—Eres una jefa muy dura —repuso él, pero le sonrió.

—Y a ti te encanta —apuntó ella.

Seft se echó a reír.

—Muy bien. —Se dirigió a un grupo de voluntarios—: Coged el gigante y desplazadlo hasta el extremo más delgado de la piedra, por favor —dijo—. Movedlo con cuidado, porque volverá a hacernos falta.

Entonces reconoció a Vee.

—¿Ves esos tres maderos tan grandes de ahí, un poco más allá? —le preguntó.

Eran muy gruesos. Los manos diestras de Seft habían talado un roble y habían dividido el tronco en tres partes. Joia había visto los maderos, pero no había conseguido adivinar cuál sería su función. Estaba a punto de descubrirlo.

—Sí que los veo —dijo Vee—. ¿Los necesitas?

—Sí. Ve allí con tus amigos y traédmelos. Pesan mucho, pero, si los hacéis rodar, no os costará demasiado. Colocadlos justo al lado de la piedra, dos en el suelo y el tercero encima de ellos.

»Lo siguiente será situar el trineo tocando los maderos. Un grupo de diez o doce podéis empujarlo por la pista con cuidado.

Cuando el trineo estuvo en su sitio, Joia vio que la pila formada por los maderos tenía una altura ligeramente superior a la plataforma del trineo, y en ese momento comprendió para qué servirían. Seft siempre se había mostrado muy preocupado en relación con el momento de depositar la piedra sobre el trineo. Al primer contacto, todo el peso recaería sobre un extremo de este y quizá lo aplastara. De ese modo, sin embargo, la piedra quedaría apoyada primero sobre los troncos, y estos soportarían el peso hasta que casi estuviera tumbada con el extremo más delgado en la parte frontal del trineo. Después podrían retirar poco a poco los maderos y permitir que el extremo más grueso se apoyara con suavidad.

Ya habían colocado el gigante en vertical y unos voluntarios aferraban la cuerda. Esa vez no se trataba de levantar la piedra, sino de dejarla caer. Otros recibieron órdenes de retirar la tierra del hoyo para liberar el extremo más grueso mientras los que sujetaban la cuerda hacían fuerza para retenerla a medida que la piedra se iba inclinando despacio sobre el trineo.

La enorme piedra descendía con una lentitud majestuosa. A Joia le hizo pensar en un uro perseguido en una cacería que, finalmente, tras rendirse a las múltiples heridas de flecha, se tendía en el suelo para morir.

El extremo más delgado rozó la plataforma del trineo. Poco a poco, los voluntarios retiraron los troncos y el extremo más grueso descendió los dedos de distancia restantes. A Joia casi se le paró el corazón cuando todo el peso de la inmensa piedra quedó depositado sobre el trineo de Seft. No obstante, la madera con que lo habían construido era fuerte y la estructura, robusta, de modo que el artefacto resistió.

Seft supervisó el proceso de amarrar la piedra al trineo para asegurarse de que los nudos fueran lo más fuertes posible.

Joia olió la carne de oveja que alguien asaba. Estaban preparando la cena. Le sorprendió ver que el sol ya se ponía. La tarde había volado, pero todavía se hallaban dentro del margen de tiempo establecido. Pensó en los obstáculos que habían superado. A mediodía, había temido que la tarea resultara imposible, pero Seft había resuelto el imprevisto con gran ingenio.

Se sentía agotada. Con todo, ese día había resultado ser todo un éxito.

Quizá la siguiente jornada fuera más fácil.

27

El tercer día, Joia despertó antes del amanecer, pero la luz de la luna llena le permitió ver el valle con toda claridad. Se volvió hacia un lado y le sorprendió encontrar a Dee apoyada sobre un codo, mirándola con una expresión cordial de curiosidad. Eso le produjo cierta satisfacción y decidió no levantarse todavía.

—Ayer te vi hablando con Bax —le dijo, y al instante se mordió la lengua porque había sonado a acusación sin que se lo hubiera propuesto.

Dee pareció no darse cuenta.

—Despertó mi interés. Tiene las espaldas como un hombre.

—¿Qué le dijiste?

—Le pregunté si le gusta ser tan fuerte. Me dijo que sí, pero que su madre le explicó que a los hombres no les atraen las mujeres fuertes.

—¿Y eso le molesta?

—Dice que le da igual, porque a ella no le gustan los hombres.

Joia se echó a reír.

—¿Y a ti te gustan los hombres? —quiso saber, y se avergonzó al instante, ya que era una pregunta muy personal.

«Dos lapsus en cuatro frases —pensó—. Voy de mal en peor».

De nuevo, a Dee no le importó.

—No es que me disgusten, pero nunca me enamoro de ellos, si es a lo que te refieres.

Joia decidió dejar de hacer preguntas y explicarle algo sobre sí misma.

—Yo quiero mucho a Seft —dijo—, pero no estoy enamorada de él, y es mejor así, puesto que se emparejó con mi hermana.

—Es guapísimo.

—Y muy amable. De niño tuvo que soportar tantas crueldades que no quiere que los demás sufran por su causa como sufrió él. Eso fue lo que me explicó.

—¿Hace mucho que lo conoces?

—Trece solsticios de verano. Cuando lo conocí, yo era una niña traviesa.

Dee le dirigió una sonrisa de oreja a oreja que dejó al descubierto su dentadura reluciente.

—¿Traviesa, en qué sentido? —preguntó, y el tono con que lo dijo hizo que a Joia se le acelerara un poco la respiración.

—Fui a espiar a las sacerdotisas mientras bailaban desnudas —explicó—. Y me pillaron.

Le vino a la memoria el susto que se llevó. En esos momentos, cuando habían pasado tantos años, aquella infracción le parecía trivial, pero el recuerdo de la culpa y el miedo seguía produciéndole una sensación desagradable.

—Me llevaron ante la suma sacerdotisa, que se llamaba Soo. Yo creía que iba a castigarme, pero, en vez de eso, me enseñó a contar.

—Yo también quiero que me enseñes a contar. Me explicaste la teoría, pero necesito saber los nombres de todos los números. Así podré contar mis ovejas.

Joia decidió arriesgarse a formular otra pregunta. Sentía una enorme curiosidad por saber si Dee tenía pareja, pero se detuvo a pensar en la forma de plantearle la cuestión con tacto.

—¿Estás sola allí arriba, en las colinas?

—De hecho, mi casa está cerca de aquí, hacia el este. Pero no, no estoy sola. Vivo con mi hermano y su compañera.

O sea, que no tenía pareja.

—Y desconoces cuántas ovejas tenéis porque no sabes contarlas.

—Pero quiero aprender, en serio.

—Puedo enseñarte algo en los próximos dos días. Tenemos un largo camino por delante. Y, por cierto, deberíamos levantarnos.

Verila trinchaba carne de oveja fría. Vee le echaba una mano, y Joia aprovechó para presentársela a Dee.

—Vee fue mi primera amiga —dijo—. Estábamos juntas cuando espiamos a las sacerdotisas.

—¿De verdad Joia era una niña tan traviesa? —le preguntó Dee a esta con una sonrisa.

—Sí —contestó ella—. Nos convencía a las demás para que nos sumáramos a sus aventuras y, al final, acabábamos todas metidas en líos.

Dee se volvió hacia Joia.

—Y ahora has conseguido que todo un ejército de voluntarios se sume a tu aventura.

Era una observación muy perspicaz.

—Supongo que tienes razón.

Ayudaron a servir la carne de oveja y también comieron un poco. A Joia le pareció que estaba muy correosa.

Cuando salió el sol, todos se reunieron alrededor de la piedra.

La piedra y el trineo permanecían en la pista y daban en sí la apariencia de un monumento. Los manos diestras estaban ocupados recubriendo el conjunto con una especie de saco formado por cuerdas que se ajustaba al contorno de la piedra y el trineo, repartía la tensión y aseguraba que la carga no cayera hacia un lado. Las cuerdas, que ascendían a diez, terminaban en sendos cabos largos, y estos se extendían hacia el frente de la piedra, tan tiesos como serpientes muertas, dispuestos para que los voluntarios los asieran.

Todo estaba a punto; Joia se mordió el labio. ¿Y si no se movía?

Seft tuvo una ocurrencia de última hora. Con ayuda de Tem, levantó el gigante y lo ató a la piedra.

—Nos hará falta cuando la alcemos en el Monumento —explicó.

Los voluntarios aferraron las cuerdas. Aproximadamente cuarenta personas se ocupaban de cada uno de los cabos, y hubo cierto revuelo mientras todos encontraban su lugar. Seft, Tem y Joia tuvieron que insistir para que se apiñaran lo más posible.

—Hacedles sitio, luego os alegraréis de tener ayuda extra —dijo Joia.

Seft y ella habían acordado que necesitarían a unos doscientos voluntarios tras hacer los cálculos basándose en la experiencia de Seft con la piedra del agricultor, que era mucho más pequeña. No podían tener la certeza, pero no había ninguna otra forma de estimar la cantidad. Ese día sabrían si estaban en lo cierto. Quizá descubrieran que precisaban quinientos, en cuyo caso todos volverían a sus casas con el rabo entre las piernas.

Joia reparó en que tenían público. El día anterior había visto a un grupo de habitantes de los bosques observándolos. Esa mañana había más, cincuenta o sesenta entre hombres, mujeres y niños, y todos miraban de hito en hito a esos locos que intentaban mover una piedra colosal. Unos cuantos pastores también los contemplaban con los brazos cruzados y expresión escéptica. Era obvio que se trataba del acontecimiento más importante ocurrido en las colinas del Norte desde hacía muchos años.

El trineo estaba situado al final de una larga vía de maderos semienterrados que Seft y los manos diestras habían construido a lo largo del invierno. La pista formaba una suave curva y luego se extendía hacia el sur en una línea recta que cubría el largo ascenso hasta lo alto. Habían necesitado varios meses y muchos árboles talados, pero tanto Seft como Joia tenían la firme convicción de que el inicio del camino no debía ser especialmente duro para no desanimar a los voluntarios.

Estos se situaron delante del trineo, en forma de abanico, y quienes guiaban cada uno de los cabos miraron a Joia con entusiasmo a la espera de sus instrucciones, que llegaron cuando estuvo segura de que todos ocupaban sus puestos.

—Preparados..., coged fuerzas..., ¡tirad!

Se inclinaron hacia delante doblando las rodillas y tiraron de las cuerdas. La mayoría decidió cargarse el cabo al hombro y sujetarlo con ambas manos por delante del pecho, mientras que unos pocos prefirieron situarse de cara a la piedra y tirar caminando hacia atrás. Joia observó sus rostros cuando empezaban a tomar conciencia del enorme peso al que se enfrentaban. Se agacharon más y tiraron con más fuerza.

La piedra no se movió.

Las cuerdas emitieron un chasquido. ¿Se romperían? ¿Se partirían los troncos que formaban el trineo?

Volvió a oír la voz de Narod.

—No se moverá. Estáis perdiendo el tiempo.

Los voluntarios no le tenían simpatía.

—¡Anda, cierra la boca, aguafiestas! —gritó alguien.

Lo que estaba teniendo lugar era la peor pesadilla de Joia.

—Quiero probar otra cosa —le dijo Seft, y eso la animó.

—Descansad todos —ordenó ella—. Vamos a intentarlo de otra forma.

Quienes tiraban de las cuerdas las destensaron con alivio.

—Diles que tiren y aflojen, que tiren y aflojen —le indicó Seft—, para que el trineo se balancee adelante y atrás. Cuando me parezca que está a punto para avanzar, te haré una señal con la cabeza y tú les ordenarás entonces que tiren con todas sus fuerzas.

Joia trasladó la explicación a los voluntarios, y pareció que lo habían entendido, porque muchos asentían. Ella creyó que esa táctica podía funcionar, aunque no comprendía muy bien por qué. Quizá hubiera una especie de adherencia entre los patines del trineo y el suelo, y el hecho de mecerlo sirviera para reducirla. En cualquier caso, valía la pena intentarlo.

—Preparados..., coged fuerzas..., ¡tirad! —volvió a gritar—. Descansad..., ¡tirad!

Siguió así mientras trataba de captar alguna señal de movimiento. De pronto, los habitantes de los bosques se sumaron al grupo, no asiendo las cuerdas, sino empujando el trineo. Joia no estaba segura de hasta qué punto resultarían de ayuda, pero seguro que no los perjudicarían.

Por fin le pareció que el trineo se mecía un poco hacia delante y hacia atrás.

—¡Funciona! —exclamó—. ¡Tirad! Descansad..., ¡tirad! Descansad..., ¡tirad más! ¡Más!

El trineo se estaba balanceando, y Seft le hizo la señal con la cabeza.

—Descansad..., ¡tirad! La próxima vez, con todas vuestras fuerzas. Descansad..., ¡tirad!

Doscientas personas pusieron todo su empeño en tirar de las cuerdas, jadeando por el esfuerzo mientras clavaban los pies en la tierra, hasta que finalmente el trineo se movió, aunque tan solo se desplazó un dedo.

—¡Seguid tirando! —gritó Joia—. ¡Seguid tirando!

Para su gran satisfacción, el trineo continuó desplazándose hacia delante, aunque con una lentitud tremenda, y los voluntarios, contentos, siguieron tirando de las cuerdas.

Joia se situó delante de ellos, caminando hacia atrás. Una vez que el trineo empezó a moverse y cogió impulso, resultaba más fácil tirar de él. Llegaron a una curva de la pista y Joia avanzó en esa dirección mientras gritaba:

—¡Seguidme! ¡Seguidme!

Después de la curva, la ruta formaba una pendiente ascendente y la tarea volvió a resultar más ardua. A media cuesta, Joia vio que los voluntarios se estaban cansando.

—¡Ya llevamos más de medio camino! —los animó—. ¡No queda mucho hasta lo alto!

Subieron la pendiente y llegó un momento en que la pista de troncos daba paso a una vía de ramas y tierra, menos firme y también más escarpada, pero la trayectoria descendente de la colina lo compensaba con creces, y Joia vio que los jóvenes voluntarios se estaban recuperando del esfuerzo. Cuando la piedra empezó a avanzar con más rapidez, se lo ocurrió pensar que, si algún voluntario se caía, esta podría aplastarlo. Tenía que hablar con ellos sobre qué hacer si se producía tal accidente.

No lo había pensado hasta ese momento, pero dedujo que, en cualquier ruta desde las colinas hasta la llanura, el recorrido debía de ser sobre todo descendente. Con todo, las colinas eran colinas y subían y bajaban, de modo que pronto se toparon con otra cuesta.

Joia vio que la gente ya estaba cansada. Lo más sensato sería darles un respiro cuando llegaran al final de esa pendiente.

Sin embargo, lo pensó demasiado tarde. Los voluntarios empezaron a flaquear a medio camino, unos cuantos abandonaron la tarea por completo y el trineo se detuvo.

Joia estaba consternada. Si se daban por vencidos tan pronto, ¿cómo iban a trasladar la piedra a lo largo de todo el recorrido hasta el Monumento?

—¡Nos tomamos un descanso! —anunció, haciendo de la necesidad virtud.

Miró alrededor. Se hallaban en un valle cubierto de maleza

y con poco prado. Detrás de ellos vio un arroyo que habían cruzado casi sin reparar en él.

—¡Bebed un poco de agua! —dijo.

Muchos fueron hacia el arroyo, otros se limitaron a permanecer tumbados, exhaustos. Verila y dos primas suyas los seguían con cestas de las que sacaron cerdo ahumado y se dedicaron a repartirlo. Quizá el descanso, el agua y un poco de comida servirían para que los voluntarios repusieran fuerzas.

Seft colocó dos maderos detrás de los patines del trineo para que no se resbalara hacia atrás.

—Es por precaución —explicó—. No creo que esto pueda desplazarse solo ni en una pendiente mucho más pronunciada.

—Mejor así —repuso Joia—, porque, si no, podría adelantarnos y estrellarse. No tenemos forma de frenarlo.

—Eso es un fallo de diseño —reconoció Seft—. La culpa es mía.

—No te sientas mal —lo tranquilizó ella—. Lo que has conseguido es impresionante. Nadie más que tú podría haberlo hecho.

Seft sonrió y asintió. Esas palabras eran ciertas, y él lo sabía.

Joia les dio a los voluntarios un amplio margen de tiempo. Cuando todos hubieron bebido, comido y descansado, empezaron a reunirse para conversar y a ella le pareció que ya estaban preparados para seguir con el trabajo, de manera que los llamó para que asieran las cuerdas.

Empezaron a tirar de nuevo, pero la piedra no se movió. Joia, alarmada, reparó en que retomar la tarea resultaba especialmente difícil cuesta arriba. Ni ella ni Seft habían pensado en eso, y habían cometido un grave error.

En futuras ocasiones se aseguraría de que todos los descansos tuvieran lugar en una pendiente descendente, pero en ese momento tenían que resolver la situación, o no habría tales futuras ocasiones.

—Descansad —les ordenó a los voluntarios.

—Podríamos hacer que el trineo descendiera colina abajo y ascendiera un poco por la pendiente opuesta —propuso Tem—. De ese modo, el inicio sería cuesta abajo.

—Detesto tener que volver atrás —dijo Joia, y también pensaba que resultaría desalentador—. Lo haremos solo como último recurso.

Tem asintió.

Joia se dirigió de nuevo a los voluntarios.

—Volveremos a probar balanceando la piedra.

Llamó a las cuerdas a todos los manos diestras, además de a Verila y a sus primas. Seft, Tem y ella también aferraron los cabos. No quedó nadie mirando.

—Preparados..., coged fuerzas..., ¡tirad! Descansad..., coged fuerzas..., ¡tirad! —Cogieron el ritmo. Cuando el trineo empezó a mecerse adelante y atrás, Joia anunció—: Descansad..., esta vez con un gran esfuerzo..., ¡tirad! ¡Seguid tirando!

Y el trineo empezó a ascender poco a poco por la cuesta.

—¡Seguid tirando! —gritó—. ¡No os rindáis!

El trineo continuó ascendiendo. Joia permaneció a las cuerdas, tirando junto con el resto, y la euforia que sentía le dio fuerzas para llegar con el trineo a lo alto de la pendiente.

Entonces ordenó un breve descanso.

—Buen trabajo, todo el mundo —dijo—. Con un poco de suerte, no tendremos que volver a esforzarnos tanto.

Poco después, pasaron junto al poblado sin nombre situado en lo alto de una colina, cuya existencia habían descubierto durante el camino al valle de las Piedras. Esta vez, los habitantes estaban esperándolos y bajaron corriendo hasta ellos. Joia se preguntó cómo era posible que las noticias se propagaran con tanta rapidez en unas tierras aparentemente deshabitadas. Al principio, temió que fueran hostiles, pero enseguida pensó que sería raro que se atrevieran a enfrentarse a varios cientos de personas.

De hecho, les llevaron vasijas con agua y los obsequiaron con pequeñas porciones de carne de oveja que los voluntarios devoraron sin detenerse. Emocionados, les hicieron preguntas. Un par de chicas adolescentes besaron a varios muchachos.

Los más jóvenes del poblado se sumaron al grupo para tirar de las cuerdas. Joia se preguntó qué distancia estarían dispuestos a recorrer.

—Esta gente nunca ha visto nada parecido —oyó que decía Dee.

A ella le preocupaba que eso retrasara la marcha, pero consiguieron seguir adelante y dejaron atrás el poblado y a sus habitantes.

A mediodía, llegaron al final de las colinas y salieron a la llanura. Cuando habían pasado por allí durante el trayecto hasta el valle de las Piedras, la zona estaba desierta, pero esta vez vieron varios centenares de reses. Era un lugar que habían seleccionado de antemano para descansar, y allí encontraron a más hijos y nietos de Chack y Melly esperándolos con carne fría. El sol caía de lleno y muchos de los voluntarios fueron a refrescarse en un arroyo cercano.

Seft trepó hasta lo alto de la enorme piedra y empezó a

trabajar para alisar la superficie, desprendiendo lascas a fuerza de golpearla con un canto rodado que sostenía en la mano.

Joia se sentó a la sombra de un carpe achaparrado para comer carne de cerdo fría y apoyó la espalda en el tronco, cuya corteza formaba unos surcos característicos. Dee se sentó a su lado. Se había mojado el pelo en el arroyo y tenía los rizos pegados a la cabeza. No habían vuelto a hablar desde antes de que amaneciera, cuando estuvieron charlando de toda clase de cosas bajo la luz de la luna.

—Esto es lo más difícil que he hecho en mi vida —confesó Dee—. Los pastores no recorremos distancias largas. He ido hasta el Monumento otras veces, por supuesto, pero nunca tirando de una piedra enorme.

—A mí también se me está haciendo difícil —admitió Joia.

—¿Qué edad tienes?

—Veintisiete solsticios de verano.

—Igual que yo.

—Somos jóvenes, pero la mayoría de los voluntarios lo son más.

—Y unos cuantos son mayores.

—Mayores y muy fuertes —señaló Joia, pensativa—. ¿Qué te ha animado a participar en esta misión tan ambiciosa?

—Pues no lo sé —respondió Dee sin mirarla a los ojos—. Quizá las ganas de hacer algo diferente.

A Joia le pareció que estaba contestando con evasivas. De todos modos, si había algo que Dee prefería guardarse para sí, no pensaba presionarla.

Seft se acercó con dos desconocidos.

—Te presento a Dab y Revo, los ganaderos a los que conocí la otra ocasión.

—Y esta es Lim —dijo la mujer llamada Revo, que llevaba a cuestas a una niña pequeña.

Joia y Dee se levantaron y empezaron a hacerle arrumacos.

—¡No puedo creer que estéis moviendo una piedra tan enorme! —exclamó Dab.

—Sí, y debemos continuar —dijo Seft.

El trineo estaba parado en una ladera con una ligera pendiente descendente, de manera que les costó menos arrancar. Aún hacía calor, pero pronto refrescaría. Los voluntarios hablaban un poco mientras seguían tirando de las cuerdas, y Joia oyó incluso que alguien entonaba fragmentos de canciones.

Llegaron al río del Este y siguieron su curso en dirección sur hasta Rioalto, donde tenían pensado pasar la noche en la gran pradera que se extendía junto a la orilla. La carne de res ya estaba asándose en los espetones.

Los voluntarios soltaron las cuerdas con gran alivio. Algunos simplemente se tumbaron donde estaban, otros se quitaron la túnica y fueron a refrescarse en el río.

Joia vio por casualidad el cuerpo desnudo de Dee, y le causó gran impresión. Se quedó mirándola, fascinada. Había visto a muchas personas desnudas y nunca le habían despertado demasiado interés, pero en ese momento no podía apartar los ojos de ella. Dee tenía una figura delgada pero musculosa, sin duda por las veces que había tenido que rescatar a ovejas estúpidas de ciénagas u otros lugares en los que se quedaban atrapadas. Tenía unos preciosos pechos redondeados, y no pudo evitar imaginarse besándolos. El vello de la entrepierna era mucho más oscuro que su mata de pelo rubio. Se dio cuenta de que esos pensamientos sobre Dee no se correspondían con lo que debería sentir por alguien que no esperaba que fuera más que una buena amiga.

En el río, Dee estaba hablando con Bax, ambas desnudas en el agua cristalina. Joia, molesta, pensó que Bax no era lo suficientemente buena para ser la compañera de Dee. Era un pensamiento más bien cruel, pero no conseguía quitárselo de la cabeza. La idea de que Dee y Bax pudieran ser pareja la incomodaba.

Cuando cayó la noche, no hubo mucha actividad romántica. Los voluntarios comieron con avidez la carne de vaca asada y luego se tumbaron y se quedaron dormidos. Había sido un día muy duro.

Y al siguiente tendrían que repetirlo todo otra vez.

28

«Es el último día —pensó Joia en cuanto despertó—. Hoy llevaremos la piedra gigante hasta el Monumento…, y lo habré hecho en cuatro días, como les prometí a los sabios.

»Quienes dijeron que era imposible reconocerán que estaban equivocados. Vendrán visitantes de lejos solo para admirarla. Asistirá más gente a las ceremonias, habrá más comercio y más jóvenes que querrán hacerse novicias. Será un renacimiento para los pueblos de la Gran Llanura.

»Y, si podemos trasladar una piedra, podemos trasladar más y reconstruir el Monumento entero. Aunque habrá que esperar. Los voluntarios querrán retomar su vida cotidiana. La única manera de contar con suficientes personas es haciéndolo en los solsticios de verano. Pero si lo logramos…

»Hoy, nada puede salir mal».

A su lado, Dee despertó con un gemido.

—Me duele todo —dijo.

Joia no estaba segura de por qué Dee se empeñaba en dormir siempre junto a ella. Había entablado amistad con varias personas durante la misión y charlaba de manera distendida con todo el mundo, pero lo último que hacía cada noche era tenderse junto a Joia, quien trataba de disimular lo mucho que la complacía.

Se le ocurrió ofrecerse a darle un masaje en los hombros, pero Dee se levantó mientras ella vacilaba y perdió la oportunidad.

Muchos voluntarios estaban estirando las piernas y la espalda, tratando de aliviar los músculos doloridos, y Joia cayó en la cuenta de que, si le hubiera masajeado los hombros a Dee, esta quizá habría hecho lo mismo por ella. Qué bonito habría sido...

Tenía las manos ásperas y resecas, y la carne grasa que había para desayunar le dio una idea. Eligió un trozo bastante grasiento y se lo restregó por las manos. Luego cogió las de Dee, anchas y fuertes, y se las pringó también. La sonrisa que compartieron mientras se las frotaban llenó a Joia de dicha.

En cuanto amaneció, fueron hasta el trineo y agarraron las cuerdas. Las tierras que bordeaban el río era llanas en su mayor parte, pero habían detenido el trineo en una cuesta con una ligera pendiente descendente, algo que se había convertido en práctica habitual, ya que de esa manera no hacía falta mecerlo, y enseguida lograron que la piedra se moviera, aunque con profusión de gruñidos y gemidos. El terreno también era más accesible que otros días, y la pista de ramas de Seft discurría recta y nivelada, de modo que salvaba baches y hoyos. Además, a esas alturas todos estaban familiarizados con la tarea.

Se detuvieron brevemente a media mañana y luego hicieron una parada más larga a mediodía. Mientras comían, Joia se percató de que Narod y sus amigos se escabullían con disimulo.

Frunció el ceño. ¿Qué significaba aquello?

Se levantó y buscó a Duff.

—Parece que los Cachorros nos han dejado —dijo.

Duff la miró sorprendido.

—¿Hacia dónde han ido?

—Hacia el sur, en dirección al Monumento.

—No se me ocurre el motivo. Aunque, la verdad, tampoco sé por qué han venido.

—Ni yo, y eso me preocupa.

—Lo único que han conseguido con sus comentarios negativos es ganarse la antipatía de los voluntarios.

—Quizá Troon les pidió que vigilaran la misión.

—Pues me alegro de haberlos perdido de vista.

Joia asintió con la cabeza. Aun así, la acompañaba cierta desazón cuando los voluntarios reemprendieron la marcha y tiraron de la gran piedra a lo largo de la orilla del río.

El avance sufrió un brusco parón antes de la pausa de media tarde.

Alguien había destrozado la pista.

Las ramas estaban esparcidas por todas partes, incluso habían arrojado algunas al río, y los daños continuaban a lo largo de todo el camino que seguía la orilla hasta donde les alcanzaba la vista. Joia contempló la escena con consternación. No podía creer lo que estaba viendo. Se encontraban a menos de medio día del Monumento y, aun así, la misión se había ido al traste. Los voluntarios soltaron las cuerdas. Joia se sentó en el suelo y se echó a llorar.

Seft se acercó a ella.

—¿Qué vamos a hacer? —se lamentó la suma sacerdotisa entre sollozos.

—Reparar la pista —contestó él con calma.

—No llegaremos al Monumento antes de que caiga la noche —replicó Joia, medio enfadada con él por no verlo más furioso— y, por lo tanto, no habremos completado la misión en cuatro días.

—Aun así, habría que reparar la pista y continuar. ¿O quieres dejar la piedra gigante aquí?

Joia comprendió que estaba comportándose como una tonta.

—Es que no puedo soportar la idea de oír al necio de Scagga diciendo: «Os lo advertí».

—Te entiendo muy bien, pero olvidémonos de eso.

Joia suspiró.

—Tienes razón, como siempre.

Se enjugó la lágrimas y se puso en pie.

—Contamos con doscientas personas fuertes y enérgicas, no tardaremos mucho en reparar la pista —aseguró Seft.

Ella asintió.

—Les diré lo que hay que hacer.

—Reutilizaremos todas las ramas que encontremos y pediré a varios manos diestras que se adelanten y corten más. Hay árboles de sobra a lo largo del río.

Joia se subió a un tocón.

—¡Atención todo el mundo! —gritó—. ¡Hay que reparar la pista!

El anuncio fue recibido con un gruñido colectivo.

—Tomáoslo como un descanso. Es más agradecido que arrastrar la piedra.

Todos rieron.

—Recoged las ramas que hay esparcidas y colocadlas de nuevo donde estaban. No las separéis, apretadlas para que se entrelacen y luego pisadlas. Echadles tierra por encima para que la superficie sea más estable. Apisonadlo todo bien. Venga, a trabajar. Casi estamos en casa.

Se puso de rodillas y empezó a reparar el tramo dañado que tenía más a mano para demostrarles lo que debían hacer. Los voluntarios la observaron un momento y luego se distribuyeron a lo largo de la vía para imitarla.

—¿Qué crees que ha ocurrido? —le preguntó Dee, colocándose a su lado.

—No lo creo, lo sé: ha sido cosa de Narod y sus amigos —dijo Joia—. Los he visto partir a mediodía. Es obvio que se han adelantado para hacer el trabajo sucio. Troon estará muy contento con ellos.

—Pero ¿por qué querrían los agricultores impedirnos hacer esto? —insistió Dee, sin comprender.

Joia lo pensó un momento antes de contestar. Era una pregunta seria y Dee merecía una respuesta razonada.

—Después de que los habitantes de los bosques quemaran el Monumento, la gente dejó de acudir a nuestras ceremonias y los agricultores empezaron a celebrar su propia fiesta del solsticio de verano. Troon vio la oportunidad de aumentar su poder e influencia. Estoy convencida de que sueña con convertirse en el Gran Hombre de toda la Gran Llanura, no solo de Los Cultivos, y por eso no quiere que reconstruyamos el Monumento en piedra. No le interesa que recupere su importancia como lugar de encuentro de los pueblos de la llanura. Nuestra misión amenaza su sueño.

Dee la miró con asombro.

—No lo habría imaginado nunca.

Continuaron reparando la pista en silencio hasta que alcanzaron a las personas que tenían delante.

—Necesito saber hasta dónde llegan los daños —dijo Joia tras levantarse—. Acompáñame e iremos hasta el otro extremo.

Los árboles les proporcionaron sombra mientras recorrían la margen del río.

—Es más fácil destrozar la vía que reconstruirla —observó Dee.

Joia asintió con la cabeza. En cierto modo, eso lo convertía en un acto incluso más censurable.

Alcanzaron el lugar donde se acababan los daños en lo que tardaba una olla de agua en hervir. De ahí en adelante, la pista estaba intacta.

—Aquí han parado —dijo Joia—. Se han aburrido y han decidido que bastaba con lo habían hecho.

—¿Por qué me has pedido que te acompañe? —preguntó Dee.

—Para enseñarte a contar en el camino de vuelta.

—¡Ah, qué bien!

—Y al mismo tiempo averiguaremos cuántos pasos son.

Joia fue contándolos mientras Dee repetía el número. Se detuvieron cuando llegaron al lugar en que la pista ya estaba reparada.

—Mil doscientos ochenta y cuatro.

Dee estaba impresionada.

—¿Cómo puedes retener tantos números en la cabeza?

—No es tan difícil cuando te acostumbras.

Seft se acercó a ellas.

—¿Cuántos pasos nos quedan por reparar? —preguntó.

Joia repitió la cantidad.

Él dirigió la mirada al cielo y ella lo imitó. El sol empezaba a ponerse por el oeste.

—No sé yo... —murmuró Seft, dudoso.

—Yo tampoco.

Ani se encontraba en el Monumento, esperando la llegada de los voluntarios y de la piedra gigante.

La pista de Seft bordeaba el poblado de Aguacurva y se aproximaba al Monumento desde el norte, a través de la llanura. Luego atravesaba la entrada del círculo hasta un gran hoyo excavado en el suelo, donde pondrían en pie la gran piedra. Ani estaba impaciente por ver aparecer el trineo a lo lejos, tirado por una multitud de voluntarios entusiastas encabezados por Joia, y contemplar cómo cruzaba la llanura igual que una nube desplazándose por el cielo. Sin embargo, aún sería más emocionante saber que su hija había llevado a cabo la ambiciosa misión que tanta gente consideraba inalcanzable.

Ani no era la única que aguardaba con impaciencia. Su otra hija, Neen, también se encontraba allí para dar la bienvenida a su compañero, Seft, junto a sus tres hijos, expectantes ante la llegada de su padre. Una pequeña muchedumbre se distribuía por el terraplén, unos sentados y otros de pie, pero todos con la mirada clavada en el norte. No había duda de que se trataba del acontecimiento más importante del año, por no decir de todos los tiempos. Prácticamente todos los habitantes de Aguacurva estaban allí, además de visitantes de poblados más alejados.

El aroma de la carne asada flotaba en el aire, pero no era para la multitud. Chack y Melly estaban preparando algo de comer para cuando por fin llegaran los exhaustos voluntarios. Suponiendo que la espera sería larga, algunas familias se habían llevado la cena. Los vecinos charlaban, los jóvenes tonteaban y los niños trepaban por el terraplén y rodaban pendiente abajo.

Tampoco faltaban quienes contaban con el fracaso de Joia. Scagga había acudido con los demás, con ese ceño que de un tiempo a esa parte parecía permanente. Estaba rodeado de su familia y, pese a que siempre lo apoyaban, en ocasiones lo hacían con una falta de entusiasmo que eran incapaces de disimular.

Ani se preguntó qué motivaba la hostilidad del hombre. Lo más probable era que estuviera resentido con ella, que era la integrante más antigua del consejo de sabios después de Keff, y la persona que, en general, se esperaba que lo sucediera como Guardiana del Sílex. Quizá Scagga consideraba que ese título debía ser suyo y se sentía injustamente ignorado. La influencia de Ani había crecido más aún desde que su hija era la suma sacerdotisa. Además, la actitud beligerante del hombre le granjeaba pocas amistades.

Keff se le acercó y se sentó a su lado.

—Bueno, ¿Joia lo conseguirá? —preguntó.

—O morirá en el intento —contestó ella. Miró hacia el oeste y vio que el sol empezaba a ponerse—. Aunque ya le queda poca luz.

—Se necesitan más personas como tu hija. A veces contraría a los demás, pero prueba cosas nuevas, y ese tipo de gente es esencial. Evita que nos volvamos vagos y complacientes.

—Me alegra que pienses eso —dijo Ani con sinceridad. Agradecía que se reconocieran las fortalezas de su hija.

Los espectadores empezaron a dispersarse para llevar a los niños a casa y acostarlos. Scagga se acercó con aires de vencedor.

—No está aquí, ¿verdad? Ni ella ni la piedra gigante.

—Lo estará —aseguró Ani con frialdad.

—Ya os dije que era imposible.

—Sí, te oímos todos.

—Bueno, pues a lo mejor la próxima vez deberíais prestarme más atención.

—Yo siempre te presto atención, Scagga.

—Ya...

El hombre se alejó y, poco después, se marchó con su familia.

Chack y Melly apagaron con gesto frustrado el fuego que ardía bajo los espetones.

—La carne aún estará caliente por la mañana —dijo Chack.

—Pero no tan rica —repuso Melly.

Keff se levantó, aunque guardó silencio un momento.

—¿Cuándo crees que llegará? —preguntó al fin.

Ani también se puso en pie.

—Ahora mismo, no tengo la menor idea —contestó.

Los voluntarios estaban agotados y la piedra avanzaba muy lentamente. Sabían que no llegarían al Monumento ese día y eso los tenía descorazonados. Cuando cayó la noche, soltaron las cuerdas y se tumbaron donde se habían detenido, demasiado cansados para buscar siquiera un lugar cómodo donde dormir.

A Joia no le habría extrañado que algunos se rindieran y desaparecieran, de vuelta a sus casas, pero había oscurecido y necesitaban reponer fuerzas.

Lo más frustrante de todo era lo cerca que se encontraban. Quedaba muy poco para que la pista se apartara del río y enfilara hacia la llanura. Su destino no se hallaba lejos. Casi lo habían conseguido.

—Sé que es peligroso correr en la oscuridad —le dijo a Boli, una corredora alta, delgada y de pantorrillas musculosas—, pero ¿sabrías llegar a Aguacurva a paso ligero?

—Claro —aseguró Boli—. La noche está estrellada y no hay nubes.

—Necesito que le lleves un mensaje a mi madre.

—Eso es fácil, sé dónde vive Ani.

—Dile que estamos bien, que nos hemos retrasado pero que llegaremos al Monumento mañana temprano.

—Mañana temprano.

—Pero ve con cuidado, no te apresures, mira dónde pones los pies.

—De acuerdo.

—A mi madre no le importará que la despiertes.

—Bien.

Boli partió de inmediato.

Joia se tumbó junto a Dee.

—Qué lástima que haya acabado así —se lamentó.

—No te desanimes. Has hecho algo increíble. Nadie más se lo habría planteado siquiera.

—Pero necesitaba que esto fuera un triunfo. Incluso tenía preparado el discurso de la victoria. Ahora, en cambio, nuestra demora se considerará un fracaso. Ya sabes cómo es la gente.

Dee le cogió la mano.

—Ojalá pudiera animarte.

—Gracias por intentarlo.

Joia cerró los ojos y se durmió entrelazando los dedos con los de Dee.

Ani despertó en plena noche. Al volverse hacia la entrada de la casa, vio recortada contra el cielo estrellado la delgada silueta de Boli, la corredora.

—Ah, hola —la saludó. Joia no había conseguido llegar el día anterior y un escalofrío le recorrió el cuerpo al comprender que quizá Boli traía malas noticias—. ¿Qué ocurre?

—Joia dice que va todo bien.

—Gracias a los dioses.

—Nos han retrasado, pero quería que supieras que llegarán temprano por la mañana.

—Perfecto. Esta mañana, temprano. Haré correr la voz.

Luego volvió a dormirse.

Joia abrió los ojos con la primera luz del día. Temerosa de que los voluntarios tardaran más de la cuenta en levantarse, se paseó entre ellos para ir despertándolos a todos, que se pusieron en pie y se frotaron los músculos doloridos.

No había nada para desayunar, lo único que tenían era agua del río, por lo que todo el mundo estaba de mal humor.

—¡En el Monumento nos espera un buen asado de carne! —exclamó Joia—. ¡Estamos muy cerca!

Algunos se animaron, y ella realizó un atento repaso en busca de desertores, pero vio que estaban todos.

Cuando salió el sol, agarraron las cuerdas a regañadientes.

—¡Este es nuestro día triunfal! —anunció Joia, aunque nadie respondió. Supuso que solo querían terminar con aquello cuanto antes—. ¡Muy bien! —vociferó—. ¡Preparados..., coged fuerzas..., tirad!

La leve pendiente en la que descansaba el trineo les permitió moverlo a la primera, cosa que la animó.

La pista de Seft dibujaba una amplia curva hacia el oeste que se adentraba en la Gran Llanura y luego torcía hacia el sur para subir una cuesta suave.

Joia oyó un murmullo distante que le recordó vagamente al rumor de una multitud.

Los voluntarios echaron los restos tirando de las cuerdas para hacer subir la piedra por la pendiente. Joia temió que flaquearan justo entonces, tan cerca del objetivo, pero continuaron adelante.

Salvaron el desnivel y vieron el Monumento ante ellos.

—¡No os paréis! ¡No os paréis! ¡Ya falta poco! —gritó Joia ante las exclamaciones de alivio y alegría de los voluntarios.

Daba la impresión de que se había reunido una gran cantidad de gente tanto alrededor del Monumento como en todo el terraplén. Cuando la piedra estuvo más cerca, algunas personas echaron a correr hacia los voluntarios y se oyeron gritos de júbilo. Joia se animó. Pese a que se habían retrasado un día, había gente esperándolos para darles la bienvenida.

De hecho, conforme se acercaban, comprobó que se contaban por cientos. No solo estaba Aguacurva al completo, sino que había muchísimas personas más. Casi era demasiado bueno para ser cierto.

La avanzadilla del grupo de bienvenida llegó junto a los voluntarios y quisieron saludarlos con besos y abrazos.

—¡No os paréis! —repitió Joia—. ¡Aún no hemos llegado!

Algunos de los que se habían acercado asieron las cuerdas con intención de ayudar... o, quizá, de poder contar algún día la historia de cómo habían contribuido a llevar la piedra al Monumento. Varios voluntarios se hicieron a un lado, agradecidos, y dejaron que agarraran los cabos. La preocupación se apoderó de Joia unos instantes: ¿y si los recién llegados no tenían la fuerza y la resistencia —o las puras agallas— necesarias para realizar la tarea? Sin embargo, la piedra no se detuvo.

Joia recorrió el último centenar de pasos de la pista de Seft al frente de la comitiva, con la barbilla alzada. Lo había hecho posible y estaba orgullosa, y los condujo a través de la entrada bajo una lluvia de ovaciones desaforadas.

Siguió la vía hasta el hoyo que Seft había preparado y se volvió para detener el trineo en el momento justo.

—¡Sois unos héroes! —gritó a pleno pulmón.

La multitud estalló en vítores.

Chack, Melly y casi toda su gran y extensa familia aparecieron con cestos de carne asada, aún caliente, sobre la que se abalanzaron los hambrientos voluntarios. La gente se aglomeró alrededor de Joia con intención de felicitarla, y luego corrió a abrazar y besar a los valientes, que se deleitaron con la adulación, olvidando los músculos doloridos y el malhumor con el que se habían levantado. Joia oía fragmentos de conversaciones aquí y allá.

—Creía que no la moveríamos nunca...

—Tenía tanto calor que me tiré al río...

—Esa noche Janno se acostó con tres chicas y por la mañana no se aguantaba en pie...

Ya se empezaban a contar las historias, ciertas o exageradas, que convertirían su viaje en una leyenda.

—Deberíamos levantar la piedra ahora, mientras todo el mundo mira —le comentó Joia a Seft cuando el entusiasmo empezó a decaer y todo el mundo hubo saciado el hambre.

—No está debidamente labrada —repuso él—. Le he dedicado un tiempo, pero aún le falta. ¿No podemos posponerlo?

—No —contestó Joia con rotundidad—. No tendría el mismo efecto.

—Cierto. De acuerdo, ya la trabajaremos más adelante.

Ayudado por los manos diestras, Seft desató las cuerdas que sujetaban la piedra al trineo, pero no las que envolvían la piedra en sí.

—Si la hemos situado bien, debería deslizarse ella sola y caer justo en el hoyo —explicó.

Joia convenció a los voluntarios para que tiraran una vez más de las cuerdas de sujeción. La multitud guardó silencio mientras la piedra, con una lentitud majestuosa, se desplazaba sobre el trineo. Cuando llegó al borde de este, empezó a inclinarse. Continuaron tirando, el extremo grueso de la gran roca se venció ligeramente y una cuarta parte de ella quedó dentro del hoyo.

A continuación, había que erguirla y, como con muchos de los desafíos con los que se habían topado a lo largo de los últimos tres días, sabían cómo hacerlo. Seft desató el gigante de piernas largas que había viajado montado en la piedra todo el camino. Tem y él lo colocaron en posición y dispusieron la cuerda para que los voluntarios la agarraran. Seft y Tem levantaron el gigante, los voluntarios tiraron y la gran piedra se enderezó lentamente.

La multitud profirió un suspiro de admiración cuando su verdadera altura se hizo evidente. Nunca habían visto nada parecido.

Otros voluntarios se apresuraron a rellenar el hoyo con tierra y apisonarla todo lo que pudieron. Al terminar, se apartaron y la gente aplaudió.

Joia contempló lo que había hecho con un silencio reverente. Allí, rodeada de espectadores, la piedra parecía más grande incluso y las personas eran meros enanos, o puede que adoradores, como si se tratara de algo divino.

Era el momento ideal para lanzar un discurso.

Se encaramó al trineo a fin de que pudiera verla más gente. Cuando la multitud comprendió que pretendía dirigirse a ellos, guardaron silencio e hicieron callar a los vecinos que continuaban hablando. Joia paseó la mirada en torno a ella y divisó a Shen, el acólito de Troon, que informaría a su jefe de todo cuanto se dijera e hiciera ese día. «Adelante —pensó Joia—. A Troon le sentará como una patada en el estómago».

Finalmente se hizo el silencio.

—Ha sido duro —arrancó al fin, imprimiendo fuerza y gravedad a su voz.

Los voluntarios respondieron con un murmullo de asentimiento.

—Hemos bregado bajo el sol. Hemos hecho frente al desánimo. Hemos temido el fracaso.

—¡Sí! —gritaron todos.

—Pero lo hemos conseguido. —Joia hizo una pausa—. ¿Queréis conocer a gente fuerte? ¿A gente valiente? ¡¿A gente que no se rinde nunca?! —Notó que las lágrimas le resbalaban por las mejillas, señaló a los voluntarios y su voz se estremeció con una emoción inesperada—. ¡Ahí los tenéis! —gritó—. ¡Este es el gran pueblo de la Gran Llanura!

La multitud la ovacionó.

Joia bajó un poco la voz.

—Hoy los dioses están complacidos con nosotros.

El público volvió a prestarle atención.

—Hemos honrado al dios Sol, y creo que el dios quiere ver más piedras en el Monumento. Hoy, en el óvalo central se alzan una piedra y nueve postes de madera. El año que viene... —Hizo una pausa para darle mayor énfasis—. El año que viene, amigos y vecinos, ¡el dios quiere ver diez piedras!

Un murmullo asombrado recorrió la multitud.

—Eso significa que, después de la Ceremonia del Solsticio de Verano del año que viene, ¡traeremos otras nueve piedras gigantes al Monumento!

Poco a poco, el rumor fue acrecentándose a medida que las personas reaccionaban a lo que acababan de oír y lo comentaban con quienes tenían al lado. En ese momento, Joia reparó en Seft: estaba boquiabierto, completamente atónito. No había advertido a nadie de todo aquello.

—¡Difundid la noticia! —exclamó—. ¡El año que viene queremos ver a mucha más gente en la Ceremonia del Solsticio de Verano! Todos los habitantes de la Gran Llanura con sed de aventura, y muchos otros de lugares más lejanos, acudirán a la celebración. Asistirán a la ceremonia del amanecer, comerciarán, festejarán con nosotros y, a la mañana siguiente, todos partiremos de nuevo hacia el valle de las Piedras. —Necesitaba que se comprometieran—. ¿Estáis conmigo?

Se oyó un rotundo «¡Sí!».

Joia sintió que la inspiración se apoderaba de ella.

—¿Complaceremos al dios Sol?

—¡Sí! —gritaron con más fuerza aún.

—¿Iremos de nuevo al valle de las Piedras?

En esa ocasión se sumaron los voluntarios:

—¡Sí, sí, sí!

—¿Traeremos nueve piedras? ¡¿Nueve piedras?!

—¡Sí! —rugió todo el mundo en respuesta.

Continuaron ovacionándola mientras bajaba de la plataforma, estremecida por la emoción. El aplauso continuó. Se los había ganado. Se sentía mareada de éxito cuando vio a Dee delante de ella y creyó desfallecer, el mundo se volvió borroso y se precipitó hacia delante. Segura de encontrarse entre los fuertes brazos de Dee, perdió el conocimiento.

Joia se recuperó deprisa y la vida volvió a la normalidad a una velocidad que le resultó un tanto decepcionante. Cerca del mediodía, Dee le preguntó si podía compartir la comida con las sacerdotisas.

—Me gustaría saber más cosas sobre ellas —se explicó.

—Por supuesto, como gustes —dijo Joia.

Se sentaron en el suelo del comedor y disfrutaron de la

carne fría que había sobrado del desayuno de los voluntarios, que acompañaron con las verduras que abundaban en verano. Dee tenía a un lado a Bet, una chica menuda y de cara redonda que siempre parecía contenta.

—¿Por qué te hiciste sacerdotisa, Bet? —le preguntó.

—De niña, me gustaba ver a las sacerdotisas cantar y bailar en las ceremonias —contestó la joven—. Cuando fui un poco mayor, mi padre murió y mi madre encontró a otro compañero con el que yo no me llevaba nada bien.

—Y ahora bailas y cantas con ellas.

—Si te soy sincera, no tengo un don natural para esas cosas.

Las otras sacerdotisas protestaron.

—Pero si se te da muy bien —aseguró una.

—Bueno, he mejorado.

—¿No te aburres haciendo lo mismo todos los días? —continuó preguntando Dee.

—¡No! Es difícil recordar las canciones. Tenemos cientos. Joia las conoce todas, y Sary también, pero yo aún estoy aprendiéndolas..., y eso que llevo aquí cinco solsticios de verano.

Dee se volvió hacia Sary.

—¿De verdad te sabes cientos de canciones?

—Sí, claro —contestó la interpelada con un tono cortante muy poco propio de ella—. En eso consiste ser sacerdotisa.

A Joia le sorprendió su brusquedad y se preguntó si Dee habría hecho algo que la hubiera ofendido, aunque no conseguía imaginar de qué podría tratarse.

En cualquier caso, la joven pastora no pareció percatarse.

—Y todas debéis de sentiros bendecidas por el dios Sol.

—Eso esperamos —contestó Bet.

Bax, la minera de sílex, entró en la estancia.

—Perdonad que os interrumpa. He venido a despedirme de Dee. Me vuelvo a casa.

La joven se levantó.

—Te acompaño un trecho. —Miró a las sacerdotisas—. Gracias a todas por compartir la comida conmigo. —Se volvió hacia Joia—. Nos vemos esta noche.

En cuanto salieron, las demás se dispersaron para dedicarse a sus quehaceres.

Fuera del comedor, Sary se enfrentó a Joia.

—¿Podemos hablar un momento?

—Por supuesto.

«Ahora sabré por qué ha estado tan antipática con Dee», pensó Joia.

—Si Dee se hace sacerdotisa, ¿la nombrarás segunda suma sacerdotisa en lugar de a mí?

La pregunta la sorprendió.

—¿Por qué crees que va a hacerse sacerdotisa?

—¿Por qué crees tú que ha venido a comer con nosotras?

Joia estaba perpleja.

—Bueno, nunca ha dicho nada sobre que quisiera ser sacerdotisa.

—Todo el mundo lo ve, menos tú. Ha estado durmiendo a tu lado todas las noches.

—No sé qué tiene que ver eso con lo demás.

—¿Ah, no? ¿Por qué ha dicho que os veríais esta noche?

—Porque iremos a cenar con mi madre.

—¿De verdad?

Joia se hartó de aquello.

—Mira, Sary, eres la segunda suma sacerdotisa y eso seguirá siendo así, se una a nosotras quien se una. Eres buena en lo que haces y una muy buena amiga. Discúlpame si he hecho algo que te haya inducido a pensar que eso iba a cambiar, porque no es así.

—Muy bien.

—Me crees, ¿no?

—Supongo.

—Entonces ¿me das un abrazo?

Sary se acercó a ella y se abrazaron.

Joia fue a casa de su madre. Aún no había tenido ocasión de hablar tranquilamente con ella, a quien encontró limpiando el interior de una piel de oveja. Para ello usaba un raspador de madera, ya que con uno de piedra se arriesgaba a rasgarla. Se sentó a su lado, disfrutando de poder descansar bajo el sol del verano.

Mientras su madre trabajaba, Joia le contó lo que había ocurrido durante la misión. Al repasar lo sucedido, se dio cuenta de lo sorprendente que era todo lo que habían conseguido. Habían ido solucionando los problemas a medida que aparecían, pero no fue hasta que los enumeró uno detrás de otro cuando comprendió la magnitud de las dificultades a las que se habían enfrentado.

—Has sido muy lista —comentó Ani.

—En realidad, el mérito es de Seft, es a él a quien se le ocurren maneras nuevas de hacer las cosas en las que nadie ha caído antes. Yo solo procuraba dar ánimos a los voluntarios.

—Y quizá eso haya sido lo más importante de todo.

Joia se tumbó boca arriba. Qué placer poder estar tranquila y no tener que ir a ninguna parte ni tirar de ninguna cuerda... Cerró los ojos.

—No creo que fuera lo más importante de todo —repuso—, pero importante ha sido.

Ani dijo algo que ella no oyó bien, pero daba igual. Estaba sumamente cansada y el sol era un manto cálido. Los ojos se le cerraron enseguida.

Su madre la despertó zarandeándola con delicadeza.

—¡Has dormido toda la tarde! —dijo.

—¿En serio? —Por un momento, Joia se sintió confusa. Miró el cielo y vio que ya anochecía—. ¿Cómo es que he dormido tanto?

—Porque estás agotada. Dee está aquí.

Volvió la cabeza y vio que la pastora le sonreía.

—Dormías como un bebé —dijo la joven.

Joia se incorporó, temiendo haberse saltado alguna de sus obligaciones, hasta que recordó que la misión había terminado y no tenía que atender ningún deber, al menos ese día. Podía relajarse.

Su madre había guardado la piel de oveja y estaba removiendo una olla en el borde de un fuego. Joia olió la acedera y la carne de oveja. Estaba feliz. Las tres comerían y charlarían cuanto les apeteciera. No se le ocurría nada mejor.

Ani fue a por unas cucharas y unas escudillas en las que sirvió el guiso: carne y unas pequeñas zanahorias blancas.

—Supongo que te hiciste pastora porque tus padres ya lo eran —comentó la mujer cuando acabaron, dirigiéndose a Dee.

La joven asintió.

—Tanto mi madre como mi padre murieron cuando yo

era una niña. Solo había visto doce solsticios de verano cuando me quedé a cargo de mi hermano pequeño.

Joia ignoraba todo eso.

—¡Debió de ser muy duro!

—Bueno, sabía cuidar ovejas, que era lo importante.

—¿Los vecinos no os echaron una mano? —preguntó Ani.

—Un poco, pero los pastores no tienen grandes lazos de vecindad. Viven alejados unos de otros y, de todas maneras, suelen ser gente bastante solitaria. Pero mi abuelo me ayudó. Es pastor. Joia lo conoce.

—¿Y ahora?

—Vivo con mi hermano y su compañera, y cuidamos juntos las ovejas.

—¿Cómo es la compañera de tu hermano?

Ani solía abordar a la gente de esa manera, pero, por lo general, sus preguntas no incomodaban a nadie. Tenía una forma de hacerlo que los desarmaba. Además, nunca los juzgaba, sino que se sentían halagados por su interés.

—Me llevo bien con ella —contestó Dee—, aunque a veces creo podrían apañárselas con el rebaño sin mí. Hasta hace unos años, mi hermano era responsabilidad mía, pero ahora ya no me necesita.

—¿Tienen hijos?

—Una niña pequeña.

Otra cosa que Joia desconocía.

Quería saber más, pero Dee le preguntó a Ani por su vida, y la mujer le habló de las muertes de Olin y de Han, y le contó todo lo que implicaba ser uno de los sabios. La velada pasó deprisa y, con la llegada de la noche, las tres mujeres se tumbaron a dormir en la casa.

Joia repasó la conversación y concluyó que algo inquietaba a Dee: creía que ya no la necesitaban en su propia casa y quizá quería emprender una vida nueva.

¿O solo eran imaginaciones suyas, porque era lo que ella deseaba?

Dee volvería a su hogar por la mañana y Joia tenía la sensación de que, de alguna manera, en esos últimos cinco días triunfales había perdido una oportunidad importante.

—Te acompañaré hasta el río —le dijo después del desayuno, que consistió en las sobras frías de la cena.

Atravesaron el poblado, que empezaba a despertar con la primera luz del alba. Joia deseaba decirle miles de cosas a Dee, pero no sabía cómo hacerlo. Llegaron al inicio del largo camino que conducía a Rioalto y más allá, y allí se detuvieron para despedirse.

—No vienes a todas las ceremonias —comentó Joia, desesperada.

—Mi hermano solía traer corderos para intercambiar el día del solsticio de verano, pero ahora prefiere quedarse en casa con la pequeña.

—Entonces ¿el año que viene vendrás tú?

—¿Quieres que venga?

—Sí, claro que quiero —contestó Joia con fervor.

Dee sonrió.

—Entonces vendré.

—¿Me lo prometes?

—Te lo prometo.

Dee depositó un suave y tierno beso en sus labios, mucho más largo de lo que esperaba Joia, quien habría querido que no acabara nunca. Sin embargo, Dee apartó su rostro.

—Adiós, querida Joia —dijo.

—Hasta el año que viene —repuso Joia, aunque le parecía una eternidad.

Dee dio media vuelta y echó a andar, y ella la siguió con la mirada hasta que desapareció tras una curva.

29

Los habitantes de Los Cultivos ardían en deseos de saber cómo había concluido la misión de Joia. Varios agricultores jóvenes se habían unido a los voluntarios, y sus padres, sus mujeres y sus hijos esperaban a recibir noticias.

Los primeros en regresar fueron los Cachorros, pero su relato no era concluyente. Dijeron que habían dañado tanto la pista que era imposible que el trineo hubiera conseguido llegar al Monumento. Nadie estaba seguro de si creerlo o no.

Después llegó Shen. En el trayecto a través del poblado en dirección a la casa de Troon fueron siguiéndolo lugareños que acabaron formando una pequeña comitiva. Pia se sumó a ellos, junto con Yana y Olin.

Troon y Katch salieron de su casa para recibir a Shen.

—Lo ha logrado —informó este—. Ha llevado la piedra al Monumento, y allí está, en pie, para todo el que quiera verla. Y, cielos, realmente es la piedra más grande del mundo.

Troon maldijo.

—¿Dónde está ese idiota de Narod? —preguntó, mirando alrededor.

Narod se encontraba entre los presentes y no podía esconderse debido a su estatura.

—¡Me dijiste que habías detenido su avance! —vociferó Troon.

—¡Destrozamos la pista! —protestó Narod.

Troon miró a Shen.

—Destrozaron parte de la pista —puntualizó este—. Los voluntarios la arreglaron. Eso los retrasó un día, pero a nadie le importó.

—Queríamos destruir el trineo —dijo Narod, indignado—. Eso habría desbaratado sus planes. Pero estuvo vigilado en todo momento. Esperamos hasta la mitad del último día y supimos que no tendríamos ocasión de hacerlo, así que decidimos destruir la pista.

—Stam no se habría conformado con un acto de vandalismo tan insignificante —le espetó Troon—. Eres patético. Fuera de mi vista.

Narod desapareció.

—Quiere volver a hacerlo el próximo solsticio de verano. Dice que entonces trasladará nueve piedras.

Pia sintió un arrebato de satisfacción. ¡Qué gran mujer era Joia!

—Eso es intolerable —replicó Troon—. Una piedra gigante es una atracción enorme, pero nueve serán la maravilla del mundo. La gente acudirá a verla desde… —agitó vagamente una mano en el aire—, desde más allá del agua. Los ganaderos volverán a predominar. A nosotros, los agricultores, se nos considerará igual que a los habitantes de los bosques: una comunidad insignificante. Este año vino muy poca gente a nuestra celebración del solsticio de verano…, ¡y el año que viene no vendrá nadie! —Hizo una pausa para tomar aire—. Esa mujer… quiere ostentar el poder. Quiere ser el Gran Hombre de la Gran Llanura.

—La Gran Mujer —murmuró Pia al oído de Duff.

—Bien, pues se lo impediremos —prosiguió Troon. Respiraba con dificultad, como si acabara de correr—. Disponemos de un año para prepararnos. La próxima vez no enviaré a un puñado de críos bravucones. —Daba la impresión de estar a punto de anunciar un plan, pero se refrenó—. Tendremos que pensar en una alternativa.

Ani había acumulado un montoncito de retales de cuero y decidió confeccionar una bolsa con ellos. Ayudándose de un cuchillo de sílex, los cortó en tiras de la anchura de un dedo de bebé. Luego colocó un leño grueso en posición vertical y pasó por encima varias de las tiras. A continuación tenía que entretejer el resto de las tiras con las que estaban en el leño, y acababa de ponerse manos a la obra cuando percibió que alguien la miraba. Alzó la vista y se encontró con los ojos de batracio de Scagga, que la escrutaba con un cisne muerto al hombro, sujeto por el cuello.

Su presencia la irritó.

—Ve a molestar a otra, ¿quieres?

Él obvió su pulla.

—Dudo que volvamos a oír hablar de las nueve piedras.

Ani deseaba que se marchara, pero, pensándolo mejor, le pareció más sensato averiguar qué pretendía decir y le siguió la corriente.

—¿Por qué crees eso, Scagga?

—Pronto lo sabrás. Muy pronto.

Probablemente estaba reservando sus argumentos para los sabios, pero daba la impresión de morirse de ganas de desvelarlos.

—Ah, bueno, te lo estás inventando —dijo Ani para provocarlo.

—No me lo invento. Tú misma podrías deducirlo si tuvieras dos dedos de frente.

—Sí, claro.

Scagga fue incapaz de mantener la boca cerrada más tiempo.

—Tardó cinco días en traer la piedra al Monumento.

—Todo el mundo sabe eso, Scagga, y a nadie le importa que llegara con un día de retraso. Lo que hizo fue heroico.

—Pero tardó cinco días —insistió él—, y ahora quiere traer nueve piedras. Para eso se necesitarán nueve veces cinco días. ¡Toda esa gente no podrá trabajar durante la mitad del verano!

Ani no había caído en eso. No sabía calcular cuánto era nueve veces cinco —tendría que preguntárselo a Joia—, pero le sonó a muchísimo tiempo, demasiado para que los ganaderos más fuertes lo pasaran lejos de sus animales. Estaba casi segura de que los sabios no lo consentirían, lo cual era preocupante.

—Puede que Joia tenga otro plan —dijo.

Scagga soltó una risotada desdeñosa.

—Pero tú no sabes en qué consiste, ¿verdad? Salta a la vista.

—No, no lo sé, pero lo averiguaré antes que tú.

—Hum... —Scagga se alejó a grandes zancadas, haciendo rebotar las alas inertes del cisne muerto contra su espalda.

Ani pensó en lo que acababa de oír y lo consideró tan grave que creyó que Joia debía saberlo de inmediato. Recogió la bolsa inacabada, el leño con el que estaba confeccionándola y el cuchillo, lo guardó todo en su casa y se encaminó al Monumento.

Desde las afueras de Aguacurva se alcanzaba a ver la piedra nueva. Sobresalía del terraplén, gris, inmensa, y sin duda era visible incluso desde más lejos.

A Ani se le ocurrió de pronto la posibilidad de que Joia pasara el resto de su vida reconstruyendo el Monumento en piedra, y no le pareció nada mal: su hija siempre necesitaría algún empeño en el que invertir esa energía inagotable.

Se preguntó cómo encajaría Dee en ese futuro. No era de extrañar que Joia se hubiese prendado de ella; tenía un atractivo impactante. No había muchas personas tan inteligentes como su hija, pero Dee se contaba entre ellas. Además, era agradable y amable, y se reía mucho. Ani no tenía la menor duda de que su hija estaba profundamente enamorada de Dee, aunque si la propia Joia lo sabía era otra cuestión. También sospechaba que ese amor era correspondido. La perspectiva de que se hicieran pareja la alegraba: Joia merecía ser amada por alguien que supiera lo especial que era, disfrutar de un amor sano y longevo. Y la consolaba saber que ese alguien la cuidaría cuando ella ya no estuviera.

La encontró en el comedor, supervisando los preparativos de la comida del mediodía de las sacerdotisas. Parecía feliz, y Ani pensó que era maravilloso ver a una hija tan contenta.

Joia dejó a Sary al cargo y acompañó a su madre afuera. Juntas accedieron al Monumento y se dirigieron a la piedra gigante. Ani acarició su fría superficie y, notando sus protuberancias y sus concavidades, se preguntó por qué el dios Tierra la habría puesto en el valle de las Piedras. Quizá fuera para que Joia pudiera encontrarla. Era imposible comprender los motivos de los dioses.

Ani le contó lo que le había dicho Scagga, y Joia se inquietó.

—Si te soy sincera, ni siquiera había pensado en eso —dijo—. Cuando llegamos, la gente nos brindó tanto apoyo que imaginé que aceptarían cualquier cosa.

—Y lo habrían hecho… ese día —convino Ani—, pero ese grado de entusiasmo siempre acaba por desvanecerse.

—Supongo que sí, y no podremos seguir adelante con nuestra misión si los sabios se oponen a ella.

Hubo un momento de silencio mientras ambas asimilaban esa realidad. El proyecto de Joia de reconstruir el Monumento en piedra podría fracasar, a pesar de que la primera descollaba triunfal sobre ellas en ese momento.

—Supongo que sabes contar nueves veces cinco días —dijo Ani.

—Cuarenta y cinco. Pero no acepto sus suposiciones. No haremos que las mismas doscientas personas muevan una piedra tras otra… Se tardaría demasiado. Scagga tiene razón en eso.

—Entonces ¿cuál es la solución?

Joia se quedó pensativa.

—Necesitaremos varios equipos, pero es algo factible. Estoy segura de que el año que viene conseguiremos a muchos más voluntarios. Correrá la voz y lo que hicimos llegará mucho más allá de la Gran Llanura. Habrá como mínimo mil voluntarios.

Ani no sabía qué era «mil».

Joia siguió calculando.

—Si tuviéramos seis equipos y los primeros tres regresaran para un efectuar un segundo traslado, podríamos desplazar nueve piedras en nueve días. Pongamos diez, por si surge algún imprevisto, aunque no debería ser el caso, ahora que ya lo hemos hecho una vez y hemos aprendido tanto.

—Diez días es una semana de trabajo. Eso podría ser aceptable para los sabios.

—Bien.

—Pero ¿estás segura de que tanta gente se presentará voluntaria? Yo no sé contar como tú, pero me da la impresión de que necesitarás algo así como la mitad de la población capaz de la Gran Llanura.

—Más o menos, sí, pero también contaremos con gente que vendrá de fuera de la llanura.

—Eso es muy optimista —opinó Ani.

—Lo sé —reconoció Joia.

Después de comer, Joia congregó a las sacerdotisas más nuevas en el Monumento para enseñarles un cántico que versaba sobre el número doce. Una semana entera estaba formada por doce días, diez de trabajo y dos de descanso. El cántico giraba en torno a cuántos días había en dos semanas, y en tres, y así hasta treinta.

La lección quedó interrumpida por la llegada de Seft. Estaba iracundo, algo nada propio de él, e irrumpió con brusquedad en el círculo con el rostro encendido.

—¿Qué es esa estupidez de nueve piedras en diez días? —exigió saber.

Joia no se sintió intimidada. Conocía a Seft desde que tenía dieciséis solsticios de verano y estaba perdidamente enamorado de su hermana Neen.

—Madre mía, qué deprisa ha corrido el rumor —dijo—. ¿Quién te lo ha dicho?

—Tú no, está claro, aunque deberías haber hablado conmigo antes que con nadie más. —Estaba dolido de verdad.

Joia les dijo a las sacerdotisas que se fueran y que acabarían la lección más tarde.

—Lo siento —se disculpó—. Lo hablé con mi madre porque vino a contarme lo que Scagga andaba diciendo. No lo he comentado con nadie más.

Seft no se aplacó.

—Has dado a la gente la impresión de que contabas con mi conformidad. Quedaré como un imbécil cuando tengamos que confesar que no es posible hacerlo.

—¿Por qué estás tan seguro? La primera vez aprendimos tanto que la segunda todo irá más rápido. Recuerda, por ejemplo, el gigante de dos patas que construiste para poner la piedra en pie…

—Cierto, pero, aun así, no podemos trasladar nueve piedras en diez días.

Esa palabra, «cierto», era una concesión, un indicio de que empezaba a ablandarse. Joia sabía que la manera de convencer a Seft era hacerle pensar en la parte práctica del problema.

—Discutámoslo un poco, al menos. Supón que contáramos con seis equipos.

—¿Qué? ¿Seis equipos del mismo tamaño que el que hemos tenido este año? ¿Tanta gente hay en la Gran Llanura?

—En la Gran Llanura hay el doble de eso. Y vendrán más de otras partes.

—Pero ¿y si no conseguimos a tantos?

—Si no conseguimos a tantos, Seft, haremos lo que podamos con los que tengamos. En el peor de los casos, traeremos algunas piedras gigantes al Monumento y confiaremos en que nos vaya mejor al año siguiente.

—De acuerdo, siempre y cuando no empecemos a hacer promesas ridículas.

—Vamos a calcularlo. El Día Uno, todos los equipos se dirigen al valle de las Piedras. El Día Dos, se levantan tres piedras y se colocan en los trineos... Tendrás que confeccionar alguno más. Luego se inicia su desplazamiento. Llegan al Monumento en momentos diferentes, pero la última lo hace al anochecer del Día Cuatro. El Día Cinco es de descanso.

—Vale, hasta ahí parece viable.

—El Día Seis, los equipos vuelven al valle de las Piedras. El Día Siete, se trasladan otras tres piedras, que llegan al anochecer del Día Nueve.

—Eso son seis piedras.

—Los otros tres equipos trabajan justo un día después que ellos, y sus piedras llegan al Monumento a final del Día Cinco. Ellos no tendrán que volver al valle de las Piedras para repetir la operación, pero no me sorprendería que decidieran ir por voluntad propia a ayudar a los demás.

—Tienes que contar con los posibles imprevistos.

—He añadido un día más. Mi plan es que todas las piedras estén en el Monumento el Día Nueve, pero he dicho que necesitaremos diez.

Aunque era evidente que a Seft no le parecían suficientes, a esas alturas su espíritu combativo ya se había aplacado.

—No estoy seguro de que los sabios vayan a aprobar eso —dijo con voz débil.

—Solo hay cinco personas que cuentan en la asamblea de sabios —repuso Joia—. Scagga y Jara se opondrán, mi madre y Kae nos apoyarán, y será Keff quien acabe tomando la decisión. Todos los demás se alinearán con él.

—Sí, yo también lo creo, pero ¿cómo nos ayuda eso?

—Significa que tenemos que convencer a Keff antes de la asamblea.

Seft asintió con la cabeza.

Joia sabía que era extraordinariamente astuto con las cuestiones físicas, pero sorprendentemente poco imaginativo en lo tocante a la relación con otras personas. Por fortuna, ella podía encargarse de esa parte.

—Deberíamos ir a ver a Keff ahora mismo —sugirió.

Eso lo pilló por sorpresa; sin embargo, ya estaba acostumbrado al ansia de Joia de hacer las cosas cuanto antes.

—De acuerdo —accedió.

Dejaron el Monumento y encontraron a Keff fuera de su casa, en Aguacurva. Cuando llegaron, el hombre se afanaba en afilar una piedra de sílex. Era una habilidad que la mayoría de los adultos dominaban, porque todo el mundo utilizaba herramientas de sílex y era preciso afilarlas con frecuencia. Sin embargo, la operación requería concentración. En ese instante, Keff colocaba con cuidado la punta de un asta cerca del borde de la piedra y apretaba con fuerza, inclinándose sobre ella. Del sílex se desprendía entonces una lasca perfecta que dejaba el borde más fino. Era una técnica que se conocía como «talla por presión».

Keff alzó la mirada, vio a Joia y sonrió.

—Hemos venido a pedirte tu opinión sobre algo —dijo ella con tacto.

Lo que en realidad quería era convencerlo de su propia opinión, pero de ese modo le haría creer que precisaban de su sabiduría.

—Sentaos —les ofreció él—. Espero que no os importe que siga con mi trabajo.

Ambos tomaron asiento.

—Estamos pensando en cómo continuar con la construcción del Monumento de tal modo que el impacto sobre las labores normales de los ganaderos sea el mínimo posible —le compartió Joia.

Keff arrancó otra lasca a la piedra.

—Es un buen comienzo.

—Nos gustaría completar la siguiente etapa en una sola semana de trabajo: diez días.

—He oído rumores. Trasladar nueve piedras en diez días parece ambicioso.

Estaba claro que Scagga ya había hablado con él.

Daba igual. Joia se inclinó hacia delante.

—Toda esta misión, reconstruir el Monumento en piedra, depende de una cosa... —dijo.

Keff la miró.

—El entusiasmo —añadió Joia, enfatizando la palabra—. Los voluntarios deben tener una sensación de logro. Deben desear hacerlo, disfrutar haciéndolo, sentirse orgullosos de haberlo hecho y anhelar hacerlo otra vez.

—Ya lo supongo —repuso Keff con frialdad, aunque Joia sabía que había captado su interés.

—Si trasladamos una piedra al año, la gente sabrá que,

mucho antes de que el Monumento esté acabado, todos habremos muerto, y nuestros hijos también. Transportar las piedras se convertirá en una tarea anual tediosa. No saldrá bien.

—¿Sobre qué querías mi opinión?

—Sobre el riesgo —contestó Joia—. Tenemos un plan para trasladar nueve piedras en diez días, y confío en conseguirlo, pero sabemos que también es posible que no lo logremos. ¿Nos arriesgamos u optamos por algo más asequible y aceptamos que ninguno de nosotros llegará a ver acabado el Monumento de piedra?

Tanto ella como Seft miraron a Keff. Hubo una larga espera. Keff mantenía la vista clavada en el sílex que había estado afilando, aunque hacía rato que había interrumpido el trabajo y estaba inmóvil.

—Tengo que pensarlo —contestó al fin.

La asamblea de sabios fue tormentosa. Cuando Ani presentó el plan de Joia, Scagga se mofó de él, mostrándose incluso más insultante y desdeñoso que antes. Jara, su hermana, parecía abochornada. Keff le ordenó en dos ocasiones que fuera respetuoso.

El debate siguió el curso esperado: Kae respaldó a Ani; Jara, a Scagga, aunque sin mucho afán, y todos miraron a Keff.

Keff dijo a los sabios que apoyaba el plan de Joia.

Scagga estalló.

—¡Nunca me hacéis caso! Contradecís o ignoráis todo cuanto digo aquí. Estoy harto.

No era cierto. Scagga había frustrado muchos deseos de Ani en aquellas reuniones, pero en ese momento no era razonable.

—¡Scagga, por favor! —le rogó Jara.

Pero Scagga no escuchaba. Señaló a Keff con un dedo acusador.

—Quieres que Ani sea la próxima Guardiana del Sílex. Lo sé, me lo han dicho. Haces todo lo que ella quiere. Seguro que eres su amante.

Kae, que estaba sentada junto a Ani, contuvo el aliento.

Keff se puso en pie.

—No permitiré que hables en esos términos —dijo.

—No te preocupes, no vas a tener que prohibirlo. No volveréis a verme en estas reuniones. Abandono, y no pienso volver. Buscaos a otro que os ría las gracias.

Se puso en pie y se marchó.

«Hemos ganado», pensó Ani.

—Echo tanto de menos a Dee... —le confesó Joia a su madre.

—Ya lo veo —dijo Ani.

No le gustaba que sus hijas estuvieran tristes, pero aquella era una tristeza diferente, de las que podían transformarse en alegría con facilidad.

A Joia le había sorprendido una tormenta de verano y se había cobijado en su casa. A través de la puerta, ambas veían caer la lluvia.

—Me pregunto si vendrá para la Ceremonia de Otoño.

Ani negó con la cabeza.

—No tendrá nada que intercambiar en otoño. Nadie quiere lechales, el riesgo de que mueran durante el primer año de vida es demasiado alto. Todo aquel con un mínimo de sentido común hace trueque con corderos algo mayores, cuando ya han sobrevivido a un invierno y demostrado que son fuertes. No veremos a Dee ni a ningún otro pastor hasta la Ceremonia del Solsticio de Verano.

Joia asintió con la cabeza.

—Sí, dijo que entonces vendría.

—Lo hará. Parece una persona que cumple lo que promete.

—Temo que cambie de opinión.

—Es una posibilidad, pero me sorprendería mucho.

—La amo.

—Lo sospechaba.

—¿Crees que ella me ama?

—No puedo saber lo que alberga su corazón, pero yo creo que te adora.

—¿Que me adora?

—Eso es lo que me parece, sí.

—¿Por qué a mí? Debe de haber muchas personas enamoradas de ella. Cualquiera que la viera reír, con esa boca tan grande y esa melena meciéndose como las hojas de un árbol, se enamoraría de ella.

—Es muy atractiva.

—Nunca había sentido esto, mamá. Pensaba que había algo raro en mí, no entendía por qué las chicas no dejaban de hablar de besos y de sexo. Yo nunca había amado así a nadie. Ahora sé por qué la gente se obsesiona.

Ani sonrió.

—Has tardado muchísimo en llegar ahí.

—¿Era eso lo que tú sentías por papá?

—Exactamente eso.

—¿Crees que podría ser el amor de mi vida?

—Sí, no me cabe la menor duda.

La lluvia cesó. Joia miró al exterior, como si Dee pudiera estar ahí fuera.

—Espero que vuelva —dijo—. Lo espero de verdad.

30

El día de la Ceremonia de Primavera, Joia se sentía dichosa. La sequía había cesado. El verano anterior, los agricultores habían recogido la primera cosecha en cuatro años que podía considerarse como tal. El invierno había sido suave y lluvioso. En la Gran Llanura, las vacas estaban preñadas y la manada crecía de nuevo. El sol brillaba.

«Los dioses deben de estar complacidos con la piedra gigante», pensó.

El número de sacerdotisas se había duplicado. El entusiasmo que había provocado la reconstrucción del Monumento era uno de los motivos, pero también se decía que las novicias deseaban entrar en el sacerdocio por Joia, algo que ella jamás se habría atrevido a expresar en voz alta, aunque en el fondo sabía que era cierto.

Las sacerdotisas dedicaban las tardes a fabricar cuerdas, dado que cada una de las seis cuadrillas de Joia necesitaría su propio juego. Para combatir el aburrimiento, les hacía ensayar canciones mientras trabajaban.

Las ceremonias del otoño y del solsticio de invierno habían atraído a muchas más personas de lo habitual. Todo el mundo quería ver la piedra. Ese día, la asistencia superaba de nuevo la de otras ocasiones y los visitantes se contaban por cientos. Joia estaba emocionada. Su proyecto estaba consiguiendo que la gente volviera.

Además, el ambiente también había cambiado. Ya no se veían personas escuálidas ni enfermas. Ya no arrastraban los pies ni parecían asustadas. No paseaban la mirada por el suelo en busca de algo que comer: un hueso, un pájaro muerto, un cachorro. Caminaban con paso alegre, una tonada en los labios y una mirada optimista.

Era fácil diferenciar a unas comunidades de otras. Los agricultores siempre iban cubiertos de barro, los mineros mostraban abrasiones en las manos y los brazos de trabajar con piedras afiladas y los que procedían de más allá de la Gran Llanura tenían un aspecto un tanto distinto: vestían túnicas más cortas o más largas, llevaban otro tipo de calzado y lucían peinados extraños.

La vida habría sido perfecta para Joia si hubiera tenido a Dee a su lado. En cualquier caso, ya quedaba poco para la Ceremonia del Solsticio de Verano..., aunque el tiempo pasaría más deprisa si lograra dejar de pensar en ella en todo momento.

Mientras tanto, las sacerdotisas celebraron el ritual a la salida del sol acompañándolo de los cánticos y las danzas más disciplinados que había introducido Joia. Otra de las novedades de ese día era que las había animado a adornarse el pelo con plumas y había añadido al rito un sonajero —una caja de madera llena de guijarros—, que Sary agitaba de manera rítmica para que todas siguieran el compás.

También hubo un pequeño cambio en el Monumento, en este caso efectuado de noche, del que seguramente no se habían percatado la mayoría de los espectadores: contra la piedra gigante había apoyada una escalera, un tronco fino con unas muescas practicadas a los lados. La había hecho Seft.

Cuando acabó la ceremonia, en lugar de abandonar el Monumento, Joia y dos novicias corrieron a la piedra gigante y ella trepó por el tronco, usando las muescas como puntos de apoyo para las manos y los pies, mientras las novicias lo sujetaban para que no se moviera. Aunque Joia lo había ensayado cinco días antes, en cuanto Seft terminó la escalera, seguía sin tenerlas todas consigo. Pese a los esfuerzos de las novicias, el tronco se movía mucho y hubo uno o dos momentos en los que Joia creyó que no lo conseguiría. Aun así, continuó adelante, tratando de subir todo lo deprisa posible, y alcanzó lo alto de la piedra con gran alivio.

Se puso en pie y levantó los brazos ante una multitud estupefacta, que la ovacionó a voz en cuello. Se había hecho famosa, y los que no la conocían imaginaron de quién se trataba. Giró despacio sobre sí misma, con los brazos aún en alto, hasta completar un círculo. Luego, con gestos apaciguadores, trató de calmar a la multitud, que no tardó en guardar silencio.

Le asombraba tener ese control sobre tanta gente.

Joia repitió lo mismo que había dicho en las ceremonias del otoño y el solsticio de invierno: que durante la del solsticio de verano habría otra misión sagrada para la que volvería a pedir voluntarios, personas robustas, en buen estado físico y con espíritu aventurero. En esa ocasión trasladarían nueve piedras gigantes al Monumento.

—¡Decídselo a vuestros amigos y vecinos! —exclamó—. Necesitamos a mucha más gente que la última vez. Y recordad: requerirá de todas nuestras fuerzas, ¡pero será nuestro gran orgullo!

La vitorearon y ella bajó por el tronco. Las novicias la miraban con ojos encandilados, emocionadas tras haber visto la ovación extasiada que la multitud había dedicado a la mujer que las lideraba. Joia cruzó la entrada a toda prisa, ansiosa por evitar que la abordaran los admiradores, y se refugió en el comedor de las sacerdotisas.

Descansó un rato. Le sorprendía lo agotador que resultaba ser objeto de veneración. Dejó que el histerismo se calmara y salió de nuevo cuando juzgó que la gente estaría concentrada en hacer tratos con sus vecinos.

Muchos la saludaban al estilo de los ganaderos y le estrechaban la mano. El apretón formal era derecha con derecha; el informal, derecha con izquierda, mientras que el afectuoso consistía en un apretón a cuatro manos, izquierda con derecha y derecha con izquierda. La mayoría de la gente le ofrecía este último, aunque no se conocieran de nada.

Joia encontró a su madre tratando de resolver una disputa, uno de sus cometidos habituales después de las ceremonias. Un cestero quería un sílex, pero el tallador de sílex decía que el cesto no valía una de sus piedras bien afiladas. El cestero estaba indignado e insistía en el trueque. Ani intentaba explicarle que el tallador de sílex estaba en su derecho de negarse si así lo deseaba, pero el hombre no entraba en razón.

Joia la dejó con sus asuntos, siguió su camino y se topó con Seft. El compañero de su hermana había pasado el invierno en el valle de las Piedras construyendo trineos y Neen se había trasladado allí con los niños, pero habían regresado a Aguacurva a hacerles una visita. Ella tendría que devolvérsela pronto, y aprovecharía para asegurarse de que estaban llevándose a cabo todos los trabajos necesarios.

—El tronco para trepar a la piedra ha funcionado a la perfección —dijo Seft.

—Ya lo has visto. Gracias por encargarte.

—Les ha encantado cuando te has puesto de pie en lo alto. Para los que el tronco quedaba escondido, parecía que habías volado hasta allí arriba.

—A la gente le gusta creer que ha presenciado un milagro.

—Deberías repetirlo después de la Ceremonia del Solsticio de Verano.

—Por descontado.

Joia divisó a la hermana de Scagga, Jara, que se acercó cuando sus miradas se cruzaron.

—Mi hermano asistirá al próximo consejo de sabios —informó esta.

—Entonces ha cambiado de opinión —comentó Joia con sobriedad.

—Estoy de acuerdo con él en que deberíamos ser cautos, pero espero que eso no sea impedimento para que tú y yo nos llevemos bien.

¿Qué podía responder a eso?

—Yo también lo espero —contestó.

—Gracias.

Jara se alejó. A Joia le habría gustado disponer de tiempo para pensar en lo que había dicho la hermana de Scagga. Parecía una ofrenda de paz. Sin embargo, la gente se apelotonaba a su alrededor para estrecharle las manos y era imposible entablar conversación con nadie.

Bax, la minera de sílex, se abrió paso entre la multitud.

—¿Dee está por aquí? —preguntó.

Verla charlar con Dee en el río, las dos desnudas, había hecho que Joia se muriera de celos, pero trató de reprimir su rencor.

—No, pero vendrá para el solsticio de verano —dijo.

—Es una mujer fabulosa. Me gustaría volver a verla.

—A mí también.

—Venga, déjate de tonterías, Dee está tan enamorada de ti como tú de ella.

Ani había dicho algo parecido. A Joia le avergonzaba pensar que sus sentimientos íntimos eran tan obvios para todo el mundo.

—Qué suerte tienes. Y ella también —insistió Bax.

El comentario le pareció tan bonito que Joia la abrazó.

Luego, alguien más quiso estrecharle la mano y tuvo que volverse hacia otro lado.

En ese momento reparó en Shen, el esbirro de Troon. Había ido a husmear, por supuesto, y cuando volviera a Los Cultivos le contaría a su jefe todo lo que había visto y oído. A Troon no le gustaría nada la popularidad de Joia y los grandes planes que tenía. «Allá él», pensó, encogiéndose de hombros para sus adentros.

Unos días después, Joia viajó hasta el valle de las Piedras.

Para su sorpresa, la pista tenía buen aspecto. Se había asentado, sin duda gracias a las lluvias y la nieve del invierno, y las ramas se habían hundido en el suelo. Habría que añadir más, pero al menos ya contaban con una base sólida.

La acompañaba un grupo de sacerdotisas, entre ellas algunas novicias, que llevaban los rollos de cuerda que habían confeccionado. Eran jóvenes y una caminata de un día no suponía para ellas ningún desafío, aunque fueran cargadas, como era el caso.

Cuando iniciaron el ascenso y se adentraron en las colinas del Norte, Joia fue vívidamente consciente de la cercanía de Dee. «Mi casa está cerca de aquí, hacia el este», le había dicho la pastora cuando estaban acampadas en el valle de las Piedras. No se le ocurrió entonces pedirle indicaciones más precisas. Si la distancia fuera asumible, quizá habría podido ir a verla y regresar en un día. O tal vez Dee pudiera ir al valle de las Piedras a visitar a su abuelo. Casi resultaba doloroso saber que estaba al alcance de la mano, pero no dónde.

El sol se ponía cuando llegaron a la cima y divisaron el valle de las Piedras a sus pies. La mitad de los árboles habían desaparecido. Durante el camino, Joia se había percatado de que unos troncos enterrados en el suelo reemplazaban parte de la endeble pista de ramas y tierra. Además, la cuadrilla de Seft había sustituido los refugios provisionales del año anterior por casas decentes en las que vivir con sus familias. Joia vio una hilera de cuatro trineos y otro en proceso de construcción, además de pilas de rollos de cuerda.

Su hermana, Neen, salió de una de las casas y le dio la bienvenida.

—Quédate a cenar y así charlamos un rato —le propuso.

—Será un placer —dijo Joia.

—La comida ya casi está.

—Deja que compruebe que mis sacerdotisas están bien.

Les dijo que encendieran un fuego y les dio una olla grande y carne de vaca. Teniendo en cuenta que no formaban un grupo demasiado grande, no había hecho falta que las acompañaran Chack y Melly, cuya especialidad era cocinar para multitudes.

Joia volvió a la casa de Neen. Los niños también se encontraban allí, y se alegró de ver a su sobrino y a sus dos sobrinas. Cenaron todos juntos, luego acostaron a los pequeños y se sentaron a hablar hasta que oscureció.

Entonces recordó aquella otra noche en que se había quedado dormida cogida de la mano de Dee. Imaginó que hacía lo mismo y de nuevo cayó en un sueño plácido y profundo.

Esa primavera asomaron brotes verdes en las tierras aradas de los agricultores, y Pia y Duff tenían que deshierbarlas a menudo. Les gustaba estar juntos en el campo. Pia quería a Duff tanto como había amado a Han, pero de una manera distinta. A Han lo adoraba, y a Duff lo consideraba como a un igual.

La edad no perdonaba y Yana ya no podía agacharse sobre los surcos como antes, pero se ocupaba de las cabras, tres de las cuales estaban preñadas. Todo apuntaba a que el pequeño Olin sería tan alto como Han. Tenía el pelo claro, de modo que quizá algún día luciría una barba rubia como su padre. Solo había visto tres solsticios de verano, pero, aun así, Duff, su padrastro, le enseñaba a distinguir los brotes de trigo de los hierbajos.

Troon había anunciado que la comunidad de los agricultores no estaba bien preparada para defenderse. Un par de personas preguntaron en voz alta quién querría atacarlos, pero Troon pasó por alto ese tipo de cuestiones y ordenó que todos los hombres de Los Cultivos se pertrecharan de un arco y, como mínimo, seis flechas.

Algunos ya disponían de ellos, pero eran los menos, dado que los agricultores no cazaban, así que Troon había hecho llamar a un cazador solitario llamado Wel, que vivía en la otra orilla del río, para que les enseñara a fabricar arcos y flechas. Duff había tenido que buscar una rama flexible de tejo un poco más larga que él mismo para el arco y otras más cortas, de avellano, para las flechas, además de tendones de animales, que tendría que retorcer a fin de obtener una cuerda.

Cuando las armas estuvieron listas, todos hicieron prácticas de puntería en el bosque del Este. Al principio fue un desastre. Duff bromeaba con que el sitio más seguro donde colocarse era delante del blanco. Pero mejoraron.

—Dice que todo esto es para defendernos, pero a mí me parece que estamos preparándonos para atacar a alguien —le confesó Pia un día.

—¿Y para qué íbamos a atacar a los ganaderos? —repuso Duff—. Nos superan en número.

—Troon piensa que son demasiado cobardes para luchar.

—A lo mejor lo que planea es quemar más bosque, el del Este, por ejemplo, o el Redondo —aventuró Duff.

Pia se estremeció.

—Espero que no. Los habitantes de los bosques buscarán venganza… Por todos los dioses, ya tendríamos que haber aprendido esa lección.

Troon también anunció que nadie, ni hombres ni mujeres, tenía permiso para asistir a la Ceremonia del Solsticio de Verano de los ganaderos. Se suponía que todos debían quedarse para sacar adelante la fiesta de los agricultores. Sin embargo, teniendo en cuenta la poca gente que acudía a dicha fiesta, resultaba obvio que se trataba de una medida innecesaria, por lo que Pia estaba convencida de que el Gran Hombre albergaba otros planes.

Duff le dijo que, de todas maneras, iría a la Ceremonia del Solsticio de Verano que se celebraba en el Monumento. El año anterior había formado parte de la misión de Joia y quería repetir. No era el único: otros jóvenes agricultores también pensaban que era la mejor fiesta a la que habían asistido. Troon no ejercía el mismo poder sobre los hombres que sobre las mujeres, por lo que Pia los creía muy capaces de ir y desafiar el decreto impuesto por su jefe.

Unos días después, Katch, la compañera de Troon —y tía de Pia—, apareció mientras ella escardaba los campos. La mujer llevaba consigo un lechón negro de orejas grandes y morro rosado. Se lo enseñó al pequeño Olin, que se echó a reír.

—Siento interrumpirte mientras trabajas —le dijo a su sobrina.

—No pasa nada, necesitaba un descanso. Ese lechón está hermoso.

—¿Me lo cambiarías por un cabrito?

Pia nunca había criado cerdos, pero no requerían mucha atención; la mayor parte del tiempo buscaban ellos mismos su propio alimento.

—Tengo que hablarlo con Duff y con Yana —contestó—, pero me parece una buena idea. De momento, esta primavera solo tenemos uno. ¿Quieres verlo?

Las cabras pastaban sueltas durante el día y los cabritos

nunca se alejaban de la madre. Estaban en la linde del bosque, ramoneando las hojas de los arbustos bajos. Pia cogió la cría, que baló llamando a su madre. Tuvo que sujetarla con fuerza.

—Menudo nervio —comentó.

—Si a Yana y a Duff les parece bien, llévalo mañana a mi casa y yo te daré este pequeño que no deja de retorcerse.

—De acuerdo. Gracias.

—Una cosa que te quería decir... —añadió Katch bajando la voz, aunque no había nadie cerca.

Pia supuso que estaba a punto de enterarse del verdadero motivo de la visita.

—He oído que Duff y otros jóvenes tienen pensado ir a la Ceremonia del Solsticio de Verano de los ganaderos, pese a la prohibición de Troon. —Levantó una mano adelantándose a cualquier intención de negarlo por parte de su sobrina—. No me digas si es cierto o no, no es una pregunta.

—Entonces no diré nada.

—Ni yo tampoco a Troon.

Pia la creyó. Sabía que la mujer, que no tenía hijas, la apreciaba profundamente.

—No dejes que Duff vaya a la misión —prosiguió Katch.

—¿Qué?

—Por favor, te lo ruego.

—Pero ¿por qué?

—Porque ya te mataron a un compañero.

Se refería a Han.

Pia se quedó helada ante la espantosa idea de que pudieran matar a su pareja, igual que había ocurrido con la anterior.

—¿Estás diciendo que Duff podría morir en la misión?

—No solo Duff.

—¿Una matanza?

—No diré nada más. Solo te ruego que evites que vaya.

—Pero no lo entiendo.

—Si Troon averigua que he hablado contigo de esto, me molerá a palos.

Eso hizo que Pia se abstuviera de hacerle más preguntas.

—De acuerdo. Gracias por el aviso... Supongo.

—Y ni se te ocurra decir quién te lo ha contado.

—Descuida.

Katch asintió agradeciéndole la promesa antes de dar media vuelta y alejarse con el lechón a cuestas.

«Puede que parezca un ratoncillo, pero es una mujer valiente», pensó Pia.

Katch no podía enfrentarse a Troon de manera abierta y se había visto con las manos atadas cuando este obligó a Yana a aceptar a Stam, pero podía actuar de tapadillo, como acababa de hacer. Aun así, se arriesgaba a recibir una paliza.

Pia reflexionó sobre la advertencia mientras seguía deshierbando. Hacia el mediodía, Duff y Yana regresaron cada uno de un campo distinto —Yana con una mano apoyada en la espalda, por encima de la cadera, donde le dolía— y se sentaron con Olin a la sombra de un árbol para comer gachas de avena con queso de cabra tierno. Olin ya comía solo, aunque Pia continuaba vigilándolo para impedir que jugara con lo que le ponían en la escudilla.

—Esta mañana ha venido a verme alguien, aunque no puedo decir quién —comentó Pia.

—Cuánto misterio —dijo Duff de buen humor.

Yana, que se había percatado del tono serio de su hija, puso cara de preocupación.

La joven miró a su compañero.

—Me han advertido de que podrías acabar muerto si te unes a la misión de Joia después de la Ceremonia del Solsticio de Verano.

—¿Quién querría matarme? —preguntó él, incrédulo.

—No sé nada más, solo que quizá no serías el único.

—¡Oh, no! —exclamó Yana.

—¿Una matanza? —dijo Duff—. ¡¿Otra?!

—No estoy segura.

Se hizo el silencio mientas trataban de digerir la noticia.

—¿Quién podría estar planeándolo? —preguntó Yana al fin—. Esa es la cuestión.

—Supongo que los habitantes de los bosques —contestó Duff—. Ellos fueron los responsables de la última.

—Pero esa tribu ya no existe —señaló Yana.

—¿Una distinta, entonces?

—Que yo sepa, ninguna está reñida con los ganaderos ni con nadie. Además, aunque así fuera, ¿de verdad iban a pasar por alto lo que le ocurrió a la gente de Bez?

A Pia le parecía improbable. Los habitantes de los bosques no eran tontos.

—Quizá Troon tenga planeado que los agresores seamos nosotros —murmuró Duff, muy serio—. Si provocamos un incidente violento en el Monumento, todo el mundo se lo pensará antes de acudir a las ceremonias, y puede que vengan a nuestra fiesta.

—La persona con la que he hablado ha dicho que el objetivo es la misión —aclaró Pia.

—Esa es la explicación que tiene más sentido —declaró Yana.

—Pero sería una locura atacar a los ganaderos, siempre lo he dicho —protestó Duff—. Nos superan en número.

—Y Troon siempre ha dicho que los ganaderos son demasiado cobardes para luchar —repuso Pia—. ¿Recuerdas cuando se apoderó de la Brecha? Dijo que no harían nada al respecto, y tenía razón.

—Es cierto.

—En cualquier caso, Duff, debes quedarte en casa.

—¿Y los demás? —preguntó Yana—. Duff, dijiste que algunos de tus amigos iban a saltarse la prohibición.

—Cinco o seis.

—¡Podrían morir a manos de los suyos!

—Tendré que avisarlos.

—Espera —dijo Yana—. Cuanta más gente sabe algo, más difícil es guardar un secreto. Troon averiguará que los has advertido tú, con lo que te verás en un buen aprieto. Y puede que también descubran quién se lo ha contado a Pia.

—Tienes razón. —El joven las miró desconcertado—. No sé qué hacer.

Guardaron un largo silencio.

—Debemos avisar a Joia —dijo Yana al fin.

—Eso significa ir al Monumento —repuso Duff, negando con la cabeza—. Si uno de nosotros desaparece durante dos o tres días, Troon sospechará que nos traemos algo entre manos y Shen acabará averiguando dónde ha estado esa persona y hasta con quién ha hablado.

—Tienes razón —reconoció Yana—. Pues que uno de nosotros vaya a Robleviejo y se lo diga a Zad y a Biddy.

—¡Mucho mejor! —exclamó Pia, más animada—. Podríamos ir y volver en menos de una noche.

—Y ellos sabrán cómo hacer llegar el mensaje a Joia.

Pia se sintió aliviada. Si los ganaderos estaban preparados ante un posible ataque, podrían rechazarlo y, al menos, no se convertiría en una matanza. En cualquier caso, ella habría hecho todo cuanto estaba en sus manos.

—Iré yo a Robleviejo —se ofreció—. Me escabulliré sin que nadie me vea. Conozco bien el bosque del Este y sé guiarme de noche.

Duff parecía que iba a oponerse, pero al final claudicó.

—¿Cuándo irás? —preguntó.

—Esta noche. ¿Para qué posponerlo?

Regresaron a los campos y trabajaron hasta la puesta del sol. Cuando acabaron de cenar, ya había oscurecido. Pia le dio las buenas noches a Olin y partió.

Había algunas nubes, por lo que las estrellas aparecían y desaparecían a intervalos. Pia avanzó despacio a través del bosque. Estaba resultándole más complicado de lo que había imaginado y tropezó varias veces con raíces de árboles y ramas caídas. Todo sería más sencillo una vez estuviera al otro lado, ya que más allá solo la esperaba una llanura cubierta de hierba.

Salió del bosque y se detuvo para orientarse. No había manadas a la vista, aunque por el olor sabía que no se hallaban muy lejos. Tampoco se veía a ningún ganadero. Sin embargo, había alguien, y ese alguien se percató de su presencia antes de que Pia pudiera volver al bosque con disimulo.

—Hola, ¿quién anda ahí?

Por el acento, supo que se trataba de un agricultor. El hombre, que estaba sentado en un tronco, se levantó. Era alto y robusto. Pia enseguida reconoció a Hob, uno de los secuaces de Troon.

—Hola, Hob —lo saludó, tratando de aparentar tranquilidad—. ¿Qué haces aquí? ¿Espiando a la gente que va y viene en la oscuridad?

El hombre se acercó a ella.

—Eres Pia, por la voz... y el descaro.

La joven comprendió que podría haber huido sin que supiera quién era y que había desperdiciado la oportunidad.

—¿Espiando? —prosiguió él—. Pues supongo que sí. Troon quiere saber quién entra y sale del territorio de los agricultores, y veo que tú sales. Eso le interesará. Se supone que las mujeres deben quedarse en casa.

—No me delates, Hob, estoy enamorada de un ganadero.

—Bueno, en ese caso, será mejor que des media vuelta. Ya sabes que Troon ha prohibido confraternizar con ellos.

A Pia se le ocurrió una pregunta.

—Si hubiera ido por otro camino, no me habrías visto, ¿verdad?

—No soy el único vigilante, muchacha. Somos seis, distribuidos en puntos distintos. Mucha suerte sería esa para que no te viera ninguno de nosotros.

Aquello no era una buena noticia.

—No sabía que Troon nos vigilaba —contestó ella sin disimular su desaprobación—. ¿Qué es Los Cultivos, un corral para impedir que escapen los animales? ¿En eso nos hemos convertido, Hob? ¿A partir de ahora se nos tratará como a animales?

—¿A mí qué me cuentas? Yo solo hago lo que me dicen. Y lo mismo deberías hacer tú. Empezando por volver por donde has venido.

—Muy bien. Buenas noches, Hob.

—Buenas noches.

Derrotada y con el ánimo por los suelos, Pia regresó al bosque y volvió a casa.

Troon fue a verlos a la mañana siguiente.

Pia y su familia estaban sentados frente a la entrada, a la débil luz del sol, desayunando con gesto alicaído las gachas frías que habían sobrado de la cena. No habían logrado lo que se proponían y no sabían qué hacer a continuación. Solo Olin parecía despreocupado.

Habían sorprendido a Pia nada más poner un pie fuera del territorio de los agricultores, pero ella estaba decidida a volver a intentarlo. Tendría que esquivar a los vigilantes de Troon. Quizá podría escabullirse entre ellos si la noche era lo bastante oscura. O a lo mejor Duff podría distraer a uno el tiempo suficiente para que ella pasara sin que la vieran. Algo se le ocurriría; había que impedir que Troon cometiera una matanza.

El jefe apareció mientras ella trababa de encontrar la manera de burlarlo.

Lo acompañaban Shen y Hob. El hombretón que había detenido a Pia la noche anterior llevaba un grueso palo de roble, tallado y pulido, un garrote destinado a usarse contra personas. Se sentaron sin esperar a que los invitaran.

—Bueno, Pia, conque anoche ibas al encuentro de tu amante ganadero cuando te topaste con Hob, ¿eh? —dijo Troon con falsa cordialidad.

—No sabía que ahora los agricultores estábamos encerrados —contestó ella con voz desafiante—, como animales, para que no escapemos.

—Y está visto que a tu compañero no parece preocuparle mucho lo de tu amante —prosiguió él, ninguneándola.

—¿Qué haces aquí, Troon? —preguntó ella con impaciencia—. ¿Qué quieres?

—Eres una zorra engreída —mascculló el jefe—. Y lo lamentarás.

—Antes, la gente no se hablaba así en Los Cultivos —intervino Yana—. ¿Dónde están tus modales?

En lugar de contestar a Yana, Troon se dirigió a su hija.

—No ibas a Aguacurva y no llevabas comida para el viaje, así que debías de dirigirte a Robleviejo. ¿Quién es tu amante?

—Zad —respondió ella.

—Si fuera cierto, no lo habrías revelado tan deprisa.

Pia comprendió que había sido él quien la había burlado a ella. La brutalidad del hombre la llevaba a subestimar su inteligencia, pero los hombres brutales también podían ser astutos. No debía olvidarlo.

—No, no ibas allí a pasar un buen rato —prosiguió él—, así que ¿cuál era tu propósito? ¿No pretenderías enviar un mensaje... a Ani, por ejemplo, la madre de tu hombre, Han, ese que murió?

—Asesinado por tu hijo, Stam.

—Bueno, no removamos el pasado. En cualquier caso, ¿qué podría ser eso tan importante que tenías que decirle a Ani?

—Muchas cosas. Hace años que no la veo porque has prohibido que las mujeres acudan a las ceremonias, así que ni siquiera sabe que a su nieto ya le han salido todos los dientes.

Por el gesto ufano que el hombre puso en ese momento, Pia adivinó que estaba a punto de decir algo que él sabía que la afectaría.

—Katch vino a verte ayer.

A ella se le heló la sangre. ¿Cómo lo sabía?

—Da la casualidad de que Shen la vio —prosiguió él, respondiendo a la pregunta que Pia no se había atrevido a formular en voz alta.

Shen asintió y sonrió, complacido de que hablaran de él.

Parecía que nunca se le escapaba nada.

La joven ordenó sus ideas.

—Sí, tu mujer quería intercambiar un lechón por un cabrito.

Troon clavó sus ojillos oscuros en ella.

—Entonces es pura coincidencia que quisieras salir de Los Cultivos justo el mismo día que Katch vino a verte, ¿es eso?

—No es tanta coincidencia.

—De hecho, creo que no lo es en absoluto. Lo que a mí me parece es que había que trasmitir un mensaje: de Katch a Pia y de Pia a Zad. Luego, Zad se lo entregaría a esa corredora, Fali, y finalmente le llegaría a Ani, en Aguacurva. Impecable, y todo en un par de días.

—Son solo imaginaciones tuyas.

Pese a su insolencia, Pia era consciente de que él sabía la verdad, de que lo había averiguado. ¿Cómo reaccionaría Troon? La invadió el miedo y decidió no desafiarlo más. Él siempre tendría las de ganar.

—En fin, ¿qué voy a hacer contigo? —siguió diciendo el jefe—. Si lo dejo pasar, volverás a intentarlo. De hecho, ya estás tramando cómo burlar a mis vigilantes.

Pia casi se estremeció. Ese hombre le leía el pensamiento.

—Con el tiempo, puede que lo lograras —continuó él—. Eres una necia, pero también lista.

Eso se asemejaba mucho a lo que ella pensaba de él.

—Así que… ¿cómo me aseguro de que no tengas la oportunidad de traicionarme ante mis enemigos?

Angustiada, Pia presintió lo que Troon estaba a punto de decir.

—Me veo obligado a atarte, como a las cabras que se descarrían. —Se levantó—. Desde ahora hasta después del solsticio de verano, os quedaréis dentro de la casa, con la entrada siempre atrancada y un vigilante armado fuera.

—¡No puedes hacer eso! —protestó Duff.

—Cierra la boca, joven idiota, o Hob te la cerrará con su vara.

Hob levantó el garrote.

Pese a su indignación, Duff calló.

—Podréis salir por la mañana, de uno en uno, para ir a asearos al río y siempre acompañados por un vigilante. Yana también puede ordeñar las cabras.

—¿Y el trigo que crece en los campos? —preguntó la mujer.

—Seguirá ahí después del solsticio. Solo que tendréis mucho trabajo deshierbando. —De pronto se agachó y cogió a Olin. Pia chilló y el niño se echó a llorar—. ¡Y ahora entrad, todos! —gritó Troon—. O le abriré la cabeza a este mocoso.

Yana, Duff y Pia entraron en la casa. La joven se quedó en la entrada y tendió las manos hacia Olin hasta que Troon le entregó al niño.

—Pero aún quedan muchos días hasta el solsticio. ¿Qué se supone que vamos a hacer encerrados en esta casa todo ese tiempo? —preguntó con su hijo en brazos.

—Podéis reflexionar sobre lo poco inteligente que es oponerse a mí —contestó Troon antes de marcharse.

31

Ani estaba metida en el agua, a la orilla del río, lavando una piel de vaca para rasparla después, cuando vio a Biddy cubierta de polvo y sudor. La mujer tenía todo el aspecto de acabar de llegar de Robleviejo.

—Hola —la saludó—. ¿Qué haces aquí? ¿Dónde está Zad?

—Ocupándose de la manada. Dini se ha quedado con él —contestó Biddy—. Le encanta trabajar con su padre.

—Y has venido tú sola.

—Sí, a verte.

—Entonces será mejor que salga del agua.

Ani subió el pequeño terraplén arrastrando la piel tras ella. Decidió que, por mucho que siguiera lavándola, no iba a estar más limpia. En cualquier caso, antes de empezar a rasparla era mejor que averiguara qué había llevado a Biddy hasta allí.

—Pia me tiene preocupada —dijo la mujer.

A Ani se le heló la sangre. Algo ocurría con la antigua compañera de su hijo, y tal vez con su nieto.

—¿Por qué? Dilo ya —la urgió.

—Quería pedirle un poco de queso de cabra.

Ani sintió la tentación de apremiarla para que abreviara, pero se contuvo e intentó armarse de paciencia.

—Han puesto vigilantes en las tierras de los agricultores —prosiguió Biddy—; los hay por todas partes y detienen a cualquiera que entre o salga.

La noticia alarmó a Ani, que se preguntó por el motivo de una medida tan extraña, pero guardó silencio.

—Les he dicho que iba al bosque del Este a buscar avellanas y me han dejado pasar, así que me he acercado hasta la casa de Pia, pero allí había otro vigilante.

La curiosidad se había transformado en desconcierto.

—¿Por qué?

—El hombre no ha soltado prenda, pero ha confirmado que estaban todos dentro: Pia, Yana, Duff y el pequeño. Aunque no me ha dejado verlos ni hablar con ellos.

—¿Y no te ha explicado el motivo?

—No, lo único que ha dicho es que los dejarán salir después del solsticio de verano, y luego me ha recomendado que volviera por el bosque.

—Entonces tiene algo que ver con la Ceremonia del Solsticio de Verano.

—Supongo que sí.

—Ven conmigo. Joia tiene que saberlo. —Echó un vistazo al cielo—. Además, queda poco para cenar.

Fueron al Monumento y la encontraron en el comedor, junto a las demás sacerdotisas. Alguien estaba cocinando hígados de oveja con cebolla en una olla grande. Ani le pidió a Biddy que le repitiera la historia a Joia, quien le hizo las mismas preguntas y obtuvo las mismas respuestas insatisfactorias.

Analizaron aquel misterio mientras cenaban un contundente guiso de hígado.

—Troon planea llevar a cabo alguna fechoría durante la Ceremonia del Solsticio de Verano —concluyó Joia.

—Y, además, tiene miedo de que Pia lo descubra y se lo diga a la gente. Por eso los retienen a ella y a su familia dentro de casa hasta entonces —añadió Ani, asintiendo con la cabeza.

—Nuestras celebraciones son más populares que su fiesta, sobre todo desde que trajimos la piedra gigante. Lo más conveniente para él sería arruinar la nuestra para que vaya más gente a la suya.

—¡No puedo quedarme aquí sentada haciendo conjeturas! —protestó Ani, presa de la frustración—. Al menos debería tratar de ver a Pia. Tengo que ir a Los Cultivos.

—Yo vuelvo a casa mañana, por si quieres que viajemos juntas.

—Me parece perfecto.

Dos días después, Ani hizo lo mismo que había hecho Biddy y se acercó al poblado de los agricultores a través del bosque del Este. De esa manera se mantendría a resguardo hasta emerger a pocos pasos de la casa de Pia. Sin embargo, se encontraba a medio camino cuando oyó unas voces masculinas y se detuvo a escuchar.

Pese a que no distinguía lo que decían, adivinó que se trataba de agricultores, no de habitantes de los bosques. Hablaban en un tono tranquilo y cordial, e imaginó que estarían absortos en una actividad más o menos inocente.

Acortó la distancia poco a poco, sin salir de la densa vegetación, hasta que los vislumbró. Distinguió a uno con un arco y luego a otro a punto de disparar el suyo. No oyó nada mientras este apuntaba, y luego algún que otro comentario apagado, supuso que sobre la puntería que había tenido.

Estaban practicando con el arco.

Se aseguró de rodearlos a cierta distancia, para que no pudieran verla, y continuó adelante preguntándose para qué necesitarían los agricultores entrenar con el arco. No comprendía la motivación. Las flechas eran capaces de derribar hasta el ciervo más grande, pero los agricultores casi nunca cazaban; atender sus campos no les dejaba tiempo para nada más.

Alcanzó el extremo meridional del bosque y se mantuvo en la sombra, tratando de asimilar lo que estaba viendo.

Un vigilante corpulento montaba guardia delante de la casa de Pia. La entrada estaba bloqueada con firmeza por una pantalla de mimbre que ocupaba toda la abertura, algo muy poco habitual en esa época del año. Durante los meses cálidos, todo el mundo usaba una de media altura para dejar pasar el aire. Las cabras de Pia deambulaban libremente por los alrededores, comiéndose los brotes de trigo de los campos arados.

Estaba claro que no podría entrar en la casa, así que decidió gritar a través de las paredes.

El vigilante estaba sentado, concentrado en algo que hacía con las manos. Tras observarlo unos momentos, Ani llegó a la conclusión de que fabricaba una cuerda. El hombre hacía rodar unos tendones duros y flexibles sobre el muslo para que se entrelazaran al retorcerse. El cesto que se veía al lado debía de contener más tendones limpios y secos. En la pared de la casa había apoyada una rama delgada y alargada de la longitud y el peso perfectos para un arco, pero le faltaba la cuerda, así que todo parecía indicar que eso era lo que hacía el vigilante.

Daba la impresión de que los agricultores estaban armándose. Pero ¿para qué?

Cruzó el campo en dirección a la casa, tratando de no hacer ruido, mientras el hombre continuaba abstraído en su tarea.

Casi había llegado cuando el vigilante captó algo por el rabillo del ojo, levantó la cabeza y se la quedó mirando.

—¡Eh, tú! ¡Largo de aquí! —le gruñó.

—Solo quiero hablar con Pia. No irás a impedírmelo, ¿verdad? —dijo la mujer sin detenerse.

El hombre se levantó y se encaminó hacia ella a grandes zancadas.

—¡Pia! ¿Estás ahí? ¡Soy Ani! —gritó con todas sus fuerzas.

—¡Ani! ¡Sí, estoy aquí! —contestó la voz de Pia, amortiguada por las paredes de la casa, pero audible de todas maneras.

—¿Estás bien?

—Nos tienen encerrados.

El guardia se acercó a Ani, pero esta lo esquivó.

—¿Olin está bien?

—Sí, pero tengo que contarte algo.

El guardia le propinó un garrotazo por detrás, un golpe fuerte en la cabeza que le hizo ver las estrellas. Ani cayó al suelo, magullada y aturdida. Aunque oía a Pia, no distinguía lo que decía. Quiso levantarse, pero era como si se hubiera quedado sin fuerzas. Logró incorporarse a medias, apoyando las manos y las rodillas en el suelo, e intentó enfocar la mirada. Pia gritaba algo sobre la misión de Joia, pero Ani seguía sin oírla con claridad y el guardia empezó a vociferar.

Sintió que la levantaban del suelo y la apartaban de la casa a rastras, en dirección a los campos. La cabeza le retumbaba con cada paso del vigilante.

—Vas a irte de Los Cultivos y no vas a volver nunca más —la amenazó el hombre—, pero no voy a dejarte en el bosque, voy a llevarte hasta la Brecha.

Se detuvo y la soltó, luego la agarró por el brazo con tanta fuerza que Ani lanzó un gemido, y echó a andar campo a través, pasando junto a casas y cobertizos. La gente que estaba trabajando se detenía a mirarla. Seguro que muchos la reconocían. Lo más probable era que todos supiesen qué les habían hecho a Pia y su familia.

Ani decidió que de momento solo observaría y anotaría mentalmente lo que veía, ya reflexionaría sobre todo aquello cuando no le doliera la cabeza.

El guardia no la dejó ir hasta que llegaron al extremo norte de la Brecha, donde los campos arados daban paso a la pradera.

—Si vuelvo a verte, te mataré —le advirtió, dándole un empujón.

Ani avanzó a trompicones hasta que perdió de vista los campos de cultivo y se tumbó en el suelo a descansar. Poco a poco, el dolor de la cabeza remitió y ella comenzó a pensar con claridad.

Aunque vivían en condiciones extremas, Pia y su familia estaban bien. Sin embargo, en Los Cultivos ocurría algo que le daba muy mala espina. Prácticas de tiro, cuerdas de arco, vigilantes... Los agricultores estaban preparándose para la guerra. Y se declararía en el solsticio de verano.

—¡Os lo dije! —bramó Scagga—. ¡Os dije que un día habría una guerra con los agricultores, y esto demuestra que tenía razón!

—Sí, Scagga, tenías razón —concedió Keff—. El caso es: ¿cómo nos preparamos para ella?

—Por suerte para vosotros —contestó el hombre, regodeándose—, tengo un cobertizo lleno de arcos y flechas que mandé fabricar después de la estampida de hace tres solsticios de verano. Prácticamente podemos armar a toda la población adulta.

—¿Las armas siguen en buen estado?

—Quizá haya que reemplazar las cuerdas de los arcos, pero nada más.

—Vi a los agricultores practicando la puntería. Deberíamos hacer lo mismo —sugirió Ani.

—Reuniré a los hombres y mujeres más aptos, como hice la última vez, y los entrenaré.

Ani detestaba que Scagga estuviera a cargo de aquella misión. Sería impulsivo y temerario, pero, antes de la asamblea, ella había llevado a cabo un discreto sondeo y la mayoría de las pocas personas que sabían lo que ocurría creían que Scagga debía estar al mando. Tenía la actitud necesaria. Ani tendría que encontrar la manera de contenerlo.

—Han encerrado a Pia hasta el solsticio de verano, por lo que entiendo que el ataque se producirá entonces. Ese día habrá en Aguacurva una multitud de visitantes que habrán acudido para la ceremonia. ¿Cómo vamos a organizar nuestra defensa?

—Estaría bien que los nuestros se pasearan con sus armas, mostrándose lo bastante intimidatorios para que nadie se atreva a tocarlos —propuso Scagga.

No podía haber una idea peor, y Keff lo dejó claro al descartarla de inmediato.

—¿Qué conseguimos con eso, Scagga? No debemos permitirles llegar hasta aquí antes de responder. Tenemos que divisarlos cuando aún estén lejos, en mitad de la llanura, para salir a su encuentro antes de que alcancen el Monumento.

Pese a que iba en contra de su hermano, Jara estuvo de acuerdo, cosa que sorprendió a Ani.

—Deberíamos tener puestos de vigilancia en el norte, el sur y el oeste, y decirles que enciendan un gran fuego, con mucho humo, en cuanto vean al enemigo. Scagga, tú estarás atento a esas hogueras para conducir a nuestras fuerzas a la batalla.

Al hombre le gustó la idea.

—Creo que es importante que los visitantes no vean las armas —apuntó Ani—. Podríamos guardarlas en el comedor de las sacerdotisas. No estamos seguros de que el ejército de los agricultores vaya a venir. ¿Y si algo se tuerce y Troon cambia de idea? Además, no olvidemos que quizá el Monumento no sea el objetivo. Pia creía que los agricultores atacarían a los voluntarios durante la misión. ¿Para qué asustar a nuestros visitantes antes de que sea absolutamente necesario?

Por descontado, Scagga discrepó.

—Deberíamos mostrarle a la gente que somos fuertes y que estamos preparados para la lucha, y que quienquiera que nos ataque lleva todas las de perder.

—Estoy de acuerdo con Ani —dijo Keff con firmeza—. Hay que ser fuertes y estar preparados para la lucha, pero no deberíamos alardear de ello, porque eso ahuyentará a la gente, además de ofender a los dioses, los únicos que tienen derecho a decidir quién gana y quién pierde. De aquí al solsticio de verano, no le digáis a nadie que esperamos un ataque.

—Pero nos verán practicando con los arcos —repuso Jara—. Eso es algo difícil de ocultar.

—Podemos decir que hemos oído que los agricultores planean robar ganado en el extremo occidental de la llanura y que estamos preparándonos para ir a recuperarlo por la fuerza en el caso de que los rumores sean ciertos —propuso Ani.

—Buena idea —reconoció Keff.

—No quedan muchos días para el solsticio —apuntó Jara—. ¿Y si me encargo de informar a diario a Keff y a Ani sobre el progreso de los preparativos? De esa manera, tú podrás concentrarte en tu tarea sin la distracción que supone tener que venir a las asambleas, Scagga.

«Y así los sabios estarán al tanto de dichos preparativos y se ahorrarán las discusiones con él —pensó Ani—. Qué lista eres, Jara».

—Muy buena idea —dijo su hermano.

La víspera del solsticio de verano, Seft y su cuadrilla regresaron del valle de las Piedras. Todo estaba a punto. Los trineos, acabados; las cuerdas, apiladas, y la pista, preparada. Había comida en los lugares en los que se detendrían y gente encargada de cocinarla y servirla.

Cuando llegó a Aguacurva, Joia lo puso al corriente de la amenaza de los agricultores. Seft se mostró consternado y alarmado. Eso lo cambiaba todo. Si estallaba una guerra el día del solsticio de verano, nadie arrastraría las piedras desde el valle hasta el Monumento. El proyecto entero peligraba.

Calculó que la comunidad de los agricultores debía de estar compuesta por unas cuatrocientas personas. Sin contar a los niños y los ancianos, quizá lograran reunir a un ejército de doscientas. Una cantidad que podía hacer mucho daño.

Habían logrado mantener el secreto y nadie parecía estar al tanto del peligro. Ni siquiera Joia era capaz de contar la cantidad de visitantes que habían llegado a lo largo de los días previos al solsticio. Las casas para la gente que acudía a las ceremonias estaban abarrotadas. El tiempo lo permitía, así que muchos dormían a la intemperie. Cabía la posibilidad de que la sacerdotisa contara con suficientes voluntarios, pero nadie se ofrecería a participar en una guerra.

Seft se fue a casa y se echó una siesta antes de cenar, cansado como estaba después de la larga caminata, aunque feliz de hallarse de nuevo en su hogar. Se quedó medio dormido y empezó a soñar que peleaba con Troon. Lo había derribado de un puñetazo y estaba a punto de matarlo cuando se percató de que tenía la cara de su padre, Cog. Aterrado, Seft vaciló.

Y entonces despertó.

Joia esperaba que Dee y sus corderos llegaran pronto. Llevaba añorándola un año entero y por fin volverían a reunirse después de tanto tiempo. Sin embargo, hacia el mediodía de la víspera de la ceremonia aún no había aparecido.

No le extrañaba. Una separación de un año podía acabar con cualquier amor. Quizá había conocido a alguien, o la había olvidado.

Ignoraba si eso era lo que había sucedido con Dee, pero sabía que jamás le ocurriría a ella. Quizá Dee llegara a amar a otras personas, pero ella no. Para Joia, o era Dee, o no era nadie. Lo que sentía por la pastora no había cambiado ni un ápice durante todo ese año. Aún la embargaba la misma emoción que cuando Dee se despidió con un tierno beso. Podría pasar el resto de su vida recordándolo y no volver a besar a nadie nunca más.

Con la caída del sol, la esperaban en el comedor para la cena. Esa noche, la anterior al día más importante del calendario de las sacerdotisas, no podía ausentarse, de modo que se encaminó hacia allí en la penumbra del ocaso.

Durante la velada, trató de ocultar lo que ocurría en su interior y creyó que lo había conseguido. Cuando la cena acabó, todas se echaron a dormir.

Todas menos ella. A la mañana siguiente tenía que dirigir el servicio del alba y luego lanzar una arenga que inspirara a cientos de personas. Sin embargo, era tal su desánimo que temía no ser capaz de hacer ninguna de las dos cosas. Ya no le quedaban fuerzas ni entusiasmo. Seguramente se caería de la escalera antes de llegar a lo alto.

Permaneció despierta largo rato, hundida en la miseria, hasta que por fin sucumbió al sueño.

No fue la primera en despertar, cosa poco habitual. La mayoría de las sacerdotisas que la rodeaban estaban confeccionando brazaletes de flores silvestres y adornándose el pelo con plumas. Se habían tomado en serio la propuesta de engalanarse para las ceremonias públicas.

Sary la informó de que Duna y ella ya habían colocado el tronco en su sitio, apoyado contra la piedra gigante. También habían echado un vistazo a la Gran Llanura a la luz de las estrellas y no habían visto señal del ejército de agricultores.

Joia trató de imbuirse del ambiente festivo, fingiendo entusiasmo y riendo cuando las demás reían. No estaba segura de hasta qué punto conseguía disimular lo que sentía, pero al menos nadie le había preguntado qué le ocurría.

Al rayar el alba, el cielo se tornó de un blanco cisne. Las sacerdotisas, por parejas, formaron una fila al frente de la que se colocó Joia, reuniendo la energía necesaria para liderarlas. Entraron cantando en el Monumento, donde las esperaba una auténtica multitud. «Se acerca más a las dos mil personas que a las mil», pensó Joia, algo que debería haberla emocionado y que, sin embargo, la dejó fría. Solo había una persona a la que deseara ver.

«Si no me repongo, esto va a ser un desastre», se dijo, aunque en vano.

Scagga se encontraba en lo alto del círculo de tierra, oteando el oeste junto a Jara, los dos atentos a la aparición de una columna de humo, la señal de alarma. Era evidente que hasta el momento no habían visto nada que los preocupara.

Joia paseó la mirada entre la multitud… y allí, cerca de las primeras filas, divisó una mata de rizos dorados como un árbol en otoño y, debajo de los rizos, unos labios turgentes y dos hileras de dientes perfectos. Al final, Dee sí había ido. Joia sintió deseos de abandonar la procesión y correr a abrazarla, pero logró controlarse. Y entonces, como si fuera un milagro, sus miradas se cruzaron.

Dee sonrió.

Joia le devolvió la sonrisa. La tristeza la abandonó como si un cuervo negro hubiera levantado el vuelo, y volvió a ser la de siempre. Cantó más alto, caminó más ligera y sonrió al mundo. Fue capaz de concentrarse en la danza y los cánticos, y dirigió a las sacerdotisas con gracia y donaire a lo largo de la ceremonia. Cuando el ritual terminó y casi todas ellas abandonaron el círculo, Joia corrió con Sary y Duna hasta el tronco.

Se sentía revitalizada sabiendo que Dee estaba allí. Ascendió con demasiado ímpetu y resbaló a medio camino. Sary y Duna sujetaron el tronco para que no se moviera. Joia se golpeó la espinilla, pero consiguió volver a colocar el pie en la muesca. A partir de ese momento, subió con más cuidado y llegó a lo alto de la gran piedra.

Igual que la vez anterior, alzó los brazos en un gesto triunfal y, como ya ocurriera antes, la multitud la ovacionó con un rugido. Joia giró completamente sobre sí misma y volvió a ver a Dee, sonriendo. A continuación, calmó a los presentes y luego inspiró hondo y habló con la voz alta y clara que había aprendido a usar en esas ocasiones.

—Mañana... —empezó a decir, pero una nueva ovación la obligó a hacer una pausa y esperar—. Mañana —repitió— será el día más importante de mi vida y también de la vuestra, si os unís a mí.

Giraba despacio mientras hablaba, de modo que todo el mundo pudiera verla, y al mismo tiempo aprovechaba para comprobar que no había señales de humo.

—En un lugar sagrado, en las colinas del Norte, aguardan nueve piedras que los dioses colocaron allí cuando el mundo era joven. Son para nosotros, para que construyamos un Monumento de piedra. Están esperándonos, a vosotros y a mí. ¡Ese es su destino… y el nuestro!

Fue tal la aclamación que supo que no hacía falta que dijera mucho más. Eran devotos convertidos. No era necesario que avivara su entusiasmo, que despertara su pasión, que encendiera su ánimo. Ya eran suyos.

—Mañana por la mañana nos reuniremos aquí al alba y partiremos con la salida del sol. Vamos a construir un Monumento que el mundo entero contemplará maravillado durante el resto de los tiempos. Las generaciones venideras, y sus hijos, y los hijos de sus hijos, mirarán nuestro Monumento y se preguntarán: «¿Quiénes lo concibieron? ¿Quiénes fueron los hombres y las mujeres valientes que superaron todos los obstáculos para crearlo? ¿Qué gigantes lo levantaron?». Y la respuesta será… ¡Nosotros!

La ovación fue tan estruendosa que no pudo continuar.

—Si queréis ser uno de esos gigantes, reuníos conmigo aquí mañana al alba. ¿Vendréis?

—¡Sí! —gritaron todos.

—¿Vendréis? —repitió.

Gritaron más fuerte.

—¡¿Vendréis?!

Los presentes respondieron con un rugido. Joia los saludó, bajó por el tronco y corrió a los aposentos de las sacerdotisas.

Se tumbó, completamente rendida. Quería ver a Dee, pero, si volvía a salir, se le echarían encima. Además, ya no le quedaban fuerzas y se quedó dormida casi al instante.

Pia y su familia estaban esperando a que el vigilante retirara la pantalla de mimbre de la entrada y los llevará, de uno en uno, hasta el río.

—¡Guardia! ¡Guardia! —gritó Pia al cabo de un rato—. Ya estamos todos despiertos.

No obtuvo respuesta.

Echó un vistazo a través de los huecos del entramado y no vio a nadie.

—Creo que se ha ido —dijo.

Duff miró fuera.

—No hay nadie —anunció—. Ahora nos saco de aquí.

No tardó mucho. La pantalla estaba hecha con ramas entretejidas y bridadas con varitas de mimbre. Bastaron unas pocas patadas para derribarla.

Todos salieron de la casa: Pia, Duff y Yana, que llevaba a Olin en brazos. El sol brillaba. Pia había temido encontrarse al vigilante tirado en el suelo, fulminado por un ataque repentino, pero no había ningún cadáver a la vista.

—Hoy debe de ser el solsticio de verano —dijo—. Creo que somos libres.

Miró los campos. Estaban cubiertos de malas hierbas; cuanto antes se pusieran a trabajar, mejor.

Primero fueron al río a asearse. Qué placer volver a estar todos juntos fuera de la casa. Duff jugó con Olin; desaparecía bajo la superficie y luego reaparecía en un lugar distinto para regocijo del niño, que chillaba de risa.

Cuando salieron del agua, Pia echó un vistazo a ambos lados del río y paseó la mirada por los campos.

—Veo muy poca gente.

Había una anciana lavando la ropa corriente abajo y un hombre dando de beber a las vacas corriente arriba.

Pia recordó el aviso de Katch: «No dejes que Duff vaya a la misión». Estaba segura de que los agricultores habían marchado a la guerra.

Caminaron por la orilla hasta donde se encontraba el hombre, que resultó ser Bort.

—¿Dónde está todo el mundo, Bort? —le preguntó.

—Se fueron ayer —contestó este—. Todos menos los niños y la gente como yo, demasiado mayor para caminar largas distancias.

—¿Adónde han ido? —insistió Pia, aunque creía saber la respuesta.

—No me lo han dicho. Lo único que sé es que todos los hombres llevaban arcos.

—Han ido a Aguacurva —concluyó Duff.

A un gesto de Pia, se pusieron en marcha y volvieron a sus tierras.

—Hice lo que pude para avisar a Ani cuando le grité a través de la pared de casa —comentó Pia tras comprobar que estaban lo bastante lejos de los oídos de Bort—, pero no sé si me oyó.

—Ahora ya no hay nada que hacer —repuso Duff—. Si salieron ayer, a estas alturas ya estarán en el Monumento, o muy cerca.

—Entonces todo queda en mano de los dioses —sentenció Pia.

Cuando Joia despertó, el sol ya estaba muy alto. Oyó el canto de los pájaros y el murmullo de un millar de personas haciendo tratos. Había dormido media mañana y estaba claro que los agricultores no los habían atacado. Aún.

Se sentía renovada y triunfante, pero sabía que debía afianzar el compromiso de los voluntarios, pasearse entre ellos, saludarlos y recordarles la promesa que habían hecho esa misma mañana. Se había ganado los corazones de más de un millar de personas y ahora debía asegurarse de mantener vivo su entusiasmo.

Pero sobre todo deseaba ver a Dee.

Sary y Duna estaban esperándola para acompañarla. Comió una tajada de cerdo frío y salió con ellas. Durante el paseo, se detenía cada pocos pasos a estrechar manos, escuchar lo que la gente quería decirle y contestar sus preguntas. Lo hizo complacida, sin olvidar que ese día, tarde o temprano, vería a Dee.

Divisó a Scagga y a Jara recorriendo el terraplén mientras oteaban el horizonte.

Sin embargo, aún no se había topado con Dee cuando el sol empezó a ponerse y la gente comenzó a recoger y prepararse para la fiesta. ¿Escogerían los agricultores ese momento para atacar?

Había cientos de reses, ovejas y cabras atadas fuera del Monumento, pero, por más vueltas que dio, Joia no volvió a ver aquella melena de cabello castaño claro ni aquella amplia sonrisa. Estaba perpleja y preocupada. ¿Qué podría haber ocurrido? ¿Acaso Dee estaba enferma o, los dioses no lo quisieran, muerta?

Se quedó durante el banquete y el recital del poeta, pero

se alejó del poblado cuando empezó el festejo. Rodeó el Monumento y vio a la gente que vigilaba las mercancías. Se topó con Scagga y Jara, que seguían montando guardia. Poco después irían en busca de cuatro miembros más jóvenes de su familia para que patrullaran toda la noche. No obstante, dudaban que los agricultores atacaran en la oscuridad y se arriesgaran a matarse entre sí. Ya era difícil acertar un blanco a plena luz del día, como para hacerlo cuando apenas se veía nada.

En el caso de que la incursión de los agricultores se produjera, Scagga y Jara creían que ocurriría al alba, antes de la partida de los voluntarios y de que el resto de los asistentes a la ceremonia emprendieran el camino de vuelta. Si Troon planeaba cometer una atrocidad, tenía que llevarla a cabo cuando aún no se hubiera marchado nadie, y así infligirla sobre el máximo número de personas posible.

Joia evaluó sus sentimientos mientras caminaba hacia la casa comunitaria donde dormía siempre. El discurso había ido bien y los agricultores no habían atacado. Sin embargo, Dee estaba desaparecida y aún cabía la posibilidad de que la gente de Los Cultivos asaltara a los voluntarios más adelante. Se preguntó si sería capaz de dormir.

Y entonces la vio, esperando junto a la casa. La luz de la luna bañaba de plata su precioso cabello. Estremecida de dicha, Joia corrió hacia ella y la besó.

Dee se separó antes de lo que ella hubiera querido.

—¿Dónde estabas? —le preguntó—. ¡Llevo buscándote todo el día!

—Llegué anoche y tuve que atar el rebaño a oscuras. Debí de hacerlo bastante mal, porque esta mañana, después de la ceremonia, he visto que los animales se habían soltado y se habían desperdigado por todas partes. He tardado todo el día en volver a reunirlos.

—¡Lo siento mucho! No ha habido día que no te haya echado de menos desde que nos despedimos.

—Yo también te he añorado —dijo Dee, pero con serenidad, objetiva, como si la separación no le hubiera supuesto un suplicio.

Algo iba mal.

—¿Qué ocurre? —quiso saber Joia—. Me alegro muchísimo de verte… ¿Tú no te alegras de verme a mí?

—Acabo de pasar el peor año de toda mi vida —respondió Dee, sin contestar su pregunta.

Joia la miró desconcertada.

—¿Por mi culpa?

—Sí.

—¿Por qué? ¿Qué he hecho?

—Nada…, ese es el problema. Durante todo el tiempo que estuvimos juntas el verano pasado, en ningún momento me diste la menor indicación de que me amabas. Apenas me tocabas. Nos acostábamos juntas todas las noches y solo hablábamos. Una vez te cogí la mano y te dormiste. Esperé un día tras otro a que dijeras algo. No perdí la esperanza, hasta que llegó nuestro primer beso… ¡Un beso de despedida! Incluso entonces, aún confiaba en que dirías algo, pero conservaste la calma, como siempre, y me fui a casa con el corazón roto.

Todo era cierto, pero Joia ignoraba que lo hubiera hecho mal.

—Lo siento mucho —dijo—, no sabía cómo se suponía que debía comportarme.

—Pero seguro que sabes que la gente que se quiere se toca.

—¡No entendí que estaba enamorada hasta después! No lo comprendí hasta que te fuiste. Te echaba tanto de menos y me dolía de tal manera que tenía que ser amor.

—¿Cómo puedes tener la edad que tienes sin conocer algo tan básico?

—No lo sé —contestó Joia con abatimiento—. Siempre he sido peculiar.

Dee tenía lágrimas en los ojos, pero se mantuvo firme.

—Me cuesta mucho entenderlo. Tengo que pensarlo.

Hizo ademán de marcharse.

—Pero mañana te unirás a la misión.

—Tengo que pensarlo —repitió Dee, que se volvió del todo y echó a andar.

32

Joia pasó despierta la mayor parte de la noche, atenta al posible sonido de un ejército aproximándose. Estaba asustada por ella, pero aún más por su familia, por Dee y por los demás. Recordaba con horror el ataque de los habitantes de los bosques, las llamas, la violencia y los cuerpos sin vida.

Por fin consiguió conciliar el sueño. Al rato despertó sobresaltada y aterrada, pero seguía sin oírse nada; se levantó a oscuras y se encaminó al Monumento bajo la luz de las estrellas. Allí no había ningún ejército de agricultores.

Quizá Troon hubiese cambiado de opinión, aunque a Joia le parecía más probable que hubiese decidido atacar a los voluntarios durante el trayecto. Tendrían que estar preparados para cualquier eventualidad.

De pronto percibió olor a comida. Verila, que se había erigido en cocinera de los voluntarios, estaba hirviendo carne de cerdo en salazón, que les daría fuerzas para la caminata.

Joia seguía impactada por la conversación de la noche anterior con Dee. Le consternaba haber provocado tanta infelicidad a la persona a la que amaba. Lo había hecho por ignorancia, pero saber eso incluso lo empeoraba. Y no estaba segura de que fuera posible enmendar el daño, ni siquiera de si Dee lo quisiera.

Al amanecer empezaron a llegar los voluntarios, a quienes fueron dando fragantes tajadas de carne. Scagga no se encontraba allí, pero Jara, su hermana, sí.

—No le gusta nada madrugar —explicó.

—Por suerte, no hay ni rastro del ejército de los agricultores —dijo Joia.

—Bien. Aunque podrían atacar a los voluntarios por el camino.

—Sí, siempre ha sido una posibilidad.

—Y por eso tenemos que armarlos.

Joia vaciló un instante. Detestaba las armas, pero no podía permitir que sus voluntarios estuvieran indefensos.

—Sí —convino—. Todos deberían llevar un arco, seis flechas y un brazalete protector de cuero. —Tras un momento de reflexión, supo que no disponían de suficientes arcos para la cantidad de personas que confiaba en que se sumaran a la misión—. Cuando nos quedemos sin arcos, les diremos que lleven hachas o martillos, o simples garrotes. No quiero que nadie sea vulnerable.

—Yo también iré con el grupo —le anunció Jara, para su sorpresa—. Supervisaré su preparación.

Joia pensó que, con toda probabilidad, Jara sería mejor jefa militar que ella.

A medida que el torrente de voluntarios llegaba, hizo lo imposible por calcular cuántos eran y saber si había alcanzado su objetivo. La luz del amanecer se intensificaba y no paraba de acudir gente, así que Joia comenzó a pensar que sí, que lo había conseguido.

Entonces vio a Dee entre la multitud. Eso la animó: si participaba en la misión, tendría muchas ocasiones para hablar con ella. Y la oportunidad de arreglar las cosas. Se desharía en disculpas y le suplicaría que le permitiera volver a empezar. Si era preciso, no dudaría en humillarse: el resto de su vida dependía de ello.

El grupo continuaba aumentando cuando el sol asomó por el horizonte. Joia, cada vez más alegre, decidió iniciar la marcha cuanto antes. Llevaría tiempo movilizar a tantas personas. Los últimos en llegar se situarían al final del grupo.

Ella se puso al frente. Aquella gente no seguiría a nadie más.

El verano anterior había caminado al lado de Dee. Ese día, Dee estaba detrás, entre la muchedumbre, y a su lado iba Jara.

Durante toda la mañana, avanzaron junto al río del Este bajo un sol estival abrasador y llegaron al poblado de Rioalto a mediodía. Joia, Jara y muchos otros se zambulleron en las claras aguas para refrescarse. Mientras descansaban, Jara se volvió para contemplar la ruta que habían cubierto.

—Los agricultores no atacarán aquí, en la ribera del río. No sería una buena elección como campo de batalla —opinó.

—¿Por qué? —quiso saber Joia.

—La tierra se eleva al otro lado del camino. La única zona llana es la pista misma. No hay espacio donde luchar.

A Joia le pareció una explicación convincente. Con toda probabilidad, Jara pasaba mucho tiempo hablando con su familia sobre batallas, en particular sobre las dos ocasiones en que el Monumento había sido atacado.

Cuando volvieron a ponerse en marcha, se alejaron del río y se dirigieron hacia una amplia pradera donde pacía ganado.

—El paisaje es así hasta las colinas del Norte —informó Joia.

—Un poco en pendiente y diáfano... —dijo Jara—. Esta será la zona donde correremos más peligro.

Cuando se disponían a preparar la cena, ya en el valle de las Piedras, Joia vio a Dee sentada sola en un lecho de margaritas, al pie de uno de los pocos árboles que Seft no había talado. Cogió una ración de carne de vaca y se sentó a su lado sin pedirle permiso.

Para su desgracia, una chica decidió instalarse cerca, al parecer con ganas de charlar.

—¡Qué caminata más larga! —exclamó.

—Mucho —repuso Joia.

Dee no dijo nada.

La chica las miró y comprendió que no era bienvenida.

—Oh, tú eres Joia —dijo, y luego miró a Dee—. Y tú, la mujer que la fascinó en el anterior viaje. —Se levantó—. Mejor os dejo solas.

—Discúlpanos por ser tan antipáticas —dijo Joia.

La joven no parecía molesta.

Joia miró a Dee.

—Gracias por participar en la misión. Anoche dijiste que te lo pensarías. Me alegra que hayas decidido venir. —En lugar de contestar, Dee la miró expectante—. Siento muchísimo lo que te hice. No era mi intención, aunque por lo visto eso no cambia nada.

Dee parecía estar de acuerdo y siguió sin pronunciar palabra.

—Te amo —le confesó Joia—. No he sabido demostrártelo, pero ahora al menos ya lo he dicho.

—Sí, al menos ya lo has dicho.

Después de romper al fin su silencio, Dee se puso en pie y se marchó.

Joia quería gritar. No conseguía saber qué era lo que quería Dee, y ella tampoco se lo decía.

Estaba decidida a no llorar. Era la jefa de la misión y tenía que ser fuerte. Inspiró profundamente y se levantó con los ojos secos. Deambuló por el valle y charló con los voluntarios. «¿Cómo estáis? ¿Un poco cansados? Yo también. Espero que durmáis bien. Tenéis que recuperaros para mañana». Vio que muchos formaban parejas y dedujo que no dormirían toda la noche, les dijera lo que les dijera.

Jara organizó una guardia nocturna en prevención de un posible ataque por parte de los agricultores. Apostó a voluntarios en todo el perímetro del campamento, de dos en dos, para que se ayudaran a permanecer despiertos.

El sol se puso y, en la penumbra, Joia buscó un sitio donde pasar la noche. Volvió a ver a Dee, que ya se había echado a dormir.

Joia se tumbó a su lado, de cara a ella.

Dee abrió los ojos, pero no dijo nada.

—No voy a permitir que ocurra —dijo Joia.

—¿El qué?

—No voy a perderte. De ninguna manera.

—¿De verdad?

—He mantenido relaciones sexuales dos veces, una con un chico y la otra con una chica, las dos en el festejo. Lo hice porque quería saber cómo era.

Dee se incorporó y se apoyó sobre un codo.

—¿Y cómo fue? —preguntó.

Joia se envalentonó. «Está hablando conmigo», pensó.

—Al chico lo conocía, aunque no mucho —le contó—. Me besó y me metió la lengua en la boca, y después me tocó todo el cuerpo. Me pidió que le frotara el miembro, y lo hice, pero me dijo que lo hacía mal y me mostró cómo le gustaba. Luego le salió un chorretón que olía raro.

—¿Y eso fue todo?

—Creo que no disfrutó mucho, y yo tampoco disfruté nada.

—¿Y la chica?

—A ella no la conocía. Me besó por todas partes, luego se puso encima de mí y restregó su sexo contra el mío. Un momento después soltó un leve gemido y se apartó. Le pregunté si le había gustado. «No mucho. ¿Y a ti?», me contestó. «La verdad es que no», le dije. Y ya está.

—Así que esa es toda tu experiencia con el sexo.

—No estoy segura.

—¿Qué quieres decir?

Joia también se apoyó sobre un codo.

—Hace un año me besaste, y ese beso fue tan delicioso que desde entonces no he dejado de pensar en él. Si el sexo fuese así, lo querría todos los días.

—¿En serio?

—¿Te importaría volver a besarme igual, por favor?

Dee se arrimó un poco más a ella, le acercó la cara y la besó en los labios. Un beso suave y tierno, exacto al de la vez anterior, aunque en esta ocasión fue más largo.

—Sí —dijo Joia cuando Dee se apartó—, exactamente así. ¿Podrías repetirlo?

Dee la recostó con delicadeza sobre el suelo y se inclinó sobre ella.

—Lo que has hecho hasta ahora, con ese chico y con esa chica en el festejo, no era sexo de verdad. Era hacer lo que tocaba hacer.

—¿Qué diferencia hay?

—Nosotras nos amamos —contestó Dee, y volvió a besarla. Un momento después, se incorporó para sentarse y se quitó la túnica por la cabeza. Joia la imitó y se tumbaron de nuevo.

—¿Qué tengo que hacer?

—¿Alguna vez te tocas?

—Sí.

—¿Qué te tocas?

—Los pezones y el sexo.

—Puedes hacerme lo mismo a mí.

Los pechos de Dee parecían brillar a la luz de la luna. Joia sintió el impulso anhelante de acariciarlos, e intuía que eso era lo que Dee quería que hiciera, aunque no podía estar segura; no la conocía en aquella tesitura. Alargó ambas manos y los tocó. La piel de Dee era cálida. Tenía los pechos más grandes que ella. Joia tanteó los pezones y los acarició con sumo cuidado. A Dee se le aceleró un poco la respiración y Joia se emocionó al ver que era ella quien lo había provocado.

Dee le apartó las manos casi con impaciencia, acercó la cara a los pechos de Joia y empezó a besárselos por todas partes, hasta que de pronto se introdujo un pezón en la boca. Joia sintió un intenso arrebato de placer.

—¡Oh! —exclamó.

Dee paseó sus labios por el otro seno y luego regresó al primero, una y otra vez, y a Joia aquello la excitaba y la frustraba al mismo tiempo. Y sentía una emoción añadida: la de estar haciendo algo muy íntimo, muy privado, no solo con otra persona, sino con Dee.

Esta volvió a tomar la iniciativa: cogió una mano de Joia y se la llevó al sexo. Joia nunca había tocado ninguno que no fuera el suyo y la experiencia le resultó extraña. Movió un poco la mano con actitud tentativa.

—Sí —dijo Dee.

Joia quería hacer cualquier cosa, todo, para complacerla. La yema de su dedo notó un punto húmedo, algo que también le ocurría a ella cuando se tocaba. Quiso introducir el dedo por él; sería un acto extremadamente íntimo, y eso era lo que la excitaba. Nunca lo había probado, ni siquiera consigo misma, pero le daba la impresión de que Dee lo deseaba, de modo que lo hizo, y Dee emitió un tenue gemido de placer.

Joia tenía la extraña sensación de que ya no se encontraba en el mundo real que conocía. Dee y ella estaban haciendo cosas insólitas. Aun así, era evidente que a Dee le gustaban y, en cuanto a ella, nunca jamás se había sentido tan bien. Confiaba en que aquello no estuviera siendo un sueño.

Dee posó una mano sobre la de Joia, la apretó y empezó a mover las caderas rítmicamente. El movimiento era el mismo que el que había realizado la chica que se había colocado sobre ella en el festejo, pero aquella chica había cerrado los ojos, mientras que Dee la miraba con amor. Parecía estar en trance, concentrada. Siguiendo un impulso, Joia la besó, y el beso tuvo un efecto inmediato, como si fuera justo lo que esperaba Dee, que dejó escapar un grito leve, un grito que podría haberse debido al dolor o al deleite, y se quedó paralizada un momento antes de derrumbarse.

—Gracias, gracias, gracias.

—Ha sido precioso —dijo Joia mientras Dee recuperaba el aliento.

—Aún no se ha acabado. Tiéndete de espaldas.

Dee se arrodilló entre sus piernas y empezó a besarle todo el cuerpo. Joia estaba segura de que no la besaría ahí abajo, pero se equivocaba. Se alegró de haberse bañado ese día en el río, y luego pensó que, de no haber sido así, a Dee tampoco le habría importado.

Dee parecía conocer su cuerpo mejor que ella misma. Todo lo que le hacía tenía la firmeza precisa en el sitio preciso y durante el rato preciso. A Joia le impactó sentir la lengua de su amante dentro de sí, y pensó: «¿De verdad hace esto la gente?». Enseguida dejó de hacerse preguntas y alargó las manos hacia la cabeza de Dee; con los dedos entre su pelo, notó cómo se movía de un lado al otro y de arriba abajo. Se abandonó al puro placer y se oyó gritar. Luego, lentamente, la intensidad fue menguando y ella se sintió como emergiendo de un sueño.

Poco a poco, regresó a la realidad.

—Así que todo ese jaleo era por esto... —dijo un momento después.

Joia despertó rebosante de optimismo. Habían transcurrido otro día y otra noche sin que sufrieran un ataque por parte de los agricultores.

Esa mañana, la operación de alzar la primera piedra y atarla al trineo pareció menos desafiante que el año anterior; en aquella ocasión habían buscado la mejor manera de proceder sobre la marcha, mientras que ese día, en cambio, ya sabían qué hacer a cada paso. Para alegría de Joia, la piedra estuvo lista a media mañana.

—No me equivocaba —dijo con aire triunfal—: era factible.

Joia y Jara se pusieron al frente del primer equipo. La pista de troncos incrustados en el suelo que había ideado Seft facilitó el primer ascenso y no tardaron en dejar atrás el valle de las Piedras.

Boli formaba parte de ese equipo. Seft había sugerido que se asignara a un corredor a cada grupo para que todos pudieran comunicarse entre sí.

Dee también iba con ellos, solo porque Joia la quería cerca. Volvía a ser ella, la de antes, cariñosa y parlanchina.

—Lo de anoche..., ¿era eso lo que querías? —le preguntó Joia mientras caminaban.

—Ah, ¿te diste cuenta?

Joia se rio, pero tenía una pregunta seria.

—¿Por qué no me lo habías dicho, sin más?

—Porque habrías fingido.

A Joia le sorprendió la respuesta, pero tenía que reconocer que Dee llevaba razón. Habría hecho cualquier cosa que le hubiese pedido, al margen de sus propios sentimientos, y no era servilismo lo que Dee deseaba; había dudado de si Joia sentía atracción sexual por ella.

Y ya tenía la certeza. Joia sonrió para sí.

El grupo desplazó el trineo entre dos colinas —Joia pensó que eran como los pechos de Dee; su mente había empezado a discurrir por derroteros nuevos— y llegó a la llanura a mediodía. Mientras seguían la línea recta de la pista entre el ganado que pacía allí, a Joia le sorprendió ver a una niña de unos tres solsticios de verano, sola, desnuda salvo por un par de zapatos diminutos y llorando.

Corrió hacia ella y la cogió en brazos.

—¿Eres Lim? —le preguntó al recordar al bebé que había visto con Revo.

La pequeña dejó de llorar un instante.

—¡Quiero a mi mamá! —berreó.

Seguramente se había alejado de su madre en un despiste y se había extraviado entre las reses. Revo estaría cerca, buscándola desesperada. Joia escrutó la manada, pero no vio a nadie.

El trineo seguía avanzando y Joia caminó junto a él con Lim en brazos. Confiaba en que Revo la viera u oyera a los voluntarios; doscientas personas y un trineo gigantesco producían un ruido considerable. Continuó andando sin dejar de mirar en todas direcciones.

Y entonces se quedó paralizada. Alguien había destrozado la pista durante la noche. Los voluntarios soltaron las cuerdas de sujeción y el trineo se detuvo.

Joia contempló las ramas dispersas por todo el prado y se desesperó. Aquello no podía ser obra de los animales: era demasiado concienzudo, demasiado exhaustivo. Había sido Troon. Al final no había cambiado de opinión y persistía en su actitud beligerante. Ahora, además de todos los desafíos inherentes al traslado de las piedras gigantes, Joia también tenía que bregar con el sabotaje de los enemigos.

Y entonces vio los cadáveres.

Había dos personas muertas, una mujer y un hombre, y Joia tuvo la espantosa sensación de saber quiénes eran. Giró a Lim en sus brazos para que no pudiera verlos.

Seft dio la vuelta a los cuerpos. Era evidente cómo habían muerto, ya que ambos presentaban múltiples heridas: orificios de flechas, cortes de sílex afilado y magulladuras hechas con garrotes. Ambos debían de haber intentado impedir que los agricultores destruyeran la pista, y ese había sido su castigo.

Eran Dab y Revo. Las lágrimas anegaron los ojos de Joia y se derramaron por sus mejillas. Sin duda, habían llevado una vida tranquila cuidando del ganado, pero se la habían arrebatado de una forma brutal; se habían ido y sus cuerpos yacían allí sin vida.

Lim ya no tenía ni madre ni padre.

Dee apareció a su lado y tomó a Lim en brazos.

—Debes decidir qué hacemos con la pista —dijo.

Joia se recompuso.

Contempló la idea de seguir desplazando la piedra sin pista, arrastrándola directamente por el suelo. El tramo más arduo del viaje había concluido y, desde ese punto, el camino era en su mayor parte llano. Aun así, avanzarían muy despacio, y ella no conseguiría cumplir la promesa de llevar las nueve piedras en diez días. No, decidió que era mejor dedicar el tiempo a rehacer la pista. Eso sería más rápido a largo plazo.

Su equipo lo componían doscientas personas. Con un poco de suerte, conseguirían volver a poner la piedra en camino antes del anochecer.

Joia organizó el trabajo. Les pidió que recogieran todas las ramas desperdigadas y las colocaran de nuevo en la vía, y envió a media docena de voluntarios a buscar troncos para la pira. En la llanura había unos cuantos arbustos, secos después de una primavera calurosa, que también servirían como leña.

Cuando el proceso ya estaba en marcha, Joia especuló con

Jara sobre dónde se encontraría el ejército de los agricultores en esos momentos. Habían estado allí, habían pisado aquel mismo suelo, pero se habían ido.

—Quizá estén volviendo a casa —dijo, optimista—. Puede que Troon crea que ya ha dejado clara su postura.

—Lo dudo —repuso Jara—. Han matado a dos ganaderos y han causado un perjuicio que podría quedar reparado al final del día. Eso no satisfará a un hombre como Troon. —Paseó la mirada por el ondulado paisaje que las rodeaba—. Deben de andar por el oeste, para poder retirarse si las cosas se les ponen difíciles; pero no muy lejos, para poder volver a atacar con rapidez. Estarán escondidos en algún valle, detrás de una cresta, esperando a que se dé una ocasión favorable.

Esa posibilidad le provocó un escalofrío a Joia.

—El segundo equipo ya debe de haber salido del valle de las Piedras. Podrían llegar aquí al anochecer, si no se topan con algún imprevisto. Ellos también son doscientos, con lo que contaríamos con cuatrocientas personas.

—No entiendo tus cálculos.

—Es más del doble de lo que esperan los agricultores, y probablemente el doble de los efectivos de su ejército. Tenemos una ventaja enorme sobre ellos.

Jara asintió con la cabeza.

—Pero los ganaderos no estamos habituados a la violencia. Casi nunca luchamos, ni siquiera cuando deberíamos.

Joia supuso que estaba pensando en la toma de la Brecha por parte de Troon y la inacción de los ganaderos al respecto.

—Los agricultores son gente violenta —siguió diciendo Jara—. Recuerda lo que les hicieron a los habitantes de los bosques.

—¿Cómo podemos defender a los nuestros? —le preguntó Joia.

La respuesta de Jara fue inmediata y dio a entender que ya había estado pensando en eso.

—Es preciso mantener custodiada de día y de noche esta parte de la ruta, entre las colinas gemelas y Rioalto.

Joia hizo cálculos.

—Si, pongamos por caso, apostáramos a veinte personas en tramos regulares a lo largo de esta distancia, cada uno de ellos podría avisar al de delante o al de detrás y hacer correr así la alarma por todo el camino.

—Buena idea —dijo Jara—, pero duplicaremos esa cantidad y los enviaremos de dos en dos para que se ayuden mutuamente a permanecer despiertos.

Joia no quería que los vigilantes sufrieran daño alguno.

—Diles que, si ven a agricultores, den la alarma y huyan. No deben enfrentarse solos a su ejército. Sería una carnicería.

—Se lo diré, y los enviaré ahora mismo por si los agricultores ya están de camino.

—Bien.

Jara se alejó y Joia buscó a Dee con la mirada. La encontró arrodillada, arreglando la pista con la dudosa ayuda de Lim, que había dejado de llorar y le llevaba ramas diminutas.

—Tengo que hablar contigo —le dijo Joia.

Dee se puso en pie.

—Eso ha sonado agorero.

Joia estaba muy seria.

—Para algunas personas, existe un único amor. Yo me cuento entre ellas. Mi madre me dijo que solo tenía que esperar a que llegara, y ahora te he encontrado.

Dee sonrió.

—Eso es lo más bonito que me han dicho nunca.

—Y ahora que te he encontrado, no pienso perderte.

—Me alegro.

—Así que quiero que vuelvas a casa.

Dee se quedó parada.

—¿Por qué?

Joia señaló hacia el otro extremo de la llanura.

—Porque el ejército de los agricultores que ha matado a la madre de Lim está en la llanura, en algún punto situado al oeste de aquí, no muy lejos. Habrá un enfrentamiento armado. Me dijiste que tu casa está cerca. Ve allí, por favor. Ponte a salvo con tu hermano y su mujer, y nos reencontraremos cuando el peligro haya pasado.

Dee negó con la cabeza.

—Te quiero por decir eso, pero creo que no has meditado mucho sobre lo que significa ser una pareja. De ahora en adelante, lo haremos todo juntas: cosas maravillosas, como la de anoche, y cosas peligrosas, como a la que nos enfrentamos ahora. —Irradiaba un aire solemne—. Si tengo que morir, necesito que estés conmigo cuando ocurra; si tienes que morir tú, quiero sostenerte cuando exhales tu último aliento.

Joia notó un nudo en la garganta. Tardó un momento en volver a ser capaz de hablar. Quería rebatirla, pero no pudo. Dee tenía razón. La convivencia debía incluir la muerte. Nunca lo había contemplado de esa manera. Tomó la mano de Dee.

—Hasta ahora creía que era sabia —dijo, renuente.

Se quedaron así unos instantes, luego Dee siguió trabajando en la pista.

Habían destruido un trecho largo, que no quedó reparado

hasta bien entrada la tarde. Joia decidió reanudar el traslado de la piedra y prolongarlo hasta el final del día. Al mismo tiempo, envió a Boli, la corredora, a Rioalto para que dijera a los cocineros que les acercaran la comida, ya que los voluntarios no llegarían allí ese día.

Antes de partir, cremaron los cuerpos de Dab y Revo. Dee se llevó a Lim detrás de la piedra para que no pudiera verlo. Joia y los demás se situaron alrededor de la pira y entonaron el cántico de los muertos. Se vieron obligados a marcharse antes de que los cuerpos estuvieran incinerados por completo: no tenían tiempo que perder.

El trineo avanzó a buen ritmo en la fresca tarde y el grupo se detuvo cuando el sol se puso. Joia volvió la mirada hacia la llanura y le alegró ver que la segunda piedra se aproximaba a ellos.

La comida llegó procedente de Rioalto. Llamaron a los voluntarios que habían hecho guardia en el camino y enviaron a otros para que tomaran el relevo. La tarde dio paso a la noche.

Joia y Dee se acostaron abrazadas, con Lim a su lado.

—Creo que no voy a poder dormir —dijo Joia—. Estoy demasiado nerviosa. No dejo de preguntarme dónde estarán los agricultores.

—Yo tampoco —confesó Dee—. Y estoy demasiado inquieta para disfrutar del sexo.

—Yo me siento igual.

Se estrecharon con más fuerza. Oían a los voluntarios moverse y murmurar a su alrededor, y al ganado gruñendo y mugiendo. Joia le acarició el pelo a Dee. Una luna llena ascendió en el cielo. Empezaron a besarse y, al final, pese a todo, acabaron manteniendo relaciones. Esta vez fue diferente. A Joia ya no la azoraba su ignorancia e hizo exactamente lo que se le antojó. Dee respondió a su actitud relajada mostrándose más espontánea.

Al terminar, ambas se quedaron dormidas.

Joia volvió a despertar sobresaltada, pero enseguida comprendió que los agricultores no estaban allí e intentó calmar su corazón desbocado.

Después de desayunar, los dos equipos de voluntarios tiraron de las cuerdas y arrastraron los dos trineos, cada uno de ellos cargado con una piedra gigante, a lo largo de la llanura. Cuarenta personas, veinte de cada equipo, se quedaron para montar guardia día y noche; aunque los demás voluntarios tuvieron que prescindir de su fuerza, el terreno más arduo ya había quedado atrás y, pese a estar mermados en número, consiguieron seguir adelante.

Joia, Dee y Jara no partieron con ellos. Dee dejó a Lim al cargo de Sary, que se mostró encantada de cuidar de ella y protegerla hasta que llegaran al Monumento.

—¿Crees que podría quedarse con nosotras? —preguntó Sary con los ojos brillantes.

—Es posible —contestó Joia—. Lo hablaremos con las demás sacerdotisas.

—Imagínatelo —repuso Sary—, podríamos criarla y educarla como una más. Tendría muchas madres.

Joia no podía pensar en eso en ese momento.

—No lo sé —dijo—, lo discutiremos más adelante.

Joia y Dee retrocedieron con Jara por la pista hasta las dos colinas. Allí se encontraron con el tercer equipo, que había partido del valle de las Piedras por la mañana. Con él cruzaron la llanura y, para sorpresa y alivio de Joia, no vieron indicios de la presencia de los agricultores. Dejaron al tercer equipo no lejos de Rioalto y retrocedieron de nuevo en busca del cuarto.

Con este se detuvieron en el centro de la llanura y esperaron a Seft, Tem y el quinto equipo. De ese modo contarían con dos grupos, cuatrocientas personas, en caso de que los agricultores atacaran.

Pese a todo, Joia estaba esperanzada. No habían tenido más problemas durante el día y la noche anteriores. Tal vez no volviera a pasar nada.

Joia y Dee cenaron, se acostaron, hicieron el amor y se quedaron dormidas.

33

Seft se encaramó a la quinta piedra ayudándose de las cuerdas y pertrechado con un arco colgado del hombro y un carcaj con flechas acoplado al cinturón. Tem lo siguió. Una vez arriba, se irguieron y miraron alrededor. La luna llena desaparecía detrás de las nubes de cuando en cuando.

Alrededor de la cuarta piedra y de la quinta, centenares de voluntarios yacían en el suelo, la mayoría de ellos dormidos y todos con las armas al lado. Jara había seleccionado a los jóvenes más fuertes y tenaces y los había apostado en el extremo oeste del campamento, formando una línea de frente. Más allá, el ganado se dispersaba por la llanura en esa dirección hasta donde Seft alcanzaba a ver. Los animales estaban quietos y en silencio, tranquilos, lo que significaba que los agricultores aún no se movían.

Seft estaba alicaído. Al alejarse de su padre y formar una pareja con Neen, creía haber dejado la violencia atrás de por vida. Y así había vivido, sin siquiera dar un cachete a sus hijos cuando se portaban mal. En ese momento, sin embargo, se preparaba para la batalla.

Cuando pensaba en todas las dificultades y los obstáculos que había superado para llevar las piedras al Monumento, le parecía inconcebible que todos sus esfuerzos quedaran malogrados a manos de unos agricultores envidiosos armados con flechas.

Neen y sus tres hijos no estaban allí, sino en Aguacurva, lo cual era un consuelo.

Escrutó la llanura. ¿Había percibido movimiento entre las reses más alejadas? La oscuridad podía traicionar la vista. Le pareció ver una masa negra entre las reses moteadas. La luna asomó tras una nube y entonces Seft supo que no se equivocaba. Una ola oscura se desplazaba lentamente entre los animales, y le pareció oír mugidos quejumbrosos en la distancia.

—¿Estás viendo lo mismo que yo? —le preguntó a Tem.

—Sí —contestó Tem—. Los agricultores vienen hacia aquí.

Joia soñaba que estaba tumbada en la herbosa orilla de un arroyo al lado de Dee, disfrutando del sol. Contemplaban su rebaño, y Dee creía que debía acercarse a él para comprobar que todas las ovejas seguían allí, pero Joia las contaba de vez en cuando y le decía que no se preocupara. De pronto, las ovejas empezaron a emitir sonidos de angustia y conmoción, primero una, después otra y enseguida todas. Dee parecía no saber qué hacer y Joia empezaba sentir pánico. Entonces comprendió que ese ruido no procedía de las ovejas, sino que eran gritos humanos.

—¡Alarma! ¡Alarma! ¡Alarma!

Abrió los ojos y vio que lo que brillaba sobre ella no era el sol, sino la luna, y se levantó de un salto.

—¡Son los agricultores! —exclamó.

Dee también se puso en pie.

Joia distinguió las siluetas negras de las dos grandes piedras y sus trineos, una detrás de la otra en la pista recompuesta. Alrededor de ambas, cuatrocientos hombres y mujeres se despabilaban, tomaban las armas, se hacían preguntas y se aconsejaban a voces los unos a los otros. En la distancia, las reses, sobresaltadas e inquietas, mugían y se apartaban del camino de la muchedumbre que avanzaba. Los atacantes proferían alaridos y rugidos, ruidos animales, y Joia imaginó que lo hacían para sentirse más valientes y asustar a sus enemigos.

Alguien le puso un cuchillo de sílex en la mano. Era Jara, que correteaba entre los voluntarios armando a todo aquel que aún no lo hubiera hecho por sí mismo. Joia vio que Dee cogía un arco y flechas y se ataba una banda de cuero alrededor de la muñeca para protegerse del impacto de la cuerda del arco.

Desesperada, se preguntó cómo habían llegado a aquello. Un día había tenido la visión del Monumento de piedra, y ahora una niñita llamada Lim había perdido a sus padres por su causa. Deseó no haber tenido nunca esa visión. Comprendió que Dee sería blanco de las armas de los agricultores y sintió ganas de llorar.

Cerca de una docena de arqueros se encaramaron a las dos piedras, sumándose a Seft y a Tem.

Seft tenía muy poca experiencia con el arco. Recordaba que el simple hecho de tirar de la cuerda para tensarlo requería un esfuerzo asombroso. A veces había fallado al apuntar al tronco de un árbol situado a seis pasos, pero se le daba bien calcular la trayectoria de la flecha al disparar al aire.

—¡Todavía no! Están demasiado lejos —dijo mientras los arqueros preparaban las flechas.

Aunque los más jóvenes estaban impacientes, le obedecieron. Todos observaron cómo el ejército se aproximaba.

—Preparaos ahora —les indicó, y cargó su arco—. Apuntad hacia arriba, así. —Hizo una demostración—. Copiad mi ángulo.

Todos lo hicieron.

Seft esperó un momento más.

—¡Disparad! —gritó al cabo.

La lluvia de flechas cayó sobre el compacto ejército de los agricultores, y Seft oyó los gritos y chillidos de aquellos en quienes habían acertado. Los jóvenes vitorearon encantados y cogieron otra flecha.

Seft no dio muestras de alegría. Cuando los agricultores estuvieran más cerca, también sucedería lo contrario: los ganaderos serían objetivos potenciales de sus flechas.

Joia oyó un ruido sibilante y de pronto se precipitó sobre ellos una andanada de flechas. Frente a ella, una mujer se desplomó con una clavada en el hombro. Alguien aulló a su espalda. Joia también gritó, no de dolor, sino de miedo. Tenía la impresión de que les darían a todos una muerte salvaje. Miró a Dee y vio que estaba ilesa. Quiso agarrarla y huir con ella.

Entonces vio a Seft y a un grupo de jóvenes pertrechados con arcos y plantados en lo alto de las piedras, disparando una flecha tras otra, tan deprisa como podían. La muchedumbre de agricultores se acercaba en una tupida masa, y varios cayeron profiriendo berridos agónicos. Su avance titubeó, y Joia sintió un aflujo de esperanza: tal vez se retirasen al comprender que tenían ante sí un ejército mucho mayor que el suyo.

Sin embargo, la cima de la piedra era un punto vulnerable para los arqueros, ya que tenían que permanecer de pie para disparar, lo que los convertía en blancos muy visibles. En ese momento, varios de ellos fueron alcanzados y cayeron, algunos hasta el suelo.

—¡Seft! ¡Baja de ahí! —gritó Joia, pero él no la oyó.

Varios arqueros más se encaramaron a la piedra, y sobre los agricultores cayeron nuevas descargas de flechas. Joia estaba asombrada por lo valientes que eran esos jóvenes, que le hicieron comprender que se estaba comportando como una cobarde. «Si tengo que luchar, lo haré con coraje», se dijo.

Seft vio que, a medida que los agricultores se aproximaban, empujaban a algunas reses ante sí. Al ver a la masa de voluntarios, la mayoría de las vacas se apartaban, pero algunas seguían adelante e irrumpían en el campamento sembrando el pánico, embistiendo a gente y generando confusión.

Seft y Tem bajaron de la piedra. Cuando los dos ejércitos se encontraran y lucharan cuerpo a cuerpo, los arcos resultarían inútiles. Seft dejó el suyo y sacó el hacha del cinturón, Tem lo cambió por un martillo. Corrieron hacia el frente por entre la multitud, esquivando a las reses. Alcanzaron el límite del campamento al mismo tiempo que los agricultores. Varios voluntarios huyeron, pero los demás combatieron ferozmente con hachas y martillos. Una marea de ganaderos furiosos se abalanzó contra la primera línea de los agricultores, obligándolos a retroceder. Pero los cultivadores se reagruparon y atacaron de nuevo, y esta vez fueron los ganaderos quienes se vieron obligados a recular.

Joia avanzaba con un cuchillo en la mano, asustada pero decidida, y muchos otros voluntarios hacían lo propio.

De pronto se encontró en el fragor de la batalla. Conocía de vista a un gran número de combatientes, pero la única manera de saber si un desconocido era agricultor o ganadero era la dirección en la que marchaba.

A su lado, un agricultor arremetió con un martillo contra Cass, el hermano de Vee.

—¡Déjalo en paz! —gritó Joia absurdamente, y no tan absurdamente le clavó el cuchillo.

Había apuntado a un brazo y el hombre dejó caer el martillo. Cass, que parecía disponer de flechas pero no de arco, le clavó la punta de una en el cuello y el hombre se desplomó.

Era la primera vez que Joia derramaba sangre ajena, pero, en lugar de pensar en eso, miró alrededor como una loca en busca de Dee. Vio a un hombre corriendo hacia ella, pero Dee ya había alzado el arco y le disparó una flecha en el vientre que le hizo doblarse sobre sí mismo y caer al suelo.

Cuando se volvió para encarar de nuevo al enemigo, Joia vio frente a sí a un agricultor que blandía un hacha. Tenía la boca abierta, con los dientes a la vista, y un sonido animal brotaba de ella. Lo único que Joia pudo hacer fue gritar. Entonces el hombre se desplomó, y ella vio detrás de él a un ganadero llamado Yaran con un martillo en la mano. Yaran parecía complacido, aunque solo un instante, ya que de pronto una flecha lo alcanzó por detrás, le perforó el cuello y asomó horriblemente por su garganta.

Joia se dio cuenta de que había dejado caer el cuchillo. No lo veía por ninguna parte, por lo que cogió una flecha intacta del suelo.

No sabía discernir quién estaba ganando la batalla, si es que alguien ganaba.

Vio a Narod, que el año anterior se había hecho pasar por voluntario y había destrozado parte de la pista. Él también la vio, esbozó una amplia y malévola sonrisa y se encaminó hacia ella con un hacha de sílex. Joia retrocedió de un salto, él tropezó y se tambaleó hacia delante. Sin pensar, Joia le embistió con la flecha. Apuntó al vientre, pero el hombre caía de bruces y la flecha se le clavó en un ojo. De forma instintiva, Joia la hundió más, y la flecha le penetró en la cabeza. Cuando Narod se derrumbó, ella tiró de la flecha, que salió sin la punta. Narod estaba inmóvil.

La lucha cuerpo a cuerpo era encarnizada y había bajas en los dos bandos, pero Seft vio que el avance de los agricultores se había estancado. Los ganaderos, con una superioridad numérica de dos a uno, los habían frenado. Ahora eran ellos quienes avanzaban.

Y entonces Seft se encontró frente a Troon.

El jefe de los agricultores llevaba un garrote en una mano y un cuchillo de sílex en la otra. Embistió con el garrote contra la cabeza de Seft y alzó el cuchillo para clavárselo, pero este reaccionó con rapidez y retrocedió un paso. El garrote segó el aire eludiendo su objetivo y Troon trastabilló. Seft alzó el hacha…, pero entonces su sueño regresó: de pronto, Troon tenía la cara de su padre, y eso le hizo vacilar. En ese momento, otro agricultor apareció junto a ellos y se abalanzó sobre Seft con un martillo de piedra. Este le atacó con el hacha un instante antes de que el martillo le golpeara en las costillas del lado izquierdo. El asaltante cayó sangrando por el cuello.

Seft se giró en busca de Troon, pero ya había desaparecido.

De pronto, una nube tapó la luna y la oscuridad se intensificó, lo cual dificultaba aún más distinguir si la figura oscura que uno tenía delante era aliado o enemigo. Hubo una pausa. Tem reapareció a su lado.

—Los agricultores retroceden —anunció—. ¿Estamos ganando?

Los pasos se convirtieron en carrera, y Seft oyó una voz que parecía la de Troon.

—¡Retirada! ¡Retirada!

Sintió un enorme alivio. Los ganaderos habían vencido.

Algunos persiguieron a los agricultores que huían y derribaban a todo aquel al que conseguían dar alcance, pero Seft no tenía ánimo para hacerlo. Pasó un brazo por los hombros de Tem.

—Deja que me apoye en ti —pidió—. Me duelen las costillas.

Un rato después, los ganaderos abandonaron la persecución y regresaron, entre voces y risas, emocionados por la victoria y felices por seguir con vida.

Joia estaba perpleja, aterrada y exhausta. Miró los cadáveres que salpicaban el suelo, sabedora de que debía hacer algo con ellos: tenía que volver a tomar el mando. Los voluntarios se reunieron alrededor de las piedras con ánimo festivo.

Joia se recompuso, recuperó su instinto para el orden y enseguida organizó a los voluntarios para que se encargaran de los muertos.

—No hay tiempo de incinerarlos a todos —dijo—. Debemos proceder como hacían nuestros ancestros. Celebraremos un funeral celeste.

Algunos sabían en qué consistía, otros no.

—Lo primero que hay que hacer es construir una plataforma más alta que un hombre y lo bastante ancha para que quepan en ella todos los cuerpos —instruyó Joia—. Seft nos mostrará cómo hacerlo. Después entonaremos el cántico de los muertos y los dejaremos a merced de las aves. —Ocuparse de un problema práctico la ayudó a reponerse.

Algunos de los voluntarios de mayor edad tenían conocimientos de sanación y atendieron a los ganaderos heridos, lavando las heridas, vendándolas con hojas y sujetando los vendajes con brotes.

Seft se acercó a Joia. Caminaba despacio y con una mano sobre el pecho, como dolorido. Sin embargo, habló con su seguridad habitual.

—Tem está construyendo la plataforma —le informó—, pero hay otro problema. Tenemos veinte bajas y otros tantos heridos graves que no podrán tirar de la piedra. Y ya hemos sacrificado a los que montan guardia en el camino. Aunque la cuarta y la quinta piedras están aquí, no disponemos de suficientes personas para trasladar las dos.

—¿Destinamos a gente del quinto equipo al cuarto para completarlo? —propuso Joia.

—Sí.

—Pero ¿qué hacemos con la quinta piedra?

—El equipo que llevaba la primera debería haber llegado ayer al Monumento, un día más tarde de lo previsto por culpa de los destrozos en la pista. Si se ponen en camino esta misma mañana, llegarán aquí al atardecer. Algunos podrían unirse al equipo de la quinta piedra para reemplazar a los que se incorporen al cuarto.

—Buena idea —convino Joia.

—La pista ha quedado dañada en la batalla, pero no tanto como temía —añadió Seft—. La mayor parte del enfrentamiento ha tenido lugar al oeste de las piedras. Enviaré a Tem y a varios hombres a comprobar su estado y repararla.

Los trabajos concluyeron al romper el alba, tras lo cual todo el mundo se congregó alrededor de la plataforma funeraria.

Joia y Dee contemplaron los cuerpos.

—Esto es obra mía —dijo Joia en voz baja.

—¡Esto es obra de los agricultores! —protestó Dee.

Joia pasó por alto su réplica.

—Yo reuní a todos los voluntarios —prosiguió—. Yo los guie en esta marcha, me aseguré de que estuvieran bien alimentados y los convencí para que arrastraran piedras gigantes. De no haber sido por mí, ahora estarían en sus casas, con sus familias, desayunando. Sin embargo, están muertos, y están muertos porque hicieron lo que yo les pedí que hicieran.

Recitó el servicio por los difuntos con la cara surcada de lágrimas y a continuación guio el canto. Nunca había oído el cántico de los muertos entonado por tantas voces, más de trescientas, cuyo talante cambió gracias a la música. Esta resonó por toda la Gran Llanura y contribuyó a mejorar el ánimo de Joia, que se sacudió de encima la melancolía y recuperó la determinación.

—Y ahora… —dijo en voz alta cuando el cántico concluyó—, ¡llevemos estas piedras al Monumento!

Al anochecer del quinto día, Joia llegó al Monumento con la cuarta piedra. La recibió una muchedumbre eufórica que celebraba su triunfo. La seguían de cerca los equipos que tiraban de la quinta y la sexta piedras. Las tres fueron depositadas fuera del Monumento, junto a las demás. Allí acabarían de darles forma y las arrastrarían hasta los sitios que les habían asignado.

Mirando esas seis rocas inmensas, Joia compartió el deleite perplejo de la multitud. Seis de las nueve piedras habían llegado allí en cinco días, a pesar de todo lo que había sucedido.

Su entusiasmo disminuyó al pensar en el día siguiente. Necesitaba que tres equipos volvieran al valle de las Piedras para repetir todo aquel proceso con las últimas tres. Los voluntarios acusaban el cansancio y habían sufrido un ataque violento. ¿Estarían dispuestos a seguir adelante?

Había hablado con algunos de ellos en el último trecho del trayecto, mientras tiraban de la piedra por la ribera del río del Este, y le había sorprendido gratamente ver cuántos decían estar más decididos que nunca a acabar el trabajo, aunque solo fuera para desafiar a los agricultores, a quienes ahora odiaban. Se habían imbuido de un espíritu tribal. Otros, en cambio, no se pronunciaban sobre lo que harían después, y Joia concluyó que no se sumarían a la partida que regresara al valle de las Piedras.

En ese momento, mirándolos, advirtió que algunos ya habían desaparecido y se le cayó el alma a los pies, aunque no podía culparlos: se les había propuesto un desafío divertido y habían acabado luchando por su vida. Era más que comprensible que hubiera quien abandonara. De todos modos, ella necesitaba solo a seiscientos, la mitad del número original, para trasladar las últimas tres piedras. Aún era posible.

—Deberías dirigirles unas palabras —sugirió Dee.

—Por supuesto, pero ¿qué les digo sobre el riesgo que supone que el ejército de agricultores aún no haya sido derrotado por completo y pueda volver a atacar?

—Diles la verdad. Es lo que haces siempre.

—Es posible que se marchen.

—En ese caso, que así sea.

Aunque desalentadora, a Joia le pareció una respuesta sabia.

—Pero se está poniendo el sol —añadió Dee—. Debes hacerlo ahora, cuando aún están todos aquí.

—Tienes razón —convino Joia—. Vayamos a buscar el poste para trepar.

Lo apoyaron contra la piedra que habían trasladado el año anterior. El sol estaba ya bajo, un círculo rojo oscuro en el oeste que teñía la roca gris de un rosa pálido. Cuando Joia trepó a lo alto de la piedra, sus rayos la hicieron refulgir.

Aunque no realizó su acostumbrado gesto triunfal, los voluntarios la aclamaron. Seguía siendo una heroína.

—Estoy cansada —empezó a decir.

Todos rieron, aplaudieron y gritaron que también ellos lo estaban.

—Pero voy a volver.

Los voluntarios la vitorearon.

—Mañana voy a volver. No hemos acabado el trabajo, pero tengo que advertiros algo.

El fragor disminuyó. Aquella no era la manera en que Joia solía hablar.

—Ayer mataron a algunos de nuestros amigos y es posible que, cuando traigamos las tres últimas piedras al Monumento, vuelvan a atacarnos y haya más bajas. Así que debo decíroslo: no habrá deshonra, ni motivo de vergüenza, para aquellos que decidan no regresar conmigo al valle de las Piedras mañana por la mañana. Nadie se lo reprochará. Vuestra vida es solo vuestra y nadie tiene derecho a arrebatárosla.

Todos guardaron silencio, consternados.

—Personalmente, yo quiero acabar lo que hemos empezado. Quiero derrotar a los agricultores.

De nuevo se oyeron vítores.

—Voy a volver, al margen de los peligros.

Los vítores aumentaron de volumen.

—Si queréis acabar el trabajo, si estáis dispuestos a arriesgar vuestras vidas, entonces venid conmigo.

Los voluntarios bramaron su aprobación.

—¡Partiremos al amanecer! —voceó ella.

Bajó de la piedra. Dee la esperaba al pie.

—¡Lo has conseguido! —exclamó, maravillada—. ¡Les has dicho que sus vidas correrían peligro y te han ovacionado!

—Sí —dijo Joia—, pero ya veremos cuántos se presentan mañana.

Joia los vio dirigirse al Monumento por centenares en la luz del alba, pero eran menos que antes. Comían carne de cerdo en salazón y charlaban emocionados, y no dejaban de llegar.

Cuando salió el sol, Joia calculó que superarían en algo los seiscientos: eran más de los que necesitaba. Dejó escapar un suspiro de alivio y los precedió fuera del Monumento y por la llanura en dirección al río del Este. Jara caminaba a su lado.

Seft había atado los trineos, ahora vacíos, para que los voluntarios tiraran de ellos de vuelta al valle de las Piedras. Aunque eran recios y pesados, parecían ligeros en comparación con cuando iban cargados con una piedra, y la gente se prestó a arrastrarlos alegremente.

Su ánimo era bueno, pero Joia tenía la sensación de que los estaba llevando al límite. En los años venideros evitaría ese grado de intensidad. Nunca más volvería a prometer trasladar nueve piedras en diez días.

Todos iban armados. Joia llevaba un punzón de sílex de punta muy fina, de los que utilizaban los carpinteros para perforar la madera. Aun así, llegaron al valle de las Piedras sin toparse con el enemigo y vieron que toda la pista estaba en buenas condiciones. Una vez más, Joia acarició la esperanza de que los agricultores se hubieran rendido y hubieran vuelto a casa. Y, una vez más, sospechó que eso solo eran ilusiones.

Esa noche durmió entre los brazos de Dee en el valle de las Piedras. El alba anunció el séptimo amanecer, y Joia seguía dentro de plazo para trasladar nueve piedras en diez días.

Supervisando lo que ya se había transformado en una rutina, Seft guio la colocación de la séptima y la octava piedras en los trineos, y partieron al atardecer. La novena y última piedra se cargó al ocaso y partiría con la primera luz.

Al día siguiente, Joia encabezó la última marcha desde el valle y sobre la cresta montañosa.

A media mañana pasaron entre las dos colinas. Desde allí, la ruta ascendía y descendía suavemente, flanqueada por reses que pastaban. Ascendieron una ladera y Joia decretó una parada de descanso al otro lado; así, cuando reanudaran la marcha, lo harían con un descenso.

—¡Oh, no! —oyó exclamar a Dee.

Joia miró al frente.

En la distancia, vio que la ruta estaba bloqueada. Una multitud de unos ciento cincuenta hombres miraba con furia a los voluntarios y la piedra gigante. Era, sin duda, el ejército de los agricultores, y saltaba a la vista que pretendían luchar.

Lo habían programado con esmero. Aquella era la última piedra: nadie los seguía, no había refuerzos que pudieran alcanzarlos.

El miedo y la desilusión le revolvieron el estómago a Joia.

Jara reaccionó al instante.

—Creo que tenemos ventaja. Perdieron a muchos hombres en la batalla nocturna.

—¡Esto no es un juego! —objetó Joia—. ¡Si luchamos, algunos de los nuestros morirán, aunque ganemos!

—Pues claro —repuso Jara—. Es una guerra. La única alternativa es rendirse.

—No puedo aceptarlo. No seré responsable de más muertes.

—¿Y cuál es tu plan? —le preguntó Jara, escéptica.

Joia no tenía ninguno, pero no estaba dispuesta a ceder.

—Déjame pensar —pidió, y se alejó de la pista.

Una vaca que tenía a su lado un ternero la miró con recelo, otra mugió inquieta.

¿Qué podía hacer? Podía pedirles a todos que huyeran y dejaran allí la piedra, pero eso los desalentaría de tal modo que quizá ella nunca consiguiera volver a motivarlos. Era un proyecto descabellado, solo su poder de persuasión había hecho que la gente creyera en él. Si llegaba a considerarse un fracaso, no sería posible retomarlo.

Por otra parte, incluso ese fiasco sería preferible a causarles la muerte a los suyos.

Joia paseó la mirada por la Gran Llanura, en la que en ese momento había una piedra gigante, dos ejércitos y centenares de reses..., y cayó en la cuenta de que contaba con otro ejército potencial: la manada.

Un plan empezó a adquirir forma en su mente.

Había oído hablar de la estampida de la manada en la Brecha, provocada por la desesperación de los animales por llegar al río y beber. No lo había presenciado, pero en ese momento tenía a su lado a un testigo, Zad, que había gestionado la manada del oeste de la llanura durante más de diez años, así que sin duda sabría todo cuanto podía saberse sobre el ganado.

—Los demás ganaderos y tú sabéis dirigir a los animales hacia donde queréis, ¿verdad?

—Sí, claro —contestó él con su habitual sonrisa encantadora—. Si no, no podríamos trasladarlos en busca de pasto fresco.

—¿Y estabas en la Brecha cuando salieron en estampida hacia el río?

Zad parecía azorado.

—Intentamos detenerlos, pero no pudimos.

—¿Podrías provocar una estampida en esta manada?

—¿Provocar una estampida? —Por un momento, Zad se quedó desconcertado—. Nunca se ha intentado... —Lo pensó, imaginando cómo conseguirlo—. Pero no veo por qué no.

—¿Podrías hacer que salieran en estampida hacia el ejército de los agricultores?

Zad volvió a pensarlo unos instantes, y Joia guardó silencio.

—Tendríamos que rodear la manada por detrás, desde aquí —dijo Zad al cabo—, y después por ambos flancos para que no se desviaran. Harían falta... no sé cuántas personas... Cuantas más, mejor. Pero, sí, se puede hacer.

Joia lo miró a los ojos.

—Entonces hacedlo, por favor.

Zad se quedó mirándola unos instantes, como asegurándose de que no se había vuelto loca.

—De acuerdo —dijo al final.

Joia lo observó mientras se movía entre los voluntarios, hablando con discreción con los ganaderos, hombres y mujeres por igual, que asentían y lo seguían. Empezó a preguntarse si habría hecho lo correcto. Una estampida era incontrolable, ¿no? De lo contrario, no sería una estampida. ¿Había emprendido algo que podía salir mal? Sin embargo, aunque sorprendido, Zad parecía bastante seguro del plan.

Joia miró por encima de la llanura hacia el sur, donde se encontraban los agricultores. Algo en su forma de moverse le hizo pensar que podrían estar preparándose para avanzar. En tal caso, confiaba en que no los alcanzaran antes de que Zad lograra provocar la estampida. Esperaba que estuviera apresurándose todo lo posible.

Zad reunió a treinta o cuarenta personas a su alrededor en el extremo norte de la manada y luego los desplegó para que formaran un semicírculo alrededor de ella, dejando abierto el extremo sur. Algunos habían cogido varas o cortado ramas para utilizarlas a modo de fusta o punzón. Los demás voluntarios veían que estaba pasando algo y miraban con semblante desconcertado, preguntándose a todas luces qué finalidad tendría aquel ejercicio.

Joia volvió a observar a los agricultores y vio que se ponían en marcha blandiendo las armas.

Entonces advirtió que las reses que tenía más cerca comenzaban a enfilar hacia el sur.

Estaba empezando.

El olor de los animales se intensificó; tal vez fuera un indicio de que estaban inquietos. Siguieron dirigiéndose al sur, cada vez a mayor paso. Los ganaderos los pinchaban y azotaban con las varas, dirigiéndolos hacia los agricultores y manteniéndolos al mismo tiempo en una manada compacta para impedir que se dispersaran hacia el este o el oeste.

—Oh, dioses, espero que esto funcione —dijo Joia.

Mantenía la vista clavada al frente, por encima de las reses, fija en los agricultores. Habían interrumpido su avance y miraban a los animales con aire confuso. En cualquier momento advertirían el peligro, pero ¿adónde irían? No podrían escapar al este ni al oeste porque la manada era demasiado grande. Si retrocedían, los alcanzaría. Algunos podrían trepar a un árbol, pero no había muchos.

Los ganaderos se pusieron a espolear a las reses con las varas y con gritos y alaridos, y el pánico se apoderó de las bestias, que echaron a correr. Sus pezuñas tronaron contra el suelo y levantaron el polvo reseco por el calor del verano. Los agricultores huyeron en todas direcciones. Joia imaginó la carnicería que estaba a punto de producirse y sintió náuseas.

A su alrededor, los voluntarios no parecían tan afectados. Vitoreaban, voceaban y corrían tras las reses con sus armas. Joia aferró con fuerza el punzón y se sumó a ellos.

Frente a sí, la manada alcanzó a los aterrados agricultores y los arrasó como una ola. Algunos intentaron esquivarla, otros se subieron a un árbol, varios más se zambulleron en una charca y vieron cómo la manada se dividía en dos a su alrededor. Las reses siguieron avanzando a toda velocidad, retumbando y dejando a su paso un reguero de cuerpos mutilados y sin vida. Los voluntarios se abalanzaron sobre los escasos supervivientes y se libró una batalla feroz, aunque desigual.

Joia, consternada, vio que muchos de los agricultores aplastados en el suelo seguían vivos. Algunos intentaban moverse sobre un charco de sangre; otros gemían de dolor e imploraban agua a gritos. Un ternero yacía de lado y gimoteaba, lisiado y abandonado.

—Zorra —oyó que decía alguien.

Conocía esa voz y se le paró el corazón. Miró alrededor y vio los ojos pequeños y oscuros y la habitual expresión ceñuda de Troon. Por un momento sintió miedo; luego advirtió que sus heridas eran demasiado graves para suponer un peligro, ni para ella ni para nadie. Tenía un brazo y una pierna inmóviles, en una posición que evidenciaba que estaban fracturados, y la cara ensangrentada.

Joia no sintió compasión. Era un hombre cruel y violento, y en la Gran Llanura todos —agricultores, ganaderos y habitantes de los bosques— respirarían más tranquilos si desaparecía.

Ya no existía el ejército de los agricultores, cuya comunidad sufriría un duro golpe: sus hombres fuertes y capaces yacían ahora en la Gran Llanura. ¿Cómo se las arreglarían? Las mujeres tendrían que hacerse cargo de todo.

Qué ironía. Joia casi sonrió.

Entonces oyó gemir a Troon.

—Agua. Dame agua —pidió.

Joia se arrodilló sobre él, presionándole el brazo bueno con la rodilla.

—Ten compasión.

Esa súplica la enfureció.

—¡¿Compasión?! —gritó—. ¡Han era mi hermano! —Y le clavó el punzón en el cuello, descargando su peso sobre él para que perforase piel y carne y se introdujese en lo más hondo de su garganta.

Cuando lo sacó, la sangre fluyó a chorro de la herida y le salpicó los brazos. Luego, de súbito, se redujo a apenas un hilo y los ojos sin vida de Troon se clavaron en el cielo.

Joia se incorporó y miró alrededor. La lucha había terminado. Los voluntarios aguardaban a que les diera instrucciones.

La manada se había detenido no lejos de allí y volvía a pacer tranquila.

34

Cuando terminaron las celebraciones y por fin la gente se marchó a sus casas para dormir, Joia y Dee se sentaron sobre una de las nueve piedras y contemplaron su obra a la luz de las estrellas. Era el final del décimo día y Joia había cumplido su objetivo.

Había ordenado que descargaran las piedras en el exterior del Monumento, en un lugar situado a pocos pasos al norte del terraplén, donde los manos diestras podrían tallarlas antes de trasladarlas al interior y colocarlas en vertical.

—Eres una heroína —le dijo Dee a Joia.

Eran las últimas horas de una cálida tarde de verano y estaban cogidas de la mano.

—Eso cree la gente —repuso ella—, y está bien porque los anima a seguirme, pero creo que tú sabes que, en realidad, soy una persona corriente.

—No tanto —la corrigió Dee con una sonrisa.

Joia sabía que estaba en lo cierto, pero también que así era como ella se sentía: una persona corriente. Incluso en los momentos en los que, subida a una piedra gigante, enardecía a la multitud hasta provocar un frenesí, una vocecilla en los confines de su cabeza le decía: «Esta no soy yo realmente».

—Mañana debo volver a casa —añadió Dee con tono despreocupado.

Joia se quedó atónita.

—Pero ¿por qué? —preguntó, afligida.

—Tengo ovejas a las que cuidar y echo de menos a mi sobrinita.

—O sea que te marchas a casa unos días.

—No...

—Pero... creía que a partir de ahora estaríamos siempre juntas.

Dee soltó la mano de Joia, y esta lo recibió como un golpe.

—¿Y qué imaginas que voy a hacer si no vuelvo a casa?

—No lo sé, pero...

—Ni siquiera lo has pensado.

—Yo creía que nuestro amor era lo bastante fuerte para afrontar cualquier dificultad.

—No puedo pasarme la vida siguiéndote de un sitio a otro y viendo cómo todo el mundo te venera.

Joia sabía que la gente la adoraba; Dee no era la primera que se lo decía. Aun así, ella no se sentía merecedora de tal admiración, y por eso nunca pensaba en sí misma de esa forma.

—Pero eso es lo último que quiero —dijo.

Dee le cogió las manos y la miró a los ojos.

—Amor mío...

—¿De verdad soy tu amor? —la interrumpió Joia.

—Sí que lo eres.

—Gracias —musitó ella.

—Pero, si vamos a estar juntas, una de las dos tendrá que renunciar a su vida actual.

—Yo creía que...

—Creías que yo iba a abandonar mi vida.

Joia se sintió avergonzada.

—Supongo que sí.

—Acabas de anunciar ante todos que el año que viene trasladarás cinco travesaños desde el valle de las Piedras para colocar cada uno sobre dos postes, siguiendo el modelo del Monumento de madera.

—Sí.

—Te has comprometido a seguir siendo sacerdotisa un año más sin hablarlo antes conmigo.

Joia bajó la cabeza, abochornada.

—Tienes razón.

—¿Dejarías tu vida de sacerdotisa aquí, en el Monumento, para estar conmigo?

Ella quiso contestar que sí, pero no pudo.

—He prometido que reconstruiría el Monumento en piedra. Miles de personas esperan que cumpla mi palabra y están dispuestas a apoyarme. ¿Cómo podría abandonar?

—Crees que tu vida es más importante que la mía.

—No he querido decir eso.

—Pero lo has pensado.

—Sí, y lo siento, porque sé que la tuya es igual de importante. Pero ¿qué vamos a hacer?

—Las dos tenemos que pensarlo muy bien.

—¿No podrías quedarte conmigo mientras tanto?

—No, porque sería como haber tomado ya una decisión.

Por supuesto, Joia se daba cuenta de ello. Aun así, protestó.

—No soporto que vayamos a separarnos otra vez.

—Volveré.

—¿Cuándo?

—Para el solsticio de verano.

—¿Dentro de un año entero? ¿No puedes volver antes?

—Quizá. Ya veremos.

—Es la segunda vez que me haces esto —dijo Joia, pensativa, tras un largo silencio.

Dee frunció el entrecejo sin comprender.

—¿Que te hago el qué?

—Que me das de lado.

—No sé qué quieres decir.

—La primera vez fue porque tenías miedo de que no me sintiera sexualmente atraída por ti. Creías que solo quería que fuéramos amigas.

—Me equivocaba.

—Ahora tienes miedo de que no te respete como es debido. Crees que siempre antepondré mis deseos a los tuyos.

De repente, Dee se disgustó y empezaron a resbalarle lágrimas por las mejillas.

—Siento hacerte daño, siento haber vuelto a herirte —dijo—. Eres la persona a la que amo.

—Entonces, volverás.

—Te lo prometo.

—No voy a perderte. No permitiré que eso ocurra.

—Me alegra oírlo —dijo Dee.

Pia, Duff y Yana trabajaban en sus tierras con ahínco tratando de recuperar los días que habían perdido al estar prisioneros.

Arrancaban las malas hierbas y cavaban desde la salida hasta la puesta del sol, y ni siquiera pararon los días undécimo y duodécimo de la semana, que se suponía que eran jornadas de descanso.

A principios de la semana siguiente, Zad y Biddy llegaron en su busca y los encontraron en un campo.

—Ha habido una batalla —explicó Zad—. Yo estaba presente. Han matado a todos los agricultores.

—¿A todos? —preguntó Duff—. ¿No ha quedado ningún superviviente?

—Joia me ordenó que provocara una estampida y las reses arrollaron a los agricultores.

Yana ahogó un grito.

—¡Qué horror! —exclamó. Cuando empezó a comprender las consecuencias, reflexionó en voz alta—: Eso significa que la mayoría de las mujeres de Los Cultivos han perdido a sus compañeros. —Tras pensarlo un momento, añadió—: Debemos ir a decírselo.

—Tendremos que hacer algo más que eso —repuso Pia—. A las viudas jóvenes les costará hacerse cargo de las tierras de labranza, y a las mayores les resultará imposible recoger la cosecha, a menos que nos organicemos para que tengan ayuda.

—No sé qué podemos hacer nosotros —dijo Duff—. Todas las familias tendrán dificultades.

—La situación de unas será mejor que la de otras —observó Pia—. Una madre joven con un hijo de catorce años y otro de doce lo tendrá más fácil que una anciana que no cuenta con nadie. La madre joven podría dejar que sus hijos ayudaran a la anciana un par de días por semana.

—Pero ¿quién va a organizar todo eso? —quiso saber Duff.

—Nosotros.

Se repartieron a las madres a razón de un tercio por cabeza. Sin embargo, la cosa no funcionó. La primera persona a quien Pia visitó fue Rua, y la encontró moviendo forraje de hojas con la horca para llenar el comedero de sus vacas.

—Traigo malas noticias, Rua. Lo siento.

Esta dejó a un lado la horca de madera.

—Ha muerto, ¿verdad? —dijo de inmediato.

Sus ojos se inundaron de lágrimas, pero no sollozó.

—Sí —dijo Pia—. Nuestros hombres han perdido la batalla. Están todos muertos.

La ira de Rua superó la tristeza que sentía.

—Gracias a ese cerdo cabeza hueca de Troon.

—Por lo menos tú cuentas con la ayuda de Eron.

Rua asintió.

—Tendrá que ser el hombre de la casa.

—Tu vecina, Liss, no tiene a nadie, puesto que Jax ha muerto.

—Pobre mujer.

—¿Permitirías que Eron la ayudara un par de días a la semana? Para ella supondría una gran diferencia.

—No sé...

—Les estamos pidiendo a todas las madres de hijos con edad suficiente que colaboren así.

—¿Ha sido idea tuya?

—Sí. ¿Por qué?

—¿Y qué opina Duff?

—Le parece bien.

—Hum... Deja que lo piense.

Pia vaciló.

—Esperaba que estuvieras de acuerdo sin necesidad de darle vueltas. Seguro que quieres ayudar a tu vecina, ¿verdad?

Ese comentario molestó a Rua.

—Ya te he dicho que lo pensaré.

Pia se dio por vencida.

—Bueno, gracias —dijo, y se marchó.

A mediodía, se reunió con Duff y Yana, y se sentaron al sol a comer queso de cabra.

—¿Cómo te ha ido? —le preguntó Pia a Duff.

—Bien —contestó él—. Todas las mujeres han accedido de inmediato.

—¿Y a ti, mamá?

—No tan bien —respondió Yana—. Casi todas han dicho que tenían que pensarlo.

—¿Y te han preguntado si Duff estaba de acuerdo con el plan? —quiso saber Pia.

—Sí.

—A mí me ha pasado igual, han contestado con evasivas y me han preguntado por la opinión de Duff. Es lo que me temía: no están dispuestas a dejarse guiar por una mujer.

Yana asintió.

—Seguro que se trata de eso.

—¡Pero es una locura! —dijo Duff—. Llevan años quejándose de tener que seguir las órdenes de unos necios, y ahora que Troon no está y tienen la oportunidad de decidir sobre su propia vida, insisten en someterse a la autoridad de un hombre.

—Sí que es una locura —convino Pia—, pero debemos amoldarnos a lo que hay.

—¿Cómo?

—Por ahora, fingiremos que tú, Duff, estás al frente y que yo solo sigo tus instrucciones. Pero tendrás que ir a ver a las mujeres que aún no han aceptado. En cuanto se lo pidas personalmente, se sumarán al plan.

—De acuerdo —dijo Duff—. Esta tarde iré a ver a las indecisas. Seré el hombre que está al frente.

—Que no se te suba a la cabeza —le advirtió Pia.

Una semana después, sin embargo, Shen regresó.

Seft transformó en un taller la zona contigua al Monumento, donde se habían depositado las nueve piedras. Debían labrarlas para que todas tuvieran la misma forma y el mismo tamaño, y con la parte superior plana, de manera que los travesaños pudieran asentarse sobre ellas con seguridad. Los manos diestras se afanaban con el trabajo.

Él sabía que era difícil. La única herramienta con la que contaban era un martillo de piedra. El cantero tenía que examinar detalladamente el bloque e identificar los puntos débiles para, a continuación, empezar a esculpirlo con mucho cuidado y la fuerza justa. Era como tallar una hoja de sílex, pero más complejo, porque la lasca no se desprendía con la misma facilidad de la piedra sarsen.

Aun así, lo que le preocupaba eran los travesaños que permanecían en el valle de las Piedras, los que debían trasladarse al Monumento el siguiente solsticio de verano. Los postes no suponían un gran problema: sabía cómo colocarlos en su lugar y asegurarlos. No era fácil, pero había establecido un método y su equipo sabía lo que tenía que hacer. En cambio, cuando llegaran los travesaños, se presentarían una serie de problemas totalmente nuevos.

Estos medían menos de la mitad que los postes. Sin embargo, tendrían que levantar cada uno hasta situarlo encima de dos postes y luego colocarlo en posición. Para emular la forma del óvalo interior del Monumento de madera, el travesaño tendría que ocupar una posición concreta encima de dos postes, habría que alinear las esquinas y los cantos con exactitud. Conseguir cortar las piedras para que tuvieran el tamaño y la forma adecuados no era imposible, si se tomaban las medidas con detalle y se dominaba la técnica del tallado. Los dos nuevos retos serían, en primer lugar, levantar el travesaño hasta la altura necesaria y, en segundo, ajustar su posición de forma precisa.

Habló del problema con Joia cuando esta acudió al taller para comprobar los progresos. El hijo de Seft, Ilian, los escuchaba con atención.

—Seguro que después de colocar el travesaño encima de los postes podréis rectificar la posición, ¿verdad? —preguntó Joia.

—No —dijo Seft—. Pesan demasiado para andar recolocándolos aquí y allá.

—¿No podéis usar una cuerda?

—Quizá tengamos que intentarlo así, pero es imposible que un centenar de hombres tirando de cuerdas realicen cambios tan minuciosos como mover una piedra gigantesca la anchura de un dedo pulgar.

En ese punto intervino Ilian. Ya había visto trece solsticios de verano y su aguda voz infantil había adquirido un tono grave y algo trémulo. Había aprendido mucho y era un carpintero competente del que Seft se sentía orgulloso, aunque tal vez todavía no estuviera preparado para interrumpir una discusión entre adultos que intentaban resolver un problema. Con todo, Seft le permitió hablar.

—¿Os acordáis de los ensamblajes de entalladura y espiga que hicimos en los travesaños de madera del Monumento antiguo?

—Sí, pero eso era diferente —lo atajó Seft—. Tuvimos que asegurarlos para que no resbalaran y se cayeran, por ejemplo en el supuesto de que hiciese mucho viento. Los travesaños de piedra pesan demasiado para que ni el viento ni ninguna otra cosa los desplace. Cuando los hayamos colocado en su sitio, se quedarán allí para siempre.

Ilian insistió.

—Estoy pensando en la manera de colocar el travesaño en la posición correcta, exactamente en perpendicular a los postes. Si estos tuvieran espigas y los travesaños, hendiduras, ambas cosas en la ubicación precisa, cada uno de los travesaños se encajaría en su sitio de forma natural. De hecho, sería muy difícil que descansara sobre la superficie sin quedar bien colocado.

—¡Vaya! —exclamó Seft, reflexionando sobre ello—. Es posible que funcione. —Miró a Ilian—. Buena idea.

—Y podríamos tallar las espigas en los postes mientras están tumbados. Será más fácil así que cuando estén colocados en vertical.

Seft asintió.

—Ve a decírselo a los hombres.

Ilian se marchó.

—Una idea impresionante para habérsele ocurrido a alguien que apenas es más que un niño —opinó Joia—. Debes de estar orgulloso de él.

—Mucho. —Seft asintió con una sonrisa—. Lo que más me enorgullece es la forma en que lo hemos educado. Nadie le ha pegado nunca ni lo ha tratado de tonto. Nadie le ha gastado bromas pesadas. Ha sido un niño feliz y ahora se está convirtiendo en un adulto feliz también.

—No tiene nada que ver con cómo te educaron a ti.

—En efecto —dijo Seft—. No tiene nada que ver.

Pia se quedó sorprendida y decepcionada ante el regreso de Shen. «No debería asombrarme que haya sobrevivido a la guerra —pensó—. Es muy propio de él escabullirse cuando las cosas se ponen feas».

Shen se había instalado en la antigua casa de Troon y la compartía con Katch. Pia se preguntó cómo debía de sentirse ella al respecto.

El trigo de los campos estaba muy crecido, casi a punto para ser recolectado, y Pia, preparándose para la cosecha, se fabricaba una guadaña fijando lascas de sílex afiladas a un palo curvo mientras Olin la observaba. A mediodía, cuando Duff y Yana regresaron a la casa para comer, habló de Shen con ellos.

Duff estaba indignado.

—¿Cómo se atreve a presentarse aquí? ¡Fue el mayor aliado del Gran Hombre responsable de la muerte de más de la mitad de los agricultores de Los Cultivos!

—Supongo que es el único hogar que tiene —dijo Yana—. Hace unas cuatro semanas de la estampida, es posible que haya intentado buscar otro sitio donde vivir y le haya salido mal.

—Nadie habrá estado dispuesto a acogerlo en su casa —supuso Duff—. Y nosotros tampoco lo queremos aquí. Tenemos que echarlo.

—De entrada, no debemos actuar igual que Troon —repuso Pia con firmeza.

Duff entró en razón de inmediato.

—Es cierto—dijo en cuanto se calmó un poco—. Esa época ya pasó. De todas formas, tenemos que hacer algo. Ese hombre es astuto y mezquino, y no sabemos qué puede haber planeado.

—No vamos a permitir que vuelvan las antiguas costumbres, ¿verdad? —preguntó Pia. La perspectiva era espeluznante.

—No lo sé... —dijo Yana.

—Tenemos que averiguar más —resolvió Pia—. Hablaré con Katch. Soy su sobrina y le caigo bien. Me contará qué es lo que Shen se trae entre manos. Iré después de comer.

Katch y Shen vivían en la gran casa rectangular de Troon. Él estaba sentado con las piernas cruzadas, comiendo algo que parecía cisne asado: una carne oscura y aceitosa, todavía adherida a la carcasa. Llevaba puesta una túnica de manga larga que debía de haber pertenecido a Troon, puesto que ninguna otra persona en Los Cultivos tenía más de una prenda.

Cuando Katch vio a Pia, se puso nerviosa, quizá porque temía que Shen y ella discutieran. El hombre continuó comiendo sin prestarle atención, pero, por la forma en que estaba sentado, Pia reparó en que también él estaba tenso.

—¿Qué tal os va? —le preguntó a Katch.

—Bien —contestó ella.

—Tenéis el trigo ya muy maduro.

—Sí.

Todos los campos de trigo estaban madurando bien. Pia solo entabló la conversación con la esperanza de que Katch se relajara.

—Tráeme agua, mujer —ordenó Shen sin levantar los ojos de la comida.

Pia observó a Katch llenar un cuenco de una jarra y llevárselo a Shen, que lo cogió sin darle las gracias.

«Qué horror —pensó Pia—. Acaba de llegar y ya empieza a comportarse como si nada hubiera cambiado. No podemos permitirlo».

—Katch, debes de estar contenta por tener a Shen para que te ayude a recoger la cosecha. Ahora la vida te será más fácil —dijo, ocultando su preocupación.

Katch respondió con un sonido evasivo y Shen pareció molestarse.

Pia decidió presionar un poco más.

—Shen, además de ayudar a Katch, tendrás que trabajar con Liss, mi vecina, uno o dos días a la semana.

El hombre la miró como diciendo: «Debes de estar de broma».

Ella insistió.

—Todos estamos arrimando el hombro. Debemos ayudar a las mujeres que han enviudado por culpa de la estúpida guerra de Troon. Si cada uno pone de su parte, a lo mejor conseguimos que nadie pase hambre durante el invierno.

Shen la miró con desdén.

—Ya veo que andas dando órdenes como si fueras el Gran

Hombre —se burló—. Bueno, pues se acabó. Aquí, las mujeres no mandan.

—¿Ah, no?

—Ya lo sabes.

—Entonces, Shen, ¿quién va a dar las órdenes a partir de ahora, según tú?

—Si no sabes ni eso, es que aún eres más tonta que la mayoría de las mujeres.

Pia cruzó una mirada con Katch y sonrió, pero esta, angustiada, apartó la cara. «Bueno —pensó Pia—, después de vivir con Troon durante tantos años, es normal que tarde un tiempo en darse cuenta de que no tiene por qué convertirse en la esclava del siguiente hombre que entre en su casa».

—Katch, si necesitas algo, házmelo saber, ¿de acuerdo? —dijo.

Ella no respondió, pero la acompañó al exterior.

—Dile a Duff que debe convocar una asamblea. ¡Por favor! —pidió la mujer cuando Shen ya no podía oírlas.

—De acuerdo —respondió Pia, y reparó con decepción en que Katch seguía estando convencida de que solo un hombre tenía la potestad de hacerlo.

Esa noche, les contó todo lo ocurrido a Duff y a Yana. Duff quiso convocar la reunión de inmediato.

—Tenemos que demostrarles a todos que las cosas han cambiado para siempre en Los Cultivos.

—Frena un poco —dijo Yana—. No debemos precipitarnos. Habrá personas a quienes no les guste oír que las cosas han cambiado para siempre.

—¿No estarás pensando que las mujeres quieren que Shen sea el jefe?

—Prefiero asegurarme.

—No puedo creer que...

—Duff —lo interrumpió Yana—, estás rodeado de mujeres desobedientes: Pia, yo misma e incluso tu tía Uda. Piensa en la cantidad de problemas que tenemos por ser como somos. No todas las mujeres son así. Algunas desean una vida tranquila, y nos costará mucho conseguir que se rebelen. Vamos a averiguar cuál es el punto de partida.

Duff pareció molesto.

—Las ganaderas no son sumisas —argumentó—. Son como vosotras.

—Pero esta es una comunidad de agricultores.

—De acuerdo —cedió Duff.

Pia resolvió actuar con decisión.

—Iré a tantearlas —anunció, y miró el cielo—. Aún hay luz. Iré a ver a Rua. Es una mujer con ideas propias. A ver qué siente en relación con Shen.

Rodeó los campos para evitar pisar la cosecha y fue hasta la casa de Rua. Esta y su hijo, Eron, acababan de terminar de cenar. La mujer la saludó con cordialidad.

Pia se dirigió a Eron.

—¿Qué tal te va ayudando a Liss?

—Bien —dijo el chico, que había visto trece solsticios de verano—. Me da comida muy rica.

Pia se volvió hacia Rua.

—¿Y tú te apañas bien sin él un par de días a la semana?

La mujer asintió.

—Tengo que trabajar más, claro, pero me alegro de que estemos cuidando de las viudas que se han quedado solas. Es lo justo.

—Se lo diré a Duff y se alegrará. —Hizo una pausa antes de añadir—: ¿Te has enterado de que Shen ha vuelto?

—Sí —respondió Rua—. Conociéndolo, no me extraña que sobreviviera cuando mataron a los demás. Es más escurridizo que una anguila.

«Así que Shen le cae mal —pensó Pia—. Pero ¿estará dispuesta a dar su apoyo para librarnos de él?».

—Creo que quiere ocupar el puesto de Troon y ser el Gran Hombre —dijo.

Rua se encogió de hombros.

—Tiene que haber alguien al mando.

Eso la decepcionó.

—Acuérdate de cuando Troon obligó a mi madre a aceptar a su hijo Stam como compañero —dijo Pia—. El chico solo tenía unos trece solsticios de verano.

—Bueno, uno no puede esperar que en la vida todo le salga a pedir de boca, ¿verdad? —contestó Rua.

Pia gruñó para sus adentros. A pesar de todo, parecía que Rua tenía pocas objeciones en cuanto al regreso de Shen.

Se marcho de allí para volver con su familia y ponerlos al corriente de la conversación.

—Si convocamos una asamblea, no confío en que las mujeres hagan lo que queremos —declaró.

—Tienes razón —dijo Yana—. Pero debemos convocarla de todos modos. Si no, corremos el riesgo de que las cosas se normalicen y al final Shen acabe siendo aceptado como Gran Hombre solo porque nadie ha hecho nada para impedirlo.

Duff estaba horrorizado.

—¿De verdad las mujeres pueden llegar a ser tan necias?

—Tal vez pequen de cautelosas.

Duff sacudió la cabeza, anonadado.

—Mañana, cuando salga el sol, debes acercarte a las tierras de labranza y decirles a todos que a mediodía habrá una reunión —dijo Pia.

—¿Dónde la celebraremos?

Era una buena pregunta.

—Solíamos hacerlas delante de casa de Troon, pero me temo que eso le daría a Shen cierto aire de autoridad. Sin embargo, si la celebramos en cualquier otro sitio, puede que se interprete como una falta de autoridad por nuestra parte.

—Pues lo haremos donde siempre se ha hecho —resolvió Duff.

—De acuerdo.

Pia creyó que ya habían terminado por ese día, pero justo en ese momento oyeron la voz de un niño.

—¿Hola?

A la luz del ocaso, vieron a un pequeño de unos once solsticios de verano. Yana lo reconoció.

—Tú eres el hijo de Laine, ¿verdad?

—Sí, soy Arp —dijo él, jadeando como si hubiera corrido hasta allí.

Se acercó y vieron que tenía la cara roja y un moretón en el ojo izquierdo.

—Será mejor que nos cuentes qué ha pasado —lo animó Yana con delicadeza.

—Shen ha ido a nuestra casa —dijo—. Mi madre le ha dicho que se marchara, pero él no le ha hecho caso. Entonces ha querido besarla y todo eso, y ella ha intentado impedírselo, pero tiene demasiada fuerza. Yo he intentado apartarlo y me ha dado un puñetazo en la cara. Luego he venido aquí. ¿La ayudaréis, por favor?

Pia sintió tanta lástima por el pobre niño que no pudo ni hablar.

—Claro que la ayudaremos —le aseguró Yana, y se levantó—. Tú siéntate, que Pia te dará un poco de agua. Yo iré a ver a tu madre. Puede que sea buena idea que esta noche os quedéis los dos a dormir a aquí.

—Gracias —dijo el pequeño.

—¿No es mejor que vaya yo? —le preguntó Duff a Yana.

—No —repuso esta, muy decidida—. No queremos que haya más peleas.

Y, dicho eso, se marchó.

Pia le llevó un cuenco con agua a Arp, que se la bebió toda, y luego se sentó a su lado en el suelo. El muchacho estaba en ese extraño momento de la vida en que no era un niño pero tampoco un hombre, y Pia supuso que en semejante tesitura debían de hacerle mucha falta los cuidados de una madre. Le pasó un brazo por los hombros y lo estrechó. Y fue la decisión correcta, porque él se apoyó contra ella y volvió la cara hacia su hombro.

Al cabo de un momento, se echó a llorar.

Mucho antes del mediodía del día siguiente, todos los miembros de la comunidad de los agricultores estaban reunidos frente a la casa de Katch. Pia escuchaba las conversaciones y tenía la impresión de que las mujeres estaban divididas a partes iguales. Algunas querían que se echara a Shen de allí lo antes posible; otras decían que la sociedad de los cultivadores necesitaba a un hombre que la dirigiera con mano firme.

Nadie sabía todavía lo que Shen había hecho la noche anterior.

Cuando el sol hubo alcanzado su punto más alto, Shen salió de la casa. Katch, que iba detrás de él, se quedó en el umbral.

La multitud guardó silencio.

Shen se subió al tocón que Troon había utilizado para pronunciar sus discursos. De inmediato, Duff se situó a su lado.

—¿Qué estás haciendo? —le preguntó Shen.

—Estoy aquí para garantizar que no se viole a nadie —dijo Duff en voz alta.

Shen, que no tenía respuesta para eso, se apresuró a erguir la cabeza y dirigirse a la multitud.

—He venido aquí como vuestro nuevo Gran Hombre —anunció—. Troon, el jefe más grande que la sociedad de los agricultores ha conocido jamás, murió en una batalla contra los ganaderos, y yo estaba con él. El destino es cruel. Desearía, por el bien de Los Cultivos, haber sido yo quien muriera y que él hubiera sobrevivido para volver aquí. Pero no ha sido así. Con su último aliento, Troon me pidió que lo sucediera al mando de esta comunidad. Fue su última orden, y estoy aquí para obedecerla.

Unas cuantas personas aplaudieron.

Duff empujó a Shen con suavidad, obligándolo a bajar del tocón para poder subirse encima.

—No voy a decir mucho —anunció—. Será otra persona quien hable. ¿Arp? Ven aquí.

El niño salió del cobertizo contiguo a la casa y fue hasta donde estaba Duff.

La idea había sido de Pia, y lo habían planeado todo a última hora del día anterior.

En el transcurso de la noche, la magulladura del ojo de Arp se había convertido en un moretón espectacular, y todas las mujeres del grupo lo vieron.

—Pobre niño… —Pia oyó decir a una.

Duff le dio la mano a Arp, y este subió al tocón.

—Arp, por favor, cuéntales a todos por qué tienes el ojo morado —pidió.

El niño repitió lo que les había explicado la noche anterior, palabra por palabra. Algunos de los presentes lloraron en silencio.

Cuando Arp hubo terminado, Duff volvió a hablar:

—Laine, por favor, ven aquí.

Ella salió del cobertizo y las mujeres ahogaron un grito. Su precioso rostro era un montón de hematomas, y cojeaba. Duff la ayudó a subir al tocón después de que Arp y él bajasen.

—Todo lo que mi hijo ha dicho es cierto —afirmó Laine. Empezó a sollozar y hablaba con dificultad—. Me avergüenza tanto que mi pequeño haya tenido que presenciarlo… —Sucumbió al llanto y bajó del tocón.

Duff volvió a ocupar su lugar sobre él.

—Solo tengo dos cosas que decir. Primero: si me elegís Gran Hombre, todas las mujeres serán dueñas de sus tierras. Segundo: ninguna será obligada a aceptar a ningún compañero, a menos que ella también lo desee. O sea que… pronunciad el nombre que queráis: Shen o Duff.

—¡Duff! —gritó alguien.

Varias voces la secundaron.

Pia echó un vistazo a la multitud. Nadie pronunciaba el nombre de Shen, ni siquiera en voz baja.

El clamor fue en aumento. No cabía duda: Duff sería el Gran Hombre.

«Nos hemos hecho con el poder sin derramar sangre», pensó Pia, y se sintió orgullosa.

Shen regresó hacia la casa.

Katch, que seguía apostada en el umbral, no se movió.

—Apártate de mi camino, mujer —ordenó él.

—No, no pienso hacerlo —repuso Katch.

La multitud guardó silencio.

—Y si me pegas, todas estas mujeres te molerán a palos —siguió diciendo.

Pia contuvo el aliento, igual que muchas otras personas. Durante unos momentos, nadie se movió.

Acto seguido, Shen dio media vuelta y se alejó.

Cuando llegó la primavera, los diez postes ocupaban su lugar en el centro del Monumento, formando un óvalo incompleto. Seft, orgulloso, se dijo que era una visión magnífica. Resultaba fácil imaginar que las piedras eran dioses poderosos formando en círculo para debatir sobre los asuntos que les eran propios: truenos e inundaciones, eclipses, terremotos y plagas.

La parte superior de todos ellos quedaba al mismo nivel, lo cual constituía un logro técnico del que Seft estaba particularmente satisfecho, y en lo alto de todos había una protuberancia redondeada. Cuando llegaran los travesaños del valle de las Piedras, el reto consistiría en tallar las hendiduras de manera que las espigas encajaran en ellas con precisión.

Seft se sirvió del tronco de las sacerdotisas para subir al poste más cercano. Llevaba consigo una piel de vaca grande y un cuchillo de sílex afilado. Depositó la piel sobre ese poste y el contiguo, en el lugar donde iría colocado el travesaño. Era fácil saltar de un poste al siguiente, ya que los separaba una distancia corta.

Ilian y Tem ascendieron por el tronco y permanecieron uno en cada extremo de la piel de vaca para mantenerla tensa y evitar que se moviera. A continuación, en el lugar donde se marcaban las espigas, Seft perforó la piel con cuidado para formar dos agujeros circulares por los que asomaron estas. Luego, recortó el contorno siguiendo el perímetro de los postes.

Cuando tallaran el travesaño utilizando esa plantilla, su perímetro se ajustaría perfectamente al de los dos postes sobre los que se sostendría y habría una hendidura en el lugar exacto para cada espiga.

Seft pasó el resto de la mañana elaborando las plantillas de piel para cada una de las cinco parejas de postes.

Era un buen plan y esperaba que funcionara.

Cuando bajó del último poste, vio que dos personas estaban esperándolo. Eran sus hermanos, Olf y Cam.

—Oh, no —dijo, y se sintió abatido al instante.

Esta vez no hizo falta que le explicaran sus desgracias. Lo que fuera que hubiesen hecho había terminado en una pelea y los dos habían resultado heridos. Olf llevaba el brazo izquierdo en un cabestrillo improvisado con tallos de plantas entrelazadas y a Cam le faltaban los incisivos. Los dos estaban muy sucios.

Seft detestaba que le recordaran su infancia de una forma

tan vívida: las palizas, las burlas, las bromas que nunca resultaban divertidas pero sí crueles. Aunque hacía catorce solsticios de verano que había huido de todo eso, jamás lo olvidaría, por mucho que lo deseara. Se había forjado una vida nueva, diferente, y se enorgullecía de ello, pero seguía detestando los viejos recuerdos.

—¿Qué es eso? —preguntó Cam mirando las piedras gigantescas.

—Estamos reconstruyendo el Monumento en piedra.

—¿Para qué?

—No lo entenderías. —Seft suspiró—. ¿Para qué habéis venido?

—Nos han atacado unos agricultores —dijo Cam—. Nos han pegado y nos han quitado todo lo que teníamos: la comida, las herramientas, todo.

No resultaba muy creíble. Los agricultores capaces habían muerto en la estampida, hacía casi un año. A menos que Olf y Cam hubieran sido atacados por mujeres y ancianos, lo que contaban era mentira. Aun así, Seft no los contradijo. Le daba igual cuál fuese la verdad.

—¿Por qué habéis venido a verme? —preguntó.

—Estamos hambrientos y no tenemos comida ni nada para intercambiar. Nos han robado todos los sílex.

—Venid conmigo —dijo a regañadientes. Los hizo salir del Monumento y los guio por el camino hacia Aguacurva, donde les mostró una casa para los asistentes a las ceremonias—. Podéis dormir aquí, y podéis comer con mi familia, pero eso es todo. Comemos en el exterior, así que no tenéis motivos para entrar en mi casa.

Iba a preguntarles qué planes tenían para más adelante,

pero era obvio que no habían pensado en nada. Rara vez planeaban algo más allá de la cena. Vio que ambos iban descalzos.

—Ani os dará un trozo de piel para que os hagáis unos zapatos.

—¿Por qué no nos quieres en tu casa? —preguntó Cam, resentido.

—Porque apestáis. Y porque, con tres hijos pequeños, no hay sitio para vosotros. Quedaos aquí hasta la puesta de sol y luego venid a cenar. Si mientras tanto queréis algo que hacer, id al río y daos un baño.

Los dejó y fue a su casa para anunciarle a Neen que sus hermanos habían vuelto.

—Los habrás echado al momento, ¿no? —dijo ella.

—Los he alojado en una casa para visitantes.

Neen se puso furiosa.

—¡No los quiero cerca de mí ni de mis hijos!

—Les he dicho que no pueden entrar en nuestra casa.

—¡Por todos los dioses! Son unos mentirosos, unos ladrones y unos brutos. No hace falta que te lo diga, ¿verdad?

—No, ya lo sé, pero tienen hambre. Les he dicho que pueden comer con nosotros.

—Ojalá no lo hubieras hecho.

—Me aseguraré de que no te molesten.

—¿Y qué pasará el día después del solsticio de verano, cuando te marches al valle de las Piedras a por los travesaños para el Monumento?

Eso pilló a Seft por sorpresa.

—No lo había pensado.

—Bueno, pues piénsalo.

Le vino una idea a la cabeza.

—Ya sé —dijo—: los obligaré a presentarse voluntarios.

Joia había esperado ver a Dee en la Ceremonia de Otoño, la del Solsticio de Invierno y la de Primavera, y en todas se llevó una decepción. Pero le había prometido que volvería, de manera que seguro que lo hacía en el solsticio de verano.

Se había pasado el año entero pensando en lo que le diría. Era consciente de que debía estar dispuesta a sacrificar algo. Tras darle muchas vueltas, decidió que le propondría renunciar a su condición de sacerdotisa poco después de la Ceremonia del Solsticio de Verano, cuando hubieran completado los cinco trilitos centrales. Ese sería su legado, y dejaría que Seft y Sary se ocuparan de reconstruir el resto del Monumento. Joia se trasladaría a las colinas del Norte con Dee, y vivirían juntas como pastoras.

Se dijo que sería una vida idílica, solas las dos en una casita. Dee le enseñaría a cuidar de las ovejas y a alimentar a los corderos que nacieran todos los años en primavera. No tendrían preocupación alguna. Joia no movería más piedras gigantescas, no discutiría con los sabios ni provocaría guerras.

Sabía que echaría de menos la convivencia con las sacerdotisas, así como la emoción y la satisfacción de reconstruir el Monumento. Se había acostumbrado a pensar en ello como en la obra de su vida, pero tendría que olvidarlo para poder vivir con la mujer a la que amaba.

El único problema era que eso le rompería el corazón.

Había ensayado muchas veces el discurso mientras permanecía despierta por las noches, deseando volver a estar en el valle de las Piedras con Dee a su lado.

Sin embargo, tal como se desarrollaron los acontecimientos, no tuvo ocasión de pronunciarlo.

Dos días antes de la Ceremonia del Solsticio de Verano, empezaron a llegar al Monumento personas con mercancías para hacer trueque y, para alegría de Joia, Dee apareció con un rebaño de corderos.

Estaba más guapa de lo que recordaba, con una melena como los árboles en otoño y la sonrisa como un sol naciente. Se abrazaron y se besaron, y Joia tuvo el presentimiento de que todo saldría bien.

Dee y su hermano ataron a los animales y, acto seguido, ella y Joia se sentaron en el exterior del terraplén para hablar.

—He pasado todo el invierno pensando en el futuro y en nuestra vida juntas —dijo Dee.

—Yo también —afirmó Joia.

Estaba nerviosa por lo que pudiera pasar a continuación. Sabía muy bien que Dee era capaz de destrozar el momento más romántico con un anuncio devastador.

—Ya sé lo que quiero hacer —empezó a decir esta—, y espero que te parezca bien.

Eso no presagiaba nada bueno.

—¡Dímelo, dímelo ya!

—Quiero ser sacerdotisa —declaró Dee.

Joia ahogó una exclamación. Era lo último que imaginaba.

—¡Pero eso es una maravilla!

—¿De verdad? ¿Me aceptarás?

—¡Pues claro que sí! ¡No se me ocurre una idea mejor!

—¿Crees que seré una buena sacerdotisa?

—Estoy segura de que sí. Para empezar, a todas las demás les caes bien. Además, siempre entiendes lo que explico cuando hablo de los días del año y de los números. La mayoría de las personas no lo comprenden, incluidas algunas sacerdotisas que aún no saben contar sin equivocarse.

—Tengo muchas ganas de aprenderlo todo. Las ovejas me aburren.

—Aprenderás, y deprisa. Ay, Dee, no sabes lo feliz que me hace esto... Estaba dispuesta a irme a vivir contigo a las colinas del Norte y hacerme pastora. —Se puso seria un momento—. Y lo haré, si es lo que quieres. Ya había tomado la decisión.

—Me conmueve que estuvieras dispuesta a dejarlo todo por mí, pero no será necesario.

Joia se tumbó boca arriba. Se sentía como cuando descansaba tras un día entero caminando, y reparó en que llevaba todo el año en tensión. Esa era la primera vez que se relajaba. El sol que bañaba su cuerpo le hizo sentirse sensual y tuvo ganas de hacer el amor.

—¿Sabías que las sacerdotisas deben obedecer a la suma sacerdotisa? —dijo con un tono pícaro.

Dee sonrió.

—A lo mejor te salgo desobediente.

—No, seguro que no. Serás un encanto.

—Así que, a partir de ahora, estaremos juntas.

—Por siempre jamás.

—O por lo menos hasta la muerte.

—Sí, hasta la muerte.

35

Seft despertó a sus hermanos al amanecer del día después del solsticio de verano.

Cam hacía de portavoz de ambos, ya que a Olf no se le daban muy bien las palabras, aunque siempre obligaba al primero a decir lo que él quería.

—¡Aún está oscuro! —protestó Cam.

—Ya no tanto. Levantaos. Sin rechistar.

—No vamos a colaborar en esa misión estúpida —replicó este.

—En tal caso, tendréis que marcharos de Aguacurva.

—¡No puedes echar a tus hermanos!

—No soy yo quien os echa. En este pueblo, quien quiere comer tiene que trabajar. Vosotros ya habéis comido y aún no habéis movido un dedo. Los sabios os tienen vigilados y ya me han advertido. Si no venís conmigo ahora, a mediodía estaréis fuera de aquí.

Se levantaron a regañadientes. Seft reparó en que habían hecho caso omiso de su consejo y no se habían aseado.

Los tres se sumaron al aluvión de personas que cruzaba la llanura hacia el Monumento.

—Yo no puedo trabajar, tengo el brazo mal —se quejó Olf.

—Ya se me ocurrirá algo que puedas hacer con el otro brazo—dijo Seft.

Cuando llegaron al Monumento, los hermanos agarraron con ansia varias tajadas de cerdo en salazón. Seft buscó a Joia y ambos observaron la llegada de los voluntarios.

—¿Qué te parece? —preguntó él.

—Son menos que el año pasado —contestó Joia.

—Se han enterado de lo de las batallas contra los agricultores y algunos se han asustado y se han desdicho.

—¡Pero si ganamos nosotros! Y el ejército de los agricultores quedó aniquilado.

—La mayoría lo saben, pero aún tienen la sensación de que la misión puede ser peligrosa.

—Claro... ¿Por qué hablo como si las personas fueran del todo racionales? —dijo Joia con pesar—. Paso demasiado tiempo pensando en el sol y la luna, que siempre se comportan como esperamos que lo hagan.

Observaron un rato en silencio a la multitud que llegaba.

—Tendremos suficientes voluntarios —señaló Seft—. Un travesaño mide más o menos la mitad que un poste, o sea que solo hará falta un centenar de personas para tirar de cada uno de ellos. Y necesitamos únicamente cinco travesaños.

—O sea que vamos bien.

Seft asintió.

—Y he visto que Dee está aquí.

Joia sonrió de oreja a oreja.

—Sí.

—Me alegro. Esa chica te hace feliz, todos nos damos cuenta.

—Soy una mujer afortunada.

—Y Dee también.

—Gracias. Me parece que es momento de empezar.

—Cierto. Voy un instante a comprobar que mis hermanos no se las estén apañando para quedarse aquí.

Joia y Dee encabezaron la marcha. Seft encontró a Olf y a Cam y los acompañó hasta cruzar la entrada y echar a andar por la llanura. Ya no se los veía tan molestos; el cerdo en salazón los había apaciguado.

Seft se adelantó para ver en qué condiciones estaba la pista. La había examinado un mes atrás y había ordenado que se hicieran algunos trabajos de reparación, por lo que le alegró comprobar que se conservaba bien.

Regresó junto al grueso de la comitiva y escuchó las conversaciones de los voluntarios. En esos momentos reinaba una actitud optimista. Hablaban de la misión del año anterior con entusiasmo, no con miedo.

—¿Estuviste aquí cuando lo de la estampida? —oyó que preguntaba un joven—. Fue increíble.

Esa era la tercera misión, y el estado de ánimo general era más positivo que nunca. La leyenda estaba creciendo y Seft pensó que seguiría superando cualquier revés y ganaría popularidad. Se había convertido en algo que las personas hacían todos los años, y eso era muy necesario, ya que aún faltaban muchos más para completar la tarea.

Bax, la minera de sílex, se situó a su lado.

—Te he visto hablando con unos mineros a los que conozco, Olf y Cam —dijo—. Solo quería advertirte de que son dos canallas.

Obviamente, no se había dado cuenta de que eran sus hermanos, y Seft decidió no revelárselo por el momento. Quería saber toda la verdad.

—Te agradezco el aviso, pero ya los conozco. ¿Por qué dices que son canallas?

—Vi la pelea en la que resultaron heridos.

—Ah. —Seft quería averiguar más sobre eso—. A mí me dijeron que los habían atacado unos agricultores y les habían robado todo lo que tenían.

Bax se echó a reír.

—No, los ladrones son ellos. Intentaron robarle a otro minero, pero los pilló y entre él y sus compañeros les dieron una paliza.

—No puedo decir que me sorprenda —confesó Seft con un suspiro.

—¿De qué los conoces?

—Para mi vergüenza, son hermanos míos.

—¡Ah! —Bax se sintió abochornada—. No lo sabía...

—Por favor, no te disculpes. Te agradezco que me hayas contado la verdad.

Cuando dejaron atrás Rioalto, Seft buscó a Joia. Le tenía reservada una sorpresa. Al adentrarse en la región de las colinas, ella reparó en que había alargado la vía de maderos. En un principio solo la habían instalado en el primer ascenso desde el valle de las Piedras, pero ahora ocupaba el lugar de las pistas de tierra y ramas de todos los tramos cuesta arriba.

Joia se mostró encantada.

—Así, mover las piedras será mucho más fácil —afirmó, exultante.

—Se tarda mucho en construir esa clase de vía y hace falta mucha madera, pero espero que al final cubra todo el trayecto —dijo Seft.

—Siempre piensas en el futuro.

—Si lo de hoy sale bien, seguiremos adelante y construiremos el círculo exterior en piedra, ¿verdad?

—Eso espero.

—Nos llevará años. Son treinta postes y treinta travesaños. ¿Te parece bien?

—Pues claro. La idea me hace feliz. Se ha convertido en la obra de mi vida.

Seft asintió.

—Y de la mía.

Llegaron al valle de las Piedras en poco tiempo. Joia vio que el poblado había crecido más y había casas nuevas, un cobertizo y un taller con una cubierta que lo protegía de los elementos. Seft y su familia pasaban la mitad del tiempo allí y la otra mitad en el Monumento, pero muchos manos diestras vivían allí con sus familias durante todo el año y solo se desplazaban al sur para las ceremonias.

Como de costumbre, Seft observó que algunos de los voluntarios se tomaban esa noche como una continuación del festejo del solsticio de verano. Sin embargo, Olf y Cam no participaron en él. Era obvio que estaban agotados por la caminata y se fueron a dormir nada más cenar.

Por la mañana, habían desaparecido. Seft supuso que habrían ido a probar suerte en otra parte. No pensaba preocuparse por ellos.

La siguiente jornada fue la de menor dificultad hasta el momento, no solo porque Seft y los manos diestras tenían ya experiencia en mover piedras, sino también por la ventaja que suponía el menor tamaño y peso de los travesaños. Además, nadie había intentado sabotear la vía, así que lograron transportar cinco travesaños hasta el Monumento en tres días.

Antes de retirar las piedras de los trineos, las dejaron en el exterior del terraplén, en la zona que se había convertido en el taller de los canteros. Debían labrar cada una de ellas con mucho cuidado, sirviéndose de las plantillas de piel proporcionadas por Seft, para que casaran con lo alto de los postes que les correspondían y que sus dos hendiduras encajaran con las espigas a la perfección.

Mientras tallaban los travesaños, aflojaban las cuerdas que habían utilizado para tirar de ellos y luego volvían a tensarlas cuando estaban a punto para trasladarlos al Monumento.

Esos días, Neen estaba furiosa. Olf y Cam habían regresado a Aguacurva y, aprovechando que los niños y ella habían ido a ver a Ani, les habían entrado en casa a robar. Se habían llevado sílex, vasijas y algunas herramientas de Seft.

—¿Cómo has podido hacerme esto otra vez? —lo reprendió—. Ya sabes cómo son.

—Tienes razón —dijo él con humildad—. Lo siento.

—Por favor, no permitas que vuelva a pasar.

—No lo permitiré.

—La próxima vez que se presenten aquí, no les ofrezcas comida ni techo. Y quédate conmigo hasta que abandonen el poblado.

—Eso haré.

—Prométemelo.

—Te lo prometo.

Cuando tuvieron todas las piedras talladas a conciencia, llegó el momento de colocarlas encima de los postes, donde permanecerían hasta el fin de los tiempos.

Ni Joia ni ninguna otra persona imaginaba cómo se las arreglaría Seft para levantar un travesaño tan tremendamente pesado hasta lo alto de un poste que medía más que tres hombres puestos de pie los unos sobre los otros. Nadie conocía su plan, y él solo decía que no sabía si funcionaría. Todos estaban más que impacientes por verlo obrar el milagro… o fracasar.

Joia pensó que haría falta un centenar de voluntarios, y reclutó incluso a más sin dificultad alguna de entre la inmensa multitud que había acudido a contemplar la escena.

Los dos postes más cercanos a la entrada fueron los primeros que eligieron para coronar con un travesaño. Seft había construido una plataforma de la misma altura que los postes. Estaba hecha de ramas fuertemente atadas entre sí y se levantaba sobre tres troncos. Para subir a ella, tuvo que trepar por el palo que Joia utilizaba cuando pronunciaba sus discursos.

Arrastraron el primer trineo al interior y lo situaron junto a los postes seleccionados, con el morro orientado hacia el borde exterior del poste más cercano. Joia se preguntó por qué Seft pensaba subir el travesaño por el lateral de la pareja de postes, en lugar de hacerlo por la parte frontal. Sin duda, pronto lo entendería.

Seft había construido un gigante de madera, igual que el que usaron en el valle de las Piedras, atando dos troncos en forma de cruz, con las piernas largas y los brazos cortos. Apoyaron entonces la enorme estructura contra el borde exterior del poste más alejado.

Joia empezó a formarse una imagen mental. Los manos diestras estaban levantando los cabos de las cuerdas que ataban el travesaño desde el trineo, los hacían pasar por encima de los dos postes y luego por el ángulo que formaban los brazos del gigante para que luego bajaran hasta el suelo por el otro lado.

Joia, atónita, comprendió que la maniobra requeriría que el travesaño quedara suspendido en el aire. Era algo que no había sucedido nunca con los postes. Desde que habían levantado cada una de las piezas en el valle de las Piedras hasta que la habían bajado del trineo y la habían encajado en su hoyo del Monumento, siempre había estado apoyada, bien en el suelo, bien en el trineo. Sin embargo, el travesaño debía ascender por el aire.

Los voluntarios recibieron instrucciones de aferrar los cabos de las cuerdas y las siguieron con diligencia, orgullosos de formar parte del gran acontecimiento, aunque no supieran muy bien lo que estaban haciendo.

Bajo las órdenes de Joia, tiraron de las cuerdas para tensarlas, pero no demasiado, mientras Seft y otros manos diestras ajustaban la posición del gigante en el otro extremo.

Seft y Tem treparon por el palo de las sacerdotisas y subieron a la plataforma. Joia temió por su seguridad. Si se caían, lo harían desde mucha altura.

Se respiraba un gran nerviosismo a medida que se acercaba el gran momento.

Seft le hizo una señal afirmativa con la cabeza a Joia.

—Coged fuerzas… —dijo ella.

Las cuerdas se tensaron en todo su recorrido. Los extremos puntiagudos de las piernas del gigante se hundieron en la tierra.

—Y… ¡tirad!

El travesaño se balanceó sobre el trineo.

—Más… ¡Tirad!

Joia fijó la mirada en la base de la piedra. ¿Se estaba levantando?

—Otra vez… ¡Tirad!

De pronto le pareció ver luz entre el travesaño y el trineo.

—¡Se está levantando! —exclamó—. Vamos, ¡tirad!

La gran piedra ascendía con una lentitud pasmosa. Entonces se meció hacia delante y su parte frontal chocó contra el lateral del poste con un golpe sordo que se parecía al ruido de un árbol recién talado al caer al suelo. Joia se preguntó si Seft lo habría previsto y tuvo miedo de que el travesaño derribara el poste, pero este se hallaba firmemente arraigado y no se movió.

La multitud, absorta, guardaba silencio. El único sonido que se oía era la respiración jadeante de los voluntarios. Poco a poco, el travesaño siguió ascendiendo hasta que su parte frontal rozó lo alto del poste.

«Ahora viene la parte más complicada —pensó Joia—: depositar el travesaño en el lugar exacto que le corresponde».

La gran piedra iba desplazándose muy despacio sobre los postes. Seft, situado en la plataforma, se arrodilló para observar las hendiduras de la base del travesaño. Si sus cálculos eran correctos, este descendería y sus muescas encajarían con las espigas en una unión perfecta.

Entonces levantó los brazos y gritó:

—¡Parad! ¡Aguantad ahí!

Los voluntarios se relajaron un poco y el travesaño dejó de moverse.

—¡Un tirón más! —ordenó Seft.

Los voluntarios volvieron a tirar de la cuerda.

—¡Parad! —gritó Seft al cabo de un momento.

El travesaño estaba situado sobre los dos postes.

—Despacio, muy despacio, soltad las cuerdas —gritó Seft, todavía vigilando la base.

La pieza descendió y se oyó el roce de la piedra contra la piedra: las espigas y las hendiduras no estaban alineadas a la perfección. Sin embargo, el travesaño se desplazó lateralmente la distancia de un dedo pulgar y se asentó hasta quedar apoyado sobre los postes sin separación alguna.

Las espigas habían entrado en las muescas.

El travesaño estaba colocado y sus bordes se alineaban por completo con los de los postes.

«Seft lo ha conseguido—pensó Joia con entusiasmo—. Ha vuelto a salir airoso».

Los voluntarios, exhaustos, soltaron los cabos y se frotaron las manos escoriadas.

La multitud empezó a aclamarlos.

Seft saltó de la plataforma al travesaño, se irguió con los brazos levantados en un gesto de victoria que había aprendido de Joia y la ovación se transformó en un rugido triunfal.

—¡Lo hemos logrado! —gritó—. ¡Lo hemos hecho entre todos!

Los presentes enloquecieron, prorrumpieron en vítores y se besaron y se abrazaron. Apostado sobre el travesaño, Seft abrazó a Tem.

Dee besó a Joia.

—Lo has conseguido —dijo.

—Ha sido un trabajo de equipo.

—Pero tú lo has hecho posible. Me siento tan orgullosa de ti que creo que voy a explotar.

Permanecieron abrazadas contemplando el trilito, ya completo, mientras la multitud seguía vitoreando.

—Casi no puedo creerlo —confesó Joia.

Pensó en todos los años de esfuerzos que habían culminado en la construcción de ese símbolo sencillo e imponente, y sintió una profunda satisfacción.

Se quedaron mirándolo un buen rato.

—Es una imagen preciosa —dijo Joia—. Preciosa de verdad.

Pasados otros quince solsticios de invierno

36

Ani ya no podía caminar más que unos pocos pasos. No sabía qué edad tenía, pero Joia sí: aquel era su sexagésimo noveno solsticio de verano. Aunque poblada, su cabellera se había vuelto de un blanco níveo y las arrugas surcaban su rostro, pero su mente seguía lúcida.

Seft le había confeccionado una cama de madera en la que podía tumbarse o sentarse erguida. Antes del amanecer del día del solsticio de verano, un pequeño grupo fue a recogerla, junto con el lecho, para que asistiera a la ceremonia del amanecer. Joia, Neen, Seft e Ilian eran los portadores y, mientras el cielo se teñía con la primera luz del alba, se unieron al raudal de lugareños y visitantes que se dirigían al Monumento.

El último travesaño se había colocado el año anterior, de modo que aquella era la primera Ceremonia del Solsticio de Verano que se celebraba con el Monumento completo. Era un acontecimiento solemne.

Por el camino, Ani intercambió unas palabras de cortesía con Jara. Hacía ya mucho tiempo que su hermano, Scagga, había muerto, y Jara había ocupado su lugar como miembro problemático de los sabios.

Joia había ansiado que llegara el día en que su madre viera el Monumento acabado, con su anillo de treinta postes y treinta travesaños unidos en un círculo ininterrumpido. En ese momento, mientras franqueaban la entrada, la cara de Ani fue la mejor recompensa para ella. Joia la vio perpleja y entusiasmada. Miró a Seft y ambos se sonrieron, orgullosos.

El óvalo interior de cinco trilitos estaba ahora rodeado por un círculo majestuoso de treinta postes coronados por treinta travesaños de piedra, formando estos un círculo conectado. Viajeros procedentes incluso de tierras desconocidas, más allá del Gran Mar, lo miraban atónitos y decían que no había nada como aquello en todo el mundo conocido.

Al igual que en el antiguo Monumento de madera, cada poste representaba una semana de doce días. La diferencia era que los nuevos no podrían quemarse ni derribarse. Estarían siempre ahí para ayudar a las sacerdotisas y, por medio de ellas, a los habitantes de la Gran Llanura a saber los días del año. Aquellas piedras parecían eternas.

La reverente muchedumbre que se había congregado allí ese día era más cuantiosa que nunca, aunque sería el primer solsticio en muchos años en que no se llevaría a cabo la misión sagrada, la marcha al valle de las Piedras, ni habría necesidad de pasar días arrastrando rocas gigantes. Los visitantes acudían por miles solo para ver el Monumento.

Los cuatro portadores depositaron el lecho de Ani en un punto con buenas vistas. Joia se inclinó para darle un beso y Ani la abrazó.

—Me alegro mucho de haber vivido para verlo —dijo.

Neen abrazó a Seft.

—Esto lo has hecho tú, Seft —oyó Joia que le decía—. Mi hermana y tú. ¡Estoy tan orgullosa de los dos!

Joia le dio otro beso a Ani y después se apresuró a reunirse con Dee y las demás sacerdotisas para proceder con la ceremonia.

Pia y Duff llevaron al Monumento a Olin, el hijo de ella, que contaba ya veinte solsticios de verano y había salido a su padre, Han, muerto hacía tanto tiempo: alto como él y con sus mismos pies enormes. Era, además, apuesto y tenía éxito entre las chicas. A Pia le sorprendía que aún no hubiese engendrado un hijo, pero sin duda no tardaría en hacerlo.

El afectuoso padrastro de Olin, Duff, era muy distinto físicamente, menudo y enjuto, pero a Pia le asombraba ver que su hijo había adquirido sus actitudes y sus modales: le gustaba llevar el pelo corto, para que no le molestara, y solía hacer un gesto desdeñoso con la mano que era una copia exacta del que hacía Duff para desechar algo tedioso o irrelevante.

Duff seguía siendo el Gran Hombre de Los Cultivos, y Pia y él tomaban juntos todas las decisiones. Su mayor problema era la tierra. Los agricultores siempre necesitaban más. Pia buscaba terrenos fértiles y arboledas demasiado pequeñas para alojar a una tribu de habitantes de los bosques, pero siempre hablaba con los sabios de Aguacurva antes de labrar una tierra nueva. Aunque los sabios solían dar su consentimiento, preguntar era importante para mantener unas relaciones cordiales. Si Pia sabía algo, era que la guerra entre los agricultores y los ganaderos había sido catastrófica para los primeros.

Haber relajado las normas con respecto a las mujeres solo había resultado beneficioso. Durante muchos años, las agricultoras habían trabajado con denuedo largas jornadas, pero con el tiempo sus hijos habían crecido, se habían hecho fuertes y habían tenido hijos propios; ahora, hombres y mujeres compartían la propiedad y las tareas de las tierras de labranza. Además, nadie estaba obligado a emparejarse contra su voluntad. A veces Pia se preguntaba cómo había llegado siquiera a existir el cruel sistema que Troon tanto había apreciado.

La luz del día se intensificó y la multitud guardó silencio. La ceremonia estaba a punto de empezar.

Las sacerdotisas estaban preparadas. Joia había entrelazado margaritas en los rizos de Dee, que estaba más guapa que nunca.

La orden de las sacerdotisas había crecido a la par que el Monumento y alcanzaba ya el centenar de miembros. Una de ellas era Lim, la guapa jovencita en que se había convertido la niña a cuyos padres mataron los agricultores.

Joia había enseñado a todas las nuevas sacerdotisas a cantar en coro y danzar en formación, y las ceremonias eran espectaculares.

En ese instante entraron en el Monumento, danzando y cantando, mientras la muchedumbre las miraba fascinada. Primero bailaron alrededor del círculo exterior y después del óvalo interior, honrando cada una de las piedras con la mención de su número integrada en el cántico. Luego se postraron en parejas, de cara al noreste, mirando el cielo a través del trilito que enmarcaría el sol, y fueron alzando el tono de sus voces a medida que el cielo se teñía de fucsia.

Al fin, el borde del astro asomó por el horizonte. Poco a poco fue agrandándose y su luz tornó el gris de las preciosas piedras en rosa. El disco siguió emergiendo y, cuando se despegó de la tierra, las sacerdotisas guardaron silencio.

El sol había salido y todo estaba bien.

Agradecimientos

Mis editores en *El círculo de los días* han sido Cassie Browne, Jon Butler, Karen Kosztolnyik y Ben Sevier. Phyllis Grann leyó el esquema general y aportó sus comentarios.

Los asesores históricos han sido Phil Harding y Mike Pitts, así como Heather Sebire y Katy Whitaker, de Historic England. Aprendí muchísimo de una visita a Butser Ancient Farm, en Hampshire, y quiero dar las gracias a Rachel Bingham, Trevor Creighton, Andrew Shorter y Joanne Shorter.

Entre los amigos y familiares que leyeron borradores y me ofrecieron unas opiniones muy útiles se encuentran Lucy Blythe, Chris Manners, Charlotte Quelch y Jann Turner.

Os estoy muy agradecido a todos.